Excalibur

Herausgegeben von
Melissa Andersson
und
Gerd Rottenecker

Die Chroniken von Deverry im Droemer Knaur Verlag:

1. *Der Wanderer von Deverry* (Band 70121)
2. *Die Ausgestoßenen von Deverry* (Band 70122)
3. *Dämmerung über Deverry* (Band 70123)

Weitere Bände in Vorbereitung

Katharine Kerr

DIE CHRONIKEN VON DEVERRY

2

Die Ausgestoßenen von Deverry

Ins Deutsche übertragen von
Regina Winter

Knaur

Die amerikanische Originalausgabe erschien 1987
unter dem Titel »Darkspell« bei Ballantine Books, New York

Besuchen Sie uns im Internet:
www.droemer-knaur.de

Deutsche Erstveröffentlichung 1/99

Umschlagkonzept: Melissa Andersson
Umschlaggestaltung: Agentur Zero, München
Umschlagillustration: Geoff Taylor, »Darkspell«
Karte: Dieter Jüdt, Trier
Lektorat: Michael Ballauff/Harald Jösten
Satz: Ventura Publisher im Verlag
Druck und Bindung: Clausen & Bosse, Leck
Printed in Germany
ISBN 3-426-70122-7

2 4 5 3 1

Für meinen Vater, Sergeant John Carl Brahtin, 1918–1944, der starb, als er dabei half, Europa von Schlimmerem zu befreien, als jeder Autor erfinden könnte.

KARTE

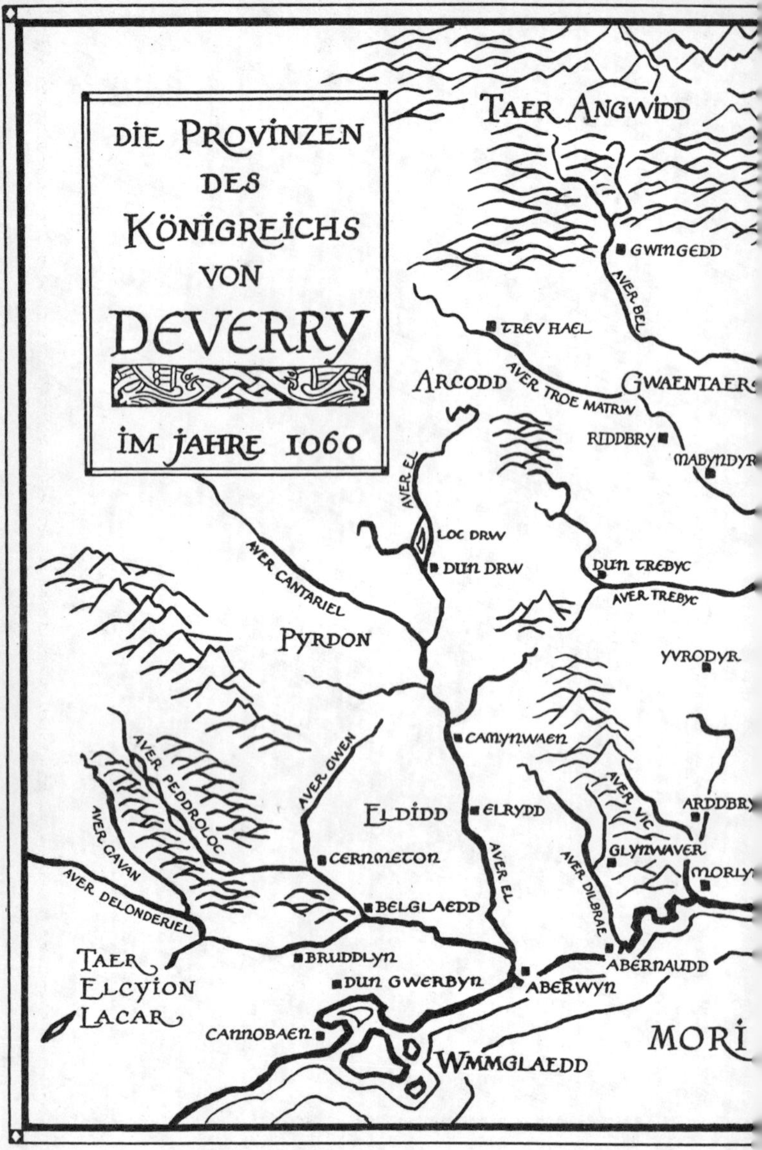
DIE PROVINZEN
DES
KÖNIGREICHS
VON
DEVERRY
IM JAHRE 1060
TAER ANGWIDD
GWINGEDD
AVER BEL
TREV HAEL
ARCODD
AVER TROE MATRW
GWAENTAER
RIDDBRY
AVER EL
LOC DRW
DUN DRW
DUN TREBYC
AVER TREBYC
AVER CANTARIEL
PYRDON
YVRODYR
CAMYNWAEN
AVER OWEN
AVER PEDDROLOC
AVER GAVAN
AVER DELONDERIEL
ELDIDD
ELRYDD
CERNMETON
BELGLAEDD
AVER EL
AVER VIC
ARDDBRY
GLYNWAVER
AVER DILBRAE
BRUDDLYN
DUN GWERBYN
ABERWYN
ABERNAUDD
TAER
ELCYION
LACAR
CANNOBAEN
WMMGLAEDD
MORI

TAER ANGWIDD
DUN PYR
LADOTYN
BOBYR
CAER ICEL
CERRGONNY
AVERBY
PREN CLUDAN
CAMYN YRAEN
CANTRAE
DUN CANTRAE
LYN EBYN
GADDMYR
DUN ARDDVIC
LAENWN
AVER NAIDDYR
BELGWEGYR
LUGHCARN
AVER CAN
HENDYR
GLASLOC
AVER LUGH
MUIR
LOC LAS
DUN HIRAEDD
BLAEDDBYR
RCONEDD
DUN DEVERRY
AVER LIT
BUCCBRAEL
CWM PECL
MWBBRY
DEVERRY
AVER NERR
CENCYN
LOC TAMYO
DRAUDDBRY
AUDDGLYN
NAIN GYR
RIDDLIT
AVER BEL
AVER GWARMAEL
DUN AEDYN
AVER TAB
DUN MANNANAN
CERRMOR
SLAITH
YNIS BEL
BEL METON
MOC
AD MOCYCLAU
DUN TONAU
DDAE
YNISODD PECL

PROLOG
HERBST 1062

Jedes Licht wirft einen Schatten. Auch der Dweomer. Es gibt Menschen, die sich dafür entscheiden, im Licht zu stehen, andere bevorzugen das Dunkel. Seid euch immer bewußt, daß das eine Frage von Entscheidungen ist, und laßt nicht zu, daß der Schatten gegen euren Willen auf euch fällt …

Aus dem Geheimbuch Cadwallons des Druiden

Im elften Jahrhundert, als sich das Königreich von Deverry weit über das Land erstreckte, das die Menschen im Namen des Königs beanspruchten, war die Provinz Eldidd eine der am wenigsten besiedelten Gegenden. Hier im Westen gab es nur wenige Städte. Dun Gwerbyn war ein Herrschersitz, obwohl die hohen Steinmauern kaum mehr als fünfhundert strohgedeckte Häuser und drei Tempel umschlossen, von denen zwei eher Schreine am Wegesrand waren. Auf einem Hügel inmitten der Stadt stand das Dun, die Festung des Tieryn, und diese hätte zu jeder Zeit und an jedem Ort durch ihre Größe und Sicherheit beeindruckt. Hinter doppelten Erdwällen und Gräben schützten dicke Steinmauern die Stallungen und Unterkünfte für den hundert Mann starken Kriegshaufen des Tieryn, eine Ansammlung von Hütten, die Vorratslager und den Broch selbst, einen dreistöckigen runden Steinturm mit zwei niedrigeren angebauten Nebentürmen.

An diesem Morgen wimmelte es im Hof rund um den Broch von Dienern, die Vorräte zur Küchenhütte schleppten oder Bierfässer aus den Lagerhütten zum Turm rollten. Nahe den eisenbeschlagenen Toren verbeugten sich andere Diener vor den eintreffenden Hochzeitsgästen. Cullyn von Cermor,

Hauptmann des Kriegshaufens des Tieryn, ließ seine Männer im Hof antreten und inspizierte sie. Ausnahmsweise waren sie alle gewaschen, rasiert und vorzeigbar. Er selbst, ein kräftiger Mann von über sechs Fuß, hatte für den festlichen Anlaß das neuere seiner beiden Hemden angezogen.

»Na gut, Jungs«, sagte Cullyn, »für ein Rudel wilder Hunde seht ihr gar nicht schlecht aus. Vergeßt nicht, jeder Lord und jede Lady des Tierynrhyn wird heute hier sein. Ich will keinen von euch betrunken sehen, und ich werde auch keine Kämpfe dulden. Heute feiern wir hier eine Hochzeit, und die Lady hat, nach allem, was sie durchgemacht hat, einen schönen Hochzeitstag verdient.«

Alle nickten ernst. Sollte einer von ihnen diese Befehle vergessen, würde Cullyn dafür sorgen, daß er es bereute – und das wußten sie.

Cullyn führte sie in die große Halle, einen gewaltigen runden Raum, der das gesamte Erdgeschoß des Broch einnahm. Heute lagen hier frische geflochtene Binsen auf dem Boden, die Wandbehänge hatte man ausgeschüttelt und wieder aufgehängt. Außerdem hatten die Diener so viele Tische wie möglich in den Raum gezwängt. Es wurden nicht nur zahlreiche adlige Gäste erwartet, sondern jeder Lord würde auch noch fünf Mann seines Kriegshaufens als Ehrengarde mitbringen. Diener drängten und schoben sich mit Bierkrügen und Körben voller Brot durch die Menge, ein Barde spielte und sang und wurde kaum gehört, an ihrer Feuerstelle würfelten die Reiter um Kupferstücke. An der Ehrenfeuerstelle schwatzten die adligen Damen wie ein Vogelschwarm, während ihre Männer sich betranken. Cullyn wartete, bis seine Männer saßen, dann wiederholte er seine Ermahnungen, drängte sich zum Ehrentisch durch und kniete vor dem Tieryn nieder.

Tieryn Lovyan war für Deverry sehr ungewöhnlich: eine

Frau, die in eigenem Recht große Ländereien regierte. Ursprünglich war ihr Bruder Herr dieses Dun gewesen, aber als er ohne Erben gestorben war, hatte ein Gesetz zu ihren Gunsten gesprochen. Große Landbesitze sollten im Clan bleiben, selbst wenn das bedeutete, daß eine Frau die Oberherrschaft übernahm. Lovyan war bereits in mittleren Jahren, sah aber immer noch gut aus mit ihrem graugesträhnten schwarzen Haar, großen, kornblumenblauen Augen und der aufrechten Haltung einer Frau, die daran gewöhnt ist zu herrschen. An diesem Tag trug sie ein Kleid aus roter Bardek-Seide, gebunden mit einer Schärpe im rot-weiß-braunen Karo des Clw-Coc-Clans.

»Der Kriegshaufen ist versammelt, Herrin«, sagte Cullyn.

»Gut, Hauptmann. Habt Ihr Nevyn schon gesehen?«

»Noch nicht, Herrin.«

»Ich kann mir gut vorstellen, daß er sich lieber fernhielte. Er kann große Menschenmengen nicht ausstehen, aber falls Ihr ihn sehen solltet, sagt ihm bitte, daß er hereinkommen und sich zu uns setzen soll.«

Cullyn erhob sich, verbeugte sich und kehrte zu seinen Männern zurück. Von seinem Tisch aus konnte er den Ehrentisch sehen. Während er sein Bier trank, betrachtete er die Braut, Lady Donilla, eine schöne Frau mit dichtem kastanienbraunem Haar, das sie zurückgebunden hatte wie eine Jungfrau. Sie tat Cullyn ausgesprochen leid, denn ihr erster Mann, Gwerbret Rhys von Aberwyn, hatte sie kürzlich verstoßen, weil sie unfruchtbar war. Hätte Lovyan keinen neuen Mann für sie gefunden, hätte sie in Schande in die Festung ihres Bruders zurückkehren müssen. Ihr neuer Gatte, Lord Garedd, war ein paar Jahre älter als sie, und in seinem Bart und dem blonden Haar waren schon graue Fäden zu erkennen. Nach dem, was die Reiter sagten, war er ein ehrenhafter Mann, sanft in Friedenszeiten und vollkommen gnadenlos als Krieger. Außerdem war er verwitwet und hatte schon mehrere Kinder, und daher freute er sich, eine so schöne junge Frau zu bekommen, sei sie nun unfruchtbar oder nicht.

»Garedd scheint wirklich ganz entzückt zu sein von ihr, nicht wahr?« erklang plötzlich Nevyns Stimme.

Erschrocken fuhr Cullyn herum und sah den alten Mann grinsend neben sich stehen. Trotz seines weißen Haars und der Tatsache, daß sein Gesicht so faltig war wie ein alter Ledersack, hatte Nevyn die Lebhaftigkeit und Kraft eines jungen Mannes. Aufrecht stand er da, die Hände auf die Hüften gestützt.

»Ich wollte Euch nicht erschrecken«, sagte er mit schadenfrohem Grinsen.

»Ich hab Euch nicht mal reinkommen sehen!«

»Ihr habt in eine andere Richtung geschaut, das ist alles. Nicht, daß ich mich unsichtbar gemacht hätte. Obwohl es mich natürlich gereizt hätte, um Euch ein wenig zu erschrecken.«

»Und ich bin selbstverständlich drauf reingefallen. Lady Lovyan wünscht, daß Ihr Euch zu ihr setzt.«

»An den Ehrentisch? Wie lästig! Was für ein Glück, daß ich daran gedacht habe, ein sauberes Hemd anzuziehen.«

Cullyn lachte. Normalerweise bevorzugte Nevyn unauffällige, abgetragene Kleidung, wie sie die einfachen Bauern trugen, aber heute trug er tatsächlich ein weißes Hemd mit Lovyans rotem Löwen an den Schultern und ein paar geflickte, aber saubere graue Brigga. Trotzdem sah er immer noch aus wie ein Handwerker aus der Stadt oder ein Dienstbote und gar nicht nach dem, was er wirklich war: der mächtigste Dweomermeister im Königreich.

»Bevor Ihr geht«, hielt Cullyn ihn zurück, »sagt mir noch eins: Habt Ihr von meiner Jill gehört?«

»Gehört? Warum fragt Ihr mich nicht gleich, ob ich sie mit dem Zweiten Gesicht für Euch aufspüren kann? Ihr solltet Euch endlich an Zauberei gewöhnen, Hauptmann. Kommt mit.«

Sie gingen zur Feuerstelle der Dienstboten, wo ein ganzes

Schwein an einem Spieß briet, der von zwei Küchenjungen gedreht werden mußte. Einen Augenblick lang starrte Nevyn in die Flammen.

»Ich sehe Jill und Rhodry, und sie scheinen bei bester Laune zu sein«, sagte er schließlich. »Sie schlendern durch eine Stadt, an einem schönen Sonntag, und sind auf dem Weg zu einem Laden. Wartet! Ich weiß, wo sie sind. Es ist der Laden von Otho dem Silberschmied in Dun Mannannan, aber Otho scheint nicht da zu sein.«

»Ihr könnt wohl nicht erkennen, ob sie schwanger ist?«

»Zu sehen ist jedenfalls nichts. Aber ich verstehe, daß Ihr Euch Sorgen macht.«

»Früher oder später wird es passieren. Ich hoffe nur, daß sie klug genug ist, nach Hause zu reiten, wenn es soweit ist.«

»An Klugheit hat es ihr eigentlich nie gefehlt.«

Cullyn mußte zustimmen, aber er war nicht vollkommen beruhigt. Jill war immerhin sein einziges Kind.

»Ich hoffe, sie haben genug Geld für den Winter«, meinte er.

»Nun, wir haben ihnen genug mitgegeben, daß es reichen müßte, falls Rhodry nicht alles vertrinkt.«

»Das wird Jill nicht zulassen. Mein Mädchen geht mit dem Kupfer um wie eine alte Bauersfrau.« Er lächelte. »Sie kennt den langen Weg gut genug.«

Weil die Matratze voller Ungeziefer war, setzte sich Rhodry Maelwaedd, ehemals Erbe von Dun Gwerbyn, auf den Boden des winzigen Gastzimmers. Neben ihm hockte Jill im Licht des einzigen kleinen Fensters. Sie trug schmutzige blaue Brigga und ein einfaches Männerhemd aus Leinen. Ihr goldblondes Haar war kurz geschnitten wie bei einem Jungen, aber mit ihren blauen Augen, den feingeschnittenen Zügen und dem weichen Mund war sie so schön, daß er sie einfach ansehen mußte. Sie selbst starrte mit gerunzelter Stirn den Riß in seinem einzigen Hemd an, den sie gerade nähte.

»Ach, beim schwarzen haarigen Arsch des Höllenfürsten!« fauchte sie. »Das muß genügen. Ich *hasse* Näharbeit.«

»Ich danke untertänigst, daß du dich herabläßt, meine Sachen zu flicken.«

Mit einem weiteren Fauchen warf sie ihm das Hemd ins Gesicht. Lachend schüttelte er es aus – einstmals weißes Leinen, das jetzt schweiß- und rostfleckig war. An den Schultern waren rote Löwen aufgestickt. Das war alles, was ihm von seinem alten Leben geblieben war. Kaum einen Monat zuvor hatte sein älterer Bruder, Gwerbret Rhys von Aberwyn, ihn ins Exil geschickt, aus Land und Clan verstoßen. Er zog sein Hemd wieder an und band sich den Schwertgürtel um. Links hing sein Schwert, eine schöne Waffe aus bestem Stahl, deren Handschutz in der Form eines Drachen gearbeitet war, rechts trug er den Silberdolch, der ihn als Entehrten kennzeichnete. Dieser Dolch zeigte seine Zugehörigkeit zu einer Bande von Söldnern, die entweder allein oder in Paaren umherzogen und nur gegen Geld kämpften, nicht für Treue und Ehre. In seinem Fall kennzeichnete ihn der Dolch auf noch andere Art, und deshalb war er nach Dun Mannannan gekommen.

»Glaubst du, daß der Silberschmied inzwischen wieder zu Hause ist?« fragte er.

»Wahrscheinlich. Otho läßt den Laden sicher nicht lange allein.«

Zusammen gingen sie hinaus in die Stadt, eine Ansammlung von strohgedeckten Rundhäusern und Läden, die sich ohne Stadtmauer an einem Fluß entlangzogen. Am grasbewachsenen Ufer lagen Fischerboote in der Sonne, die, ihren zerbrochenen Kielen und fehlenden Planken nach zu schließen, kaum mehr seetüchtig waren.

»Ich kann mir nicht vorstellen, wie diese Leute es schaffen, vom Meer zu leben«, meinte Rhodry. »Sieh dir diesen Mast an. Er wird nur noch von Tauen und Teer zusammengehalten.«

Als er auf das fragliche Boot zuging, um es sich besser anzusehen, packte ihn Jill am Arm und hielt ihn zurück. Zwei Ortsansässige, Männer mit mürrischen Mienen, in schmutzige Lumpen gekleidet, beobachteten sie.

»Es zahlt sich nicht aus, seine Nase in anderer Leute Angelegenheiten zu stecken, Junge«, rief ihm der eine zu.

»Vor allem nicht für Abschaum wie einen Silberdolch«, fügte der zweite hinzu.

Beide spuckten auf den Boden und lachten. Rhodry versuchte, Jills Hand abzuschütteln, aber sie hielt ihn fest.

»Laß das, Rhoddo«, flüsterte sie. »Das sind nur Bauern. Sie stehen viel zu tief unter dir, als daß du ihnen auch nur Aufmerksamkeit schenken solltest.«

Er warf den Kopf zurück und wandte sich ab. Arm in Arm gingen sie weiter die Straße entlang.

»Was diese Boote angeht«, meinte Jill, »sie sind nicht so schäbig, wie sie aussehen. Ihre Besitzer richten sie absichtlich so her, weil sie einiges zu verbergen haben. Sie bringen vom Meer noch andere Dinge herein als Makrelen.«

»Ihr Götter! Willst du damit sagen, daß wir uns in einer Schmugglerhöhle befinden?«

»Sprich leiser! Ja, genau das wollte ich sagen.«

Othos Laden befand sich am Rand der Stadt, nur durch einen Weg von einem Kohlfeld getrennt. Unter dem weit nach unten gezogenen, rauchgeschwärzten Strohdach war die Tür immer noch geschlossen, aber nicht mehr verriegelt. Als Jill sie öffnete, klingelten Silberglöckchen über ihren Köpfen.

»Wer ist da?« erklang eine tiefe Stimme.

»Jill, die Tochter von Cullyn von Cerrmor, und noch ein Silberdolch.«

Rhodry folgte ihr in ein leeres Zimmer, einen kleinen Keil

des runden Hauses, der durch schmutzige Flechtwände abgetrennt war. Vor einer dieser Flechtwände hing statt einer Tür eine grüne Decke, und diese Decke schob Otho nun beiseite und kam zu ihnen in den Vorraum. Er war kaum größer als viereinhalb Fuß, aber vollendet proportioniert, mit muskulösen Armen: die verkleinerte Ausgabe eines stattlichen Schmieds. Er hatte einen dichten, grauen Bart, den er sorgfältig gestutzt trug, und kluge dunkle Augen.

»Tatsächlich, es ist Jill«, sagte er. »Und es freut mich, Euch wiederzusehen. Wo ist Euer Vater, und wer ist dieser Junge?«

»Vater ist ein Eldidd. Er ist Hauptmann eines Kriegshaufens, bei einem Tieryn.«

»Tatsächlich?« Otho lächelte erfreut. »Ich war immer der Ansicht, daß er ein zu guter Mann war, um als Silberdolch umherzuziehen. Aber was habt Ihr getan? Seid Ihr mit diesem hübschen Knaben hier durchgebrannt?«

»Moment mal!« warf Rhodry ein. »Cullyn hat es ihr erlaubt!«

Otho schnaubte ungläubig.

»Das stimmt«, sagte Jill. »Und Vater selbst war es, der ihm den Schwur als Silberdolch abgenommen hat.«

Der Schmied schaute immer noch mißtrauisch drein, aber er ließ das Thema fallen. »Was bringt Euch zu mir, Junge? Habt Ihr ein wenig Kriegsbeute zu verkaufen?«

»Nein. Ich komme wegen meines Silberdolchs.«

»Hat er eine Kerbe? Ich kann mir nicht vorstellen, wie ein Mann dieses Metall verbiegen könnte.«

»Er will, daß Ihr den Zauber von der Waffe nehmt«, sagte Jill. »Könntet Ihr das tun, Otho? Den Zauber von der Klinge nehmen?«

Der Schmied wandte sich ihr zu, mit vor Überraschung weit offenem Mund.

»Ich weiß verflucht genau, daß die Waffe verzaubert ist«, fuhr sie fort. »Rhoddo, zeig es ihm.«

Widerstrebend zog Rhodry den Dolch aus der abgenutzten Scheide. Es war eine schöne Waffe, so seidig wie Silber, aber härter als Stahl, eine Legierung, die nur wenige Schmiede herstellen konnten. Auf der Klinge war das Zeichen eines zuschlagenden Falken angebracht (Cullyns altes Zeichen, denn der Dolch hatte einmal ihm gehört), aber in Rhodrys Hand war diese Gravur beinahe nicht zu sehen, denn die Klinge glitzerte und blitzte in Dweomerlicht, das wie Wasser von ihr ausströmte.

»Ihr habt wohl Elfenblut in den Adern, wie?« zischte Otho. »Und nicht wenig davon.«

»Einiges.« Rhodry gab das inzwischen ohne Unwillen zu. »Ich komme aus dem Westen, und es heißt ja, daß Elfenblut in den Adern der Eldiddleute fließt.«

Als Otho den Dolch in die Hand nahm, verschwand das Licht bis auf ein mattes Schimmern.

»Ich lasse Euch nicht in meine Werkstatt«, verkündete der Schmied. »Ihr seid alle Diebe. Wahrscheinlich könnt Ihr nicht mal was dafür; es liegt an Eurer Erziehung.«

»Bei allen Göttern der Anderlande, ich bin kein Dieb! Ich bin als Maelwaedd geboren und aufgezogen worden. Es ist nicht meine Schuld, daß es irgendwo in den Ursprüngen meines Clans wildes Blut gibt!«

»Ha! Ich lasse Euch trotzdem nicht in meine Werkstatt.« Otho wandte sich demonstrativ an Jill. »Ihr verlangt viel von mir. Ich bin kein echter Dweomermann. Der Bann auf dem Dolch ist der einzige, den ich beherrsche, und ich verstehe selbst nicht, was ich da mache. Es ist etwas, das wir von Vater zu Sohn weitergeben, und längst nicht in allen Familien.«

»Das hatte ich befürchtet«, seufzte sie. »Aber wir werden etwas unternehmen müssen. Er kann den Dolch nicht bei Tisch benutzen, wenn jedesmal der Zauber wirkt.«

Otho dachte nach und kaute dabei auf der Unterlippe.

»Nun, wenn das hier ein gewöhnlicher Dolch wäre, würde ich Euch einfach einen anderen ohne den Zauber geben, aber da es Cullyns Waffe war, versuche ich, den Zauber von ihr zu nehmen. Vielleicht hilft es, alles rückwärts aufzusagen. Aber das wird teuer werden. Es ist nicht ungefährlich, sich mit solchen Dingen abzugeben.«

Nach ein paar Minuten eifrigen Handelns reichte ihm Jill fünf Silberstücke – etwa die Hälfte dessen, was der Schmied zunächst verlangt hatte.

»Kommt bei Sonnenuntergang wieder«, sagte Otho. »Dann werden wir sehen, ob ich Erfolg hatte oder nicht.«

Rhodry verbrachte den Nachmittag damit, sich nach Arbeit umzusehen. Es war zu nah am Winter, als daß jemand noch einen Krieg begonnen hätte, aber er fand einen Händler, der Waren zurück nach Cerrmor brachte. Bei all ihrer angeblichen Ehrlosigkeit waren Silberdolche als Wachen für Karawanen sehr beliebt, denn sie gehörten einer Bande mit einem Ruf an, der sie ehrlicher bleiben ließ als die meisten. Nicht jeder konnte Silberdolch werden. Ein Kämpfer, der verzweifelt genug war, den langen Weg gehen zu wollen, mußte zunächst einen anderen Silberdolch finden, eine Weile mit ihm umherziehen und sich als würdig erweisen, bevor man ihm gestattete, zu einem der wenigen Schmiede zu gehen, die mit der Bande im Vertrag standen. Erst dann erlaubte man ihm tatsächlich, »den langen Weg zu reiten«, wie die Silberdolche ihre Lebensweise nannten.

Und wenn Otho den Zauber von der Waffe nehmen konnte, würde Rhodry seine Klinge endlich benutzen können und nicht mehr fürchten müssen, daß sie jedem sein elfisches Blut anzeigte. Entsprechend drängte er Jill, sich beim Essen zu beeilen, und kurz vor Sonnenuntergang eilten sie wieder zum Laden des Silberschmieds. Othos Bart war ein ganzes Stück kürzer, und er hatte keine Augenbrauen mehr.

»Ich sollte es eigentlich besser wissen, als einem elenden Elf zu helfen«, verkündete er.

»Otho, Ihr habt unseren demütigsten Dank.« Jill ergriff seine Hand und drückte sie fest. »Und ich bin so froh, daß Ihr Euch nicht schlimmer verbrannt habt.«

»*Ihr* seid froh? Ha! Also gut, kommt mit, Junge. Versucht es.«

Als Rhodry den Dolch berührte, blieb die Klinge unverändert, und keine Spur von Zauber war zu bemerken. Er lächelte, als er die Waffe einsteckte.

»Meinen Dank, guter Schmied, tausendfachen Dank. Wahrhaftig, ich wünschte, ich könnte Euch besser belohnen für die Gefahr, der Ihr Euch um meinetwillen ausgesetzt habt.«

»Das wünschte ich auch. Aber so ist es nun einmal mit Euresgleichen – nur schöne Worte und kein Geld.«

»Bitte, Otho!« sagte Jill. »Er hat nicht einmal viel Elfenblut!«

»Ha! Das ist alles, was ich dazu zu sagen habe, junge Jill. Ha!«

Den ganzen Tag kamen Leute zum Alardan geritten. Der Treffpunkt war eine Wiese so weit im Westen von Eldidd, daß nur ein einziger Mensch sie je gesehen hatte. Sie kamen in kleinen Gruppen und trieben ihre Pferde- und Schafherden vor sich her. Nachdem sie einen Weideplatz für die Tiere gefunden hatten, errichteten sie ihre Zelte, die mit bunten Bildern von Tieren und Pflanzen bemalt waren. Kinder und Hunde rannten durchs Lager, Feuer wurde entzündet, und überall begann es festlich zu duften. Bei Sonnenuntergang standen weit über hundert Zelte um den Treffpunkt. Als das letzte Feuer entzündet wurde, begann eine Frau das lange, klagende Lied von Donabel und seiner verlorenen Liebe Adario zu singen. Ein Harfner fiel ein, dann ein Trommler, und schließlich spielte jemand auf einem Conaber, das aus drei Riedpfeifen bestand.

Devaberiel Silberhand, den man allgemein für den besten Barden in diesem Teil des Elfenlands hielt, überlegte, ob er seine Harfe auch auspacken und sich zu den anderen Musikern gesellen sollte, aber er war einfach zu hungrig. Er holte eine Holzschale und einen Löffel aus dem Zelt und wanderte dann durchs Lager. Jede Gruppe oder Alar, so die elfische Bezeichnung, hatte Unmengen eines bestimmten Gerichts gekocht. Alle schlenderten umher, aßen hier ein wenig und dort einen Happen, während überall Musik, Gespräche und Lachen erklangen. Devaberiel suchte nach Manaverr, dessen Alar traditionell mit einem Lamm aufwartete, das in Lehm gebacken wurde.

Endlich fand er seinen Freund am Rand des Lagers. Ein paar junge Männer gruben gerade das Lamm aus, während andere grüne Blätter aufhäuften, auf die der Braten gelegt werden sollte. Manaverr überließ die Leitung dieser Aktionen einem anderen und eilte dem Barden entgegen. Sein Haar war so hell, daß es beinahe weiß schien, und seine Katzenaugen schimmerten in tiefem Purpur. Beide Männer legten einander zum Gruß die linke Hand auf die Schulter.

»Eine gewaltige Versammlung«, sagte Manaverr.

»Sie wußten alle, daß du kommen und ein Lamm mitbringen würdest.«

Manaverr lachte und warf den Kopf zurück. Eine kleine grüne Fee erschien und hockte sich auf seine Schulter. Als er die Hand hob, um sie zu tätscheln, grinste sie und entblößte ihre spitzen Zähne.

»Hast du Calonderiel schon gesehen?« wollte Manaverr wissen.

»Den Kriegsherrn? Nein. Warum?«

»Er ist unterwegs und fragt alle Barden nach einem unklaren Punkt in jemandes Herkunft aus. Er wird sich sicher früher oder später bei dir einfinden.«

Die Fee zupfte ihn am Haar und verschwand plötzlich, bevor er sie zurechtweisen konnte. Beim Alardan wimmelte es nur so vor Wildvolk, das so aufgeregt umherwirbelte wie die Kinder. Feen, Gnome, Sylphen und Salamander, das alles waren Elementargeister, die manchmal feste Form annahmen, obwohl ihre Heimat in anderen Ebenen des vielschichtigen Universums lag. Devaberiel war nicht sicher, wo sie denn nun genau herkamen; nur Dweomerleute wußten solche Dinge.

Mit einem letzten Ruck befreiten die Männer das Lamm aus der Kruste und warfen es auf die Blätter. Der Geruch nach gebackenem Fleisch, durchzogen von Gewürzen, war so einladend, daß Devaberiel unwillkürlich näher ging, aber er mußte auf seine Portion warten. Calonderiel, ein Vetter von Manaverr und diesem sehr ähnlich, kam auf ihn zu und begrüßte ihn.

»Worum geht es bei dieser geheimnisvollen Frage?« wollte Devaberiel wissen. »Manaverr sagte mir, daß du etwas über jemandes Herkunft wissen willst.«

»Ich bin nur neugierig. Wußtest du, daß ich mit Aderyn geritten bin, als er nach Osten ging?«

»Im vergangenen Sommer? Ich habe davon gehört, ja.«

»Also gut. Ich bin dort einem menschlichen Heerführer mit Namen Rhodry Maelwaedd begegnet, einem Jungen von zwanzig Jahren. Es stellte sich heraus, daß er Elfenblut in sich hat. Ich fragte mich, ob du vielleicht weißt, wie das in seinen Clan geraten ist.«

»Eine Frau des Volkes der Elfen hat vor langer Zeit Pertyc Maelwaedd geheiratet, vor … oh, wann war das bloß … nun, sagen wir, vor etwa zweihundert Jahren. Pertyc war ein wichtiger Mann, wenn ich mich recht erinnere. Ich weiß, daß er einen Sohn hatte, der seine Stellung erbte und das Elfenblut weitergab.«

»Aber über zweihundert Jahre hinweg? Ist das schon so lange her? Ich habe gesehen, wie Rhodry ein Stück Zwergensilber anfaßte, und es blitzte in seiner Hand auf.«

»Tatsächlich? Hm. Du hast recht – von einem so weit entfernten Vorfahren kann das nicht kommen. Wie hieß sein Vater?«

»Tingyr Maelwaedd, und seine Mutter ist Lovyan vom Clw Coc.«

Devaberiel wurde plötzlich sehr still. Wann war das gewesen? Er erinnerte sich noch sehr gut an ihr Gesicht – sie war ein hübsches Mädchen gewesen, trotz der runden Ohren und runden Augen, und so melancholisch. Aber wann waren sie einander begegnet? In diesem ungewöhnlich trockenen Sommer, oder? Ja, und tatsächlich, das war einundzwanzig Jahre her.

»Bei der Finsteren Sonne!« rief Devaberiel. »Und ich habe nie erfahren, daß sie schwanger war!«

Calonderiel brüllte vor Lachen. Überall drehten sich Männer und Frauen neugierig nach ihnen um. Devaberiel konnte hören, wie sie »Was hat er gesagt?« murmelten und »Habe ich recht gehört?«.

»Ist das nicht ein guter Witz?« Calonderiel grinste. »Da habe ich ja genau den richtigen Barden gefunden, der mir meine Frage beantworten konnte. Wir wissen, daß du etwas für rundohrige Frauen übrig hast, mein Freund.«

Devaberiel schnaubte. »So viele waren es auch wieder nicht.«

Als Calonderiel wieder zu lachen begann, versetzte der Barde ihm einen freundschaftlichen Schlag.

»Hör auf, hier rumzukreischen wie ein Kobold! Ich will mehr über meinen Sohn wissen. Jede Einzelheit, an die du dich erinnern kannst.«

Nur wenige Tage später war Rhodry Gegenstand eines weiteren Gesprächs, das diesmal in Bardek stattfand, auf der anderen Seite des Südmeers. In einem Zimmer im Obergeschoß einer einsamen Villa tief im Hügelland der Hauptinsel hatten es sich zwei Männer auf einem Diwan gemütlich gemacht und beobachteten einen dritten, der an einem Tisch saß, auf dem sich Pergamentrollen und Bücher häuften. Dieser Mann war ungeheuer fett und so schwammig und faltig wie ein kaputter Lederball. Nur noch ein paar dünne Haarsträhnen zierten seinen dunklen Schädel. Immer, wenn er aufblickte, schlossen sich seine Augen unwillkürlich halb. Er hatte sich so lange und so tief im dunklen Dweomer verloren, daß er nicht einmal mehr einen Namen hatte. Er war einfach der Alte.

Die anderen beiden Männer stammten aus Deverry. Alastyr, der wie fünfzig aussah, tatsächlich aber fast siebzig war, war untersetzt, mit eckigem Gesicht und grauem Haar. Auf den ersten Blick wirkte er wie ein typischer Kaufmann aus Cerrmor, mit seinen karierten Brigga und dem hübsch bestickten Hemd, und tatsächlich strengte er sich sehr an, diesen Eindruck zu erwecken. Der andere, Sarcyn, war gerade dreißig geworden. Mit seinem dichten blonden Haar, den dunkelblauen Augen und den gleichmäßigen Gesichtszügen sah er eigentlich recht gut aus, aber etwas an seinem Lächeln, an dem Glühen seiner Augen stieß die meisten Leute ab. Beide Männer sagten kein Wort, ehe der Alte nicht aufblickte und den dunklen Kopf wandte, damit er sie sehen konnte.

»Ich habe alles noch einmal durchgerechnet.« Seine Stimme klang wie das Rascheln getrockneter Zweige, die gegeneinanderreiben. »Hier ist etwas Verborgenes am Werk, das ich nicht verstehe, ein Geheimnis, eine Kraft des Schicksals vielleicht, die unseren Plänen entgegenarbeitet.«

»Könnte es nicht einfach der Meister des Aethyr sein?«

fragte Alastyr. »Loddlaens Krieg verlief genau wie geplant, bis sich Nevyn eingemischt hat.«

Der Alte schüttelte den Kopf und griff nach einem Pergament.

»Hier ist das Horoskop von Tingyr, Rhodrys Vater. Meine Kunst ist sehr kompliziert, junger Alastyr. Ein einzelnes Horoskop enthüllt nur wenige Geheimnisse.«

»Aha. Das war mir nicht klar.«

»Zweifellos, denn nur wenige kennen die Sterne so wie ich. Nun, die meisten Narren glauben, wenn jemand tot ist, ist sein Horoskop zu nichts mehr nütze, aber Astrologie ist die Kunst, Anfänge zu erforschen. Was immer ein Mann in seinem Leben tut – dazu gehört auch, einen Sohn zu zeugen –, wird von seinen Sternen beeinflußt, und dieser Einfluß endet nicht mit seinem Tod. Und als ich dieses Horoskop mit bestimmten anderen Dingen verglich, wurde klar, daß Tingyr in diesem Jahr durch Verrat einen Sohn verlieren würde. Das Horoskop des älteren Bruders zeigte, daß er in Gefahr war, also ist Rhodry offenbar der Sohn, der stirbt.«

»Nun, das Jahr ist noch nicht vorüber. Es wäre kein Problem, ein paar Attentäter zu schicken.«

»Kein Problem, aber vollkommen sinnlos. Die Vorzeichen künden deutlich davon, daß er im Kampf sterben wird. Hast du alles vergessen, was ich dir je beigebracht habe?«

»Ich bitte demütig um Verzeihung.«

»Außerdem geht das Jahr in Deverry an Samaen zu Ende. Wir haben nur noch weniger als einen Monat. Nein, es ist, wie ich es sage. Irgend etwas Verborgenes ist hier am Werk.« Er senkte den Blick wieder zu den Papieren auf dem Tisch. »Und dennoch, es sah so aus, als hätte ich alles, was ich brauchte. Das läßt Schlimmes erwarten – für uns alle. Nein, Alastyr, wir werden keine Attentäter schicken; wir werden überhaupt nichts Übereiltes tun, ehe ich nicht dieses Rätsel gelöst habe.«

»Es wird selbstverständlich geschehen, wie Ihr wünscht.«

»Selbstverständlich.« Der Alte griff nach einem Knochengriffel und tippte damit auf ein weiteres Pergament. »Auch diese Frau läßt mich staunen. Diese Jill ist mir wahrhaftig ein Rätsel. Es gab keinerlei Vorzeichen über eine Frau, die kämpfen kann wie ein Mann. Ich wünschte, ich hätte mehr Informationen über sie, vielleicht ihr Geburtsdatum, so daß ich ihre Sterne lesen kann.«

»Ich werde alles daransetzen, es zu erkunden, bevor ich zurückkehre.«

Mit einem zustimmenden Nicken, das sein fettes Doppelkinn zittern ließ, verlagerte der Alte sein Gewicht im Sessel.

»Schick deinen Schüler, daß er mir mein Essen holt.«

Alastyr winkte Sarcyn, der sich erhob und gehorsam das Zimmer verließ. Der Alte betrachtete einen Augenblick die geschlossene Tür.

»Er haßt dich«, sagte er schließlich.

»Tatsächlich? Dessen war ich mir nicht bewußt.«

»Zweifellos strengt er sich auch sehr an, es zu verbergen. Nun, es gehört sich, daß ein Schüler gegen den Meister ankämpft. Niemand folgt dem Dunklen Pfad, wenn er nicht um sein Wissen kämpft. Aber Haß? Das kann gefährlich werden.«

Alastyr fragte sich, ob der Alte vielleicht ein Vorzeichen bemerkt hatte, das Sarcyn als bedrohlich kennzeichnete. So etwas würde der Meister nur für einen hohen Preis verraten. Der Alte war der größte Experte in diesem Bereich des dunklen Dweomer: Wenn es darum ging, dem unwilligen Universum Hinweise auf die Zukunft zu entringen, war er unschlagbar. Seine persönliche Perversion der Astrologie war nur ein Teil seiner Kunst, die auch Meditation und eine gefährliche Art astraler Weitsicht einschloß. Da er in gewisser Weise vollkommen ehrlich war, brachten ihm die anderen

Dweomermänner dieses abseitigen Pfads eine Achtung und Treue entgegen, die in ihren Kreisen selten war. In gewissem Sinn war er beinahe so etwas wie ein Anführer ihrer »Bruderschaft«. Da sein Alter und sein Umfang ihn in dieser Villa festhielten, hatte Alastyr einen Handel mit ihm abgeschlossen. Im Austausch für die Hilfe des Meisters bei seinen eigenen Plänen sollte er für den Alten Arbeiten erledigen, die Beweglichkeit voraussetzten.

Ein paar Minuten später kehrte Sarcyn zurück und brachte eine Schüssel auf einem Tablett, das er vor dem Alten absetzte. Dann ließ er sich wieder an Alastyrs Seite nieder. In der Schüssel lag rohes Fleisch, frisch geschlachtet, mit noch warmem Blut: eine für alternde Meister der dunklen Künste notwendige Nahrung. Der Alte griff mit spitzen Fingern nach einem Bissen und verschlang ihn.

»Was nun deine eigene Arbeit angeht«, sagte er, »so reift der Zeitpunkt heran, an dem du finden wirst, was du suchtest, aber du mußt sehr vorsichtig sein. Ich weiß, daß du viele Vorsichtsmaßnahmen ergriffen hast, aber bedenke, wie sorgfältig wir daran gearbeitet haben, Rhodry zu eliminieren. Und du weißt, wie das ausgegangen ist.«

»Ich versichere Euch, ich werde in meiner Wachsamkeit nicht nachlassen.«

»Gut. Im nächsten Sommer werden die Planeten auf eine Weise zueinander stehen, die sich gegen den Hochkönig von Deverry auswirkt. Diese Konfiguration wiederum wird beeinflußt von subtilen Dingen, die du nicht verstehen kannst. All diese Vorzeichen zusammen weisen darauf hin, daß der König einen mächtigen Wächter verlieren könnte, wenn sich jemand um dieses Ziel bemüht.«

»Hervorragend! Der Edelstein, hinter dem ich herjage, ist genauso ein Wächter.«

Der Alte hielt inne und aß ein weiteres Stück Fleisch.

»Das ist alles recht interessant, kleiner Alastyr. Bisher hast du deinen Teil unseres Handels eingehalten, vielleicht sogar besser, als du selbst weißt. So viele seltsame Dinge.« Er klang beinahe verträumt. »Sehr, sehr interessant. Wenn du nach Deverry zurückkehrst, werden wir sehen, ob mehr seltsame Dinge geschehen. Verstehst du, was ich meine? Du mußt unbedingt wachsam bleiben, jeden Augenblick.«

Alastyr spürte, wie eine eiskalte Hand seinen Magen umschloß. Daß der Alte seinen eigenen Voraussagen nicht mehr so recht traute, war eine Warnung.

Devaberiel Silberhand kniete in seinem roten Lederzelt und kramte in einer Tasche, die mit Ranken und Rosen bestickt war. Da es eine recht große Tasche war, brauchte es einige Zeit, bis er gefunden hatte, was er suchte. Gereizt zog er alte Trophäen von Sängerwettbewerben hervor, die erste grobe Stickerei, die seine Tochter je fertiggestellt hatte, zwei Silberknöpfe, die nicht zusammenpaßten, ein Fläschchen mit Duftwasser aus Bardek und ein Holzpferd, das ihm einmal eine Geliebte geschenkt hatte, an deren Namen er sich nicht mehr erinnern konnte. Ganz unten fand er den kleinen Lederbeutel, der so alt war, daß das Leder Risse hatte.

Er öffnete ihn und schüttelte den Ring darin in seine Hand. Obwohl er aus Zwergensilber bestand und daher noch glänzte wie an dem Tag, als Devaberiel ihn weggepackt hatte, lag kein Dweomer darauf, oder zumindest keiner, den er jemals hatte entdecken können. Der Ring war etwa ein Drittel Zoll breit, auf der Außenseite waren Rosen und ein paar Worte in elfischen Zeichen eingraviert, einige Worte auf der Innenseite aber stammten aus einer fremden Sprache. In den zweihundert Jahren, in denen er diesen Ring besaß, hatte er nie einen Weisen finden können, der sie lesen konnte.

Er war auf geheimnisvolle Weise in den Besitz dieses Rings

gelangt. Damals war er noch ein junger Mann gewesen, der gerade erst seine Bardenausbildung beendet hatte und mit dem Alar einer Frau ritt, die ihn besonders reizte. Eines Nachmittags war ein Reisender auf einem goldfarbenen Hengst herangeritten. Als Devaberiel und ein paar andere Männer ihm entgegenritten, um ihn zu begrüßen, erlebten sie eine Überraschung. Obwohl der Fremde aus der Entfernung ausgesehen hatte wie jeder andere vom Volk auch, mit dem dunklen Haar und den tiefschwarzen Augen der Leute aus dem Westen, war es aus der Nähe schwer zu sagen, wie er aussah. Es schien, als veränderten sich seine Züge ununterbrochen, wenn auch nur geringfügig. Einmal wirkte sein Mund schmaler, dann breiter, und der ganze Mann sah einmal kleiner, dann größer aus. Er stieg ab und sah den Männern entgegen.

»Ich möchte mit Devaberiel dem Barden sprechen.«

»Hier bin ich.« Devaberiel trat vor. »Woher wißt Ihr meinen Namen?«

Der Fremde lächelte nur.

»Darf ich dann fragen, wie Ihr heißt?« sagte Devaberiel.

»Nein.« Wieder lächelte der Fremde. »Aber ich habe etwas für Euch: ein Geschenk für einen Eurer Söhne, junger Barde, denn Ihr werdet Söhne haben. Bei jedem solltet Ihr, wenn er geboren wird, mit einer Person sprechen, die den Dweomer kennt. Sie werden Euch sagen können, welcher von ihnen das Geschenk empfangen soll.«

Als er Devaberiel den Ring und den Beutel überreichte, schienen seine Augen eher blau als schwarz zu sein.

»Ich danke Euch, guter Herr, aber wer seid Ihr?«

Der Fremde lachte, dann stieg er wieder in den Sattel und ritt ohne ein weiteres Wort davon.

In den nächsten Jahren hatte Devaberiel nichts weiter über den Ring erfahren. Alle Weisen und Dweomermeister, mit denen er gesprochen hatte, hatten ihm allerdings gesagt, der

Mann müsse einer der Wächter gewesen sein, einer jener halbgöttlichen Wesen, deren geheimnisvolle Wege manchmal die der Elfen kreuzten. Kein Sterblicher – das sagten sie jedenfalls – konnte die Wächter verstehen. Sie kamen und gingen, wie es ihnen gefiel. Ihr Äußeres konnten sie so leicht verändern, wie ein Mann das Hemd wechselte.

Tatsächlich hatte Devaberiel Söhne, zwei Söhne, um genau zu sein. Nach der Geburt hatte er jedesmal pflichtbewußt den Ring und das Kind zu einem Dweomermeister gebracht und diesen befragt. Die Vorzeichen hatten allerdings immer dagegen gesprochen, dem Jungen den Ring zu überlassen. Nun hatte er von einem dritten Sohn erfahren. Den Ring in der Hand, ging er zur Tür des Zelts und schaute hinaus. Ein kühler, grauer Nieselregen fiel auf das Lager, der Wind war frisch. Es würde eine unangenehme Reise werden, aber er war entschlossen, die Dweomerfrau zu finden, die die Kraft des Rings am deutlichsten zu spüren schien. Seine Neugier würde ihn nicht ruhen lassen, bis er herausgefunden hatte, ob der Ring vielleicht dem jungen Rhodry ap Devaberiel gehören sollte, der sich immer noch für einen Maelwaedd hielt.

Vom bitterkalten Wind getrieben, peitschte der Regen auf die grauen Straßen von Cerrmor ein. Jill und Rhodry blieb nichts anderes übrig, als sich wie Füchse im Gasthaus am Nordtor der Stadt zu verkriechen. Sie hatten genug Geld, um den ganzen Winter im Warmen zu bleiben und sich gut zu ernähren, also kam sich Jill so reich und glücklich wie eine Lady vor, aber Rhodry verfiel einem Trübsinn, den man nur mit dem unübersetzbaren Namen Hiraedd bezeichnen kann, einer schmerzlichen Sehnsucht nach etwas Unerreichbarem. Er saß stundenlang in der Gaststube und starrte in seinen Bierkrug, während er über seine Ehrlosigkeit nachdachte. Nichts, was Jill tat oder sagte, konnte ihn aus dieser Stimmung herausreißen. Schließlich ließ sie ihn in Ruhe weiterbrüten, obwohl es ihr weh tat, das mit ansehen zu müssen.

Zumindest konnte sie am Abend, wenn sie in ihr Zimmer gingen, mit Küssen und Zärtlichkeit versuchen, etwas zu ändern. Danach war er oft eine Weile glücklich und unterhielt sich mit ihr, wenn sie eng umschlungen beieinanderlagen. Wenn er einschlief, blieb sie oft noch lange wach und betrachtete ihn, als wäre er ein Rätsel, das sie lösen müßte.

Rhodry war ein hochgewachsener, muskulöser Mann mit langen, schmalen Händen, die auf sein Elfenblut verwiesen. Er hatte das rabenschwarze Haar und die kornblumenblauen Augen, die so typisch für die Männer von Eldidd waren, aber an seinem guten Aussehen war nichts Durchschnittliches. Seine Züge waren so vollkommen, daß er ohne die vielen kleinen Narben und Kerben von Kämpfen in seinem Gesicht mädchenhaft ausgesehen hätte. Seit sie einigen vom Westvolk begegnet war – so bezeichneten die Deverrianer die Elfen –, wußte Jill, daß auch sie sehr gut aussahen. Sie dachte über diese Spur von Elfenblut in seinem Clan nach, die, wie Nevyn ihr versichert hatte, zufällig in ihm wieder zum Vorschein gekommen war. Logisch gesehen schien das unmöglich.

Eine lange Nacht des Nachdenkens brachte schließlich die Lösung. Hin und wieder hatte Jill Wahrträume, die im Grunde nichts anderes als Dweomervisionen waren, die sie nicht bewußt beherrschen konnte. Im allgemeinen kamen diese Träume, wie auch dieser, wenn sie lange und angestrengt über etwas nachgedacht hatte. In dieser Nacht, in der der Regen gegen die Fensterläden hämmerte und der Wind um das Gasthaus heulte, schlief sie in Rhodrys Armen ein und träumte von den Elcyion Lacar. Es war, als flöge sie über das Grasland im Westen. Die Sonne brach nur kurz durch die Wolken und verschwand dann wieder. Tief unter ihr, in einem grünen Meer aus Gras, stand eine Gruppe von Elfenzelten, die bunt leuchteten wie Edelsteine.

Plötzlich stand sie auf dem Boden neben ihnen. Ein hochgewachsener Mann mit einem roten Umhang ging an ihr vorbei und verschwand in einem purpurnen und blauen Zelt. Einer Eingebung folgend, schloß sie sich ihm an. Das Zelt war mit Wandbehängen und gestickten Wandtaschen kunstvoll dekoriert, und auf dem Boden lagen Teppiche aus Bardek. Auf ein paar Lederkissen saß eine Elfenfrau, das hellblonde Haar hinter den langgezogenen und spitz zulaufenden Ohren zu Zöpfen geflochten. Ihr Besucher drückte die Handflächen gegeneinander und verbeugte sich vor ihr, dann entledigte er sich des Umhangs und setzte sich neben sie auf den Teppich. Sein Haar war so hell wie Mondlicht, und seine dunkelblauen Augen waren, wie die aller Elfen, vertikal geschlitzt: Pupillen, wie die einer Katze. Aber Jill war dennoch der Ansicht, daß er ebensogut aussah wie ihr Rhodry, und er kam ihr auf seltsame Weise vertraut vor.

»Nun gut, Devaberiel«, sagte die Frau. Obwohl sie elfisch sprach, konnte Jill sie verstehen. »Ich habe meine Steine erforscht, und ich habe eine Antwort für Euch.«

»Ich danke Euch, Valandario.« Er beugte sich ein wenig vor.

In diesem Augenblick bemerkte Jill ein mit geometrischen Mustern besticktes Tuch vor ihnen. An einigen Stellen lagen Edelsteine auf dem Muster aus Dreiecken und Quadraten: Rubine, Berylle, Saphire, Smaragde und Amethyste. Mitten auf dem Tuch lag ein einfacher Silberring. Valandario begann, die Steine an diversen Linien entlangzubewegen, brachte schließlich einen von jeder Farbe zur Mitte und legte mit ihnen ein Fünfeck um den Ring.

»Das Schicksal Eures Sohns ist von diesem Ring umgeben«, sagte sie. »Aber ich weiß nicht, was für ein Schicksal das sein mag, ich kann nur sagen, daß es irgendwo im Norden und in der Luft liegt.«

»In der Luft? Was soll denn das bedeuten?«

»Zweifellos wird alles im Lauf der Zeit deutlich werden.« Valandario machte eine vage Geste. »Aber ich weiß, daß der Ring ihm gehört.«

»Wenn die Götter und die Wächter es so wollen, dann soll es so sein. Ich vertraue Euch. Ich werde dafür sorgen, daß Rhodry den Ring erhält. Vielleicht werde ich selbst nach Dun Gwerbyn reiten und mir meinen Jungen einmal ansehen.«

»Es wäre nicht klug, ihm die Wahrheit zu sagen. Es wäre sogar äußerst unklug.«

»Selbstverständlich. Dem, was Calonderiel mir sagte, entnehme ich, daß er einmal einiges an Ländereien von seinem angeblichen Vater erben wird, und ich will mich nicht einmischen. Ich möchte ihn nur sehen. Immerhin ist es eine ziemliche Überraschung zu hören, daß man einen erwachsenen Sohn hat, von dem man bisher nichts wußte. Obwohl Lovyan mir wohl kaum eine Botschaft hätte schicken können; immerhin war sie immer noch mit diesem anderen Mann verheiratet. Er war sehr mächtig, hatte einen hohen Rang.«

»Ich verstehe.« Valandario blickte plötzlich auf und sah Jill direkt an. »Wer seid Ihr? Wieso kommt Ihr hierher und beobachtet mich als Geist?«

Als Jill versuchte zu antworten, mußte sie feststellen, daß sie nicht sprechen konnte. Gereizt hob Valandario eine Hand und zeichnete ein Siegel in die Luft. Jill erwachte abrupt und fand sich aufrecht neben dem schnarchenden Rhodry im Bett sitzen. Da es kalt im Zimmer war, legte sie sich schnell wieder hin und zog die Decke über sich. Das war ein Wahrtraum, dachte sie bei sich, oh, bei der Mondgöttin, mein Geliebter ist ein halber Elf!

Lange Zeit lag sie noch wach und dachte über diesen Traum

nach. Kein Wunder, daß Devaberiel ihr bekannt vorgekommen war – schließlich war er Rhodrys Vater. Und sie war ehrlich schockiert zu hören, daß Lady Lovyan, die sie sehr bewunderte, ihrem Mann Hörner aufgesetzt hatte; aber immerhin war Devaberiel ein außergewöhnlich gutaussehender Mann. Sie dachte kurz daran, Rhodry von diesem Traum zu erzählen, aber Valandarios Warnung hielt sie zurück. Außerdem würde Rhodry nur noch tiefer in die Verzweiflung getrieben, wenn er jetzt herausfände, daß er kein Maelwaedd, sondern ein Bastard war. Sie konnte seine Anfälle von Hiraedd jetzt schon kaum mehr ertragen.

Und dann war da dieser Ring. Er war ein weiterer Beweis für das, was Nevyn ihr im vergangenen Sommer gesagt hatte: daß Rhodrys Wyrd tief im Verborgenen lag. Sollte sie den alten Mann jemals wiedersehen, würde sie ihm von diesen Vorzeichen erzählen. Bevor sie endgültig einschlief, fragte sie sich, ob sich ihre und Nevyns Pfade wohl je wieder kreuzen würden. Sein Dweomer machte ihr angst, aber sie hatte den alten Mann gern. Das Königreich war weitläufig, und wer wußte schon, auf welchen Wegen der alte Mann weiterziehen würde?

Als sie am nächsten Morgen mit Rhodry im Gastzimmer saß, wurde ihr die volle Bedeutung ihres Traums bewußt. Wieder einmal hatte sich der Dweomer ihres Geistes bemächtigt. Einen Augenblick sackte sie zusammen wie ein Hase, der die Hunde bellen hört und sich ins Gebüsch duckt.

»Stimmt etwas nicht, Liebste?« fragte Rhodry.

»Nein, nein. Ich habe nur … an den Sommer gedacht.«

»Das war wirklich alles reichlich seltsam«, meinte er und schauderte, als hätte ihn ein kalter Luftzug gestreift. »Dieser Loddlaen und seine elende Magie! Es ist schwer zu wissen, daß einen jemand umbringen will, und nicht einmal den Grund dafür zu kennen.«

»Nun, Nevyn sagte ja, er habe den Verstand verloren. Vollkommen wahnsinnig, meinte er.«

»Mir hat er etwas Ähnliches gesagt.« Rhodry senkte die Stimme zu einem Flüstern. »Dieser verfluchte Dweomer! Das reicht aus, um einen in den Wahnsinn zu treiben. Ich bete zu allen Göttern, daß wir es nie wieder mit Zauberei zu tun bekommen.«

Obwohl sie zustimmend nickte, wußte Jill, daß seine Gebete nicht erhört würden. Noch während er sprach, erschien ihr kleiner grauer Gnom auf dem Tisch und setzte sich neben Rhodrys Bierkrug. Ihr ganzes Leben lang hatte Jill das Wildvolk sehen können, und dieses knochige, langnasige Geschöpf war ein enger Freund. Armer Rhoddo, dachte sie, du bist von Dweomer umgeben! Sie war ebenso zornig wie verängstigt. Am liebsten hätte sie diese seltsame Gabe auf der Stelle abgelegt – aber das würde ihr wohl nicht gestattet sein.

Aber hatte Nevyn ihr nicht im letzten Sommer gesagt, wenn sie sich weiterhin weigerte, dieses Talent anzuerkennen und auszubilden, würde es schließlich geringer werden und verschwinden? Obwohl sie hoffte, daß der alte Mann recht hatte – er wußte erheblich mehr über diese Dinge als sie –, hatte sie ihre Zweifel, vor allem, wenn sie daran dachte, wie der Dweomer sie letzten Sommer in Rhodrys Krieg und Rhodrys Leben getrieben hatte. Sie hatte ein einfaches Leben geführt als Bastardtochter eines Silberdolchs, bis ihr Vater den vollkommen alltäglich erscheinenden Auftrag übernommen hatte, eine Handelskarawane zu schützen, die zur Westgrenze von Eldidd zog. Aber von dem Augenblick an, als der Kaufmann Cullyn den Auftrag angeboten hatte, hatte sie gewußt, daß etwas Ungewöhnliches geschehen würde. Sie hatte mit unausweichlicher Sicherheit gespürt, daß ihr Leben eine Wegscheide erreicht hatte. Und wie recht sie gehabt hatte! Zunächst war die Karawane weiter nach Westen in das Land der Elcyion

Lacar vorgestoßen, zu einem Volk, von dem sie geglaubt hatte, es existierte nur in Märchen und Mythen. Dann hatten einige Elfen sie zurück nach Eldidd begleitet, und sie waren mitten in einem Dweomerkrieg gelandet.

Sie war gerade noch rechtzeitig gekommen, um Rhodry das Leben zu retten, indem sie einen Mann tötete, von dem es hieß, der Dweomer habe ihn für unbesiegbar erklärt – Lord Corbyn würde niemals von der Hand eines Mannes fallen, so hatte die Prophezeiung gelautet. Wie alle Dweomerrätsel hatte auch dieses zwei Seiten, und die Hand einer Frau hatte ihn töten können. Als Jill jetzt darüber nachdachte, schien es beinahe zu geordnet, zu schlau, als hätten die Götter ihr Wyrd in der Weise geformt, wie ein Handwerker aus Bardek eine Rätselschachtel baute, mit all diesen kleinen Mechanismen, die am Ende überhaupt nichts zu bedeuten hatten. Und dann erinnerte sie sich wieder an die Elfen, die einem anderen Volk als dem ihren angehörten, und an Rhodry, der zur Hälfte einer der Ihren war. Sie erkannte, daß Rhodry seinen Feind vielleicht selbst hätte töten können, wenn er nur daran geglaubt hätte, und daß sie zwar zu einer günstigen Zeit eingetroffen war, das alles aber nicht unbedingt Bestimmung gewesen sein mußte – ebensowenig, wie man sagen könnte, daß ein Schneesturm im Winter auf mächtige Dweomereinflüsse zurückzuführen war.

Und dennoch war es Dweomer gewesen, der sie zu ihm geführt hatte, dessen war sie sich sicher. Wenn es nicht darum gegangen war, ihm das Leben zu retten, dann aus irgendeinem anderen rätselhaften Grund. Obwohl der Gedanke sie schaudern ließ, fragte sie sich dennoch, wieso Dweomer sie so ängstigte, warum sie sicher war, daß es sie umbringen würde, wenn sie dem Weg des Dweomer folgte. Plötzlich erkannte sie: Sie fürchtete, daß sie, wenn sie sich mit dem Dweomer einließ, nicht nur sich selbst, sondern auch Rhodry den Tod bringen würde. Und obwohl sie sich immer wieder sagte, daß dieser

Gedanke dumm und unvernünftig war, schien diese Angst sie zu umgeben wie Rauch, beißend und erstickend. Einen Augenblick glaubte sie tatsächlich, die grauen Wirbel zu sehen, die sich durch den Raum wanden. Als sie aufsprang und eine Warnung herausschreien wollte, war der Rauch verschwunden – nur eine weitere Dweomervision.

Sie konnte nicht wissen, daß der Rauch ihrer Vision von einem Feuer stammte, das dreihundert Jahre zuvor gebrannt hatte, als sie und Rhodry andere Leben gehabt hatten, wie alle Seelen viele Leben haben, so viele wie der Mond, der dem Kreislauf vom Licht zur Dunkelheit und wieder ins Licht folgt.

DEVERRY 773

Alle Männer haben die beiden lächelnden Gesichter der Göttin gesehen, die Liebe in die Herzen der Menschen bringt. Einige kennen auch das ernste Gesicht der Mutter, die ihre Kinder tadeln muß, weil sie Fehler machen. Aber wie viele sehen je das vierte Gesicht der Göttin, das selbst den meisten Frauen auf Erden verborgen bleibt?

Diskurse der Priesterin Camylla

Der Reiter glitt vom Pferd aufs Pflaster hinab, taumelte und fiel auf die Knie. Gweniver stürzte vor und packte ihn an den Schultern, bevor er hinfallen konnte. Warmes Blut drang durch sein Hemd und klebte an ihren Händen.

»Geschlagen, Herrin«, keuchte er. »Euer Bruder ist tot.«

Blut brach ihm aus dem Mund. Er war tot. Als sie ihn hinlegte, warf sein Pferd den Kopf zurück, dann blieb es zitternd stehen, bedeckt mit grauem Schweiß. Als sie aufstand, kam der Stalljunge angerannt.

»Tu für das Pferd, was du kannst«, sagte sie. »Dann sag allen Dienern, sie sollen packen und fliehen. Wir müssen hier raus, oder wir werden die Nacht nicht überleben.«

Sie wischte sich die Hände am Kleid ab und rannte über den Hof zum hohen Broch des Wolfsclans, der noch in dieser Nacht in Flammen aufgehen würde, ohne daß sie es verhindern konnte. Drinnen in der großen Halle drängten sich ihre Mutter Dolyan, ihre jüngere Schwester Macla und Mab, die alte Dienerin, an der Ehrenfeuerstelle.

»Die Männer des Ebers haben unseren Kriegshaufen auf der Straße gestellt«, sagte Gweniver. »Avoic ist tot, die Fehde hat ein Ende.«

Dolyan warf den Kopf zurück und stieß einen Schrei der

Klage um ihren Mann und ihre drei Söhne aus. Macla klammerte sich schluchzend an Mab.

»Seid still!« schrie Gweniver sie an. »Der Kriegshaufen des Ebers ist zweifellos schon auf dem Weg hierher. Wollt ihr, daß wir als Kriegsbeute enden?«

»Gwen!« jammerte Macla. »Wie kannst du so kaltherzig sein?«

»Lieber kaltherzig als geschändet. Und jetzt eilt euch. Packt alles, was ihr tragen könnt, auf ein Pferd. Wir reiten zum Mondtempel. Wenn wir ihn lebend erreichen, werden die Priesterinnen uns Zuflucht gewähren. Hörst du, Mutter, oder willst du zusehen, wie Maccy und ich dem Kriegshaufen überlassen werden?«

Diese bewußte Brutalität brachte Dolyan zum Schweigen.

»Gut«, sagte Gweniver. »Und jetzt eilt euch.«

Sie folgte den anderen die Wendeltreppe hinauf, aber sie ging in die Kammer ihres Bruders, nicht in ihre eigene. Aus einer geschnitzten Truhe neben seinem Bett holte sie ein Paar alte Brigga und eins seiner Hemden. Seine Kleider anzuziehen ließ sie in Tränen ausbrechen – sie hatte Avoic, der erst vierzehn gewesen war, gern gehabt –, aber jetzt war keine Zeit zum Trauern. Sie schnallte sich sein zweitbestes Schwert um und außerdem einen alten Dolch. Sie war alles andere als eine geübte Kriegerin, aber ihre Brüder hatten ihr immerhin die Grundzüge des Schwertkampfs beigebracht. Schließlich löste sie die Spange, die ihr langes blondes Haar zusammenhielt, und schnitt es mit dem Dolch kurz. Bei Nacht würde sie männlich genug aussehen, um jeden vereinzelten Plünderer noch einmal darüber nachdenken zu lassen, ihre Gruppe auf der Straße anzugreifen.

Über dreißig Meilen bis zur sicheren Zuflucht hatten sie vor sich. Gweniver trieb die anderen Frauen immer wieder an, schneller zu reiten, im Trab, im Schritt, hin und wieder im

Galopp. Dann wieder drehte sie sich im Sattel um und hielt nach Staubwolken über der Straße Ausschau, die anzeigen würden, daß man sie verfolgte. Kurz nach Sonnenuntergang ging der Mond auf und führte sie mit seinem heiligen Licht. Inzwischen schwankte Dolyan vor Erschöpfung im Sattel. Gweniver entdeckte ein Gehölz am Straßenrand und führte die anderen für eine kurze Rast dorthin. Sie mußte Dolyan und Mab aus dem Sattel helfen.

Sie kehrte zur Straße zurück, um Wache zu halten. Weit entfernt am Horizont, in der Richtung, aus der sie gekommen waren, konnte sie ein Glühen ausmachen, wie von einem kleinen aufgehenden Mond. Das war vermutlich die brennende Festung. Sie zog ihr Schwert und umklammerte den Griff, während sie zu dem Glühen hinstarrte. Plötzlich hörte sie Hufe schlagen und sah einen Reiter auf sich zu galoppieren. Hinter ihr im Gehölz wieherten die Pferde zum Gruß und verrieten sie damit.

»In den Sattel!« schrie sie. »Macht euch bereit!«

Der Reiter kam näher, dann stieg er ab und zog sein Schwert. Als er auf sie zukam, sah sie die Bronzenadel an seinem Umhang im Mondlicht glitzern: Er gehörte zum Eber.

»Wer bist du, Junge?« fragte er.

Gweniver duckte sich, zum Kampf bereit.

»Ein Page des Wolfs, nehme ich an. Und was beschützt du da so treu? Ich töte ungern ein halbes Kind wie dich, aber ich habe meine Befehle. Also komm schon, und übergib mir die Frauen.«

Verzweifelt griff Gweniver an. Der Mann war überrascht, stolperte und riß das Schwert unkontrolliert nach oben. Sie schlug zu und traf ihn fest an der einen Seite des Halses, dann auf der anderen, wie ihr Bruder Benoic es ihr einmal gezeigt hatte. Mit ungläubigem Stöhnen brach der Mann in die Knie und starb vor ihren Füßen. Gweniver hätte sich beinahe übergeben. Im Mondlicht war die Schwertklinge dunkel vor Blut, nicht blitzend sauber wie bei den Übungsstunden. Der Angstschrei ihrer Mutter brachte sie wieder zu Verstand. Sie lief auf das Pferd des Mannes zu, packte die Zügel, als es gerade davonrennen wollte, und führte es zum Gehölz.

»Daß es so weit kommen mußte!« schluchzte Mab. »Daß ein Mädchen, das ich aufgezogen habe, gezwungen ist, auf der Straße zu kämpfen! O ihr heiligen Götter, wann werdet ihr Gnade mit dem Königreich haben?«

»Wann es ihnen paßt, und keinen Augenblick früher«, sagte Gweniver. »Und jetzt steigt auf! Wir müssen hier weg.«

Tief in der Nacht erreichten sie den Mondtempel, der oben auf einem Berg stand, umgeben von einer Steinmauer. Gemeinsam mit Freunden und Vasallen hatte Gwenivers Vater das Geld für den Bau der Mauer beigesteuert, eine weitsichtige Großzügigkeit, die jetzt seine Frau und seine Töchter retten würde. Sollte tatsächlich ein kriegstrunkener Kämpfer es wagen, den Zorn der Göttin auf sich zu ziehen, indem er Einlaß verlangte, würde ihn die Mauer lange genug abhalten, bis er wieder zu Verstand gekommen war. Am Tor rief Gweniver so lange, bis schließlich eine verängstigte Stimme von drinnen antwortete, man sei auf dem Weg. Eine Priesterin, die in einen Umhang gehüllt war, zog das Tor einen Spalt auf, und als sie Dolyan sah, öffnete sie es weiter.

»Herrin, ist Eurem Clan Böses geschehen?«

»Ja. Werdet Ihr uns Zuflucht gewähren?«

»Gern, aber ich weiß nicht, was wir mit diesem Jungen machen sollen, den Ihr bei Euch habt.«

»Das ist nur Gwen, die die Kleider ihres Bruders trägt«, warf Gweniver ein. »Ich dachte, es wäre besser, so zu tun, als hätten wir einen Mann bei uns.«

»Dann ist es ja gut. Kommt schnell herein.«

Das Mondlicht warf unheimliche Schatten auf das ausgedehnte Tempelgelände. Dicht gedrängt standen hier mehrere Gebäude, einige aus Stein, einige hastig aus Holz gezimmert. Priesterinnen mit Umhängen über den Nachthemden kamen heraus, um sich der Flüchtlinge anzunehmen. Ein paar brachten die Pferde in den Stall, andere führten Gweniver und die anderen Frauen in das langgezogene hölzerne Gästehaus. Einst ein eleganter Palast für Edelfrauen, die dem Tempel einen Besuch abstatteten, war es nun vollgestopft mit Pritschen und Truhen und beherbergte Frauen aller Ränge. Die Blutfehde, die gerade den Wolfsclan auf drei Frauen reduziert hatte, war nur ein einzelner Faden in dem grauenvollen Wandteppich des Krieges.

Im Licht einer Kerze fanden die Priesterinnen für ihre neuesten Gäste Pritschen in einer Ecke. Inmitten all des Geflüsters und der Verwirrung legte Gweniver sich nieder und schlief sofort ein, die Stiefel noch an den Füßen.

Sie erwachte in einem stillen, leeren Schlafsaal, in den Licht durch die schmalen Fenster unter dem Dach eindrang. Sie war so oft in diesem Tempel gewesen, daß sie einen Augenblick ganz durcheinander war: War sie hier, um zu beten oder ihren Clan bei den Ernteriten zu vertreten? Dann kam die Erinnerung zurück, schneidend wie ein Schwertstreich.

»Avoic«, flüsterte sie. »O Avoic!«

Aber die Tränen blieben aus, und Gweniver merkte, daß sie hungrig war. Wund und steif stand sie auf und ging durch eine Tür am Ende des Schlafsaals ins Refektorium, in dem die Tische für die Flüchtlinge standen. Eine Novizin in einem weißen Gewand mit grüner Schärpe schrie auf, dann lachte sie.

»Entschuldigung, Gwen, ich dachte einen Augenblick, du wärst ein Junge. Setz dich, ich hole dir Haferbrei.«

Gweniver löste den Schwertgürtel und legte ihn auf den Tisch. Sie fuhr mit dem Finger über Avoics zweitbeste Schwertscheide. Sie war mit Silber beschlagen und mit Spiralen und stilisierten Wölfen eingelegt. Dem Gesetz nach war sie jetzt das Oberhaupt des Wolfsclans, aber sie bezweifelte, daß sie diese Stellung je wirklich beanspruchen konnte. Um in der weiblichen Linie zu erben, würde sie größere Hindernisse überwinden müssen als Tieryn Burcan vom Eber.

Kurze Zeit später kam Ardda, die Hohepriesterin des Tempels, und setzte sich zu ihr. Obwohl sie nicht mehr jung war, ihr Haar langsam grau wurde und Falten ihre Augen umgaben, hielt sich Ardda noch wie ein junges Mädchen, und ihr Schritt war schwungvoll.

»Nun, Gwen, du erzählst mir seit Jahren, daß du Priesterin werden möchtest. Ist diese Zeit nun für dich gekommen oder nicht?«

»Das weiß ich nicht, Herrin. Ihr wißt, daß ich immer Zweifel wegen meiner Berufung hatte, aber habe ich jetzt überhaupt noch eine Wahl?«

»Vergiß nicht, daß dir das Wolfsland als Mitgift zufällt. Wenn das bekannt wird, wird so mancher unter den Verbündeten deines Vaters dich aus dem Tempel holen wollen.«

»Aber ich wollte nie heiraten!«

Seufzend berührte Ardda mit der Hand ihre rechte Wange, auf der eine halbmondförmige Tätowierung zu sehen war. Jeder Mann, der eine Frau mit diesem Zeichen in Begierde berührte, mußte sterben. Nicht nur die Adligen, sondern jeder freigeborene Mann würde den Schänder töten. Alle wußten, daß der Zorn der Göttin ihnen Hungersnöte bescheren würde, und kein Mann würde mehr Söhne zeugen können, solange eine solche Freveltat ungerächt blieb.

»Wie ich dich kenne, wirst du das Wolfsland behalten wollen«, sagte Ardda. »Und das bedeutet, daß du heiraten mußt.«

»Es geht mir nicht nur um das Land. Ich will meinen Clan

am Leben halten. Möge die Göttin mich verdammen, wenn ich zulasse, daß die stinkenden Eber gewinnen!«

»Ich wünschte, du würdest hier im Tempel nicht fluchen.«

»Ich fluche nicht. Ich meine es ernst. Aber meine Schwester ist auch noch da. Wenn ich mich der Göttin verpflichtete, würde das Erbrecht an Maccy übergeben. Sie hatte immer viele Bewerber, selbst als ihre Mitgift noch gering war.«

»Aber könnte sie den Clan regieren?«

»Selbstverständlich nicht, aber wenn ich ihr den richtigen Mann suche – hört mich nur reden! Wie kann ich den König auch nur dazu bewegen, meine Bitte anzuhören? Ich wette, der Eber ist schon auf dem Weg hierher, um uns einzupferchen wie Stallschweine.«

Kaum eine Stunde später sollte sich das bewahrheiten. Gweniver ging ruhelos im Gästehaus auf und ab, als sie Hufschlag und Waffenklirren hörte. Als sie aufs Tor zurannte, kamen auch die Priesterinnen und riefen der Torhüterin zu, die Tore zu schließen. Gweniver half, den schweren Eisenriegel vorzulegen, als die Reiter in Sicht kamen. Ardda stand bereits auf dem Wehrgang über dem Tor. Zitternd vor Wut kletterte Gweniver zu ihr.

Auf der Ebene vor dem Tempelhügel zügelte der Kriegshaufen des Ebers die Pferde und nahm eine geordnete Aufstellung ein. Burcan lenkte sein Pferd aus dem Haufen heraus und ritt auf das Tor zu. Er war ein Mann in mittleren Jahren, hatte eine breite graue Strähne im tiefschwarzen Haar und einen dichten Schnurrbart. Gweniver war im Haß gegen ihn erzogen worden, und nun hatte er ihren Clan getötet. Wäre er näher herangekommen, hätte sie ihm ins Gesicht gespuckt.

»Was wollt Ihr?« rief Ardda. »Sich dem heiligen Mond kriegsbereit zu nähern ist eine Beleidigung der Gottheit.«

»Ich will niemanden beleidigen, Euer Heiligkeit«, rief er mit seiner tiefen, knurrenden Stimme zurück. »Wir sind nur in Eile gewesen. Ich sehe, daß Lady Gweniver bei Euch Zuflucht gefunden hat.«

»Und hier wird sie auch in Sicherheit bleiben, falls Ihr nicht Gefahr laufen wollt, daß die Göttin Euer Land mit Unfruchtbarkeit schlägt.«

»Wofür haltet Ihr mich? Ich werde nicht gegen die heiligen Gesetze verstoßen. Ich bin gekommen, um der Lady ein Friedensangebot zu machen.« Er drehte sich leicht im Sattel, um Gweniver anzusprechen. »Schon viele Blutfehden sind durch Heirat beendet worden, Herrin. Nehmt meinen zweiten Sohn zum Mann und herrscht gemeinsam mit ihm im Namen des Ebers über das Wolfsland.«

»Ich werde niemals zulassen, daß einer der Euren mich mit seinen schmutzigen Fingern berührt, Bastard! Und was erwartet Ihr von mir – daß ich diesem falschen König, dem Ihr dient, Treue schwöre?«

Burcans breites Gesicht lief rot an.

»Wenn mein Sohn Euch nicht bekommt, dann wird keiner Euch nehmen, und dasselbe gilt für Eure Schwester. Ich werde Euer Land durch Blutfehde nehmen, wenn ich muß. Das verspreche ich Euch!«

»Ihr vergeßt Euch, Herr!« fauchte Ardda. »Ich verbiete Euch, noch einen Augenblick länger auf Tempelland zu bleiben. Bringt Eure Männer hier weg, und versucht nicht wieder, einer zu drohen, die der Göttin dient.«

Burcan zögerte, dann zuckte er mit den Achseln und lenkte sein Pferd davon. Er sammelte seine Männer um sich, und sie zogen sich zur Straße zurück, in einiger Entfernung vom Fuß des Hügels. Gweniver ballte die Fäuste so fest, daß sie schmerzten, als der Kriegshaufen auf der Wiese auf der anderen Seite der Straße sein Lager aufschlug, zwar nicht mehr auf Tempelland, aber durchaus nah genug, um alles zu überwachen, was dort geschah.

»Sie werden nicht ewig bleiben können«, sagte Ardda. »Sie werden nach Dun Deverry ziehen müssen, um ihren Pflichten gegenüber dem König nachzukommen.«

»Das stimmt, aber ich wette, sie bleiben so lange, wie sie können.«

Ardda lehnte sich an die Befestigung und seufzte. Plötzlich sah sie sehr alt und sehr müde aus.

Zu dem Bürgerkrieg war es folgendermaßen gekommen: Vierundzwanzig Jahre zuvor war der Hochkönig ohne männlichen Erben gestorben, und seine Tochter, ein kränkliches junges Mädchen, war ihm bald in den Tod gefolgt. Jede seiner drei Schwestern hatte Söhne von ihren hochrangigen Männern, Gwerbret Cerrmor, Gwerbret Cantrae und dem künftigen Erben des Königreichs Eldidd. Dem Gesetz nach hätte der Thron an den Sohn der ältesten Schwester gehen müssen, die mit Cantrae verheiratet war. Man hatte aber den Gwerbret im Verdacht, sowohl den König als auch die Prinzessin vergiftet zu haben, um sich den Thron zu verschaffen. Gwerbret Cerrmor verbreitete diesen Verdacht nach Kräften, denn er beanspruchte den Thron für seinen eigenen Sohn. Der Prinz von Eldidd erhob ebenfalls Anspruch auf die Herrschaft, weil sein Sohn von zwei Seiten königliches Blut habe. Da Gwenivers Vater niemals für einen Fremden aus Eldidd gekämpft hätte, hatte der Wolfsclan seine Wahl getroffen, als sich der mit ihm schon lange verfeindete Eber auf die Seite von Cantrae schlug.

Jahr um Jahr tobte der Kampf um den eigentlichen Preis, die Stadt Dun Deverry, die in einem Sommer von der einen Seite übernommen wurde, nur um ein paar Jahre später an die andere zu fallen. Nach so vielen Belagerungen bezweifelte Gweniver, daß noch viel von der Heiligen Stadt übrig war. Aber wer immer sie besaß, war der König. Den Winter über war die Stadt in den Händen von Cantrae gewesen, aber jetzt war es Frühling. Überall in dem zerrissenen Königreich riefen jene, die den Thron für sich beanspruchten, ihre Verbündeten wieder zusammen und schmiedeten ihre Allianzen neu. Gweniver war sicher, daß inzwischen alle Verbündeten ihres Clans sich in Cerrmor aufhielten.

»Hör zu, Maccy«, sagte sie. »Es kann sein, daß wir den ganzen Sommer lang hierbleiben müssen, aber irgendwann wird jemand mit einem Kriegshaufen kommen und uns hier rausholen.«

Macla nickte betrübt. Sie saßen im Tempelgarten auf einer kleinen Bank zwischen Möhren- und Kohlbeeten. Macla war sechzehn und eigentlich ein hübsches Mädchen, aber heute war ihr blondes Haar zerzaust, und ihre Augen waren rot und geschwollen vom Weinen.

»Ich hoffe, du hast recht«, sagte sie schließlich. »Was, wenn niemand glaubt, daß unser Land es wert ist, dafür zu kämpfen? Selbst wenn jemand dich heiratet, würde er immer noch mit dem elenden alten Eber kämpfen müssen. Und du kannst es dir jetzt nicht leisten, mir eine Mitgift auszusetzen, und so werde ich wahrscheinlich in diesem schrecklichen alten Tempel verschimmeln.«

»Hör auf zu meckern! Wenn ich die Gelübde annehme, dann wirst du mehr Land als Mitgift haben, als eine Frau sich wünschen kann.«

»Oh.« Ein Hoffnungsschimmer stahl sich in Maclas Augen. »Du hast schon oft darüber gesprochen, daß du Priesterin werden willst.«

»Genau. Und jetzt mach dir keine Gedanken mehr. Wir werden schon noch einen Mann für dich finden.«

Macla lächelte, aber sie hatte Zweifel in Gweniver aufkeimen lassen. Und wenn wirklich niemand die Ländereien des Wolfs wollte, weil man damit gleichzeitig die Fehde des Wolfs bekam? Ihr ganzes Leben lang hatte Gweniver sich Gerede vom

Krieg anhören müssen, und sie wußte etwas, was die unschuldige Maccy nicht wußte: Die Ländereien des Wolfs hatten eine schlechte strategische Lage; direkt an der Grenze von Cantrae und so weit östlich von Cerrmor, daß sie schwer zu verteidigen waren. Was, wenn der König in Cerrmor beschloß, seine Grenzen zu festigen, und sich zu diesem Zweck zurückzog?

Gweniver ließ Maccy im Garten zurück und wanderte ruhelos durch den Tempelbezirk. Wenn sie nur nach Cerrmor gelangen und selbst als Bittstellerin vor den König treten könnte! Nach allem, was man hörte, war er ein ehrenhafter Mann und würde sie vielleicht anhören. Wenn sie nur dorthin gelangen könnte! Sie kletterte auf den Wehrgang und spähte hinaus. Seit drei Tagen lagerten Burcan und seine Männer auf der Wiese.

»Wie lange wollt ihr Bastarde noch hierbleiben?« murmelte Gweniver.

Nicht mehr viel länger, wie sich bald herausstellen sollte. Als sie am nächsten Tag gleich nach Morgengrauen auf die Mauer kletterte, sah sie, wie der Kriegshaufen die Pferde sattelte und die Vorratswagen belud. Aber als sie davonzogen, ließen sie vier Männer und einen Wagen zurück, eine Wache, die monatelang hierbleiben konnte. Gweniver schrie jeden Fluch heraus, den sie je gehört hatte, bis sie außer Atem war. Aber sie hatte kaum etwas Besseres erwarten können. Selbst wenn Burcan seine Männer vollständig abgezogen hätte, hätte sie niemals die hundertachtzig Meilen nach Cerrmor allein zurücklegen können.

»Es sei denn, ich wäre eine Priesterin«, sagte sie laut.

Wenn sie erst einmal die Tätowierung auf der Wange hatte, würde sie unverwundbar sein, so sicher, als hätte sie eine ganze Armee um sich. Sie könnte zum König gehen, und ihre heiligen Gelübde würden ihrem Wort noch mehr Gewicht verleihen. Sie könnte um das Leben ihres Clans bitten, einen Mann für Maccy finden und dafür sorgen, daß der Name des Wolfs erhalten bliebe. Wenn sie Erfolg hätte, würde sie anschließend hierher zurückkommen und im Tempel leben können. Sie drehte sich um und betrachtete die Gebäude auf dem Gelände. Die Novizinnen und Priesterinnen von niedrigerem Rang arbeiteten im Garten oder trugen Feuerholz in die Küche. Ein paar wandelten meditierend in der Nähe des runden Tempels, aber trotz dieser Aktivitäten war es ruhig. Niemand sprach, es sei denn, es war notwendig, und dann nur mit leiser Stimme. Einen Augenblick war ihr, als könnte sie keine Luft mehr bekommen, während sie sich ein Leben hier vorstellte.

Und dann verspürte Gweniver eine blinde Wut. Sie saß hier in der Falle wie ein gefangener Wolf, der mit Zähnen und Krallen gegen die Gitter seines Käfigs ankämpft. Ihr Haß auf Burcan wurde unbändig und übertrug sich dann auf den König in Cerrmor. Gweniver stand zwischen ihnen, wollte den einen bitten, ihr zu überlassen, was von Rechts wegen ohnehin ihr gehörte, und den anderen, ihre Rache für sie zu übernehmen. Sie begann zu zittern und warf den Kopf von einer Seite zur anderen, als wollte sie dem gesamten Universum ihre Verweigerung demonstrieren, in einem Zorn so bitter und hart wie Glassplitter in ihrer Kehle.

Es brauchte ihre gesamte Willenskraft, sich zu beruhigen. Dieser Wut nachzugeben würde zu nichts führen.

»Denk nach«, mahnte sie sich. »Und bete zur Göttin. Sie ist deine einzige Hoffnung.«

»Sie sind fast alle weg«, sagte Dagwyn. »Aber vier Mann haben sie zurückgelassen.«

»Bastarde!« fauchte Ricyn. »Behandeln unsere Lady, als wäre sie ein Pferd, das man einfach stehlen kann!«

Camlwn nickte grimmig. Die drei waren die letzten Überlebenden aus dem Kriegshaufen des Wolfs. Seit Tagen lagerten sie in den bewaldeten Hügeln hinter dem Mondtempel, von wo sie über die Frau wachen konnten, die sie als ihre Herrin betrachteten. Alle drei hatten dem Wolf seit ihrer Kindheit gedient, und sie hatten nicht vor, sich jetzt einen Herrn aus einem anderen Clan zu suchen.

»Wie gut halten sie denn Wache?« fragte Ricyn. »Sind sie bewaffnet und auf ein Scharmützel vorbereitet?«

»Ganz bestimmt nicht.« Dagwyn lächelte verächtlich. »Als ich mich angeschlichen habe, saßen sie im Gras über einem Würfelspiel, mit aufgerollten Hemdsärmeln.«

»Ach ja? Dann laßt uns hoffen, daß die Götter ihr Spiel lange währen lassen.«

Die freien Männer, die das Land des Tempels bearbeiteten, waren der Hohepriesterin ausgesprochen treu, zum Teil einfach deshalb, weil sie einen erheblich geringeren Teil ihrer Ernte beanspruchte, als jeder adlige Herr es getan hätte, vor allem aber, weil sie es als eine Ehre betrachteten, der Göttin zu dienen. Ardda war sicher – das sagte sie Gweniver jedenfalls –, daß einer dieser Männer gern für sie den langen Weg nach Dun Deverry zurücklegen würde, um eine Botschaft zu überbringen.

»Das hier muß ein Ende finden! Ich kann diesen Männern nicht befehlen, Land zu verlassen, das mir nicht gehört, aber ich werde auch nicht zulassen, daß sie den ganzen Sommer lang hier sitzen. Du bist keine Verbrecherin, die hier Zuflucht gesucht hat, und sie haben kein Recht, dich hier festzusetzen. Und außerdem wissen wir alle, daß sie dich umbringen würden, wenn sie nur könnten. Wir werden sehen, ob der König, dem Burcan dient, ihn dazu bringen kann, seine Männer zurückzubefehlen.«

»Glaubt Ihr, der König wird sich Eure Bitte anhören?« fragte

Gweniver. »Ich wette, er sähe unser Land gern in den Händen eines seiner Vasallen.«

»Er sollte lieber zuhören! Ich werde die Hohepriesterin im Tempel in Dun Deverry bitten, sich persönlich darum zu kümmern.«

Gweniver hielt den Zügel von Arddas Zelter, als die Priesterin aufstieg und ihre langen Gewänder über dem Damensattel zurechtzupfte. Dann ging sie neben dem Pferd her, als Ardda zum Tor hinunterritt. Da die vier Männer des Ebers keine Neigung zeigten, das Tempelgelände zu betreten, standen die Tore wieder offen. Gweniver und Lypilla, die an diesem Tag das Tor hüteten, blieben nebeneinander stehen und sahen zu, wie Ardda hinausritt, hoch aufgerichtet und trotzig im Sattel. Als sie die Straße erreichte, kamen die Männer des Ebers hastig auf die Beine und verbeugten sich tief und respektvoll.

»Bastarde!« murmelte Gweniver. »Sie halten sich an jeden Buchstaben des Gesetzes und reißen ihm dabei doch das Herz heraus.«

»Genau. Ich frage mich, ob sie sogar so weit gingen, dich umzubringen.«

»Wahrscheinlich würden sie mich eher zu Burcan schleppen, der mich dann zwingen würde, seinen Sohn zu heiraten. Lieber würde ich sterben!«

Sie tauschten einen beunruhigten Blick aus. Gweniver kannte Lypilla schon ihr ganzes Leben, ebenso lang wie sie Ardda kannte. Die beiden älteren Frauen standen ihr so nahe wie Tanten oder ältere Schwestern, aber sie bezweifelte tief in ihrem Herzen, ob sie dasselbe Leben führen konnte wie sie. Draußen auf der Straße bog Ardda um eine Kurve und verschwand in nördlicher Richtung. Die Männer setzten sich wieder und kehrten zu ihrem Würfelspiel zurück. Gweniver mußte an den Mann denken, den sie auf der Straße getötet hatte, und wünschte sich, sie könnte diesen vieren dasselbe Wyrd bereiten.

Obwohl sie sich in der Küche hätte nützlich machen können, blieb Gweniver noch eine Weile am Tor, starrte hinaus in die Freiheit von Hügel und Wald, die ihr verweigert war, und unterhielt sich mit Lypilla. Plötzlich hörten sie Hufschlag, der sich rasch von Süden her näherte.

»Wahrscheinlich schickt Burcan Boten zu seinen Männern«, meinte Lypilla.

Die Männer des Ebers schienen derselben Ansicht zu sein, denn sie standen auf, reckten sich träge und wandten sich in die Richtung, aus der die Geräusche kamen. Plötzlich brachen aus dem Wald drei Reiter hervor, in voller Rüstung und mit gezückten Schwertern. Die Männer des Ebers standen einen Augenblick lang wie erstarrt, dann schrien und fluchten sie und zogen ihre Schwerter. Die Reiter hielten direkt auf sie zu. Gweniver hörte Lypillas Schrei, als einer der Ebermänner niederstürzte, den Kopf halb abgeschlagen. Ein Pferd wieherte und stieg, und Gweniver konnte den Schild des Reiters sehen.

»Wölfe!«

Ohne nachzudenken rannte sie, das Schwert in der Hand, den Hügel hinab, während Lypilla ihr hinterherschrie, sie solle sofort zurückkommen. Der zweite Ebersmann fiel, während sie noch rannte; der dritte wurde von zwei Reitern bedrängt, der vierte rannte direkt den Hügel hinauf und versuchte voller Angst, die Zuflucht des Tempels zu erreichen, den er mit seiner Gegenwart nur geschändet hätte. Als er Gweniver direkt auf sich zukommen sah, zögerte er und wich dann zur Seite aus, als wollte er sie umgehen. Mit einem heulenden Gelächter, das ihr unwillkürlich aus dem Mund drang, griff Gweniver an und traf ihn an der rechten Schulter, ehe er parieren konnte. Als dem Ebermann das Schwert aus den nutzlosen Fingern glitt, lachte sie abermals und stach ihm in die Kehle. Ihr Lachen wurde zum Kreischen einer Banshee, als das hellrote Blut floß und er niederstürzte.

»Herrin!« Das war Ricyns Stimme, die über ihr Lachen hinweg erklang. »Beim Höllenfürsten!«

Ihr Lachen verklang. Plötzlich war ihr kalt und übel, und sie starrte ungläubig auf die Leiche zu ihren Füßen. Sie war sich nur am Rand bewußt, daß Ricyn vom Pferd stieg und auf sie zurannte.

»Herrin! Lady Gweniver! Erkennt Ihr mich?«

»Wie?« Sie blickte erstaunt auf. »Selbstverständlich erkenne ich Euch, Ricco. Ich kenne Euch doch schon mein Leben lang.«

»Nun, Herrin, das ist keinen Schweinefurz wert, wenn ein Mann zum Berserker wird, wie es eben mit Euch geschah.«

Sie fühlte sich, als hätte er ihr einen Eimer kalten Wassers übergegossen. Einen Augenblick lang starrte sie Ricyn dümmlich an, während er sie besorgt betrachtete. Ricyn war gerade erst neunzehn, so alt wie sie selbst, ein freundlich aussehender junger Mann mit blondem Haar und breitem Gesicht. Wenn man ihren Brüdern glauben durfte, war er der zuverlässigste Mann des Kriegshaufens, wenn nicht des gesamten Königreichs. Es war seltsam, daß er sie jetzt beobachtete, als könnte sie gefährlich sein.

»Genau das war es, Herrin. Ihr Götter, mir ist eiskalt geworden, als ich Euch lachen hörte!«

»Nicht halb so kalt wie mir. Bei der Göttin selbst, ich war wie besessen!«

Der dunkelhaarige, schlanke und ewig grinsende Dagwyn führte sein Pferd heran und verbeugte sich.

»Schade, daß sie vier Männer zurückgelassen hatten, Herrin! Mit zweien wäret Ihr alleine fertiggeworden.«

»Vielleicht sogar mit dreien«, sagte Ricyn. »Wo ist Cam?«

»Dabei, seinem Pferd weiteren Schmerz zu ersparen. Einer

von diesem Abschaum hat es tatsächlich fertiggebracht, in die richtige Richtung zu schlagen.«

»Nun, jetzt haben wir ihre Pferde und außerdem ihre Vorräte.« Ricyn warf Gweniver einen Blick zu. »Wir waren im Wald, Herrin, und haben auf eine günstige Gelegenheit gewartet. Wir nahmen an, daß der Eber nicht den ganzen Sommer hier sitzen würde. Die Festung haben sie übrigens dem Erdboden gleichgemacht. Wir sind zurückgekehrt und haben gesehen, was passiert ist.«

»Das dachte ich mir schon. Was ist mit Blaeddbyr?«

»Das Dorf steht noch. Die Leute dort haben uns Essen gegeben.« Ricyn wandte den Blick ab, und sein Mund wurde schlaff. »Der Eber hat den Kriegshaufen auf der Straße erwischt, wißt Ihr. Es dämmerte gerade erst. Wir waren nur halb angezogen, als die Bastarde über den Hügel kamen, ohne auch nur zur Herausforderung auf dem Horn zu blasen. Sie hatten doppelt so viele Männer wie wir, also schrie uns Lord Avoic zu, wir sollten um unser Leben rennen, aber wir waren nicht schnell genug. Verzeiht mir, Herrin. Ich hätte an Ort und Stelle sterben sollen, aber ich dachte an Euch – nun, an Euch und die anderen Frauen, meine ich –, also dachte ich, es wäre besser, im Hof zu sterben, wenn ich Euch verteidige.«

»Und deshalb sind wir zurück zur Festung geritten«, warf Dagwyn ein, »aber wir waren zu spät. Wir mußten verdammt vorsichtig sein, weil die Männer des Ebers überall waren. Als wir die Festung erreichten, brannte sie schon. Wir waren alle halb wahnsinnig, weil wir dachten, Ihr wäret tot, aber Ricco hier sagte, es könnte sein, daß Ihr zum Tempel geflohen seid.«

»Also ritten wir hierher.« Ricyn übernahm den Bericht. »Und als wir sahen, daß der Eber hier lagerte, wußten wir, daß Ihr drin sein mußtet.«

»Gut«, sagte Gweniver. »Ihr holt jetzt die Pferde und den Vorratswagen hier herauf. Es gibt hinter dem Tempel ein paar

Hütten für die Ehemänner der Frauen, die nur für einen oder zwei Tage hier verweilen. Dort könnt ihr bleiben, bis ich entschieden habe, was als nächstes zu tun ist.«

Dagwyn eilte sich, ihren Befehlen zu folgen, aber Ricyn blieb noch einen Augenblick stehen und rieb sich das schmutzige Gesicht mit einer noch schmutzigeren Hand.

»Wir sollten diese Eber hier lieber begraben, Herrin«, sagte er. »Das können wir kaum den heiligen Frauen überlassen.«

»Das stimmt. Hm, ich frage mich, was die Hohepriesterin dazu sagen wird. Aber das soll meine Sorge sein, nicht Eure. Ich danke Euch, daß Ihr mich gerettet habt.«

Danach lächelte er – nur ein Zucken der Mundwinkel – und eilte den anderen hinterher.

Obwohl Ardda nicht sonderlich erfreut war, daß vier Männer vor den Toren des Tempels getötet worden waren, bemerkte sie auch, daß dies vermutlich eine Strafe der Göttin für den Frevel des Ebers darstellte.

»Zweifellos«, sagte Gweniver. »Denn es war die Göttin selbst, die durch mich einen Mann getötet hat. Ich war nur ein Schwert in ihrer Hand.«

Ardda warf ihr einen scharfen Blick zu. Sie saßen in ihrem Zimmer, einem einfachen Steinraum. Ein Regal mit sechs heiligen Büchern an einer Wand und ein Tisch mit Unterlagen über die Verwaltung des Tempels an der anderen waren die einzigen Möbel. Auch jetzt noch, nachdem sie sich fast schon entschieden hatte, war Gweniver nicht vollkommen sicher. Früher einmal war es ihr größter Ehrgeiz gewesen, selbst Hohepriesterin zu sein und dieses Zimmer zu bewohnen.

»Ich habe den ganzen Nachmittag zur Göttin gebetet«, fuhr Gweniver fort. »Ich werde Euch verlassen, Herrin. Ich werde meinen Schwur der Göttin gegenüber leisten und den Clan Macla übergeben. Dann werde ich mit meinen Männern nach

Cerrmor reisen und dem König die Angelegenheiten des Wolfs unterbreiten. Sobald ich erst tätowiert bin, wird der Eber keinen Grund mehr haben, mir etwas anzutun.«

»Ja, aber es wäre immer noch gefährlich. Ich denke lieber gar nicht daran, wie es heutzutage auf den Straßen zugeht, und nur drei Reiter als Eskorte. Wer weiß, wozu die Menschen heutzutage fähig sind, selbst einer Priesterin gegenüber?«

»Nicht nur drei Männer, Herrin. Ich werde der vierte sein.«

Ardda schwieg und sackte ein wenig in ihrem Stuhl zusammen, als sie begriff, was Gweniver meinte.

»Habt Ihr vergessen, wie Ihr mir vom vierten Gesicht der Göttin erzählt habt?« fuhr Gweniver fort. »Von ihrer dunklen Seite, wenn der Mond blutig und schwarz wird – der Mutter, die ihre eigenen Kinder frißt?«

»Gwen. Nein.«

»Doch.« Sie warf den Kopf zurück, stand auf und begann, im Zimmer auf und ab zu gehen. »Ich werde mich mit meinen Männern dem Krieg anschließen. Es ist schon zu lange her, seit eine dem Mond angeschworene Kriegerin in Deverry gekämpft hat.«

»Sie werden dich töten.« Ardda stand ebenfalls auf. »Das werde ich nicht zulassen.«

»Steht es einer von uns zu, etwas zuzulassen oder zu verhindern, wenn die Göttin ruft? Ich habe heute ihre Hände auf mir gespürt.«

Ihre Blicke begegneten sich in einem Kampf der Willenskraft. Als Ardda sich als erste abwandte, war Gweniver klar, daß sie jetzt kein Kind mehr war, sondern eine erwachsene Frau.

»Es gibt Möglichkeiten, solche Inspirationen zu überprüfen«, sagte Ardda schließlich. »Komm heute abend in den Tempel. Wenn die Göttin dir eine Vision gewährt, werde ich dir nichts verweigern. Aber wenn nicht …«

»Dann werde ich mich von Eurer Weisheit leiten lassen.«

»Gut. Und was, wenn sie dir zwar eine Vision gewährt, aber nicht die, die du willst?«

»Dann werde ich trotzdem den Schwur ablegen. Die Zeit ist reif, Herrin. Ich will den geheimen Namen der Göttin hören und meinen Schwur ablegen.«

Zur Vorbereitung auf die Zeremonie fastete Gweniver an diesem Abend. Während alle anderen im Tempel aßen, holte sie Wasser aus dem Brunnen und erhitzte es an der Feuerstelle in der Küche, weil sie baden wollte. Als sie sich danach anzog, hielt sie inne, um sich das Hemd ihres Bruders anzusehen, das sie für ihn ein Jahr zuvor bestickt hatte. Auf jeder Schulter war in Rot der pirschende Wolf des Clans aufgestickt, umgeben von einem Band gewundener Muster. Das Muster sah aus wie eine kunstvolle Kette von Knoten, die aus vielen Fäden gefertigt war, aber in Wirklichkeit war es ein einziger Faden, und jeder Knoten ging übergangslos in den nächsten über. Mein Wyrd ist ebenso verbunden und vorgezeichnet, sagte sie sich.

Mit diesem Gedanken überfiel sie das Gefühl, mehr zu wissen, als sie wissen wollte. Als sie fertig angezogen war, hatte sie Angst. Sie fürchtete nicht, im Kampf zu sterben – sie wußte, daß sie sterben würde, vielleicht schon bald, vielleicht erst in Jahren. So war es mit der dunklen Göttin: Wenn sie entschieden hatte, daß die Zeit reif war, rief sie ihre Priesterinnen zum letzten Opfer. Gweniver griff nach dem Schwertgürtel, zögerte und war halb versucht, ihn wieder hinzuwerfen; dann schnallte sie ihn sich um und verließ das Zimmer.

Der runde hölzerne Tempel bildete den Mittelpunkt der gesamten Anlage. Links und rechts der Tür wuchsen Zypressen, die wie Flammen aussahen. Man hatte sie von Bardek hergebracht und durch so manchen kalten Winter gepflegt. Als Gweniver zwischen ihnen hindurchschritt, spürte sie ein Anschwellen der Macht, als hätte sie eine andere Welt betreten. Sie klopfte neunmal an die Eichentür und wartete, bis von drinnen neun gedämpfte Schläge zurückkamen. Dann öffnete sie die Tür und trat in den Vorraum, der von einer einzelnen Kerze nur trüb beleuchtet wurde. Eine schwarzgekleidete Priesterin wartete dort auf sie.

»Trag im Tempel diese Kleidung. Und nimm auch dein Schwert mit. Das hat die Hohepriesterin so befohlen.«

Im inneren Schrein schimmerten die polierten Holzwände im Licht von neun Öllampen, und auf dem Boden lagen frische Binsen. An der gegenüberliegenden Wand stand der Altar, ein Steinblock, unbehauen bis auf die Oberseite, die man zu einem Tisch geglättet hatte. Hinter ihm hing ein riesiger runder Spiegel, das einzige Abbild, das die Göttin in ihren Tempeln zuließ. Ardda stand, in Schwarz gekleidet, links vom Altar.

»Zieh das Schwert, und lege es auf den Altar.«

Gweniver kniete einen Augenblick vor dem Altar nieder, dann tat sie, was die Hohepriesterin ihr befohlen hatte. Durch eine Seitentür kamen drei ältere Priesterinnen herein und blieben wortlos stehen, um Zeuginnen des Schwurs zu werden.

»Wir sind hier versammelt, um eine zu belehren und aufzunehmen, die der Mondgöttin dienen will«, sagte Ardda. »Wir alle kennen Gweniver vom Wolf. Hat jemand etwas gegen ihren Eintritt einzuwenden?«

»Nein«, erwiderten alle drei. »Wir kennen sie als von unserer Herrin gesegnet.«

»Gut.« Die Hohepriesterin wandte sich Gweniver zu. »Schwörst du, der Göttin Tag und Nacht zu dienen?«

»Ich schwöre.«

»Schwörst du, niemals einem Mann anzugehören?«

»Ich schwöre.«

»Schwörst du, nie den geheimen Namen zu verraten?«

»Ich schwöre.«

Ardda hob die Hände und klatschte dreimal, dann noch dreimal und schließlich drei letzte Male; die heilige Zahl, in die richtigen Anteile zerlegt. Gweniver spürte, wie ein freudiger Friede über sie kam, eine Süße wie von Met ihren Körper erfüllte. Endlich war die Entscheidung getroffen, endlich hatte sie das Gelübde abgelegt.

»Von allen Göttinnen«, fuhr Ardda fort, »hat nur unsere Herrin einen Namen, den alle kennen. Man hört von Epona, man hört von Sirona, von Aranrhodda, aber unsere Herrin ist immer nur einfach die Mondgöttin.« Sie wandte sich den drei Zeuginnen zu. »Und weshalb soll das so sein?«

»Ihr Name ist geheim.«

»Er ist ein Rätsel.«

»Ein Mysterium.«

»Und dennoch«, erklärte Ardda nach diesen Antworten, »ist dieses Rätsel leicht zu lösen. Wie lautet der Name der Göttin?«

»Epona.«

»Sirona.«

»Aranrhodda.«

»Und«, fügten sie gleichzeitig hinzu, »alle anderen.«

»Ihr habt wahr gesprochen.« Ardda wandte sich Gweniver zu. »Hier ist also die Antwort auf das Rätsel. Alle Göttinnen sind eine Göttin. Sie hat alle und keinen Namen, denn sie ist Eins.«

Gweniver begann, in wilder Freude zu zittern.

»Ganz gleich, wie die Frauen sie nennen, sie ist Eins«, fuhr Ardda fort. »Es gibt nur eine Priesterinnenschaft, die ihr dient. Sie ist das reine Licht der Sonne, wenn es auf den regnerischen Himmel trifft und zum Regenbogen wird – viele Farben, aber nur ein Ursprung.«

»Schon lange dachte ich das«, flüsterte Gweniver. »Jetzt weiß ich es.«

Wieder klatschte die Hohepriesterin neunmal, dann wandte sie sich den Zeuginnen zu.

»Es bleibt die Frage, wie Gweniver, nicht länger Lady, sondern neue Priesterin, der Göttin dienen soll. Laßt sie vor dem Altar niederknien und um eine Antwort bitten.«

Gweniver kniete vor dem Schwert. Im Spiegel konnte sie sich selbst sehen: eine Schattengestalt im flackernden Licht, aber sie erkannte sich kaum, das kurzgeschnittene Haar, der grimmig zusammengepreßte Mund, die Augen, die vor Rachedurst glühten. Hilf mir, Herrin des Himmels, flehte sie, ich will Blut und Rache, keine Tränen und Trauer.

»Schau in den Spiegel«, flüsterte Ardda. »Bitte sie, zu dir zu kommen.«

Gweniver stützte die Handflächen auf den Altar und begann mit ihrer Wache. Zunächst sah sie nichts als ihr Gesicht und den Tempel hinter sich. Als Ardda begann, mit hoher, klagender Stimme etwas in der alten Sprache zu singen, schien es, als flackerten die Öllampen im Rhythmus. Der Gesang stieg auf und fiel wieder, wand sich durch den Tempel wie ein kalter Nordwind. Das Licht im Spiegel veränderte sich, wurde matter, wurde dunkel, ein bebendes Dunkel so klar wie ein Himmel ohne Sterne. Der Gesang klagte und schluchzte in uralten Worten. Gweniver spürte, wie sich ihr die Haare im Nacken sträubten, als die Sterne im dunklen Spiegel erschienen, der Tanz des endlosen Himmels. Unter ihnen konnte sie das Gesicht einer anderen sehen.

Sie schritt durch die Sterne, und ihre Miene war grimmig. Blut sprühte, als sie den Kopf schüttelte und eine schwarze Haarmähne sich über den Himmel ausbreitete. Gweniver konnte kaum atmen, als die dunklen Augen in ihre Richtung sahen. Dies war die Göttin der Dunkelheit, deren Herz von Schwertern durchdrungen ist und die von allen, die sie anbeten, nichts anderes als jenes größte Opfer erwartet.

»Herrin«, flüsterte Gweniver, »nimm mich als Opfer. Ich werde dir immer dienen.«

Diese Augen starrten sie lange forschend an, wild, glitzernd und vollkommen kalt. Gweniver spürte ihre Gegenwart überall um sich her, als stünde die Göttin ebenso neben als auch vor und hinter ihr.

»Nimm mich an«, wiederholte sie. »Ich werde nichts sein als ein Schwert in deiner Hand.«

Auf dem Altar blitzte das Schwert auf in blutigem Licht, und das Glühen schimmerte im Spiegel. Ardda hörte auf zu singen. Sie hatte das Zeichen ebenfalls gesehen.

»Schwöre ihr.« Die Stimme der Priesterin zitterte. »Daß du in ihrem Dienst leben wirst« – ihre Stimme brach – »und sterben.«

»Das schwöre ich aus der Tiefe meines Herzens.«

Die Augen der Göttin im Spiegel strahlten vor Freude auf. Das Licht auf dem Schwert flackerte auf wie Feuer, dann verblaßte es. Der Spiegel zeigte wieder nur die sich drehenden Sterne, dann nichts mehr als Schwärze.

»Es ist geschehen!« Ardda klatschte in die Hände, daß es im Tempel widerhallte.

Der Spiegel zeigte Gwenivers bleiches, schwitzendes Gesicht.

»Sie ist zu dir gekommen«, sagte die Hohepriesterin. »Sie hat dir ihren Segen gegeben, den viele als Fluch betrachten würden. Du hast deine Wahl getroffen, und du hast geschworen. Diene ihr gut, oder der Tod wird das kleinste deiner Probleme sein.«

»Ich werde sie niemals verraten. Wie könnte ich, nachdem ich in die Augen der Nacht geblickt habe?«

Ardda klatschte neunmal in die Hände, geteilt in Dreiergruppen. Immer noch zitternd, richtete Gweniver sich auf und griff nach ihrem Schwert.

»Ich hätte nie gedacht, daß sie dich annehmen würde.« Ardda war den Tränen nahe. »Aber jetzt kann ich nur noch für dich beten.«

»Ich werde diese Gebete in Ehren halten, ganz gleich, wohin ich gehe.«

Zwei weitere Priesterinnen betraten den Tempel. Eine trug eine Silberschale mit blauem Pulver, die andere ein Paar feiner Silbernadeln. Als sie das Schwert in Gwenivers Händen sahen, tauschten sie einen verblüfften Blick.

»Zeichnet sie auf der linken Wange«, sagte Ardda. »Sie dient der Herrin der Dunkelheit.«

Dank der Vorräte, die sie den Ebern abgenommen hatten, konnten Ricyn und die anderen zum erstenmal seit Tagen ordentlich frühstücken – Gerstengraupen und gesalzenen Speck. Sie aßen langsam und genossen jeden Bissen. Noch mehr genossen sie die zeitweilige Sicherheit. Sie hatten ihre Mahlzeit gerade beendet, als Ricyn hörte, wie jemand ein Pferd auf ihre Hütte zuführte. Er sprang auf und eilte hinaus, mit gezogenem Schwert, falls der Eber einen Spion geschickt haben sollte, aber es war Gweniver, in den Sachen ihres Bruders, die ein großes graues Schlachtroß führte. In der Morgensonne sah ihre linke Wange verbrannt aus, sie war geschwollen und rot, und inmitten der Schwellung war ein blauer Halbmond zu sehen. Dagwyn und Damlwn waren Ricyn gefolgt, und so standen alle drei Männer schweigend da und starrten sie an, während Gweniver lächelte.

»Herrin?« sagte Dagwyn schließlich. »Ihr bleibt also im Tempel?«

»Nein. Wir packen und reiten noch heute nach Cerrmor. Ladet so viele Vorräte auf, wie die Pferde tragen können.«

Alle drei nickten gehorsam. Ricyn konnte den Blick nicht von ihrem Gesicht abwenden. Niemand hätte Gweniver schön genannt (ihr Gesicht war zu breit, ihr Kiefer zu ausgeprägt), aber sie war eine attraktive Frau, hochgewachsen und schlank, und sie bewegte sich mit der Anmut eines wilden Tieres. Seit Jahren liebte er sie hoffnungslos. Jeden Winter hatte er in der Halle ihres Bruders gesessen, auf der Seite des Kriegshaufens, und hatte sie beobachtet, wie sie unerreichbar auf der anderen Seite saß. Zu sehen, daß sie das Gelübde abgegeben hatte, war irgendwie befriedigend. Nun würde auch kein anderer Mann sie je haben können.

»Stimmt etwas nicht?« fragte sie.

»Nein, Herrin. Wenn Ihr erlaubt, ich fragte mich nur wegen der Tätowierung. Wieso tragt Ihr sie auf der linken Seite Eures Gesichts?«

»Ihr habt alles Recht, das zu wissen. Sie zeichnet mich als Kriegerin der Mondgöttin.« Als sie lächelte, schien sie zu einer anderen Frau zu werden, kalt, wild und mit hartem Blick. »Und ihr habt alle geglaubt, so etwas gibt es nur in den Bardenliedern, nicht wahr?«

Ricyn schluckte; er war so verdutzt, als hätte sie ihn geschlagen. Dagwyn keuchte verblüfft.

»Jetzt ist Lady Macla Oberhaupt des Wolfsclans«, fuhr sie fort. »Sie hat mich zum Hauptmann ihres Kriegshaufens ernannt, bis sie heiratet und ihr Mann seine eigenen Reiter mitbringt. Wenn wir dann noch am Leben sein sollten, könnt ihr wählen: Ihr könnt entweder ihrem Mann die Treue schwören oder mir folgen. Aber jetzt gehen wir für den Sommer nach Cerrmor, um zu kämpfen. Der Wolf hat einen Eid geschworen, seine Männer mitzubringen, und der Wolf bricht sein Wort niemals.«

»Also gut, Herrin«, sagte Ricyn. »Wir sind kein gewaltiger Kriegshaufen, aber wenn irgendwer etwas gegen unseren Hauptmann sagt, werde ich dem Bastard die Kehle durchschneiden.«

Auf dem Ritt waren sie sehr vorsichtig, für den Fall, daß die Männer des Ebers ihnen auflauerten. Dagwyn und Camlwn ritten abwechselnd an der Spitze, als sie auf abgelegenen Pfaden durch die Hügel zogen. Obwohl Cerrmor gut zehn Tagesritte entfernt war, hätten sie sich viel schneller in den Festungen der alten Verbündeten des Wolfs im Süden und im Osten in Sicherheit bringen können. Zwei Tage lang umgingen sie die Ländereien des Wolfs und wagten es nicht, über ihr eigenes Land zu reiten, falls der Eber dort patrouillierte. Am Morgen des dritten Tages überquerten sie den Nerr durch eine wenig bekannte Furt und wandten sich eher nach Osten als nach Süden, in Richtung der Ländereien des Hirschclans. In dieser Nacht lagerten sie am Rand eines Walds, den der Hirsch und der Wolf gemeinsam als Jagdgebiet nutzten. Der Anblick der vertrauten Bäume trieb Gweniver Tränen in die Augen, als sie sich daran erinnerte, wie ihre Brüder in diesem Wald gejagt hatten.

Die Männer pflockten die Pferde an und errichteten das Lager, während Gweniver ruhelos umherlief. Sie empfand ernsthafte Zweifel. Es war eine Sache, selbst in den Krieg zu reiten, und eine andere, sich ihren winzigen Kriegshaufen anzusehen und zu erkennen, daß die Leben dieser Männer davon abhingen, wie gut sie sie führte. Mit der Ausrede, nach Holz suchen zu wollen, ging sie tiefer in den Wald und wanderte unter den Bäumen umher, bis sie einen kleinen Bach fand, der unter Felsen und Farnkräutern gurgelte. Um sie herum warfen die alten Eichen Schatten, die schon seit Anbeginn der Zeit hier zu liegen schienen.

»Göttin«, flüsterte sie, »habe ich den richtigen Weg gewählt?«

Auf der glitzernden Oberfläche des Wassers konnte sie nichts erkennen. Als sie aber ihr Schwert zog und die Klinge betrachtete und sich erinnerte, wie sie auf dem Altar der Göttin geglüht hatte, fühlte es sich an, als versammelten sich die Geister der Toten rings um sie her: Avoic, Maroic, Benoic und schließlich auch ihr Vater Caddryc – hochgewachsene, grimmige Männer, deren Leben das ihre bestimmt hatten, deren Stolz die Quelle des ihren gewesen war.

»Niemals werde ich euch ungerächt lassen!«

Sie hörte, wie sie über die Bitterkeit ihres Wyrd seufzten, oder vielleicht war es auch nur der Wind in den Bäumen, denn sie gingen so schnell und schweigend, wie sie gekommen waren. Dennoch wußte Gweniver, daß die Göttin ihr ein weiteres Vorzeichen gesandt hatte, wie vor ein paar Tagen, als sie das Schwert gesegnet hatte.

»Rache! Wir werden sie im Namen der Göttin üben, aber wir werden unsere Rache bekommen!«

Das Schwert immer noch in der Hand, machte sich Gweniver auf den Rückweg zu ihren Männern, da hörte sie hinter sich einen Zweig knacken. Sie fuhr herum und hob das Schwert.

»Kommt heraus!« fauchte sie. »Wer wagt es, eine Priesterin der Dunkelheit zu stören?«

Gekleidet in zerrissene, schmutzige Lumpen, mit Stoppelbärten und verfilztem Haar, kamen zwei Männer aus dem Unterholz, die Schwerter in der Hand. Als sie sie forschend betrachteten, spürte Gweniver, wie die Göttin hinter ihr Gestalt annahm, eine spürbare Anwesenheit, die bewirkte, daß sich ihr die Nackenhaare sträubten. Sie starrte die beiden an, und beinahe unwillkürlich verzogen sich ihre Lippen zu einem kalten Lächeln.

»Antwortet mir«, sagte sie. »Wer seid ihr, und was tut ihr hier?«

Der dunkelhaarige, schlankere von beiden warf dem anderen mit der Spur eines Lächelns einen kurzen Blick zu; der Rothaarige allerdings schüttelte den Kopf und trat vor.

»Gibt es einen Tempel hier in der Nähe, Herrin«, fragte er. »Oder seid Ihr eine Einsiedlerin, die hier im Wald lebt?«

»Ich trage meinen Tempel in den Satteltaschen. Ihr seid niemals einer Priesterin meiner Art begegnet, und zweifellos werdet ihr keine andere treffen.«

»Es stimmt, sie hat das Zeichen auf der Wange«, warf der Dunkelhaarige ein, »aber ich wette, sie ...«

»Halt den Mund, Draudd«, fauchte der Rothaarige. »Das ist alles reichlich seltsam. Herrin, seid Ihr wirklich allein in diesem verfluchten Wald?«

»Was kümmert es euch? Die Göttin sieht jeden Frevel, ganz gleich, wie weit entfernt von den Augen der Menschen er geschieht.«

Als Draudd zum Sprechen ansetzte, trat Gweniver vor und hob das Schwert herausfordernd. Sie begegnete seinem Blick und wich ihm nicht aus; im Gegenteil, sie starrte ihn nieder, während sie die Göttin wie einen dunklen Schatten hinter sich spürte. Noch immer lag dieses kalte Lächeln auf ihren Lippen. Draudd trat rasch zurück und riß erschrocken die Augen auf.

»Sie ist verrückt«, flüsterte er.

»Ich sagte doch, halt den Mund!« meinte der Rothaarige. »Es gibt Verrückte, und es gibt jene, die von den Göttern berührt wurden, du häßlicher Bastard! Herrin, verzeiht, daß wir Euch gestört haben. Werdet Ihr uns den Segen der Göttin erteilen?«

»Gern, aber ihr wißt nicht, um was ihr da bittet.« Plötzlich mußte sie lachen, eine kalte Heiterkeit, die sie nicht unterdrücken konnte. »Kommt mit.«

Sie drehte sich um und ging. Obwohl sie hörte, daß sie ihr folgten – Draudd flüsterte protestierend –, sah sie sich nicht um, ehe sie das Lager erreichte. Als Ricyn die Männer entdeckte, die ihr folgten, kam er mit gezogenem Schwert angerannt.

»Es ist alles in Ordnung«, sagte Gweniver. »Vielleicht habe ich ein paar neue Rekruten gefunden.«

Die Männer starrten einander einen verblüfften Augenblick an.

»Draudd! Abryn!« rief Ricyn dann. »Was bei den Namen aller Götter ist mit euch passiert? Wo ist der Rest des Kriegshaufens?«

Erst jetzt bemerkte Gweniver die kaum mehr erkennbaren Wappen auf ihren schmutzigen Hemden: Hirsche.

»Tot.« Abryns Stimme klang kalt und tonlos. »Ebenso wie Lord Maer. Eine verflucht große Bande von Reitern aus Cantrae hat uns vor fünf Tagen geschlagen. Die Festung ist geschleift, und die Götter mögen mich verfluchen, wenn ich weiß, was aus unserer Herrin und den Kindern geworden ist.«

»Wir wollten uns zum Wolf durchschlagen«, warf Draudd ein. Er hielt inne und lächelte verbittert. »Sieht so aus, als hätte uns das auch nicht weitergeholfen.«

»Nein«, sagte Gweniver. »Auch unsere Festung steht nicht mehr. Seid ihr hungrig? Wir haben Essen.«

Während Abryn und Draudd Trockenfleisch und Käse herunterschlangen, als wäre es ein Festmahl, erzählten sie ihre Geschichte. Hundertfünfzig Männer des falschen Königs hatten den Kriegshaufen des Hirschen überfallen, als sie gerade die Festung verlassen hatten, um sich nach Cerrmor aufzumachen. Ebenso wie Avoic hatte Lord Maer seinen Männern befohlen zu fliehen, aber Abryns und Draudds Pferde waren getötet worden, als sie versuchten, sich durchzukämpfen. Die Cantrae-Männer hatten sie nicht verfolgt; sie waren zur Festung weitergeritten und eingedrungen, bevor die Tore wieder hatten geschlossen werden können.

»Das nehmen wir jedenfalls an«, beendete Abryn seinen Bericht. »Als wir zurückkamen, war sie jedenfalls geschleift.«

Gweniver nickte nachdenklich.

»Nun«, sagte sie schließlich. »Es klingt, als hätten sie diesen Überfall in Zusammenhang mit dem Überfall auf uns geplant.

Ich kann mir vorstellen, was diese Wiesel im Sinn haben: Sie versuchen, die Ländereien des Wolfs zu isolieren, so daß der verfluchte Eber sie besser halten kann.«

»Es wird den Schweinen schwerfallen, das Land des Hirschen zu halten«, meinte Abryn. »Lord Maer hat zwei Brüder im Dienst des wahren Königs.«

»Das werden sie zweifellos erst gar nicht versuchen«, meinte Gweniver. »Das Land des Hirschen liegt zu weit im Süden. Aber indem sie die Festung schleiften und den Lord töteten, haben sie uns den besten Verbündeten genommen. Und jetzt versuchen sie, die Ländereien des Wolfs für sich zu sichern, und danach können sie in Ruhe auch am Land des Hirschen knabbern.«

»Gut gesprochen.« Abryn sah sie mit offener Bewunderung an. »Ihr versteht etwas von Kriegsangelegenheiten, Herrin.«

»Wann hätte ich je etwas anderes gekannt als Krieg? Nun, wir haben Pferde übrig. Schließt euch uns an, wenn ihr wollt, aber ich warne euch, die Göttin, der ich diene, ist eine Göttin von Dunkelheit und Blut. Das meinte ich, als ich von ihrem Segen sprach. Überlegt euch gut, ob ihr ihn wirklich wollt.«

Sie dachten tatsächlich nach und starrten sie dabei unverwandt an, bis Abryn schließlich für beide sprach.

»Was bleibt uns denn sonst, Herrin? Wir sind nichts als zwei ehrlose Männer ohne einen Lord, für den wir reiten können, oder einen Clan, der uns aufnimmt.«

»Also gut. Ihr steht unter meinem Befehl, und ich verspreche euch, ihr werdet Gelegenheit haben, Rache zu üben.«

Sie grinsten in echter Dankbarkeit. In jenen Tagen war ein Krieger, der eine Schlacht überlebte, in der sein Lord umkam, ein entehrter Mann, den niemand aufnahm und der verspottet wurde, wo immer er auftauchte.

Auf dem Weg nach Cermor lasen sie noch weitere Männer wie Abryn und Draudd auf. Einige von ihnen waren ebenfalls

Überlebende aus dem Kriegshaufen des Hirschen, andere schwiegen störrisch über ihre Vergangenheit, aber alle waren verzweifelt genug, ihr Staunen über eine Priesterin als Kommandantin eines Kriegshaufens beiseite zu schieben. Schließlich hatte Gweniver siebenunddreißig Mann, nur drei weniger, als Avoic aufzubringen versprochen hatte. Tatsächlich schworen ihr diese Männer so freudig unverbrüchliche Treue, daß es sie überraschte.

In ihrer letzten Nacht unterwegs saß sie mit Ricyn am Feuer, der sie bediente wie ein Page.

»Sagt mir«, meinte sie, »glaubt Ihr, daß diese Männer meinen Befehlen folgen werden, wenn wir erst einmal in Cerrmor angelangt sind?«

»Selbstverständlich, Herrin.« Die Frage schien ihn zu überraschen. »Ihr habt sie von der Straße geholt und ihnen das Recht gegeben, sich wieder als Männer zu fühlen. Und außerdem seid Ihr eine Priesterin.«

»Bedeutet ihnen das denn etwas?«

»Allerdings. Wir haben doch alle diese Geschichten von den Kriegerinnen der Mondgöttin gehört. Aber es ist ein doppeltes Wunder, eine vor sich zu haben. Die meisten der Männer halten das für ein Vorzeichen. Es ist wie Dweomer, und Ihr seid vom Dweomer berührt. Wir alle wissen, daß Ihr uns Glück bringen werdet.«

»Glück? O nein, ich bringe euch kein Glück, nur die Gunst des Monds in seiner dunklen Zeit. Und ist das wirklich eine Gunst, die Ihr euch wünscht, Ricyn? Es ist eher eine Last, ein kalter Wind aus den Anderlanden.«

Ricyn schauderte, als spürte er diesen Wind tatsächlich. Lange Zeit starrte er schweigend ins Feuer.

»Last oder nicht, es ist alles, was mir geblieben ist«, sagte er schließlich. »Ich werde Euch folgen, und Ihr folgt der Göttin, und wir werden sehen, was sie uns beiden bringt.«

Cerrmor lag an der Mündung des Belaver, des Wasserlaufs, der sozusagen das Rückgrat des Königreichs bildete. Die Mündung des Flusses hatte einen weitläufigen Hafen aus den Kreidefelsen geschnitten. Mit über sechzigtausend Menschen, die hinter der hohen Steinmauer Zuflucht fanden, war Cerrmor nun, nachdem Dun Deverry verwüstet war, die größte Stadt des Königreichs. Von einer langen Reihe von Kais und Pieren aus breitete sich die Stadt am Fluß entlang aus, und kurvenreiche Straßen wanden sich nach allen Seiten. Solange die Gwerbrets für die Sicherheit sorgten, hatte der Handel mit Bardek die Stadt reich gemacht. Dun Cerrmor, eine Festung innerhalb einer Festung, stand auf einem niedrigen, von Menschenhand aufgeworfenen Hügel inmitten der Stadt, nicht weit vom Fluß entfernt. Innerhalb einer doppelten Mauer befanden sich der Brochkomplex, steinerne Außengebäude und Unterkünfte für Reiter und Pferde, alle mit steilen Dächern; nirgendwo war Holz zu sehen, das mit einem Brandpfeil hätte entzündet werden können. Vor dem Haupttor standen Wachtürme, und die Tore selbst waren mit Eisen beschlagen und wurden mit Hilfe von Winden geöffnet und geschlossen.

Als Gweniver ihren Kriegshaufen auf den gepflasterten Hof führte, erklang Jubel: Da kommt der Wolf! Bei den Göttern, der Wolf! Männer kamen aus dem Broch und den Unterkünften, um zuzusehen, und Pagen im Rot und Silber des Königs kamen zum Empfang herbeigeeilt.

»Herr!« rief einer von ihnen. »Wir hörten, Ihr wäret tot!«

»Mein Bruder ist tot«, sagte Gweniver. »Geh und sag dem König, Lady Gweniver sei hier, um Lord Avoics Schwur Genüge zu tun.«

Der Page glotzte ihr tätowiertes Gesicht an, dann rannte er zurück in den Broch. Ricyn ritt neben sie und sah sie grinsend an.

»Sie glaubten, Ihr wäret ein Geist aus den Anderlanden, Herrin. Soll ich die Männer absteigen lassen?«

»Ja. Und da Ihr schon seit Tagen als Hauptmann arbeitet, wird es Zeit, Euch diesen Titel auch offiziell zu geben.«

»Das ist zu viel der Ehre.«

»Das ist es nicht, und das wißt Ihr auch. Ihr seid nie bescheiden gewesen, Ricco, also fangt nicht jetzt damit an.«

Lachend verbeugte er sich im Sattel und wandte sich wieder den Männern zu.

Während sie wartete, daß der Page zurückkehrte, sah sich Gweniver den Brochkomplex an. Ihre Brüder hatten ihr zwar immer vom Glanz von Cerrmor erzählt, aber sie war noch nie hier gewesen. Der massive Hauptturm war sieben Stockwerke hoch, und er war mit drei Türmen verbunden, die halb so hoch aufragten. Insgesamt wirkte der dunkelgraue Steinbau wie die Faust eines Riesen, die vom Dweomer in Stein verwandelt worden war. In der Nähe standen genügend Mannschaftsunterkünfte und Ställe für Hunderte von Männern und Pferden. Über all dem flatterte eine silberne Fahne und verkündete, daß der König persönlich anwesend war. Gweniver sah sich um. Sie bemerkte, daß sich inzwischen eine Menge adliger Herren versammelt hatte, die sich jedoch zu äußern fürchteten, ehe der König seine Einschätzung bekanntgegeben hatte. Und gerade als sie den Pagen für seine Langsamkeit verfluchte, gingen die eisenbeschlagenen Tore auf, und der König selbst kam mit einem Gefolge von Pagen und Beratern heraus.

Glyn, Gwerbret Cerrmor, oder – wie er sich lieber nennen ließ – König von Deverry, war sechsundzwanzig Jahre alt, hochgewachsen und kräftig gebaut. Sein blondes Haar trug er nach hinten gekämmt. Er hatte es mit Zitronensaft gebleicht, so daß es jetzt sein kantiges Gesicht wie eine Löwenmähne umrahmte. In seinen tiefliegenden blauen Augen stand ein derart gepeinigter Ausdruck, daß Gweniver sich fragte, ob er wohl gerade einen nahen Verwandten verloren hatte. Als sie vor ihm niederkniete, verspürte sie ehrliche Ehrfurcht. Ihr ganzes Leben lang hatte man ihr von diesem Mann erzählt, und nun stand er vor ihr, stützte die Hände auf die Hüften und sah sie mit einem leicht verblüfften Lächeln an.

»Erhebt Euch, Lady Gweniver«, sagte Glyn. »Ich hoffe, ich klinge nicht wie ein Spötter, aber ich hätte nie gedacht, daß ich je den Tag erleben würde, an dem eine Frau mir Männer bringt.«

Gweniver knickste so gut, wie das in Brigga ging.

»Mein verehrter Lehnsherr, der Wolf hat noch nie seine Schwüre gebrochen, nicht ein einziges Mal in all diesen langen Jahren des Krieges.«

»Das weiß ich wohl.« Er zögerte und wählte seine Worte sorgfältig. »Ich weiß, daß Ihr eine Schwester habt. Später, wenn Ihr Euch ausgeruht habt, werdet Ihr mir sicher vom Schicksal des Wolfs berichten wollen.«

»Das werde ich, Herr, und es ehrt mich, daß Ihr dieser Angelegenheit Eure Aufmerksamkeit schenken wollt.«

»Selbstverständlich. Werdet Ihr einige Zeit als mein Ehrengast bei mir verbringen, oder habt Ihr vor, sofort zu Eurem Tempel zurückzukehren?«

Jetzt kam die Prüfung, und Gweniver flehte im Herzen die Göttin an.

»Herr«, sagte sie, »die Mondgöttin hat mich ausgewählt, ihr als Kriegerin zu dienen. Ich bin gekommen, Euch um die Gunst zu bitten, mich an meinem Platz als Anführer des Kriegshaufens zu belassen, damit ich mit Eurer Armee reiten und Eure Befehle befolgen kann.«

»Was?« Er vergaß all seine Höflichkeit. »Ihr scherzt wohl! Was sollte eine Frau im Krieg wollen?«

»Dasselbe wie jeder Mann, Herr: Ehre, Ruhm und die Gelegenheit, die Feinde des Königs zu töten.«

Glyn zögerte und starrte Gwenivers Tätowierung an, als erinnerte er sich an die alten Legenden über jene, die der Göttin der Dunkelheit dienten. Dann wandte er sich dem Kriegshaufen zu.

»Männer«, fragte er. »Betrachtet Ihr die Lady als Euren Hauptmann?«

Wie ein Mann erwiderten sie, das sei der Fall. Im Hintergrund schrie Dagwyn, Gweniver sei Dweomer.

»Dann betrachte ich es als ein Omen, daß eine Kriegerin der Mondgöttin an meinem Hof erschienen ist«, sagte Glyn. »Also gut, Lady, ich gewähre Euch Eure Bitte.«

Auf ein Zeichen des Königs kamen die Diener heran. Stalljungen übernahmen die Pferde, Reiter aus dem Kriegshaufen des Königs brachten Ricyn und die Männer in die Unterkünfte, Berater tauchten an Gwenivers Seite auf und verbeugten sich, und zwei Unterkämmerer geleiteten sie schließlich in die große Halle. Der Anblick dieses Saales ließ sie staunen. Der Raum war groß genug, daß darin hundert Tische für die Reiter stehen konnten, und er verfügte über vier riesige Feuerstellen. Rotsilberne Banner hingen neben feinen Wandbehängen, und statt Stroh bedeckten bunte Schieferkacheln den Boden. Gweniver stand da und glotzte wie ein Dorfmädchen, als Lord Orivaen, der Kämmerer, sie begrüßte.

»Ich grüße Euch, Herrin«, sagte er. »Gestattet mir, Euch in unserem bescheidenen Broch eine Unterkunft zu suchen. Da Ihr von Adel und außerdem eine Priesterin seid, bin ich nicht sicher, welchen Rang das Euch gibt. Vielleicht den eines Tieryn?«

»Oh, guter Herr, solange das Zimmer ein Bett und eine Feuerstelle hat, genügt es. Eine Priesterin des finsteren Monds kümmert sich nicht um Rang.«

Orivaen küßte ihr in aufrichtiger Dankbarkeit die Hand, dann brachte er sie zu einem kleinen Quartier in einem der

Seitentürme und schickte Pagen, ihre Ausrüstung heraufzuholen.

»Wird dies genügen, Herrin?«

»Selbstverständlich. Es ist wunderbar.«

»Ich danke Euch. So viele adlige Herren sind, wie soll ich es ausdrücken, ein wenig besorgt, was ihre Unterbringung bedeuten könnte.«

»Ich bitte um Verzeihung?«

»Äh, nun, sie befürchten, durch zu einfache Räume beleidigt zu werden, wißt Ihr.«

Gweniver wußte von nichts, aber sie lächelte und nickte. Sobald die Pagen gegangen waren und Orivaen mit ihnen, begann sie, ruhelos auf und ab zu tigern. Sie fragte sich, ob der König wohl der Ansicht war, die Ländereien des Wolfs seien es noch wert, gehalten zu werden, nachdem der Hirschclan solche Verluste erlitten hatte. Dann klopfte es an der Tür.

»Herein.«

Ein Mann kam herein, der ihr vielleicht helfen konnte, den Clan zu retten: Lord Gwetmar, ein schlaksiger junger Mann mit langgezogenem Kinn und stets zerzaustem dunklem Haar. Er war von adliger Abstammung, aber seine Familie war verarmt und wurde von den größeren Clans ein wenig belächelt. Gwenivers Clan hatte ihn jedoch immer als ihresgleichen betrachtet. Jetzt ergriff der junge Lord ihre beiden Hände und drückte sie fest.

»Gwen, bei den Göttern, es freut mich, dich am Leben zu sehen. Seit wir von Avoics Tod hörten, habe ich mich gefragt, wie es dir und deiner Schwester ergangen sein mag. Ich wäre am liebsten sofort nach Norden geritten, aber unser Herr hat es nicht gestattet.«

»Zweifellos wollte er dich und deine Männer nicht verlieren, wie er unsere verloren glaubte. Maccy und Mutter sind im Tempel in Sicherheit.«

Grinsend ließ sich Gwetmar in den Sessel fallen. Gweniver hockte sich auf die Fensterbank und betrachtete ihn nachdenklich.

»Hast du tatsächlich vor, mit uns zu reiten?« fragte er.

»Ja. Ich will Rache nehmen, selbst wenn ich dabei sterben sollte.«

»Das kann ich verstehen. Ich bete zu allen Göttern, daß sie mich Avoics Mörder finden und besiegen lassen. Hör zu, wenn wir beide bis zum Herbst überleben, dann verbünde ich mich mit dir und schließe mich der Fehde an.«

»Danke. Ich hatte gehofft, daß du so etwas sagen würdest, weil ich über die Ländereien des Wolfs nachgedacht habe. Sie gehören jetzt Maccy, oder sie werden ihr gehören, wenn der König mir meine Bitte erfüllt, daß sie in der weiblichen Linie weitervererbt werden können. Aber ich bin immer noch die Ältere und außerdem Priesterin, und sie wird verflucht noch mal heiraten, wen ich ihr aussuche.«

»Und du wirst ihr zweifellos einen guten Mann suchen.« Gwetmar wandte den Blick ab und war plötzlich melancholisch. »Maccy hat es verdient.«

»Hör zu, du Dummkopf. Ich rede von dir. Ich weiß, daß Maccy immer das kaltherzige kleine Biest gespielt hat, wenn sie es mit dir zu tun hatte, aber jetzt würde sie den Höllenfürsten persönlich heiraten, um aus diesem Tempel rauszukommen. Ich habe nicht vor, irgendeinem anderen landhungrigen Lord zu sagen, wo sie zu finden ist, bis du eine Gelegenheit hattest, ihr eine Botschaft zu schicken.«

»Gwen! Ich liebe deine Schwester, es geht mir nicht um den Besitz!«

»Das weiß ich. Warum glaubst du, biete ich sie dir an?«

Er warf den Kopf zurück und lachte, so hell wie die Sonne, wenn sie durch Sturmwolken bricht.

»Ich hätte nie geglaubt, daß ich einmal die Chance haben

würde, sie zu heiraten. Den Namen des Wolfs und seine Fehde zu übernehmen, scheint ein verdammt geringer Preis dafür zu sein.«

Gwetmar begleitete Gweniver in die große Halle. In einer Rundung der Mauer hatte man eine Art Podest errichtet, auf dem der König und die Adligen ihre Mahlzeit einnahmen. Obwohl Glyn nirgendwo zu sehen war, saßen einige Lords bereits am Tisch und tranken Bier und lauschten einem Barden. Gweniver und Gwetmar setzten sich zu Lord Maemyc, einem älteren Mann, der Gwenivers Vater gut gekannt hatte. Er strich sich den grauen Bart und sah Gweniver traurig an, aber zu ihrer Erleichterung sagte er nichts über den Weg, den sie gewählt hatte. Nun, da der König seine Zustimmung erteilt hatte, würde niemand mehr wagen, an ihrer Wahl zu zweifeln.

Das Gespräch wandte sich unvermeidlich dem Kampf zu, der vor ihnen lag. Alles schien sich recht langsam zu entwickeln. Nach den blutigen Unternehmungen der vergangenen Jahre hatte Cerrmor einfach nicht mehr genug Männer, um Dun Deverry zu belagern, und Cantrae hatte nicht genug für einen wirksamen Schlag gegen Cerrmor.

»Uns stehen viele kleine Scharmützel bevor, wenn ihr mich fragt«, meinte Maemyc. »Und vielleicht ein guter Ausfall nach Norden, um die Hirsch- und Wolfsclans zu rächen.«

»Ein paar rasche Beutezüge und sonst nichts«, stimmte Gwetmar ihm zu. »Aber was Eldidd an der Westgrenze angeht, sieht die Lage schlechter aus.«

»Das stimmt.« Er warf Gweniver einen Blick zu. »Er wird dreister und dreister und führt seine Angriffe weit auf unser Territorium, um sowohl uns als auch Cantrae zu treffen. Und dabei wette ich, hält er den größten Teil seiner Kraft zurück, bis wir beide abgekämpft sind.«

»Ja. Das klingt vernünftig.«

Auf der anderen Seite des Podiums entstand leichte Unruhe

an der kleinen Tür, die zu der privaten Treppe des Königs führte. Zwei Pagen knieten nieder, während ein dritter die Tür weit aufriß. Gweniver erwartete, den König zu sehen, und war bereit, sich zu erheben, aber ein anderer Mann kam herein und hielt inne, um die Versammelten zu betrachten. Er war blond und blauäugig und sah Glyn sehr ähnlich, aber er war schlank, während der König eher untersetzt war. Die langen Schwertkämpferarme hatte er fest über der Brust verschränkt, während er die Lords mit einem verächtlichen Blick maß.

»Wer ist das?« fragte Gweniver. »Ich dachte, der Bruder des Königs wäre tot.«

»Sein wahrer Bruder ist gestorben«, sagte Gwetmar. »Das da ist Dannyn, einer der Bastarde des alten Gwerbret, der einzige männliche, den er gezeugt hat. Der König schätzt ihn sehr und hat ihn zum Hauptmann seiner persönlichen Wache gemacht. Wenn man gesehen hat, wie er kämpft, kann man ihm seine Geburt nicht übelnehmen. Er schwingt das Schwert wie ein Gott, nicht wie ein Mensch.«

Die Daumen in den Schwertgürtel gehakt, kam Dannyn herübergeschlendert, nickte Gwetmar freundlich distanziert zu und betrachtete dann Gweniver. Die Wappenstickerei auf seinem Hemd zeigte das Schiff von Cerrmor, aber die Ärmel waren mit Abbildern zuschlagender Falken bestickt.

»Ihr seid also die Priesterin, die sich für eine Kriegerin hält?« sagte er.

»Ja. Und ich nehme an, Ihr seid ein Mann, der glaubt, mir einen besseren Rat geben zu können.«

Dannyn setzte sich neben sie und drehte sich um, um sich lässig gegen den Tisch zu lehnen. Als er sprach, sah er in die Halle hinaus.

»Wie kommt Ihr darauf, ein Schwert halten zu können?« fragte er.

»Fragt meine Männer. Ich neige nicht zum Prahlen.«

»Ich habe bereits mit Ricyn gesprochen. Er besaß die Unverschämtheit zu behaupten, daß Ihr zum Berserker werdet.«

»Ja. Wollt Ihr behaupten, daß ich lüge?«

»Das steht mir nicht zu. Der König hat befohlen, Euch und Eure Männer in seine Wache aufzunehmen, und ich tue, was er sagt.«

»Ebenso wie ich.«

»Von nun an werdet Ihr tun, was ich sage. Habt Ihr das verstanden, Mädchen?«

Mit einer raschen Bewegung aus dem Handgelenk goß ihm Gweniver ihr Bier ins Gesicht. Die Lords am Tisch keuchten und stießen Flüche aus. Gweniver erhob sich und starrte Dannyn an, der so kalt wie Eis zu ihr aufblickte und sich das Bier übers Gesicht rinnen ließ, als hätte er nichts bemerkt.

»Hört mich an«, sagte sie. »Ich weiß nicht, wer Euch geboren hat, aber ich bin die Tochter eines Wolfs. Wenn Ihr unbedingt wissen wollt, wie es um meine Fähigkeiten im Kampf bestellt ist, dann kommt mit nach draußen.«

»Hört euch dieses unverschämte Weibsstück an!«

Sie schlug ihm so fest ins Gesicht, daß er herumwirbelte.

»Niemand nennt mich ein Weibsstück.«

Es wurde totenstill in der großen Halle – alle, vom Pagen bis zum adligen Herrn, drehten sich zu den beiden um.

»Ihr vergeßt, mit wem Ihr sprecht«, fuhr sie fort. »Oder seid Ihr blind und könnt die Tätowierung auf meinem Gesicht nicht sehen?«

Langsam hob Dannyn die Hand zur Wange und rieb sich die Haut, aber er starrte sie weiterhin an. Sie gab seinen Blick unverwandt und mit furchterregender Kälte zurück.

»Werdet Ihr meine Entschuldigung annehmen, Herrin?«

Als er zu ihren Füßen niederkniete, holten alle in der Halle tief Luft, und es ertönte ein Geräusch wie von Brandung.

»Ich bedauere zutiefst, wenn ich Euch beleidigt habe, Euer

Heiligkeit. Wahrlich, mich muß der Wahnsinn befallen haben. Sollte es jemals ein Mann wieder wagen, Euch Weibsstück zu nennen, dann wird er sich meinem Schwert stellen müssen.«

»Ich danke Euch. Und ich verzeihe Euch.«

Mit einem Lächeln erhob Dannyn sich und wischte sich das bierfeuchte Gesicht am Hemdsärmel ab, aber immer noch starrte er sie an. Einen winzigen Augenblick lang bedauerte sie ihr Keuschheitsgelübde. Seine fließenden Bewegungen, seine lässige Haltung, selbst seine Arroganz gefielen ihr – er kam ihr so stark und klar vor wie der Schnitt einer Schwertklinge in der Sonne. Aber dann erinnerte sie sich an die dunklen Augen der Göttin, und das Bedauern verschwand.

»Sagt mir«, wandte er sich abermals an sie. »Reitet Ihr Eurem Kriegshaufen selbst voran?«

»Ja. Ich würde lieber sterben, als daß jemand von mir sagen könnte, daß ich meine Männer aus der Nachhut heraus führe.«

»Das hatte ich auch nicht anders erwartet.«

Dannyn verbeugte sich, dann ging er langsam und arrogant an den Lords vorbei zur Tür. Nachdem diese sich hinter ihm geschlossen hatte, wurde überall in der Halle Flüstern laut.

»Ihr Götter!« Gwetmar wischte sich den Schweiß von der Stirn. »Ich dachte schon, Euer letztes Stündlein hätte geschlagen. Ihr seid der einzige Mensch im Königreich, der es gewagt hat, Dannyn entgegenzutreten und das länger als fünf Herzschläge überlebt hat.«

»Ach, Unsinn«, meinte Gweniver. »Er ist nur vernünftig genug, keine Priesterin der Mondgöttin zu verletzen.«

»Hah!« schnaubte Maemyc. »Dannyn gehört zu jenen, die erst zuschlagen und dann denken.«

Später kam ein Page zu Gweniver und sagte ihr, der König wolle vertraulich mit ihr sprechen. Sie war sich der ungeheuren Ehre bewußt, die ihr widerfuhr, als sie dem Pagen in den ersten Stock des Hauptbroch folgte, wo Glyn eine Reihe von Räumen bewohnte, die mit geschnitzten Sesseln und Tischen, Wandbehängen und Teppichen aus Bardek möbliert waren. Der König stand an einer Feuerstelle aus hellem Sandstein, in den Schiffe und miteinander verwobene Ornamente eingemeißelt waren. Als sie vor ihm niederkniete, bat er sie, sich wieder zu erheben.

»Ich dachte an all Eure Verwandten, die in meinem Dienst gestorben sind«, sagte Glyn. »Dies lastet schwer auf mir, Heiligkeit. Wolltet Ihr mich darum bitten, daß Ländereien und Name über die weibliche Linie vererbt werden können?«

»Ja, mein Lehnsherr. Nun, nachdem ich die Gelübde abgelegt habe, darf ich selbst nichts mehr besitzen, aber meine Schwester wird sich bald mit einem Mann verloben, der willig ist, mit unserem Namen auch die Fehde zu übernehmen.«

»Aha. Nun, laßt mich ehrlich sein. Ich mag, was Euer Land angeht, nicht imstande sein, so schnell zu entscheiden, wie es mir recht wäre. Ich gestehe Euch aber jetzt schon zu, daß der Name auf die Söhne Eurer Schwester übergeht. Doch so gern ich die Eber auch von Eurem Land vertreiben würde, es hängt alles vom Verlauf der Kämpfe im Sommer ab.«

»Euer Majestät sind höchst ehrenhaft und großzügig. Ich verstehe, daß die Leiden meines Clans für Euch nur eine Sorge unter vielen sind.«

»Leider habt Ihr damit recht, Heiligkeit. Ich wünschte nur, es wäre anders.«

Als sie den König verließ, stieß Gweniver auf Dannyn, der gerade ohne Ankündigung die Tür zu den Gemächern des Königs aufriß. Er lächelte dünn.

»Heiligkeit«, sagte er. »Ich bedaure, daß so viele Eurer Verwandten gestorben sind. Ich werde mein Bestes tun, sie zu rächen.«

»Ihr seid sehr freundlich, und ich danke Euch.«

Gweniver eilte den Flur entlang. An der Treppe warf sie

einen Blick zurück und sah, daß er sie immer noch beobachtete, die Hand an der Tür. Plötzlich schauderte sie und spürte die Gefahr wie eine kalte Hand an ihrem Rücken. Sie konnte nur annehmen, daß die Göttin ihr eine Warnung schickte.

Am Morgen ging sie mit Ricyn auf dem äußeren Hof umher, als sie einen schäbig gekleideten alten Mann sah, der zwei Packmaultiere durchs Tor führte. Er trug schmutzigbraune Brigga und ein an vielen Stellen geflicktes Hemd mit Glyns Wappen, hielt sich aber aufrecht und bewegte sich wie ein junger Prinz. Mehrere Pagen kamen angerannt, um ihm mit den Packtieren zu helfen, und Gweniver bemerkte, daß sie den alten Mann mit Ehrerbietung behandelten.

»Wer ist das, Ricco?«

»Der alte Nevyn, Herrin – so heißt er tatsächlich. Er sagt, sein Vater hätte ihn in einem Anfall von Bosheit ›Niemand‹ getauft.« Auch Ricyn wirkte seltsam ehrfürchtig, als er sprach. »Er ist ein Kräutermann. Er sucht wilde Kräuter und verkauft sie an die Ärzte. Hier im Dun hat er auch Kräuter angepflanzt.«

Die Pagen führten die Maultiere davon. Ein Unterkämmerer, der zufällig vorbeikam, verbeugte sich vor dem Kräutermann.

»Aha«, meinte Gweniver, »offensichtlich ist unser Nevyn ein nützlicher Mann, aber wieso behandeln die Leute ihn wie einen adligen Herren?«

»Nun ja …« Ricyn schien seltsam verlegen. »Dieser alte Mann hat etwas an sich, das einem Hochachtung gebietet.«

»Tatsächlich? Heraus damit! Ich sehe doch, daß Ihr etwas vor mir verbergt.«

»Nun, Herrin, alle behaupten, er sei ein Dweomermann, und ich glaube es beinahe selbst.«

»Unsinn!«

»Nicht unbedingt, Herrin. Es heißt, der König ginge manchmal hinunter zu Nevyns Garten und unterhielte sich stundenlang mit dem Alten.«

»Und das bedeutet, daß er ein Dweomermann ist? Zweifellos muß auch der König hin und wieder die Staatsgeschäfte beiseite legen, und der alte Mann amüsiert ihn in seinen Mußestunden vielleicht.«

»Wie Ihr meint, Herrin.« Aber es war eindeutig, daß er kein Wort von dem glaubte, was sie sagte.

In diesem Augenblick kam Nevyn auf sie zu und grüßte Ricyn freundlich, der sich prompt vor ihm verbeugte. Als der alte Mann Gweniver ansah, wurde sein Blick so eiskalt wie der Nordwind und schien ihr bis in die Seele zu dringen.

Plötzlich war sie sich sicher, ihn zu kennen, ja sogar auf seltsame Weise darauf gewartet zu haben, ihn zu finden – daß ihr gesamtes Leben sie hierher, zu diesem alten Kräutermann, geführt hatte.

Dann verschwand das Gefühl wieder, und er lächelte sie freundlich an.

»Guten Morgen, Herrin«, sagte er. »Euer Ruhm hat sich schon in der gesamten Festung verbreitet.«

»Ach ja?« Gweniver war immer noch erschüttert. »Nun, ich nehme an, das sollte mich freuen.«

»Eine Mondkriegerin ist selten, aber die Zeiten sind wahrhaftig finster genug für die Göttin des vom Schwert durchbohrten Herzens.«

Gweniver starrte ihn einfach nur an. Woher kannte ein Mann diesen geheimen Namen? Nevyn verbeugte sich respektvoll vor ihr.

»Bitte entschuldigt mich, Heiligkeit. Ich muß aufpassen, daß diese Kräuter sorgfältig ausgepackt werden. Wir werden uns zweifellos wiedersehen.«

Als er davonging, starrte Gweniver ihm lange Zeit nach. Schließlich wandte sie sich wieder Ricyn zu.

»Na gut, Hauptmann«, fauchte sie. »Er ist ein Dweomermann, ich gebe es zu.«

Etwa um dieselbe Zeit saß der König mit seinen Beratern in einem kleinen Zimmer, das bis auf einen langen Tisch und eine Landkarte von Deverry an der Wand leer war. Am Kopf des Tischs saß Glyn auf einem hochlehnigen Stuhl, der mit edlem Stoff im zeremoniellen Königskaro bezogen war. Dannyn saß zu seiner Rechten. Die Berater in ihren schwarzen Roben hockten um den Tisch wie Krähen um verschüttetes Getreide. An diesem Morgen hatte der König Amain, den Hohepriester des Bel in Cerrmor, ebenfalls zur Besprechung geladen. Während die Berater sich einer nach dem anderen erhoben, um ihre Ansichten über Kriegsangelegenheiten zu äußern, starrte Dannyn aus dem Fenster und dachte an andere Dinge. Die wahren Entscheidungen würden ohnehin später zwischen dem König und seinen Kriegervasallen fallen. Gegen Ende der Diskussion kam man allerdings auf ein Thema zu sprechen, das Dannyns Aufmerksamkeit erregte. Saddar, ein alter Mann mit weißem Backenbart und zitterndem Kinn, erhob sich und verbeugte sich vor dem König.

»Ich bitte untertänigst um Verzeihung, Herr«, sagte er. »Aber ich frage mich, warum Ihr Lady Gweniver in Euren Kriegshaufen aufgenommen habt.«

»Nach allem, was ihr Clan für mich getan hat, konnte ich ihr kaum die Gunst verweigern, um die sie mich bat. Ich bin sicher, Dannyn wird dafür sorgen können, daß ihr nichts geschieht. Sie wird bald schon genug davon haben, in den Krieg zu reiten.«

»Ah.« Der alte Mann hielt inne und sah die anderen Berater um Unterstützung heischend an. »Wir glauben, daß ihr dies vielleicht auf einfachere Art erspart werden könnte, indem man sie einfach zwingt, in ihren Tempel zurückzukehren. Wir bräuchten es ihren Männern erst später zu sagen.«

Dannyn zog seinen edelsteingeschmückten Dolch und warf ihn. Die Spitze bohrte sich direkt vor Saddar in den Tisch. Mit einem Kreischen wich der Berater zurück, während der Dolch noch im Holz zitterte.

»Sagt mir«, meinte Dannyn, »wie kann ein Feigling wie Ihr eine Kriegerin wie sie beurteilen wollen?«

Als der König lachte, lachten alle Berater gezwungen mit, selbst Saddar.

»Dannyn hält viel von ihrem Wagemut, Ihr Herren«, sagte Glyn. »Und ich vertraue in solchen Dingen seinem Urteil.«

»Niemals würde ich Lord Dannyns Einschätzungen in Kriegsdingen in Frage stellen, mein Lehnsherr. Ich sorgte mich nur, ob dies alles wohl angemessen ist.«

»Ihr könnt Euch Eure Sorge in den Hintern schieben!« fauchte Dannyn.

»Still!« ging der König dazwischen. »Guter Herr, ich versichere Euch, daß ich Eure Weisheit viel höher schätze, als es mein arroganter Bruder tut. Außerdem habe ich seine Heiligkeit Amain zu uns gebeten, um diese Angelegenheit für uns zu klären …«

Alle wandten sich dem Priester zu, der sich mit einem Nicken in die Runde erhob. Wie alle Belpriester trug auch er den Kopf geschoren, einen Goldreif um den Hals und ein einfaches Leinenhemd, das in der Taille mit einem Stück Seil gebunden war. An diesem Gürtel hing eine kleine goldene Sichel.

»Der König wünschte, etwas über den Status von Lady Gwenivers Dienst an der Göttin zu erfahren«, sagte Amain mit seiner ruhigen, tiefen Stimme. »Dies ist ein durchaus legitimer Brauch, der bis in die Zeit der Dämmerung zurückreicht, als, wie die Chroniken berichten, Frauen durch den grausamen Druck der Umstände gezwungen wurden, zu Kriegerinnen zu werden. Die Anbetung der Mondgöttin in ihrem dunklen Aspekt ist auf keinen Fall mit den Riten von Epona oder Aranrhodda zu verwechseln.« Bei der Erwähnung des zweiten

Namens hielt er inne, um die Finger zur Abwehr gegen Hexerei zu kreuzen. Viele Berater taten es ihm nach. »Ich war allerdings ehrlich überrascht zu erfahren, daß das Wissen um diesen Brauch am Leben geblieben ist; ich nehme allerdings an, daß die heiligen Herrinnen des Tempels dafür gesorgt haben, diese Überlieferungen zu erhalten.«

Als Amain sich wieder hinsetzte, sahen sich die Männer unbehaglich an.

»Ihr seht also, guter Saddar«, meinte Glyn, »daß ich in dieser Angelegenheit dem Willen der Göttin wohl kaum entgegentreten kann.«

»Selbstverständlich nicht, Herr, und möge Lady Gweniver mir verzeihen, daß ich es wagte, ihre Entschlossenheit in Frage zu stellen.«

Die Berater nickten und murmelten zustimmend. Als Glyn das Zimmer verließ, blieb Dannyn zurück, um den Dolch aus der Tischplatte zu ziehen. Als er ihn einsteckte, beobachtete Saddar ihn mit giftigem Blick. Dannyn eilte hinter dem König her und folgte ihm in seine Privatgemächer. Glyn ließ Bier bringen und setzte sich in einen Sessel an der Feuerstelle. Obwohl Dannyn sich ebenfalls niedersetzte, als sein Bruder ihm einen Stuhl anbot, hätte er sich auch gern wie ein Hund zu Füßen seines Herrn niedergelassen.

»Hör zu, Danno«, sagte der König, »diese Zimperliesen ärgern mich ebenso, wie sie dich ärgern, aber ich bin auf ihre Loyalität angewiesen. Wer sonst wird dieses armselige Königreich regieren, wenn wir im Krieg sind?«

»Wahr gesprochen, Herr. Ich bitte um Verzeihung.«

Seufzend trank Glyn einen Schluck Bier und starrte in die leere Feuerstelle. In der letzten Zeit wurde er oft von Melancholie befallen, und das beunruhigte seinen Bruder zutiefst.

»Was bekümmert Euch, Herr?« fragte Dannyn.

»Lord Avoics Tod, und der Tod all seiner Brüder. Beim Höllenschlund, es gibt Zeiten, da frage ich mich, wie ich überhaupt König sein kann, nachdem mein Anspruch dem Königreich so viel Tod gebracht hat.«

»Wie bitte? Nur ein wahrer König würde solche Zweifel hegen. Ich wette, Cantrae gibt keinen Schweinefurz darum, wer für seine Sache stirbt.«

»Du glaubst an mich, nicht wahr, Danno?«

»Ich würde für Euch sterben.«

Glyn blickte auf, und seine Augen waren verdächtig feucht. »Weißt du«, meinte er nach langem Zögern, »es gibt Tage, da denke ich, ohne dich würde ich den Verstand verlieren.«

Dannyn war zu entsetzt, um etwas sagen zu können. Glyn warf den Kopf zurück und stand auf.

»Geh«, fauchte er. »Ich möchte allein sein.«

Ohne sich um höfische Rituale zu kümmern, eilte Dannyn hinaus. Mit schwerem Herzen ging er in den Hof hinaus. Sein einziger Trost war, daß Glyns finstere Stimmung vergehen würde, sobald sie erst einmal unterwegs waren, aber das war ein schwacher Trost. Es war durchaus möglich, daß es in diesem Sommer kaum direkte Kämpfe geben würde. Er selbst würde vermutlich die wenigen Angriffe anführen, während der König in der Festung blieb und brütete, weil Glyn zu wichtig war, um sein Leben in einem unbedeutenden Scharmützel aufs Spiel zu setzen.

Sein zielloses Umherschlendern führte ihn schließlich zu den Unterkünften. Vor dem ihnen zugewiesenen Stall waren die Männer des Wolfs dabei, ihre Pferde zu striegeln. Lady Gweniver hockte auf der Deichsel eines Wagens und sah ihnen dabei zu. Trotz ihres kurzgeschnittenen Haars und der Männerkleidung konnte Dannyn sie nur als Frau sehen. Ihre Attraktivität war nicht von der Hand zu weisen. Ihr Gesicht wurde von den großen Augen beherrscht, und ihr funkelnder

Blick zog ihn wie mit Zauberkraft an. Auch ihre Art, sich zu bewegen, gefiel ihm: Jede Geste war fest umrissen, aber fließend, als griffe sie auf eine verborgene Energiequelle zurück. Als sie ihn sah, glitt sie von der Deichsel herunter und kam ihm entgegen.

»Lord Dannyn, meine Männer brauchen Decken und Kleidung.«

»Sie sollen sie noch heute bekommen. Ihr gehört jetzt zum Haushalt des Königs, also denkt daran, daß Ihr alles, was Ihr und Eure Männer braucht, von ihm erhaltet.«

»Ich danke Euch. Unser Lehnsherr ist sehr großzügig.«

»Ja. Ich habe mehr Grund als jeder andere, seine Großzügigkeit zu loben. Wie viele Bastarde haben schon je einen Titel und eine Stellung bei Hof erhalten?«

Als sie zusammenzuckte, lächelte er. Er brachte das Thema seiner Geburt gern zur Sprache und ging die Adligen direkt damit an, ehe sie es gegen ihn verwenden konnten. Einen Augenblick dachte er nach und erinnerte sich an Amains Vortrag über ihre Bindung an die Göttin, aber etwas trieb ihn dazu weiterzusprechen.

»Dieser Mond auf Eurer Wange, steht der für ein echtes Gelübde?«

»Wofür sonst?«

»Nun, ich dachte, Ihr hättet es vielleicht nur als Möglichkeit betrachtet, sicher zu reisen, und das könnte Euch niemand übelnehmen. Eine Frau, die mit einem Kriegshaufen zieht, sollte lieber unter dem Schutz der Göttin stehen – oder es die Männer jedenfalls glauben machen.«

»Das ist wahr, aber dieser Halbmond umschließt nun mein ganzes Leben. Ich habe mich der Göttin angeschworen, und ich werde ihr treu bleiben.«

Die Kälte in ihrer Stimme ließ keinen Raum für Zweifel.

»Aha«, sagte er hastig. »Nun, es steht mir nicht zu, an den

Visionen einer Priesterin zu zweifeln. Aber es gibt noch etwas, was ich Euch fragen wollte. Hat Eure Schwester einen Bewerber, den Ihr für sie bevorzugt? Dann werde ich mich beim König für diesen Mann einsetzen.«

»Tatsächlich? Das ist ein sehr großzügiges Angebot.«

»Wieso? Wie kommt Ihr darauf?«

»Erzählt mir doch nicht, daß Ihr nicht wißt, über welchen Schatz Ihr hier am Hof verfügt. Ihr habt mehr Einfluß auf den König als jeder andere Mann. Solltet Ihr das nicht schätzen, könnte es sich allerdings in einen Fluch verwandeln.«

Dannyn lächelte nur und war verdutzt über die Dringlichkeit in ihrer Stimme. Er wußte nie, was er sagen sollte, wenn Frauen über unwichtige Einzelheiten sprachen. Einen Augenblick später zuckte sie die Achseln.

»Ich würde meine Schwester gern mit Lord Gwetmar vom Erlenclan verheiratet sehen.«

»Ich habe neben ihm gekämpft, und er ist ein guter Mann. Ich werde es dem König gegenüber erwähnen.«

»Ich danke Euch.«

Mit einem kleinen Knicks ging sie davon. Er blieb allein zurück, erfüllt von finsterem Hiraedd für eine Frau, die unerreichbar war.

Lord Dannyn löste sein Versprechen, mit dem König zu sprechen, viel schneller ein, als Gweniver angenommen hatte. Noch am selben Nachmittag kam Berater Saddar zu ihr und brachte wichtige Neuigkeiten. Da er soviel älter war als sie, bat sie ihn, in einem Sessel an der Feuerstelle Platz zu nehmen, und goß ihm ein wenig Met ein; dann setzte sie sich ihm gegenüber.

»Danke, Heiligkeit«, sagte er mit seiner dünnen, trockenen Stimme. »Ich wollte Euch gern persönlich mitteilen, wie sehr es mich freut, daß der Wolfsclan weiterleben wird.«

»Ich danke Euch dafür, guter Herr.«

Er lächelte und trank einen kleinen Schluck Met.

»Der König selbst hat mich gebeten, mit Euch zu sprechen«, fuhr er umständlich fort. »Er hat eine wichtige Entscheidung getroffen: Lord Gwetmar soll seiner Treue gegenüber dem Erlenclan abschwören und Eure Schwester heiraten.«

»Wunderbar!« Gweniver hob ihren Kelch. »Jetzt müssen wir Macla nur noch sicher aus dem Tempel holen.«

»Auch darüber habe ich Nachricht. Der König wünscht, daß Ihr selbst sie abholt. Er wird Euch und Gwetmar zweihundert Mann seiner eigenen Wache geben, zusätzlich zu Eurem Kriegshaufen.«

»Ihr Götter! Unser Lehnsherr ist wirklich ausgesprochen großzügig.«

»Das ist er. Lord Dannyn wird Euch begleiten und die Truppe anführen.«

Saddar hielt inne, als erwartete er eine Reaktion von ihr. Gweniver legte den Kopf schief und sah ihn nachdenklich an.

»Nun gut«, meinte der Berater schließlich. »Und was hält Eure Heiligkeit von Lord Dannyn, wenn ich fragen darf?«

»Meine Männer sagen mir, daß er ein hervorragender Kämpfer ist, und wahrlich, guter Herr, das ist alles, was mich interessiert.«

»Tatsächlich?«

Etwas am Lächeln des alten Mannes ließ sie an die seltsame Warnung denken, die die Göttin ihr gegeben hatte, aber sie sagte immer noch nichts.

»Nun«, meinte Saddar, »es steht mir nicht zu, an jenen zu zweifeln, die heilige Gelübde abgegeben haben, aber laßt Euch einen Rat von einem Mann geben, dessen hohes Alter ihn mitunter freier sprechen läßt. Lord Dannyn ist ein sehr ungestümer Mann. Ich würde ihn an Eurer Stelle im Auge behalten.« Er hielt inne und trank seinen Met aus. »Ah, es freut mich,

Euch hier zu sehen, Heiligkeit. Zweifellos hat Eure Göttin Euch zum Zeichen ihrer Gunst für unseren König geschickt.«

»Das solltet Ihr lieber nicht hoffen. Ihre Gunst ist finster und rauh wie eine blutige Klinge.«

Das Lächeln auf Saddars Lippen erstarrte. Er erhob sich, verbeugte sich höflich und verabschiedete sich rasch.

Einige Zeit dachte Gweniver über Saddars beunruhigende Bemerkung über Dannyn nach. Sie hätte gern den Rat der Göttin erbeten, aber sie war nicht sicher, wie sie das anfangen sollte. Nur Fragmente der Riten des dunklen Monds waren erhalten geblieben. Die Tempelpriesterinnen kannten ein paar Gesänge und Zeremonien, die sie zum Neumond benutzten, ein paar Überreste von Schlachtfeld-Gebeten, die aus der Zeit der Dämmerung überliefert waren, aber nicht mehr. Ohne einen Tempel mit Spiegel und Altar wußte Gweniver einfach nicht, wie sie ihre Göttin ansprechen sollte. In ihrer Satteltasche hatte sie ein Schreiben von Ardda an die Hohepriesterin des Tempels in Cerrmor, aber sie hatte Angst, dieser an diese große Stadt und den Hof gewöhnten Frau mit ihrem Gerede vom dunklen Mond gegenüberzutreten.

Dennoch war ihr klar, daß sie vor allem den Spiegel brauchte. Am Morgen ging sie in die Stadt, nicht zum Tempel, sondern zum Marktplatz, wo sie sich einen Bronzespiegel mit silberner Oberfläche kaufte, der klein genug war, daß er in eine Satteltasche paßte. Nach dem Abendessen schloß sie sich in ihrer Kammer ein, entzündete eine Kerze und stellte den Spiegel auf eine Truhe. Dann kniete sie davor nieder. Ihr Gesicht sah ihr silbrig und verzerrt entgegen.

»Herrin«, flüsterte sie. »Herrin der Dunkelheit.«

Im Geist stellte sie sich ihre Vision im Tempel noch einmal vor, nur ein totes Gedankenbild. Im Lauf der vergangenen Wochen hatte sie so oft über diese Erinnerung nachgedacht, daß das Bild immer noch klar in ihrem Geist stand und sie es aus vielen unterschiedlichen Blickwinkeln betrachten konnte: Sie sah sich selbst, wie sie zuerst ihr Schwert auf dem Altar angesehen hatte, dann den Spiegel oder Ardda, die in der Nähe stand. Wenn es nur eine Möglichkeit gäbe, es in diesem Spiegel wiederzusehen, sagte sie sich, dann würde es sich vielleicht verändern. Aber so sehr sie auch versuchte, das Bild in der silbernen Oberfläche zu sehen, es geschah nichts. Plötzlich kam sie sich dumm vor. Zweifellos war das, was sie erreichen wollte, ganz und gar unmöglich, aber ihre Sturheit trieb sie dazu, immer wieder zu versuchen, das Bild der Göttin durch ihre Augen auf die silberne Fläche zu zeichnen.

Es war sehr spät. Gweniver gähnte und fand es immer schwieriger, den Blick zu fokussieren. Plötzlich stolperte sie in ihrem Geist über eine Schwelle, wie wenn ein Kind sich anstrengt, einen Reifen zum Rollen zu bringen, der, ganz gleich, was es tut, immer wieder umfällt, und dann rollt er ohne spürbare bewußte Anstrengung plötzlich doch, und das Kind wird bei diesem Spiel nie wieder versagen. Erst sah Gweniver nur die flackernde Spur eines Bilds im Spiegel, dann erschien plötzlich das Gesicht der Göttin, nur für einen Augenblick, aber eindeutig.

»Gepriesen sei der Name meiner Herrin!«

Alle Müdigkeit war von Gweniver abgefallen. Die halbe Nacht kniete sie vor dem Spiegel, mit schmerzendem Rücken und verkrampften Knien, bis sie die Göttin so deutlich sehen konnte, als wäre das Bild auf den Spiegel gemalt. Endlich bewegte sich die Vision, und die dunklen Augen der Nacht sahen sie an. Die Göttin lächelte und segnete ihre einzige Anbeterin im gesamten Königreich Deverry. Gweniver weinte, aber es war reine, heilige Freude.

Da der Plan einfach war, ging Dannyn davon aus, daß er funktionieren würde. Während er Gweniver und ihre Männer zum Mondtempel eskortierte, sollten die zwei Brüder von Lord Maer vom Hirschclan eine Strafexpedition tief in von Cantrae gehaltenes Land führen und die Festungen des Ebers angreifen.

»Lord Maers Brüder haben vor Wut Schaum vor dem Maul wie tollwütige Hunde«, meinte Glyn. »Ich bin es ihnen schuldig, ihnen Gelegenheit zur Rache für die Beleidigung ihres Clans zu geben.«

»Das ist genau die Finte, die wir brauchen, Herr. Wir werden Lady Macla gesund und munter herbringen können.«

»Gut.« Glyn dachte einen Augenblick nach. »Der echte Kampf über die Ländereien des Wolfs wird erst im Herbst beginnen, wenn der Eber die Zeit findet, sich dieser Blutfehde wieder zuzuwenden.«

»Das ist ganz gut so, denn dann haben wir ebenfalls Zeit genug, um zurückzuschlagen.«

Nachdem der König ihn entlassen hatte, ging Dannyn in die Frauenräume, um nach seinem Sohn zu sehen. Ein paar Jahre zuvor hatte Glyn eine Frau aus einem edlen Clan für ihn gefunden, die bereit war, Dannyns Herkunft im Austausch gegen die Gunst des Königs zu vergessen. Obwohl Garaena am Kindbettfieber gestorben war, war der Junge gesund zur Welt gekommen. Der Brauch verlangte, daß das Kind zu Pflegeeltern gegeben wurde, aber Glyn hatte sich dagegen ausgesprochen – selbst ein Kind, das nur von halbköniglichem Blut war, ließe sich zu leicht in eine Geisel verwandeln, als daß es ratsam gewesen wäre, den Jungen aus der Festung zu lassen. Mit vier Jahren schwatzte Cobryn nun schon von Waffen und Kriegskunst.

An diesem Nachmittag holte Dannyn ihn aus dem königlichen Kinderzimmer hinaus in den Hof. Da die Kriegshaufen gerade von den Übungen des Tages zurückkehrten, war der Hof voller Männer auf Pferden, die mit gefährlicher Geschwindigkeit vorbeitrabten. Dannyn hob seinen Jungen hoch und trug ihn auf dem Arm. Cobryn war ein hübsches Kind mit blondem Haar und Augen, so dunkelblau wie die seines Vaters. Liebevoll schlang er die Arme um Dannyns Hals.

»Ich hab dich gern, Papa.«

Einen Augenblick war Dannyn zu überrascht, um reagieren zu können, weil er als Kind seinen Vater immer gehaßt hatte.

»Tatsächlich?« fragte er schließlich. »Vielen Dank.«

Als sie über den Hof gingen und Cobryn zu jedem Pferd, das er sah, einen Kommentar abgab, sah Dannyn Gweniver mit einer Gruppe von Lords am Haupttor stehen. Immer noch den Jungen auf dem Arm, ging er zu ihnen hinüber. Cobryn wandte sich in seinen Armen um und zeigte auf Gweniver.

»Papa, das ist ja eine Frau!«

Als alle lachten, wurde der Junge verlegen und barg das Gesicht an Dannyns Schulter. Gweniver kam näher, um ihn sich besser ansehen zu können.

»Was für ein hübsches Kind«, sagte sie. »Das ist doch nicht Euer Junge, oder?«

»Doch. Ich war verheiratet.«

»Das ist tatsächlich eine Überraschung. Ich hielt Euch für die Art von Mann, die nie heiratet.«

»Ihr schätzt mich falsch ein, Herrin.«

Gweniver reagierte mißtrauisch wie ein verschrecktes Reh. Dannyn hätte sich schlagen können – wie hatte er etwas so Dummes sagen können? Aber Cobryn rettete ihn.

»Weißt du was? Der König ist mein Onkel.«

»Tatsächlich?« Mit einiger Erleichterung wandte Gweniver ihre Aufmerksamkeit dem Kind zu. »Und du ehrst ihn?«

»Ja. Er ist prima.«

»Und das mehr, als diesem Welpen je klar sein wird«, sagte Dannyn. »Unser Lehnsherr hat den Jungen in die Thronfolge übernommen, direkt hinter seinen eigenen Söhnen. Es kommt nicht oft vor, daß die Brut eines Bastards zum Prinzen gemacht wird.«

»Das ist tatsächlich selten. Nun, junger Corbyn, du hast recht. Er ist wirklich prima.«

Während des Abendessens erwischte Dannyn sich immer wieder dabei, daß er Gweniver beobachtete, obwohl schon seine Gedanken einen Frevel darstellten. Es gab ein altes Sprichwort, das seine Lage gut zusammenfaßte: Ein Mann, der ein dem Mond angeschworenes Mädchen liebt, sollte lieber viele Meilen zwischen sich und seine Hoffnungslosigkeit bringen. Gwenivers goldenes Haar glänzte im Kerzenlicht, und sie umfaßte einen Kelch mit so zarten Fingern, daß Dannyn einfach nicht glauben konnte, daß diese Hände tatsächlich ein Schwert führen konnten. Nach dem, was Ricyn erzählt hatte, hatte sie bisher nur aus Glück gesiegt, und Glück verließ einen auf dem Schlachtfeld schnell.

Nach dem Essen stand Dannyn auf und trat an ihren Tisch. Er hockte sich vor sie und zwang sie damit, zu ihm allein zu sprechen.

»Ich habe eine Frage«, sagte er. »Habt Ihr ein Kettenhemd?«

»Nein. Ich habe noch nie eins getragen.«

»Was? Ihr Götter, dann habt Ihr wohl keine Ahnung, wie schwer so etwas ist?«

»Ich werde mich daran gewöhnen. Meine Göttin wird mich so lange beschützen, wie sie will. Und wenn sie mich tot sehen will, werde ich sterben. Wenn dieser Augenblick kommt, wird mich auch die beste Rüstung im Königreich nicht schützen können.«

»Das stimmt zweifellos – niemand kann sich seinem Wyrd widersetzen. Aber ein gutes Kettenhemd wendet so manches Unglück ab.«

Als er lächelte, trafen sich ihre Blicke. In diesem Augenblick wußte er, daß sie einander auf sehr gefährliche Weise verstanden. Er erhob sich schnell.

»Ihr werdet diesen Sommer nicht sterben, wenn ich es verhindern kann, Heiligkeit. Es wird Euch zweifellos nicht gefallen, von einem Bastard Befehle entgegenzunehmen, aber wenn wir erst Eure Schwester abgeholt haben, werdet Ihr mit mir üben wie ein dreizehnjähriger Reiter, der neu im Kriegshaufen ist. Und einige von ihnen überleben tatsächlich und werden alt. Tut, was ich sage, und Ihr werdet ebenfalls alt werden.«

Ihre Augen blitzten vor Zorn, aber er trat einfach zurück.

»Gute Nacht, Herrin, und mögen all Eure Träume heilig sein.«

Er eilte davon, bevor sie ihn zum Zweikampf fordern konnte.

Nevyn war nicht sicher, wann der König herausgefunden hatte, daß sein schäbig gekleideter alter Diener ein Dweomermann war. Als Nevyn vor sechs Jahren nach Dun Cerrmor gekommen war, hatte er seine Dienste als Kräutermann angeboten, der Arzneien bereiten konnte. Ein Unterkämmerer hatte sich seiner angenommen und ihm ein Bett in einer der Dienerhütten zugewiesen. In der ersten Zeit hatte Nevyn Glyn nur von weitem gesehen, für gewöhnlich während einer Parade. Diese Anonymität gefiel Nevyn; er hatte nur vor, ein Auge auf die Dinge zu haben, er wollte sich nicht einmischen – so dachte er jedenfalls –, und er hatte Glyns Hof nur deshalb gewählt, weil er Slwmar von Cantrae nicht ausstehen konnte, der heimtückisch, verräterisch und mißtrauisch bis zum Verfolgungswahn war.

Aber da Glyn sich um jene, die ihm dienten, wirklich kümmerte, hörte er nach einiger Zeit von dem Mann, der seiner Festung die Arzneien angeboten hatte, die in einem Krieg dringend benötigt wurden, und er bestellte Nevyn zu einer förmlichen Audienz in seine große Halle. Diese Audienz war selbstverständlich sehr kurz, und Nevyn teilte die Begegnung mit diversen anderen Dienern, aber offenbar hatte er etwas gesagt oder getan, was ihm die Aufmerksamkeit des Königs verschaffte, denn nicht lange danach hatte Glyn den Kräutergarten hinter den Ställen persönlich aufgesucht und mit Nevyn gesprochen. Es wurde zu einer Art von Gewohnheit: Wann immer der König ein wenig Zeit hatte, kam er her und stellte Fragen über die Pflanzen, über die Jahreszeiten und den Anbau von Kräutern. Es schien ein wenig von der Last der Intrigen, die ihn umgaben, von seinen Schultern zu nehmen.

Im dritten Jahr seines Aufenthalts hatte Nevyn ein angenehmes Zimmer in einem der Brochs erhalten, mit der Erklärung, er verdiene ein wenig Abgeschiedenheit. Bald darauf erhielt er in der großen Halle einen Platz an einem Tisch, an dem die wichtigeren Diener saßen. Die Besuche des Königs wurden länger, besonders im Winter, als Glyn mehr Zeit hatte, und hin und wieder bat der Lehnsherr den Diener um einen Rat in Hofangelegenheiten. Obwohl Nevyn bei seinen Antworten immer vorsichtig war, schienen sie dem König zu gefallen, und Glyn ließ mitunter eine Andeutung fallen, daß er den alten Mann für mehr als nur einen Kräutermann hielt.

Nun hatte der König offenbar entschieden, daß es an der Zeit war, ganz offen zu sein. An dem Morgen, als die Männer des Hirschclans ihre Armee für den Krieg gegen den Eber aus dem Tor führten, jätete Nevyn gerade ein Beet mit Kampferpflanzen, als ein Page zu ihm kam und verkündete, der König wolle ihn in seiner Ratskammer sehen. Eilig wusch sich Nevyn die Hände und folgte dem Jungen in den Broch.

Glyn saß allein in der schmalen Kammer und starrte die Pergamentlandkarte an, auf die durch das Fenster ein Strahl Sonnenlicht fiel. Hier und da waren Linien aus roter Tinte eingezeichnet und wieder weggekratzt worden, die alten Grenzen und Kriegslinien waren jedoch noch zu erkennen – ein blutendes Palimpsest. Nevyn wurde unwillkürlich daran erinnert, daß es einmal sein Königreich gewesen war, für das andere Männer nun kämpften. Wenn überhaupt, dann hatte er einen Anspruch auf den Thron, aber es wäre selbstverständlich schwierig gewesen, irgendwen davon zu überzeugen, daß Prinz Galrion nach all diesen Jahren noch am Leben war.

»Ich wollte Euch etwas fragen«, sagte Glyn sofort. »Ihr seid der einzige Mann, dem ich vertrauen kann, daß er darüber Schweigen bewahrt. Selbst die Priester klatschen untereinander wie alte Frauen.«

»Alte Frauen können den Mund besser halten als die, Herr.«

»Ja, aber um meine Frage beantworten zu können, braucht es wahrscheinlich die Kenntnisse eines Priesters.« Glyn hielt inne. »Ich hoffte, ein Dweomermann könnte mir ebenso raten.«

»Und mein Lehnsherr glaubt, ich hätte solche Kenntnisse.«

»Das tut er. Irrt er sich etwa?«

»Nein.«

Glyn lächelte triumphierend.

»Dann sagt mir folgendes«, fuhr er fort. »Wenn ein Mann oder eine Frau sich einem Gott angeschworen hat, gibt es eine Möglichkeit, den Schwur wieder zu lösen, ohne die Götter zu erzürnen?«

»Nur sehr selten: Es kann sein, daß jemand von einem korrupten Priester dazu gebracht wurde, etwas zu schwören. Dann könnte der Vorgesetzte des Priesters diesen Schwur für ungültig erklären. Es wäre auch für die Person, die geschworen hat, möglich, den Schwur zu widerrufen, wenn sie verspricht, den Rest ihres Lebens im Dienst dieses Gottes zu verbringen, aber das wäre schon eine schwierige Angelegenheit.«

»Und das ist hier kaum der Fall.«

»Oho! Ihr habt also bemerkt, daß sich Euer Bruder nach etwas Verbotenem sehnt?«

»Allerdings. Dafür braucht es wahrhaftig keinen Dweomer.«

»Ich hoffe nur, daß wir beide die einzigen sind, die es bemerkt haben, Herr. Es gibt viele Männer, die Dannyn beneiden.«

Glyn nickte seufzend.

»Wenn ein alter Mann seinem Lehnsherrn einen guten Rat geben darf«, fuhr Nevyn fort, »dann sollte der König mit seinem Bruder darüber sprechen. Es wäre eine schreckliche und frevlerische Tat, wenn Dannyn Gweniver dazu verführen würde, ihren Schwur zu brechen.«

Glyn seufzte und starrte wieder die Karte an.

»Ich sollte für Dannyn eine neue Frau finden«, sagte er. »Ich hatte daran gedacht, ihn mit Lady Macla zu verheiraten und ihm das Land des Wolfs zu geben, aber ich will nicht, daß er den ganzen Winter so weit von meinem Hof entfernt ist. Vielleicht hat sich meine Selbstsucht hier sogar als weitsichtig erwiesen: Zweifellos wird Gweniver ihre Schwester oft besuchen.«

»Zweifellos, Herr. Darf ich so unverschämt sein zu fragen, wieso Ihr Lord Dannyn so sehr begünstigt? Nicht, daß ich ihn als unwürdig erachte, aber die meisten Männer sind nicht so freundlich zu den Bastarden ihrer Väter.«

»Das stimmt. Aber als mein Vater den Thron für mich beanspruchte, war ich noch ein Kind. Man erzog mich dazu, einmal König zu werden. Das hört sich für einen Jungen wunderbar an: Nach ruhmreichen Schlachten werde ich die Heilige Stadt erobern, ich werde der Herrscher all dessen sein, was ich sehen kann, ich werde das Reich vor diesem Krieg retten, und alle werden mich rühmen. Aber eines Tages war ich draußen auf dem Hof und sah, wie die Stallburschen diesen kleinen Jungen quälten. Er war damals gerade erst sechs, und ich war acht. Sie verspotteten ihn, weil er ein Bastard war, und als er versuchte, nach einem von ihnen zu schlagen, begannen sie, ihn zu verprügeln. Also lief ich hinüber und befahl ihnen aufzuhören. Ich kam mir sehr großzügig und königlich vor.« Er lächelte spöttisch. »Ich hob den Kleinen auf und wischte ihm die blutige Nase ab, und bei allen Göttern im Himmel, es war, als hätte ich in einen Spiegel gesehen. Ich brauche wohl nicht zu erwähnen, daß niemand dem jungen König je gesagt hatte, daß sein Vater etwas für Küchenmädchen übrig hatte. Nun, an diesem Morgen fand ich es heraus. Also rannte ich in Vaters Kammer wie der künftige Herrscher, als der ich mich fühlte, und verlangte zu wissen, was er da getan hatte. Schade, daß Ihr seine Miene nicht sehen konntet.«

Nevyn lachte.

»Jedenfalls«, fuhr Glyn fort, »bestand ich darauf, daß Dannyn zu mir in den Broch zog, weil er mein Bruder war, ganz gleich, wie mein Vater darüber dachte. Und nach und nach erzählte er mir, was er alles durchgemacht hatte, wie man ihn als Spüljungen gequält und verhöhnt hatte, wie er dankbar sein mußte, sich von Abfällen ernähren zu dürfen. Und so begann ich darüber nachzudenken, was Herrschaft wirklich bedeutete, auf meine kindliche Art. Ich schwor dem großen Bel, daß ich niemals meinen Willen über den anderer stellen würde, wie mein Vater es tat. Schon dafür bin ich Dannyn etwas schuldig. Er hat mir etwas geschenkt, das mehr wert ist als hundert Pferde: Aber darüber hinaus ist er der einzige Mensch an diesem Hof, der mich für das liebt, was ich bin, nicht für den Einfluß oder die Ländereien, die er durch mich gewinnen kann. Bin ich ein Narr, auf so etwas Wert zu legen?«

»Keinesfalls. Mein Lehnsherr ist einer der besten Männer, die mir je begegnet sind, und wenn Ihr das für Schmeichelei haltet, laßt mich hinzufügen, daß die Bemühung darum, ein guter Mann zu sein, in Zeiten wie diesen leicht zu einem Fluch werden kann.«

»Ja, nicht wahr?« Der König wandte sich einen Augenblick ab. »Ich danke Euch, guter Herr, für Euren Rat. Wenn es möglich ist, werde ich demnächst wieder in den Garten kommen und nachsehen, wie es dort weitergegangen ist.«

Nevyn kehrte nach diesem Besuch beim König nicht zu seinem Beet zurück, sondern ging auf sein Zimmer. Er war beunruhigt und fragte sich, ob es Glyn tatsächlich bestimmt war, als einziger König von Deverry zu regieren. Er hoffte, daß dies Glyns Wyrd sei, aber die Zukunft war ihm verborgen. Nachdem er die Tür seines Zimmers fest verschlossen hatte, stellte er sich aufrecht hin und stellte sich vor, ein Schwert aus blauem Feuer in der rechten Hand zu halten. Langsam arbeitete er an dem Bild, bis es ohne seinen Willen stand, ganz gleich, welchen Dingen er jetzt seine Aufmerksamkeit zuwandte. Erst dann nutzte er das Schwert, um einen Kreis aus blauem Feuer um sich zu ziehen, und stellte sich die Flammen so intensiv vor, bis auch sie ihr eigenes Leben hatten.

Er legte das Schwert beiseite und ließ vor sich das Bild eines sechszackigen Sterns entstehen, aus goldenem Feuer, das Symbol des Gleichgewichts und der Mitte aller Dinge und die Quelle wahren Königtums: Er beschwor die Könige des Äthers, starrte in das Sechseck, das inmitten der verwobenen Dreiecke entstanden war, und benutzte es für seine Visionen, so wie ungeschicktere Dweomerleute einen Kristall oder einen Spiegel benutzten …

Die Visionen waren unklar, wurden kaum deutlich, bevor sie sich wieder auflösten, zusammengeworfen und wieder zerrissen wie Wolken im Wind. Er konnte nichts über Glyns Wyrd erkennen. Selbst in den Inneren Landen (also auf der astralen Ebene) waren die Strömungen wirr, die Kräfte aus dem

Gleichgewicht, das Licht trüb. Für jedes Königreich, jedes Volk, gibt es auf der Astralebene ein Gegenstück, das die eigentliche Quelle der Ereignisse darstellt, die sich in den Äußeren Landen in jenem Königreich ereignen, in der physischen Welt – ebenso, wie jeder eine geheime und unsterbliche Seele hat, die darüber entscheidet, was die jeweilige Person als ihren Willen oder ihr Glück bezeichnet. Die Menschen von Deverry sahen Kriege zwischen ehrgeizigen Männern, und jene Männer betrachteten sich selbst als Herren dessen, was sie taten. Nevyn sah die Wahrheit dahinter. Diese kleinlichen Streitereien von Möchtegern-Königen waren nur Symptome einer Krise, wie ein Fieber nur das Symptom einer Krankheit ist, zwar unangenehm genug, aber nicht das, was einen Kranken wirklich umbringen kann. Tief in den Inneren Landen waren die finsteren Kräfte des Todes und des Ungleichgewichts außer Kontrolle geraten und wirbelten alles ins Chaos. Nur eine Handvoll von Kriegern, die dem Licht dienten, stellten sich gegen sie. Und obwohl Nevyn nur der demütige Diener eines dieser Großen war, mußte er seinen eigenen Kampf ausfechten, in Deverry, auf der physischen Ebene. Immerhin kann ein Fieber den Patienten töten, wenn man nichts dagegen unternimmt.

Man darf sich diese Kräfte des Todes und des Ungleichgewichts auf keinen Fall als Personen vorstellen, als eine Art Armee des Bösen, die von Wesen mit erkennbarer Seele angeführt wird. Im Gegenteil, es handelt sich um Kräfte, die auf ihre Art so natürlich sind wie Regen, aber in diesem Fall waren sie außer Kontrolle geraten wie ein Fluß bei Hochwasser, der über die Ufer tritt und Bauernhöfe und Städte überschwemmt. Jedes Volk, jedes Königreich hat ein gewisses Maß an Chaos in seiner Seele: Schwäche, Gier, kleinlichen Stolz und Arroganz. Man kann sich diesem Chaos entweder entgegenstellen oder ihm verfallen. Im letzteren Fall entsteht eine

Energie – um ein weiteres Bild zu benutzen –, die dem entsprechenden Ort in den Inneren Landen zufließt. Und so war es mit Deverry in jenen unruhigen Zeiten. Die Kräfte schwollen an und rissen vieles mit sich.

Wie weit sollte er sich auf der physischen Ebene einmischen? Das wußte Nevyn einfach nicht. Dweomerarbeit ist subtil, eine Sache von Einflußnahme, Bildern und langsamen inneren Prozessen. Direkt einzuschreiten liegt einem Dweomermeister im allgemeinen so fern, daß Nevyn Angst hatte, etwas zu unternehmen, bevor die Zeit reif dafür war. Eine falsche Handlung, selbst mit bester Absicht, hätte dem Chaos und der Finsternis nur einen weiteren Sieg beschert. Dennoch schmerzte es ihn, warten und zusehen zu müssen, wie sich Tod, Krankheit und Leiden im ganzen Königreich ausbreiteten. Am schlimmsten war das Wissen, daß es hier und da auch Meister des dunklen Dweomer gab, die Freude an diesem Leiden hatten und die Energie, die durch das Chaos entstand, zu ihren eigenen Zwecken nutzten. Auch ihre Zeit wird kommen, erinnerte er sich. Auf sie wartete die Finsternis am Ende der Welt, der Fluch am Ende aller Zeitalter.

Aber er konnte sie nicht in die Finsternis senden, bevor ihre Zeit gekommen war, ebensowenig, wie er dafür sorgen konnte, daß Glyn eines Tages ein friedliches Deverry regierte. Seufzend brach er seine Meditation ab und ließ Stern und Kreis verschwinden. Er beugte sich aus dem Fenster und sah, wie die Krieger auf den Broch und die große Halle zueilten, in der sie ihr Essen erwartete. Sie lachen und scherzen zu sehen quälte ihn. Sein eigener alter Fehler hatte den Krieg weitergetrieben – so sah er es jedenfalls. Vor langer Zeit, als er noch ein Prinz gewesen war, war er vor die Wahl gestellt, Brangwen vom Falkenclan zu heiraten und bei seinen Dweomerstudien langsamer voranzukommen, weil er sich um Frau und Kinder kümmern mußte, oder sie zu verstoßen und sich ganz der Kunst zu widmen. Bei seinen ungeschickten Versuchen, das Beste aus der Situation zu machen, hatte er drei Menschen den Tod gebracht: Brangwen selbst, ihrem Bruder Gerraent, der sie auf eine unheilige Weise liebte, und Lord Blaern vom Eber, einem ehrenhaften Bewerber um Brangwens Hand, der das Pech gehabt hatte, dem wahnsinnigen Gerraent in den Weg zu geraten.

Hätte er Brangwen geheiratet, dann hätten sie Erben gehabt, die ihrerseits Erben hervorgebracht hätten, um den Thron zu erben und diesen Bürgerkrieg zu verhindern. Vielleicht. Er mußte sich daran erinnern, daß niemand das genau wissen konnte. Aber was jetzt im Eberclan vorging, hatte viel mit seinem alten Fehler zu tun. Seit der Eber das Land des Falken als Wiedergutmachung für Blaerns Tod erhalten hatte, war dieser Clan immer stolzer und arroganter geworden. Auf das Drängen des Eberclans hin hatte Gwerbret Cantrae einen Thron beansprucht, der ihm niemals zugestanden hatte. Nevyn selbst hatte all das miterlebt und aus sicherer Entfernung zugesehen. Der Dweomer hatte ihn am Leben gehalten, aber nicht als Belohnung – vielmehr mußte er weiterleben, bis er seine alten Fehler wiedergutgemacht hatte.

Und nun hatten sich alle Beteiligten wieder hier in Cerrmor getroffen. An diesem Abend fand Nevyn sie sämtlich in der großen Halle: Blaern, der als Ricyn, Hauptmann des Kriegshaufens des Wolfs, bei seinen Männern saß; Gerraent in Gestalt von Dannyn zur Linken des Königs; Brangwen mit der blauen Tätowierung einer Kriegerin der Mondgöttin. Alle waren immer noch miteinander verbunden, aber es war Gwenivers Los in diesem Leben, das Nevyn am meisten quälte.

Er selbst saß am selben Tisch wie der Schreiber und seine Frau, der Stallmeister mit seiner Familie, die beiden Unterkämmerer und der verwitwete Waffenmeister Ysgerryn. Letzterer bemerkte, wie Nevyn Gweniver ansah und erwähnte, daß

Dannyn sie vor ein paar Stunden zu ihm gebracht hatte, damit sie eine Rüstung erhielt.

»Zum Glück hatte ich ein Kettenhemd aufgehoben, das Dannyn selbst getragen hatte, bevor er vollständig ausgewachsen war«, fuhr Ysgerryn fort. »Wir hätten es auseinandernehmen und größer machen können, aber es war eine so schöne Arbeit, daß ich es lieber aufgehoben habe, um es eines Tages einem der jungen Prinzen zu geben. Und jetzt erwies es sich genau als das, was wir brauchten.«

»Und was hielt Lord Dannyn davon, daß die Lady seine alte Rüstung trägt?«

»Seltsamerweise schien ihn das zu freuen. Er meinte, es sei so etwas wie ein Omen.«

Darauf möchte ich wetten, dachte Nevyn. Verflucht soll er sein!

Nachdem sie gegessen hatten, stand Nevyn auf und wollte gehen, aber er bemerkte, daß Dannyn sich ebenfalls erhoben hatte, um sich zu Gweniver zu setzen. Er blieb in der Nähe des Podiums, um zu lauschen, aber Dannyn stellte nur eine harmlose Frage wegen des Kettenhemds.

»Ihr Götter«, sagte Gweniver lachend. »Meine Schultern brennen wie Feuer!«

»So eine Rüstung hat ihr Gewicht«, meinte Dannyn. »Aber benutzt sie weiter, jede Minute, die Ihr es ertragen könnt. Ich verliere ungern einen Mann von Eurem Kampfgeist nur wegen mangelnder Übung.«

Mit trunkenem Grinsen beugte sich Lord Oldac, ein dicker blonder Mann, der viel zu viel von sich hielt, über den Tisch.

»Einen Mann?« sagte er. »He, Dannyn, was ist mit Euren Augen los?«

»Sie sehen die blaue Tätowierung auf ihrer Wange. Und wie jeder unter meinem Befehl ist sie für mich ein Mann oder einem Mann gleichgestellt.«

»Das ist wahr.« Oldac wischte sich den metgetränkten Schnurrbart mit dem Handrücken ab. »Aber es läßt sich nicht leugnen, Gwen, daß Ihr hübsch genug seid, daß ein Mann das vergessen könnte.«

Mit der Schnelligkeit eines flüchtenden Fasans sprang Dannyn auf und packte Oldac am Hemd. Becher fielen um, und Männer sprangen auf, während Dannyn den um sich tretenden und schreienden jungen Lord über den Tisch zog. Mit einer letzten Anstrengung warf er ihn Gweniver vor die Füße.

»Entschuldigt Euch!« fauchte er. »Niemand spricht so von einer Priesterin und Lady.«

Tödliches Schweigen hatte sich über die Halle gesenkt, und alle sahen zu. Oldac kam keuchend auf die Knie.

»Ich bitte demütig um Verzeihung«, schnaufte er. »Ich werde nie wieder so zu Euch sprechen, Heiligkeit. Ich bitte Eure Göttin, mir zu verzeihen.«

»Ihr seid ein Narr«, sagte Gweniver. »Aber ich nehme Eure Entschuldigung an.«

Oldac erhob sich, strich sein metgetränktes Hemd glatt und wandte sich Dannyn zu.

»Möge die Göttin mir vergeben«, sagte er. »Aber was Euch angeht, Bastard ...«

Als Dannyn die Hand auf den Schwertgriff legte, erhoben sich weitere Männer von ihren Bänken.

»Wünscht Ihr, mich offiziell herauszufordern?« Dannyns Stimme war so sanft wie die einer Zofe.

Oldac saß in der Falle. Er sah sich nach allen Seiten um und murmelte lautlos vor sich hin, als er versuchte, die Wahl zwischen Ehrlosigkeit und sicherem Tod zu treffen. Dannyn wartete lächelnd. Schließlich erhob sich der König.

»Das genügt!« rief Glyn. »Zur Hölle mit euch beiden, daß ihr euch in meiner Halle rauft. Danno, komm her und setz dich! Oldac, ich möchte später mit Euch sprechen.«

Dunkelrot angelaufen, drehte sich Oldac auf dem Absatz um und verließ die Halle fluchtartig. Dannyn kehrte an die Seite seines Bruders zurück, den Kopf gesenkt wie ein getretener Hund. Als er ging, dachte Nevyn über ihn nach. Dannyn schien entschlossen, Gweniver ehrenhaft zu behandeln und diese lange begrabene Leidenschaft zu ignorieren. Gut für ihn, dachte Nevyn. Vielleicht kann er sich noch in diesem Leben davon befreien. Bei diesem Gedanken überfiel ihn ein Gefühl von Dweomerkälte auf seinem Rücken, eine sichere Warnung vor Gefahren.

An der Spitze einer kleinen Armee kehrte Gweniver am späten Nachmittag eines Frühlingstages zum Mondtempel zurück, als die Sonne die hohen Mauern in goldenes Licht hüllte. Sie ließ die Männer am Fuß des Hügels zurück und ging hinauf zum Tor, das einen Spalt geöffnet wurde. Lypilla spähte nach draußen.

»Du bist es, Gwen!« rief sie entzückt. »Als wir die Armee sahen, dachten wir, es wäre der Eber, der zurückkehrt.«

»Nein, wir sind gekommen, um Maccy abzuholen. Ich habe ihr eine Hochzeit versprochen, und die soll sie bekommen.«

»Wunderbar! Das arme Ding hat sich so gequält! Komm herein, komm herein. Ich bin froh, dich zu sehen.«

Als Gweniver eintrat, kam Macla ihr entgegengerannt und warf sich in die Arme der Schwester. Der Tempelhof war voller Frauen, die erlebten, wie Maccy vor Freude in Tränen ausbrach.

»Ich habe mir solche Sorgen gemacht«, schluchzte sie. »Ich dachte schon, du wärest tot.«

»Jetzt bin ich ja wieder hier. Und jetzt nimm dich zusammen, Maccy. Ich habe dir einen Mann mitgebracht, und alles wird gut werden. Du wirst eine große Hochzeitsfeier haben, am Hof des Königs.«

Macla schrie vor Freude laut auf und drückte sich dann die Hände auf den Mund.

»Also pack deine Sachen, während ich mit Ardda rede«, fuhr Gweniver fort. »Lord Gwetmar wartet auf dich.«

»Gwetmar? Aber der sieht überhaupt nicht gut aus!«

»Dann wirst du dir auch keine Sorgen machen müssen, daß er deinen Dienerinnen Bastarde anhängt. Hör zu, du Dummchen, er ist der einzige Mann am Hof, der dich auch aus Liebe geheiratet hätte und nicht wegen der Mitgift, also fang lieber an, dich an seine Tugenden zu erinnern. Und wenn er die Lampe löscht, wirst du sein Gesicht ohnehin nicht sehen müssen.«

Macla stöhnte, aber dann machte sie sich gehorsam auf zum Schlafsaal. Da erst bemerkte Gweniver ihre Mutter, die am Rand der Menge stand. Dolyan hatte die Arme vor der Brust verschränkt, als hielte sie ihren Schmerz fest. Ihre Augen waren feucht. Als Gweniver auf sie zuging und die Arme ausstreckte, wandte ihre Mutter sich halb ab.

»Du hast einen guten Mann für deine Schwester gefunden«, sagte Dolyan mit zitternder Stimme. »Ich bin stolz auf dich.«

»Danke, Mutter. Geht es dir gut?«

»So gut es eben möglich ist, wenn ich dich so sehen muß. Gwen, ich flehe dich an, bleib hier im Tempel.«

»Das kann ich nicht, Mutter. Ich bin die einzige Ehre, die dem Clan geblieben ist.«

»Ehre? Ach, jetzt geht es also um Ehre? Du bist ebenso schlimm wie dein Vater und all deine Brüder. Immer haben sie nur von Ehre geredet, bis ich dachte, ich verliere den Verstand. Es ist nicht die Ehre, an der ihr euch freut, es ist das Blutvergießen.« Die zornigen Worte brachen wie eine Flut aus ihr heraus. »Es war ihnen gleich, daß ich sie liebte – das war ihnen nicht halb so wichtig wie ihre verfluchte Ehre. Sie sind losgeritten, haben den Clan ausgeblutet und Leid über das

Königreich gebracht. Gwen, wie kannst du mir das antun? Wie kannst du auch noch in den Krieg reiten, wie sie es getan haben?«

»Ich muß es tun, Mutter. Du hast doch noch Maccy, und bald wirst du wieder auf deinem eigenen Land wohnen.«

»Ach ja?« Sie spuckte die Worte geradezu aus. »Eine niedergebrannte Festung und verwüstete Felder, und das alles um der Ehre willen. Gwen, bitte bleib hier!« Und dann weinte sie und schluchzte laut.

Gweniver wußte nicht, was sie tun sollte. Andere Frauen eilten an Dolyans Seite und brachten sie weg, aber dabei warfen sie dieser undankbaren Tochter Blicke wie Dolche zu. Als Gweniver durch das Tor nach draußen floh, hörte sie Dolyans klagenden Schrei. Für sie bin ich ohnehin schon tot, dachte sie. Das Klagen ging weiter, hoch und schrill, dann verstummte es abrupt.

»Was ist denn los?« wollte Gwetmar wissen. »Ist jemand gestorben?«

»Nein, es ist alles in Ordnung. Maccy wird gleich kommen.« Sie wandte sich ab und spähte zum Fuß des Hügels, suchte Ricyn unter ihren Männern. »Beim schwarzen haarigen Arsch des Höllenfürsten, ich werde froh sein, wenn wir wieder nach Cerrmor kommen.«

Sie konnte Ricyn nicht finden, aber sie sah Dannyn, der lässig im Sattel saß, an der Spitze der Reiter des Königs. Bald würde sie unter seinem Befehl in den Krieg ziehen, und sie dachte, daß die Göttin ihr einen guten Lehrer geschickt hatte, was die Kunst des Tötens anging.

Nevyn hatte mehrere Schüler, die bei ihm die Kräuterkunde lernten, aber der begabteste darunter war eine junge Frau namens Gavra, ein hochgewachsenes, schlankes Mädchen mit rabenschwarzem Haar und braunen Augen. Sie war die Tochter eines Wirts aus Cerrmor und schwere Arbeit gewöhnt, und sie war entschlossen, einen besseren Platz im Leben zu finden. In den beiden Jahren, in denen sie Nevyns Schülerin war, hatte sie ihr Wissen um die diversen Kräuter und ihre Anwendung gewaltig erweitern können. Daher gestattete Nevyn ihr, ihm nachmittags zu helfen, wenn er sich um kranke oder durch Unfall verletzte Diener im Palast kümmerte, um die sich die offiziellen Ärzte nicht scherten. Gavra nutzte ihren Kopf auch zu ihrem Vorteil, wenn es um Hofintrigen ging. Dannyn und Gweniver waren erst zwei Tage wieder zurück am Hof, als die Schülerin Nevyn eine interessante Neuigkeit berichtete.

»Lord Oldac hat sich heute mit mir unterhalten«, meinte sie.

»Ach ja? Hat er dir seine Aufmerksamkeit aufgedrängt?«

»Er war ausgesprochen höflich, aber ich glaube schon, daß er etwas Unehrenhaftes im Sinn hatte. Meister, würdet Ihr bitte mit ihm sprechen? Es ist verdammt schwierig, sich gegen diese Adligen zu wehren, aber das letzte, was ich brauchen kann, ist einen seiner Bastarde.«

»Dann werde ich mit ihm reden. Du stehst unter meinem Schutz, als wärst du meine Tochter, und ich werde auch zum König gehen, wenn das notwendig sein sollte.«

»Ich danke Euch. Aber es war nicht nur sein betrunkenes Grinsen, das mich beunruhigt hat. Er war so unverschämt, Lady Gweniver zu beleidigen. Ich finde sie wunderbar, und ich will das einfach nicht hinnehmen.«

»Und was hat er gesagt?«

»Er machte Andeutungen darüber, daß sie und Lord Dannyn soviel Zeit mit Waffenübungen verbringen.«

Nevyn stöhnte leise.

»Seine Worte richteten sich mehr gegen den Lord als gegen Ihre Heiligkeit«, fuhr Gavra fort. »Er fragte mich, ob ich es nicht seltsam fände, daß Lord Dannyn so eifrig darauf bedacht sei, Lady Gweniver zu unterrichten. Ich habe nur erwidert, daß es nicht Sache einer Dienerin sei, sich Gedanken um die adligen Herrschaften zu machen, und dann bin ich gegangen.«

»Gutes Mädchen. Ich werde also mit Oldac über mehr als nur eine Sache sprechen müssen. Wenn Gweniver hören sollte, daß er sie beleidigt hat, könnte er einen sehr plötzlichen Tod finden.«

»Ich muß ehrlich sagen, das würde mich nicht stören.«

Am nächsten Nachmittag kamen Gweniver und Dannyn von sich aus zu Nevyn. Dannyn hielt einen blutigen Lappen gegen die Wange gedrückt.

»Würdet Ihr Euch bitte um den Hauptmann hier kümmern, guter Kräutermann?« bat Gweniver. »Es ist mir peinlich, zu einem der Ärzte zu gehen.«

»Wenn man eine Priesterin ein Miststück nennen dürfte«, knurrte Dannyn, »dann würde ich das tun.«

Gweniver lachte nur. Als der Hauptmann den Lappen wegnahm, konnte man sehen, daß seine Wange aufgerieben und geschwollen war und aus zwei Kratzern blutete.

»Wir haben stumpfe Klingen benutzt«, erklärte Gweniver. »Aber auch damit kann man jemandem noch eine gute Prellung verursachen, und er hat sich geweigert, einen Helm zu tragen.«

»Dumm genug«, gab Dannyn zu. »Ich hätte nie geglaubt, daß sie das schaffen würde.«

»Ach ja?« sagte Nevyn. »Es scheint, Ihre Heiligkeit ist für diese Dinge begabter, als so mancher von uns gedacht hätte.«

Dannyn lächelte so unverschämt, daß Nevyn ihm die Wunde am liebsten mit dem beißendsten Mittel ausgewaschen hätte. Aber als Akt der Demut benutzte er statt dessen warmes Wasser und erinnerte sich bewußt daran, daß Dannyn nicht Gerraent war. Die Seele war zwar dieselbe Wurzel, die Persönlichkeit hatte aber eine andere Blüte getrieben, und Dannyn hatte Gründe für seine Arroganz, über die Gerraent niemals verfügt hatte. Doch jedesmal, wenn der kalte Blick des Hauptmanns auf Gweniver traf, wurde Nevyn wieder wütend. Als Dannyn schließlich ging, seufzte der alte Dweomermann nur über den dummen Stolz der Menschen, der einen dazu bewegen konnte, über hundertdreißig Jahre lang nachtragend zu sein.

Gweniver selbst blieb, sah sich die Kräuter und Salben neugierig an und schwatzte mit Gavra, die Lord Oldacs Beleidigung zum Glück nicht erwähnte. Obwohl Gweniver es offenbar nicht bemerkte, folgte ihr das Wildvolk überall hin und zupfte mitunter vorsichtig an ihrem Ärmel, als wollten sie sie bitten, sie zur Kenntnis zu nehmen. Aus Gründen, die Nevyn niemals verstanden hatte, war das Wildvolk immer imstande, Personen mit Dweomermacht zu erkennen, und die kleinen Geschöpfe fanden solche Leute faszinierend. Endlich verschwanden sie mit enttäuschtem Kopfschütteln. Nevyn fragte sich plötzlich, ob Gweniver ihre Kräfte im Dienst der Göttin nutzte, und der Gedanke daran bewirkte, daß ihm vor Angst ganz kalt wurde. Etwas davon mußte sich auf seiner Miene abgezeichnet haben.

»Stimmt etwas nicht, guter Kräutermann?« fragte Gweniver.

»Nein, ich fragte mich nur gerade, wann Ihr in den Krieg ziehen werdet.«

»Bald, nach Maccys Hochzeit. Wir werden an der Grenze zu Eldidd patrouillieren. Wir werden vielleicht nicht einmal kämpfen müssen – jedenfalls sagt Lord Dannyn das; also macht Euch keine Sorgen.«

Als sie lächelte, spürte er wieder, wie die Angst sein Herz umklammerte, aber er nickte nur und sagte nichts.

Die Hochzeitsfeierlichkeiten dauerten den ganzen Tag, mit Schaukämpfen und Pferderennen, Tanz und Bardenliedern. Am Abend wurden die wenigen, die noch nüchtern waren, so voll Essen gestopft, daß ihnen ganz schwindlig wurde. Bevor Gwetmar und Macla sich für ihre Hochzeitsnacht zurückzogen, blieb noch eine Formalität zu erledigen. Glyn rief das Paar, Gweniver und ein paar Zeugen in seine Kammer, um die Unterzeichnung des Hochzeitsvertrags zu überwachen. Obwohl der König normalerweise nichts mit solchen Dingen zu tun gehabt hätte, war doch die Vererbung eines großen Clans durch die weibliche Linie eine wichtige Angelegenheit. Als Gweniver eintraf, war sie überrascht, auch Nevyn unter den Zeugen zu sehen. Die anderen waren Dannyn, Ynyr und Saddar.

Der Schreiber des Königs las das Dekret vor, das Gwetmar zum Oberhaupt des Wolfsclans machte und ihm Maclas Mitgift überschrieb, unter der Bedingung, daß er als Wolf regieren und seine Loyalität diesem Clan übertragen würde. Zuerst machte Gwetmar sein Zeichen auf das Pergament, dann Gweniver – ihre letzte Handlung als Oberhaupt des Wolfsclans. Danach unterzeichneten Dannyn und die anderen Zeugen.

»Nun ist es also geschehen«, sagte Glyn. »Gwetmar vom Wolf, Ihr habt unsere Erlaubnis, Eure Braut in Eure Gemächer zu bringen.«

Mit vielen Verbeugungen verließen das junge Paar und die Berater die Kammer, aber Glyn gab Gweniver und Nevyn ein Zeichen, noch bei ihm und Dannyn zu bleiben. Ein Page brachte Bier in silbernen Krügen, dann zog er sich diskret zurück.

»Nun, Heiligkeit«, sagte der König, »ich habe mein Versprechen gehalten, den Namen des Wolfs zu erhalten. Ich hoffe wirklich, daß Euer Vater und Eure Brüder dies in den Anderlanden erfahren werden.«

»Dieser Hoffnung schließe ich mich an, mein Lehnsherr. Ich danke Euch untertänigst, und ich freue mich, daß Ihr Euch Euren Untergebenen gegenüber so großzügig zeigt.«

»Ich kann mir eine Priesterin kaum als Untergebene vorstellen.«

»Ihr seid ein frommer Mann, und die Göttin wird Euch dafür ehren.« Gweniver knickste. »Aber Priesterin oder nicht, ich reite unter Eurem Befehl.«

»Oder unter meinem, wenn wir erst einmal im Feld sind«, warf Dannyn ein. »Ich hoffe, daß Eure Heiligkeit sich daran erinnert.«

Alle drehten sich um, um ihn anzusehen. In Glyns Blick stand eine Warnung. Dannyn war betrunken, sein Gesicht gerötet, sein Mund schlaff.

»Ich reite auf Befehl meiner Göttin.« Gweniver versuchte, so kalt wie möglich zu klingen. »Und ich hoffe, daß Lord Dannyn sich *daran* erinnert.«

»Aber sicher.« Dannyn hielt inne, um noch einen weiteren und höchst unnötigen Schluck Bier zu sich zu nehmen. »Ich möchte Eurer Göttin doch ebenfalls dienen, indem ich Euch am Leben erhalte. Ihr könnt keine Zeremonien vollziehen, wenn Ihr tot seid, oder? Außerdem seid Ihr zu wertvoll. Jeder hier weiß, was für ein gutes Omen Eure Anwesenheit ist.«

Glyn wollte etwas sagen, aber Nevyn war schneller.

»Lord Dannyn spricht die Wahrheit«, sagte der alte Mann. »Aber er sollte auf seine Worte achten, wenn er zu einer der Heiligen Damen spricht.«

»Was geht es Euch an, alter Mann?«

»Danno!« fauchte der König.

»Verzeiht.« Dannyn wandte seinen umnebelten Blick Gweniver zu. »Ich bitte auch Euch um Verzeihung, Herrin, aber ich wollte Euch nur warnen. Ich weiß, daß Ihr Euch gern für eine Kriegerin haltet, aber …«

»Ich halte mich dafür?« Gweniver erhob sich. »Die Göttin hat mich dazu ausersehen, und glaubt nicht, daß ihr mich davon abhalten könnt.«

»Ach ja? Wir werden sehen. Ich werde mich mit dem Höllenfürsten persönlich streiten, wenn es um die Sache meines Bruders geht, und auch mit Eurer Göttin, wenn es sein muß.«

»Dannyn, haltet den Mund«, warf Nevyn ein. »Ihr wißt nicht, was Ihr sagt.«

Dannyn wurde dunkelrot vor Wut, und mit einem Schrei warf er den Bierkrug nach Nevyns Kopf. Der alte Mann rief ein unverständliches Wort, und der Krug blieb in der Luft hängen, als würde er von einer unsichtbaren Hand gehalten. Bier ergoß sich auf den Boden. Gweniver spürte, wie ihr das Blut aus dem Kopf wich, und sie wurde kalt und bleich wie Schnee. Die unsichtbare Hand stellte den Krug auf den Boden. Dannyn starrte ihn an, versuchte, etwas zu sagen, dann begann er, am ganzen Körper zu zittern, vor Angst beinahe nüchtern geworden. Glyn allerdings lachte.

»Wenn er sich erholt hat, guter Nevyn«, sagte er, »wird mein Bruder sich entschuldigen.«

»Das ist nicht notwendig. Ein Betrunkener ist nicht so recht verantwortlich für das, was er tut. Ich muß mich für den Fleck auf dem Teppich entschuldigen. Geister können nicht allzu gut denken, also ist ihnen nicht eingefallen, das dumme Ding aufrecht zu fangen.«

Geister? dachte Gweniver. Ihr Götter, dieses Zimmer muß voll davon sein, wenn Nevyn ein Dweomermann ist. Aber obwohl sie sich unsicher umsah, konnte sie nichts entdecken. Dannyn murmelte etwas von einem Pagen, der das Bier aufwischen sollte, stand auf und floh.

»Es gibt viele Wege, einen Mann an seine Höflichkeit zu erinnern«, bemerkte der König. »Herrin, gestattet mir, mich zu entschuldigen.«

»Es war nicht Euer Fehler, mein Lehnsherr. Wie Nevyn schon sagte, ein betrunkener Mann ist nicht so recht er selbst.«

Sie verließen die Kammer des Königs kurz darauf. Gweniver nahm an, daß Glyn später ein paar scharfe Worte für seinen Bruder finden würde. Als sie mit Nevyn den Flur entlangging, fragte sie sich, wieso sich ein Mann von seiner Macht mit einem so niedrigen Platz am Hof zufriedengab, aber sie war zu verängstigt, ihn einfach zu fragen.

»Ich nehme an«, sagte sie schließlich, »daß unser Lehnsherr bald König von ganz Deverry sein wird, mit einem Mann wie Euch, der ihm hilft.«

»Darauf würde ich lieber nicht wetten.«

Sie blieb stehen und starrte ihn an. Nevyn lächelte müde.

»Wer weiß, was die Götter mit uns vorhaben?« fuhr er fort. »Die Göttin, der Ihr dient, hat ein finsteres Herz, wie Ihr sehr wohl wißt. Es kann sein, daß Sie Euch hergeschickt hat, um Zeugin einer blutigen Niederlage zu werden.«

»Schon möglich.« Ihr wurde ganz elend bei dem Gedanken, aber es war nur logisch. »Ich bete, daß es anders ausgehen wird.«

»Dem schließe ich mich an. Glyn ist ein guter Mann und ein hervorragender König, aber es steht nicht in meiner Macht zu sehen, wie dieser Krieg ausgeht. Herrin, ich bitte Euch, meinen Dweomer vor dem Rest des Hofs geheimzuhalten.«

»Wie Ihr wollt. Vermutlich würde mir ohnehin niemand glauben.«

Er sah sie nachdenklich an. »Ich vertraue darauf, daß Lord Dannyn Euch mit allem Respekt behandeln wird, den Eure Stellung verlangt.«

»Er wäre gut beraten. Ich versichere Euch, ich habe nicht vor, mein Gelübde zu brechen.«

Als er verblüfft dreinschaute, lachte sie.

»Mitunter steht es einer Priesterin zu, offen zu sein«, sagte sie. »Meine Schwester wird Euch bestätigen können, daß ich meine Zunge nie im Zaum gehalten habe.«

»Gut. Dann laßt mich ebenso offen sprechen. Es schmerzt mich, Euch in den Krieg reiten zu sehen. Ich werde beten, daß Eure Göttin Euch beschützt.«

Gweniver fühlte sich ungeheuer geschmeichelt, daß ein Mann von seiner Macht sich um sie sorgte.

Fackellicht flackerte im Hof, als die Armee aufmarschierte. Noch gähnend nach dem kurzen Nachtschlaf rief Ricyn seinen Männern zu, sich zu beeilen. Die Vorratswagen rumpelten über das Pflaster, und schläfrige Fuhrleute ließen die Peitschen knallen. Ricyn lächelte. Er hatte immer von diesem Tag geträumt, an dem er als Hauptmann und nicht als gewöhnlicher Krieger in den Kampf ziehen würde. Einer nach dem anderen führten die Männer ihre Pferde zum Wassertrog. Ricyn sah, daß Camlwn nicht nur die Zügel seines eigenen Pferdes hielt, sondern auch die von Dagwyns Tier.

»Und wo steckt Dagwyn?«

Zur Antwort wies Camlwn mit dem Daumen auf den nahe gelegenen Stall, wo sich Dagwyn und ein Küchenmädchen im Schatten einer Mauer leidenschaftlich umarmten.

»Ich weiß nicht, wie er das macht«, meinte Cam. »Ich schwöre, er hat in jeder Festung, die wir je betreten haben, ein Mädchen bezaubert.«

»Wenn nicht gar zwei. Daggo, komm schon! Heb dir den Rest für die Heimkehr auf.«

Der sanfte, silbrige Klang von Lord Dannyns Horn ertönte im Hof. Als Dagwyn sich von dem Mädchen losriß, johlten die anderen Männer. Ricyn stieg in den Sattel, und die vertrauten Geräusche, als die Männer seinem Beispiel folgten, waren für ihn süßer als jeder Bardengesang. Er führte sie zur Vorderseite des Dun, wo der Rest der Armee, mehr als dreihundert Männer, bei den Wagen, Packpferden und Dienern wartete. Gweniver kam ihnen entgegen und nahm ihren Platz an Ricyns Seite ein.

»Guten Morgen, Herrin.« Er verbeugte sich aus dem Sattel.

»Morgen. Ricco, ich war noch nie in meinem Leben so aufgeregt.«

Ricyn grinste und dachte, daß sie sich benahm wie ein junger Mann bei seinem ersten Ritt. Es kam ihm unmöglich vor, daß sie wirklich hier war, gerüstet wie die anderen auch, aber ein Seitenblick zeigte ihm die weichen blonden Locken und die blaue Tätowierung auf ihrer Wange. Der Himmel wurde heller und ließ das Fackellicht trüber wirken. Am Tor begannen die Diener, die Ketten an die Winde anzuschließen. Dannyn ritt auf seinem kräftigen schwarzen Wallach an der Linie entlang, sprach mit dem einen oder anderen Mann und kam schließlich auf Gweniver zu.

»Ihr reitet vorn neben mir, Heiligkeit.«

»Ach ja? Und welchem Umstand verdanke ich diese Ehre?«

»Eurer adligen Geburt.« Dannyn lächelte dünn. »Die erheblich besser ist als die meine, nicht wahr?«

Als sie davonritten, warf Ricyn Dannyns Rücken einen haßerfüllten Blick zu.

Den ganzen Morgen wandte sich die Armee nach Westen, der Küstenstraße folgend. Ricyn konnte das Meer sehen, weißgesprenkeltes, glitzerndes Türkis, das in trägen Wellen am hellen Sand tief unter ihnen leckte. Rechts von ihnen lagen gut bewirtschaftete Felder, die zu den persönlichen Ländereien des Königs gehörten und auf denen hin und wieder ein Bauer zu sehen war, der die letzten Ähren der ersten Ernte des Jahres einbrachte. Normalerweise hätte Ricyn vor sich hingepfiffen, weil es so ein schöner Tag war und sie sich auf dem Weg zum Ruhm befanden, aber heute war er in Gedanken versunken, allein an der Spitze des Kriegshaufens statt neben einem vertrauten Genossen. Manchmal, wenn die Straße sich bog, sah er Gweniver weiter vorn und wünschte sich, sie wäre an seiner Seite.

Aber als die Armee am Abend ihr Lager auf einer Wiese auf den Klippen aufschlug, kam sie an sein Lagerfeuer, ihre Ausrüstung auf dem Arm. Er sprang auf und nahm ihr die Last ab.

»Ihr hättet mir auch Euer Pferd bringen sollen, damit ich mich darum kümmern kann, Herrin.«

»Oh, das schaffe ich schon selbst, wenn es sein muß. Ich werde das Feuer mit Euch teilen.«

»Das freut mich. Ich fragte mich schon, wie lange Lord Dannyn Euch an seiner Seite behalten würde.«

»Wie meint Ihr das?«

»So, wie ich es gesagt habe, Herrin. Ich hole Euch etwas zu essen.«

Als Ricyn davoneilte, sah Gweniver ihm nach, die Hände auf die Hüften gestützt. Als er zurückkehrte, saß sie am Feuer und wühlte in ihren Satteltaschen, aber sie schob sie beiseite, um Brot und Fleisch entgegenzunehmen. Während sie schweigend aßen, war er sich deutlich bewußt, daß sie ihn aus dem Augenwinkel beobachtete. Endlich ergriff sie das Wort.

»Warum habt Ihr das über den Bastard gesagt? Ich will die Wahrheit wissen.«

»Nun, ich und die ganze verfluchte Armee ehren Euer Gelübde. Er auch?«

»Er hat keine andere Wahl. Wie kommt Ihr darauf, etwas zu befürchten?«

»Ohne Grund, Herrin. Verzeiht.«

Sie zögerte und sah ihn immer noch mißtrauisch an, dann wandte sie sich ab und holte ein paar Würfel aus ihrer Satteltasche wie ein altgedienter Reiter.

»Macht Ihr mit?« fragte sie. »Wir können um Splitter vom Feuerholz spielen.«

»Gern, Herrin. Ihr habt den ersten Wurf.«

»Fünf, bei den Höllen«, stöhnte sie. »Euer Wurf, aber ich hoffe, das war die letzte Fünf, die ich an diesem Abend sehen muß.«

Sie spielten den ganzen Abend, und nicht einmal erwähnte sie Lord Dannyns Namen. Aber am Morgen sprach sie kurz mit dem Hauptmann des Königs und kehrte dann mit der Ankündigung zurück, sie werde in Zukunft mit ihren eigenen Leuten reiten.

Dichter Nebel vom Meer her ließ die Luft kalt wie im Winter und ihre schweren Wollumhänge feucht werden, als sie sich wieder auf den Weg machten, seltsam lautlos in der grauen Luft. Obwohl Gweniver sich ebenso laut beschwerte wie ihre Männer, erwies sich der Nebel am Ende als ein Segen. Kurz vor Mittag erreichten sie Morlyn, eine kleine Hafenstadt etwa dreißig Meilen von der Grenze nach Eldidd entfernt, und mußten feststellen, daß man die Tore vor ihnen verschlossen hatte. Als Dannyn die Wachen in Glyns Namen anrief, beugten sie sich über die Zinnen.

»Es sind Männer aus Cerrmor!« schrie einer. »Öffnet die Tore! Wir sind froh, Euch zu sehen, Lord Dannyn!«

»Warum? Hat es Ärger gegeben?«

»Zwei- und dreifachen Ärger. Schiffe aus Eldidd kreuzen vor dem Hafen, und Reiter aus Eldidd zünden im Norden die Bauernhöfe an.«

Plötzlich liebte Ricyn den Nebel, weil er die Kriegsschiffe von der Küste fernhielt. Als sie durchs Tor ritten, bemerkten sie, daß die Stadt aussah wie an einem Markttag. Bauern aus Meilen entfernten Höfen waren in die Mauern geflüchtet und hatten ihre Familien und das Vieh mitgebracht. In den Straßen waren Zelte aufgeschlagen, und Kinder rannten zwischen den Feuern umher, gefolgt von kläffenden Hunden. Ricyn folgte Gweniver, als sie sich den Weg durch das Gewühl zu Dannyns Seite bahnte.

»Nun«, meinte Ricyn, »es sieht aus, als bekämen wir etwas zu tun.«

»Darum bete ich.«

Aus einer Taverne kam ein untersetzter grauhaariger Mann und zog sich ein langes schwarzes Gewand über Hemd und Brigga. Er packte Dannyns Steigbügel als Zeichen der Unterwerfung und stellte sich als Morlo, Bürgermeister der Stadt, vor.

»Wann habt Ihr diese Schiffe gesehen?« fragte Dannyn.

»Vor drei Tagen, Herr. Die Fischer kamen als erste mit der Botschaft. Sie sagen, es seien ein Handelsschiff und zwei Galeeren, die es begleiten.«

»Aha. Nun, dann ist Euer Hafen vermutlich sicher. Ich wette, diese Schiffe tragen nur Vorräte für die Truppen an Land. Wo ist Euer Lord? Es ist Tieryn Cavydd, nicht wahr?«

»Ja.« Morlo hielt inne und fuhr sich über die Stirn. »Aber wir haben in den vergangenen zwei Tagen keine Spur von ihm und seinen Männern gesehen, und das halte ich für ein schlechtes Zeichen. Wir hatten zuviel Angst, ihm einen Boten zu schicken.«

Mit einem Fluch wandte sich Dannyn an Gweniver.

»Bringen wir die Leute hier raus. Wenn Cavydd nicht tot ist, steht er zumindest unter Belagerung. Wir sollten einen verläßlichen Boten nach Cerrmor senden und ein paar Schiffe herholen, um diesen Abschaum aus Eldidd zu verscheuchen.« Er sah sich um und entdeckte Ricyn neben ihr. »Euer Hauptmann ist für diese Aufgabe sicher bestens geeignet.«

»Das ist er nicht«, fauchte Gweniver. »Herr.«

Dannyn lief rot an. Nur lange Jahre militärischer Disziplin halfen Ricyn, die Hand vom Schwertgriff fernzuhalten.

»Wie Ihr wünscht, Herrin«, sagte Dannyn schließlich. »Ich schicke einen meiner eigenen Leute.«

Die Armee wand sich durch die Stadt, dann sammelte sie

sich wieder auf der Straße nach Norden. Zögernd ritt Gweniver neben Dannyn, als er es ihr befahl, und ließ Ricyn mit seinen finsteren Gedanken allein, bis Dagwyn sich kurz entschlossen zu ihm gesellte. Zehn Meilen ritten sie rasch und ließen ihre Nachschubwagen langsamer folgen. Dann blieben sie auf einer großen Weide stehen. Ricyn sah, wie Dannyn Späher ausschickte.

»Was glaubst du, was das zu bedeuten hat?« fragte Dagwyn.

»Ärger, was sonst? Beim Arsch der Götter, ich wollte nicht, daß unsere Herrin so bald einen Kampf erleben muß.«

»Ach was, Ricco! Bei uns ist sie sicher. Und die Göttin hält Tag und Nacht ihre Hand über sie.«

Er klang so überzeugt, daß auch Ricyn sich getröstet fühlte. Nach etwa einer halben Stunde kehrten die Späher zurück. Die Nachrichten wurden von einem Mann zum anderen weitergegeben: Tieryn Cavydds Festung wurde von hundert Männern aus Eldidd belagert, in etwa zwei Meilen Entfernung. Ohne auf Befehle zu warten, bewaffneten sich die Männer, brachten die Schilde in Position, lockerten die Schwerter, zogen die Kapuzen der Kettenhemden über und griffen nach den Speeren. Ricyn sah, daß Gweniver sich wütend mit Dannyn stritt, bis sie fluchend ihr Pferd zu ihrem Kriegshaufen zurücklenkte.

»Dieser arrogante Bastard!« fauchte sie.

»Was ist denn, Herrin?« fragte Ricyn. »Hat er Euch befohlen, mit uns im Hintergrund zu bleiben?«

»Genau. Woher wißt Ihr das?«

»Das ist nur vernünftig, Herrin. Wir sind zuvor nie mit diesen Männern geritten. Das macht schon etwas aus.«

»Das ist alles schön und gut, aber er hat mich verspottet! ›Wenn Euer Heiligkeit so freundlich sein würden‹, sagte er, ›sich aus dem Weg zu halten?‹ ›Wenn meine Dreihundert es nicht schaffen sollten, diese paar Hunde aus Eldidd zu erledigen, dann werden wir die Hilfe Eurer Göttin tatsächlich brauchen.‹«

»Er ist selbst ein Hund.«

»Genau. Er beleidigt die Göttin mehr als mich. Wenn der König nicht so viel von ihm hielte, würde ich ihn auf der Stelle töten.«

Als die Armee weiterritt, bildete Gwenivers Kriegshaufen die Nachhut. Sie trabten über frisch niedergebrannte Felder, dann durch einen Bach und einen niedrigen Hügel hinauf. Von oben konnte Ricyn den grauen Broch innerhalb der Erdwälle sehen und das Lager der Belagerer, das sich über eine Wiese erstreckte. Mit einem Kriegsschrei zog Dannyn sein Schwert und führte seine Armee in halsbrecherischem Galopp auf das Lager der Feinde zu, die plötzlich zum Leben erwachten. Die Nachhut trabte hinterher.

Das Lager verwandelte sich in einen Wirbel von Staub und Geschrei, Männer rannten zu ihren Pferden oder kämpften verzweifelt zu Fuß, als Dannyns Truppen sie angriffen. Selbst wenn Gweniver sich über die Befehle hinweggesetzt hätte, dachte Ricyn, hätte kaum eine Möglichkeit bestanden, sich in den ungleichen Kampf einzumischen, denn Dannyns Männer überschwemmten das Feld wie eine Woge. Und nun gingen auch noch die Tore der Festung auf, und Cavydds Männer stürzten sich von hinten auf den Feind. Gweniver lächelte so strahlend, als sie das Gemetzel beobachtete, daß Ricyn sich plötzlich vor ihr fürchtete.

Mit Kriegsschreien, die Angstgeschrei sehr nahekamen, brachen ein paar der Eldidd-Männer aus und flohen in ihrer Panik direkt auf die Nachhut zu. Ricyn hatte gerade noch Zeit genug, sein Schwert zu ziehen, als Gweniver schon ihrem Pferd die Sporen gab. Mit einem Schrei eilte er ihr hinterher. Er hörte, wie seine Männer folgten, aber er ließ die Augen nicht von ihr, als sie sich mitten in die verzweifelte Gruppe stürzte.

»Verflucht!« Er spornte sein Pferd noch mehr an.

Er sah, wie ihr Schwert blutig aufblitzte und ein Mann aus dem Sattel stürzte, aber es waren schon drei andere um sie herum. Ricyn griff sie von hinten an und schlug mit dem Schwert zu, als peitschte er Hunde von der Jagdbeute weg. Rechts sah er, wie Dagwyn einen Mann fällte, dann riß einer der Feinde sein Pferd herum, um sich ihm zu stellen. Ricyn stach mit solcher Wucht zu, daß sein Schwert das Kettenhemd des Mannes durchdrang und ihn sofort tötete. Als Ricyn seine Klinge zurückzog, fiel der Tote herunter und unter die Hufe von Ricyns Pferd, das sich aufbäumte. Als es wieder auf alle vier Beine kam, hörte Ricyn Gweniver lachen, aufheulen und kreischen wie einen Teufel. Sie hatte einen weiteren Mann getötet. In diesem Augenblick waren auch die anderen Männer des Wolfs herangekommen. Der Kampf war vorüber.

So vergnügt, als hätte sie gerade einen guten Witz gemacht, kam Gweniver zu ihm.

»Ich habe zwei erwischt«, rief sie ihm zu. »Was ist denn, Ricco? Ihr seht aus, als hättet Ihr Angst.«

»Ihr Götter! Wenn Ihr das nächste Mal gegen eine Übermacht loszieht, nehmt mich wenigstens mit! Wie konntet Ihr so dumm sein? Ich dachte schon, ich würde euch nicht lebend wiedersehen … äh … Herrin.«

»Ich wußte doch, daß Ihr mir folgen würdet.«

Der Kriegshaufen versammelte sich rund um sie, und alle starrten sie ehrfürchtig an.

»Seht euch das an«, meinte Dagwyn. »Ihr Pferd hat nicht einmal einen Kratzer.«

Die Männer flüsterten. In ihren Stimmen schwang ein Aberglaube mit, der ebenso von Furcht wie von Ehrfurcht erfüllt war.

»Es war die Göttin«, sagte Gweniver. »Sie hat mich beschützt.«

Die Männer lenkten ihre Pferde ein wenig von ihr weg, aber nur ein wenig, denn ihre von der Göttin gesandte Macht schien Wärme auszustrahlen wie ein Feuer. Ricyn hatte noch nie ein Lächeln wie das ihre gesehen, so angespannt und kalt wie das gemeißelte Lächeln einer Götterstatue. Als eine vertraute Stimme hinter ihnen erscholl, verschwand dieses Lächeln. Die Männer wichen aus, um Lord Dannyn durchzulassen.

»Eure Männer haben also auch ein kleines Gefecht gehabt«, sagte er. »Habt Ihr den Angriff angeführt, Ricco? Ich hoffe bei den Höllen, daß sie so vernünftig war, sich zurückzuhalten.«

Der gesamte Kriegshaufen fuhr zu ihm herum, aller Augen blitzten wütend, und sie umringten ihn. Als Dannyn die Hand an den Schwertgriff legte, zog Ricyn seine Waffe.

»Zurück!« schrie Gweniver. »Laßt ihn in Ruhe.«

Fluchend lenkten sie ihre Pferde von ihm weg, bis auf Ricyn, der an Dannyns Seite ritt und sich halb verbeugte, obwohl er das Schwert noch in der Hand hatte.

»Ihr vergeßt, daß Ihr zu einer Priesterin sprecht, Herr. Ich und meine Männer bitten untertänigst, daß Ihr Euch in Zukunft daran erinnern mögt. Lady Gweniver hat den Angriff angeführt, Herr. Wir alle sahen, wie sie vier Männer aufhielt, bevor wir sie erreichten, und sie hat zwei von ihnen getötet.«

Bleich wandte sich Dannyn Gweniver zu.

»Ich reite nicht wirklich unter Eurem Befehl«, sagte sie. »Streitet Euch mit dem Mond darum, wenn Ihr wünscht. Und was Euch angeht, Ricco, Ihr habt selbst wie ein Dämon aus der Hölle gekämpft. Ich schwöre, Ihr seid selbst ein halber Berserker.«

Als ihm klar wurde, daß sie die Wahrheit sprach, wurde Ricyn von Gefühlen überwältigt, die er nicht recht verstand. Er war nie zuvor so in den Kampf geritten, sondern hatte es immer vorgezogen, sein Ziel sorgfältig auszuwählen und zuvor

Strategien zu entwickeln. Es kam ihm so vor, als habe ihre Göttin auch auf ihn Anspruch erhoben, und er schauderte.

Lord Cavydd, ein schlanker blonder Mann, beinahe noch ein Junge, lachte mehr, als er sprach, und war wegen der unerwarteten Rettung beinahe hysterisch. Bei einer hastigen Mahlzeit in seiner großen Halle erzählte er Gweniver und Dannyn am Ehrentisch, was geschehen war. Die Männer der Armee aus Cerrmor mußten auf dem Fußboden sitzen, weil es nicht genug Bänke für sie gab. Cavydds schwangere junge Frau saß neben ihm und hörte zu, den Teller unberührt vor sich.

»Ich habe diese Kerle noch nie so unverschämt erlebt«, sagte Cavydd. »Es gab immer wieder Überfälle, aber nie so viele. Beim Höllenfürsten, plötzlich standen drei- oder vierhundert von ihnen vor meinem Dun. Sie ließen einen Teil der Armee zurück, um uns hier festzuhalten, und die anderen ritten davon. Ich war sicher, daß sie nach Morlyn reiten würden, aber wenn ich mit meinen fünfzig Mann einen Ausfall gewagt hätte, hätten wir die Stadt niemals erreicht. Ich habe gebetet, daß meine Verbündeten davon erfahren und mir helfen würden.«

»Die haben zweifellos genug zu tun«, sagte Dannyn. »Morgen werden wir weiter nach Norden reiten und nach ihnen sehen.«

»Ich werde ein paar Männer zurücklassen müssen, um die Festung zu bewachen, aber ich werde selbstverständlich mit Euch kommen.«

»Das ist nicht notwendig und wäre zudem sehr unklug. Es könnte sein, daß sie wieder hier vorbeikommen, um die Belagerer abzuholen. Ich werde fünfzig Mann zu Eurer Verstärkung zurücklassen.«

»Aber das werden nicht meine Männer sein«, warf Gweniver ein. »Diesen Gedanken solltet Ihr gleich vergessen, Lord Dannyn.«

Als er ihr einen eisigen Blick zuwarf, lächelte Gweniver, weil sie daran denken mußte, wie ihre Männer ihn auf dem Feld bedrohlich umringt hatten. Auch Dannyn schien sich gut daran zu erinnern.

»Wie Ihr wünscht, Heiligkeit«, sagte er. »Nun, das läßt nichts Gutes hoffen, Euer Gnaden. Sieht so aus, als habe Eldidd vor, von nun an die westliche Grenze hart zu bedrängen.«

Cavydds Frau erhob sich und flüchtete aus der Halle.

»Wie weit entfernt sind Eure nächsten Vasallen?« wollte Dannyn wissen.

»Fünfzehn Meilen nach Norden und ein anderer weitere sechzehn Meilen nach Westen – aber wer weiß, ob sein Dun noch steht?«

Als Dannyn fluchte, verzog Cavydd den Mund zu so etwas wie einem Lächeln.

»Wenn Ihr zum Hof zurückkehrt, richtet unserem Lehnsherrn etwas von mir aus: Ich weiß nicht, wie lange wir noch standhalten können. Wenn Ihr nach Norden reitet, Herr, dann seht Euch genau um. Es gab einmal von hier bis zur Grenze nach Eldidd bewirtschaftete Ländereien. Seht Euch um und stellt fest, wie viele Lords noch übrig sind.«

»Ich zweifle nicht daran, daß unser Lehnsherr etwas dagegen unternehmen wird.«

»Das sollte er tun. Ich habe geschworen, für unseren König zu sterben, und das werde ich auch, wenn es notwendig ist, aber es gibt einige, die durchaus bereit wären, Frieden mit Eldidd zu schließen, damit diese Überfälle aufhören.«

Dannyn schlug mit den flachen Händen auf den Tisch und beugte sich vor.

»Dann will ich Euch einmal etwas sagen«, knurrte er. »Wenn einer von ihnen zum Verräter wird, dann werden ich und meine Männer seine Ländereien überfallen. Fragt Eure unzufriedenen Freunde, was schlimmer sein würde.«

Er stand auf und ging ohne ein weiteres Wort hinaus. Cavydd seufzte und griff nach seinem Bier.

»Kennt Ihr Lord Dannyn gut, Lady Gweniver?« fragte er.

»Nein, Euer Gnaden. Ich bin ihm vor diesem Frühjahr nie begegnet.«

»Dann habt Ihr noch eine sehr interessante Zeit vor Euch.«

Am Morgen zog die Armee nach Norden weiter, vorbei an verlassenen Bauernhöfen, die deutlich die Richtung zeigten, in die die Reiter aus Eldidd sich gewandt hatten. Bei Sonnenuntergang erreichten sie ein niedergebranntes Dorf. Verkohlte Balken, noch rauchend, lagen unter schwarzen Bäumen und geborstenen Steinen vom Dorfbrunnen.

»Sieht aus, als wären die Bewohner rechtzeitig entkommen«, meinte Ricyn.

»Ja. Seht, da!«

Nahe den Ruinen erstreckte sich der Dorfanger, gesäumt von einer dichten Reihe Pappeln. Unter den Bäumen standen Frauen und Kinder und Männer, die Dreschflegel, Mistgabeln, Stöcke und andere improvisierte Waffen ergriffen hatten, als die Reiter sich genähert hatten. Gweniver stieg ab und trat zu Dannyn, als zwei alte Männer ihnen entgegengingen. Sie starrten Gwenivers Tätowierung an, dann knieten sie nieder.

»Ihr seid aus Cerrmor«, stellte einer fest.

»Ja«, bestätigte Dannyn. »Wann seid ihr überfallen worden? Wie viele waren es?«

»Vor zwei Tagen, Euer Gnaden.« Der alte Mann stöhnte bei der Erinnerung. »Und es ist schwer zu sagen, wie viele es waren, weil sie plötzlich aus dem Nichts kamen. Der junge Molyc war mit den Kühen draußen, sonst wären wir jetzt tot, aber er hat sie kommen sehen und hat uns gewarnt.«

»Woher wußte Molyc denn, daß es Feinde sind?«

»Sie hatten diese blauen Schilde mit Silberdrachen, und

Molyc hatte so was noch nie gesehen, also dachte er, das hat nichts Gutes zu bedeuten.«

»Da hatte er recht.« Dannyn warf Gweniver einen Blick zu. »Wißt Ihr, was diese Schilde bedeuten? Es sind die eigenen Leute des Königs, und sie würden nie ausrücken, wenn kein Prinz sie anführt.«

»Ein Prinz?« Der alte Mann spuckte auf den Boden. »Es muß ein jämmerlicher Prinz sein, wenn er unbedingt unsere Kühe braucht. Sie haben alles mitgenommen, Herr, unser Vieh und jeden Happen, den wir hatten.«

»Nun, einige Zeit werdet ihr wieder gut essen. Wir lassen euch alles da, was wir entbehren können, und ein oder zwei Packpferde, die ihr vielleicht gegen ein paar Säcke Getreide eintauschen könnt.«

Der alte Mann küßte ihm die Hand, dann begann er zu schluchzen. Gweniver starrte die Szene verblüfft an, denn sie hätte nicht erwartet, daß Dannyn sich mehr um die Bauern kümmerte als die meisten Lords, was verdammt wenig war. Der Hauptmann wandte sich ihr mit einem schiefen Grinsen zu.

»Ich weiß, was es bedeutet, nichts zu besitzen«, sagte er. »Daran denke ich jeden Tag. Und ich nehme an, das könnt Ihr nicht verstehen, edle Dame?«

Verlegen ging Gweniver davon, aber ihr erster Befehl war, daß die Fuhrleute die Vorräte für die Dorfbewohner abladen sollten.

Nachdem die Armee ihr Lager aufgeschlagen hatte, setzte sich Gweniver zu Dannyn an sein Feuer, um Kriegsrat zu halten. Im tanzenden Licht des Feuers war sein Gesicht grimmig, als er einen Plan des Flußtals in den Schmutz zeichnete.

»Früher oder später müssen sie sich wieder nach Süden wenden, um zu ihren Schiffen zurückzukehren«, sagte er. »Dann werden wir sie kriegen, nicht vorher.«

»Wenn wir diesen Prinzen lebendig erwischen, wird er uns einen guten Preis einbringen.«

»Wie? Ich hätte lieber seinen Kopf auf einer Speerspitze.«

»Seid doch nicht dumm. Wenn wir einen Prinzen von Eldidd als Geisel haben, können wir diese Überfälle aufhalten, ohne auch nur das Schwert zücken zu müssen.«

Dannyn stieß einen leisen Pfiff aus und blickte auf.

»Nun, was immer ich von Euren Fähigkeiten als Schwertkämpferin halte, Ihr versteht zweifellos etwas vom Krieg. Also gut. Wir werden unser Bestes tun, diesen Prinzen zu fangen wie ein Karnickel.«

Am Morgen ritten Späher mit den besten Pferden voraus und kreisten vor der Armee wie Möwen vor einem Schiff, das in den Hafen einfährt. Kurz nach Mittag fanden sie die Stelle, an der die Feinde die vorherige Nacht verbracht hatten. Im zertretenen Gras lagen in zwei Feuerstellen Rinderknochen. Zwei der Dorfkühe würden nie wieder heimkehren, aber die Spuren zeigten deutlich, daß die Feinde immer noch gut fünfzig Stück Vieh vor sich her trieben.

»Und das ist ihr Todesurteil«, meinte Dannyn vergnügt. »Wir können uns schneller bewegen als sie mit den Rindern, sogar mit diesen elenden Karren. Wenn wir nahe genug sind, werden wir die Wagen zurücklassen und früh aufbrechen, um sie auf der Straße zu erwischen. Der Prinz wird die Armee anführen, also schicken wir einen Keil meiner besten Männer direkt in die Linie hinter ihm und schneiden ihn von den anderen ab, während der Rest der Männer seine Leute rückwärts in ihren Troß treibt. »Ihr, ich und eine Handvoll ausgesuchter Leute stürzen sich dann direkt auf den Prinzen. Versucht, ihn nicht von seinem Pferd zu stoßen. Wenn er totgetrampelt wird, sind wir unsere Geisel los.«

»Klingt gut. Ich freue mich, daß Ihr mich und meine Männer mit einbezieht.«

»Wir werden jeden Mann brauchen, den wir haben. Selbst wenn einer davon eine Frau ist.«

Den Rest des Tages ließ Dannyn seine Armee rasch weitermarschieren. Er selbst ritt in der Nachhut und trieb die Fuhrleute an. Einsam an der Spitze nahm Gweniver die Berichte der Späher entgegen und führte die Männer entsprechend. Als sie bei Sonnenuntergang die Pferde zum Grasen anpflockten und ihr Lager aufschlugen, waren die Späher überzeugt, daß die Reiter aus Eldidd nur fünf Meilen vor ihnen waren. Und vor allem waren sie keinen feindlichen Spähern begegnet – ein herzerwärmendes Beispiel der Arroganz von seiten des Prinzen.

Während Gweniver und Ricyn am Feuer würfelten, berichtete sie ihm die Neuigkeiten.

»Nun gut, dann werden wir also morgen etwas zu tun haben.«

»Ja. Ihr werdet mit mir reiten, wenn wir versuchen, den Prinzen gefangenzunehmen.«

Er lächelte und warf die Würfel – und verlor. Als er ihr zwei Holzspäne reichte, erinnerte sie sich daran, wie er ihr einmal die ersten Frühlingsveilchen gebracht hatte, schüchtern, ohne ein Wort zu sagen, obwohl er stundenlang danach gesucht haben mußte. Sie fragte sich, wie sie all diese Jahre so blind gewesen sein konnte, nie zu argwöhnen, daß ein einfacher Reiter sich in sie verlieben könnte.

Als sie würfelte, dachte sie daran, daß es ihr nicht das geringste ausmachte, wenn er vergaß, sie mit »Herrin« anzusprechen oder sie anschrie, weil sie etwas Dummes getan hatte. Das war seltsam, wenn man bedachte, daß ihre Brüder ihn für solche Unverschämtheiten hätten auspeitschen lassen. Sie fragte sich, ob sie ihn – auf ihre eigene Art – ebenfalls liebte, aber jetzt war es zu spät für solche Gedanken. Jetzt gehörte sie der Göttin allein, und das für immer.

Am Morgen erhob sich die Armee mit der Dämmerung. Dannyn wählte Männer aus, ernannte Anführer für den Angriff und sammelte die fünfundzwanzig um sich, die mit ihm und Gweniver reiten sollten. Die helle Sommersonne schien auf die grünen Wiesen, als sie aufbrachen. Gweniver war ganz ruhig, als triebe sie durch die Luft, statt dreißig Pfund Rüstung mit sich herumzuschleppen. Als sie ein langes, lautloses Gebet an die Göttin sprach, mußte sie lächeln. Sie hatte lange Stunden mit Meditationen vor dem Spiegel verbracht und konnte nun in ihrem Geist mühelos das Bild der Göttin entstehen lassen, ihre nachtdunklen Augen und ihre schreckliche Schönheit, ihr Zittern vor Gier nach dem Blutvergießen, das vor ihnen lag. Gweniver hörte ein Singen, ein schluchzendes Jammern in Viertelnoten, so alt, so seltsam, daß sie überzeugt war, es müsse aus grauer Vorzeit stammen, als die Anbetung des dunklen Monds in ihrer Blüte stand. Der Gesang wurde so laut und so wirklich, daß sie verblüfft war, als Dannyn den Befehl zum Halten gab.

Verwirrt sah sie sich um und entdeckte, daß der Kriegshaufen nahe einem Wald zum Stehen gekommen war. Er mußte einmal Teil des Jagdgebiets eines Lords gewesen sein, denn es war offener Wald, vor allem Lärchen und Ahorn, mit nur wenig Unterholz. Dannyn führte seine Armee in den Schutz der Bäume. Auf der anderen Seite lag die Straße, und weit im Norden konnte sie eine Staubwolke sehen. Die Armee bewaffnete sich, während die Reiter aus Eldidd sich dem Hinterhalt näherten.

Sie waren nur noch eine Viertelmeile entfernt, als ein scharfsichtiger Junge in ihrem Kriegshaufen etwas Merkwürdiges an dem Wald vor ihnen bemerkte. Seine Warnung verbreitete sich rasch unter den Männern, die verwirrt zum Stehen kamen.

»Jetzt!« rief Dannyn und vergaß sein Horn. »Holt sie euch!«

Wie ein Pfeilregen schossen die Männer aus dem Wald und griffen an. Speerspitzen glitzerten in der Sonne, als sie auf die Männer aus Eldidd niedergingen – nur nicht am Kopf der feindlichen Linie, weil sie dort den Prinzen hätten treffen können. Als die Feinde sich ihnen entgegenwandten, war der erste Angriffstrupp schon da, die Schwerter erhoben, nahe der Spitze. In einem Wirbel von Männern und Pferden breitete sich der Kampf zu beiden Seiten der Straße aus.

»Auf den Prinzen!« schrie Dannyn.

Er griff an, und seine Leute folgten ihm. Als Gweniver zu schreien versuchte, klang es wie ein Auflachen. Diesmal war es so kalt, so hohl, daß sie wußte, es war die Göttin selbst, die ihre Stimme und ihren Körper benutzte und durch ihre Priesterin sprach und kämpfte. Vor ihr im aufwirbelnden Staub galoppierten zehn Feinde auf sie zu. Als sie einen Drachenschild mit Silberrand und Edelsteinverzierungen sah, wußte sie, daß der Mut des Prinzen ihn direkt zu ihnen trieb.

»Ricco!« rief sie. »Dort ist er!«

Die beiden Gruppen prallten aufeinander. Gweniver stach auf eines der Eldidd-Pferde ein, traf und sah hellrotes Blut an ihrer Schwertspitze. Die ganze Welt glühte plötzlich in einem rauchigen Rot. Lachend und heulend schlug sie zu, trieb ihr Pferd vorwärts und parierte einen ungeschickten Gegenschlag. Durch den roten Nebel sah sie das entsetzte Gesicht ihres Feindes, als er parierte und zurückschlug, während ihr Lachen sich erhob wie der Gesang, den sie in ihrem Geist hörte. Die Angst des Feindes bewirkte, daß sie ihn nur noch mehr haßte. Ein Scheinangriff ihrerseits brachte ihn dazu, sich zu weit vorzuwagen, dann riskierte Gweniver einen gefährlichen Vorstoß und schlug ihm die Klinge übers Gesicht. Blut floß, und sie konnte das verängstigte Gesicht nicht mehr sehen. Sie ließ ihn fallen, dann drängte sie vorwärts an Ricyns Seite.

Die Eldidd-Männer wußten, daß sie zahlenmäßig unterlegen

waren, und versuchten verzweifelt, ihren Prinzen zu schützen. Gweniver sah, wie Dannyn von hinten angriff und gegen einen Mann kämpfte, der sich ihm in den Weg warf. Mit zwei raschen Schlägen tötete Dannyn erst das Pferd, dann den Reiter, und kam dem Prinzen immer näher. Er kämpfte schweigend, den Mund ein wenig verzogen, als langweilte ihn diese ganze Schlächterei. Als die Gruppe um den Prinzen versuchte, sich neu zu formieren, fand Gweniver ihre Chance. Sie warf sich von der Seite gegen einen der Feinde und erstach ihn durch die Naht des Kettenhemdes in seiner Achselhöhle. Ihr Lachen wurde zu einem Kreischen, als sie sich dem Reiter daneben zuwandte.

Der silberne Schild schwang ihr entgegen, als das weiße Pferd seinen Prinzen in den hoffnungslosen Angriff trug. Gweniver sah die kornblumenblauen Augen des Mannes, kalt und entschlossen, als er nach ihr schlug. Der Schwertstreich war so fest geführt und gut plaziert, daß er ihren Schild der Länge nach spaltete, aber sie zog ihr Schwert von unten hoch und traf ihn mit der flachen Klinge am Handgelenk. Mit einem Aufschrei ließ er das Schwert fallen. Sein kreidebleiches Gesicht sagte ihr, daß sein Handgelenk gebrochen war. Von der Seite schwang Dannyn seinen Schild und traf ihn am Kopf. Gweniver steckte ihr Schwert ein, packte den Silberrand des Schilds und zwang den Prinzen damit, sich ihr zuzuwenden. In diesem Augenblick griff Ricyn nach den Zügeln des milchweißen Pferdes, und der Prinz saß in der Falle.

»Gut gemacht!« rief Dannyn. »Bringt ihn weg!«

Den Blick trunken vor Schmerz und Schreck, griff der Prinz plötzlich mit der Linken nach dem Dolch in seinem Gürtel, aber Gweniver war schneller.

»Kein Selbstmord«, sagte sie. »Wolltet Ihr nicht immer schon Cerrmor besuchen?«

Dannyn und der Rest seiner Männer warfen die Pferde

herum und ritten zurück in die Schlacht, die hinter ihnen weitergegangen war. Dagwyn schloß sich Gweniver und Ricyn an, die den Prinzen in die Gegenrichtung davonführten und im Schatten eines Baums innehielten.

»Nimm ihm den Handschuh ab, Ricco«, sagte Gweniver. »Wenn sein Handgelenk jetzt schwillt, werden wir später einen Schmied brauchen, um das dumme Ding zu entfernen.«

Der Prinz nahm mit der linken Hand den Helm ab und warf ihn zu Boden. Als er sie mit tränenfeuchten Augen ansah, bemerkte sie, daß er ein paar Jahre jünger war als sie. Als Ricyn ihm den Handschuh auszog, grunzte er und biß sich so fest auf die Unterlippe, daß sie blutete. Plötzlich lief es Gweniver eiskalt über den Rücken: Gefahr! Mit einem Aufschrei drehte sie sich um und sah, daß etwa zehn Reiter aus Eldidd direkt auf sie zugaloppierten, gefolgt von ihren eigenen Leuten, aber die Feinde hatten ein paar Längen Vorsprung.

»Scheiße!« rief Dagwyn. »Sie müssen sein verdammtes Pferd gesehen haben.«

Gweniver riß ihr Pferd herum, zog ihr Schwert und ritt den Feinden entgegen. Aufheulend sah sie wieder blutroten Nebel um sich. Die beiden Anführer der Gruppe umritten sie und hielten weiter auf den Prinzen zu. Sie wollte wenden, aber ein weiterer Mann mit Drachenschild kam direkt auf sie zu. Ihr Lachen wurde zu einem Kreischen, als sie alle Belehrungen über Vorsicht vergaß und zustieß, wobei sie sich gefährlich weit aus dem Sattel lehnte und keinen Augenblick ans Parieren dachte. Ihr zerbrochener Schild fiel unter dem Schlag des Mannes, aber die Göttin führte ihr Schwert. Sie stieß so fest zu, daß das Kettenhemd des Mannes riß. Als er tot aus dem Sattel fiel, wendete sie ihr Pferd. Sie dachte nur noch an Ricyn, der sich einer Überzahl von Feinden gegenübersah.

Inzwischen hatten die Männer aus Cerrmor aufgeholt und rasten unter Geschrei auf den Prinzen zu. Gweniver konnte sehen, wie das weiße Pferd sich unter seinem hilflosen Reiter aufbäumte. Schwerter blitzten, und sie hörte Ricyns Kriegsschrei, als sie sich ebenfalls in den Kampf warf.

»Ricyn! Dagwyn!« schrie sie. »Ich bin hier!«

Das mochte lächerlich sein, aber Dagwyn schrie zur Erwiderung und kämpfte wie ein Dämon. Ihre Pferde Nase an Schwanz gestellt, waren er und Ricyn mehr damit beschäftigt zu parieren, als selbst anzugreifen, und versuchten verzweifelt, auf den Pferden zu bleiben.

Gweniver traf einen der Feinde am Rücken, schwang sich herum und schaffte es gerade noch, einen Schlag von der anderen Seite abzuwehren. Sie hörte vertraute Stimmen hinter sich. Unter lautem Fluchen drängte sich Dannyn durch die Menge und packte die Zügel des weißen Pferds.

Der kleine Todeswirbel verebbte, als die Reiter aus Cerrmor die letzten ihrer Feinde die Straße entlangjagten.

Plötzlich spürte Gweniver, wie die Göttin sie verließ. Sie sackte im Sattel zusammen und sah sich verstört um, dann begann sie zu weinen wie ein Kind, das auf dem Schoß seiner Mutter eingeschlafen ist und plötzlich in einem fremden Bett aufwacht.

»Bei den Höllen!« fauchte Dannyn. »Seid Ihr verwundet?«

»Nein. Einen Augenblick lang hielt die Göttin noch ihre Hand über mich, und dann war sie verschwunden.«

»Ich habe sie gesehen«, flüsterte Ricyn. »Wenn Ihr in den Kampf reitet, Gwen, seid Ihr selbst die Göttin.«

Sie drehte sich um, um ihn anzusehen. Er hatte eine Hand auf einen Schnitt auf der Wange gedrückt und die Augen vor Schmerz halb zusammengekniffen. Die ruhige Überzeugung in seiner Stimme war erschreckend.

»Ich meine es ernst«, sagte Ricyn. »Für mich *seid* Ihr die Göttin.«

Etwa vier Wochen, nachdem sie zum ersten Mal in den Kampf geritten war, kehrte Gweniver als erfahrene Kriegerin nach Dun Cerrmor zurück. Da er den größten Teil der Armee für eine Weile an der Grenze zu Eldidd behalten wollte, hatte Dannyn sie und ihren Kriegshaufen als Eskorte für ihre königliche Geisel, Prinz Mael von Aberwyn, den jüngsten Sohn des Drachenthrons, nach Cerrmor entsandt. Als sie in den Hof ritt und den hoch aufragenden Brochkomplex sah, wurde ihr klar, daß sie jetzt hierher gehörte. Der Anblick hatte nichts Überwältigendes mehr, denn inzwischen war dies nur noch ein Platz, an dem sie zwischen Kämpfen lebte. Sie nahm die Begrüßung der Pagen und Diener mit knappem Nicken entgegen, dann stieg sie ab und half Ricyn, die Fußfesseln des Prinzen vom Sattel zu schneiden. Als Mael abstieg, kam Berater Saddar angerannt und verbeugte sich. Der Prinz blieb starr stehen und bedachte sowohl den Berater als auch die gesamte Festung mit verächtlichem Lächeln.

»Unser Lehnsherr ist im Empfangszimmer, Heiligkeit«, sagte Saddar. »Wir haben Eure Botschaften empfangen, und Seine Majestät möchte den Prinzen sofort sehen.«

»Gut. Ich bin froh, ihn loszuwerden. Er war auf der Straße keine gute Gesellschaft.«

Vier Männer aus Glyns Garde führten sie in das hallende Empfangszimmer im Hauptbroch. An einem Ende befand sich ein kleines Podium, bedeckt mit Teppichen, hinter dem zwei gewaltige Wandbehänge befestigt waren. Einer von ihnen zeigte König Bran, wie er die Heilige Stadt gründete, der andere denselben König, wie er einen Angriff führte. Auf einem hochlehnigen Sessel saß König Glyn in höfischen Gewändern: einem reinweißen Hemd, einem goldenen Schwert an der Seite und dem Umhang im königlichen Karo, der an der Schulter mit der gewaltigen Ringbrosche gehalten wurde, die ihn als König kennzeichnete. Sein frischgebleichtes Haar war aus dem

Gesicht zurückgekämmt. Als Gweniver und Mael hereinkamen, beide schmutzig und abgerissen von dem langen Ritt, begrüßte er sie mit einer Geste der beringten Hand. Gweniver kniete nieder, aber Mael blieb stehen und starrte Glyn an, der immerhin über keinen höheren Rang verfügte als er selbst.

»Ich grüße Euch«, sagte der König. »Obwohl ich den Anspruch Eures Clans auf meinen Thron nicht anerkenne, ist mir deutlich genug, daß Ihr ein Recht auf den Euren habt. Ich versichere Euch, daß Ihr bei Eurem Aufenthalt hier mit aller erdenklichen Höflichkeit behandelt werdet.«

»Ach ja?« fauchte Mael. »Sagen wir mal, mit der Höflichkeit, die ein Hof wie der Eure bieten kann.«

»Ich sehe, daß der Geist des Prinzen ungebrochen ist.« Glyn lächelte dünn. »Ich werde bald schon Herolde zu Eurem Vater schicken und ihn davon in Kenntnis setzen, daß Ihr Euch hier befindet. Wollt Ihr selbst eine Botschaft mitschicken?«

»Ja, einen Brief an meine Frau.«

Gweniver war ehrlich überrascht. Obwohl es in königlichen Clans durchaus üblich war, die Erben jung zu verheiraten, sah der Prinz, wie er dort in seinen schmutzigen Kleidern stand, noch so jung aus, daß sie ihn kaum für einen verheirateten Mann gehalten hätte. Mael verbeugte sich vor ihr.

»Meine Frau stand kurz vor dem Kindbett, als ich davonritt. Solche Dinge mögen für Euch nicht von Interesse sein, aber ihr Wohlbefinden ist mir sehr wichtig.«

»Mein Schreiber wird später zu Euch kommen«, sagte Glyn. »Sagt Eurer Frau, was Ihr wollt.«

»Feder und Tinte werden genügen. Die Männer *meines* Hauses können schreiben.«

»Also gut.« Wieder lächelte der König. »Ich werde Euch über die Fortschritte der Verhandlungen auf dem laufenden halten. Wachen!«

Wie sich eine Hand um einen Edelstein schließt, so umringten die Wachen den Prinzen und brachten ihn weg.

Die Kammer Maels befand sich ganz oben im Hauptbroch; ein rundes Zimmer mit eigener Feuerstelle, Glas in den Fenstern, einem Teppich aus Bardek auf dem Fußboden und guten Möbeln. Wann immer Nevyn ihn besuchte, drehte der Prinz Runde um Runde wie ein Esel, der an ein Mühlrad gebunden ist. Obwohl der Dweomermann ihn zunächst nur besucht hatte, um das gebrochene Handgelenk zu versorgen, kam er später einfach aus Mitleid wieder. Der Prinz konnte lesen und schreiben, also brachte Nevyn ihm Bücher aus der Bibliothek des Schreibers und blieb oft eine oder zwei Stunden, um sich mit ihm darüber zu unterhalten. Der Junge war ungewöhnlich klug; er verfügte über jene Art von Geist, die sich zu Weisheit weiterentwickeln kann – immer vorausgesetzt, er lebte lange genug. Die Aussichten dafür waren allerdings zweifelhaft, denn unter all der Höflichkeit Glyns lag die Drohung, daß Mael gehängt würde, wenn Eldidd kein Lösegeld zahlen würde. Da er selbst einmal ein dritter und überflüssiger Prinz gewesen war, bezweifelte Nevyn, daß Eldidd sich unnötig erniedrigen würde, um Maels Leben zu retten. Mael selbst hatte auch seine Zweifel.

»Ich wünschte, es wäre mir gelungen, mich umzubringen, bevor sie mich gefangennehmen konnten«, sagte er eines Nachmittags.

»Das wäre schändlich gewesen. Ein Mann, der vor seinem Wyrd flieht, muß sich in den Anderlanden dafür verantworten.«

»Wäre das schlimmer, als aufgehängt zu werden wie ein Pferdedieb?«

»Ach, Junge, Euer Vater wird Euch schon noch auslösen. Glyn wird sich bei dem Preis nicht allzu gierig zeigen, und

Euer Vater wäre beschämt, wenn er Euch einfach sterben ließe.«

Mael ließ sich in einen Sessel sacken und streckte die langen Beine aus.

»Ich kann Euch noch ein Buch bringen«, fuhr Nevyn fort. »Die Schreiber haben eine Kopie von Dworycs *Annalen der Dämmerung*. Es hat ein paar großartige Berichte über Schlachten, oder würde es Euch quälen, über Kriege zu lesen?«

Der Prinz schüttelte den Kopf und starrte aus dem Fenster in den blauen Himmel.

»Wißt Ihr, was das schlimmste war?« fragte er nach einiger Zeit. »Von einer Frau gefangengenommen zu werden. Ich dachte, ich müßte vor Scham sterben, als ich sie genauer ansah und erkannte, daß sie eine Frau war.«

»Nun, sie ist nicht irgendeine Frau. Es ist nichts Beschämendes daran, von einer Kriegerin des Mondes besiegt zu werden.«

»Das hoffe ich. Wahrhaftig, ich habe nie jemanden kämpfen sehen wie sie. Sie lachte.« Mael hielt inne und dachte nach. »Es war, als sähe man eine Göttin vor sich, wie sie da lachend und um sich schlagend über das Feld ritt. Einer ihrer Männer hat sie eine Göttin genannt, und wißt Ihr, ich glaube ihm.«

Nevyn wurde ganz elend bei dem Gedanken, daß sie sich so in der Kampfeswut verlor.

»Guter Herr, Ihr scheint weise zu sein«, fuhr der Prinz fort. »Ich dachte, es gehörte sich nicht für eine Frau, sich zu bewaffnen und zu kämpfen.«

»Das hängt davon ab, welchen Priester Ihr fragt. Aber es ist eine fromme Handlung gegenüber Lady Gwenivers Göttin. Jeder Mann, den sie tötet, ist ein Opfer an den dunklen Mond.«

»Dann muß ihre Göttin nach der Schlacht triumphiert haben, ebenso wie ihre heiligen Kampfraben.«

»Zweifellos. Damals, in der Zeit der Dämmerung, gab es andere Jungfrauen, die in die Schlacht ritten und die sich alle dem dunklen Mond verschworen hatten, obwohl diese Verehrung der Göttin auch damals nicht sonderlich weit verbreitet war. Die Rhwmanen hielten es für Frevel, aber ihre Frauen saßen auch nur zu Hause und spannen.«

»Ihr meint damals, in der alten Heimat, vor dem Exil?«

»Genau, lange bevor König Bran sein Volk zu den Westlichen Inseln führte. Aber nachdem sie erst einmal hier waren, abgeschnitten von der Heimat, war eine Frau, die Kinder bekommen konnte, einfach zu wertvoll, um ihr Leben in einer Schlacht aufs Spiel zu setzen. Ich verstehe es nicht so recht, aber die Anbetung des dunklen Mondes geriet in Vergessenheit. In dem Buch, das ich erwähnt habe, steht etwas darüber.«

»Dann möchte ich es wirklich gerne lesen. Es ist ein besseres Gefühl zu wissen, von der einzigen Mondkriegerin gefangengenommen worden zu sein.«

An diesem Tag kamen die Herolde aus Eldidd. Der ganze Hof fragte sich aufgeregt, wieviel Lösegeld der König von Eldidd für seinen Sohn bieten würde und ob Glyn sich auf den Handel einließe. Eine Neuigkeit wurde sofort bekannt, nämlich daß Maels Frau einen gesunden Sohn zur Welt gebracht hatte. Nevyn fragte sich, wieviel der König jetzt noch für Mael geben würde, nachdem er einen weiteren Erben hatte. Aber wie sich herausstellte, war der junge Prinz seinem Vater eine Menge wert. Das hörte Nevyn vom König selbst, der ihn am Abend in seine Privatgemächer bat, wie er es sich angewöhnt hatte.

»Eldidd hat mir eine verflucht große Menge von Gold angeboten«, sagte Glyn. »Aber ich brauche weniger Geld als eine ruhige Grenze. Ich habe vor, die Verhandlungen so lange wie möglich hinauszuzögern, und ich habe ihn gewarnt, daß sein Sohn hängen wird, sobald wieder Überfälle auf mein Land stattfinden.«

»Das wird er zweifellos respektieren, mein Lehnsherr, zumindest für einige Zeit.«

»Das hoffe ich. Ich hasse den Gedanken, einen hilflosen Gefangenen aufzuhängen. Und Eldidd kann seinen Anspruch auf den Thron ja auch geltend machen, indem er Cantrae angreift. Sie haben im Norden eine lange gemeinsame Grenze.« Der König lächelte sanft. »Soll Slwmar doch sehen, wie es sich anfühlt, ein Bröckchen zwischen zwei mahlenden Kiefern zu sein.«

Einer dieser Kiefer wurde selbstverständlich von Dannyn und der Wache des Königs gebildet, die wieder in Morlyn waren. Immer, wenn ein Bote zurückkam, fragte Nevyn nach Neuigkeiten von Gweniver. Jedesmal sagte der Mann, daß es ihr gutgehe und sie die gesamte Armee ansporne. Alle Reiter glaubten, sie sei wahrhaft von der Göttin berührt. Nevyn hörte das nicht gern, denn er wußte, was die Götter waren: gewaltige Energiezentren in den Inneren Ländern, die mit Teilen der Natur oder des menschlichen Geistes in Verbindung standen. Tausende von Jahren hatten Gläubige Bilder von Göttern aufgebaut und ihnen Macht übertragen, bis sie zu eigenständigen Personen geworden waren. Jeder, der wußte, wie man geistige Bilder errichtet und wie man die richtigen Gebete rezitiert – die Worte spielten nur eine geringe Rolle –, konnte sich mit diesen Machtzentren in Verbindung setzen und ihnen Energie für eigene Zwecke entnehmen. Die Priester taten dies in blindem Glauben, die Dweomerleute kaltblütig, denn sie wußten, daß eher sie die Götter schufen als umgekehrt. Gweniver war auf einen finsteren Winkel des weiblichen Geistes gestoßen, den Frauen in den vergangenen Jahrhunderten hatten geheimhalten müssen. Ohne einen Tempel der dunklen Göttin, der sie lehren konnte, war sie wie ein Kind, das versucht, ein brennendes Feuer aufzuheben, weil es so hübsch ist.

Aber obwohl Nevyn wußte, daß Gwenivers wahres Wyrd im Dweomer lag, verboten ihm seine Gelübde, sich heftiger in ihr

Leben einzumischen. Er konnte sich nur bemühen, ihr Vertrauen zu gewinnen, und hoffen, daß sie ihm eines Tages die richtigen Fragen stellen würde. Immer vorausgesetzt, sie lebte lange genug. Er konnte nur beten, daß in diesem Jahr der Winter früh kommen würde. Wenn sie erst alle wieder im Dun waren, hätte er eine Gelegenheit, sich mit ihr anzufreunden.

Einen weiteren Monat stürmten die Reiter aus Cerrmor gegen die Südgrenze von Cantrae an, weil Slwmar gezwungen war, dort Truppen abzuziehen und der neuen Bedrohung im Westen, aus Eldidd, entgegenzutreten. Hin und wieder standen Dannyn und seine Leute einer größeren Armee gegenüber, aber im allgemeinen zogen sie sich dann zurück und bluteten Cantrae lieber in kleinen Überfällen aus. Endlich war Slwmar dessen so müde, daß er eine Schlacht erzwang, indem er Dannyns Leute durch geschickte Manöver gegen den Belaver drängte. Das Ergebnis war zwar ein Sieg für Cerrmor, der Slwmars Leute wieder nach Norden und in die Heilige Stadt zurücktrieb, aber die Verluste waren schwer.

Als er an jenem Abend über das Schlachtfeld ging, wo seine Männer immer noch damit beschäftigt waren, die Verwundeten zu bergen, wußte Dannyn, daß ein weiterer Kampf sie vernichten würde. Gweniver ging neben ihm, schmutzig und verschwitzt wie die Männer, mit Blutflecken auf Gesicht und Schultern. Sie betrachtete die Toten und Verwundeten mit einer Gleichgültigkeit, die Dannyn erschreckte. So sehr er auch den Ruhm des Kampfes liebte, er haßte es, seine Männer tot zu sehen. Sein Ideal einer Schlacht stammte aus den alten Sagen, wo die Adligen sich gegenseitig zum Zweikampf herausforderten, während ihre Truppen sie anspornten.

»Wir müssen uns zurückziehen«, sagte er.

»Was immer Ihr für das Beste haltet, solange wir zurückkehren.«

»Das ist möglich oder auch nicht. Durch den Waffenstillstand mit Eldidd könnte ich vielleicht die Festungswache von Dun Cermor abziehen, aber ich weiß nicht, ob ich das will. Selbstverständlich liegt die Entscheidung ohnehin beim König.«

Gereizt wandte Gweniver sich ihm zu.

»Euer Heiligkeit wissen selbst am besten, daß wir Männer brauchen, die wir im Herbst gegen den Eber schicken können. Dann wird es noch mehr Blutvergießen geben, an dem Ihr Euch nähren könnt.«

Sie ließ ihn stehen und ging zu ihrem Kriegshaufen. Einen Augenblick lang sah er ihr nach und wünschte sich, er könnte sie wirklich abstoßend finden, könnte aufhören, sie als Frau zu betrachten – was ihre Gelübde eigentlich bewirken sollten. Dannyn war kein sonderlich frommer Mann, aber er glaubte an die Götter und wußte, daß er sich ihrem Zorn aussetzte, indem er eine Priesterin begehrte. Aber manchmal lächelte sie ihn an oder ging einfach nur an ihm vorbei, und seine Begierde wurde so stark, daß es ihm einen Augenblick lang schwerfiel zu atmen.

Und es wäre ihm leichter gewesen, diese Begierde zu zügeln, wäre da nicht Ricyn gewesen. Manchmal bemerkte er, wie sie und ihr Hauptmann miteinander sprachen, so vertraut, daß er sich fragte, ob sie ihr Gelübde bereits gebrochen hatte, und das auch noch mit einem einfachen Reiter. Eifersucht nagte an ihm, bis er begann, Ricyn zu hassen, einen Mann, den er zuvor wegen seiner Beständigkeit immer gemocht hatte, wegen seines ruhigen Mutes, seiner Art, mit seinen Untergebenen umzugehen. Jetzt gab er sich manchmal langen Tagträumen hin, Gwenivers Hauptmann in einem hoffnungslosen Angriff in den sicheren Tod zu schicken.

Als sie dann zurück in Dun Cerrmor waren und die Ablenkung des Kampfes fehlte, fiel es Dannyn noch schwerer, seine

Gefühle zu ignorieren. Er tat sein Bestes, Gweniver aus dem Weg zu gehen, aber es blieben immer noch die versprochenen Unterrichtsstunden im Schwertkampf. Er verhöhnte seine Gefühle selbst und sagte sich, er sei nichts weiter als ein brünstiger Hengst, aber er liebte sie genug, daß der Gedanke daran, daß sie sterben könnte, ihn erschreckte. Er war entschlossen, ihr jeden Trick beizubringen, den er kannte, um ihr geringes Gewicht und die kurze Reichweite auszugleichen.

Jeden Morgen übten sie also mehrere Stunden. Obwohl sie normalerweise stumpfe Klingen und Schilde aus Korbgeflecht benutzten, wurden diese Übungskämpfe mitunter ernst. Etwas machte sie wütend, und dann schlug sie bedenkenlos zu, was wiederum ihn erzürnte. Ein paar Minuten kämpften sie so, dann brachen sie in halb bewußter gegenseitiger Übereinkunft ab und begannen wieder mit dem Unterricht. Obwohl er bei diesen Kämpfen immer siegte, hatte Dannyn nie das Gefühl, ihr wirklich überlegen zu sein. Er konnte ihr den ganzen Morgen lang blaue Flecken schlagen, aber am nächsten Tag würde sie wieder anfangen und ihn mit einem zu festen Schlag dazu bringen, die Beherrschung zu verlieren. Nach und nach kam ihm der Gedanke, daß sie es darauf anlegte, ihn zu besiegen.

Hier in der Festung fiel es ihm auch schwerer, Ricyn zu ignorieren. Oft sah er die beiden zusammen, wie sie über einen Scherz lachten, wenn sie zusammen über den Hof gingen, oder sogar beim Würfelspielen. Manchmal kam Ricyn und beobachtete sie bei den Übungskämpfen. Dann stand er dort wie eine Anstandsdame und eskortierte Gweniver anschließend davon. Da Dannyn keinen gerechtfertigten Grund hatte, einen Hauptmann herumzukommandieren, der einem Adligen Treue geschworen hatte, mußte Dannyn sich das einfach gefallen lassen.

Eines Tages war er wütend genug, auf die beiden zuzugehen,

als er sie bei den Ställen sah. Ihm gefiel einfach nicht, wie Ricyn sie anlächelte. Er kam gerade rechtzeitig, um einen seltsamen Scherz über Kaninchen mitanzuhören.

»Guten Morgen«, sagte Dannyn. »Was hat es mit diesen Kaninchen auf sich, Herrin?«

»Oh, Ricco ist sehr gut dabei, sie in Schlingen zu fangen, also sagte ich, vielleicht kann er diesmal ein paar Eber erwischen.«

Es gefiel Dannyn überhaupt nicht, daß sie diese liebevolle Abkürzung seines Namens verwendete.

»Habt Ihr das auf dem Bauernhof gelernt?« zischte er.

»Ja«, meinte Ricyn. »Als Bauernsohn lernt man eine Menge. Man kann zum Beispiel ein reinblütiges Pferd von einer Mähre unterscheiden.«

»Und was wollt Ihr mit dieser Bemerkung andeuten?« Dannyn hatte die Hand am Schwertgriff.

»Es war nur ein einfaches Beispiel.« Ricyn tat dasselbe. »Herr.«

Fluchend zog Dannyn das Schwert. Er sah Metall aufblitzen, dann brannte sein Handgelenk, und das Schwert fiel ihm aus der Hand. Fluchend wich er zurück und sah gerade noch, wie Gweniver Ricyns Arm mit der flachen Klinge schlug. Sie war schneller gewesen als sie beide.

»Bei allen Göttern«, sagte sie. »Ich werde den ersten von euch, der wieder damit anfängt, auf der Stelle umbringen, selbst wenn ich dafür hängen werde. Habt ihr mich verstanden?«

Ricyn drehte sich um und ging zurück in die Unterkunft. Dannyn rieb sich das schmerzende Handgelenk und sah dem Hauptmann mürrisch nach, bis Gweniver ihm mit der Schwertspitze an die Brust tippte.

»Wenn Ihr ihn in der Schlacht in eine hoffnungslose Position schickt und er dabei umkommt, werde ich Euch töten.«

Es bestand kein Zweifel daran, daß sie es ernst meinte. Er hob sein Schwert auf. Erst dann bemerkte er, daß die Szene Zuschauer gefunden hatte. Alle grinsten, und zweifellos waren sie der Ansicht, daß der Bastard es nicht besser verdient hatte.

In blinder Wut rannte Dannyn zurück zur Festung und in sein Zimmer. Zitternd vor Zorn warf er sich aufs Bett. Langsam wich der Zorn einer kalten Hoffnungslosigkeit. Also gut, wenn das Miststück diesen stinkenden Bauern bevorzugte, sollte sie ihn haben. Die Göttin würde beide schon bald genug bestrafen, wenn sie das Bett teilten. Seufzend setzte er sich auf, und ihm wurde klar, daß die beiden vermutlich nichts dergleichen taten. Er würde seine Eifersucht besser beherrschen müssen, sagte er sich, und sich nicht einem Zorn ergeben, der noch stärker war als seine Begierde.

Den Rest des Tages ging Ricyn Gweniver aus dem Weg. Aber beim Abendessen in der großen Halle sah er sie immer wieder an, als sie mit den anderen Adligen an den Ehrentischen saß. Die Erinnerung an seine Blamage quälte ihn. Er hatte die Göttin vergessen. Es war wirklich nur das gewesen – einen Augenblick lang hatte er sie nur als Frau gesehen, nicht als die heilige Priesterin, die sie war. Daß Dannyn denselben Fehler gemacht hatte, war keine Entschuldigung. Die Göttin hatte Gweniver genommen und sie gezeichnet, daran war nicht zu rütteln. Als er fertig gegessen hatte, holte sich Ricyn einen zweiten Krug Bier und trank ihn langsam, während er überlegte, was er tun sollte, um seinen Frevel wiedergutzumachen, nicht gegenüber Gweniver, aber gegenüber der Göttin. Er wollte nicht in der nächsten Schlacht sterben, weil sie ihn tot sehen wollte.

Er lehnte ab, als Dagwyn ihn zum Würfeln aufforderte. Plötzlich kam ihm der Gedanke, den alten Kräutermann aufzusuchen. Er wußte nicht einmal, wieso er glaubte, daß Nevyn etwas über die dunkle Göttin wußte, aber der alte Mann schien so weise, daß es einen Versuch wert war. Nevyn saß ebenfalls in der Halle und war gerade in einem Gespräch mit dem Waffenmeister versunken. Ricyn entschied sich zu warten, bis er fertig war, und ihm dann nach draußen zu folgen. Einer nach dem anderen erhoben sich die Reiter des Wolfs, bis er allein auf einer kleinen Insel des Schweigens in der lärmigen Halle saß. Ricyn holte sich einen dritten Krug Bier, setzte sich wieder und verfluchte innerlich den Waffenmeister für seine Geschwätzigkeit.

»Hauptmann?« sagte jemand hinter ihm.

Es war Lord Oldac, die Daumen in den Schwertgürtel gehakt. Ricyn hatte ihm nie verziehen, wie er Gweniver behandelt hatte, aber er erhob sich und verbeugte sich, wie Oldacs Rang es verlangte.

»Ich möchte mit Euch reden. Laßt uns nach draußen gehen.«

Ricyn folgte ihm durch die Hintertür in den kühlen Hof hinaus. Sie standen in einem Lichtfleck, der aus einem Fenster fiel. Oldac wartete, bis ein paar Dienerinnen vorbeigegangen und außer Hörweite waren.

»Was war das heute zwischen euch und Lord Dannyn?« wollte er wissen.

»Ich bitte den Herrn um Verzeihung, aber ich sehe nicht, was Euch das angeht.«

»Ich bin nur neugierig. Einer der Pagen sagte, Lord Dannyn hätte Ihre Heiligkeit beleidigt, und Ihr hättet sie verteidigt.«

Ricyn war tatsächlich versucht zu lügen und dafür zu sorgen, daß diese weniger beschämende Geschichte weiter verbreitet würde.

»Nein, Herr, das ist nicht wahr. Ich sagte etwas, das Lord Dannyn falsch verstand, und meine Herrin hat uns getrennt.«

»Nun, unser Bastard ist ein bißchen empfindlich.« Oldac schien seltsam enttäuscht. »Nun, ich hatte mich nur gefragt.«

Als Ricyn in die Halle zurückkam, war Nevyn bereits

gegangen, aber er fand einen Pagen, der ihm sagte, wo sich die Kammer des alten Mannes befand. Er zögerte, einen Mann zu stören, von dem alle glaubten, daß er ein Zauberer sei. Aber wenn er sich nicht mit der Göttin versöhnte, stand sein Leben auf dem Spiel. Er ging zu Nevyns Kammer, wo der alte Mann im Licht der Laterne Kräuter sortierte.

»Guter Herr«, sagte Ricyn, »könnte ich mit Euch sprechen?«

»Sicher, Junge. Kommt herein und schließt die Tür.«

Da Nevyn nur einen Stuhl hatte, blieb Ricyn unsicher am Tisch stehen und starrte die süß duftenden Kräuter an.

»Geht es Euch nicht gut?« wollte Nevyn wissen.

»Oh, ich komme nicht wegen Eurer Kräuter. Aber Ihr scheint ein wahrhaft weiser Mann zu sein. Wißt Ihr, ob die dunkle Göttin auch Gebete von einem Mann entgegennehmen würde?«

»Warum nicht? Bel lauscht den Gebeten von Frauen, nicht wahr?«

»Gut. Ich kann meine Herrin nicht fragen, aber ich fürchte, daß ich die Göttin erzürnt habe – ganz bestimmt habe ich meine Herrin erzürnt! Also dachte ich, ich könnte es vielleicht allein bei der Göttin wiedergutmachen, denn ich will nicht auf meinem nächsten Ritt umkommen. Nur, sie hat nicht einmal einen richtigen Tempel, zu dem ich gehen kann.«

Nevyn warf ihm einen Blick zu, in dem Gereiztheit und Bewunderung sich mischten.

»Das wird die Göttin zweifellos verstehen«, sagte Nevyn. »Sie braucht keinen Tempel, weil die Nacht ihr Zuhause ist und die Dunkelheit ihr Altar.«

»Herr, seid Ihr einmal Priester gewesen?«

»Nein, aber ich habe viele heilige Bücher gelesen.«

»Gut. Meint Ihr, ich sollte ihr etwas opfern? Das scheint den Göttern immer zu gefallen.«

Nevyn dachte einen Augenblick mit beeindruckend ernster

Miene nach. »Ich werde Euch ein Stück Alraunenwurzel geben. Diese Wurzeln sind wie ein Mensch geformt und haben Dweomermacht. Geht am Ende der Nacht zum Fluß, werft die Wurzel hinein und bittet die Göttin, die Wurzel an Eurer Stelle zu nehmen und Euch zu verzeihen.«

»Ich danke Euch, guter Herr. Und ich werde Euch selbstverständlich für diese Wurzel bezahlen.«

»Das ist nicht nötig, Junge. Ich möchte nicht zusehen, wie du umkommst, weil sich die Göttin gegen dich gewandt hat.«

Ricyn wickelte die kostbare Wurzel in ein Tuch und barg es in seinem Hemd, dann ging er zurück in die Unterkunft. Er dachte nach, was er der Göttin sagen wollte, denn er wollte unbedingt die richtigen Worte finden. Zu wissen, daß er zu ihr beten konnte, erfüllte ihn mit tiefem Frieden. Die Dunkelheit war ihr Altar – ihm gefiel, wie der alte Nevyn es ausgedrückt hatte. Eines Tages, wenn sein Wyrd über ihn kam, würde er in die Arme der Göttin sinken und sich in diesem Dunkel ausruhen und all den Schmerz dieses endlosen Kriegs hinter sich lassen.

»Dagwyn?« fragte Gweniver. »Wo ist Ricyn?«

Dagwyn drehte sich hastig um und sah sich im Stall um.

»Ich will verdammt sein, wenn ich das weiß, Herrin«, sagte er. »Er war noch vor einer Minute hier.«

Gweniver eilte ins helle Morgenlicht hinaus und ging um den Stall herum. Sie nahm an, daß Ricyn ihr bewußt aus dem Weg ging, und das erwies sich als richtig, als sie ihn schließlich einholte. Er warf ihr einen erschrockenen Blick zu, dann starrte er zu Boden.

»Kommt ein paar Schritte mit mir, Ricco.«

»Wie Ihr wünscht, Herrin.«

»Schleicht nicht herum wie ein geprügelter Hund! He, ich war nie böse mit Euch, aber wenn ich Dannyn auf seinen Platz verweisen wollte, mußte ich es mit Euch ebenso tun, um gerecht zu sein.«

Ricyn blickte auf und lächelte – ein kurzes Aufblitzen seiner üblichen guten Laune. Sie freute sich darüber.

»Nun, das ist Euch gelungen«, sagte er. »Aber ich habe mich seitdem selbst zerfleischt.«

»Was mich angeht, ist das jetzt vorbei.«

Gemeinsam gingen sie an den Vorratsschuppen und den leeren Wagen hinter den Ställen vorbei, bis sie eine ruhige, sonnige Stelle nahe der Festungsmauer fanden. Dort setzten sie sich, lehnten sich an eine Schuppenwand und sahen die hoch aufragende Mauer an, die sie ebenso einschloß, wie sie die Feinde fernhielt.

»Wißt Ihr«, meinte Gweniver, »Ihr solltet ein Mädchen finden. Wir werden vermutlich den Rest unseres Lebens hier verbringen.«

Ricyn zuckte zusammen, als hätte sie ihn geschlagen.

»Was ist denn?« fragte sie.

»Nichts.«

»Unsinn. Raus damit.«

Ricyn seufzte und rieb sich den Nacken, als könnte ihm das beim Denken helfen.

»Nun, nehmen wir mal an, ich würde ein Mädchen finden. Wie würdet Ihr das aufnehmen? Ich hoffte, daß Ihr – ach, verflucht!«

»Ihr hofftet, ich würde sie beneiden? Ja, das würde ich, aber das wäre meine Bürde und nicht die Eure. Ich bin diejenige, die sich für die Göttin entschieden hat.«

Er lächelte, das Gesicht zum Boden gewandt.

»Ihr würdet sie wirklich beneiden?«

»Ja.«

Er nickte und starrte die Pflastersteine an, als wollte er sie zählen.

»Ich habe darüber nachgedacht«, sagte er schließlich. »Es gibt ein oder zwei Mädchen, die mir gefallen, und einer von ihnen gefalle ich wohl auch gut genug. Erst gestern hat sie mit mir gesprochen, und ich weiß, ich könnte sie haben, wenn es mir nichts ausmachte, sie mit ein paar anderen Männern zu teilen, und das hat mir vorher nie etwas ausgemacht. Aber ganz plötzlich gebe ich keinen Schweinefurz mehr dafür, ob ich sie je haben werde oder nicht, also hab ich sie stehenlassen.« Er schwieg einen Augenblick. »Es wird mit einem anderen Mädchen nichts werden: Ich liebe Euch zu sehr. Schon seit Jahren.«

»Ach was, Ihr habt nur noch nicht das richtige Mädchen gefunden.«

»Scherzt nicht mit mir, Gwen. Ich werde für so etwas nicht lange genug leben. Ihr seid entschlossen zu sterben, nicht wahr? Das sehe ich in Euren Augen, wann immer wir in den Kampf reiten. Nun, ich habe nicht vor, länger zu leben als Ihr. Ich habe zur Göttin gebetet, und ich habe ihr das versprochen.« Endlich sah er sie an. »Und ich dachte, ich könnte denselben Eid schwören wie Ihr.«

»Nein! Das ist nicht nötig, und wenn Ihr ihn brecht …«

»Ihr glaubt nicht, daß ich es könnte?«

»Das meinte ich nicht. Es besteht einfach kein Grund dazu.«

»Doch. Was geben die meisten Männer dem Mädchen, das sie lieben? Ein Zuhause und genug zu essen und hin und wieder neue Kleider. Nun, ich werde nie in der Lage sein, Euch so etwas zu geben, also gebe ich, was ich kann.« Er lächelte so fröhlich, so liebenswert wie immer. »Ob Ihr wollt oder nicht, Gwen, Ihr werdet mich nie mit einer anderen Frau sehen oder etwas darüber hören.«

Sie kam sich vor wie eine Frau, die in ihrer Küche lange Zeit denselben alten Topf benutzt hat und ihn dann eines Tages poliert und feststellt, daß er aus Silber ist.

»Ricco, ich werde dieses Gelübde nie brechen. Versteht Ihr das?«

»Wenn ich das nicht verstünde, würde ich dann selbst ein Gelübde ablegen?«

Als sie ihn am Arm faßte, merkte sie, daß die Göttin aus ihr sprach.

»Aber wenn ich es jemals täte, dann mit Euch und nicht mit Dannyn. Ihr seid viel mehr als er, welchen Rang er auch immer haben mag.«

Er weinte zwei dünne Tränenspuren, die er sich schnell wieder abwischte.

»Ihr Götter«, flüsterte er. »Ich folge Euch bis in den Tod.«

»Das werdet Ihr müssen, wenn Ihr mir überhaupt folgen wollt.«

»Die Göttin wird am Ende unser aller Leben fordern. Warum sollte ich mir Gedanken machen, wann das sein wird?«

»Also gut. Ich liebe Euch.«

Er nahm ihre Hand und verschränkte seine Finger mit ihren. Lange Zeit saßen sie so da und schwiegen, dann seufzte er tief.

»Es ist schade, daß ich nicht für eine Verlobungsbrosche sparen kann«, sagte er. »Nur, damit Ihr etwas habt, Euch zu erinnern.«

»Mir geht es ebenso. Warte, ich weiß. Schwöre einen Blutschwur mit mir, wie sie es in der Zeit der Dämmerung getan haben.«

Er nickte lächelnd. Als sie ihm den Dolch reichte, fügte er ihr einen kleinen Schnitt am Handgelenk zu, dann an seinem eigenen, und danach drückte er die blutigen Wunden zusammen. Als sie ihm in die Augen sah, war ihr zum Weinen zumute, schon, weil er so ernst aussah und weil dies die einzige Hochzeitszeremonie war, die sie je haben würden. Eine Spur von Blut, so dünn wie die Tränenspur auf Ricyns Wangen, lief über ihren Arm. Plötzlich spürte sie wieder die Göttin, eine kalte Präsenz um sie herum. Sie wußte, daß die dunkle Herrin zufrieden war, daß ihrer beider Liebe so rein und rauh war wie ein weiteres Schwert, das auf ihrem Altar geopfert wurde. Ricyn küßte sie, nur einmal, dann ließ er sie los.

Später am selben Morgen brachte sie ihr zielloses Umherschlendern in Nevyns Garten und zu Nevyn selbst, der auf den Knien vor einem Beet hockte. Als sie ihn begrüßten, stand er auf und wischte sich die schmutzigen Hände an den Brigga ab.

»Guten Morgen«, sagte er. »Ich hörte, daß ihr beiden bald zum Wolfsland zurückkehren werdet.«

»Ja«, sagte Gweniver. »Und wir werden dieses Land vom Ungeziefer befreien.«

Nevyn legte den Kopf schief und sah von Gweniver zu Ricyn, und plötzlich wurde sein Blick kalt.

»Was habt Ihr da am Handgelenk, Ricco?« fragte er. »Und es sieht aus, als hätte Eure Herrin einen ebensolchen Schnitt.«

Lachend hob sie die Hand.

»Ricyn und ich haben etwas geschworen. Wir werden nie das Bett teilen, aber das Grab.«

»Ihr jungen Dummköpfe!« flüsterte Nevyn.

»Glaubt Ihr etwa, wir können diesen Schwur nicht halten?« fragte Ricyn aufgebracht.

»Oh doch. Ihr werdet Euren Schwur zweifellos ruhmreich erfüllen und genau die Belohnung erhalten, die Ihr wünscht – einen frühen Tod in der Schlacht. Zweifellos werden die Barden noch lange Jahre von Euch singen.«

»Wieso seid Ihr dann so beunruhigt?« warf Gweniver ein. »Wir haben nie um etwas anderes gebeten.«

»Ich weiß.« Der alte Mann wandte sich ab. »Und das quält mich. Aber gut, es ist Euer Wyrd und nicht das meine.«

Und ohne ein weiteres Wort kniete er wieder nieder und wandte sich dem Unkraut zu.

An diesem Abend brachte es Nevyn nicht fertig, länger in der großen Halle sitzenzubleiben und zuzusehen, wie Gweniver mit den Adligen lachte. Er zog sich in seine Kammer zurück, entzündete Kerzen und lief auf und ab. Er fragte sich, was diese Menschen dazu brachte, Leiden zu genießen und den Tod auf eine Weise zu lieben, wie andere ihre Bequemlichkeit und Reichtum. Gwen und ihr Ricyn glaubten wohl, einander zu lieben, wo sie doch die ganze Zeit nur den finsteren Teil der Seele der Deverrianer liebten.

»Aber das ist nun nicht mehr meine Sache.«

Die Kerze flackerte, als schüttelte sie ihren goldenen Kopf zu einem Nein. Es *war* seine Sache, ob er ihnen in diesem Leben helfen konnte oder bis zum nächsten warten mußte. Und nicht nur Gwenivers Probleme waren die seinen, sondern auch die von Ricyn. Ob sie nun ihren Schwur hielten oder brachen, sie banden sich mit einer Kette von Wyrd, die zu entwirren es die Weisheit eines König Bran und die zu brechen es die Kraft eines Vercingetorix bräuchte. Der Gedanke an diese beiden Helden der Dämmerung verfinsterte Nevyns Stimmung noch mehr. Ein verdammter Blutschwur, wie aus einer alten Saga! Am liebsten hätte er ihnen alles erklärt, hätte sie gezwungen zu begreifen, daß es immer leichter war zu fallen als zu klettern, daß es wunderbar erleichternd war, einfach loszulassen. Aber sie würden niemals zuhören. Und es war ohnehin vermutlich schon zu spät.

Er setzte sich und starrte in die leere Feuerstelle. Schon, als der Bürgerkrieg ausgebrochen war, hatte er das Gefühl gehabt, daß das Königreich in der Zeit rückwärts glitt und dabei all die langen Jahre der Kultur, des Wissens, der höfischen Ehre, der Sorge um die Armen zerstörte – all diese zivilisierten Dinge, für die so viele Menschen so schwer gearbeitet hatten. Wie lange wird es dauern, bis sie wieder Köpfe abschneiden und als Beute nach Hause bringen? Zum ersten Mal in seinem unnatürlich langen Leben fragte er sich, ob sich sein Dienst für das Licht wirklich lohnte. Ob es tatsächlich ein Licht gab, dem er dienen konnte, wenn es so einfach war, daß sich alle wieder der Dunkelheit zuwandten. Nie zuvor war ihm so bewußt geworden, wie zerbrechlich Zivilisation war, daß sie wie eine dünne Ölschicht auf dem schwarzen Ozean des menschlichen Geistes trieb.

Was Gweniver anging, hatte Nevyn eine letzte, verzweifelte Hoffnung. Wenn er es ihr nur begreiflich machen konnte, dann bot der Dweomer ihr größere Macht als alles andere auf der Welt, und sie liebte die Macht. Vielleicht konnte er sie vom Hof wegbringen – und Ricyn mit ihr, denn sie würde ihn niemals zurücklassen –, und sie konnten sich in das wilde Land im Norden oder sogar nach Bardek zurückziehen. Dann konnte er ihr helfen, die Last abzuwerfen, die sie sich aufgeladen hatte, und ihr alles erläutern. Also ging er zu ihr, um mit ihr zu sprechen.

Gweniver goß ihm Met ein und bot ihm ihren besten Sessel an. Ihre Augen glühten im Licht der Laterne, ihr Lächeln war starr, als hätte man es ihr mit dem Messer ins Gesicht geschnitten.

»Ich kann mir vorstellen, wieso Ihr hier seid«, meinte sie. »Wieso seid Ihr so beunruhigt über den Schwur, den Ricyn und ich abgelegt haben?«

»Vor allem, weil er mir so kurzsichtig vorkommt. Es ist das beste, sorgfältig nachzudenken, bevor man sich einem einzigen Weg verpflichtet. Einige Straßen ziehen sich durch viele verschiedene Länder und bieten viele Aussichten.«

»Und andere sind gerade und kurz. Das weiß ich, aber meine Göttin hat den Weg für mich gewählt, und ich kann jetzt nicht mehr umkehren.«

»Selbstverständlich nicht, aber es gibt andere Arten, ihr zu dienen als mit dem Schwert.«

»Nicht für mich. Es macht mir wirklich nichts aus, guter Nevyn, daß mein Weg kurz sein wird. Es ist – ach, es ist, als hätte man nur eine bestimmte Menge Feuerholz. Manche Leute sparen es sich auf, immer nur ein Scheit nach dem anderen, und haben die ganze Nacht ein kleines Feuer. Andere häufen alles auf einmal auf und genießen die Hitze, solange sie dauert.«

»Und dann erfrieren sie?«

Sie starrte stirnrunzelnd in ihren Kelch.

»Nun«, meinte sie schließlich. »Das war nicht die beste Art, es auszudrücken, wie? Aber es muß genügen. Nein, sie erfrieren nicht – sie werfen sich schließlich selbst ins Feuer.«

Als sie den Kopf zurückwarf und lachte, erkannte Nevyn schließlich, was er lange Zeit nicht glauben wollte: Sie hatte den Verstand verloren. Sie war schon vor langer Zeit in den Wahnsinn getrieben worden, und nun glühte dieser Wahn in ihren Augen. Aber es gab Wahnsinn und Wahnsinn – in dieser verrückten Welt würde man sie für wunderbar halten. Männer, die nur geringfügig weniger verrückt waren als sie, würden sie mit Ruhm und Ehre überhäufen. Es fiel Nevyn ungeheuer schwer, bei ihr sitzenzubleiben und weiterzuschwatzen. Obwohl sie von langfristigen Plänen für Blaeddbyr und den Wolfsclan sprach, ging es ihr nur darum, sich umzubringen.

Schließlich konnte er ihr entfliehen und in seine Kammer zurückkehren. Er wußte, er würde sie nicht zum Dweomer bringen können, weil das Studium der Magie höchste geistige Gesundheit erforderte. Wer auch nur im geringsten aus dem geistigen Gleichgewicht geraten war, würde bald von den Mächten und Kräften, die die Zauberei heraufbeschwor, zerrissen werden. In diesem Leben, das wußte er nun, würde sie nie zu ihrem wahren Wyrd gelangen. Nevyn begann plötzlich zu zittern. Er sank auf den Stuhl und fragte sich, ob er krank sei. Er weinte.

Der Sommerregen hatte die Festung des Wolfsclans in ein Schlammloch verwandelt. Der ausgebrannte, dachlose Broch erhob sich inmitten von schwarzem Schlamm, Asche und verkohlten Balken; der Brunnen war verstopft, und überall stank es nach Brand und Moder. Im Schatten der eingestürzten Mauern versteckte sich Schimmel wie kranker Schnee. Gweniver und Gwetmar hatten ihre Pferde in der Öffnung, die einmal das Tor gewesen war, zum Stehen gebracht und sahen sich alles an.

»Nun«, meinte Gweniver schließlich, »du bist jetzt ein großer Herr, soviel ist sicher.«

»Darf ich Euer Heiligkeit die Gastfreundlichkeit einer großartigen Halle anbieten?« Er verbeugte sich spöttisch. »Wir sollten lieber weiterreiten und sehen, was im Dorf passiert ist.«

Sie kehrten zurück zu der am Fuß des Hügels wartenden Armee. Außer ihrem eigenen Kriegshaufen – insgesamt siebzig Mann – hatten sie zweihundert Leute des Königs, angeführt von Dannyn. Glyns Großzügigkeit schloß auch einen gut ausgerüsteten Troß und eine Gruppe guter Handwerker ein, deren Aufgabe es sein sollte, eventuell noch stehende Gebäude zu befestigen. Als sie weiter über das Land des Wolfs ritten, fragte sich Gweniver, ob diese Ländereien wirklich gerettet werden könnten, denn alle Unfreien, die hier gearbeitet hatten, waren geflohen. Zweimal kamen sie an Dörfern vorbei und fanden die einfachen Hütten verbrannt, als hätten die Unfreien noch ihre Verachtung für ihre ehemaligen Herren zeigen wollen, bevor sie geflohen waren. Das Dorf der freien Bauern allerdings stand immer noch, obwohl die Bewohner ebenfalls fort waren, in diesem Fall getrieben von ihrer Angst vor dem Eber, nicht dem Wolf. Unkraut wucherte rund um den Dorfbrunnen und auf den Pfaden. Unter den Apfelbäumen verfaulte das Fallobst. Die Häuser schienen sich eng zusammenzudrängen, die verschlossenen Fenster wie traurige Augen, die jene, die sie verlassen hatten mit tadelnden Blicken bedachten.

»Ich werde wirklich ein feiner Lord sein, ohne Leute, über die ich herrschen kann«, scherzte Gwetmar angestrengt.

»Die Dorfleute werden schon zurückkommen. Schick Boten nach Süden und Osten, wo sie Verwandte haben. Und was dein eigenes Land angeht, mein Freund, wirst du dich wohl zunächst damit zufriedengeben müssen, freie Bauern anzusiedeln – wenn du welche findest, die hier siedeln wollen.«

Gwetmar brach das Schloß am Haus des Schmieds auf und beanspruchte es damit für sich, einfach, weil es das größte Haus im Dorf war. Da keine Zeit war, eine anständige Mauer zu bauen, beschlossen der Maurermeister und der Zimmermann, einen Erdwall aufwerfen zu lassen und ihn mit Palisaden zu befestigen. Während diese Arbeit ihren langsamen Lauf nahm, ritt die Armee immer wieder Patrouille zwischen dem Land des Ebers und des Wolfs. Aber erst nach zwei Wochen begannen die Schwierigkeiten. Gweniver führte gerade eine Gruppe von Reitern über verlassene Weiden, als sie weiter unten an der Straße eine Staubwolke bemerkte. Sie schickte einen Boten zu Dannyn und dem Hauptteil der Armee, dann zog sie ihre Leute in Schlachtordnung an der Straße auseinander.

Langsam enthüllte der Staub zehn Reiter, die sich im Trab näherten. Als sie Gwenivers Leute sahen, hielten sie inne und formierten sich zu einer Linie. Sie befanden sich auf ihrer eigenen Seite der Grenze, die Wölfe auf der ihrigen – alle erstarrten für einen langen Augenblick, bis der Anführer der Eber Gweniver entgegenritt.

»Ihr seid Wölfe, wie?« fragte er.

»Ja. Was geht's Euch an?«

Der Mann warf einen Blick auf ihre vierundzwanzig Reiter und wußte, daß er hoffnungslos unterlegen war. Achselzuckend wendete er sein Pferd und führte seine Leute weg. Dabei bemerkte Gweniver, daß einer der Reiter einen Schild mit dem grünen geflügelten Drachen der Heiligen Stadt trug.

»Aha«, sagte sie zu Ricyn. »Jetzt weiß ich, wieso Glyn seine Leute mitgeschickt hat.«

»Slwmar von Cantrae wird uns dieses Land nicht ohne Kampf überlassen.«

»Wir sollten zurückkehren und den anderen Bericht erstatten.«

In Blaeddbyr war der Erdwall inzwischen fertig, aber noch nicht verstärkt. Die Stämme für die Palisaden lagen bereit, spitz wie Haifischzähne. Gweniver fand Gwetmar und Dannyn beim Zimmermann und nahm sie beiseite, um ihnen das Neueste zu berichten.

»Burcan wird also bei Sonnenuntergang wissen, daß wir zurück sind«, schloß sie.

»Sie wußten, daß wir uns nicht in der geschleiften Festung festsetzen können«, meinte Dannyn, »also wette ich, daß sie direkt hierher kommen. Am besten erwarten wir sie auf der Straße. Wenn sie uns überlegen sind, können wir immer noch ins Dorf fliehen, und die Wälle werden die Lage zu unseren Gunsten ausgleichen.«

»Wenn wir uns zurückziehen müssen«, meinte Gwetmar, »sollten wir das sobald wie möglich tun. Wir dürfen uns nicht abschneiden lassen.«

»Selbstverständlich«, sagte Dannyn. »Aber Ihr bleibt hier und haltet das Dorf.«

»Moment! Ich habe vor, meine eigenen Ländereien selbst zu verteidigen!«

»Das ist eine edelmütige Absicht, Herr, aber unbedacht. Meine Leute und ich sind vor allem hier, um Euch zu schützen.«

Da Gwetmar vor Zorn rot wurde, schaltete sich Gweniver ein.

»Sei nicht dumm!« rief sie. »Woher sollen wir wissen, ob das Kind in Maccys Bauch ein Junge oder ein Mädchen ist? Wenn du im Kampf stirbst und das Kind nicht überlebt, dann wird es keinen Wolfsclan geben, bis Maccy wieder heiratet. Wir müßten das alles noch einmal durchmachen.«

»Genau.« Dannyn schenkte Gweniver ein eher herablassendes Lächeln. »Ihr produziert die Erben, und wir beschaffen das Land für sie.«

Am Morgen brachen sie früh auf. Wenn Burcan schnell marschierte, würde er das Dorf am späten Nachmittag erreicht haben. Am späten Vormittag überquerten sie die Grenze zwischen den Ländereien und marschierten weiter durch Felder, die von Unkraut überwuchert waren. Hier und da konnten sie leerstehende Bauernhäuser sehen. Am Mittag erreichten sie eine große Wiese mit einer dichten Reihe von Bäumen auf einer Seite. Dannyn schickte Späher aus, dann ließ er die Armee eine Weile rasten, bevor er sie für die Schlacht aufstellte. Zwei Drittel der Männer formierten sich entlang der Straße. Die anderen versteckten sich unter den Bäumen, wo sie warten würden, bis die Schlacht begonnen hatte, um Burcan in die Flanke zu fallen.

Als die Späher zurückkamen, berichteten sie, sie seien Kundschaftern des Ebers begegnet. Gweniver lächelte Ricyn an.

»Schön und gut. Sie sind auf dem Weg. Denkt daran, Burcan mir zu überlassen.«

»Ja, Herrin. Und wenn wir uns heute abend nicht lebend sehen, dann in den Anderlanden.«

Als sie ihren Speer zog, folgten ihre Männer diesem Beispiel. Die Speerspitzen blitzten in einer Linie entlang der Straße auf. Sie warteten, die Pferde stampften ungeduldig, die Männer schwiegen. Plötzlich überlief Gweniver ein Schauer. Als sie sich umsah, erkannte sie ihren Vater, ihre Brüder und ihre

Onkel, die auf Schattenpferden entlang der Schlachtlinie warteten. Sie sahen sie ernst an, so schweigend wie die lebenden Männer, während sie warteten, um entweder den Sieg oder das Ende ihres Clans zu erleben.

»Stimmt was nicht?« fragte Ricyn.

»Seht Ihr sie nicht? Dort!«

Verwirrt starrte er in die Richtung, die sie ihm zeigte, während die Geister lächelten, als wären sie der Ansicht, der gutherzige Ricyn habe sich wenig verändert, seit sie ihn zum letzten Mal gesehen hatten. In diesem Augenblick erklang ein Schrei. An der Straße war eine Staubwolke aufgetaucht – die Eber, die sich der Herausforderung stellten. Etwa fünfzig Schritt entfernt hielten sie inne und stellten sich in Keilformation auf. Sie waren etwa zweihundert, und sie glaubten, einen Kriegshaufen von nur hundertfünfzig Männern vor sich zu haben. Dannyn ritt ein paar Schritte vor, ebenso wie Burcan.

»Ihr kommt aus Cerrmor, wie?« rief Burcan. »Aber ich sehe, daß einige von Euch das Zeichen des Wolfs tragen.«

»Ja, denn die Wölfe haben sich an den wahren König gewandt und ihn gebeten, das Land ihrer Ahnen für sie zu verteidigen.«

»Ha! Der wahre König in Dun Deverry hat mir diese Ländereien nach einer Blutfehde übergeben.«

»Am Ende geht es König gegen König, nicht wahr?« Dannyn lachte. »Ihr jämmerlicher Ersatz für ein adliges Schwein.«

Mit einem Aufheulen warf Burcan seinen Speer nach ihm. Dannyn wehrte ihn unbeeindruckt mit seinem Schild ab. Schreiend griffen die Eber an, Speere erhoben sich und pfiffen durch die Luft. Als sie ihr Pferd anspornte, zog Gweniver ihr Schwert. Sie wollte Burcan selbst töten. Verflucht sollte er sein, ebenso verflucht wie Dannyn, der jetzt mitten in der Schlacht gegen den Eber kämpfte. Die Reiter stießen aufeinander und begannen, in einem lauten, waffenklirrenden Gedränge von

Einzelkämpfen umeinander herumzuwirbeln. Gweniver begann zu lachen, als sie sich den Weg freischlug. Gerade, als sie Dannyn erreichte, kamen die Männer aus dem Versteck und stürzten sich von hinten auf den Eber. Die Schreie wurden lauter, aber die Feinde konnten der Falle nicht mehr entgehen.

»Gwen«, rief Dannyn. »Er gehört Euch!«

Dannyn schützte sich mit dem Schild, riß sein Pferd herum und ließ sie direkt zu Burcan vorstoßen. Sie hörte den Haß in ihrem Lachen, als sie einen Schlag mit dem Schild abfing und zuschlug. Burcan parierte, und einen Augenblick starrten er und Gweniver einander an. Sie lachte wieder und sah, wie er bleich vor Angst wurde, was sie, wie jedesmal, in blutrote Wut versetzte. Sie riß sich los, schlug abermals zu und bemerkte, daß alles sehr langsam geworden war.

Langsam drehte sie ihr Schwert, um von unten zuzustoßen, langsam bewegte sich Burcans Klinge auf die ihre zu und wendete sie ab, als bewegten sie sich in einem Tanz, einem höfischen, schwerfälligen Kreistanz, in dem jede Bewegung, jeder Augenblick übernatürlich deutlich wurde. Ein Geräusch wie Wind erklang, wie finsterer Nachtwind, der heulte und den Schlachtenlärm übertönte. Als Burcan einen ungeschickten Angriff führte, den sie mit ihrem Schild abwehrte, bemerkte sie, daß er aus dem Rhythmus geraten war. In einer scheinbar trägen Bewegung riß sein Pferd den Kopf herum und blockierte den Angriff seines Herrn. Sie drängte ihr Pferd mit den Knien weiter, beugte sich vor und stieß von der Seite zu. Ihr Klinge segelte auf seinen Schildarm hinab, so langsam, so leicht, daß sie es selbst kaum glauben konnte, als er fluchte, schwankte und den Schild fallen ließ. Der Wind jaulte und ächzte, als sie wieder zustieß, ihr Arm und Schwert wie ein Speer, der sich in seine Seite bohrte. Mit einem gurgelnden Schmerzensschrei riß er den Kopf des Pferdes herum, als wollte er fliehen, aber wieder hatte er den Tanz falsch eingeschätzt.

Sie war schon da, um ihm den Weg abzuschneiden. Er beugte sich im Sattel vor, den Knauf mit beiden Händen umfassend, und starrte sie an, während ihm Blut aus der Seite floß.

»Gnade«, flüsterte er. »Ich werde Eurem Anspruch zustimmen.«

Gweniver zögerte, aber dann sah sie ihren Vater, der neben ihr ritt und sie mit traurigem Blick beobachtete. Sie versetzte dem Eber einen Schnitt oberhalb der Augen, hörte ihn schreien, schlug von der anderen Seite zu und sah ihn vom Pferd fallen. Ihr Vater grüßte sie mit erhobener Waffe, dann verschwand er. Im selben Augenblick kehrte die Welt zurück, der Wind verwandelte sich wieder in Schlachtenlärm.

»Gweniver!« Das war Ricyn. »Gweniver!«

Plötzlich war sie von ihren Männern umgeben, die angestrengt kämpften, schrien und die Eber zurückdrängten, die sich auf sie stürzen wollten. Silberhörner erklangen, als die Linie des Feindes brach und die Eber flohen. Dannyns Männer jagten ihnen nach.

»Gut gemacht, Herrin!« rief Ricyn.

Es war also vorbei. Der Haß eines langen Sommers lag zertrampelt wie Burcan auf dem blutigen Feld. So betäubt, als hätte man sie auf den Kopf geschlagen, senkte sie ihr Schwert und fragte sich, wieso sie nicht vor Freude weinte. Ricyn tat das jedenfalls. Und plötzlich wußte sie, daß sie nie wieder weinen würde und daß die Göttin sie vollkommen für sich beansprucht hatte.

Nachdem sich die Armee nach der Schlacht ausgeruht hatte, ließ Dannyn fünfzig Mann bei Gwetmar und führte die anderen nach Cerrmor zurück. Als sie durch die grauen, regennassen Straßen der Stadt ritten, spürte er, wie sich die Melancholie auf ihn niedersenkte wie ein nasser Umhang. Falls das neue

Oberhaupt des Eberclans nichts vollkommen Verrücktes unternahm, waren die Kämpfe des Sommers zu Ende. Als sie das Dun erreichten, berichtete er dem König, dann ging er in seine Kammer und nahm ein Bad. Er zog sich gerade wieder an, als der Berater Saddar anklopfte.

»Laß ihn herein«, sagte Dannyn zum Pagen. »Wir werden sehen, was der lästige alte Furz zu sagen hat.«

Grinsend tat der Junge, wie ihm befohlen war, aber Saddar wies ihn an, im Flur zu bleiben, während er mit dem Hauptmann sprach.

»Was soll das?« fragte Dannyn. »Wieso schickt Ihr den Jungen weg?«

»Weil das, was ich zu sagen habe, eine schwerwiegende Sache ist.« Der Berater ließ sich ungebeten auf einem der Stühle nieder und strich sein schwarzes Gewand glatt. »Ich weiß selbstverständlich, daß ich mich auf Lord Dannyns Diskretion verlassen kann. Tatsächlich komme ich her in der Hoffnung, daß Ihr mein Mißtrauen beruhigt und mir sagt, daß es falsch von mir ist, so zu denken.«

Wenn das stimmt, dachte Dannyn, dann ist es das erste Mal in seinem nutzlosen Leben, daß dieser Kerl hören will, daß er einen Fehler gemacht hat.

»Welches Mißtrauen?« fragte er.

»Ach, die ganze Sache ist so übel, daß ich kaum wage, davon zu sprechen.« Saddar sah tatsächlich ziemlich bedrückt aus. »Ein Sakrileg, oder ich sollte vielleicht sagen, ein mögliches Sakrileg. Es steht mir fern, eine Frau zu beleidigen, die ebensogut ohne Fehl sein könnte.«

Er starrte Dannyn an, als erwartete er, daß dieser genau verstand, was er meinte.

»Welche Frau?«

»Selbstverständlich Lady Gweniver. Ich sehe, daß ich deutlicher werden muß, ganz gleich, wie sehr mich das schmerzt.

Ihr habt jetzt Monate in ihrer Gesellschaft verbracht, Herr. Ist Euch aufgefallen wie – nun, auf welch vertrautem Fuß sie mit dem Hauptmann ihres Kriegshaufens steht? Es wäre schrecklich, wenn sie ihre heiligen Gelübde bräche. Ich bin sicher, daß wir alle zum Untergang verurteilt wären, wenn die dunkle Göttin uns deshalb zürnte. Bitte, ich flehe Euch an, sagt mir, daß die Freundschaft der beiden nur von der Art ist, wie sie Krieger häufig untereinander haben.«

»Soweit ich weiß, ist das so. Bei den Höllen, alter Mann, ihre Männer würden sie auf der Stelle töten, wenn sie diesen Frevel beginge. Sie wissen, daß ihr Leben von ihr abhängt.«

»Das erleichtert mich.« Er seufzte dramatisch. »Es geht nur um diesen Blutschwur, wißt Ihr …«

»Was meint Ihr damit?«

»Nun, Lady Gweniver hat einen Blutschwur mit dem jungen Ricyn geschworen; das wußtet Ihr doch sicher.«

Dannyn spürte seinen Zorn flackern wie ölgetränktes Feuer.

»Das wußte ich nicht.«

»Oh. Nun, das ahnte ich, weil ich weiß, daß Ihr oft von Kriegsangelegenheiten abgelenkt seid. Aber nun wißt Ihr, woher meine Sorge rührt.«

Mit einem Knurren ging Dannyn zum Fenster, packte das Sims mit beiden Händen und starrte blind nach draußen, während er vor Wut zitterte.

Ganz gleich, was er zu dem Berater gesagt hatte, er war plötzlich überzeugt, daß sie ihr Keuschheitsgelübde gebrochen hatte, daß sie und Ricyn gefrevelt hatten, und vermutlich viele Male. Er sah nicht einmal, wie der zufrieden lächelnde Sadder seine Gemächer verließ.

Erst später, als er sich wieder beruhigt hatte, vollzog Dannyn in Gedanken den nächsten Schritt. Wenn Gweniver ihr Gelübde ohnehin gebrochen hatte, wieso sollte er sie dann nicht haben?

Ein paar Tage später kam Nevyn zufällig über den Hof, als Gweniver ihren Kriegshaufen am Tor versammelte. Er hielt inne, um sie und Ricyn in die Sättel steigen zu sehen. Sie waren ein schönes Paar, beide blond und gutaussehend. Und zu einem schrecklichen Schicksal verurteilt, dachte er. Ihr Götter, wie lange werde ich es noch ertragen können, hierzubleiben und zu sehen, wie sich ihr Wyrd vollzieht? Als er weiterging, war sein Herz so schwer, daß er beinahe mit Dannyn zusammengestoßen wäre.

»Verzeiht«, sagte Nevyn. »Ich war gerade in Gedanken.«

Dannyn sah ihn ehrfürchtig an.

»Nein, keine mächtigen Zauber oder so etwas, Herr«, erwiderte Nevyn.

»Gut.« Dannyn zwang sich zu einem höflichen Lächeln, was Nevyn an einen Wolf erinnerte, der um Essensreste bettelt. »Wißt Ihr, wohin Lady Gweniver reitet?«

»Nein. Ich nehme an, sie und ihre Leute bewegen nur die Pferde.«

»Wahrscheinlich.«

Inzwischen trabte der Kriegshaufen aus dem Tor. Dannyn beobachtete Gweniver mit solcher Intensität, daß es Nevyn beunruhigte.

»Hört mir gut zu, Junge«, sagte er. »Sie ist für Euch ebenso verboten wie für jeden anderen Mann. Das solltet Ihr eigentlich wissen.«

Dannyn fuhr so rasch zu ihm herum, daß Nevyn sich duckte und nach dem Wildvolk rief, für den Fall, daß der Hauptmann gewalttätig werden würde, aber Dannyn sah seltsamerweise eher gekränkt als wütend aus. Einen Augenblick zögerte er, als wollte er etwas fragen, dann drehte er sich auf dem Absatz herum und ging rasch davon. Dummkopf, dachte Nevyn. Dann machte er sich auf zu einem Besuch bei Prinz Mael.

Oben in seinem Turmzimmer hatte der junge Mann aus dem

Fenster geblickt und zugesehen, wie die winzigen Reiterfiguren den Hügel hinab und in die Stadt zogen.

»Als ich noch klein war«, sagte Mael, »hatte ich ein paar Spielsachen, die aus Bardek kamen, kleine silberne Pferde und Krieger. Dieser Kriegshaufen sieht von hier oben so aus wie dieses Spielzeug. Ich habe sie immer aufgestellt und den ganzen Tag lang Männer in die Schlacht geführt. Ihr Götter! Diese Zeit kam und ging so schnell!«

»Euer Gnaden werden schon noch ausgelöst werden!«

Mael lächelte bitter und warf sich auf einen Sessel an der Feuerstelle, wo ein kleines Feuer knisterte. Nevyn setzte sich ihm gegenüber und streckte die Hände aus, um sie zu wärmen.

»Bis zum Frühjahr wird es keine Herolde mehr geben«, sagte der Prinz seufzend. »Ein ganzer Winter hier! Wißt Ihr, meine Frau wollte herkommen und die Gefangenschaft mit mir teilen, aber das hat mein Vater nicht zugelassen. Und ich nehme an, er hat recht. Es gäbe Glyn nur etwas gegen ihren Clan in die Hand.«

»Ihr scheint sie gern zu haben.«

»Ja. Vater hatte die Heirat schon geplant, als ich zehn war und sie acht. Sie verbrachte die ganze Verlobungszeit bei uns am Hof. Das war sozusagen ihre Ausbildung als Frau eines Prinzen. Und vor drei Jahren wurden wir verheiratet. Man gewöhnt sich an jemanden, und dann fehlt einem dieser Mensch. Oh, wartet, guter Herr, ich entschuldige mich für all mein dummes Geschwätz.«

»Das ist nicht notwendig, Junge.«

»Ich habe diese Chronik zu Ende gelesen«, sagte er. »Es ist verdammt seltsam! Ich werde der gebildetste Prinz sein, den Eldidd hatte, aber das wird meinem Königreich nicht das geringste nützen.«

»Es ist viel zu früh, um die Hoffnung schon aufzugeben.«

Mael fuhr zu ihm herum. »Nevyn, die Wachen schwören,

Ihr wäret ein Dweomermann. Dann gebt mir eine ehrliche Antwort: Werde ich diese Festung je lebend verlassen?«

»Es ist mir nicht gegeben, das zu wissen.«

Mael nickte, dann starrte er wieder ins Feuer.

Wie eine silberne Mauer schloß sich der Regen um Dun Cerrmor. Die Ratskammer war feuchtkalt wegen der feinen Ausdünstung der Steinmauern. Gweniver wickelte ihren karierten Umhang fest um sich, während die Berater ihre Ansprachen hielten. Dannyn, der ihr gegenüber saß, spielte nervös mit seinem Dolch. Der König hatte sich mit einer Miene solch angestrengter Aufmerksamkeit vorgebeugt, daß sie sich fragte, woran er wohl wirklich gerade dachte.

»Mäßigkeit und Bedachtsamkeit sind bei allen Dingen immer das beste, mein Lehnsherr«, erklärte Saddar gerade. »Und besonders in der Angelegenheit des Prinzen von Aberwyn. Wir müssen Eldidd so lange wie möglich im dunkeln lassen.«

»Gut«, sagte Glyn. »Und sehr gut ausgedrückt.«

Lächelnd ließ Saddar sich wieder nieder.

»Und nun, geehrte Herren«, fuhr der König fort, »möchte ich Lord Gwetmar vom Wolf von seinen Kriegspflichten für den nächsten Sommer entbinden, damit er seine Festung wieder aufbauen und Bauern für seine Ländereien finden kann. Haltet Ihr das für klug?«

Unter Verbeugungen erhob Yvyr sich.

»Sehr weise, mein Lehnsherr. Ich bezweifle, daß auch nur einer Eurer Vasallen etwas dagegen einwenden wird. Alle wissen, daß die Ländereien des Wolfs wichtig für den Schutz der Grenze sind.«

»Gut.« Glyn wandte sich Gweniver zu. »Nun, Heiligkeit – es ist alles nach Euren Wünschen verlaufen.«

»Meinen untertänigsten Dank. Mein Lehnsherr ist äußerst großzügig, und seine Berater sind von höchster Weisheit.«

Mit einem Nicken in die Runde erhob sich Glyn und beendete die Ratssitzung. Als Gweniver hinausging, bemerkte sie, daß Dannyn ihr in einiger Entfernung folgte. Sie eilte den Flur entlang zur Treppe in die große Halle, aber er holte sie ein, bevor sie das Podest dort erreicht hatte. Der kaum unterdrückte Zorn in seinem Blick war erschreckend.

»Ich möchte mit Euch sprechen«, zischte er. »Draußen.«

»Es gibt nichts, was Ihr mir nicht auch hier sagen könntet.«

»Ach ja? Das glaube ich nicht, Herrin.«

Plötzlich verspürte sie wieder diese Kälte im Nacken, die ihr sagte, daß sie ihn am besten sprechen lassen sollte, bevor er hier in der Halle eine Szene machte. Zögernd folgte sie ihm in den fragwürdigen Schutz des überhängenden Dachs eines Vorratsschuppens.

»Ich habe jetzt drei Tage darüber nachgedacht, was ich sagen soll«, fauchte er. »Ich kann nicht länger warten. Ich höre, Ihr habt einen Blutschwur mit Ricyn geschworen?«

»Das habe ich. Was geht es Euch an? Wir haben geschworen, ein Grab zu teilen, nicht ein Bett.«

»Das glaube ich nicht.«

»Das solltet Ihr aber, weil es der Wahrheit entspricht.«

Einen Augenblick zögerte er, hätte ihr beinahe geglaubt, dann lächelte er schief. Zum ersten Mal wurde ihr klar, daß er sie auf seine rauhe Art tatsächlich gern hatte und nicht nur begehrte.

»Danno, hört mir zu«, sagte sie. »Sollte ich jemals meinen Schwur gegenüber der Göttin brechen, werde ich einen Tag danach sterben. Dessen bin ich sicher. Sie wird einen Weg finden, mich niederzustrecken.«

»Ach ja? Was seid Ihr eigentlich, ein Geist aus den Anderlanden?«

»Ich *habe* mein Gelübde nicht gebrochen. Aber wenn Ihr

dessen so sicher seid, wieso habt Ihr meinen Frevel noch nicht öffentlich gemacht?«

»Das ist doch wohl offensichtlich?«

Sein Lächeln ließ sie einen Schritt zurückweichen, aber er blieb stehen.

»Es schmerzt mich, das sagen zu müssen«, fuhr er fort, »aber ich liebe Euch.«

»Das schmerzt mich ebenfalls, denn das ist eine Last, die Ihr alleine tragen müßt.«

»Ich will Euch etwas sagen: Ich habe nie eine Herausforderung abgelehnt.«

»Das ist keine Herausforderung, sondern einfach die Wahrheit.«

»Ach ja? Das werden wir ja sehen.«

In den nächsten Tagen hatte Gweniver das Gefühl, einen tödlichen Tanz auszuführen, um Dannyn aus dem Weg zu gehen. Wann immer sie in die große Halle kam, setzte er sich zu ihr, wie es sein gutes Recht war. Wenn sie zu den Ställen ging, folgte er ihr. Wenn sie auf dem Weg zu ihrem Zimmer war, begegnete sie ihm im Flur. Er versuchte, liebenswert zu sein, und es tat weh zu sehen, wie ein so stolzer Mann sich höfisch und verführerisch gab. Am Tag versuchte Gweniver, soviel Zeit wie möglich mit Ricyn zu verbringen. Abends besuchte sie Nevyn in seinem Zimmer oder schloß sich mit ihrer Zofe ein.

An einem Abend, an dem der Wind in den Steinfluren ächzte, stellte Gweniver fest, daß Nevyn mehrere Stühle in seine Kammer geschafft hatte. Er hatte ein Tuch auf dem Tisch ausgebreitet, und darauf standen eine Flasche Met und drei Kelche.

»Guten Abend, Herrin«, sagte er. »Ich würde Euch gern einladen zu bleiben, aber ich habe Gäste. Ich versuche, höflich zu sein und mich mit Saddar und Yvyr anzufreunden.«

»Das ist zweifellos weise. Ich nehme an, anderenfalls würden sie Euch Euren Einfluß auf den König verübeln.«

»Das hatte ich auch schon gedacht.«

Gweniver war nur fünf Schritte weitergegangen, als sie Dannyn sah, der sich an die Wand gelehnt hatte und auf sie wartete. Seufzend ging sie zu ihm.

»Bitte laßt mich in Ruhe«, sagte sie. »Es ist eine Last, daß Ihr mir überallhin folgt.«

»Gwen, bitte! Ich bin krank vor Liebe zu Euch!«

»Dann fragt Nevyn nach einer Arznei.«

Als sie weitergehen wollte, packte er sie an der Schulter.

»Laßt mich los!«

Ihre Stimme hallte in dem leeren Flur wider. Dannyn, blutrot vor Zorn, setzte dazu an, etwas zu sagen, aber dann kam jemand auf sie zu. Gweniver stieß seine Hand weg und lief davon. Als sie Saddar anrempelte, entschuldigte sie sich knapp und lief weiter. Sie eilte die Treppe hinunter und in die große Halle, wo sie bei ihrem Kriegshaufen sitzen konnte. An diesem Abend spielte sie mit dem Gedanken, ihn öffentlich anzuklagen, aber er war für das Wohlergehen des Königsreichs zu wichtig. Sie tröstete sich damit, daß die Göttin sie schützen würde.

Den ganzen nächsten Tag schien Dannyn sie bewußt zu meiden. Sie war ebenso erstaunt wie erleichtert, als Nevyn erwähnte, er habe mit dem Hauptmann gesprochen und ihn gebeten, sie in Ruhe zu lassen. Aber dann schien er die Warnung wieder vergessen zu haben. Als sie an einem regnerischen Morgen aus dem Stall kam, fing er sie hinter dem Broch ab, wo sonst niemand in Sichtweite war.

»Was wollt Ihr?« fauchte sie.

»Nur ein ehrliches Wort mit Euch.«

»Dann sollt Ihr es bekommen: Ihr werdet nie mein Bett teilen.«

»Es ist also anders mit einem Bauern, wie?«

»Ich habe Euch darüber die Wahrheit gesagt. Und es steht Euch ohnehin nicht zu, die Keuschheit einer Priesterin in Frage zu stellen.«

Sie ließ ihn stehen und kehrte in den Broch zurück.

Gwenivers Dienerin, ein bleiches, schlichtes Mädchen namens Ocladda, liebte die Arbeit am Hof vor allem, weil sie so viel einfacher war als die auf dem Bauernhof ihres Vaters. Sie war stolz auf ihre seltsame Herrin und hielt Gwenivers spärlich möblierte Kammer peinlich sauber. Da Gwenivers Haar kurz war und sie keine schönen Kleider hatte, um die sie sich kümmern mußte, machte Ocladda das Beste aus ihrer Situation, indem sie endlos die Waffen ihrer Herrin polierte und Zaumzeug und Sattel mit Sattelseife behandelte. Dabei schwatzte sie munter drauflos und erzählte Klatschgeschichten von überall aus dem Broch, obwohl das ihre Herrin wenig interessierte. So war es an einem kalten Nachmittag ein schlechtes Zeichen, daß Ocladda schweigend arbeitete und kein Wort von sich gab.

»Was ist denn los?« wollte Gweniver wissen.

»Oh, Herrin, ich bete darum, daß Ihr mir glaubt. Wenn eine Dienerin eins sagt und ein Herr das Gegenteil, nennt keiner den Lord einen Lügner. Ich weiß, daß er jedes Wort leugnen wird.«

Gwenivers erster Gedanke war, daß das Mädchen schwanger war.

»Schon gut«, meinte sie tröstend. »Sag mir, wer es war.«

»Lord Dannyn, Herrin. Er hat mich heute früh im Flur aufgehalten und mich bestechen wollen. Er sagte, er würde mir eine Silbermünze geben, wenn ich Euch heute nacht in Eurer Kammer allein ließe. Und als ich sagte, daß ich so etwas nie tun würde, hat er mich geschlagen.«

»Ach ja? Mach dir keine Sorgen, ich glaube dir. Und jetzt geh wieder an die Arbeit. Ich muß nachdenken.«

Beim Abendessen spürte Gweniver, daß Dannyn sie beobachtete. Er saß mit einem selbstzufriedenen Lächeln da, während sie so schnell wie möglich aß, um vor ihm die Halle verlassen zu können. Aber sie hatte Angst, in ihre Kammer zurückzukehren. Wenn er folgte und ihr vor Ocladda eine Szene machte, würden bald alle Diener im Dun davon wissen. Offensichtlich war er zu hochnäsig, um an diese unangenehme Möglichkeit auch nur zu denken. Schließlich suchte sie Nevyn in der Halle, der mit Ysgerryn über einem Krug Bier saß.

»Guten Abend, ihr Herren. Ich fragte mich, ob Ihr mir wohl mit einem Schluck Met in meiner Kammer Gesellschaft leisten würdet?«

Nevyn zog die buschigen Brauen hoch. Ysgerryn strahlte vor Freude bei dem Gedanken, von einer Adligen eingeladen zu werden.

»Ich wäre sehr geehrt, Heiligkeit«, sagte der Waffenmeister. »Ich muß nur noch kurz mit dem Kämmerer sprechen, und dann habe ich Zeit für Euch.«

»Ebenso wie ich«, erklärte Nevyn. »Ich danke Euch.«

Sie überließ es den beiden, ihr zu folgen, ging zu ihrer Kammer und schickte Ocladda in die Küche, um Met und Trinkgefäße zu holen. Sie zündete zwei Kerzenlaternen an und setzte sie gerade ab, als es an der Tür klopfte.

»Kommt herein, gute Herren«, rief sie.

Dannyn trat ein und schloß die Tür hinter sich.

»Was wollt Ihr hier?«

»Ich wollte Euch besuchen. Gwen, bitte, Euer Herz kann nicht so kalt sein, wie Ihr vorgebt.«

»Mein Herz hat mit dem, woran Ihr denkt, überhaupt nichts zu tun. Und jetzt verschwindet hier! Ich habe zwei …«

»Wagt nicht, mir Befehle zu erteilen!«

»Das ist kein Befehl, sondern eine Warnung. Ich habe Gäste …«

Bevor sie den Satz beenden konnte, hatte er sie an der Schulter gepackt und geküßt. Sie riß sich los und schlug ihm ins Gesicht. Das ließ seine vorgebliche Höflichkeit gänzlich von ihm abfallen.

»Gwen, ich habe genug von diesen Spielchen!«

Er bewegte sich so schnell, daß sie nicht ausweichen konnte. Er packte sie an den Schultern und drückte sie gegen die Wand. Obwohl sie sich wehrte und trat und um sich schlug, war er zu schwer, als daß sie ihn hätte wegschieben können, als er sich mit Gewalt gegen sie drängte. Fluchend hielt er sie fest und versuchte, sie wieder zu küssen.

»Laßt mich los! Bastard, laßt mich los!«

Er drückte sie so fest gegen die Wand, daß sie kaum mehr atmen konnte. Plötzlich hörte sie einen Schrei schrill durch die Kammer hallen. Dannyn ließ sie los und fuhr herum, gerade als Nevyn und Ysgerryn hereinstürzten. In der Tür stand Ocladda und schrie, wieder und wieder.

»Frevel!« flüsterte Ysgerryn entsetzt. »Göttin verzeih uns!«

»Danno, wie konntet Ihr so dumm sein!« flüsterte Nevyn.

Zitternd und außer Atem spürte Gweniver, daß ihre Schultern und ihr Rücken wie Feuer brannten, aber der Schmerz war nichts im Vergleich mit der eisigen Kälte in ihrem Magen. Beinahe wäre sie gewaltsam gezwungen worden, ihr Gelübde zu brechen. Ysgerryn wandte sich Ocladda zu.

»Hör auf zu schreien, Mädchen! Lauf und hol einen Pagen. Und schick nach der Wache! Eil dich!«

Als das Mädchen immer noch schluchzend davonrannte, bewegte sich Dannyn auf die Tür zu. Nevyn trat ihm in den Weg.

»Werdet Ihr zwei alte Männer niederstechen, um diese Kammer verlassen zu können?« fragte er ruhig. »Ich glaube, Ihr habt mehr Ehre, als das zu tun.«

Schweigend begann Dannyn zu zittern wie eine Espe im

Wind. Gweniver hätte am liebsten geschrieen. Sie drückte sich die Hände gegen den Mund. All ihr Ruhm, ihre Macht auf dem Schlachtfeld und ihr Stolz auf ihr Schwert waren verschwunden. Dannyns brutale Gewalt hatte sie in eine ganz gewöhnliche verängstigte Frau verwandelt, und dafür haßte sie ihn am meisten. Ysgerryn legte ihr väterlich die Hand auf den Arm.

»Herrin, wie geht es Euch? Hat er Euch verletzt?«

»Nicht schlimm«, keuchte sie.

Draußen im Flur konnte man Männerstimmen hören. Vier Wachen des Königs kamen mit gezogenen Schwertern hereingestürzt, hielten inne und starrten ihren Hauptmann an, als fänden sie sich plötzlich in einem Alptraum wieder. Dannyn versuchte zu sprechen, dann zitterte er weiter. Nach einer Ewigkeit quälender Augenblicke kam Glyn selbst herein, Saddar im Gefolge. Beim Anblick seines Bruders fiel Dannyn auf die Knie und weinte wie ein Kind. Saddar wich mit dramatischem Keuchen zurück.

»Sakrileg!« rief der Berater. »Und ich hatte es schon so lange befürchtet! Lady Gweniver, wie schrecklich.«

»Wartet einen Augenblick«, sagte Glyn. »Danno, was soll das?«

Mit tränenüberströmtem Gesicht zog Dannyn sein Schwert und reichte es mit dem Griff voran seinem König, aber noch immer konnte er nicht sprechen.

»Mein Lehnsherr, Nevyn und ich haben es gesehen«, sagte Ysgerryn. »Er hat versucht, die Lady zu zwingen.«

»Ihr Götter!« rief Saddar. »Mit welch schrecklichem Fluch wird die Göttin uns belegen?«

Schaudernd wichen die Wachen vor dem Mann zurück, der eine Priesterin hatte vergewaltigen wollen.

»Danno«, sagte der König. »Das kann doch nicht wahr sein.«

»Doch.« Endlich zwang er die Worte heraus. »Tötet mich.«

Dannyn legte den Kopf zurück und entblößte die Kehle. Mit einem Fluch warf Glyn das Schwert quer durchs Zimmer.

»Ich werde morgen über diese Angelegenheit sprechen. Wachen, bringt ihn in seine Kammer und schließt ihn dort ein. Und nehmt ihm den Dolch ab.« Er warf den bleichen Zeugen einen Blick zu. »Ich möchte mit Ihrer Heiligkeit sprechen. Allein.«

Während die Wachen Dannyn wegbrachten, starrte Glyn an die Wand. Einer nach dem anderen verließen die Männer das Zimmer, Saddar als letzter. Der König schlug hinter ihm die Tür zu, warf sich dann auf einen Sessel und starrte ins flackernde Feuer.

»Bei dieser Angelegenheit, Heiligkeit«, sagte er, »seid Ihr die Königin und ich der Untertan. Ich werde Lord Dannyn jeder Strafe überantworten, die die Göttin verlangt, aber als Mensch bitte ich um das Leben meines Bruders.« Er hielt inne und schluckte schwer. »Das Gesetz schreibt vor, ihn für diesen Frevel auszupeitschen. Erst auspeitschen und dann aufhängen.«

Gweniver setzte sich hin und drückte die zitternden Hände aneinander. Sie würde jeden Schlag, den der Scharfrichter ihm verpaßte, genießen, sie würde es genießen, ihn am Strick zu sehen. Plötzlich spürte sie, wie die Göttin sich hinter ihr manifestierte, eine kalte, dunkle Präsenz wie ein Winterwind, der durchs Fenster hereinweht. Ihr wurde klar, wenn sie die heiligen Gesetze für ihre eigene Rache benutzte, würde sie ebenso freveln, wie wenn sie sie um des Königs Willen ignorierte. Sie hob die Hände und betete lautlos zur Göttin, während Glyn ins Feuer starrte und wartete.

Alle in der großen Halle wußten, daß etwas nicht in Ordnung war, nachdem ein verängstigter Page zum König gerannt war und ihn am Arm gepackt hatte. Nachdem Glyn fort war, waren

Reiter und Adlige in erregtes Flüstern ausgebrochen. Was konnte passiert sein, daß der Junge seine Höflichkeit so vergessen hatte? Ricyn nahm an, es ginge ihn nichts an, und trank weiter. Bald schon würden sie alle davon erfahren. Es wurde gerade wieder ruhiger, als Lord Oldac sich zu ihm durchdrängte und ihm auf die Schulter tippte.

»Kommt mit, Hauptmann. Berater Saddar möchte mit Euch sprechen.«

Am Fuß der Treppe stand Saddar und rieb sich die Hände.

»Es ist etwas Schreckliches geschehen, Hauptmann«, sagte er. »Lord Dannyn hat versucht, Lady Gweniver zu schänden.«

Ricyn fühlte sich wie ein totes Blatt, das in einem vereisenden Fluß gefangen ist.

»Ich dachte, das solltet Ihr wissen«, fuhr der alte Mann fort. »Ich fürchte, unser Lehnsherr wird ihm entgegen aller Gerechtigkeit verzeihen. Sollte das geschehen, dann bittet Eure Herrin, die Stadt vor dem Fluch der Göttin zu verschonen.«

»Hört zu, alter Mann«, fauchte Ricyn. »Wenn unser Lehnsherr sich seiner Pflicht entzieht, werde ich den Bastard selbst umbringen.«

Oldac und Saddar wechselten einen kurzen Blick. Ricyn rannte die Treppe hinauf, den Flur entlang und fand sich vor Gwenivers Kammer zwei Wachen gegenüber.

»Ihr dürft nicht hinein. Der König ist bei ihr.«

Ricyn packte den Mann an den Schultern und drückte ihn gegen die Wand.

»Es ist mir gleich, und wenn es der Höllenfürst persönlich wäre. Ich muß meine Herrin sehen!«

Gerade, als der andere Mann ihn angreifen wollte, wurde die Tür aufgerissen: Gweniver, bleich, zitternd, aber unverletzt.

»Ich dachte doch, daß ich Eure Stimme gehört hätte«, sagte sie. »Kommt herein.«

Als Ricyn das Zimmer betrat, stand er dem König gegenüber. Nie war er dem Mann, den er kaum mehr als seine Herrin verehrte, so nahe gewesen. Er fiel auf die Knie.

»Was soll das?« fragte Glyn. »Wie habt Ihr davon erfahren?«

»Berater Saddar hat mir davon erzählt, mein Lehnsherr. Ihr könnt mich auspeitschen lassen, weil ich hergekommen bin. Aber ich mußte mit eigenen Augen sehen, daß meine Herrin in Sicherheit ist.«

»Zweifellos.« Er warf Gweniver einen Blick zu. »Berater Saddar, wie?«

»Und Lord Oldac«, fügte Ricyn hinzu.

Gweniver starrte zu Boden und dachte nach. Er sah ihr an ihrer kerzengeraden Haltung und der kalten Macht ihres Blickes an, daß die Göttin bei ihr war.

»Eine Frage, Hauptmann«, sagte der König. »Wie werden die Männer auf diese Nachricht reagieren?«

»Ich kann nicht für Lord Dannyns Männer sprechen, aber ich und meine Männer würden selbst gegen den Höllenfürsten kämpfen, um die Ehre unserer Herrin zu verteidigen. Wir werden das nicht ruhig hinnehmen.«

»Vor allem nicht, wenn der Berater alle aufhetzt, mein Lehnsherr«, warf Gweniver ein. »Wißt Ihr, etwas wird mir langsam klar, was Berater Saddar angeht – nicht, daß wir je imstande sein werden, etwas zu beweisen.«

»Ach ja?« Glyn sah Ricyn an. »Geht.«

Ricyn erhob sich, verneigte sich und ging. Er verbrachte eine lange, unruhige Nacht in der Unterkunft und fragte sich, was seine Herrin und sein König wohl entscheiden würden.

Am Morgen kam Gweniver in die Unterkunft, um ihn zu holen. Auf ihre Bitte hin wurde es Ricyn gestattet, dem Urteilsspruch in der Audienzkammer beizuwohnen. Glyn war in seine zeremoniellen Gewänder gehüllt und hatte das goldene Schwert in der Hand. Vier Berater, darunter Saddar, standen hinter ihm und zwei Belpriester zu seiner Rechten. Die Zeugen standen vor ihnen, unter ihnen Gweniver. Beim Klang eines Silberhorns brachten vier Wachen Dannyn herein. An den dunklen Ringen unter seinen Augen konnte Ricyn sehen, daß auch er die ganze Nacht nicht geschlafen hatte. Gut, dachte er. Soll der Bastard jeden bitteren Tropfen schmecken.

»Vor uns liegt eine Anklage wegen Frevel«, verkündete Glyn. »Lord Dannyn ist angeklagt, sich an Gweniver, Lady und Priesterin, vergangen zu haben. Legt die Beweise vor.«

»Mein Lehnsherr«, rief Dannyn, »laßt mich Euch das ersparen. Ich gestehe. Bringt mich nach draußen und tötet mich. Wenn ich Euch je einen Dienst erwiesen habe, dann tut es schnell.«

Glyn warf ihm einen so kalten Blick zu, als hätte er es mit einem Fremden zu tun. Saddar lächelte in sich hinein.

»Lady Gweniver«, sagte der König, »tretet vor.«

Gweniver kam zum Sockel des Throns.

»Wir bieten Euch die Wahl der Wiedergutmachung, wie die Göttin Euch nach ihrem Willen rät. Tod oder Verbannung. Die Verbannung gilt für unseren Hof und unsere Ländereien. Wir werden Lord Dannyn all seine Rechte nehmen, seinen Rang und seine Privilegien. Sein Kind werden wir behalten und es wie unseren eigenen Sohn aufziehen, aus Mitleid mit diesem Jungen, der nicht die Schande seines Vaters teilen soll. Diese Strafe würde nur deshalb sein Leben verschonen, weil er die Freveltat nicht vollendet hat. Wenn die Göttin es anders wünscht, werden wir ihm fünfzig Peitschenhiebe geben lassen und ihn dann auf dem Marktplatz unserer Stadt Cerrmor aufhängen. Im Namen Eurer Göttin, sprecht und verurteilt diesen Mann.«

Obwohl Ricyn wußte, was sie sagen würde, mußte er sie dafür bewundern, wie sie tat, als dächte sie noch über die Frage nach. Saddar schaute drein, als hätte er den Mund voller Essig, als ihm klar wurde, was geschehen würde. Endlich knickste Gweniver vor dem König.

»Verbannung, mein Lehnsherr. Obwohl es sich um einen schwerwiegenden Frevel handelt, kann die Göttin gnädig sein, wenn ein Verbrechen gestanden wird und wenn der Verbrecher von Dingen, die er nicht selbst beherrschen kann, um den Verstand gebracht wurde.«

Sie hielt inne und warf Saddar einen Blick zu. Der alte Mann wurde bleich.

»So soll es sein.« Glyn hob das goldene Schwert. »Hiermit verhängen wir die Strafe der Verbannung gegen Dannyn, nicht länger Lord. Wachen! Bringt ihn weg und bereitet ihn darauf vor, die Stadt zu verlassen. Laßt ihm nicht mehr als die Kleidung, die er trägt, zwei Decken, einen Dolch und die zwei Silberstücke, die einem Verbannten zustehen.«

Als die Wachen den Gefangenen davonschleppten, begannen die Zuschauer in der Kammer zu flüstern, so daß es sich wie fließendes Wasser anhörte. Da er einen Auftrag zu erledigen hatte, schlüpfte Ricyn durch eine Seitentür und eilte zu Dannyns Zimmer. Dannyn kniete auf dem Boden und rollte einen Umhang zusammen. Er warf Ricyn einen Blick zu, dann machte er weiter.

»Seid Ihr gekommen, um mich zu töten?« fragte er.

»Nein. Ich bringe Euch etwas von meiner Herrin.«

»Es ist eine Schande, daß sie mich nicht hat hängen lassen. Selbst das Auspeitschen wäre besser gewesen als das hier.«

»Seid nicht so dumm.« Ricyn nahm die Botschaft aus seinem Hemd. »Reitet nach Blaeddbyr und gebt das Lord Gwetmar. Er braucht einen guten Hauptmann, mit all den Ebern, die hinter der Grenze lauern.«

Dannyn sah das Pergament einen Augenblick an, dann nahm er es und steckte es ins Hemd.

»Sie ist großzügig zu jenen, die sie erobert, aber ihre Gunst entgegenzunehmen ist das Schlimmste von allem. Um der Kämpfe willen, in die wir gemeinsam geritten sind, sagt mir, Ricco: Schlaft Ihr mit ihr oder nicht?«

Ricyns Hand schien wie von selbst zum Schwertgriff zu finden.

»Nein, und das werde ich auch nie.«

»Aha. Also seid Ihr nur ihr kleiner Schoßhund? Ich dachte, Ihr wärt ein Mann.«

»Ihr vergeßt die Göttin.«

»Hm.« Das war mehr ein Schnauben als ein Wort.

Ricyn hatte das Schwert in der Hand, ohne sich auch nur bewußt geworden zu sein, daß er es gezogen hatte. Dannyn hockte auf den Fersen und grinste ihn höhnisch an. Ricyn brauchte viel Willenskraft, aber er steckte das Schwert wieder ein.

»Kluger Bursche. Aber ich werde Euch nicht töten und Euch die Schande ersparen.«

Dannyn wurde so schlaff wie ein Sack Mehl. Ricyn drehte sich auf dem Absatz um und schlug die Tür hinter sich zu.

Im Hof standen die Menschen dichtgedrängt, jeder Lord, jeder Reiter, jeder Diener, alle flüsternd und wartend. Ricyn fand Gweniver und Nevyn unten am Tor, wo zwei Männer der Wache Dannyns schwarzen Wallach bereithielten. Als Dannyn aus dem Broch kam, teilte sich die Menge, um ihn durchzulassen. Er hielt den Kopf hoch erhoben und schwang sein Gepäck so lässig, so vergnügt, als ritte er in den Kampf. Das Flüstern um ihn wurde lauter, aber er lächelte nur den Wachen zu, tätschelte dem Wallach den Hals und band die Decken an den Sattel. Er ignorierte das nervöse Kichern der Küchenmädchen. Als er in den Sattel stieg, schrien ein paar Männer »Bastard!« über das Flüstern hinweg. Dannyn drehte sich im

Sattel um und verbeugte sich vor den Spöttern. Die ganze Zeit lächelte er.

Von einem Impuls getrieben, den Ricyn nicht verstehen konnte, folgte Gweniver Dannyn, als er durchs Tor ritt. Ricyn sah zu Nevyn hinüber und gestikulierte ihm zu, ihm zu folgen, als er hinter Gweniver hereilte. Während Dannyn langsam durch die Straße ritt, starrten ihn die Bürger der Stadt an, sie flüsterten, riefen im Schimpfworte hinterher, aber er saß stolz und aufrecht im Sattel. Am Stadttor verbeugte er sich vor den Wachen, dann trieb er sein Pferd zum Galopp an und raste hinaus auf die offene Straße. Ricyn seufzte erleichtert. Gegen seinen Willen empfand er etwas wie Mitleid.

»Herrin?« sagte er zu Gweniver. »Warum seid Ihr ihm gefolgt?«

»Ich wollte sehen, ob er zerbricht. Leider ist das nicht geschehen.«

»Ihr Götter, Gwen!« fauchte Nevyn. »Ich hoffte, daß Ihr ihm verzeihen könntet!«

»Das ist der erste dumme Satz, den ich von Euch höre, guter Herr. Warum bei allem Eis der Höllen sollte ich? Ich habe dem König um seinetwillen erlaubt, ihn zu verbannen – nicht wegen Dannyn. Und unser Lehnsherr hatte verdammtes Glück, daß er mich dazu überreden konnte.«

»Ach ja?« sagte der alte Mann mit einer gewissen Schärfe. »Haß bindet zwei Menschen fester aneinander als Liebe. Darüber solltet Ihr nachdenken.«

Sie gingen weiter die Straße nach Norden entlang, durch die grünen Wiesen der persönlichen Ländereien des Königs. Am kalten, klaren Himmel trieb der Wind die Wolken vor sich her. Ricyn dachte gerade, daß er gern in die Wärme der großen Halle zurückkehren würde, als er das reiterlose Pferd herantraben sah. Es war Dannyns Rappe, die Zügel an den Sattelknauf gebunden. Mit einem Fluch rannte Ricyn zu dem Tier hin und packte die Zügel. Dannyns Gepäck war immer noch an den Sattel gebunden.

»Ihr Götter«, stöhnte Nevyn. »Gwen, bringt dieses Pferd zurück ins Dun und berichtet den Wachen, wie Ihr es gefunden habt. Bringt sie dann mit hierher. Ricco, kommt mit. Er kann nicht weit sein.«

Für einen Mann seines Alters konnte Nevyn erstaunlich schnell laufen. Sie rannten etwa eine halbe Meile die Straße entlang, als sie zu einer kleinen Erhöhung kamen, auf der eine einzelne Eiche wuchs. Jemand saß unter dem Baum. Fluchend rannte Nevyn hinauf, und Ricyn keuchte hinter ihm her. Vornübergeneigt hielt Dannyn den blutigen Dolch noch in der Hand. Er hatte sich die Kehle durchgeschnitten, keine Meile entfernt von dem König, den er liebte. Als Ricyn sich abwandte, konnte er Dun Cerrmor über der Stadt sehen, die roten und silbernen Banner, die im Wind flatterten.

»Verflucht!« sagte Ricyn. »Armer Bastard.«

»Ist das genug Rache für Euch?«

»Zu viel. Ich verzeihe ihm, wenn ihm das in den Anderlanden etwas nützen wird.«

Nevyn wandte sich mit einem knappen Nicken ab.

»Also gut«, sagte er. »Damit ist immerhin ein Glied dieser Kette gebrochen.«

»Was?«

»Ach, nichts. Da kommen die Stadtwachen.«

Nevyn blieb noch ein weiteres Jahr in Cerrmor, aber schließlich konnte er es nicht mehr ertragen, Gweniver in den Krieg reiten zu sehen und darauf zu warten, daß sie vielleicht nie wieder heimkehrte. An einem nassen Frühlingstag verließ er die Festung und ritt nach Norden, um für die einfachen Leute im Königreich zu tun, was er konnte. Obwohl er zunächst noch oft an Gweniver dachte, hatte er so viele andere Sorgen, daß die Erinnerung an sie bald verblaßte. Jahr um Jahr tobte der Krieg, und Seuchen brachen aus. Nevyn versuchte überall, den Lords zum Frieden zu raten und den einfachen Leuten dazu, sich um ihr eigenes Überleben zu kümmern, aber er hatte das Gefühl, wenig auszurichten, so dankbar die Menschen ihm auch waren. In seiner Verzweiflung erreichte er die dunklen Wege, wo selbst der Dweomer zu Staub und Asche wird und kein Trost und keine Freude mehr ist. Aus Pflichtgefühl gegenüber dem Licht arbeitete er weiter. Aber auch das erschien ihm wie grausamer Spott, daß er jetzt nur noch deshalb diente und nicht mehr aus Liebe wie früher.

Im fünften Frühling jedoch, als die Apfelblüten in den verlassenen Obstgärten aufgingen, wurde er durch einen Zufall an Gweniver erinnert. Und nachdem er erst einmal an sie gedacht hatte, war seine Neugier nicht mehr zu beruhigen. An diesem Abend kniete er am Lagerfeuer und konzentrierte sich auf die Flammen. Er sah Gweniver und Ricyn, wie sie in Dun Cerrmor über den Hof gingen. Sie erschienen so unverändert, daß er einen Augenblick glaubte, er hätte nur eine besonders lebhafte Erinnerung. Aber als Gweniver den Kopf wandte, erkannte er eine frische Narbe, die durch die blaue Tätowierung schnitt. Er beendete die Vision, aber nachdem er sie gesehen hatte, konnte er sie nicht wieder vergessen. Also brach er am Morgen mit einem Seufzer über seine eigene Dummheit nach Cerrmor auf.

Eine warme Brise und der Duft frischen Grases schien das Leiden des Königreichs bitter verhöhnen zu wollen, als Nevyn durchs Stadttor ritt. Er stieg ab, um sein Pferd und das Maultier durch die belebten Straßen zu führen, da hörte er jemanden rufen und fand sich Gweniver und Ricyn gegenüber, die ebenfalls ihre Pferde führten.

»Nevyn!« rief sie. »Ich bin froh, Euch zu sehen!«

»Ich ebenfalls, und das gilt auch für Ricco. Ich fühle mich geschmeichelt, daß Ihr Euch an mich erinnert.«

»Wie könnten wir Euch je vergessen? Ricco und ich wollten gerade ausreiten, aber laßt uns statt dessen einen Krug Bier zusammen trinken.«

Gweniver bestand darauf, daß sie ins beste Gasthaus in Cerrmor gingen, ein elegantes Haus mit polierten Holzböden und weiß gestrichenen Wänden. Sie bestand auch darauf, das beste Bier zu bezahlen, mit all jener Großzügigkeit der Krieger, die sich wenig darum scheren, Münzen zu sparen, die sie vielleicht doch nicht mehr ausgeben können. Sobald sie saßen, betrachtete Nevyn sie eingehend, während sie ihm das Neueste vom Krieg erzählte. Obwohl sie inzwischen gestählt war – ihr ganzer Körper war eine Waffe –, waren ihre Bewegungen immer noch auf eine Art anmutig, die nichts mit Begriffen wie »weiblich« oder »männlich« zu tun hatte. Was Ricyn anging, so war er vergnügt und offen wie immer und eher schüchtern, als er sein Bier trank und sie beobachtete.

Hin und wieder, wenn ihre Blicke sich begegneten, lächelten sie einander an – ein Austausch, der ebenso von Liebe zeugte wie von Spannung, als wären ihre Herzen Kelche, die bis zum Rand gefüllt waren, in denen die Flüssigkeit zitterte, aber nie überfloß. Die Verbindung zwischen ihnen war so stark, daß Nevyn sie mit dweomergeübten Augen als ein Gewebe hellen Lichts in ihren Auren sehen konnte, wo sich ihre normale sexuelle Energie in eine magische Verbindung umgewandelt hatte. Er hatte keine Zweifel daran, daß Macht zwischen ihnen strömte, daß sie selbst im heftigsten Schlachtgetümmel immer wissen würden, wo sich der andere befand, daß sie ihre Gedanken so instinktiv austauschten, daß sie es überhaupt nicht mehr merkten. Es machte ihn krank, ihre Dweomerkraft so mißbraucht zu sehen.

»Guter Nevyn«, sagte Gweniver schließlich, »Ihr müßt mit

in die Festung kommen. Hat der Dweomer Euch zurückgebracht?«

»Nein. Wieso? Stimmt etwas nicht?«

»Das ist schon möglich.« Ricyn sah sich um und senkte die Stimme. »Es ist unser Lehnsherr, wißt Ihr. Er hat diese finsteren Stimmungen, und niemand kann ihn daraus befreien.«

»Er brütet über Dingen«, warf Gweniver ein, ebenfalls flüsternd. »Und er sagt, er kann nach alldem kein wahrer König mehr sein, und anderen derartigen Unsinn. Die Königin hat Angst, daß er den Verstand verliert.«

Beide sahen ihn voller Vertrauen an, daß er alles ändern würde. Er fühlte sich so hilflos, daß er darüber beinahe geweint hätte.

»Was ist denn?« fragte Gweniver

»Ach, ich bin in letzter Zeit einfach so verflucht müde, das Land in Aufruhr zu sehen, und es gibt nichts, was ich gegen all dieses Leiden tun kann.«

»Bei den Göttern, es ist auch nicht Eure Sache, es aufzuhalten. Erinnert Euch daran, was Ihr dem König sagtet, als er so bedrückt wegen Dannyns Tod war: Es ist nur Eitelkeit, die einen Menschen denken läßt, er könnte das Wyrd eines anderen ändern.«

»Eitelkeit? Nun, das mag sein.«

Ohne nachzudenken, hatte sie ihm genau die Antwort gegeben, die er hören mußte. Im Herzen bin ich immer noch der Prinz und bilde mir ein, das Königreich dreht sich um mich und das, was ich tue. Als er sich daran erinnerte, daß er nur ein Diener war und auf einen Befehl wartete, war er plötzlich sicher, daß dieser Befehl auch ergehen würde. Eines Tages würde er wieder Licht sehen.

Als er die Festung betrat, umdrängten ihn bald schon die Dienstboten, als wäre er tatsächlich ein Prinz. Orivaen bestand darauf, ihm die eleganteste Kammer ihm Hauptbroch zu geben, und begleitete ihn persönlich dorthin. Während Nevyn packte, erzählte ihm der Kämmerer den neuesten Klatsch: Lord Gwetmar und Lady Macla hatten jetzt zwei Söhne; Prinz Mael war immer noch im Turm, Gavra, Nevyns alte Schülerin, war jetzt in der Stadt als Kräuterfrau tätig.

»Und was macht unser Lehnsherr?« fragte Nevyn.

Orivaens Blick verdunkelte sich.

»Ich werde heute abend eine private Audienz für Euch arrangieren. Wenn Ihr ihn erst einmal gesehen habt, reden wir weiter.«

»Aha. Und was ist mit Saddar? Ist er immer noch am Hof, oder hat er sich seine Demütigung doch zu Herzen genommen und ist gegangen?«

»Er ist tot. Und das war recht seltsam. Es geschah direkt nachdem Ihr uns in jenem Sommer verlassen habt. Er hatte eine gewisse Erkrankung des Magens.«

Als Nevyn leise fluchte, wurde Orivaens Miene vollkommen ausdruckslos. Nevyn fragte sich, ob der König selbst die Vergiftung des alten Mannes angeordnet oder ob ein loyaler Höfling das übernommen hatte, nachdem der einzige Kräutermann, der Saddar vielleicht hätte retten können, aus dem Weg war.

Am Nachmittag ging Nevyn in die Stadt und besuchte Gavra, die bei der Familie ihres Bruders über der Schenke wohnte. Sie umarmte ihn lachend, goß ihm Bier ein und nahm ihn auf einen Schwatz mit in ihre Kammer. Sie war zu einer beeindruckenden jungen Frau herangewachsen, immer noch hübsch und gertenschlank, aber ihr Blick zeugte von tiefer Empfindung und großer Klugheit. In ihrer Kammer stapelten sich Kräuter, Krüge und Tiegel und andere Werkzeuge ihres Handwerks. In einer Wiege neben dem Bett schlief ein hübsches kleines Mädchen von etwa zehn Monaten.

»Die jüngste Tochter deines Bruders?«

»Nein, meine. Verachtet Ihr mich dafür?«

»Wie kommst du denn darauf?«

»Nun, mein Bruder war nicht allzu erfreut über einen Bastard in der Familie. Ich habe Glück, daß ich genug Geld verdienen kann, um uns zu ernähren.«

Als wüßte sie, daß man über sie sprach, schlug die Kleine die Kornblumenaugen kurz auf und schlief dann wieder ein.

»Warum hat der Vater dich nicht geheiratet?«

»Er ist mit einer anderen verheiratet. Ich weiß, das ist dumm von mir, aber ich liebe ihn trotzdem.«

Nevyn setzte sich auf eine Truhe. Er hätte nie erwartet, daß die kluge Gavra sich in eine solche Lage bringen würde. Sie setzte sich aufs Fensterbrett und spähte hinaus auf die Seite eines anderen Hauses und einen kleinen, staubigen Hof voller Hühner.

»Prinz Mael«, sagte sie plötzlich. »Mein armer gefangener Geliebter.«

»Ihr Götter!«

»Ich flehe Euch an, sagt es niemandem. Sie bringen vielleicht meine Tochter um, wenn sie erfahren, daß Eldidd einen königlichen Bastard in dieser Stadt hat. Ich habe allen gesagt, der Vater sei einer der Reiter des Königs, Dagwyn, der in den Kämpfen des letzten Jahres umgekommen ist. Lady Gweniver hat mir geholfen, wißt Ihr. Dagwyn muß sehr beliebt bei den Mädchen gewesen sein, und alle haben mir sofort geglaubt.«

»Ist Gweniver die einzige, die davon weiß?«

»Ja. Nicht einmal Ricyn weiß es.« Sie hielt inne und spähte mit einem dünnen Lächeln in die Wiege. »Ich mußte es jemandem sagen, und Gweniver ist Priesterin, ganz gleich, was sie sonst noch sein mag. Aber es ist traurig. Manchmal kommt Ricyn her und gibt mir Geld für die Tochter seines Freundes. Die kleine Ebrua scheint ihm viel zu bedeuten.«

»Dann sollte er die Wahrheit lieber nicht erfahren. Aber wie ist das geschehen? Kannst du denn fliegen wie ein Vogel?«

»Oh, ich bin die Treppe zum Turm hinaufgelaufen«, sagte sie lachend. »Nicht lange, nachdem Ihr gegangen wart, bekam der Prinz Fieber, und die Ärzte waren alle mit der Armee gezogen. Also schickte Orivaen nach mir, um ihre Geisel am Leben zu halten. Ihr Götter, Mael tat mir so leid, und Orivaen gestattete mir, ihn zu besuchen, wie Ihr ihn besucht habt. Mael bot an, mir Lesen und Schreiben beizubringen, um sich die Zeit zu vertreiben. Also hat er mich unterrichtet, und wir freundeten uns an, und, nun ja …« Sie zuckte die Schultern.

»Aha. Weiß er von dem Kind?«

»Wie könnte er nicht? Mein armer gefangener Geliebter.«

Nevyn suchte den Prinzen auf, sobald er wieder in der Festung war. Das Turmzimmer hatte sich nicht verändert, aber Mael war nun ein Mann. Er war gewachsen und kräftiger geworden, und er ging ruhig im Zimmer auf und ab, statt sich, wie früher, mit seiner Ungeduld zu quälen. Er war kreidebleich, und die helle Haut ließ das rabenschwarze Haar nur noch dunkler wirken. Erschrocken wurde Nevyn klar, daß sieben Jahre vergangen waren, seit der Prinz zum letzten Mal die Sonne gesehen hatte.

»Ihr ahnt nicht, wie sehr es mich freut, Euch wiederzusehen«, sagte Mael. »Ich habe meinen Lehrer sehr vermißt.«

»Es tut mir leid, aber der Dweomer führt einen Mann auf manch seltsamen Weg. Aber ich habe Euch anscheinend einen Trost hinterlassen. Ich spreche von Gavra.«

Der Prinz wurde rot und wandte sich ab.

»Nun gut«, sagte er schließlich. »Es ist wirklich seltsam. Es gab eine Zeit, da hätte ich eine Frau aus dem Volk nicht einmal beachtet. Jetzt frage ich mich, was Gavra überhaupt in einem Wrack wie mir sehen kann.«

»Euer Gnaden hatten ein wahrhaft schweres Wyrd.«

»Nicht so schwer wie mancher andere. Ich habe genug davon, mir selbst leid zu tun. Es gibt Männer, die sind wie Falken, und sie sterben jung in der Schlacht. Ich bin ein kleiner Fink, lebe in einem königlichen Käfig und träume von Bäumen. Aber es ist ein schöner Käfig, und ich habe genügend Körner in meiner Schale.«

»Das stimmt.«

»Die Bücher, die Ihr mir hiergelassen habt, sind mir mehr und mehr zum Trost geworden. Und Gavra hat etwas Interessantes bei einem Buchverkäufer im Tempel des Wmm gefunden. Es ist eine Zusammenstellung der Werke eines Philosophen namens Ristolyn, der in der Zeit der Dämmerung lebte. War er ein Rhwmane?«

»Nein, sein Stamm waren die Greggycion – weise Menschen, wenn man danach geht, was uns von ihren Büchern überliefert ist. Ich glaube, die Rhwmanen haben irgendwann ihr Königreich erobert, wie sie es auch mit dem unserer Ahnen in der alten Heimat taten. Ristolyns Schriften kamen mir immer sehr bemerkenswert vor. Ich habe einen Teil seiner *Ethik von Nichomachea* gelesen.«

Sie verbrachten eine angenehme Stunde mit Gesprächen über Dinge, die Nevyn seit Jahren nicht einmal erwähnt hatte. Obwohl der Prinz mit der Begeisterung des geborenen Gelehrten sprach, senkte sich die Melancholie doch wieder wie ein Nebel über ihn, als Nevyn gehen mußte. Er war kein Gelehrter, er war ein verzweifelter Mensch, der sich an alles klammerte, was ihn bei Verstand hielt.

Nach Maels ruhigem Zimmer war die große Halle eine völlig andere Welt. Da die Armee wieder aufgestellt wurde, war die Halle voll mit Lords und Reitern: Männer schrien und lachten durcheinander, riefen nach Bier und warfen einander Scherzworte wie Dolche zu. Nevyn saß mit den Beratern des Königs an Orivaens Tisch. Als das Essen aufgetragen war, kam Glyn durch seine Privattür herein, begleitet von Gweniver. Als er jedoch zum Ehrentisch ging, verließ er ihn und setzte sich zu den Wachen des Königs und zu Ricyn.

»Lady Gweniver scheint ihre adlige Herkunft zu verachten«, meinte Nevyn zu Orivaen.

»Ja. Ich habe oft mit ihr darüber gesprochen, aber man kann mit jenen, die von einem Gott berührt wurden, nicht streiten.«

Während des Essens beobachtete Nevyn Glyn, der sich überhaupt nicht verändert zu haben schien, wenn er lächelte oder den Gesprächen seiner Lords lauschte. Aber später, als ein Page Nevyn zu den Gemächern des Königs führte, wurde die Veränderung deutlich.

Glyn stand an der Feuerstelle. Kerzenlicht glitzerte auf Silber, schimmerte auf den bunten Farben der Wandbehänge und Teppiche und warf dunkle Schatten unter Glyns Augen. Obwohl er darauf bestand, daß Nevyn sich setzte, ging er selbst weiter unruhig auf und ab, während sie sich unterhielten. Zunächst tauschten sie nur Neuigkeiten aus, bis Glyn die königliche Pose schließlich immer mehr aufgab und sich ans Kaminsims lehnte, ein zu Tode betrübter Mann.

»Mein Lehnsherr scheint Lady Gweniver hoch zu achten«, bemerkte Nevyn.

»Sie ist jeder Achtung würdig. Ich habe sie zur Anführerin meiner Wache ernannt. Niemand wird es wagen, eine Kriegerin des Mondes zu beneiden.«

Da war sie, die Erinnerung, der sie sich stellen mußten.

»Vermißt mein Lehnsherr seinen Bruder immer noch?«

»Er wird mir zweifellos jeden Tag meines Lebens fehlen. Oh, Ihr Götter, hätte er sich nur nicht umgebracht! Wir hätten uns hier und da im geheimen treffen können, oder vielleicht hätte ich ihn sogar eines Tages zurückrufen können.«

»Sein Stolz hat nicht zugelassen, daß er wartete.«

Seufzend setzte sich Glyn endlich nieder.

»So viele, die mir gedient haben, mußten leiden«, sagte er. »Und es ist auch kein Ende in Sicht. Manchmal glaube ich, ich sollte Cantrae einfach den verfluchten Thron überlassen, aber dann wären all diese Menschen umsonst gestorben. Und meine treuen Freunde – Cantrae würde sie umbringen!« Er hielt inne und lächelte gequält. »Wie viele Leute hier am Hof haben Euch schon erzählt, daß ich den Verstand verliere?«

»Mehrere. Und, seid Ihr dabei, verrückt zu werden? Oder verwechseln sie einfach geistige Gesundheit und Wahnsinn?«

»Ich ziehe es natürlich vor, das letztere anzunehmen. Aber seit Dannos Tod fühle ich mich wie belagert. Mit ihm konnte ich reden, und wenn er der Ansicht war, daß ich Unsinn schwatze, dann hat er es mir gesagt. Und was habe ich jetzt? Die Hälfte sind Schmeichler und von ihrem Ehrgeiz getrieben, und wenn ich ihnen nicht hin und wieder einen Bissen zuwerfe, dann beißen sie. Und wenn ich versuche, meinen Geist von einem finsteren Gedanken zu befreien, dann winden sie sich.«

»Nein, mein Lehnsherr, immerhin hängen ihre Leben von Euch ab.«

»Ich weiß! O ihr Götter, das weiß ich nur zu genau! Ich wünschte, ich wäre nur ein einfacher Reiter. Jedermann bei Hofe beneidet den König, aber wißt Ihr, wen der König beneidet? Gwenivers Ricyn. Ich habe noch nie einen glücklicheren Mann gesehen als Ricco. Ganz gleich, was er tut, ganz gleich, was mit ihm geschieht, er sagt, es sei der Wille seiner Göttin, und schläft trotzdem gut.« Glyn hielt einen Augenblick lang inne. »Glaubt Ihr, ich bin verrückt? Oder bin ich einfach nur dumm?«

»Der König war nie dumm, und er wäre glücklicher, wenn er verrückt wäre.«

Glyn lachte auf eine Weise, die Nevyn plötzlich an Prinz Mael erinnerte.

»Nevyn, ich wäre sehr dankbar, wenn Ihr an meinen Hof

zurückkehrtet. Ihr könnt oft schon von weitem kommen sehen, was geschehen wird.«

Weil er in der Zukunft nichts als Trauer sah, hätte Nevyn am liebsten gelogen und behauptet, der Dweomer verbiete ihm zu bleiben. Er mochte diese Menschen zu gern, um sich von ihrem unvermeidlichen Leiden fernzuhalten. Aber plötzlich sah er ein, daß er eine Rolle spielen mußte, daß er Glyn, Mael und Gavra alleingelassen hatte, als er aus eigensüchtigen Gründen geflohen war.

»Ich fühle mich sehr geehrt. Ich werde bleiben und Euch dienen, solange Ihr mich braucht.«

Und so nahm Nevyn zögernd etwas an, für das die meisten anderen Menschen einen Mord begangen hätten: eine Stellung als königlicher Berater, der die persönliche Gunst des Königs genoß. Es brauchte zwei schwierige Jahre, um das komplizierte Gewebe von Neid zu entwirren, das seine plötzliche Berufung geschaffen hatte, aber danach stellte ihm niemand mehr eine Frage. Jeder im Königreich wußte, daß dieser seltsame alte Mann mit seinem verschrobenen Interesse für Kräuter eine wichtige Macht darstellte, aber nur wenige wußten, weshalb.

Und im Lauf dieser beiden Jahre und zu Beginn des dritten schleppte sich der Krieg weiter dahin, in Überfällen und Scheinangriffen.

Der Regen holte sie gut vierzig Meilen vor dem Hauptlager ein – ein schräg peitschender Sturmregen, der durch die Umhänge drang und die Straßen in Schlammlöcher verwandelte. Obwohl die Situation es verlangte, konnten die Pferde unmöglich schneller als im Schritt gehen. Das einzig Gute am Regen war, wie Ricyn dachte, daß er den Feind ebenfalls verlangsamte. Das sagte er auch zu seinen vierunddreißig Männern, die von den hundertfünfzig noch geblieben waren. Niemand antwortete mit mehr als einem Grunzen. Ricyn ritt zweimal die

Linie entlang, sprach jeden mit Namen an, trieb die Langsamen an und lobte die wenigen, denen noch ein bißchen Kampfgeist geblieben war. Er bezweifelte allerdings, daß es etwas nützen würde. Als er dies zu Gweniver sagte, stimmte sie ihm zu.

»Die Pferde sind in noch schlechterer Verfassung als die Männer«, sagte sie. »Wir müssen bald Rast einlegen.«

»Und wenn sie uns einholen?«

Gweniver zuckte nur die Schultern. Sie hatten nicht die geringste Ahnung, wie weit der Kriegshaufen Cantraes hinter ihnen lag; sie wußten nur, daß man sie mit Sicherheit verfolgen würde. Der schwer errungene Sieg hatte ihren Kriegshaufen auf diese müde Truppe reduziert. Es war genau jene Art von Kampf gewesen, für die Cantrae Rache sehen wollte.

Gegen Sonnenuntergang stießen sie auf ein paar Bauern, die mit einem Wagen kämpften, der von einer störrischen Milchkuh gezogen wurde. Ricyn konnte im trüber werdenden Licht erkennen, daß der Wagen mit Möbeln, Werkzeugen und Fässern beladen war. Als der Kriegshaufen um sie herumritt, blickten die Bauern nur erschöpft auf, als wäre es ihnen gleich, wenn sie auf der Stelle abgeschlachtet würden.

»Woher kommt ihr?« fragte Gweniver.

»Rhoscarn, Herrin. Die Festung ist gestern gefallen, und wir versuchen, nach Süden zu kommen.«

»Wer hat die Festung geschleift?«

»Diese Männer mit grünen Drachen auf den Schilden.«

Ricyn fluchte: Der geflügelte Drache von Cantrae.

»Sie haben die Festung nicht geschleift, du Dummkopf!« sagte der zweite Bauer. »Jedenfalls haben wir keinen Rauch gesehen, oder?«

»Ja«, lenkte der erste ein. »Aber für mich ist das gleich. Wir haben eine Menge von ihnen auf den Straßen gesehen, Herrin.«

Gweniver ließ den Kriegshaufen ausweichen, damit die müden Bauern vorbeiziehen konnten.

»Was meint Ihr, Ricco? Wir könnten nach Rhoscarn reiten und dort ein Dach über dem Kopf finden. Wenn sie dort schon gewesen sind, werden sie nicht wieder zurückkommen.«

Und so ritten sie direkt in die Falle. Später dachte Ricyn daran, wie klug diese Falle gestellt worden war, wie gut Cantraes Leute die Rolle der Bauern gespielt hatten. Aber zu diesem Zeitpunkt waren sie einfach nur froh gewesen, Zuflucht zu finden. Als sie die Festung erreichten, fanden sie die Mauer an drei Stellen eingerissen. Tieryn Gwardons Leiche lag mit abgeschlagenem Kopf auf den Trümmern. Es gab noch viele andere Tote, aber es war zu dunkel, um sie noch zu zählen. Da diese Festung schon mehrmals zuvor eingenommen und niedergebrannt worden war, gab es keinen Steinbroch mehr, sondern nur ein hölzernes Rundhaus inmitten eines schlammigen Hofs.

Immerhin war dieses Holzhaus trocken. Die Männer brachten die Pferde an einer Seite unter, ihre Ausrüstung auf der anderen. Dann zerhackten sie die Möbel, um ein Feuer zu entfachen. Sobald die Pferde ihren letzten Hafer gefressen hatten, teilten die Männer die Reste ihrer Rationen. Ricyn wollte gerade zu Gweniver sagen, daß sie am Morgen Vorräte finden müßten, als er die Gefahr spürte wie eine kalte Berührung an seinem Rücken. Er sah ihr an, daß auch sie es gespürt hatte. In wortloser Übereinstimmung rannten sie aus dem Haus in den Hof hinaus. Ricyn blieb unten, als Gweniver auf die Mauer kletterte.

»Hol die Männer! Bewacht die Lücken! Ein Angriff!«

Als er zurückrannte, hörte er schon die Hufgeräusche, die sich rasch der Festung näherten. Er schrie seine Befehle und setzte die Männer in Bewegung. Alle griffen nach den Waffen und verteilten sich auf die Breschen in der Mauer. Inzwischen umgab sie das Geräusch der Armee schon wie Meereswogen, die sich am Strand brechen. Durch eine der Lücken sah Ricyn Männer absteigen und die Mauer umkreisen.

»Wir sitzen fest«, sagte Gweniver eisig. »Glaubst du, daß wir einen Tag lang aushalten könnten?«

»Nicht mal einen halben. Ich bin überrascht, daß die Göttin uns nicht gewarnt hat, als wir mit den Bauern sprachen.«

»Ich nicht. Ich wußte immer, daß der Tag kommen würde, an dem sie wollte, daß wir sterben.«

Sie reckte sich und küßte ihn auf den Mund, nur ein einziges Mal, bevor sie sich abwandte, um den Männern Befehle zu erteilen.

Da es unwahrscheinlich war, daß der Feind bei Dunkelheit und Regen angreifen würde, stellten sie Wachen an den Breschen auf und verfielen in einen unruhigen Schlaf. Etwa eine Stunde vor Sonnenaufgang hörte der Regen auf, und ein kalter Wind fegte über den Himmel. Ricyn weckte die Männer, die sich stillschweigend bewaffneten. Alle sahen ihre Freunde auf eine Weise an, die ohne Worte Abschied bedeutete. Während Gweniver an der Bresche stand, die einmal das Tor enthalten hatte, postierte Ricyn die Männer an den anderen Lücken in der Mauer.

»Bis auf den Tod«, sagte er immer wieder. »Wir können nur noch eins tun: sie so viel wie möglich zahlen lassen.«

Und wieder und wieder nickten die Männer in schweigender Zustimmung. An der Rückseite der Festung fand Ricyn Alban, der in diesem Sommer gerade erst vierzehn geworden und ganz neu im Kriegshaufen von Cerrmor war. Obwohl der Junge so mutig war wie jeder andere Mann, war Ricyn entschlossen, ihm das Leben zu retten, wenn er konnte.

»Hör gut zu, Junge«, sagte er zu ihm. »Ich habe einen wichtigen Auftrag für dich. Ich wähle dich, weil du der kleinste Mann von uns bist und sie dich am wenigsten bemerken werden. Wir müssen den König benachrichtigen. Du wirst ihm eine Botschaft überbringen.«

Alban nickte, und seine weit aufgerissenen Augen schimmerten im Morgenlicht.

»Du tust folgendes«, erklärte Ricyn. »Hock dich hinter diesen Trümmerhaufen und warte, bis du einen Mann von Cantrae fallen siehst und du dir seinen Schild greifen kannst. Wenn die anderen an dir vorüber sind, nimmst du den Schild, tust so, als wärst du verwundet, und mischst dich unter den Feind. Dann stiehlst du ein Pferd und reitest, als würde sich die Hölle unter dir auftun.«

»Das werde ich, und wenn sie mich vorher erwischen, werde ich mit euch andern heute abend am selben Tisch sitzen, in den Anderlanden.«

Als er sich abwandte, flehte Ricyn die Göttin an, diesen plumpen Plan gelingen zu lassen.

Als er wieder zu Gweniver kam, hatte diese ihre Männer bereits in Position gebracht.

»Es sind über hundert«, bemerkte sie. »Sie bereiten sich gerade auf ihren Angriff vor. Immerhin sind sie zu Fuß.«

»Warum sollten sie auch ihre Pferde aufs Spiel setzen, um Ratten in einem Loch umzubringen?«

Als er neben ihr seinen Platz einnahm, lächelten sie einander an. Durch die Bresche sah er die Männer langsam den Hügel hinaufklettern und dann zu den Breschen ausschwärmen. Drinnen war es totenstill, nur hin und wieder klirrte eine Rüstung oder ein Schwert leise. Als der Himmel im Osten heller wurde, spürte Ricyn sein Herz laut klopfen, aber es war eigentlich keine Angst, mehr die Frage, wie die Anderlande wohl sein würden. Ich werde Dagwyn wiedersehen, dachte er, und kann ihm von seiner Tochter erzählen. Das Morgenlicht schimmerte auf dem Metall, auf Schwertern und Kettenhemden, Helmen und Schildbeschlägen. Aus den Linien der Gegner erklang ein Horn. Unter lautem Geschrei stürmten die Krieger mit den Drachenschilden voran.

Es hatte begonnen.

Sie hielten die Breschen erheblich länger, als jeder von ihnen erwartet hatte. Gweniver und Ricyn kämpften Seite an Seite und hätten in einer Bresche dieser Größe eine große Übermacht aufhalten können – wenn sie nur hinter sich keine Lücken gehabt hätten. Sie kämpften grimmig und merkten kaum, wie die Sonne höher stieg. Unter Geschrei stürzten sich die Gegner immer wieder auf sie, aber Ricyn schwang sein Schwert in perfektem Rhythmus mit seiner Partnerin. Die Leichen häuften sich und behinderten den Angriff der Gegner. Ricyn spürte den Schweiß über seinen Rücken laufen und sehnte sich nach einem Schluck Wasser, während er immer weiter kämpfte. Neben ihm fiel einer seiner Leute, ein anderer trat vor, um den Gegner zu töten, der den Mann aus Cerrmor gefällt hatte. Plötzlich hörte Ricyn Schreie von hinten – Warn- und Verzweiflungsschreie.

»Zurück!« rief Gweniver. »Sie sind hinter uns durchgebrochen.«

Einen vorsichtigen Schritt nach dem anderen zogen sie sich zurück. Als die Gegner durch die Bresche drängten, versuchten sie auszuschwärmen. Der Hof wurde ein Chaos rennender Männer, als die anderen Truppen aus Cerrmor versuchten, sich neu zu formieren. Ricyn fluchte, ein steter Strom wilder Worte, aber dann hörte er Gwenivers Berserker-Lachen. Plötzlich verdunkelte sich die Sonne. Ricyn roch Rauch, eine dicke Wolke. Immer noch auf dem Weg zum Rundhaus, stolperte er rückwärts gehend über die Leichen toter Freunde. Er hielt Ausschau nach ihr und hörte ihr Lachen, als die Gegner sie immer dichter bedrängten. Endlich erreichten sie das Haus. Sie hielten die Tür auf, während die noch verbliebenen acht Männer aus Cerrmor hineinhinkten, krochen und stolperten.

»Los, Ricco!« rief Gweniver.

Er sprang hinein und duckte sich, um ihr Platz zu machen, dann half er Calwn, die Tür zu schließen und zu verbarrikadieren. Im Rundhaus war es von dem brennenden oberen Stockwerk glühend heiß. Draußen riefen die Gegner nach Äxten und schlugen gegen die Fensterläden. Ricyn und Calwn trieben die Pferde innen am Eingang zusammen und rissen dann die Tür auf. Mit Schlägen der flachen Klingen jagten sie die wild auskeilenden Tiere hinaus. Trampelnd und tretend stürmten die Pferde mitten durch die Feinde wie lebende Keulen.

Ricyn fuhr herum und wollte einen Befehl herausschreien. Da sah er Gweniver, und das Wort blieb ihm im Hals stecken.

Sie taumelte sterbend an die hintere Wand. Im Kampfgetümmel hatte er nicht bemerkt, daß sie verwundet war. Er stürzte zu ihr, sank neben ihr auf die Knie und sah, daß man ihr durch die Naht des Kettenhemdes in den Rücken gestochen hatte. Als er sie herumdrehte, war ihre Miene seltsam ruhig, und ihre schönen blauen Augen standen weit offen. Erst in diesem Augenblick wurde Ricyn klar, daß er selbst den Mittag dieses Tages auch nicht mehr erleben würde. Er ließ sein Schwert fallen, packte das ihre wie einen Talisman und rannte zur Tür. Der Rauch des brennenden Hauses umwirbelte die Feinde, die sich im Hof neu formierten.

»Greifen wir sie an, Jungs«, sagte Ricyn. »Warum sollen wir sterben wie die Ratten?«

Ein letztes Mal schrien sie den Namen ihres Königs und schlossen sich ihrem Hauptmann an. Calwn grinste, dann hob Ricyn das Schwert, das die Göttin einmal gesegnet hatte, und stürzte direkt auf die Feinde zu. Zum erstenmal zog er lachend in den Kampf, mit demselben kalten Lachen, als hätte die Göttin ihn für einen Augenblick den Platz ihrer Priesterin einnehmen lassen.

Ricyn stolperte über ein totes Pferd und warf sich auf den

ersten Cantrae-Mann, der ihm in den Weg kam. Er tötete ihn mit einem Schlag, dann wirbelte er herum, um sich den Drachenschilden zu stellen, die sich um ihn drängten. Er landete einen schwachen Rückhandschlag, fuhr herum und schlug wieder zu. Dann spürte er den Biß von Metall im Gesicht, so scharf, daß er einen Augenblick lang glaubte, es wäre brennendes Stroh vom Dach, aber Blut floß ihm salzig in den Mund. Als er taumelte, verwundete ihn einer der Gegner an der Seite. Ricyn warf seinen nutzlosen Schild weg, stach zu und tötete den Mann, der ihn verwundet hatte. Das Feuer röhrte nun, und der Rauch war so dick wie Nebel vom Meer. Er taumelte, schlug noch einmal zu, würgte an seinem eigenen Blut und fiel vornüber. Die Feinde hielten ihn für tot, ließen ihn liegen und stürmten weiter.

Ricyn kam stolpernd wieder auf die Beine und machte ein paar Schritte, bis er über die Schwelle ins Haus stürzte. Drinnen kroch das Feuer schon an den Wänden nach unten. Er kam wieder hoch und taumelte auf Gweniver zu. Obwohl seine Wunden bei jedem Schritt wie Dolche stachen, erreichte er sie schließlich. Er fiel neben ihr auf die Knie, dann zögerte er, weil er nicht wußte, ob die Göttin ihn für diese Geste verdammen würde. Dann war er sicher, daß es ihr gleichgültig war. Er warf sich nieder und zog Gweniver in seine Arme, bis er den Kopf an ihre Brust legen konnte. Sein letzter Gedanke war ein Gebet an die Göttin, in dem er um Vergebung bat, falls er etwas Falsches tat.

Die Göttin war gnädig. Er verblutete, bevor die Flammen ihn erreichten.

Nevyn befand sich im Zelt des Königs, als er das Geschrei und die Hufgeräusche hörte, die ankündigten, daß die Schlacht vorüber war. Er griff nach seinem Umhang und rannte durch den Nieselregen auf die Wiese hinaus, wo die Männer gerade abstiegen. Er drängte sich durch und fand schließlich den König, der einem Mann die Zügel seines Pferdes übergab. Glyns Gesicht war schmutzig, das Blut eines anderen Mannes zog sich über seine Wange, und sein helles, starres Haar war voller Asche.

»Niemand ist am Leben geblieben«, sagte er. »Wir haben alle begraben, die wir finden konnten, aber von Gweniver und Ricyn gab es keine Spur. Diese Dreckskerle aus Cantrae haben die Festung angezündet, also waren sie wahrscheinlich im Rundhaus. Zumindest hatten sie einen Scheiterhaufen, wie damals in der Zeit der Dämmerung.«

»Das hätte ihnen gefallen. Nun, es sollte wohl so sein.«

»Aber wir haben den Kriegshaufen aus Cantrae auf der Straße gestellt – jedenfalls, was von ihnen übrig war. Wir haben sie niedergemacht.«

Nevyn nickte. Er traute seiner Stimme nicht so recht. Das hätte Gwen am besten gefallen, dachte er. Der König wandte sich ab und rief jemandem zu, man solle Alban zu ihm bringen. Der Junge war bleich und so erschöpft, daß er stolperte, als er vor seinen König trat.

»Könnt Ihr etwas für ihn tun, Nevyn?« fragte Glyn. »Ich will nicht, daß er ein Fieber oder so etwas bekommt, nachdem er geritten ist wie ein wahrer Held, um mir die Botschaft zu überbringen.«

Das Lob des Königs brach Albans letzten Widerstand. Er warf einmal den Kopf zurück, dann begann er zu schluchzen wie der Junge, der er eben war. Als Nevyn ihn wegbrachte, konnte er selbst die Tränen kaum zurückhalten. Es wird wieder und wieder geschehen, erinnerte er sich, daß jemand, den du liebst, lange vor dir stirbt. Er hätte sein bitteres Wyrd gerne verflucht, aber das bitterste daran war zu wissen, daß er allein die Schuld daran trug.

ZWISCHENSPIEL
FRÜHJAHR 1063

Ein Jäger, der Schlingen legt, sollte aufpassen, wohin er die Füße setzt.

Altes deverrianisches Sprichwort

Von allen Städten im weitläufigen Königreich Deverry besuchte das Westvolk nur Cernmeton und Dun Gwerbyn, und auch hier waren sie nur selten anzutreffen. Die Städter an beiden Orten reagierten seltsam, wenn jene Fremden ihnen begegneten. In einer Art unbewußter Verschwörung weigerten sie sich zuzugeben, wie sehr sich die Elfen von den Menschen unterschieden. Jedes Kind, das nach den spitzen Elfenohren fragte, erhielt zur Antwort, bei diesem wilden Stamm beschneide man die Ohren der Kinder. Und fragten sie nach den seltsamen Katzenaugen mit der geschlitzten Pupille, gab man ihnen zur Antwort, lieber den Mund zu halten, sonst werde man auch ihnen die Ohren spitz schneiden. Den Erwachsenen selbst fiel es schwer, einem Elf in die Augen zu sehen, was einer der Gründe war, aus denen das Westvolk die Menschen für vertrauensunwürdig und zweifelhaft hielt.

Devaberiel war deshalb wenig überrascht, als die Wachen am Tor von Dun Gwerbyn ihn zunächst anstarrten und dann rasch den Blick abwandten. Dasselbe taten sie bei seinen Begleitern Jennantar und Calonderiel. Die beiden Packpferde aber, die die Schlitten zogen, und vor allem die zwölf reiterlosen Pferde, sahen sie genau an.

»Wollt Ihr die verkaufen?« fragte eine der Wachen. »Dann müßt Ihr nämlich Steuern zahlen.«

»Nein. Ich bringe sie dem Tieryn als Tribut.«

»Ah. Dann dürft Ihr passieren.«

Jennantar und Calonderiel waren zwar schon einmal in Eldidd gewesen, aber nie in einer Stadt. Devaberiel bemerkte, wie verächtlich sie die schmutzigen Rundhäuser, die triefenden, rauchdunklen Strohdächer und die engen Straßen betrachteten, die sich scheinbar ziellos dahinschlängelten. Devaberiel selbst war ein wenig unbehaglich zumute bei dieser Enge. Man hatte in einer Menschenstadt nie einen freien Blick, ganz gleich, wohin man sich wandte.

»Wir werden doch nicht lange hierbleiben, oder?« murmelte Calonderiel.

»Nein. Du kannst gleich weiterreiten, wenn wir die Pferde zum Dun gebracht haben.«

»O nein. Ich möchte Rhodry sehen, und Cullyn ebenfalls.«

Cullyn bekamen sie sofort zu sehen, denn er stand zufällig im offenen Tor des Dun, als sie den Hügel hinaufschnauften. Er rief einen Gruß und eilte ihnen entgegen. Obwohl Devaberiel schon viel über diesen Mann gehört hatte, den man allgemein für den besten Schwertkämpfer in Deverry hielt, war er auf diesen Anblick nicht vorbereitet. Cullyn war über sechs Fuß groß, breitschultrig und muskulös. Eine alte Narbe zog sich über seine linke Wange, und der Blick seiner blauen Augen trug wenig dazu bei, den grimmigen Eindruck zu stören. Diese Augen waren so kalt wie ein Wintersturm, selbst als er lächelte und Calonderiel die Hand schüttelte.

»Das ist ein Geschenk der Götter«, sagte Cullyn. »Ich freue mich, Euch hier zu sehen.«

»Ich freue mich ebenfalls«, sagte der Kriegsführer. »Wir bringen Lady Lovyan und dem jungen Rhodry Tribut.«

»Unsere Herrin wird den Tribut gern entgegennehmen.« Sein Blick wurde noch grimmiger. »Aber Gwerbret Rhys von Aberwyn hat Rhodry im letzten Herbst ins Exil geschickt.«

»Wie bitte?« fragten alle drei Elfen gleichzeitig.

»Ihr habt richtig gehört. Aber kommt herein, damit ich Euch die Geschichte bei einem Krug Bier in der Halle des Tieryn erzählen kann.«

Als sie ihre Pferde zur Festung führten, fühlte sich Devaberiel, als hätte man ihm in den Magen getreten.

»Cullyn?« sagte er. »Wo ist Rhodry jetzt?«

»Er reitet den langen Weg – er ist ein Silberdolch. Wißt Ihr, was das bedeutet, guter Herr?«

»Ja. Ihr Götter, das heißt, er könnte überall im Königreich sein.«

Als sie in den Hof kamen, rannten ihnen schon Diener und Stallburschen entgegen und stießen begeisterte Rufe über die Pferde aus. Die Elfenpferde, bekannt als Westjäger, mit breiter Brust und fein geschnittenen Köpfen, waren normalerweise Graue, Braune oder Füchse, aber ein paar hatten auch die Farbe von Gold. Devaberiel hatte zwar eine goldfarbene Stute mitgebracht, die er als Geschenk für seinen Sohn gedacht hatte, aber nun war er versucht, sie wieder mitzunehmen. Nein, sagte er sich schließlich, ich bin Lovvy etwas dafür schuldig, daß sie mir einen Sohn geschenkt hat.

Das Hufgeklapper und Geschrei hatte offenbar auch Lovyans Neugier erweckt, denn nun kam sie aus dem Broch und auf die Männer zu. In einem Kleid aus roter Bardekseide, gebunden mit einer Schärpe aus rot-weiß-braunen Karos ihres Clans, bewegte sie sich so schwungvoll wie ein junges Mädchen, aber als sie näher kam, zerriß es Devaberiel zum zweiten Mal an diesem Tag beinahe das Herz. Sie war alt geworden, ihr Gesicht war von Falten durchzogen, ihr Haar von grauen Strähnen. Sie warf ihm einen Blick zu, erstarrte ein wenig und sah ihn so ausdruckslos an, als wären sie einander nie begegnet. Er empfand tiefstes Mitgefühl, und er bedauerte es abermals, überhaupt hergekommen zu sein. Sie wurde alt, während er immer noch wie ein Zwanzigjähriger aussah. Es war eine der seltenen Gelegenheiten in seinem Leben, an denen es ihm an Worten fehlte.

»Lady Lovyan«, sagte Calonderiel mit einer Verbeugung. »Euer Gnaden, Tieryn von Dun Gwerbyn. Wir bringen Euch Tribut, zum Zeichen Eurer Macht und Oberherrschaft.«

»Ich danke Euch, guter Herr. Ich bin ausgesprochen erfreut über ein so großartiges Geschenk. Kommt und teilt die Gastfreundschaft meiner Halle.«

Da er sich schlecht weigern konnte, folgte Devaberiel ihr. Um Cullyn eine Gunst zu erweisen, bat Lovyan ihn zu sich und den Gästen an den Ehrentisch. Nachdem man allen Met serviert hatte, berichtete der Hauptmann über die Gründe für Rhodrys Exil. Es fiel Devaberiel schwer zuzuhören, denn innerlich verfluchte er sich ununterbrochen dafür, daß er überhaupt gekommen war und damit sowohl sich selbst als auch dieser Frau, die er einmal geliebt hatte, solchen Schmerz bereitete. Als der Bericht zu Ende war, tranken alle schweigend. Devaberiel wagte noch einen Blick zu Lovyan und stellte fest, daß sie ihn ansah. Als ihre Blicke einander begegneten, geriet Lovyans Fassung einen Moment lang ins Wanken, ihr Blick wurde so gequält, ihr Mund so angespannt, daß er schon befürchtete, sie würde weinen. Dann wandte sie den Blick ab, und es war vorüber.

»Nun, ihr guten Herren vom Westvolk«, sagte sie, »werdet Ihr Euch einige Zeit in meiner Festung aufhalten?«

»Ich danke Euch für die Ehre, Euer Gnaden«, sagte Devaberiel. »Aber mein Volk ist daran gewöhnt, durch Wiesen und Wälder zu ziehen. Wir fühlen uns zwischen Steinmauern nicht wohl. Würde es Euer Gnaden großes Mißvergnügen bereiten, wenn wir unser Lager vor der Stadt aufschlügen und uns dann wieder auf den Weg machten?«

»Wie kann ich den Männern, die mir gerade ein solches Geschenk gebracht haben, eine Gunst verweigern? Ich habe zwei Meilen nördlich ein Jagdrevier. Ich gebe Euch ein Zeichen für meine Wildhüter mit, und Ihr könnt dort lagern, solange Ihr wollt.«

Sie dankte ihm mit einem Blick dafür, daß er sich so schnell wieder aus ihrer Nähe entfernte.

Aber sie hatten die Gelegenheit, ein paar vertrauliche Worte zu wechseln, als die Diener die Reit- und Packpferde der Elfen brachten. Cullyn und die beiden anderen standen auf den Stufen und unterhielten sich so ernsthaft, wie es alte Kampfgenossen eben tun. Lovyan bat den Barden mit einer Geste, ihr ein paar Schritte weiter zu folgen.

»Bist du nur gekommen, um mir die Pferde zu bringen?« fragte sie.

»Nein. Ich wollte unseren Sohn sehen.«

»Du weißt es also?«

»Ja. Lovva, bitte verzeih mir. Ich hätte nie herkommen sollen, und ich schwöre dir, du wirst mich niemals wiedersehen.«

»Das wäre das Beste. Rhodry darf die Wahrheit nie erfahren. Ist dir das klar?«

»Selbstverständlich. Ich wollte mir den Jungen nur einmal ansehen.«

Sie lächelte.

»Er sieht dir so ähnlich, nur daß er das dunkle Eldidd-Haar hat. Er ist ein hübscher Junge, unser Rhodry.«

Er griff nach ihrer Hand und drückte sie, dann ließ er sie wieder los, ehe jemand etwas bemerken konnte.

»Ich frage mich, ob ich ihn je zu sehen bekomme«, sagte er. »Ich wage nicht, weiter nach Osten zu reiten. Im Rest des Königreichs wissen sie noch nicht, wie man unsere Ohren und Augen am besten ignoriert.«

»Das ist wahr. Weißt du, ich habe zwar immer gehört, daß dein Volk langlebig ist, aber mir war nicht klar, wie jung du bleiben würdest.« Ihre Stimme brach. »Oder ist es wahr, daß ihr ewig lebt?«

»Nicht ewig, aber sehr lange Zeit. Und wir altern auch, aber nur dann, wenn wir zum Sterben bereit sind. So wissen wir, daß es Zeit ist, uns auf den letzten Ritt vorzubereiten.«

»Ja?« Sie wandte den Blick ab und hob unbewußt die Hand an ihre faltige Wange. »Vielleicht sind wir besser dran, denn wir altern zwar früh, aber wir wissen nie, wann wir sterben werden.«

Er seufzte und erinnerte sich an seinen Schmerz, als das Haar seines Vaters grau geworden und seine Lebenskraft geschwunden war.

Er ging rasch davon, denn er spürte, daß die unterdrückten Tränen ihm die Kehle zusammenschnürten.

Als sie die Stadt verließen, schwieg Devaberiel. Die anderen gestanden ihm das zu, bis sie das Jagdrevier erreichten. Lovyans Wildhüter brachte sie zu einer Lichtung mit einem Bach, wo es gutes Gras für die Pferde gab, bemerkte, es gäbe in diesem Jahr viel Wild, und ritt dann rasch davon. Sie stellten das rote Zelt auf, pflockten die Pferde an und sammelten ein paar Stöcke Feuerholz zusätzlich zu ihren Vorräten an getrocknetem Dung. Immer noch schwieg Devaberiel. Endlich konnte Calonderiel es nicht mehr aushalten.

»Es war ziemlich dumm, hierher zu kommen«, meinte er.

»Unser Kriegsführer ist für sein Taktgefühl bekannt«, fauchte Devaberiel. »Bei der finsteren Sonne, wieso mußt du einem durstigen Mann Galle in den Becher gießen?«

»Es tut mir leid, aber ...«

»Du vergißt den Rosenring«, warf Jennantar ein. »Der Dweomer sagte, Rhodry sollte ihn haben.«

»Das stimmt«, meinte Calonderiel. »Also nehme ich an, Dev hatte eine Ausrede.«

Vor sich hinschimpfend lud Devaberiel den Metschlauch

vom Schlitten. Jennantar folgte ihm und hockte sich neben ihn.

»Nimm dir das, was Cal sagt, nicht so zu Herzen. Er ist doch immer so.«

»Dann bin ich verdammt froh, daß ich nicht in seiner Armee diene.«

»Man muß sich daran gewöhnen. Aber ich habe mich gefragt, wie du dem Jungen nun den Ring überbringen willst? Hast du eine Idee?«

»Ich habe auf dem Weg darüber nachgedacht. Weißt du, ich habe einen weiteren Sohn, der eine Deverrianerin zur Mutter hat. Er sieht ihr ähnlicher als uns.«

»Ja, natürlich – Ebañy.« Jennantar schien beunruhigt. »Aber willst du ihm den Ring wirklich anvertrauen?«

»Ich weiß, was du denkst, und ich habe selbst meine Zweifel. Ihr Götter, er ist ein wilder Bursche! Vielleicht hätte ich ihn nie von seiner Mutter wegholen sollen, aber das arme Mädchen hätte nie ein Kind alleine durchbringen können, und ihr Vater war wütend über ihre Schwangerschaft. Manchmal verstehe ich diese Männer aus Deverry nicht. Sie müssen das Kind nicht austragen, also was geht es sie an, wenn ihre Tochter eins bekommt? Aber wenn ich Ebañy als Vater auftrage, Rhodry den Ring zu bringen, wird er es zweifellos tun. Das ist genau die Art von Abenteuer, die ihn interessieren wird.«

»Weißt du, wo er ist?«

»Nein, und das ist das eigentliche Problem. Das weiß man bei dem Jungen doch nie. Ich muß einfach überall erzählen, daß ich ihn sprechen will, und hoffen, daß er bald davon erfährt.«

In jener Zeit, im elften Jahrhundert nach der Großen Wanderung, war Cerrmor auf mehrere hunderttausend Einwohner angewachsen. Es erstreckte sich nicht nur am Fluß entlang.

Reiche Kaufleute hatten sich auch Villen auf den Klippen gebaut, weit weg vom Lärm und Dreck der Stadt. Die Festung, in der Glyn einmal regiert hatte, war vor hundert Jahren dem Erdboden gleichgemacht worden, und man hatte für die Gwerbrets von Cerrmor eine neue, noch größere errichtet. Unten, direkt am Fluß gab es einen Stadtteil, der nichts Glänzendes an sich hatte. Bordelle, billige Schenken und Tavernen standen dicht nebeneinander in einem Labyrinth aus sich schlängelnden Straßen und Gassen, das anständige Bürger nie betraten, mit Ausnahme der Stadtwachen des Gwerbret, die häufiger herkamen, als den Einwohnern lieb war. Das Viertel hieß »die Bilge«.

Immer, wenn er in die Bilge ging, bewegte Sarcyn sich rasch und wickelte seine Aura fest um sich, ein Zauber, der bewirkte, daß man ihn kaum bemerkte. Er war nicht wirklich unsichtbar – jeder, der direkt auf ihn zugekommen wäre, hätte ihn gesehen –, aber er erweckte einfach keine Aufmerksamkeit, besonders, wenn er sich in der Nähe von Mauern oder im Schatten hielt. An diesem Nachmittag war es wolkig, und mehrere Leute stießen beinahe mit ihm zusammen, weil sie ihn nicht bemerkten. Dennoch hielt er die Hand am Schwertgriff.

Es war später Nachmittag, und die Straßen wurden voller. Seeleute, die ihre Heuer verprassen wollten, schlenderten umher, und Straßenhändler boten billiges Essen und noch billigere Andenken an. Auch ein paar Huren waren schon unterwegs. Hier und da sah er eine Gruppe von Seeleuten aus Bardek mit säuberlich bemalten, bräunlichen Gesichtern, das dunkle Haar geölt. Einmal kamen sechs Stadtwachen vorbei, dicht in Doppelreihe, die Waffen in Bereitschaft. Sarcyn duckte sich in einen Eingang und blieb dort, bis sie weit entfernt waren. Obwohl er lange nicht in der Bilge gewesen war, kannte er sich hier gut aus. Er war hier geboren.

Endlich erreichte er sein Ziel: ein zweistöckiges Rundhaus

mit einem frisch gedeckten Dach und ordentlich weiß gestrichenen Wänden. Gwenca konnte es sich leisten, ihr Bordell zu pflegen, denn ihre Kunden stammten aus besseren Kreisen. Er blieb an der Tür stehen, ließ seine Aura los und betrat dann die Taverne im Erdgeschoß. Rund um die Wendeltreppe in der Mitte standen Holztische auf sauberem Stroh. Ein Torffeuer brannte in der Feuerstelle, denn die jungen Frauen, die auf gepolsterten Bänken saßen, waren entweder nackt oder trugen nur durchsichtige Hemden aus Bardek. Ein Mädchen, das sich ein schwarzes Seidentuch um die nackten Hüften gebunden hatte, kam auf ihn zu. Ihre blauen Augen waren geschminkt, und ihr langes blondes Haar duftete nach Rosen.

»Wir haben dich hier lange nicht gesehen, Sarco«, sagte sie. »Hast du was dabei?«

»Ja, aber eure Herrin wird es euch später geben.«

Ein Schweißtropfen lief ihr zwischen die Brüste. Er streckte die Hand aus und wischte ihn ab, nahm die Hand nur zögernd wieder weg. Sie seufzte und kam noch näher.

»Wo ist Gwenca?«

»Im Keller, aber kannst du mir nicht schon ein bißchen geben? Dann zeige ich mich gern erkenntlich.«

Er küßte sie, aber dann riß er sich los und grinste sie an. »Du kriegst nichts, ehe deine Herrin es nicht erlaubt.«

Der Mann hinter der Theke räumte zwei Bierfässer zur Seite und hob dann die Falltür, um Sarcyn in den Keller zu lassen, der auf den ersten Blick ganz gewöhnlich aussah: Bier- und Metfässer standen an den Wänden, Schinken und Netze mit Zwiebeln hingen von der Decke. Aber auf einer Seite des Raums war eine Tür, und als er klopfte, fragte eine rauhe Frauenstimme, wer da sei.

»Sarcyn. Ich komme aus Bardek zurück.«

Die Tür ging auf, und Gwenca stand lächelnd vor ihm. Sie war um die Fünfzig, eine untersetzte Frau mit hennagefärbtem

Haar und braunen Augen, die in einem Netz von Falten und Tränensäcken lagen. An jedem Finger trug sie einen Edelsteinring, um ihren Hals hing eine Kette mit einem Talisman gegen den Bösen Blick. Sarcyn lächelte innerlich; sie kannte ihn nur als Drogenhändler und hatte keine Ahnung, daß er genau die Art Mann war, der einen Bösen Blick einsetzen konnte.

»Komm rein, schöner Mann. Ich hoffe, du hast etwas anzubieten.«

»Ja, und es ist von guter Qualität.«

Gwencas Privaträume waren stickig. Obwohl es nahe der Decke Luftschlitze gab, roch es nach Parfüm und altem Opiumrauch, als strömten die Wandbehänge und Kissen diesen Duft aus. Gwenca setzte sich an einen kleinen Tisch, während Sarcyn den Schwertgürtel ablegte und sich das Hemd über den Kopf zog. An seinem Hals hingen zwei flache Lederbeutel. Er nahm einen davon ab und warf ihn ihr zu.

»Fünfzig Silberstücke pro Riegel. Du wirst schon sehen warum, wenn du den Beutel öffnest.«

Mit gierigen Fingern schnürte sie den Beutel auf und holte den ersten Riegel heraus, etwa drei Zoll lang und zwei Zoll breit. Sie wickelte das ölige Pergament ab und schnupperte an dem glatten, schwarzen Opium.

»Sieht gut aus«, meinte sie. »Aber ich sage kein weiteres Wort, ehe ich es nicht probiert habe.«

Eine Laterne stand auf dem Tisch, neben einer langen weißen Tonpfeife und ein paar Fidibussen. Sie schabte mit ihrem Tischdolch genug für eine Pfeifenfüllung von dem Riegel ab, stopfte die Pfeife und zündete sie an. Der erste Zug ließ sie husten, aber sie saugte weiter.

»Hervorragend«, sagte sie mit einem weiteren bellenden Husten. »Wie teuer ist es, wenn ich zehn Riegel kaufe?«

»Fünfzig Silberstücke.«

»Wie? Keine Ermäßigung?«

»Nein.«

»Nun, dann kaufe ich vielleicht überhaupt nichts.«

Er lächelte einfach nur und wartete.

»Du bist ein harter Mann, Sarco.« Widerstrebend legte sie die Pfeife nieder, um das Geld zu holen.

Während Sarcyn die Riegel zählte, verschwand sie in einer weiteren Kammer und kehrte mit einer ganzen Handvoll Silber zurück.

»Möchtest du eins der Mädchen, während du hier bist?« fragte sie, als sie ihm das Geld überreichte. »Selbstverständlich umsonst.«

»Danke, aber ich habe keine Zeit.«

»Komm heute abend zurück, wenn du willst.«

»Ja. Diese Blonde mit den geschminkten Augen – sie soll sich bereithalten. Wirst du dich daran erinnern, daß du sie mir umsonst versprochen hast?«

Gwenca entblößte lächelnd ihre Zahnlücken.

»Wenn es um dich geht, ja. Hm. Jemand hat mir mal gesagt, du hättest mehr für Knaben übrig. Haben diese Leute gelogen?«

»Was geht es dich an?«

»Nichts. Ich hab mich nur gefragt. Was ist, bist du wie einige dieser Kaufleute aus Bardek, die die Würfel mit beiden Händen werfen können? Sie haben ihren Spaß mit den Backen *und* dem Pelz.«

Sarcyn starrte sie an.

»Alte Frau, du gehst zu weit.«

Gwenca zuckte zurück. Während Sarcyn sich wieder anzog, blieb sie in der Ecke hocken und betastete ihr Amulett.

Als er die Bilge verließ, wandte sich Sarcyn flußaufwärts und blieb, wenn irgend möglich, den Hauptstraßen fern. Um unauffälliger zu bleiben, hatte er sich in einem anderen ärmlichen Stadtviertel ein Zimmer genommen. Er wäre niemals in der Bilge geblieben, die zu viele schmerzliche Erinnerungen barg. Seine Mutter war eine teure Hure in einem Haus ganz ähnlich dem Gwencas gewesen. Aus einer Laune heraus hatte sie zwei ihrer zahlreichen Schwangerschaften tatsächlich ausgetragen, Sarcyn und seine jüngere Schwester Evy. Sie hatte sie abwechselnd verwöhnt und ignoriert, bis sie schließlich ein betrunkener Seemann erwürgt hatte, als Sarcyn sieben und Evy drei Jahre alt gewesen war. Der Bordellbesitzer hatte die Kinder auf die Straße geworfen, wo sie sich monatelang bettelnd durchschlugen, unter Wagen oder in zerbrochenen Bierfässern schliefen und kämpfen mußten, um die größeren Jungen davon abzuhalten, ihnen das wenige Essen zu stehlen, das sie sich zusammenbetteln konnten.

Dann war eines Tages ein gutgekleideter Kaufmann bei ihnen stehengeblieben, um ihnen eine Kupfermünze zu geben, und hatte gefragt, wieso sie bettelten. Als Sarcyn es ihm erzählte, gab er ihnen ein paar Münzen, und an diesem Tag hatten sie zum erstenmal seit Monaten volle Bäuche. Natürlich hielt Sarcyn weiter Ausschau nach diesem großzügigen Menschen. Jedesmal, wenn er Alastyr sah, gab der Kaufmann ihm mehr und blieb außerdem stehen, um sich mit den Kindern zu unterhalten. Obwohl Sarcyn eine frühreife Straßenratte war, gelang es Alastyr, sein Vertrauen zu erwerben. Als der Kaufmann den Kindern anbot, sie bei sich aufzunehmen, weinten sie vor Dankbarkeit.

Einige Zeit behandelte Alastyr sie freundlich, aber distanziert. Sie hatten gute Kleidung, warme Betten und so viel Essen, wie sie wollten, aber sie bekamen ihren Wohltäter selten zu sehen. Wenn er daran zurückdachte, wie glücklich er in dieser Zeit gewesen war, war Sarcyn nur noch angewidert darüber, was für ein kleiner Dummkopf er doch gewesen war. Eines nachts kam Alastyr in seine Schlafkammer, lockte ihn zunächst mit Versprechungen und Zärtlichkeiten und nahm ihn dann gewaltsam. Er erinnerte sich, wie er hinterher zusammengerollt auf dem Bett gelegen und vor Schmerz und Scham geweint hatte. Er hatte zwar daran gedacht wegzulaufen, aber draußen gab es für ihn nur die kalten und schmutzigen Straßen. Nacht um Nacht ertrug er die Begierde des Kaufmanns, und sein einziger Trost war, daß Alastyr kein Interesse an seiner Schwester zeigte. Irgendwie wollte er Evy die Schande ersparen.

Aber sobald sie nach Bardek gezogen waren, wandte Alastyr seine Aufmerksamkeit dem Mädchen zu, vor allem, nachdem Sarcyn die Pubertät erreicht hatte und für ihn im Bett weniger interessant geworden war. Von dem Jahr an, in dem Sarcyns Stimme brach, begann Alastyr ihn für seine Dweomerarbeit zu nutzen. Zum Beispiel zwang er ihn zur Fernsicht oder hypnotisierte ihn so stark, daß Sarcyn keine Ahnung hatte, was er in Trance tat. Alastyr bot an, ihn für diese Arbeit zu bezahlen: Er wollte ihn im dunklen Dweomer unterrichten. Evy brachte er nichts bei. Als sie die Pubertät erreichte, verkaufte Alastyr sie an ein Bordell.

Nachdem nicht einmal seine Schwester mehr von seinem alten Leben übriggeblieben war, ergab sich Sarcyn ganz dem dunklen Dweomer. Das war alles, was er hatte. Nicht, daß er das selbst so ausgedrückt hätte. In seiner Vorstellung ertrug er die ersten Stadien einer schweren Lehrzeit, um sich als der dunklen Macht würdig zu erweisen. Und so war er immer noch an Alastyr gebunden, obwohl er ihn derart haßte, daß er manchmal ausführlich davon träumte, ihn zu töten. Es war es wert, diesen Lehrer zu ertragen, um weitere Kenntnisse zu erwerben – das sagte er sich jedenfalls immer wieder. Immerhin würde er jetzt, solange er seine Waren verkaufte, einige Zeit frei von Alastyr sein. Der Meister blieb nie lange in Cerrmor; es gab hier zu viele Leute, die ihn wiedererkennen konnten.

Sein Weg zu seinem Gasthaus führte ihn über einen der vielen offenen Plätze der Stadt. Obwohl kein Markttag war, hatte sich doch eine beträchtliche Menschenmenge um eine Bühne gedrängt, die man aus Brettern und Bierfässern zusammengefügt hatte. Darauf stand ein hochgewachsener, schlanker Mann mit dem hellsten Haar, das Sarcyn je gesehen hatte, und rauchgrauen Augen. Er sah sehr gut aus, seine ebenmäßigen Züge hatten beinahe etwas Mädchenhaftes. Sarcyn blieb stehen. Der Mann auf der Bühne zog mit großer Geste einen Seidenschal aus dem Hemdsärmel, warf ihn nach oben und ließ ihn scheinbar mitten in der Luft verschwinden. Die Menge lachte begeistert.

»Ich grüße Euch, gute Bürger. Ich bin ein reisender Sänger, ein Geschichtenerzähler, der nichts als Lügen, Scherze und Frivolitäten verkauft. Kurz gesagt, ich bin ein Gerthddyn, der euch für ein paar angenehme Stunden ins Nimmerleinsland entführen will.« Er ließ den Schal wieder erscheinen und abermals verschwinden. »Ich komme aus Eldidd, und ihr könnt mich Salamander nennen, denn mein richtiger Name ist so lang, daß ihr ihn euch ohnehin nicht merken könnt.«

Lachend warfen ihm ein paar Leute Kupferstücke zu. Sarcyn überlegte, ob er nicht einfach ins Gasthaus zurückkehren sollte, denn diese Art Unsinn hatte einem Mann wie ihm, der die wahre Dunkelheit der Welt kannte, nichts zu bieten. Andererseits versprach dieser Gerthddyn tatsächlich ein guter Geschichtenerzähler zu sein. Als er mit einer Geschichte von König Bran und einem mächtigen Zauberer der Dämmerungszeit begann, breitete sich faszinierendes Schweigen aus. Er spielte alle Rollen, sprach in anmutigem Singsangton, wenn es um ein schönes Mädchen ging, fauchte und zischte als der böse Zauberer, dröhnte als der mächtige König. Hin und wieder gehörte auch ein Lied zu der Geschichte, und er sang mit klarer

Tenorstimme. Als er nach der Hälfte innehielt und vorgab, erschöpft zu sein, regneten die Münzen auf ihn nieder, um ihn wiederzubeleben.

Obwohl er sich dabei dumm vorkam, genoß Sarcyn jeden Moment der Geschichte. Er war aus mehr als den offensichtlichen Gründen amüsiert. Wann immer die Menge vor angenehmer Angst bei den schrecklichen Taten des bösen Zauberers schauderte, lachte Sarcyn innerlich. All diese wilden Schlächtereien und lächerlichen Intrigen, um Menschen sinnlos Schaden zuzufügen, hatten keinen Platz im dunklen Dweomer. Nicht ein einziges Mal kam die Geschichte dem wahren Zweck dieser Bestrebungen nahe: Macht. Zunächst kasteite ein Mann sich, bis er so kalt und hart wie ein Eisenbarren war, dann benutzte er diese eiserne Seele, um einer feindseligen Welt das zu entringen, was er wollte. Ja, manchmal starben andere auch dabei oder wurden zerbrochen, aber dann waren sie schwach und verdienten es nicht besser. Ihr Schmerz war nur eine Nebenwirkung, nicht das Ziel der Sache.

Endlich hatte der Gerthddyn seine Geschichte beendet. Die Heiserkeit seiner Stimme zeigte, daß er keine andere erzählen würde, ganz gleich, wie sehr die Menge ihn bitten würde. Als die Zuschauer sich zerstreuten, sprang der Gerthddyn von seiner Bühne und ging ebenfalls davon. Sarcyn holte ihn ein und drückte ihm eine Silbermünze in die Hand.

»Das war die am besten erzählte Geschichte, die ich je gehört habe. Darf ich Euch zu einem Krug Bier einladen? Ihr müßt Euch dringend die Kehle anfeuchten.«

»O ja.« Salamander sah ihn einen Augenblick an, dann lächelte er schwach. »Aber leider kann ich Eure großzügige Einladung nicht annehmen. Ich habe hier in der Stadt ein Mädchen, das schon sehnsüchtig auf mich wartet.«

Er betonte das Wort »Mädchen« gerade genug, um sich ohne Unhöflichkeit deutlicher auszudrücken.

»Also gut«, meinte Sarcyn. »Dann mache ich mich auf den Weg.«

Sarcyn war eher beunruhigt als enttäuscht. Entweder hatte der Gerthddyn ungewöhnlich gute Augen, oder er hatte mehr von seinem Interesse enthüllt als beabsichtigt. Schließlich kam er zu der Ansicht, daß ein Mann, der sein Geld auf der Straße verdiente, genug gesehen haben mußte, um eine solche Einladung zu erkennen. Am Rand des Platzes blieb er noch einmal stehen, um einen letzten Blick auf den gutaussehenden Gerthddyn zu werfen, und er sah, wie das Wildvolk hinter ihm hertrabte. Sarcyn erstarrte. Obwohl Salamander seine seltsamen Begleiter nicht zu bemerken schien, konnte ihre Begeisterung für ihn schon bedeuten, daß er ein Dweomermann des Lichts war. Du hattest verdammtes Glück, daß er die Einladung abgelehnt hat, sagte er sich. Dann eilte er zu seinem Gasthaus. Er wollte auf jeden Fall vermeiden, daß dieser Gerthddyn ihn noch einmal zu sehen bekam.

Am Morgen lichtete sich die Wolkendecke, und die Frühlingssonne beschien den Hafen. Als er auf dem Achterdeck seines Handelsschiffes stand, fragte Elaeno, der Schiffsbesitzer, wie es die Barbaren hier in diesem Wetter in Wollhosen aushalten konnten. Obwohl er selbst ein einfaches Leinenhemd und Sandalen trug, war die feuchte Hitze schwer zu ertragen. Auf Orystinna, seiner Heimatinsel, waren die Sommertage zwar auch heiß, aber es war eine trockene Hitze, die leichter zu verkraften war. Unter ihm auf dem Hauptdeck arbeiteten die Hafenarbeiter aus Cerrmor mit nacktem Oberkörper. In der Nähe wachte Masupo, der Kaufmann, der das Schiff für diese Fahrt gemietet hatte, über jedes Faß und jeden Ballen. Einige enthielten feine Glaswaren, die er an die Adligen der Barbaren verkaufen wollte.

»Herr?« rief der Maat. »Die Zöllner wollen Euch sprechen.«

»Ich komme sofort.«

Am Kai warteten drei blonde, blauäugige Deverrianer, die man so schwer voneinander unterscheiden konnte wie die meisten dieser Barbaren hier in Cerrmor. Als Elaeno sich näherte, sahen sie ihn erst verblüfft an, dann bemühten sie sich um einen höflichen Gesichtsausdruck. Daran war er gewöhnt, denn selbst auf den Inseln, die die Deverrianer unter dem Namen Bardek zusammenfaßten, mußte er sich solche Blicke gefallen lassen. Wie viele der Männer von seinen Heimatinseln war er beinahe sieben Fuß groß, schwer gebaut, und seine Haut war von einem tiefen bläulichen Schwarz und nicht von einer der gewöhnlichen Braunschattierungen.

»Guten Morgen, Kapitän«, sagte einer der Barbaren. »Ich bin Lord Merryn und überwache die Zollangelegenheiten für seine Gnaden Gwerbret Ladoic von Cerrmor.«

»Ich wünsche Euch einen guten Morgen, Herr. Womit kann ich Euch dienen?«

»Wir brauchen Eure Genehmigung, um das Schiff zu durchsuchen, nachdem die Fracht abgeladen ist. Ich weiß, das ist eine Unannehmlichkeit, aber wir haben Probleme mit einer bestimmten Art Schmuggelware. Wenn Ihr darauf besteht, werden wir Euer Schiff verschonen, aber das würde bedeuten, daß keiner Eurer Männer an Land gehen darf.«

»Ich habe nichts gegen eine Durchsuchung. Ich wette, Euer Gnaden sprechen von Opium und Giften, und mit diesen Dingen habe ich nichts zu tun.«

»Dann bedanke ich mich. Es ist auch meine Pflicht, Euch zu warnen: Wenn Ihr Sklaven an Bord habt, werden wir sie nicht für Euch einfangen, falls sie in die Freiheit entfliehen.«

»Die Menschen auf meiner Insel halten keine Sklaven.« Elaeno hörte das Knurren in seiner Stimme. »Verzeiht, Herr. Das ist ein unangenehmes Thema bei uns, aber das könnt Ihr selbstverständlich nicht wissen.«

»Nein. Ich bitte um Entschuldigung, Kapitän.«

Die beiden anderen Zöllner schienen ausgesprochen verlegen zu sein. Elaeno selbst war unbehaglich zumute. Er war nicht besser als sie, das wußte er. Er neigte ebenfalls dazu, Ausländer in einen Topf zu werfen, wenn er nicht aufpaßte.

»Ich muß Euch rühmen, wie gut Ihr unsere Sprache beherrscht«, sagte Merryn nach einem Augenblick.

»Ich danke Euch. Ich habe sie schon als Kind gelernt. Meine Familie hatte einen Logiergast aus Deverry, einen Kräutermann, der bei einem unserer Ärzte studierte. Und da wir ein Handelshaus sind, tauschte mein Vater den Sprachunterricht gegen Kost und Logis.«

»Aha. Klingt, als hättet Ihr dabei ein gutes Geschäft gemacht.«

»Ja.« Elaeno dachte, daß der Handel sogar noch mehr abgeworfen hatte, als diese Männer wissen konnten.

Sobald die Waren ausgeladen waren, prüften ein paar Zöllner sie und stritten sich mit Masupo über den Zoll, während ein zweiter Trupp das Schiff durchsuchte. Elaeno stand auf dem Achterdeck, lehnte sich an die Reling und betrachtete das Sonnenglitzern auf dem Meer. Da Wasser für ihn das vertrauteste Element war, erreichte er Nevyns Geist leicht und hörte den Gedanken des alten Mannes, daß er einen Augenblick brauchen würde, um sich zu konzentrieren. Bald hatte er Nevyns Bild vor Augen.

»*Aha*«, dachte der alte Kräutermann, »*du bist also in Deverry?*«

»*Ja, in Cerrmor. Wir werden wahrscheinlich zwei Wochen im Hafen bleiben.*«

»*Gut. Ich werde in ein paar Tagen da sein. Hast du meinen Brief noch erhalten?*«

»*Ja. Schlechte Nachrichten. Ich habe in mehreren Häfen gefragt, und ich habe ein paar Informationen für dich.*«

»Wunderbar. Sag mir jetzt nichts, es könnte sein, daß jemand zuhört.«

»Dann sehen wir uns, wenn du hier bist. Ich werde an Bord wohnen.«

»Gut. Ach ja, Salamander ist in Cerrmor. Er wohnt im Blauen Papagei – ein passender Name.«

»Zur Schwatzenden Elster wäre noch besser. Ihr Götter, es ist schwer zu glauben, daß der Junge wirklich einer von uns ist.«

»Was erwartest du vom Sohn eines Elfenbarden? Aber unser Ebañy ist nützlich, wie wild er auch sein mag.«

Drei Tage später stand Sarcyn vor einer Taverne am Rand der Bilge. Die Aura fest um sich gewickelt, lehnte er sich an das Haus und wartete auf den Kurier. Er sagte nie einem der Leute, die Drogen und Gifte nach Deverry schmuggelten, wo er wohnte. Sie wußten, daß sie ihn hier finden würden, und dann brachte er sie für die eigentliche Transaktion an einen sicheren Ort. Kurze Zeit später sah er Dryns untersetzte Gestalt die Straße entlangkommen. Sarcyn wollte gerade seine Aura loslassen und sich zeigen, als sechs Stadtwachen aus einer Gasse kamen und den Kaufmann umstellten.

»Stehenbleiben!« rief einer. »Im Namen des Gwerbret.«

»Was soll denn das, guter Mann?« Dryn versuchte angestrengt zu lächeln.

»Das erklären wir auf der Wache.«

Sarcyn blieb nicht, um noch mehr zu hören. Er glitt um die Ecke der Taverne, dann rasch durch den Irrgarten der Bilge. Er schlug Haken um Haken, bis er schließlich die Bilge an der Nordseite verließ und sich auf den Weg zu seinem Gasthaus machte. Er zweifelte nicht daran, daß Dryn alles verraten würde, um seine eigene Haut zu retten.

Aber bevor die Wachen Sarcyns Namen und Beschreibung

aus ihm herausprügeln konnten, war Sarcyn schon im Sattel und auf dem Weg nach Norden.

In seinem Gerichtssaal hielt Gwerbret Ladoic ein Malover. Er saß an einem polierten Ebenholztisch, unter der Schiffsflagge seines Rhan, und das goldene Zeremonienschwert lag vor ihm. Auf beiden Seiten saßen Belpriester. Die Zeugen standen zur Rechten, Lord Merryn, drei Stadtwachen, Nevyn und Elaeno. Vor ihm knieten die Angeklagten, der Gewürzhändler Dryn und Edyl, Kapitän des Handelsschiffs *Leuchtender Stern*. Der Gwerbret lehnte sich zurück und rieb sich das Kinn, als er über die Aussagen nachdachte, die er gehört hatte. Ladoic war dreißig, ein imposanter Mann, hochgewachsen und muskulös, mit stahlgrauen Augen und hohen Wangenknochen, wie viele hier im Süden sie hatten.

»Die Beweise sind eindeutig«, sagte er. »Dryn, Ihr habt dem Kräutermann verbotene Waren angeboten. Zum Glück ist Nevyn ein ehrenhafter Mann und hat sich an Elaeno gewandt, der sofort den obersten Zöllner informierte.«

»Ich habe diesem verfluchten alten Mann nichts angeboten, Euer Gnaden«, fauchte Dryn. »Er ist derjenige, der mir gegenüber Andeutungen gemacht hat.«

»Das klingt nicht sehr glaubwürdig, und es wäre auch gleich, wenn die Geschichte wahr wäre. Könnt Ihr leugnen, daß die Stadtwachen vier verschiedene Arten von Gift bei Euch fanden, als man Euch verhaftete?«

Dryn sackte zusammen und starrte bedrückt zu Boden.

»Und was Euch angeht, Edycl« – der Gwerbret wandte dem Kapitän seinen kalten Blick zu –, »es ist schön und gut zu behaupten, daß Dryn diese Kräuter ohne Eure Kenntnis verschifft hat, aber warum fanden die Zöllner ein Versteck mit Opium in Eurer eigenen Kabine?«

Edycl zitterte am ganzen Körper und brach in Schweiß aus.

»Ich gestehe, Euer Gnaden. Ihr braucht mich nicht foltern zu lassen. Es ging mir ums Geld. Er hat mir so viel geboten, und das Schiff muß repariert werden, und ich ...«

»Das genügt.« Ladoic sprach einen der Priester an. »Euer Heiligkeit?«

Der alte Priester stand auf und räusperte sich, dann starrte er ins Leere, als er die Gesetze rezitierte.

»Gifte sind den Göttern ein Greuel. Warum? Weil man sie nur zum Morden benutzen kann, nie zur Selbstverteidigung, und daher würde kein Mensch Gifte erwerben wollen, es sei denn, er plant einen Mord. Daher laßt diese eklen Substanzen nicht in Euer Land. Aus den *Edikten des Königs Cynan, 1048.*« Wieder räusperte er sich. »Was ist die angemessene Strafe für einen Giftschmuggler? Nichts wäre angemessener, als daß er an seinen eigenen Waren stirbt. Dies ist der Beschluß von Mabyn, Hohepriester in Du Deverry.«

Als der Priester sich wieder setzte, begann Dryn leise zu weinen. Er tat Nevyn leid; Dryn war kein übler Mensch, er war nur gierig und von den wirklich üblen Gestalten korrumpiert worden. Aber nun lag die Angelegenheit nicht mehr in seinen Händen. Ladoic nahm das goldene Schwert und hielt es mit der Spitze nach oben.

»Die Gesetze haben gesprochen. Dryn, als Akt der Gnade erlaube ich Euch, das am wenigsten schmerzhafte Gift auszuwählen. Was Euch angeht, Edycl, man hat mir gesagt, Ihr hättet vier kleine Kinder, und die Armut habe Euch zu diesem Verbrechen getrieben. Man wird Euch zwanzig Peitschenhiebe geben.«

Dryn hob den Kopf und brach dann schluchzend zusammen; er warf sich hin und her, als spürte er bereits das Gift. Ein Wächter trat vor, schlug ihn, bis er schwieg, und zog ihn dann auf die Beine. Ladoic erhob sich und schlug mit dem Schwertgriff auf den Tisch.

»Der Gwerbret hat gesprochen. Das Malover ist beendet.«

Die Wachen zerrten Dryn weg, ließen Edycl aber zu Füßen des Gwerbret zurück. Rasch leerte sich die Halle, bis nur noch Nevyn und Elaeno mit dem Lord und den Gefangenen allein waren. Ladoic starrte Edycl an wie ein Stück Straßendreck.

»Zwanzig Peitschenhiebe können einen Menschen töten«, meinte er in lässigem Gesprächston, »aber wenn Ihr diesen Herren hier sagt, was sie hören wollen, reduziere ich die Strafe auf zehn.«

»Ich danke Euch, Euer Gnaden, ich danke Euch. Ich werde ihnen alles sagen, was ich weiß.«

»Im vergangenen Jahr habt Ihr in Orystinna überwintert«, sagte Elaeno. »Nach einer sehr späten Überfahrt. Warum?«

»Nun, das war eine seltsame Sache.« Edycl runzelte nachdenklich die Stirn. »Es war wahrhaftig spät, und ich dachte daran, die *Stern* ins Dock zu bringen, als dieser Mann aus Bardek mich ansprach und sagte, einer seiner Freunde, ein sehr reicher Mann, müsse Myleton noch vor dem Winter erreichen. Er bot mir unerhört viel Geld an, wenn ich sie hinüberbrächte. Genug, um trotz der Kosten des Überwinterns in Bardek Profit zu machen, also ging ich darauf ein. Ich überwinterte in Orystinna, weil es billiger ist als Myleton.«

»Aha. Was waren das für Männer?«

»Nun, derjenige, der mich anheuerte, war typisch für die Bewohner von Myleton, eher blaß, und die Gesichtsbemalung kennzeichnete ihn als Mitglied des Hauses Onodanna. Der andere war ein Deverrianer. Er nannte sich Procyr, aber ich bezweifle, daß das sein wirklicher Name war. Er hatte etwas an sich, was mir die Haare sträubte. Aber ich will verflucht sein, wenn ich weiß, was das war, denn er machte keinerlei Ärger. Er blieb meist in seiner Kabine, weil es eine rauhe Überfahrt war, und ich wette, daß es ihm die ganze Zeit kotzelend war.«

»Wie sah dieser Procyr aus?« warf Nevyn ein.

»Nun, guter Herr, da bin ich nicht sicher. Es ist um diese Jahreszeit kalt auf See, und wann immer er an Deck kam, trug er einen Kapuzenumhang. Aber er war um die Fünfzig, würde ich sagen, kräftig gebaut, mit grauem Haar und ziemlich dünnen Lippen und blauen Augen. Aber ich erinnere mich gut an seine Stimme. Sie war irgendwie ölig und zu weich für einen Mann. Ich bekam immer eine Gänsehaut, wenn ich ihn hörte.«

»Zweifellos«, murmelte Nevyn. »Nun, das ist alles, Euer Gnaden. Elaeno und ich sind sicher, daß dieser Mann, den Edycl beschreibt, eine sehr wichtige Rolle im Drogenhandel spielt.«

»Dann werde ich ein Auge offenhalten«, meinte Ladoic, »oder, wenn man die Stimme bedenkt, vielleicht lieber ein Ohr.«

Der angebliche Procyr war selbstverständlich nicht nur ein Drogenkurier. Nevyn war ziemlich sicher, daß er der dunkle Dweomermeister war, der im Sommer zuvor Loddlaens Krieg begonnen hatte, um Rhodry zu töten. Und er fragte sich zum tausendsten Mal, wieso.

Salamander, oder Ebañy Salomonderiel tran Devaberiel, um ihn bei seinem vollständigen Elfennamen zu nennen, übernachtete in einem der teuersten Gasthäuser in Cerrmor. Sein Empfangszimmer war geräumig, mit Teppichen aus Bardek auf dem polierten Holzboden, halbrunden Stühlen mit Kissen und Glas in den Fenstern. Als seine Besucher eintrafen, goß er ihnen Met aus einer Silberkaraffe in Glaskelche. Sowohl Elaeno als auch Nevyn sahen sich säuerlich um.

»Es scheint, als ob sich Eure Talente derzeit wirklich auszahlen«, meinte Nevyn.

»Ja. Ich weiß, daß Ihr mich immer für meinen zugegeben vulgären, extravaganten und frivolen Geschmack tadelt, aber ich sehe nicht, was das schaden soll.«

»Es schadet nichts, es nützt nur auch nichts. Und darüber hinaus geht es mich nichts an. Ich bin nicht Euer Meister.«

»Das stimmt, obwohl ich mich wahrlich darüber freuen würde, Euer Schüler zu sein – was ich selbstverständlich nicht verdiene.«

»Das stimmt ebenfalls – daß Ihr es nicht verdient, meine ich.«

Salamander grinste nur. Er stritt sich gerne mit dem hochgewachsenen Bardekianer, obwohl er bezweifelte, daß es Elaeno ebensolchen Spaß machte wie ihm.

»Ich weiß, daß meine Talente nur bescheiden sind«, meinte Salamander. »Hätte ich die Kraft des Meister des Aethyr, dann wäre ich auch so bescheiden wie er. Leider hielten es die Götter für angemessen, mir nur einen winzigen Schluck des Dweomer zu geben, bevor sie mir diesen honigsüßen Kelch wieder von den Lippen rissen.«

»Das ist nicht ganz zutreffend«, sagte Nevyn. »Valandario sagte mir, daß Ihr leicht Fortschritte machen könntet – wenn Ihr nur mehr arbeiten würdet.«

Salamander zog eine Grimasse. Ihm war nicht klar gewesen, daß seine Lehrerin dem alten Mann soviel mitgeteilt hatte.

»Aber das interessiert im Augenblick niemanden«, fuhr Nevyn fort. »Ich will vor allem wissen, was Ihr in Deverry sucht.«

»Die wahre Frage ist doch: Wieso sollte ich nicht hier sein? Ich bin gern beim Volk meiner Mutter. An Euren Straßen gibt es immer etwas zu sehen, und außerdem bin ich weit, weit weg von meinem geschätzten Vater, der mich immer und in vollendeter Prosa wegen des einen oder anderen Fehlers tadelt, seien sie nun wirklich oder eingebildet.«

»Vor allem für die wirklichen, würde ich meinen«, murmelte Elaeno.

»Ohne Zweifel. Aber wenn ich Euch oder dem Meister des

Aethyr auf irgendeine Weise dienlich sein kann, laßt es mich wissen.«

»Gut«, sagte Nevyn. »Du kannst uns nämlich wirklich helfen. Zur Abwechslung könnte dein Umherziehen uns nützlich sein. Ich habe Anlaß zu glauben, daß mehrere dunkle Dweomermänner im Königreich unterwegs sind. Auf keinen Fall möchte ich, daß Ihr Euch mit ihnen einlaßt, dafür sind sie zu mächtig. Sie verdienen sich ihr Geld, indem sie Drogen und Gifte schmuggeln. Ich möchte wissen, wo diese Waren verkauft werden. Wenn wir diesen Handel unterbinden können, wird es unseren Feinden schweren Schaden zufügen. Immerhin müssen sie essen, wie alle anderen auch – jedenfalls mehr oder weniger wie andere. Ich möchte, daß du aufmerksam auf Anzeichen dieses Drogenhandels achtest. Ein Gerthddyn ist überall willkommen. Du könntest hier und da etwas Interessantes zu hören bekommen.«

»Kann sein. Ich werde gerne meine lange Elfennase in diese Angelegenheit stecken.«

»Nicht so tief, daß sie abgeschnitten wird«, warnte Elaeno. »Vergeßt nicht, daß diese Männer gefährlich sind.«

»Also gut. Ich werde ganz Vorsicht und Heimtücke sein.«

Etwa zehn Meilen außerhalb von Dun Deverry wohnte eine Frau namens Anghariad, die nach vielen Jahren Dienst am Hof des Königs ihr kleines Grundstück zum Dank erhalten hatte. Ihre Nachbarn waren nicht ganz sicher, was genau sie dort getan hatte, denn sie war ziemlich zurückhaltend. Man ging im allgemeinen davon aus, daß sie als Hebamme und Kräuterfrau gearbeitet hatte, da sie sich mit Kräutern gut auskannte. Oft tauschten die Dorfleute Hühner und Feldfrüchte für ihre Dienste ein, statt sich auf den langen Weg zu einem Apotheker in der Stadt zu machen. Aber wenn sie vorbeikamen, kreuzten sie für gewöhnlich die Finger, um Hexenkunst abzuwehren, denn an der alten Frau mit ihren glitzernden dunklen Augen und hohlen Wagen war etwas Seltsames.

Offensichtlich hatten die Adligen die Frau, die ihnen gedient hatte, ebenfalls nicht vergessen. Man sah nicht selten edle Pferde an ihrer Hütte angebunden oder sogar eine edle Dame selbst, die mit Anghariad in ihrem Kräutergarten sprach. Die Dorfleute fragten sich, worum es dabei wohl ging. Hätten sie es gewußt, wären sie entsetzt gewesen. Für die Bauern, für die jedes Kind eine weitere Arbeitskraft darstellte, war allein der Gedanke an Abtreibung erschreckend.

Neben den Tinkturen mit abtreibender Wirkung hatte Anghariad auch weitere seltsame Dinge für ihre Kunden. An diesem Nachmittag war sie allerdings sehr unzufrieden darüber, daß Sarcyn nur so wenig anzubieten hatte.

»Ich kann nichts dafür«, sagte er. »Einer unserer Kuriere ist in Cerrmor verhaftet worden, bevor er mir die Lieferung übergeben konnte. Ihr habt verfluchtes Glück, daß ich überhaupt noch Opium habe.«

Die alte Frau griff nach dem schwarzen Klumpen und strich mit dem Fingernagel prüfend darüber.

»Ich bevorzuge es besser aufbereitet«, zischte sie. »Die Adligen haben einen empfindlicheren Geschmack als ein Hafenarbeiter in Bardek.«

»Ich sagte Euch schon: Ihr habt Glück, daß Ihr überhaupt etwas bekommt. Und wenn Ihr mir einen Gefallen tut, bekommt Ihr es umsonst.«

Plötzlich war sie sehr freundlich und aufmerksam.

»Ich kenne einige Eurer Stammkunden.« Sarcyn beugte sich ein wenig vor. »Und einer von ihnen interessiert mich besonders. Ich möchte ihn treffen. Sendet Lord Camdel eine Botschaft über die neue Lieferung und bittet ihn, allein herzukommen.«

»Ihr Götter«, knurrte Rhodry. »Endlich finden wir eine Taverne mit anständigem Met, und dann sagst du mir, wir können ihn uns nicht leisten.«

»Nun«, meinte Jill, »wenn du nicht zu stolz gewesen wärest, eine Karawane zu bewachen …«

»Das ist keine Frage des Stolzes, sondern der Ehre.«

Jill verdrehte die Augen und bat die Götter, Zeugen dieser Sturheit zu sein, dann ließ sie das Thema fallen. Tatsächlich hatten sie nach dem Winter noch ziemlich viel Geld übrig, aber sie hatte nicht vor, ihn das wissen zu lassen. Er war genau wie ihr Vater und vertrank das Geld oder gab es Bettlern, ohne darüber nachzudenken, was auf dem langen Weg noch vor ihnen liegen mochte. Genau wie zuvor bei Cullyn ließ sie Rhodry also in dem Glauben, sie wären selbst kaum besser dran als Bettler.

»Wenn du jetzt Geld für Met ausgibst«, sagte sie, »wie wirst du dich dann fühlen, wenn wir hungrig sind und nicht einmal mehr Brot kaufen können? Ich wette, das wird ein bitterer Nachgeschmack sein.«

»Also gut, dann trinke ich eben Bier.«

Sie reichte ihm vier Kupferstücke. Sie waren im Schankraum des billigsten Gasthauses in Dun Aedyn, einer wohlhabenden Handelsstadt inmitten einer der fruchtbarsten Gegenden des Königreichs. Nachdem sie Cerrmor verlassen hatten, hatten sie sich dorthin gewandt, weil sie von einer Fehde zwischen dem Lord der Stadt und einem seiner Nachbarn gehört hatten, aber leider war die Sache vom örtlichen Gwerbret geregelt worden, bevor sie eintrafen. Dun Aedyn war für das Rhan zu wichtig, als daß der Oberherr einfach zusehen konnte, wenn sich ein Krieg anbahnte. Rhodry kehrte mit zwei Krügen zurück, stellte sie auf den Tisch und setzte sich dann neben Jill auf die Bank.

»Wir könnten nach Süden reiten«, meinte sie, »nach Yr Auddglyn. Dort gibt es im Sommer bestimmt Kämpfe.«

»Ja, und es ist erheblich näher als Cerrgonney. Sollen wir direkt in die Grenzhügel reiten?«

Da die Straße durch die Hügel kürzer war, als sich nach Süden zu wenden und die Straße entlang der Küste zu nehmen, wollte Jill gerade zustimmen, als sie plötzlich das Gefühl hatte, als legte sich ihr eine unsichtbare Hand auf den Mund, um sie zum Schweigen zu bringen. Sie wußte nicht, weshalb, aber ihr war klar, daß sie sich nach Dun Mannannan wenden sollten, bevor sie sich nach Auddglyn aufmachten. Wieder der Dweomer, verflucht soll er sein, dachte sie. Einen Augenblick lang wehrte sie sich dagegen, aber sie wußte genau, daß sich etwas Wichtiges in Dun Mannannan ereignen würde.

»Hast du gehört, was ich sagte?« wollte Rhodry wissen.

»Ja. Entschuldige. Äh, Liebster, ich möchte die Küstenstraße nehmen. Ich weiß, daß der Weg dadurch länger wird, aber, äh, es gibt etwas, das ich Otho den Schmied fragen möchte.«

»Also gut. Aber haben wir denn genug Geld, um uns den längeren Weg leisten zu können?«

»Das hätten wir, wenn wir den Auftrag des Kaufmanns annehmen. Die Karawane nimmt die Küstenstraße.« Sie legte ihm die Hände auf die Schultern und lächelte ihn an. »Bitte, Liebster.«

»Ich will aber nicht.«

Sie beendete sein Knurren mit einem Kuß.

»Also gut«, meinte er seufzend. »Ich werde diesen Kaufmann gleich aufsuchen.«

Nachdem er gegangen war, trank sie weiter ihr Bier und wunderte sich über diesen seltsamen Gedanken, der ihr ganz ohne Zutun in den Kopf gekommen war. Sie fragte sich auch, wieso sie nachgegeben hatte, aber die Antwort war leicht: Sie war einfach neugierig. Wenn sie nicht nach Dun Mannannan gehen würden, würde sie sich ewig fragen, was dort geschehen wäre.

Hätte der König herausgefunden, daß einige seiner adligen Höflinge etwas mit Opium aus Bardek zu tun hatten, wäre er empört und wütend geworden. Daher gingen jene ihrem Laster nie innerhalb der Festung nach. In der Stadt Dun Deverry gab es ein luxuriöses Gasthaus, dessen oberstes Stockwerk für adlige Gäste reserviert war, die aus privaten Gründen ein Zimmer brauchten. Manch hübsches Mädchen aus der Stadt hatte ihre Tugend in diesem Gasthaus verloren, und manche Pfeife Opium hatte die Luft hier verräuchert. Für seine zweite Begegnung mit Lord Camdel, dem Meister des Königlichen Bades, hatte Sarcyn hier ein Zimmer gemietet.

Nun saß der junge Lord bequem zurückgelehnt in den Kissen eines Diwans und drehte eine leere Tonpfeife zwischen den langen Fingern. Camdel war etwa zwanzig, schlank gebaut, hatte dichtes braunes Haar, tiefliegende braune Augen und das arroganteste Lächeln, das Sarcyn je gesehen hatte. Bei ihrer ersten Begegnung hatte er Sarcyn wie einen Diener behandelt und mit den Fingern geschnippt, als wünschte er etwas zu trinken oder einen besseren Stuhl.

»Euer Gnaden scheinen genau der ehrgeizige junge Mann zu sein, nach dem wir suchen«, sagte Sarcyn jetzt. »Es könnte sich für Euch als recht profitabel erweisen, Euch uns anzuschließen.«

Mit einem knappen Nicken blickte Camdel auf und hob die schweren Lider über den glänzenden Augen.

»Ich hätte nichts dagegen, Anghariad nicht mehr zu brauchen«, meinte er. »Ihr Zeug ist verflucht teuer.«

»Wenn Ihr selbst mit dem Handel beginnen würdet, könntet Ihr von uns einen erheblich besseren Preis bekommen. Ich bin sicher, daß ich Euch vertrauen kann, Herr.«

»Selbstverständlich. Es ist ja mein Hals, der in der Schlinge steckt.«

Sarcyn lächelte, denn er fand das Bild recht angemessen.

»Aber bevor ich mich einverstanden erkläre«, fuhr Camdel fort, »möchte ich mit jemand Wichtigerem sprechen als mit einem einfachen Kurier.«

»Selbstverständlich, Euer Gnaden. Ich sollte nur herausfinden, ob Ihr Interesse habt. Unser Oberhaupt wird persönlich mit Euch sprechen. Er wird in einer Woche in Dun Deverry eintreffen.«

»Gut. Ihr könnt ihm sagen, er soll eine Begegnung hier arrangieren.«

Sarcyn senkte demütig den Kopf. Er hatte sich schon gefragt, wie er den Lord mit Alastyr zusammenbringen sollte. Wie nett von Camdel, selbst dafür zu sorgen!

Die Karawane brauchte vier Tage bis Dun Mannannan, aber schließlich schleppte sich die lange Reihe von Menschen und Maultieren auf den Zentralplatz der Stadt, der auch als Marktplatz diente. Nachdem Rhodry sein Geld erhalten hatte, führten er und Jill ihre Pferde zu dem billigen kleinen Gasthaus am Fluß, in dem sie auch im Herbst zuvor abgestiegen waren – doch es war abgebrannt. Nur ein paar verkohlte Balken ragten noch in den Himmel. Eine Nachbarin erzählte, ein paar Männer hätten einen Streit angefangen, der schließlich geendet hatte, als eine Laterne umgestoßen und in das Stroh auf dem Boden gefallen war.

»Oh, verflucht«, meinte Jill, »jetzt müssen wir am Straßenrand kampieren?«

»Wie bitte?« fauchte Rhodry. »Auf der andern Seite der Stadt gibt es ein Gasthaus, dem es an nichts fehlt.«

»Es ist nur ein bißchen teuer.«

»Das ist mir gleich, du kleiner Geizkragen. Nachdem ich jetzt Tage inmitten stinkender Maultiere verbracht habe, möchte ich ein Bad, und das werde ich auch bekommen.«

Schließlich gab sie auf und ließ sich zu dem anderen

Gasthaus führen. Ein dicker Wirt kam ihnen geschäftig entgegen, als sie den Hof betraten.

»Keine Silberdolche in meinem Haus!« sagte er.

Jill trat rasch zwischen ihn und Rhodry.

»Guter Herr«, sagte sie, »es gibt kein anderes Gasthaus in der Stadt. Bitte laßt uns nicht im Regen schlafen.«

»Ein Mädchen?«

»Ja. Bitte, Herr, können wir auf Eurem Heuboden schlafen? So werden wir Eure anderen Gäste nicht belästigen.«

»Ach, warum nicht? Ein paar Kupferstücke für die Nacht und für das Futter für die Pferde.«

Mit einem knappen Nicken zu Rhodry ging der Wirt wieder ins Haus.

»Ich wette, du bist jetzt sehr zufrieden mit dir«, sagte Rhodry zu Jill. »Es ist widerwärtig, einen wie den da anzubetteln.«

»Wir müssen schließlich irgendwo unterkommen. Und der Heuboden wird uns auch noch Geld sparen.«

»Ich hätte es wissen müssen. Ihr Götter!«

Selbst Jill mußte zugeben, daß es – Geld hin, Geld her – angenehm war, in einem Schankraum zu sitzen, der nicht nach modrigem Stroh und ungewaschenen Hunden roch. Sie hatten einen Tisch für sich, denn wenn Gäste hereinkamen, warfen sie nur einen Blick auf Rhodry, einen zweiten auf den Griff seines Dolchs, und dann setzten sie sich anderswo hin – das war vor allem deshalb beleidigend, wenn man bedachte, daß sie vermutlich allesamt Schmuggler waren.

Einige Zeit später allerdings kam jemand herein, der ebenfalls ein Reisender zu sein schien, wenn man von dem mißtrauischen Blick ausging, den die Einheimischen ihm zuwarfen. Er trug einen guten grünen Umhang, graue Brigga aus dem weichsten Wollstoff und ein üppig besticktes Hemd. Er gab dem Jungen des Wirts, der ihm seine Sachen hinterhertrug, mehrere Kupferstücke Trinkgeld, wo eines ausgereicht hätte.

Als er dem Wirt zur Wendeltreppe folgte, betrachtete Jill ihn nachdenklich. Er war schlank und hochgewachsen und hatte das helle Haar und die feinen Züge von jemandem, in dessen Adern mehr als nur ein paar Tropfen Elfenblut fließen. Er sah auch seltsam vertraut aus, obwohl sie nicht so recht wußte, wo sie ihn gesehen hatte. Der Wirt bemerkte ihr Interesse und kam zu ihr.

»Der Bursche heißt Salamander«, sagte er. »Und er ist ein Gerthddyn.«

»Ach ja? Nun, dann wird es interessant sein, später seinen Geschichten zu lauschen.«

Jill nahm an, sie hätte ihn irgendwo auf dem langen Weg schon einmal gesehen. Später kam er allerdings wieder herunter, bemerkte Rhodry und starrte ihn mit demselben erstaunten Stirnrunzeln an, als glaubte er, den Silberdolch von irgendwoher kennen zu müssen. Als sie beide im Profil sah, wurde es ihr klar: Der Gerthddyn sah ihrem Mann ähnlich genug, um sein Bruder zu sein. In diesem Augenblick fiel ihr der seltsame Impuls ein, der sie nach Dun Mannannan getrieben hatte, und sie schauderte.

»Hallo«, rief sie. »Kommt und setzt Euch zu uns, wenn Ihr wollt. Einem Gerthddyn geben wir gern einen Krug aus.«

»Ich danke Euch, edle Dame.« Salamander verbeugte sich. »Aber gestattet mir, die Runde zu zahlen.«

Bald war das Bier geholt, und Salamander setzte sich zu ihnen. Er und Rhodry sahen sich einen Augenblick lang verwundert an. Sie sahen nur einmal am Tag in den Spiegel, beim Rasieren, und Bronzespiegel gaben nie ein gutes Bild ab.

»Sind wir uns schon einmal begegnet?« fragte Rhodry.

»Das fragte ich mich gerade auch, Silberdolch.«

»Wart Ihr je in Aberwyn?«

»Oft. Kommt Ihr von dort?«

»Ja. Vielleicht habe ich Euch auf dem Marktplatz dort gesehen. Ich heiße Rhodry, und das hier ist Gilyan.«

Salamander lachte und hob den Bierkrug. »Das ist wirklich ein glücklicher Zufall. Ich bin ein Freund von Nevyn, dem Kräutermann.«

Rhodry wurde ein wenig bleich.

»Was ist denn?« fragte Salamander.

»Woher wißt Ihr, wer wir sind?«

»Ich bin dem alten Mann gerade in Cerrmor begegnet. Wieso?«

»Ach ja?« fiel Jill ein. »Erst vor kurzem?«

»Es ist gerade sechs Tage her. Er sah so gesund aus wie immer, ich schwöre es, er ist die beste Werbung für seine eigenen Kräuter. Wenn ich ihn wiedersehen sollte – und das könnte durchaus der Fall sein –, werde ich ihm berichten, daß ich euch getroffen habe.«

»Danke«, erwiderte Rhodry. »Habt Ihr irgend etwas über Kämpfe und Fehden in diesem Teil des Königreichs gehört? Ein Gerthddyn weiß doch immer, was los ist.«

Während Rhodry und Salamander den Klatsch durchgingen, schenkte Jill ihnen kaum Aufmerksamkeit. Es schien, daß Salamander keine Ahnung von Nevyns Dweomerarbeit hatte, was es unwahrscheinlich machte, daß der Gerthddyn selbst ein Dweomermann war, aber das Wildvolk scharrte sich um ihn. Sie saßen auf dem Tisch, kletterten ihm auf den Schoß, hockten auf seiner Schulter und tätschelten ihm zärtlich den Kopf. Hin und wieder ließ sein Blick darauf schließen, daß er sie doch sah. Natürlich konnten alle Elfen das Wildvolk sehen, und er war zumindest ein halber Elf, dessen war Jill sich sicher. Rhodry konnte das Wildvolk allerdings nicht sehen. Es war erstaunlich, und sie sah die beiden lange forschend an und bemerkte all die kleinen Ähnlichkeiten: die Form des Mundes, die Art, wie ihre Augenwinkel leicht nach unten gezogen waren, und vor allem die Form ihrer Ohren: eine etwas schärfere Rundung als bei Menschen. Sie erinnerte sich an ihren Wahrtraum vom Devaberiel, und sicher ähnelten ihm beide. Ihre Neugier nagte weiter an ihr.

Als Rhodry nach einer Weile aufstand, um neues Bier zu holen, gab sie dieser Neugier schließlich nach.

»Salamander«, sagte sie, »wußtet Ihr, daß ich einige Zeit im Westen verbracht habe?«

»Nevyn hat es erwähnt. Warum?«

»Lautet der Name Eures Vaters zufällig Devaberiel?«

»Ja. Seltsam, daß Ihr das wißt.«

»Ich habe geraten.« Sie fand eine passende Lüge: »Ein Mann namens Jennantar hat einmal nebenbei erwähnt, daß ein Barde, den er kennt, einen Sohn hat, der Gerthddyn ist, hier in Deverry. Und es ist recht unwahrscheinlich, daß es zwei von Eurer Zunft gibt, die Halbelfen sind.«

»Bei den Göttern, Ihr habt gute Augen! Nun, ich muß zugeben, daß ich tatsächlich der Sohn dieses geschätzten Barden bin, obwohl er das mitunter sehr bedauert. Ich kenne Jennantar übrigens gut. Ich hoffe, es geht ihm gut. Ich bin jetzt seit über zwei Jahren nicht mehr im Elfenland gewesen.«

»Es ging ihm gut, als ich ihn zum letzten Mal sah, im letzten Sommer.«

Ich wette, dachte sie, er weiß nicht, daß Rhodry sein Bruder ist. Sie fand es traurig, daß sie den beiden nie die Wahrheit sagen könnte, aber sie hielt den Mund. Es wäre das Beste, wenn Rhodry sich weiterhin für einen Maelwaedd hielt, um seinet- und auch um des Landes willen.

Als sie später zum Heuboden gingen, begleitete Salamander sie, um mit ihnen noch ein Wort in Ruhe zu reden, wie er sagte. Als sie hörte, was er wissen wollte, war Jill sehr froh, daß er so vernünftig gewesen war, im Schankraum nichts davon zu erwähnen.

»Opiumschmuggler?« fragte sie. »Erzählt mir nicht, daß Ihr dumm genug seid, dieses Zeug zu rauchen?«

»Ganz bestimmt nicht«, sagte Salamander. »Nevyn hat mich gebeten, ihm zu helfen, sie zu verfolgen, und ich dachte, Dun Mannannan wäre der richtige Ort, endlich einmal damit anzufangen.«

»Oh, die Jungs hier würden solche Fracht nie anrühren. Auch die Lords der Schmuggler haben einen gewissen Ehrbegriff.«

»Also gut. Ich hatte Glück, daß ich Euch begegnet bin, denn trotz meiner glatten Zunge wußte ich nicht, welche Fragen ich stellen sollte.«

»Und die falschen Fragen hätten nur bewirkt, daß man Euch die Kehle durchschneidet.«

»Das war mir auch schon eingefallen. Jill, nach dem, was Nevyn mir erzählt hat, seid Ihr überall im Königreich herumgekommen. Habt Ihr eine Ahnung, wer diesen destillierten Mohnsaft kauft?«

»Überwiegend Bordellbesitzer. Damit halten sie ihre Mädchen bei Laune.«

Salamander stieß einen leisen Pfiff aus. Rhodry lauschte, als könnte er nicht glauben, was sie sagte.

»Das wußte ich nicht«, sagte er schließlich. »Woher weißt du das?«

»Natürlich, weil Vater es mir gesagt hat. Er hat mich immer vor Männern gewarnt, die Mädchen in Bordelle locken. Das ist vor allem in Cerrmor der Fall, aber es passiert auch an anderen Orten.«

»Beim schwarzen Arsch des Höllenfürsten!« sagte Salamander. »Und das hätten wir schon die ganze Zeit wissen können! Wenn ich Nevyn das nächste Mal sehe, muß ich ihm sagen, daß Silberdolche mehr wissen, als man im allgemeinen glaubt.«

Nevyns Abbild hing über dem Feuer, und seine Miene war so verblüfft, als hätte man ihm kaltes Wasser über den Kopf gegossen.

»Darauf wäre ich in tausend Jahren nicht gekommen«, erklangen die verdutzten Gedanken des alten Mannes. *»Und was für eine widerwärtige Sache das ist! Nun, ich bin schon beinahe in Eldidd, und ich denke, ich werde mich einmal ausführlich mit Cullyn unterhalten.«*

»Das wäre vernünftig«, erwiderte Salamander. *»Und wenn Ihr wollt, werde ich nach Cerrmor zurückkehren.«*

»Gut, aber unternimm nichts, ehe ich es dir sage. In diesem Geschäft stecken nicht nur gewöhnliche Schurken, sondern auch Meister des dunklen Dweomer. Wir müssen sehr vorsichtig sein und gute Schlingen auslegen.«

»Ja. Und Ihr wißt sicher, daß einige Bordelle insgeheim Männern von großem Einfluß gehören.«

Nevyns Gedanken klangen wie das Knurren eines Wolfs.

»Ohne Zweifel! Wir werden sehen, was wir tun können. Ich danke dir, Junge. Das waren interessante Neuigkeiten.«

Nachdem sie den Kontakt abgebrochen hatten, löschte Salamander das Feuer im Kohlenbecken mit einer Geste. Durch das Fenster seines Gasthauszimmers fiel das graue Morgenlicht herein. Als er nach draußen schaute, sah er Jill und Rhodry ihre Pferde satteln. Rasch zog er die Stiefel an und ging hinunter, um sich zu verabschieden. Obwohl er nicht sagen konnte warum, hatte er nie jemanden getroffen, den er vom ersten Augenblick an so gemocht hatte wie Rhodry.

»Ihr reist wohl auf den Flügeln der Morgenröte«, meinte Salamander.

»Ja«, erwiderte Rhodry. »Von hier nach Yr Auddglyn ist es ziemlich weit.«

»Ja. Es ist schade, daß wir so schnell schon wieder Abschied nehmen müssen. Aber vielleicht begegnen wir uns wieder auf dem langen Weg.«

»Das hoffe ich.« Rhodry streckte die Hand aus. »Lebt wohl, Gerthddyn. Mögen die Götter uns gestatten, bald wieder vor einem Krug Bier zu sitzen.«

Als sie einander die Hände reichten, spürte Salamander die Dweomerkälte auf seinem Rücken. Sie würden sich wiederbegegnen, das wußte er, aber nicht so, wie sie es hofften. Die Kälte war so stark, daß er schauderte.

»Nanu«, sagte Jill. »Ist Euch kalt?«

»Ein bißchen. Ihr Götter, ich hasse es, früh aufzustehen.«

Sie lachten alle und trennten sich lächelnd, aber den ganzen Tag lang mußte Salamander an diese Warnung denken.

In einem luxuriös ausgestatteten Gasthauszimmer in Dun Deverry saßen Alastyr und Camdel an einem kleinen Tisch und feilschten um den Preis von zwanzig Riegeln Opium. Sarcyn lehnte an der Fensterbank und beobachtete dieses sinnlose Theater. Obwohl Geld Alastyr wenig bedeutete, mußte er so tun, als wäre das der Fall, um Camdel zu überzeugen, daß er nicht mehr als ein Drogenschmuggler war. Endlich war der Handel abgeschlossen, und das Geld wechselte den Besitzer. Nun war es Zeit für den wahren Zweck dieser Begegnung. Sarcyn bediente sich des Zweiten Gesichts, um zuzusehen.

»Herr«, sagte Alastyr, »Ihr wißt sicher, wie gefährlich es für mich ist, nach Dun Deverry zu kommen. Nun, nachdem wir uns begegnet sind, würde ich es vorziehen, wenn Ihr in Zukunft mit Sarcyn hier verhandeln würdet.«

Camdel warf Sarcyn einen höhnischen Blick zu und wollte Einspruch erheben, aber Alastyr sandte ein Lichtband von seiner Aura aus, wand es um die Aura des Lords und ließ sie wirbeln wie ein Kreisel. Camdel schwankte trunken.

»Sarcyn ist sehr wichtig«, flüsterte Alastyr. »Ihr könnt ihm ebenso vertrauen wie mir. Ihr werdet ihm vertrauen. Ihr werdet ihm vertrauen.«

»Ich vertraue ihm«, sagte Camdel. »Ich vertraue ihm.«

»Gut. Ihr werdet vergessen, daß ich Euch verzaubert habe. Ihr werdet es vergessen.«

Alastyr zog das Band zurück, und Camdels Aura beruhigte sich wieder.

»Ich verstehe«, erklärte Camdel. »Es wird sehr zufriedenstellend sein, mit Eurem Unterhändler zu arbeiten.«

Sarcyn dämpfte das Licht und eskortierte den Lord mit einer Verbeugung nach draußen, dann verriegelte er die schwere Eichentür hinter ihm. Alastyr grinste und erhob sich, um sich zu strecken.

»Das hätten wir also geschafft«, sagte der Meister. »Vergiß nicht, nur langsam mit ihm zu arbeiten. Wenn du kannst, hypnotisiere ihn nur, wenn er betrunken ist oder etwas geraucht hat, so daß es ihm nie seltsam vorkommt.«

»Das dürfte kein Problem sein, Meister. Er säuft wie ein Loch und raucht wie ein Schornstein.«

Wieder grinste Alastyr. Sarcyn konnte sich nicht erinnern, seinen Meister je so zufrieden erlebt zu haben, aber Alastyr hatte auch schon seit Jahren auf diesen Punkt hingearbeitet. Camdel hatte Zugang zu den Gemächern des Königs und war damit in der besten Position, einen Gegenstand zu stehlen, den sie niemals selbst hätten erreichen können.

»Ich sehe, daß der Junge dich interessiert«, fuhr Alastyr fort, »aber du warst immer schon ein kleiner Teufel im Bett.«

Sarcyn wurde starr vor Schreck. Nie zuvor war ihm klar geworden, daß Alastyr tatsächlich glaubte, er habe seine Aufmerksamkeiten vor all diesen Jahren genossen.

»Verzeih«, meinte Alastyr, der die Reaktion falsch verstand. »Gefällt er dir nicht?«

»Ich kann dieses kleine Schwein nicht ausstehen.«

»Nun, bald schon kannst du ihn zahlen lassen. Arbeite weiter an ihm, bis wir ihn wie ein Pferd am langen Zügel führen können. Ich werde vor der Stadt warten. Sobald er fest in unserer Hand ist, solltest du ebenfalls herauskommen. Aber vergiß nicht, wir haben es nicht eilig. Wenn es Wochen dauert, macht das nichts.«

Nachdem Alastyr gegangen war, ging Sarcyn noch lange in der Kammer auf und ab. Sein Haß ließ ihn nicht zur Ruhe kommen.

Obwohl er sich gern als einfacher Kräutermann ausgab, war Nevyn im großen Broch von Dun Gwerbyn wohlbekannt. Als er also eines Morgens am Tor eintraf, verbeugten sich die Wachen vor ihm und riefen dann nach Dienern, die sein Pferd und das Packmaultier in die Stallungen bringen sollten. Draußen im Hof standen mehrere große Wagen. Diener, die in der warmen Sonne eher langsam arbeiteten, beluden sie mit Bündeln und Fässern.

»Ist euer Tieryn auf dem Weg in die Sommerresidenz?« wollte Nevyn wissen.

»Ja«, erwiderte ein Page. »In zwei Tagen gehen wir nach Canobaen. Ihre Gnaden sind gerade in der großen Halle.«

Lovyan saß mit dem Schreiber am Ehrentisch. Obwohl sie offenbar gerade mit wichtigen Angelegenheiten beschäftigt waren, entließ sie den Schreiber, sobald sie Nevyn entdeckte, und bat den alten Mann, sich zu ihrer Rechten niederzulassen. Sofort erzählte er ihr alle Neuigkeiten von Rhodry, denn er wußte, daß sie unbedingt wissen wollte, ob ihr Sohn in Sicherheit war.

»Und außerdem habe ich ihn letzte Nacht im magischen Feuer gesehen«, schloß er. »Sie sind in Auddglyn und suchen nach Arbeit. Ich muß schon sagen, Jill weiß, wie man ein

Kupferstück fest genug preßt, um es zu polieren. Sie haben offenbar noch viel Geld vom Winter übrig.«

»Das freut mich. Aber ihr Götter: Der Sommer hat gerade erst begonnen, und mein armer Junge muß auf der Straße seine Schwertkunst verkaufen.«

»Ach, Lovva, Ihr müßt zugeben, daß der ›arme Junge‹ einer der besten Kämpfer im Königreich ist.«

»Auch die besten Krieger können Pech haben.«

»Das stimmt, und trotz all meiner schönen Worte für Euch mache ich mir selbst Sorgen.«

»Das weiß ich, und ich habe natürlich auch nicht daran gedacht, daß Ihr den neuesten Grund für meine Sorge noch nicht wissen könnt. Nevyn, es ist etwas ganz Schreckliches passiert. Erinnert Ihr Euch an Donilla, Rhys' Frau, die er wegen Unfruchtbarkeit verstoßen hat?«

»Sicher.«

»Nun, ihr neuer Mann ist ganz entzückt von ihr und wirbt um sie, als wäre sie ein junges Mädchen. Und er war offenbar recht erfolgreich, denn sie ist schwanger.«

»Oh! Weiß Rhys das schon?«

»Ja. Ich bin selbst nach Aberwyn geritten, um ihm das zu sagen, weil ich dachte, er hört es besser von mir. Er hat es nicht gut aufgenommen.«

»Zweifellos. Wißt Ihr, irgendwie tut er mir nicht einmal leid. Der Klatsch muß sich wie ein Lauffeuer ausbreiten.«

»Jeder Lord in Eldidd wird über ihn lachen. Und seine arme kleine Frau tut mir so leid. Sie behandeln sie wie eine Zuchtstute. Die Leute haben sogar schon Wetten abgeschlossen, ob sie schwanger werden wird, und anscheinend haben viele dagegen gesetzt. Wie grausam Menschen sein können!«

»Das stimmt. Aber ich verstehe, was Ihr bezüglich Rhodry denkt: Er ist der letzte Maelwaedd-Erbe für Aberwyn. Wir müssen ihn zurückholen.«

»Solange Rhys eine solche Laune hat? Ihr habt ihn nicht gesehen. Er ist den lieben langen Tag außer sich vor Zorn, und niemand wagt es, das Wort ›Kind‹ auch nur vor ihm auszusprechen. Er wird Rhodry niemals zurückrufen. Und außerdem ist er von zu vielen ehrgeizigen Männern umgeben, die seinen Haß gegen seinen Bruder anfachen, in der Hoffnung, daß ihr eigener Clan eine Chance auf das Gwerbretrhyn hat, wenn Rhys kinderlos stirbt.«

»Das klingt widerwärtig wahr.«

»Selbstverständlich. Ich wette, daß die Intrigen im Wahlrat längst begonnen haben.« Sie lächelte selbstironisch. »Ich habe auch schon angefangen. Wenn wir nach Cannobaen gehen, werde ich Rhodrys uneheliche Tochter mitnehmen. Die kleine Rhodda wird in diesem Kampf eine Rolle spielen, und ich habe vor, sie selbst aufzuziehen. Immerhin wird der Mann, der einmal Rhodrys Erbin heiratet, ob sie nun ein Bastard ist oder nicht, dem Wahlrat gegenüber einen gewissen Anspruch anmelden können.«

»Bei der Göttin, ich muß Euch bewundern. Die meisten Frauen würden sich noch die Haare über das Exil ihres Sohnes ausreißen, aber Ihr plant schon vierzehn Jahre im voraus.«

»Die meisten Frauen hatten auch nie soviel Macht wie ich, nicht einmal, wenn sie meinen Rang hatten.«

Einige Zeit lang saßen sie in bedrücktem Schweigen da. Lovyan sah so müde und elend aus, daß Nevyn annahm, daß sie sich der bitteren Wahrheit stellte: Rhodry war gar kein echter Maelwaedd. Aber es war wichtig, daß niemand dies erfuhr. Obwohl Nevyn die Zukunft nicht klar lesen konnte, war er dennoch sicher, daß Rhodry einmal im Westen von Eldidd regieren würde, wenn nicht als Gwerbret Aberwyn, so doch als Tieryn in Dun Gwerbyn. Weder er noch die Herren des Wyrd kümmerten sich einen Deut darum, wer Rhodrys Vater war, aber die Adligen würden das anders sehen.

»Wißt Ihr, was ich am meisten fürchte?« sagte Lovyan abrupt. »Daß es zu einem offenen Krieg kommen wird, wenn Rhys stirbt. So etwas ist nicht selten, wenn ein verärgerter Kandidat meint, der Rat habe ihm Unrecht getan. Ach, aber bis dahin werde ich selbst längst nicht mehr sein.«

Da Rhys ein gesunder Mann von nur neunundzwanzig Jahren war, schien diese Bemerkung nur vernünftig, aber Nevyn spürte plötzlich die Dweomerwarnung im Genick. Es schien wahrscheinlich, daß Lovyan noch einen weiteren Sohn begraben mußte.

»Stimmt etwas nicht?« fragte sie.

»Ich dachte nur daran, daß wir Rhodry zurückrufen müssen.«

»Wenn Worte Goldmünzen wären, wären wir alle so reich wie der König.« Sie seufzte tief. »Es ist immer schwer, das Ende eines großen Clans mitansehen zu müssen, aber es wäre wirklich schlimm, Zeugin des Endes der Maelwaedds zu werden.«

»Wahrhaftig.«

Es war sogar noch schlimmer, als sie wissen konnte. Der Maelwaedd-Clan war immer wichtig für den Dweomer gewesen, seit seinen bescheidenen Anfängen vor etwa dreihundert Jahren.

CERRMOR UND ELDIDD
790–797

Und ist alles, was im Leben geschieht, von den Göttern vorherbestimmt? Nein, denn vieles geschieht einfach durch Zufall. Aber vergeßt nicht: Jeder hat ein Wyrd, und jeder hat Glück. Das Geheimnis der Weisheit besteht darin, eines vom anderen unterscheiden zu können.

Aus dem Geheimbuch Cadwallons des Druiden

Etwa einen Wochenritt von Aberwyn entfernt, in einer Region, die man ebensogut als Westgrenze von Eldidd hätte bezeichnen können, weil auf ihrer anderen Seite niemand mehr wohnte, stand ein Dun oben auf einer Klippe, die hoch über dem Meer aufragte. Eine sehr reparaturbedürftige Mauer sicherte einen großen Hof, auf dem sich Unkraut zwischen den Pflastersteinen hindurchschob. Drinnen standen ein niedriger Steinbroch, ein paar Holzhütten und ein dünner Turm, der wie ein Storch unter Hühnern wirkte. An jedem Nachmittag kletterte Avascaen die hundertfünfzig Stufen zur Plattform oben auf dem Turm hinauf. Mit einem schweren Flaschenzug hievte er Feuerholz hinauf, das seine Söhne unten in die Schlinge legten, und stapelte es unter einem kleinen Schutzdach neben der Feuergrube. Bei Sonnenuntergang entzündete er die erste Ladung. Nicht allzu weit entfernt waren Felsen unter der Meeresoberfläche versteckt, die von oben als dünnes Aufschäumen von Wasser zu erkennen waren, aber für ein Schiff, das auf sie zusegelte, praktisch nicht auszumachen wären. Jeder Kapitän, der das Licht von Cannobaen sah, wußte, daß er einen großen Bogen segeln mußte, weit in die Sicherheit der offenen See.

Nicht, daß in den letzten Jahren hier viele Schiffe vorbeigekommen wären. Wegen des Kriegs um den Thron um Deverry hatte der Handel gewaltig nachgelassen. Es gab Zeiten, besonders, wenn die kalten Winterwinde unter das Schutzdach drangen, in denen Avascaen sich fragte, wieso er sich mit dem Feuer überhaupt noch solche Mühe gab. Aber wenn nur ein Schiff untergeht, sagte er sich, wie würde ich mich dann fühlen? Außerdem hatte ihn Prinz Mael selbst gedrängt, den Leuchtturm zu errichten, vor so vielen Jahren, bevor er in den Krieg geritten und nie zurückgekehrt war.

Avascaen bildete auch seine beiden Söhne, Maryl und Egamyn, aus, damit sie nach seinem Tod seinen Posten als Leuchtturmwärter übernehmen konnten. Maryl, ein verläßlicher Junge, hatte nichts gegen die Arbeit und ihre ein wenig privilegierte Stellung im Dorf. Egamyn jedoch, der erst vierzehn war, murrte, fluchte und drohte immer wieder damit, davonzulaufen und Reiter in der Armee des Königs zu werden. Normalerweise gab ihm Avascaen dann einen Klaps und sagte ihm, er solle den Mund halten.

»Der Prinz hat mich und meine Familie gebeten, uns um das Licht zu kümmern«, sagte er dann immer. »Und genau das werden wir auch tun.«

»Ach, Vater«, antwortete Egamyn darauf. »Ich wette, deinen Prinzen wirst du nie wiedersehen.«

»Kann schon sein, doch er wird trotzdem hören, daß ich getan habe, was ich ihm versprochen habe. Ich bin wie ein Dachs. Ich bin zäh.«

Avascaen, seine Frau Scwna und die Jungen wohnten in der großen Halle des Broch, wo sie kochten und schliefen. Die oberen Stockwerke waren verschlossen, um im Winter Brennholz zu sparen. Zweimal im Jahr lüftete Scwna jede Kammer, putzte den Staub von den Möbeln und wischte die Böden, für den Fall, daß der Prinz eines Tages hierher zurückkehren würde. Draußen im Hof hatten sie einen Küchengarten angelegt und hielten ein paar Hühner und ein paar Schweine. Die Bauern im nahe gelegenen Dorf lieferten ihnen den Rest, den sie benötigten, als Teil ihrer Steuern für den Leuchtturm von Cannobaen. Die Bauern lieferten auch das Feuerholz, das aus den gewaltigen urtümlichen Eichenwäldern stammte, die sich nach Norden und Westen erstreckten.

»Wir haben ein gutes Leben hier«, sagte Avascaen seinem mißmutigen Sohn. »Du solltest den Göttern danken, daß hier alles friedlich ist.«

Egamyn schüttelte dann nur den dunklen, störrischen Kopf und murmelte, daß es einfach langweilig sei. Von den Bauern einmal abgesehen, kamen selten Leute nach Dun Cannobaen.

Daher war es wirklich ein Ereignis, als jemand eines Nachmittags am Tor erschien. Da Avascaen den ganzen Morgen geschlafen hatte, machte er gerade seinen ersten Spaziergang, als er sah, wie sich ein Reiter auf einem Braunen näherte, gefolgt von zwei Maultieren, die schwer beladen waren. Als der Reiter abstieg, erkannte Avascaen, daß es eine Frau war, untersetzt und in mittleren Jahren. Obwohl sie ein Kleid trug, hatte sie ein Paar schmutziger Brigga daruntergezogen, damit sie wie ein Mann reiten konnte. Ihr graues Haar wurde von einer Spange zurückgehalten und kennzeichnete sie als unverheiratet, und ihre dunklen Augen zeugten von Humor. Das Seltsamste aber war die Farbe ihrer Hände, ein schmutziges Bräunlichblau, das bis zu den Ellbogen reichte.

»Guten Morgen, guter Mann«, sagte sie. »Ich wette, Ihr seid überrascht, mich hier zusehen.«

»Das bin ich, aber Ihr seid trotzdem willkommen. Darf ich fragen, wie Ihr heißt?«

»Primilla aus Abernaudd. Ich suche hier nach seltenen Pflanzen, im Auftrag der Färbergilde in Abernaudd.«

»Wahrhaftig? Nun, warum bleibt Ihr nicht bei uns? Ich kann Euch auch etwas zu essen anbieten, wenn Ihr mit einem Frühstück als Abendessen vorliebnehmt.«

Primilla machte das gar nichts aus. Während Maryl sich um ihr Pferd und die Maultiere kümmerte, langte sie bei Schinkenspeck und Haferschleim gut zu. Sie quoll schier über vor Neuigkeiten aus Abernaudd, der Königsstadt von Eldidd, und Scwna und Egamyn lauschten begeistert, als sie berichtete, was in der Stadt vor sich ging.

»Aber ich nehme an, es gibt nichts Neues von meinem Prinzen Mael«, fragte Avascaen schließlich.

»Doch, aber es sind traurige Nachrichten. Seine Frau ist kürzlich gestorben, an einem Fieber.« Primilla schüttelte betrübt den Kopf. »Schlimm, daß sie ihren Mann nie wiedergesehen hat.«

Scwna hatte Tränen in den Augen, und auch Avascaen war erschüttert.

»Und spricht man davon, den Sohn an die Stelle des Prinzen zu setzen und ihm das Erbrecht abzusprechen?«

»Ja, und was haltet Ihr davon?«

»Mael ist der Prinz, dem zu dienen ich geschworen habe, und ich werde ihm weiter dienen. Ich bin wie ein Dachs, gute Frau. Ich bin zäh.«

Primilla lächelte, als wäre sie über seine Treue erfreut – das war eine Erleichterung, weil so viele Leute ihn deshalb nur verspotteten. Als er ihr in die Augen sah – ziemlich kluge Augen –, fragte sich Avascaen, ob sie wirklich nur wegen der Pflanzen hier war.

Als in jener Nacht der Mond am höchsten stand, kam Primilla zu Avascaen auf den Turm. Sie half, die zweite Ladung Holz aufzulegen, dann ging sie zum Rand der Plattform, um sich die Aussicht anzusehen. Der Vollmond legte einen Silberstreifen auf die bewegte See tief unter ihnen, der bis zum

Horizont reichte. In der klaren Frühlingsnacht schien man die Sterne beinahe greifen zu können.

»Schön, nicht wahr?« sagte Avascaen. »Aber nur wenige machen sich die Mühe, hier heraufzukommen, nur ich und meine Jungen.«

»Ihr müßt kräftige Beine haben, wenn Ihr all diese Treppen bewältigt.«

»Ach, man gewöhnt sich daran.«

Als das frische Holz Feuer fing, tanzte goldenes Licht um sie herum. Primilla lehnte sich an das steinerne Geländer und betrachtete den Strand tief unter ihr, wo Brecher wie silberne Geister heranrollten.

»Ich bitte um Verzeihung«, meinte Avascaen. »Aber es kommt nicht oft vor, daß eine Frau allein unterwegs ist. Habt Ihr keine Angst vor den Gefahren der Straße?«

»Ach, ich kann schon auf mich aufpassen«, sagte Primilla mit einem Kichern. »Und außerdem gibt es hier nicht viele Leute. Es ist die Reise wert, im Wald herumzusuchen und meine Pflanzen zu finden. Wißt Ihr, ich bin mein Leben lang Färberin gewesen, ich habe mein Handwerk schon früh gelernt und betreibe es nun schon viele Jahre. Ich habe genug gelernt, um neue Pflanzen auszuprobieren und bessere Farben für meine Gilde zu finden. Wir studieren, was ich mit zurückbringe, färben ein paar Fetzen damit und sehen, wie es sich bei der Wäsche hält. Man weiß nie, ob man nicht einmal etwas findet, das ein kleines Vermögen wert ist.« Sie hob ihre verfärbten Hände. »Hier ist mein ganzes Leben, guter Mann, direkt in meine Haut gefärbt.«

Da Avascaen selbst daran glaubte, daß man sich anstrengen mußte, um alles richtig zu machen, verstand er sie sofort. Aber auch nachdem Primilla schon lange wieder weitergezogen war, erinnerte er sich noch oft an die Frau mit den blauen Händen und fragte sich, was sie wirklich gewollt hatte.

Die Königsstadt Abernaudd lag zwei Meilen stromaufwärts von der Küste und vom Hafen am Fluß Elaver. Hinter von Zinnen gekrönten Steinmauern zogen sich kopfsteingepflasterte Straßen über in Terrassen gestufte Hügel. Oben auf dem höchsten Hügel stand die Festung, über der das blausilberne Banner des Drachenthrons flatterte, während sich unten im Tal die stinkenden Hütten der Armen dicht aneinanderdrängten. In Abernaudd zeigte die Höhe des Wohnorts direkt an, wie hoch man im Rang stand. Als Oberhaupt der Färbergilde wohnte Primilla auf dem Kamm eines niedrigeren Hügels in einer geräumigen Anlage, die jeweils dem Gildenoberhaupt zur Verfügung gestellt wurde. Außer ihr wohnten in dem dreistöckigen Rundhaus noch ihre fünf Schüler, die auch als Dienstboten fungierten, um für ihre Ausbildung aufzukommen. Draußen im Hof standen langgezogene Hütten, in denen sich die Meisterwerkstätten der Gilde befanden. Das Tuch, das unter Primillas persönlicher Überwachung gefärbt wurde, ging als Steuer der Gilde an den königlichen Haushalt.

Obwohl Primilla tatsächlich auf ihrer Reise nach Cannobaen seltene Pflanzen gefunden hatte, war sie nicht im Dienst der Gilde unterwegs gewesen. Ihre Pflicht gegenüber dem Dweomer hatte immer Vorrang. Wenn Nevyn sie um etwas bat, konnte sie es ihm nicht verweigern – schließlich war er ihr Lehrer gewesen. Er hatte ihr zwar noch nicht enthüllt, wieso er sich so für die Angelegenheiten von Mael, Prinz von Aberwyn und Cannobaen, interessierte, aber sie hatte nichts dagegen, sich umzusehen. Sie hatte nun also herausgefunden, daß man in Cannobaen immer noch treu zu ihm hielt, und daher konnte sie sich auf die wichtigere Frage konzentrieren, wie es bei Hofe stand.

Wie so oft hatte Nevyn seine Fragen genau zur rechten Zeit gestellt. In diesem Sommer würde Primilla ausführlich Zugang zu Hofkreisen haben, denn der König bat die Gilden der Stadt um eine gewaltige Anleihe, um seinen Anspruch auf den Thron von Deverry weiter finanzieren zu können. Obwohl die Adligen normalerweise auf Handwerker und Kaufleute heruntersahen, sahen sich diese jedesmal heftig umworben, wenn der König Geld brauchte. Schon am Abend nach Primillas Rückkehr fand eine Besprechung zu diesem Thema statt, und es war nicht schwer für Primilla, als Delegierte entsandt zu werden. Die Kaufleute drängten sich um solche Positionen, aber nur wenige Handwerker konnten es sich leisten, so lange von der Arbeit wegzubleiben.

Nach einer Woche von Besprechungen und Verhandlungen traf sich die aus fünf Personen bestehende Gildenkommission, angeführt von Grotyr dem Geldverleiher, mit vier der königlichen Berater in einer schmalen Kammer im ersten Stock des königlichen Broch, und jede Partei brachte einen Schreiber mit, der sich eifrig Notizen machte. Primilla erwartete lange Vorreden, aber der Oberste Ratgeber des Königs, ein dicklicher Mann namens Cadlew, verkündete schlicht, daß der König tausend Goldstücke brauche.

»Ihr Götter!« stotterte Grotyr. »Ist Euch klar, guter Herr, daß die Gilden bankrott wären, wenn eine solche Anleihe nicht prompt zurückgezahlt würde?«

Cadlew lächelte nur, denn alle hier wußten, daß Grotyr log. Während die Verhandlungen nun ernsthaft aufgenommen wurden, dachte Primilla über die Höhe der Anleihe nach. Wenn der König soviel Geld brauchte, plante er offenbar eine größere Offensive, und das ließ für den gefangenen Prinzen in Cerrmor nichts Gutes erwarten. Die Besprechung endete ergebnislos, was alle bereits vorher gewußt hatten. Als die Gildeleute sich verabschiedeten, blieb Primilla zurück und fragte Cadlew, ob er einen Augenblick Zeit hätte, um ihr die königlichen Gärten zu zeigen.

»Selbstverständlich, meine Dame. Sie werden Euch zweifellos interessieren.«

»Es ist mir immer ein Vergnügen, ganze Blüten zu sehen, da ich sie bei meiner Arbeit vor allem zerkleinert und zerkocht benutze.«

Lächelnd führte er sie um den Broch herum. Eine niedrige Steinmauer trennte eine Anlage von kleinen Rasenflächen vom Hof ab, die mit Blumenrabatten umgeben waren, wie grüne Edelsteine in bunten Drahtfassungen. Sie verbrachten eine angenehme Viertelstunde damit, über die Blumen zu sprechen, bevor Primilla einen Vorstoß wagte.

»Als ich vor kurzem an der Westgrenze nach seltenen Pflanzen suchte, kam ich auch in Cannobaen vorbei; Ihr wißt schon, Prinz Maels Landgut.«

»Aha. Erinnern sie sich denn dort noch an den Prinzen?«

»Sehr gut sogar. Eine traurige Sache, Prinz Maels Wyrd. Irgendwie habe ich die Vorstellung, diese Anleihe bedeutet, daß sich der König von ihm lossagen wird.«

»Das hier ist nur für Eure Ohren, meine Dame, aber Ihr habt recht. Unser Lehnsherr hätte Mael schon lange hängen lassen und den Krieg fortführen sollen, aber die Prinzessin Maddyan flehte und hielt die Sache ihres Mannes am Leben. Da sie hier bei Hofe aufgezogen wurde, hat der König sie immer als eine Tochter betrachtet.«

»Aber nun ist die Prinzessin tot.«

»Genau.«

»Und was ist mit Maels Sohn?«

»Nun, um der Ehre willen setzt sich auch Ogretoryc für seinen Vater ein, aber der Junge war noch nicht einmal auf der Welt, als sein Vater in den Krieg ritt. Wie lange kann jemand etwas für einen Vater empfinden, den er nie gesehen hat?«

Besonders, wenn er das Erbe dieses Vaters antreten wird,

dachte Primilla. Es war an der Zeit, entschied sie, selbst zur Tat zu schreiten, statt weiter auf Hinweise von irgendwelchen Höflingen zu warten. Ein paar Tage später wählte sie mehrere Stränge ihrer besten blauen Stickwolle aus und schickte sie als Geschenk an Ogretorycs Frau Laligga. Ihr Blau war sehr beliebt, denn nur ein Meisterfärber konnte sicherstellen, daß der ganze Strang gleichmäßig gefärbt war. Das Geschenk verschaffte ihr eine Audienz bei der Lady am nächsten Nachmittag.

Ein Page führte sie zu einer überraschend kleinen Kammer im zweiten Stock eines der Seitenbrochs. Obwohl das Zimmer üppig möbliert war, war die Aussicht aus dem einzigen kleinen Fenster schlecht. Laligga, eine hübsche junge blonde Frau von sechzehn Jahren, empfing Primilla allein, ihre einzige Gesellschaft war ein kleiner Terrier, der auf ihrem Schoß lag und hin und wieder knurrte.

»Ich danke Euch für die gute Wolle. Ich werde sie gern für die Hemden meines Mannes verwenden.«

»Dann fühle ich mich sehr geehrt, Herrin.«

Lächelnd wies Laligga auf einen gepolsterten Schemel neben ihrem Stuhl. Primilla setzte sich gehorsam hin und ließ sich von der Dame forschend betrachten.

»Ich habe mein ganzes Leben am Hof verbracht«, sagte Laligga. »Und ich bezweifle, daß es sich bei diesem Geschenk nur um eine Liebenswürdigkeit Eurerseits handelt. Welchen Gefallen wollt Ihr von meinem Mann?«

»Nur einen kleinen. Ich möchte nur, daß er sich meiner Existenz bewußt ist. Seht Ihr, an der Westgrenze wachsen einige sehr seltene Färbepflanzen. Ich möchte, daß er irgendwann unserer Gilde das Recht gibt, dort nach ihnen zu suchen, obwohl der Gilde von Aberwyn der erste Anspruch darauf zusteht. Immerhin herrscht der Prinz sowohl über Aberwyn als auch über Cannobaen.«

»Prinz? Er ist wohl kaum ein Prinz.«

»Mehr als sein Vater, wenn man die Umstände bedenkt.«

Abrupt erhob sich Laligga und setzte den Hund auf den Boden ab. Als sie zum Fenster ging, blieb der Terrier in ihrer Nähe.

»Habe ich Euch verärgert, Herrin?« fragte Primilla. »Dann bitte ich untertänigst um Entschuldigung.«

»Nein, Ihr habt mich nur an die Wahrheit erinnert. Niemand weiß, was mein Mann ist oder was uns bevorsteht. Ich nehme nicht an, daß Ihr Prinzessin Maddyan je begegnet seid.«

»Diese Ehre wurde mir nie zuteil, aber ich hörte, sie sei eine liebevolle und treue Frau gewesen.«

»Ja. Alle liebten sie, aber was hat es ihr genützt? Sie hat mir so leid getan, und nun ist sie tot.«

»Und eigentlich steht Euch nun ihr Rang zu.«

»Ich habe keinen Rang, jedenfalls nicht, solange mein Schwiegervater noch lebt. Oh, das klingt schrecklich, aber ich habe solche Angst. Ich könnte dasselbe Schicksal erleiden wie Maddyan, könnte ohne jeden Einfluß hier herumsitzen, und der König mag mich nicht einmal.«

»Ich verstehe, daß Ihr Euch fürchtet, Herrin.«

Primilla verstand noch etwas anderes: Ogretoryc mochte seinen Vater nie gekannt haben, aber seine Frau sah er jeden Abend. Sie beschloß, sich sofort mit Nevyn in Verbindung zu setzen.

Als König Glyns vertrautester Berater hatte Nevyn Rechte, die die der üblichen Höflinge weit überschritten. Sobald er sein Gespräch mit Primilla beendet hatte, ging er in die königlichen Gemächer, ohne sich auch nur durch einen Pagen ankündigen zu lassen. In der Vergangenheit hatte er sich oft gefragt, ob es recht sei, dem König militärische Informationen zukommen zu lassen, die er durch Dweomer erhalten hatte. Nun hatte er einiges anzubieten, und er beschloß, das auch zu tun, weil Eldidds Anspruch auf den Thron so unbegründet war, daß man ihn eindeutig als Usurpation betrachten konnte. Er fand einen weiteren Besucher beim König vor, Prinz Corbyn, der jetzt Hauptmann der königlichen Wache war. Der einundzwanzigjährige Corbyn war ein hochgewachsener, schlanker, gutaussehender Mann, der Dannyn mitunter so ähnlich sah, daß Nevyn und der König ihn kaum ansehen konnten.

»Kommt Ihr in dringenden Angelegenheiten, Herr?« fragte Corbyn. »Ich kann mich zurückziehen.«

»Es ist tatsächlich dringend, aber es betrifft Euch ebenfalls.« Nevyn verbeugte sich vor Glyn, der an der Feuerstelle stand. »Eldidd nimmt eine gewaltige Anleihe bei den Gildemeistern von Abernaudd auf. Ich kann mir nur einen Ort vorstellen, wo er so viel ausgeben will: an unseren Grenzen.«

»Ich hatte mich schon gefragt, wie lange ich einen Waffenstillstand aufrechterhalten kann, weil ich einen von drei Prinzen gefangenhalte. Ich wette, Eldidd wird seinen Kriegshaufen an die Grenze schicken, bevor er sich offiziell von Mael lossagt. Und um das zu wissen, brauche ich keinen Dweomer.«

Corbyn lachte – das kalte, leise Knurren eines Wolfs. »Aber wir werden eine Überraschung für die Bastarde vorbereiten.«

»Mein Lehnsherr«, warf Nevyn ein, »werdet Ihr Eure Drohung wahr machen und Prinz Mael hängen?«

Glyn rieb sich mit dem Handrücken das Kinn, als er darüber nachdachte. Er war immer schon ein kräftiger Mann gewesen, aber mit dem Alter war sein Gesicht dicklich geworden und hatte eine rötliche Färbung angenommen.

»Ich will ungern einen hilflosen Mann hängen, aber Eldidd läßt mir vielleicht keine Wahl. Ich werde nichts unternehmen, bis ich nicht die offizielle Erklärung in der Hand halte. Eldidd wird vielleicht seine Ansicht noch einmal ändern, aber wenn der Prinz erst tot ist, bringt ihn nichts mehr zurück.«

Wenige Tage später führte Prinz Corbyn fünfhundert Männer an die Grenze nach Eldidd, außerdem wurden Kornschiffe und Kriegsgaleeren ausgesandt. Nach drei Wochen kamen Boten zurück: Corbyn hatte einen großen Sieg über eine Armee aus Eldidd errungen. Zwei Tage später erschien ein Herold des Königs von Eldidd mit einem Brief, in dem er sich offiziell von seinem Sohn Mael lossagte und dessen Sohn, Ogretoryc, an seine Stelle setzte. Nevyn machte sich sofort auf, um Mael zu informieren.

Er fand ihn an seinem Schreibtisch, auf dem sich Bücher und Pergamente türmten und wo er mit seinem Kommentar zur *Ethik* des Weisen Ristolyn begonnen hatte. Nevyn war sicher, daß dieser Kommentar hervorragend sein würde, wenn Mael nur lange genug lebte, ihn zu beenden. Als Mael sich erhob, um ihn zu begrüßen, ließ die Sonne dicke graue Strähnen in seinem einstmals schwarzen Haar aufschimmern.

»Ich habe verdammt schlechte Nachrichten«, meinte Nevyn.

»Hat er mich verstoßen?« Seine Stimme war tonlos. »Ich hatte so etwas schon befürchtet, als ich hörte, daß die Wachen über einen Krieg an der Grenze sprachen.«

»Ich fürchte, es ist wahr.«

»Nun, Ristolyns Gedanken über die Tugenden werden mir jetzt zugute kommen. Es scheint, als bestünde mein ganzer Lebenssinn darin, draußen auf dem Marktplatz einen guten Tod zu sterben. Ich würde sagen, daß Tapferkeit jetzt die angemessene Tugend ist.«

»Hört mir zu. Ihr werdet nicht hängen, wenn ich auch nur ein einziges Wort mitzureden habe.«

»Das läßt mich hoffen. Jedenfalls nehme ich an, daß es Hoffnung ist, was ich empfinde. Vielleicht wäre es besser zu sterben und frei durch die Anderlande zu reiten, als hier zu verschimmeln. Wißt Ihr, ich bin jetzt schon länger hier, als ich Prinz in Eldidd war.«

»Ich wette, die Freiheit der Anderlande wird Euch nicht mehr so verlockend vorkommen, wenn der Henker Euch die Schlinge um den Hals legt. Ich werde zurückkommen, sobald ich mit dem König gesprochen habe.«

Erst spät an diesem Nachmittag erlaubten die Hofangelegenheiten Nevyn ein vertrauliches Wort mit dem König. Sie gingen zusammen in den ummauerten Garten hinter dem Broch. An dem Bach, den man durch den Garten geleitet hatte, stand eine Trauerweide, deren Zweige ins Wasser hingen. Die einzige Farbe in diesem kleinen Park, der sorgfältig so angelegt war, daß er ganz natürlich wirkte, kam von den blutroten Rosenblüten.

»Ich möchte mich für Maels Leben einsetzen, mein Lehnsherr«, begann Nevyn.

»Das hatte ich schon angenommen. Ich würde ihn selbst gern einfach freilassen und nach Hause schicken, aber ich sehe keinen Weg, wie ich das tun könnte. Er wäre dann ein erbitterter Feind, und vor allem, wie würde Eldidd meine Gnade deuten? Zweifellos als Schwäche, und das kann ich mir nicht leisten. Es ist eine Frage der Ehre.«

»Ihr habt recht, ihn nicht freilassen zu wollen, aber er könnte sich in Zukunft als nützlich erweisen.«

»Das könnte sein, aber dennoch – wird Eldidd das nicht auch als Schwäche deuten?«

»Die Götter werden es als Stärke sehen. Wessen gute Meinung ist meinem Lehnsherrn wichtiger?«

Glyn pflückte eine Rose, nahm sie in seine schwielige Hand und dachte stirnrunzelnd nach.

»Herr?« fragte Nevyn nach einer Weile. »Ich flehe Euch an!«

Seufzend reichte Glyn ihm die Rose.

»Also gut. Das kann ich Euch nicht verweigern, nach allem, war Ihr für mich getan habt. Eldidd hat eine ganze Reihe von

Erben, aber wer weiß? Es mag ein Tag kommen, an dem er es bedauert, sich von Mael losgesagt zu haben.«

Da sie die Gunst und den Schutz des wichtigsten Beraters des Königs genoß, florierte Gavras Kräutergeschäft unten in der Stadt. Sie besaß ein Haus und einen Laden im Kaufmannsviertel, verdiente genug, um sich und ihre beiden Kinder, Ebrua und Dumonyc, die Bastarde des Prinzen, ausreichend versorgen zu können. Lange hatte Gavra den Klatsch ertragen, der sie als Schlampe bezeichnete, die Kinder von verschiedenen Männern hatte. Das war immer noch besser, als zusehen zu müssen, wie ihre Kinder als Erben des Feindes getötet würden. Nun, da Mael offiziell keine Verbindung mehr zum Königshaus von Eldidd hatte, dachte sie daran, den Kindern von ihm zu erzählen, aber das wäre sinnlos gewesen. Obwohl er nur zwei Meilen entfernt lebte, hatten sie ihren Vater nie gesehen.

Sie nahm an, daß die Männer, die Mael bewachten, genau wußten, daß sie seine Geliebte war, aber sie hielten den Mund, zum Teil aus Mitleid mit Maels langweiligem Leben, vor allem aber, weil sie fürchteten, was Nevyn ihnen antun würde, wenn sie das Geheimnis verrieten. Als sie an diesem Tag ins Turmzimmer ging, gratulierten die Wachen ihr sogar zu Maels Rettung vor dem Henker.

Sobald sie drinnen war, warf sie sich in Maels Arme. Einen Augenblick hielten sie einander einfach fest, und sie konnte spüren, wie er zitterte.

»Ich danke allen Göttern, daß du am Leben bleiben wirst«, sagte sie schließlich.

»Ich habe selbst einige Dankgebete gesprochen.« Er küßte sie. »Meine arme Liebste, du verdienst einen richtigen Mann und ein glückliches Leben, nicht einen wie mich.«

»Mein Leben ist glücklich genug, weil ich weiß, daß du mich liebst.«

Als er sie abermals küßte, klammerten sie sich aneinander wie zwei verängstigte Kinder in einer Dunkelheit voller Alpträume. Nevyn wird nie zulassen, daß man ihn hängt, dachte sie, aber heilige Göttin, wie lange wird dieser alte Mann noch leben?

Nach drei bewegten Jahren waren die Kämpfe an der Grenze zu Eldidd zum Stillstand gekommen, als mitten im Sommer etwas geschah, auf das keine der drei Seiten vorbereitet war: Die Provinz Pyrdon rebellierte gegen den Thron von Eldidd. Glyns Spione brachten im Galopp die Nachricht, die Rebellion sei sogar erfolgreich gewesen. In Cwnol, dem ehemaligen Gwerbret von Dun Trebyc, der einzigen großen Stadt in Pyrdon, hatten die Rebellen einen so brillanten Anführer, daß seine Leute sogar von Dweomer flüsterten.

»Die Hälfte von Pyrdon ist immer noch Wald«, bemerkte Glyn. »Er kann seine Leute im Wald verschwinden lassen, wenn die Situation schwierig wird, und dann wieder aus dem Hinterhalt angreifen. Er scheint eine große Streitmacht zu haben. Ich frage mich, ob er von Cantrae finanziert wird.«

»Ich wäre nicht überrascht, mein Lehnsherr«, sagte Nevyn. »Und es würde uns gut anstehen, ihn ebenfalls zu unterstützen.«

Den Rest dieses Sommers blieb es an der Grenze zu Eldidd ruhig, und im Herbst sah es so aus, als hätte Cwnol tatsächlich Aussicht auf Erfolg, wenn er auch lange kämpfen mußte. Als Glyn den Rebellen Botschaften schickte, waren sie an Cwnol, den König von Pyrdon, adressiert. Als letzte Geste verlobte er Prinz Corbyns sechsjährige Tochter mit Cwnols siebenjährigem Sohn, eine königliche Ehre, die Cwnol erwiderte, indem er mehr Überfälle auf Eldidd durchführte. Aber obwohl die Angelegenheit für Cermor so gut ausgegangen war, war Nevyn betrübt. Der endlose Krieg schleppte sich weiter dahin, und das Königreich blieb zerrissen.

An einem regnerischen Herbsttag ging Nevyn in den Turm hinauf, um Mael zu besuchen, der wie immer an seinen Kommentaren arbeitete. Wie es mit solchen Projekten geschieht, war auch dieses weit über den ursprünglichen Zweck einer Einführung in Ristolyns Gedankenwelt hinausgewachsen.

»Diese Anmerkung wird sich zu einem weiteren verfluchten Kapitel auswachsen!« Mael steckte die Feder so fest ins Tintenfaß, daß sie beinahe zerbrochen wäre.

»Das geschieht mit vielen von Euren Anmerkungen – aber sie werden zu guten Kapiteln.«

»Es geht um die Frage, was das Beste ist. Bei all seiner Brillanz stellt Ristolyns Argument mich nicht ganz zufrieden. Seine Kategorien sind ein wenig eingeschränkt.«

»Ihr Philosophen seid immer gut, wenn es darum geht, Kategorien zu vervielfachen.«

»Philosophen? Ich würde mich nicht als Philosophen bezeichnen.«

»Nein? Was seid Ihr denn sonst?«

Mael riß verblüfft den Mund auf. Als Nevyn lachte, fiel er verlegen ein.

»Nichts sonst«, meinte er schließlich. »Zwanzig Jahre lang hielt ich mich für einen Krieger, der sich gegen die Zügel stemmt wie ein Streitroß und sich nach der Freiheit sehnt, wieder kämpfen zu dürfen. Und zehn dieser Jahre habe ich mich getäuscht. Ich weiß nicht einmal, ob ich noch in den Krieg reiten könnte. Ich sehe mich schon auf dem Pferderücken sitzen und mich fragen, was Ristolyn mit dem Wort ›Ende‹ meinte, während mir jemand das meine bereitet.«

»Ihr macht keinen allzu unzufriedenen Eindruck.«

Mael ging zum Fenster und blickte in einen regnerischen Tag hinaus, der vom gleichen Silbergrau wie seine Haare war.

»Die Aussicht von hier ist anders als jede andere, die ich zuvor hatte. Im Staub eines Schlachtfelds sieht man die Dinge nicht sonderlich deutlich.« Mael lehnte die Wange an das kühle Glas und spähte nach unten. »Wißt Ihr, was das Seltsamste ist? Wenn ich mich nicht um Gavra und die Kinder sorgte, würde ich mich hier recht wohl fühlen.«

Nevyn spürte eine vom Dweomer gesandte Ahnung: Es war an der Zeit, daß Mael freigelassen wurde. Weil er seine Gefangenschaft akzeptierte, durfte er nun frei sein.

»Sagt mir eins: Wenn Ihr frei wäret, würdet Ihr Gavra heiraten?«

»Selbstverständlich. Warum auch nicht? Ich habe keinen Platz mehr an einem königlichen Hof. Ich könnte auch endlich unsere Kinder legitimieren – wenn man mich ließe. Ich muß wirklich ein Philosoph sein. Ich debattiere sogar über das Hoffnungslose und Unmögliche.«

Als er Maels Kammer verließ, dachte Nevyn über das Wetter nach. Da es an der Küste selten schneite, war es hier möglich, den ganzen Winter über zu reisen. Er ging direkt zu seiner Kammer und setzte sich mit Primilla in Verbindung.

Gavras Laden nahm die vordere Hälfte des Hauses ein, das der Taverne ihres Bruders direkt gegenüber lag. Jeden Morgen, wenn sie mit der Arbeit begann, sah sie die Regale voller Kräuter an, die Fässer, die Tiegel, das getrocknete Krokodil, das an den Deckenbalken hing. Mein Haus, dachte sie dann, und mein Laden. Das alles gehört mir allein. Es kam selten vor, daß Frauen in Cerrmor über eigenen Hausbesitz verfügten, und es hatte Nevyns persönliche Intervention gebraucht, damit ihr dies erlaubt wurde. Jetzt stand der Winter bevor. Das brachte ihr viele Kunden mit Fieber und Husten, Frostbeulen und schmerzenden Knochen, und ihr Geschäft florierte. Sie hatte auch noch etwas anderes, worum sie sich dringend kümmern mußte: Ebruas Verlobung. Obwohl sie sich selbst nur nach ihren Gefühlen gerichtet hatte, war sie entschlossen, für ihre Tochter eine solide, konventionelle Ehe einzufädeln.

Zum Glück war der junge Mann, den Ebrua selbst bevorzugte, ein anständiger Bursche von sechzehn, Arddyn, der jüngere Sohn einer wohlhabenden Familie, die mit gefärbten Häuten handelte. Nachdem sie mit dem Vater des Jungen über die Verlobung gesprochen hatte, ging sie in die Festung, um mit Mael zu reden. Das war in gewisser Hinsicht dumm; er war Arddyns Familie nie begegnet und hatte seine Tochter nur aus großer Entfernung gesehen. Aber Mael hörte ihr ernst zu und wandte seinen brillanten Geist diesem Problem mit solcher Intensität zu, daß sie wußte, er wollte unbedingt so tun, als führten sie ein ganz normales Leben miteinander.

»Es klingt nach einer guten Verbindung für Leute wie uns«, meinte er schließlich.

»Hört euch meinen königlichen Geliebten an. Leute wie wir, wahrhaftig!«

»Ihr vergeßt, daß ich nur ein bescheidener Philosoph bin, meine Dame. Gut, wenn ich mit meinem Buch fertig bin, werden die Priester und die Schreiber fünfzig Kopien anfertigen lassen, und ich bekomme eine halbe Silbermünze pro Stück. Und das, meine Liebste, ist mein einziges Vermögen auf dieser Welt, also wollen wir hoffen, daß Arddyns Clan nicht zu gierig ist, was die Mitgift angeht.«

»Ich glaube, sie interessieren sich eher für meinen Laden und ein wenig Silber.«

»Was für ein Glück. Es ist nicht günstig für ein Mädchen, einen Philosophen zum Vater zu haben.«

Als Gavra die Festung verließ, begegnete sie Nevyn, der sich bei ihr einhakte und sie bis zum Laden begleitete. Da die Kinder mit Kochen beschäftigt waren, konnten sie vertraulich reden. Nevyn legte Holz in die Feuerstelle und entzündete es mit einem Fingerschnippen.

»Kalt heute«, meinte er. »Ich habe dir etwas wirklich Wichtiges zu sagen. Ich glaube, es besteht eine wirklich gute Chance, daß Mael freigelassen wird.«

Gavra starrte ihn an.

»Sag es ihm noch nicht«, riet er ihr. »Ich möchte nicht, daß er Hoffnung schöpft, die dann enttäuscht wird, aber du solltest es wissen. Du wirst einiges erledigen müssen, bevor ihr geht.«

»Gehen? Wird Mael denn wollen, daß ich mit ihm komme?«

»Wenn du das je auch nur einen Augenblick bezweifelt hast, dann ist das die erste Dummheit, bei der ich dich erwische.«

Gavra mußte sich hinsetzen. Sie hockte sich auf einen Stuhl nahe dem Feuer und verschränkte die zitternden Hände.

»Ich fürchte, es gibt keine andere Möglichkeit, als ihn nach Eldidd zurückzuschicken«, sagte Nevyn. »Willst du mitgehen?«

Sie sah sich die Regale an, das Zimmer, alles, wofür sie so lange gearbeitet hatte. Sie würde auch eine verheiratete Tochter zurücklassen, und was würde Dumoryc sagen, wenn sie ihm einen Fremden als Vater vorstellte?

»Ich glaube schon.«

Nevyn zog eine Braue hoch.

»Ihr Götter!« fuhr sie fort. »Eldidd! Das ist weit weg. Aber was sollte er ohne mich tun? Er würde verhungern. Oder schmeichle ich mir da?«

»Nicht im geringsten, und das weißt du verdammt gut.« Der alte Mann grinste. »Ihr werdet wahrscheinlich an der Westgrenze von Eldidd leben müssen, und dort gibt es im Umkreis von etlichen Meilen keine gute Kräuterfrau.«

»Nein? Was machen denn die Leute dort, wenn sie krank werden?«

»Sie verlassen sich auf das, was in ihrem Clan überliefert ist – einiges davon ist gut, anderes mörderisch. Du kennst diese Dinge: ›Mein Großmutter hat immer Fingerhuttee gegen Warzen benutzt‹, obwohl Leichen den Weg der guten Alten säumten. Eine Frau wie du wird dort wirklich gebraucht.«

Gavra zögerte, aber Nevyn wußte, er hatte ihr die größte Verlockung geboten.

»Aha. Aber es wird schwere Arbeit sein, dort ein neues Geschäft aufzubauen, die Leute zu bilden ...«

»Ha! Was würdest du denn tun, wenn du nicht arbeiten müßtest?«

»Wahrscheinlich verrückt werden. Also gut, Nevyn, Ihr habt gewonnen.«

»Pfft! Ich wußte nicht, daß wir ein Duell ausfechten.«

Gavra lachte, dann begann sie, laut zu denken.

»Sehen wir mal: Wenn ich ein neues Geschäft für Dumoryc aufbaue, kann ich dieses hier Ebrua überlassen – und das Haus! Das wäre eine vortreffliche Mitgift. Wenn ich das täte, könnte ich den Hochzeitsvertrag so diktieren, wie ich will. Sie würde sich nie sorgen müssen, daß ihre Schwiegereltern sie rauswerfen und ihre Mitgift behalten.«

»Genau.«

»Eldidd hört sich eigentlich ganz interessant an.« Sie blickte lächelnd auf. »Und natürlich liebe ich meinen Mann. Mir bleibt gar nichts anderes übrig, als mit ihm zu gehen.«

Aus einer ganzen Reihe von Gründen war Nevyn darauf aus, Maels Freilassung für das Frühjahr zu veranlassen. Einerseits hatte ihn der König des Wildvolks gewarnt, daß es im Winter schlimme Stürme geben würde. Aber der wichtigste Grund bestand in Mael selbst, der sich weigerte, sein Gefängnis zu verlassen, ehe sein Buch kopiert war, eine Arbeit, die Monate brauchen würde. Während die Schreiber im Tempel des Wmm mit dem Buch beschäftigt waren, bearbeitete Nevyn den König, dessen Ehrgefühl der beste Verbündete des Beraters war.

Glyn war ein großzügiger Mann, und daher brachte Mael ihn zutiefst in Verlegenheit: Es war einfach lächerlich, einen Mann umzubringen, ganz gleich, wie legal dieser Mord sein mochte, vor allem, nachdem er nun erfuhr, daß die Priester denselben Mann als brillanten Gelehrten und Zierde des Königreichs lobten. Als Nevyn daher der Ansicht war, daß der richtige Zeitpunkt gekommen sei, bat er Glyn ganz offen, Mael freizulassen und ihn stillschweigend nach Eldidd zurückzuschicken.

»Das wäre wirklich das beste«, erwiderte der König. »Versucht, Euch einen guten Grund für seine ehrenhafte Entlassung auszudenken. Mögen die Götter mich verdammen, wenn Eldidd mich wegen meiner Schwäche verhöhnt, aber ich kann den Gedanken einfach nicht mehr ertragen, daß der Mann in seinem Turm verschimmelt.«

Am Ende war es die Rebellion in Pyrdon, die den offiziellen Grund liefern sollte. Da Eldidd verzweifelt einen ruhigen Sommer brauchte, wenn er mit den Rebellen fertig werden wollte, bot es Glyn Gold an, um weitere Übergriffe an der Grenze zu verhindern. Und Glyn nahm die Bestechung nicht nur an, er nutzte auch die Gelegenheit, um als Gegengabe die Befreiung des Gefangenen anzubieten, gegen einen Aufpreis von zehn Pferden. Nachdem mehrere Herolde hin- und hergezogen waren und Eldidd noch einmal seltsam lange Zeit brauchte, wurde der Vertrag schließlich abgeschlossen. Erst dann erzählte Nevyn Mael von seinem Glück, als der Winter bereits ins Frühjahr überging.

Als Nevyn hinauf ins Turmzimmer ging, fand er Mael dort am Schreibtisch vor, wo er zärtlich über eine ledergebundene Kopie seines Buchs strich. Der Prinz war so begeistert, ihm alles zu zeigen, daß es beinahe eine halbe Stunde dauerte, bis Nevyn zum eigentlichen Thema kam.

»Und das Beste ist, daß der König für weitere zwanzig Kopien sorgen wird«, schloß Mael. »Wißt Ihr, warum?«

»Ja. Er tut das zur Feier Eurer Freilassung. Er wird Euch nächste Woche entlassen.«

Mael lächelte und setzte zum Sprechen an, dann erstarrte seine Miene in Unglauben. Er grub die Fingernägel tief ins weiche Leder des Bucheinbands.

»Ich werde mit Euch bis an die Grenze nach Eldidd kommen«, fuhr Nevyn fort. »Gavra und Euer Sohn werden uns vor Cerrmor treffen. Ebrua wird hierbleiben, aber das könnt Ihr ihr nicht übelnehmen. Sie liebt ihren Mann, und sie ist Euch nie begegnet.«

Mael nickte. Er war kreidebleich geworden.

»Bei den Göttern unserer beiden Völker!« flüsterte er. »Ich frage mich, ob dieser Käfigvogel überhaupt noch fliegen kann.«

Obwohl Prinz Ogretoryc und seine Frau jetzt in einer luxuriösen Zimmerflucht am Hof lebten, hatten sie nie die Zeit vergessen, in der Primilla die einzige gewesen war, die sich mit ihnen abgegeben hatte. Sie empfingen sie gern bei jenen Audienzen, die sie für Handwerker und Kaufleute gaben. Der Prinz war ein hochgewachsener junger Mann mit schwarzem Haar und kornblumenblauen Augen. Auf eine etwas grobschlächtige Art sah er gut aus, und er neigte zur Großzügigkeit, solange er nicht verärgert war. An jenem Morgen brachte Primilla ihm ein Geschenk, einen teuren kleinen Merlinfalken, denn der Prinz war ein begeisterter Falkner. Er nahm den Vogel sofort auf die Hand und zirpte ihn an.

»Ich danke Euch, meine Dame. Was für ein reizender kleiner Vogel.«

»Ich fühle mich geehrt, daß Eure Hoheit sich freuen. Als ich hörte, daß der Vater Eurer Hoheit freigelassen wird, dachte ich, daß ein Geschenk zur Feier des Tages angebracht sei.«

Ogretorycs Blick verfinsterte sich plötzlich, und er wendete sich dem Merlin mit noch größerer Aufmerksamkeit zu. Laligga, die auf einem Stuhl am Fenster saß, regte sich.

»Selbstverständlich«, sagte sie mit einem künstlichen Lächeln. »Wir sind so froh über Maels Freilassung. Aber wie seltsam, daß mein Schwiegervater zu einem Schreiber geworden ist.«

Ogretoryc warf ihr einen Seitenblick zu, der allerhand bedeuten konnte, aber keinesfalls etwas Gutes.

»Ich danke Euch für das Geschenk, gute Primilla«, sagte er. »Ich werde den Vogel sofort zu meinem Falkner schicken.«

Damit war die Audienz eindeutig beendet, und Primilla knickste und zog sich in den öffentlichen Bereich der großen Halle zurück, in dem sich viele Bittsteller und Neugierige drängten. Als sie mit den Schreibern und Beratern sprach, die sie kannte, erhielt sie einige Hinweise, daß viele wichtige Leute Mael gern in seiner alten Stellung sehen würden. Vielleicht geschah dies aus Gründen der Sentimentalität oder der Ehre. Vielleicht. Primilla fragte Berater Cadlew schließlich direkt, warum einige so versessen darauf waren, Mael wieder als Lehnsherrn von Aberwyn und Cannobaen zu sehen.

»Ihr scheint Euch sehr für Maels Angelegenheiten zu interessieren«, stellt Cadlew fest.

»Selbstverständlich. Die Gilde muß wissen, an wen sie sich mit ihren Geschenken wendet. Wir wollen unser Geld ungern an den falschen Herrn verschwenden.«

»Das ist wahr. Aber bitte verbreitet das nicht weiter. Prinzessin Laligga ist sehr hochnäsig geworden, seit ihr Gatte Herr über Aberwyn geworden ist. Und es gibt eine Menge Leute hier, die sie gern wieder in ihrer früheren Stellung sehen würden. Und darüber hinaus hätten einige Witwen nichts dagegen, einen älteren Prinzen zu trösten.«

»Aha, es ist also mehr eine Frauenangelegenheit?«

»Weit gefehlt. Die Prinzessin hat nicht nur die Damen am Hof gegen sich aufgebracht, und die Witwen haben Brüder, die eine Möglichkeit ahnen, mehr Einfluß zu erhalten.«

»Aha. Glaubt Ihr, Mael würde wieder in seine alten Rechte eingesetzt?«

»Um seinetwillen hoffe ich das nicht. Es wäre zweifellos sehr gefährlich für seine Gesundheit, und mehr werdet Ihr nicht aus mir herausholen können.«

Primilla war zufrieden mit dem, was sie erfahren hatte, und sie sprach sofort mit Nevyn.

Hoch oben von Maels Kammer aus sah der Hof von Dun Cerrmor winzig aus wie ein Kinderspielzeug. Kleine Pferde trotteten über kaum sichtbare Pflastersteine; winzige Männer wandelten umher und verschwanden hinter kleinen Türen. Nur die lautesten Geräusche drangen bis zu seinem Fenster hinauf. An diesem Nachmittag lehnte sich Mael ans Fenster und betrachtete den vertrauten Anblick, als er hörte, wie die Tür hinter ihm aufging.

»Glyn, König von ganz Deverry«, verkündete die Wache. »Kniet nieder.«

Mael drehte sich um und kniete nieder, als der König hereinkam. Einen Augenblick sahen die beiden einander erstaunt an. Sie waren seit ihrer letzten Begegnung viel älter geworden.

»Von heute an«, sagte Glyn, »seid Ihr ein freier Mann.«

»Ich danke Euch untertänigst, Hoheit.«

Glyn sah sich im Zimmer um, dann ging er und nahm die Wachen mit. Mael starrte die offene Tür lange Zeit an, bis schließlich Nevyn auftauchte.

»Steht auf, Freund«, sagte der alte Mann. »Es ist an der Zeit, Eure Flügel zu erproben.«

Als Mael ihm die Wendeltreppe hinabfolgte, starrte er die Wände an, die Decke und jeden Menschen, dem sie begegneten. Als sie hinaus in den Hof kamen, ergoß sich das Sonnenlicht wie Wasser auf ihn. Er blickte auf und sah die Festungsmauer über sich aufragen, nicht unter sich, und plötzlich wurde ihm schwindelig. Nevyn packte ihn am Arm und stützte ihn.

»Der menschliche Geist ist ein seltsames Ding«, sagte der alte Mann.

»So ist es. Ich komme mir vor wie verzaubert.«

Zuerst waren der Lärm und die Verwirrung überwältigend. Es schien, als wäre der gesamte Hof voller Menschen, die schrien, lachten und mit großem Getöse Pferde vorbeiführten. Dienerinnen eilten mit Eimern von Wasser vorbei. Das Rotsilber von Cerrmor war überall zu sehen und blendete ihn beinahe. Aber nach ein paar Augenblicken wurde sein Schwindelgefühl zur Gier. Er ging langsam weiter und genoß jeden Augenblick, von einem aufgeputzten Lord zu Pferde bis zu einem Strohhaufen vor dem Stall. Als einer der Bärenhunde des Königs ihm gnädig gestattete, ihn zu streicheln, freute er sich so, daß er sich wie ein idiotisches Kind vorkam, das sich an allem erfreut, weil es keine Unterschiede kennt. Als er das Nevyn sagte, mußte der Dweomermann lachen.

»Wer weiß schon, ob das nicht die weiseste Haltung ist?« sagte er. »Gehen wir zu meinem Zimmer. Gavra sollte bald hier sein.«

Aber Gavra wartete schon in Nevyns spärlich möbliertem Empfangszimmer. Mael lief auf sie zu, umarmte und küßte sie.

»Meine Liebste«, sagte er. »Ich habe beinahe Angst, dies wirklich zu glauben. Ich fürchte immer noch, wir könnten morgen aufwachen und feststellen, daß es nur ein grausamer Traum war.«

»Lieber nicht – nach all dem Ärger, den ich wegen des Ladens hatte! Ihn auf Ebrua zu überschreiben, hat mir solche Kopfschmerzen bereitet, daß ich meine eigenen Kräuter nehmen mußte.«

Nevyn nahm an, sie würden vier Tage brauchen, bis sie die Grenze von Eldidd erreichten, wo eine Ehrengarde des Hofs von Eldidd sie erwarten würde – jedenfalls war es so vereinbart worden. Aber am dritten Abend, als sie ihr Lager zehn Meilen vor Morlyn aufschlugen, kamen ihnen Primilla und zwei junge Männer, die mit Stäben bewaffnet waren, entgegen. Nevyn eilte zu ihnen, als sie abstiegen, und Mael kam hinter ihm her.

»Was ist geschehen?« fragte Nevyn.

»Ich fürchte, ich habe schlechte Nachrichten.«

»Tatsächlich?« warf Mael ein. »Will der Hof mich vergiften lassen?«

»Offenbar erinnert Ihr Euch auch als Philosoph noch an Euer altes Leben als Prinz«, meinte Primilla. »Aber ich weiß nicht, ob Ihr wirklich in Gefahr seid. Es ist nur unklug, unnötige Risiken einzugehen. Wir sind gekommen, um Euch an einen sicheren Ort zu bringen, bis ich überzeugt bin, daß wir zu Euren Bedingungen an den Hof zurückgehen können, nicht zu denen anderer.«

»Meinen Dank«, verkündete Nevyn. »Ich habe das Leben dieses Jungen schließlich nicht vor dem Strang gerettet, um es an eine Giftphiole zu verlieren.«

»Keine Sorge. Wir werden uns wie die schlauen Füchse durch den Wald schleichen, und dann …« Lächelnd hielt sie einen Augenblick inne. »Und dann verkriechen wir uns wie Dachse.«

Avascaen war die ganze Woche schon lange vor Sonnenuntergang aufgestanden, weil die Bauern ganze Wagenladungen von Feuerholz gebracht hatten. Als er an diesem besonderen Tag die Staubwolke über der Straße sah, nahm er an, es handelte sich um eine neue Ladung.

»Sie kommen«, sagte er zu Egamyn. »Sieh nach, in welchem Schuppen noch Platz ist.«

Seufzend machte sich Egamyn auf den Weg, während Avascaen die quietschenden widerspenstigen Tore öffnete. Er hatte die Hand immer noch am rostigen Riegel, als er erstarrte und die Gruppe erstaunt ansah. Reiter – Maultiere mit Gepäck – diese seltsame Frau mit den blauen Händen – und hinter ihnen – das war unmöglich – nein, er mußte es sein, graues Haar oder nicht. Mit einem Aufschrei, der an ein Schluchzen grenzte, rannte Avascaen auf die Straße hinaus, um Prinz Mael willkommen zu heißen. Als er den Steigbügel des Prinzen ergriff, verbeugte sich Mael aus dem Sattel.

»Schaut uns an, Avascaen – als wir uns zum letzten Mal sahen, waren wir beide junge Männer, und jetzt sind wir grau.«

»Ja, mein Prinz, aber es freut mich dennoch, Euch wiederzusehen.«

»Mich ebenfalls. Werdet Ihr uns aufnehmen?«

»Wie bitte? Selbstverständlich, Hoheit. Und Ihr kommt eben zur rechten Zeit. Scwna hat gerade die Räume wieder einmal gelüftet, wie in jedem Frühjahr, und alles wird sauber und ordentlich sein.«

»Hat sie das tatsächlich getan? Jedes Frühjahr?«

»Jedes Frühjahr, mein Prinz. Wir sind wie Dachse. Wir sind zäh.«

Mael schwang sich vom Pferd, ergriff Avascaens Hand und drückte sie fest. Als er die Tränen in den Augen des Prinzen sah, war der Leuchtturmwärter selbst erschüttert.

»Ich bin kein Prinz mehr«, sagte Mael. »Und ich würde mich

geehrt fühlen, Euch als Freund betrachten zu dürfen. Hier, ich habe meine neue Frau und meinen Sohn mitgebracht, und laßt uns beten, daß es diesmal für immer ist.«

Als sie den Hof betraten, kamen Egamyn, Maryl und Scwna ihnen entgegen. Avascaen grinste Egamyn selbstzufrieden an.

»Habe ich dir nicht gesagt, daß er zurückkommen wird?«

Er hatte das Vergnügen, seinen großmäuligen Sohn sprachlos zu erleben.

Nach einem angenehmen Nachmittag und einem Festessen ging Avascaen hinaus, um sich um das Feuer zu kümmern. Er entzündete es und fügte so viel Holz hinzu, bis das Leuchtfeuer stetig und hell brannte und seine Warnung übers Meer sandte. Er ging zum Rand der Plattform und schaute zum Broch hinüber, wo hinter den Fenstern das Licht fröhlich schimmerte. Der Prinz war zu Hause. Ich habe ihn nicht vergessen, und er hat mich nicht vergessen, dachte er, wir sind beide wie Dachse. Die Welt war wieder ein guter und gerechter Ort. Später, als der Vollmond seinen Höchststand erreicht hatte, kam Mael auf den Turm hinauf. Außer Atem lehnte er sich ans Geländer.

»Ihr müßt verflucht starke Beine haben«, sagte er.

»Ach, man gewöhnt sich daran.«

Seite an Seite beugten sie sich über das Geländer und schauten aufs Meer hinaus, wo die Wellen silbern im Mondlicht schäumten, wenn sie sich am hellen Strand brachen.

»Habe ich Euch gesagt, daß ich selbst oben in einem Turm eingesperrt war?«

»Wie seltsam! Da habt Ihr also immer nach unten geschaut, genau wie ich hier.«

»Genau, aber diese Aussicht ist wahrhaftig weiter als die, die ich hatte. Ich möchte gern den Rest meines Lebens in Cannobaen bleiben, aber das hängt von Prinz Ogretoryc ab. Die Ländereien gehören nun ihm und nicht mehr mir.«

»Wenn er so unverschämt sein sollte, Euch davonzujagen,

dann wird er sich einen anderen Leuchtturmwärter suchen müssen.« Avascaen dachte einen Augenblick nach. »Mein Bruder hat mehr Land, als er allein bebauen kann. Er wird uns aufnehmen, wenn es nicht anders geht.«

»Danke. Ich kann als Schreiber auch einiges verdienen.«

Einen Augenblick schwiegen sie gemeinsam.

»Übrigens«, fragte Mael, »sind hier öfter Schiffe vorbeigekommen?«

»Nur wenige, aber man weiß nie, ob jemand das Leuchtfeuer brauchen kann.«

Primillas Strategie bestand darin, Mael als jemanden darzustellen, der für höfische Angelegenheiten vollkommen ungeeignet war, und daher drängte sie ihn, seinen Brief an seinen Sohn so offen wir möglich zu halten. Sie war mit dem Ergebnis sehr zufrieden.

»An meinen Sohn Ogretoryc, Prinz von Aberwyn und Cannobaen. Grüße von Mael dem Philosophen. Obwohl wir niemals miteinander gesprochen haben, Euer Hoheit, steht es einem Vater wohl an, mit seinem eigenen Fleisch und Blut ganz offen zu sein. Ich weiß genau, daß Ihr Eure Position bei Hofe und Eure Ehre bei meinem Bruder, dem König, gerne halten wollt. Ich wünsche nichts anderes als das. Ich bin ein bescheidener Gelehrter geworden und nach meiner langen Gefangenschaft nicht mehr fähig, meinen Pflichten als Krieger und Herrscher nachzukommen. Ich möchte den Rest meines Lebens gern in meinem alten Landhaus in Cannobaen verbringen, oder, wenn Euer Hoheit das vorziehen, als einfacher Dorfbewohner. Ihr könnt mir durch Primilla, das Oberhaupt der Färbergilde, eine Nachricht zukommen lassen. In höfischen Kreisen fürchte ich um mein Leben. Ich habe nicht vor, meine neugewonnene Freiheit so bald durch Gift beenden zu lassen. Euer Vater, Mael der Philosoph.«

»Das sollte genügen«, meinte Primilla.

»Gut. Es ist schon seltsam, seinem eigenen Sohn gegenüber so demütig sein zu müssen. Wenn es nicht genügt, daß man mich verstoßen hat, habe ich nun auch noch meinerseits abgedankt. Dadurch sollte eigentlich alles sauber und ordentlich sein, wie Avascaen es ausdrücken würde.«

Als Primilla nach Abernaudd zurückkehrte, wartete sie noch einen Tag, um den neuesten Klatsch zu hören, ehe sie den Brief abgab. Der Hof, ja die ganze Stadt, schwirrte vor Klatsch wie ein Wespennest. Der König hatte tatsächlich zu Maels Empfang eine Ehrengarde an die Grenze entsandt, aber sie hatten nur Nevyn, den Berater von Cerrmor, und Prinz Corbyn angetroffen, die ihnen berichteten, Mael habe es vorgezogen, allein weiterzureiten. Alle witterten Verrat, aber nur von Ogretorycs und nicht von Cerrmors Seite.

»Und dabei haben sie aufs falsche Pferd gesetzt«, meinte Berater Cadlew. »Wenn es Verrat gibt, dann steckt die Prinzessin dahinter und nicht ihr Mann. Einige ihrer Leute haben Mael vielleicht einen Kriegshaufen entgegengeschickt.«

»Ach ja? Und wenn der Philosoph nicht tot ist? Weiß jemand, wo er sich aufhalten könnte?«

»Die meisten glauben, daß Mael zu den Rebellen in Pyrdon übergelaufen sei, die ihn gewiß aufnehmen, um uns hier in Eldidd mehr Ärger zu bereiten. Zum Glück sind sie zu schwach, um seinen Anspruch auf den Thron zu unterstützen – im Augenblick jedenfalls noch. Aber wenn ein Mann einmal ein Prinz war, kann man es ihm wohl nicht übelnehmen, wenn er all das zurückhaben will.«

Am nächsten Morgen besuchte Primilla den Prinzen und die Prinzessin. Laligga sah so bleich aus, als hätte sie nächtelang nicht geschlafen, Ogretoryc wirkte einfach verstört.

»Euer Hoheit, ich habe einen Brief von Eurem Vater für Euch.«

Ogretoryc sprang auf. Laligga duckte sich auf ihrem Stuhl und starrte Primilla an, als diese die Botschaft überreichte.

»Und wo seid Ihr meinem Vater begegnet?«

»Auf der Straße. Euer Hoheit wissen ja, daß ich oft unterwegs bin. Er schien sehr bedrückt und bat mich, den Brief mitzunehmen, als er erfuhr, daß ich nach Abernaudd gehe.«

»Das ist tatsächlich das Siegel von Aberwyn«, meinte Ogretoryc. »Er hatte es bei sich, als man ihn gefangennahm.«

Als er den Brief las, sah ihm Laligga mit einem Blick zu, der zuviel Angst enthüllte.

»Nun«, meinte Ogretoryc schließlich, »das sollte den Gerüchten ein Ende setzen, daß wir ihn haben umbringen lassen. Ich fürchte, ich vergesse mich ein wenig, gute Frau, aber mein Herz ist in diesen vergangenen Wochen sehr schwer gewesen.«

»Selbstverständlich, Euer Hoheit. Zweifellos war die Sorge um das Leben Eures Vaters schwer zu ertragen.«

»Ja.« Primilla war überzeugt, daß er die Wahrheit sagte, und noch mehr, als sie sah, mit welch verächtlicher Geste er seiner Frau den Brief in den Schoß warf.

Laligga nahm ihn und las. Primilla konnte die Strömungen ihrer Aura sehen, wo Angst und Mißtrauen wie Dämonen umherwirbelten.

»Und, seid Ihr zufrieden, Herrin?« zischte Ogretoryc schließlich.

»Wie könnt Ihr glauben, Herr, daß es anders wäre?«

Als die beiden sich ansahen, wandte Primilla sich ab und beschäftigte sich damit, ein Blumenarrangement zu bewundern. Schließlich brach Ogretoryc mit einem leisen Schnauben den Blickkontakt zu seiner Frau ab.

»Erlaubt mir, Euch zur Tür zu bringen, meine Dame«, sagte er. »Und ich danke Euch, daß Ihr mir den Brief gebracht habt.«

Er sprach erst wieder, als sie außer Hörweite der Prinzessin waren.

»Könnt Ihr mir sagen, wo Mael ist?« fragte er.

»In Cannobaen, Euer Hoheit.«

»Das dachte ich schon, aber sagt es niemandem sonst, ehe ich einiges organisiert habe. Meine geliebte Frau kann noch ein wenig weiterkochen.«

Jeden Morgen machten Mael und Gavra einen langen Spaziergang an den Klippen entlang. Da ihn in der Gefangenschaft oft Erinnerungen an Cannobaen heimgesucht hatten, kam es Mael immer noch unglaublich vor, daß er wirklich hier sein sollte, die warme Sonne auf seinem Rücken spürte und die saubere Seeluft einatmete. Nachmittags erklomm er oft den Turm und saß neben der Asche des Leuchtfeuers, um die Straße zu beobachten. Er fragte sich, wie viele Tage der Zufriedenheit ihm noch vergönnt sein würden. Jeder weitere Tag ohne eine Antwort aus Abernaudd ließ auf unheilvollere Intrigen schließen.

Aber als die Antwort dann kam, überraschte sie ihn vollkommen. Er war in seinem Zimmer und zog Linien auf ein Pergament, als Avascaens Sohn Maryl hereinstürmte.

»Euer Hoheit, am Tor sind fünfundzwanzig Bewaffnete, und Euer Sohn ist bei ihnen.«

Ohne nachzudenken, bewaffnete sich Mael mit einem Federmesser und rannte nach draußen, aber die Männer stiegen in aller Ruhe und offenbar friedlich aus dem Sattel. Es fiel Mael nicht schwer, den Prinzen zu finden, einfach, weil sein Sohn ihm so ähnlich sah. Ogretoryc kam lächelnd auf ihn zu und streckte die Hand aus.

»Ich freue mich, Euch zu sehen, Vater. Mein ganzes Leben hat man mir von Euch erzählt, und nun begegnen wir uns endlich.«

Mael ergriff seine Hand.

»Euer Brief hat mich bedrückt. Ihr habt nichts zu befürchten, das schwöre ich.«

»Dann muß sich der Hof sehr verändert haben, seit ich von dort weggeritten bin.«

»Man hat mir einige frevlerische Ratschläge gegeben, wenn Ihr das meint, aber ich werde jeden töten, der die Hand gegen Euch erhebt.«

Er klang so ehrlich, daß Mael erleichtert aufseufzte.

»Dann danke ich Euch.«

Ogretoryc drehte sich um und betrachtete den Broch und den Turm.

»Ich war nie zuvor hier. Als ich ein Kind war, ist Mutter nie hierher gereist, weil sie immer daran denken mußte, wie sehr Ihr diesen Ort geliebt habt, und das machte sie traurig. Und als ich erwachsen war, habe ich die meiste Zeit im Krieg verbracht. Es gehört Euch. Ich habe Euch die Ländereien überschrieben, und der König hat großzügig einen Titel dazugegeben. Ich habe den Brief in meiner Satteltasche.«

»Bei den Göttern! Das war größzügig von Euch!«

Ogretoryc zuckte nur die Achseln, immer noch abgewandt.

»Eins muß ich noch sagen«, fuhr er schließlich fort. »Vor ein paar Jahren, als sie Euch verstießen, waren alle sicher, daß Glyn Euch hängen würde. Ich hätte den König angefleht, den Brief nicht zu schicken, aber ich war nicht am Hof.« Endlich sah er Mael wieder an. »Meine Frau hat dafür gesorgt, daß ich während der Beratungen, bei denen der König seinen Entschluß traf, abwesend war. Das habe ich erst viel später erfahren.«

»Ich würde mich deshalb nicht zu sehr quälen. Ich bezweifle, daß der König Euch angehört hätte. Aber ich habe eine Bitte: Ich möchte Eurer Frau nie begegnen.«

»Ich werde sie verstoßen. Sie kann ihr weiteres Leben zurückgezogen verbringen.«

Am Morgen verabschiedete sich Ogretoryc, aber er versprach, im Sommer zurückzukehren, falls die Kämpfe es erlaubten. Mael winkte ihm nach, dann suchte er Gavra, die sich den Hof neben Scwnas Küchengarten ansah.

»Was machst du da?« fragte er.

»Ich dachte daran, daß wir diese Pflastersteine herausreißen und einen Kräutergarten anlegen sollten. Scwna sagte mir, dies sei die sonnigste Stelle.«

»Die Menschen werden noch jahrelang über die exzentrische Lady Gavra und ihre Kräuter reden.«

»Ich kann keine Lady sein; ich weigere mich einfach.«

»Das geht nicht. Du hast dein Schicksal besiegelt, als du mich geheiratet hast. Weißt du, so manches Mädchen hat sich einen Titel mit Schönheit erworben, aber du bist die erste, die es je mit einem fiebersenkenden Trank geschafft hat.«

Als sie lachte, küßte er sie, und sie umarmten sich im warmen Sonnenschein.

Im Sommer des Jahres 797, in seinem fünfzigsten Jahr, starb Glyn, Gwerbret Cerrmor und in seinen Augen auch König von ganz Deverry, an Herzversagen. Obwohl sich Nevyn schon einige Zeit um die Gesundheit des Königs gesorgt hatte, wurde er durch seinen plötzlichen Tod doch überrascht. Glyn war noch am Morgen mit seinen Männern ausgeritten, am Mittag brachten sie ihn tot nach Hause. Während seine schluchzende Frau und ihre Dienerinnen seine Leiche wuschen und aufbahrten, nahm sein ältester Sohn Camlann in Gegenwart seiner treuen Vasallen in der großen Halle den Königstitel an. Der Priester des Bel segnete ihn, dann steckte er ihm die gewaltige Ringbrosche an den Umhang. Als die Vasallen einer nach dem anderen vortraten, um vor ihrem neuen Lehnsherren niederzuknien, stahl sich Nevyn davon und ging in sein Zimmer. Es war an der Zeit für ihn, Cerrmor zu verlassen.

Später an diesem Abend war Nevyn gerade am Packen, als der neue König nach ihm schickte. Camlann war bereits in die königlichen Gemächer gezogen. Jetzt stand er an der Feuerstelle, wo Nevyn seinen Vater so oft hatte rastlos auf und ab gehen sehen. Der neue König war dreißig Jahre alt und kräftig gebaut. Er sah ebenso gut aus wie sein Vater, und er hielt sich ebenso gerade.

»Ich höre, Ihr wollt uns verlassen«, sagte Camlann. »Ich hoffte, daß Ihr mir ebenso dienen würdet wie meinem Vater.«

»Mein Lehnsherr ist sehr gnädig.« Nevyn seufzte, weil so viele notwendige Lügen vor ihm lagen. »Aber der Tod Eures Vaters hat mir einen schweren Schlag versetzt, und ich bin nicht mehr jung. Ich habe keine Kraft mehr für die Pflichten bei Hofe. Ich möchte meine letzten Jahre zurückgezogen verbringen und das Andenken Eures Vaters ehren.«

»Das ist nobel gesagt. Dann würde ich Euch gern ein wenig Land in der Nähe von Cerrmor geben, als Belohnung für Eure langjährigen Dienste.«

»Der König ist äußerst großzügig, aber er sollte diese Gunst einem jüngeren Mann erweisen. Ich habe Verwandte, die mir Zuflucht gewähren, und an diese Verwandten wird sich dieser alte Mann jetzt wenden.«

Von Cerrmor ritt Nevyn nach Cannobaen, um Mael und Gavra zu besuchen. Obwohl an der Grenze zu Eldidd offener Krieg herrschte, schlüpfte er als alter Kräutermann leicht durch die Linien und zog dann an der Küste entlang weiter. Spät an einem goldenen Sommertag erreichte er auf einer Straße, an deren Rand die wilden Rosen blühten, die Festung. Über dem Tor hing nicht mehr das Wappen der Prinzen von Aberwyn, sondern man hatte ein neues angebracht, das zwei Dachse und das neue Motto *Wir sind zäh* zeigte.

Als Nevyn sein Pferd und das Maultier hineinführte, kam Mael ihm schon entgegen. Er war kräftig und braungebrannt und ergriff herzlich Nevyns Hände.

»Was macht Ihr denn hier so weit von den wichtigen Angelegenheiten des Königreichs entfernt?« fragte Mael. »Ich freue mich, Euch zu sehen.«

»Glyn ist tot, und ich habe den Hof verlassen.«

»Tot? Das wußte ich noch nicht.«

»Es scheint Euch traurig zu machen, mein Freund.«

»In gewisser Weise tut es das. Was für Gründe er auch gehabt haben mag, Glyn war der großzügigste Gönner, den ein Gelehrter haben konnte. Immerhin hat er mich zwanzig Jahre lang beherbergt und beköstigt. Viele Lords haben eine begeisterte Widmung für verdammt viel weniger bekommen. Aber kommt herein, Gavra wird sich freuen, Euch zu sehen, und wir haben eine neue Tochter, die Ihr Euch ansehen müßt.«

Außer der Tochter hatte Mael noch einen weiteren Schatz, den er vorführen wollte: ein sehr seltenes Buch, das er bei einem seiner Besuche in Aberwyn im Tempel des Wmm gefunden hatte. Am Abend lasen sie einander abwechselnd aus dieser frühen Übersetzung eines Dialogs des rhwmanischen Weisen Tull Cicryn vor und blieben noch oft lange auf, um diese Gedanken aus der Zeit der Dämmerung zu diskutieren.

»Ich habe eine Unmenge dafür ausgegeben«, meinte Mael einmal. »Gavra glaubte, ich hätte den Verstand verloren, und vielleicht hat sie ja recht. Aber die Priester sagten, es sei das einzige von Cicryns Büchern, die bei der großen Wanderung mitgenommen wurden.«

»Ja, und es ist eine Schande, daß wir nicht mehr haben. Es heißt, daß Cicryn ein Mann ganz ähnlich wie Ihr war, ein Fürst der Rhwmanen, der seine Macht verlor, weil er einen Mann unterstützte, der erfolglos Anspruch auf den Thron erhob. Danach widmete er den Rest seines Lebens der Philosophie.«

»Ich hoffe, daß sein Exil nicht zu hart für ihn war. Sein Buch war jedenfalls das Geld wert. Ich habe vor, seine Argumente gegen den Selbstmord in mein neues Buch aufzunehmen. Er zeichnet ein sehr angemessenes und verblüffendes Bild, wenn er sagt, daß wir die Wachen einer Armee seien, die die Götter aus Gründen aufgestellt haben, die wir nicht kennen können, und sich umzubringen sei, als würde man desertieren.«

»Wie ich, wenn ich mich recht erinnere, vor langer Zeit einem sehr jungen Prinzen einmal sagte.«

Mael lachte.

»Das habt Ihr, und Ihr wart im Recht. Ach, es gibt noch etwas, was ich Euch sagen wollte. Ihr seid willkommen, so lange hier zu bleiben, wie Ihr wollt. Ich kann Euch keinen höfischen Glanz bieten, aber Cannobean ist im Winter allemal warm.«

»Das ist sehr großzügig von Euch, und das Angebot ist sehr verlockend, aber ich werde zu Verwandten gehen.«

»Verwandte? Ja, selbstverständlich, auch Ihr müßt Verwandte haben. Als hätte ich geglaubt, daß Dweomermänner von den Bäumen fallen!«

»Wie Fallobst? Nun, so seltsam sind wir nicht – jedenfalls nicht ganz.«

Nevyn verließ die Festung eines Morgens, bevor die Familie wach war, einfach, um allen den bitteren Abschied zu ersparen. Aber auf der Straße warf er noch einen Blick zurück und sah das Leuchtfeuer von Cannobaen auf dem Turm, und er wußte, daß er Mael nie wiedersehen würde. Er wünschte sich, er hätte wirklich Verwandte, zu denen er gehen könnte, aber die wenigen, die ihm geblieben waren, lebten natürlich alle an einem der kriegsführenden Höfe, die er nun einige Zeit meiden würde. Er mußte ganz einfach vorgeben, gestorben zu sein. Nach vielen Jahren würde dann ein anderer Kräutermann namens Nevyn wieder in Palästen auftauchen, die er einmal gekannt hatte, ohne daß die Menschen peinliche Fragen über sein ungewöhnlich langes Leben stellten.

Er beschloß, sich zu einem abgelegenen Ort auf dem Territorium von Cantrae aufzumachen, wo er den einfachen Menschen in diesem zerrissenen Königreich helfen konnte. Er fragte sich auch, wo er Brangwen wiederfinden könnte und ob sie vielleicht in einem anderen Körper bereits wieder lebte. Er konnte nichts anderes tun, als seiner Intuition folgen und sich von Zufällen leiten zu lassen, die mehr als Zufälle waren. Mit einem langen, schmerzlichen Seufzer wandte er sich nach Norden. Ein langes Leben wie das seine mochte anderen wunderbar vorkommen, aber er war nur noch müde.

Was Mael, Lord Cannobaen, und seine Frau anging – sie lebten noch so manches lange, glückliche Jahr und starben schließlich innerhalb weniger Tage nacheinander an nichts weiter als an ihrem Alter. Als die Bewunderung für seine Weisheit wuchs, wurde er als »Mael der Seher« bekannt, man gab ihm also den Titel jener Männer, die in der Zeit der Dämmerung als »vates« bekannt gewesen waren. Die Menschen in Deverry hätten ihn also Mael y Gwaedd genannt, aber in Eldidd sprach man dies Maelwaedd aus, eine Bezeichnung, die in langen Jahren an seine Nachfahren weitergegeben wurde.

SOMMER 1063

Sprecht nie davon, einen Geist in einen Kristall oder einen Talisman zu »binden«. Wenn der Geist sich entscheidet, euch auf diese Weise zu dienen, schön und gut, dann wird er zur Belohnung Wissen und Macht erhalten, aber jenes Gerede von Bindung und Unterwerfung sollten wir dem Dunklen Pfad überlassen.

Aus dem Geheimbuch Cadwallons des Druiden

Es war ein wunderschöner Sonnentag. Das Wasser des Flusses Lit glitzerte im hellen Licht. Lord Camdel, einst Meister des Königlichen Bades, sang vor sich hin, als er am Fluß entlangritt, nur Ausschnitte aus diversen Liedern, die er vermischte, weil er Schwierigkeiten hatte, sich genau an die Worte zu erinnern. Tatsächlich hatte er ganz allgemein Schwierigkeiten mit der Erinnerung, zum Beispiel daran, wieso er eigentlich durch die einsamen Hügel der Provinz Yr Auddglyn ritt. Hin und wieder tauchte die Frage auf, aber ganz gleich, wie lange er darüber nachdachte, er fand keine Antwort. Es schien einfach vollkommen in Ordnung zu sein, daß er hier war, Hunderte von Meilen vom Hof entfernt, mit einem geheimnisvollen Päckchen voller Edelsteine in seiner Satteltasche. Er wußte, daß er die Edelsteine gestohlen hatte, aber er konnte sich nicht mehr daran erinnern, warum er es getan hatte oder wem sie gehört hatten.

»Ich muß betrunken gewesen sein«, sagte er zu seinem braunen Wallach. »Aber warum reite ich hier draußen betrunken umher?«

Der Wallach schnaubte, als hätte er sich dieselbe Frage gestellt.

Ein paar Meilen weiter machte die Straße eine scharfe

Biegung, und als Camdel um die Kurve kam, sah er drei Reiter. Irgendwie wußte er, daß sie auf ihn warteten. Ja, selbstverständlich, es waren Sarcyn und Alastyr, und dieser dritte Mann mußte ein Diener sein. Zweifellos war er hier, um mit diesen Edelsteinen Opium zu kaufen. Endlich verstand er.

»Nun, mein Freund«, meinte Alastyr, »seid Ihr bereit mitzukommen?«

Camdel wollte bejahen, aber plötzlich kam ihm ein Gedanke. *Tu es nicht! Sie werden dir weh tun!* Der Gedanke erklang so laut, so drängend in seinem Kopf, daß er ohne zu zögern das Pferd herumriß.

»Halt!« Sarcyn spornte sein Pferd an, ihm zu folgen.

Schnell!

Gehorsam gab Camdel seinem Pferd die Sporen, aber gerade als es zum Galopp ansetzte, wieherte es vor Schmerz und schlug aus. Camdel wurde nach vorn geschleudert; er klammerte sich an den Hals des taumelnden Tieres. Er sah eine Schwertklinge aufblitzen, die dem Pferd die Kehle durchschnitt. Gerade noch rechtzeitig kam er aus den Steigbügeln und rollte sich am Boden ab. Benommen erhob er sich wieder und griff nach seinem Schwert. Da traf ihn ein Schlag am Hinterkopf, und er brach zusammen.

»Gute Arbeit, Sarcyn«, meinte Alastyr. »Gan, hol die Satteltaschen! Wir müssen uns beeilen.«

»Eine Schande, das Pferd zu töten«, meinte Sarcyn und kniete sich neben Camdel. »Wir müssen ein anderes für ihn stehlen.«

»Ich glaube, es wäre besser, ihn ebenfalls gleich hier zu töten. Die ganze Sache ist viel gefährlicher, als ich gedacht hatte. Vergiß nicht, daß hier ein Krieg tobt. Wir könnten einer Patrouille in die Hände geraten.«

Sarcyns Augen zeigten eine Spur von Widerspruch.

»Ich weiß, daß ich es versprochen habe, aber …« Alastyr zögerte und erinnerte sich an die Warnung des Alten, daß sein Schüler ihn haßte. »Nun gut, er wiegt ja nicht viel. Du kannst ihn hinten auf dein Pferd binden, bis wir ein neues finden.«

»Ich habe noch einiges gut bei diesem stinkenden Schwein. Außerdem können wir ihn für das Ritual verwenden.«

»Ja, und zwar schon heute abend. Ich bin vollkommen erschöpft.«

Gan, ihr stummer Diener, kam mit den Satteltaschen. Alastyr war versucht, sie sofort zu öffnen und sich an den Edelsteinen zu freuen, aber dazu hatten sie keine Zeit. Nervös sahen sie sich um und erwarteten halb, einen Lord mit seinem Kriegshaufen im Angriff zu sehen. Camdel würde eine ziemliche Last sein. Alastyr stellte fest, daß es ihn kränkte, daß Sarcyn ihn haßte, nach allem, was er für diese kleine Ratte getan hatte. Aber Haß oder nicht, er war zu nützlich, um ihn jetzt entbehren zu können.

In seinem Kopf pochte es, das Licht blendete ihn, und etwas hielt ihn fest. Aber wo war er? Auf einem Pferderücken. Irgendwo. Camdel riß die Augen weit auf und sah grüne Wiesen. Auddglyn. Er hatte versucht zu fliehen. Mit einem Stöhnen drehte er sich herum und bemerkte, daß seine Fußknöchel an den Steigbügeln festgebunden waren.

»Seid Ihr wach?« fragte Sarcyn.

Erst jetzt wurde Camdel so richtig klar, daß Sarcyn hinter ihm saß und ihn auf dem Pferd hielt. Er hörte den Hufschlag von weiteren Pferden, die ihnen folgten.

»Verzeiht den Schlag auf den Kopf«, fuhr Sarcyn fort. »Aber wir konnten Euch nicht so einfach davonreiten lassen.«

»Warum? Was wollt Ihr von mir?«

Sarcyn lachte leise.

»Das werdet Ihr heute abend erfahren.«

Camdel war zu erschöpft, um noch mehr Fragen zu stellen. Obwohl er als Kämpfer ausgebildet war und sogar mehrere Turnierkämpfe gewonnen hatte, war er nie im Krieg gewesen. Auch hatte er nie etwas anderes getan, das viel Energie brauchte. Der Schmerz beschäftigte ihn für den Rest dieses langen, elenden Rittes.

Endlich kamen sie zu einem Bauernhof, der schon seit einiger Zeit verlassen war, wie der halb eingestürzte Erdwall zeigte, der ihn umgab. Als die anderen abstiegen, schnitt Sarcyn Camdels Knöchel los und schob ihn dann in einen großen, halbrunden Raum, der einmal eine Küche gewesen war. Reisegepäck lag überall auf dem Boden, und an der Feuerstelle türmte sich ein großer Haufen Decken.

»Legt Euch hin, und ruht Euch aus«, sagte Sarcyn. »Aber ich werde Euch Hände und Füße fesseln, damit Ihr auch wirklich hierbleibt.«

Nachdem er gebunden war, blieb Camdel reglos liegen und versuchte, den schmerzenden Kopf nicht zu bewegen. Die anderen kamen herein und unterhielten sich über ihre Beute, dann gingen sie ins Nebenzimmer. Camdel versuchte zu schlafen, aber plötzlich hörte er einen Wutschrei.

»Er ist weg. Er muß aus der Tasche gefallen sein, als du das verfluchte Pferd getötet hast! Alles ist hier bis auf den Großen Stein des Westens. Sarcyn, mach dich sofort auf die Suche!«

Der Große Stein des Westens. Was war denn das? Camdel konnte sich vage an diese Bezeichnung erinnern, aber er konnte kaum denken, so weh tat ihm der Kopf. Er verlor wieder das Bewußtsein. Er hatte einen Alptraum, in dem Alastyr ihn über diesen mysteriösen Stein verhörte.

Als er wieder erwachte, war es Nacht, und in der Feuerstelle brannte ein Feuer. Daneben saßen Alastyr und Sarcyn auf dem Boden und unterhielten sich in kalter Wut, während der Diener im Schatten an der Wand hockte. Als ihm klar wurde, daß sie den Stein nicht gefunden hatten, freute er sich. Obwohl er unwillkürlich aufstöhnte, als er versuchte, den Kopf zu bewegen, war der Schmerz in seinem Kopf doch erträglich.

»Gib ihm etwas zu essen und zu trinken«, sagte Alastyr. »Ich möchte das Ritual sofort durchführen. All diese Astralreisen haben mich erschöpft, das kann ich dir sagen.«

Camdels Herz begann, schneller zu schlagen. Jede Geschichte von bösen Zauberern, die er jemals gehört hatte, fiel ihm wieder ein.

»Nein, wir sind nicht die Opiumhändler, als die wir uns ausgeben«, sagte Sarcyn, als er neben ihm niederkniete. »Bald werdet Ihr mehr von der Wahrheit erfahren. Zuerst werdet Ihr hassen, was ich tue, aber nach einer Weile werdet Ihr schon Geschmack daran finden. Ihr seid genau der Richtige dafür.«

Als Sarcyn ihm die Hände befreite, zitterten diese so sehr, daß Camdel kaum den Wasserschlauch halten konnte, den man ihm reichte, aber er hatte solchen Durst, daß er sich bezwang. Sarcyn beobachtete das alles mit einem Lächeln, das Camdel eine Gänsehaut verursachte.

»Hungrig?« fragte der Zauberer.

»Nein«, keuchte Camdel. »Bitte laßt mich gehen. Mein Vater ist reich, er wird Lösegeld zahlen, aber bei den Göttern, bitte, laßt mich gehen.«

»Oh, du wirst deinen Vater nie wiedersehen, Junge. Du kommst mit uns nach Bardek, mein schöner prahlerischer Lord. Wenn der Meister dich nicht mehr braucht, verkaufen wir dich als Sklaven. Wenn ich mit dir fertig bin. Ich denke, du solltest versuchen, mich zufriedenzustellen, und dafür sorgen, daß ich deiner nicht so leicht müde werde.«

Ganz plötzlich verstand Camdel, was Sarcyn meinte. Unwillkürlich wich er zurück, während Sarcyn lachte.

»Wahrscheinlich kriegt er jetzt ohnehin keinen Bissen hinunter«, fiel Alastyr ein. »Binde ihm also die Füße los, und bring ihn her.«

Als Sarcyn ihn hochriß, stolperte Camdel. Er war so lange gefesselt gewesen, daß ihm das Gehen schwerfiel. Sarcyn mußte ihn halb in die andere Kammer tragen, wo ein Stück schwarzen Samts, bestickt mit seltsamen Zeichen, an der Wand hing. Laternen hingen an Haken, und in einer Ecke stand ein kleines Kohlebecken, aus dem eine Weihrauchwolke aufstieg. In der Mitte des Zimmers befand sich ein dicker Eisenring an einer Falltür, die zweifellos in den Keller führte, in dem die Bauern einmal ihre Vorräte aufbewahrt hatten.

»Wir haben schon alles vorbereitet«, meinte Alastyr, und Camdel haßte seine schmierige Stimme mehr denn je. »Wenn du dich zu heftig bewegst, könntest du dir weh tun, also lieg still.«

Bei diesen Worten drückte ihn Sarcyn mit dem Gesicht nach unten auf den Boden, so daß er nach Luft schnappte. Rasch band Sarcyn seine Hände am Eisenring fest, dann trat er zur Seite. Als Camdel aufblickte, sah er Alastyr an seinem Kopf stehen, keine drei Fuß entfernt. Er hatte die Hände erhoben, mit den Handflächen nach vorn und etwa auf Schulterhöhe. Seine Augen glitzerten im Kerzenlicht, als er ihn anstarrte. Plötzlich konnte Camdel den Blick nicht mehr abwenden, obwohl er es gern getan hätte. Er war wie gefangen, und er hatte das Gefühl, daß der alte Mann das Leben aus ihm heraussaugte, ihn auf eine mysteriöse Weise leerte, die er nicht verstehen konnte.

Dann kniete sich Sarcyn neben ihn, zog ihm die Brigga aus und griff unter ihn, um ihn zu betasten. Camdel wehrte sich und schlug um sich, aber Sarcyn war zu stark. Zitternd vor Angst lag er da und blickte auf in Alastyrs Augen, während Sarcyn ihm die Beine spreizte und sich dazwischenkniete. Der alte Mann begann, etwas in einer unverständlichen Sprache zu rezitieren, ein leises, rhythmisches Murmeln, das um so furchteinflößender war, weil er es so langsam und so vollkommen beherrscht tat.

Dann spürte Camdel, wie Sarcyn ihm die Hände auf die Hinterbacken legte. Als ihm klar wurde, was nun geschehen würde, wollte er schreien, aber er bekam keinen Laut heraus.

In der grauen, feuchten Dämmerung erwachte das Lager – die Männer gähnten und schimpften, die Pferde schnaubten und zerrten an ihren Halftern. Rhodry hatte unten am Fluß Wache gehalten, und jetzt steckte er das Schwert ein und setzte seinen Schild auf dem Boden ab, während er darauf wartete, daß der Hauptmann ihn ablösen ließ. Auf der anderen Flußseite war ein Weizenfeld, das dabei war, sich golden zu verfärben. Der Sommer ist da, dachte Rhodry. Mein erster Sommer als Silberdolch.

Endlich kam die Ablösung, und Rhodry eilte ins Lager, ließ seinen Schild neben die Bettrolle fallen und ging hinunter zu den Wagen, um seinem Pferd ein wenig Hafer und sich ein Frühstück zu holen. Die zwanzig anderen Männer des Kriegshaufens waren schon dort. Rhodry stellte sich hinter Edyl, einen untersetzten jungen Reiter, der bisher der einzige im Kriegshaufen war, der sich herabgelassen hatte, mit einem Silberdolch zu sprechen.

»Morgen, Rhodry. Du hast wohl keine Feinde gesehen, die sich anschleichen wollen – oder hast du geschlafen?«

»Ach, es war leicht, wach zu bleiben, so laut wie ihr alle geschnarcht und gefurzt habt.«

Lachend versetzte ihm Edyl einen Schlag auf die Schulter. Oben auf dem Wagen drängte sich Lord Gwivans dicklicher Diener vor, um seinem Herrn das Frühstück zu holen.

»Wie weit sind wir noch vom Dun dieses Lord Daen entfernt?« fragte Rhodry.

»Nur fünfzehn Meilen. Wenn diese Mistkarren nicht wieder zusammenbrechen, werden wir heute abend auf seiner Seite sein.«

»Glaubst du, es kommt zu einer Belagerung?«

»So heißt es. Beten wir, daß es nicht stimmt.«

Da er erst inmitten dieses Krieges in Auddglyn eingetroffen war, hatte Rhodry immer noch nicht genau herausfinden können, was eigentlich los war. Soweit er wußte, bestand zwischen Lord Daen und einem gewissen Lord Laenrydd schon lange eine Fehde, und ein kleiner Zwischenfall hatte sie von neuem entfacht. Jeder Lord hatte seine Verbündeten zur Hilfe gerufen. Rhodry war von Daens verbündetem Marclew eingestellt worden, aber da Marclew Daen nur einundzwanzig Männer schuldete, war er zu Hause geblieben und hatte seinen Sohn Gwivan losgeschickt, den Kriegshaufen anzuführen. Die Schande fraß an Rhodry. Erst im Sommer zuvor war er Cadvridoc einer großen Armee gewesen; jetzt war er nur ein Silberdolch, den man bezahlte, damit ein anderer Mann nicht mitreiten mußte.

Bald darauf machten sie sich auf den Weg. Die Hälfte des Kriegshaufens zog mit ihrem Herrn an der Seite, in der Mitte ruckelten die Wagen, und der Rest der Reiter bildete die Nachhut. Als Silberdolch ritt Rhodry ganz zuletzt und mußte den Staub der anderen atmen. Er dachte an Jill und überlegte, ob sie mit dem Rest des Kriegshaufens im Dun wohl sicher war, und vor allem mit dem verwitweten Lord. Seine Eifersucht ritt immer mit ihm, fraß an ihm und quälte ihn mit Erinnerungen daran, wie schön Jill doch war. Als sie zusammen losgeritten waren, hatte er vergessen, daß sie oft für Wochen und Monate getrennt sein würden, in denen er nicht erfahren konnte, ob sie ihm treu blieb.

Langsam zogen sie über die niedrigen Hügel, die mit Bäumen und Unterholz bewachsen waren. Im Geist ging Rhodry jeden Mann durch, der im Dun geblieben war, und fragte sich, ob Jill ihn wohl reizvoll finden würde. Daß jeder Mann, der Jills ansichtig wurde, sie haben wollte, war selbstverständlich – die Frage war: Würde sie darauf eingehen? Plötzlich riß ihn der Klang eines Silberhorns aus seinen Gedanken. Unwillkürlich stellte er sich in die Steigbügel und sah sich um. Weiter vor ihnen auf der Straße wartete ein Kriegshaufen, bewaffnet und bereit zum Angriff.

»Feinde!« rief Gwivan. »Zu den Waffen!«

Rhodry band seinen Schild vom Sattelknauf los, zog ihn über den linken Arm und trieb derweil das Pferd mit den Knien aus der Reihe und an den Wagen vorbei. Die Marschlinie löste sich in einen Wirbel auf, als andere dasselbe taten. Gerade als er nach vorne kam, erklang ein weiteres Horn, und vom Hügel kam ein zweiter Kriegshaufen, um ihnen den Weg abzuschneiden. Rhodry begann sich zu fragen, ob er Jill überhaupt jemals wiedersehen würde – treu oder nicht. Fluchend zog er seinen Speer aus der Scheide unter seinem rechten Bein.

»Gwivan!« rief der Anführer der Gegner. »Ergebt Euch, Dummkopf!«

Der Lord drängte sein Pferd ein paar Schritte vorwärts. Da Rhodry annahm, sie hätten vierzig Mann vor sich und dreißig hinter sich, wappnete er sich, im Kampf sterben zu müssen, falls sich Gwivan nicht ergeben würde.

»Seid nicht dumm, Junge!« rief der feindliche Lord abermals. »Es ist nicht einmal Eure eigene Fehde! Laßt Euch von Eurem Vater auslösen. Solange Ihr heute nicht zu Daen gelangt, gebe ich keinen Schweinefurz dafür, Euch zu töten. Es ist nicht unehrenhaft, sich einer solchen Übermacht zu ergeben, und außerdem können wir das Geld brauchen.«

»Das ist alles schön und gut, Ynryc«, rief Gwivan zurück. »Aber was ist mit Lord Degwyc?«

»Er ist nicht bei uns, und ich gebe Euch mein Ehrenwort, daß Ihr vor ihm sicher sein werdet, solange Ihr Euch unter meinem Schutz befindet.«

Gwivan dachte so lange nach, daß Rhodry am liebsten laut geschrien hätte. Sein Leben hing von einem Gewirr von Fehden anderer Männer ab, und er wußte nicht einmal, worum es dabei ging.

»Also gut«, meinte Gwivan schließlich. »Ich nehme Euch beim Wort.«

Rhodry seufzte erleichtert.

Ynryc stellte sich neben einen Wagen und sah zu, wie Gwivan und seine Männer einer nach dem anderen vorbeiritten und ihre Waffen abgaben. Rhodry kam als letzter. Er warf zuerst seinen Speer in den Wagen, dann zog er zögernd und widerstrebend sein Schwert, eine schöne Klinge aus feinstem Stahl, dessen Handschutz die Form eines Drachens von Aberwyn hatte. Es war der einzige Gegenstand, den er ebenso liebte wie Jill, und es auf diesen klirrenden Haufen legen zu müssen tat weh.

»Das ist ein hübsches Schwert, Silberdolch«, bemerkte Ynryc. »Kriegsbeute?«

»Nein, Herr. Ein Geschenk von einem Mann, dem ich gut gedient habe.« Rhodry dachte an seinen Vater, der ihm die Waffe gegeben hatte.

»Ihr müßt wie ein Dämon gekämpft haben, um Euch eine solche Klinge zu verdienen.« Ynryc wandte sich Gwivan zu, der mürrisch neben ihm stand. »Euer Vater muß seine Verpflichtungen sehr ernst nehmen, wenn er sogar Geld für einen Silberdolch ausgibt.«

Gwivan kniff die Lippen zusammen.

»Ach, es ist nicht Eure Schuld, daß er so ein verfluchter Geizkragen ist«, fuhr Ynryc fort. »Glaubt Ihr, er wird Lösegeld für seinen Sohn zahlen?«

»Mein Vater ist ein ehrenhafter Mann«, fauchte Gwivan. »Und er ist kein Geizkragen.«

»Nur ein bißchen vorsichtig mit seinem Geld, wie?«

Als Ynryc vor Lachen brüllte, wurde Gwivan dunkelrot vor Scham. Rhodry selbst war zum Weinen zumute. Wenn der Lord kein Lösegeld zahlte, würde er selbst kaum mehr als ein Unfreier sein, Ynrycs Eigentum, bis er die Schuld abgearbeitet hatte.

Lord Marclew war so wütend, daß alle in der großen Halle sofort wußten, was geschehen war. Erbost stapfte er auf und ab, gefolgt von einem erschrockenen Schreiber und dem Kämmerer, und verfluchte Ynrycs Namen, seinen Clan und seine Männlichkeit. Jill stand zusammen mit ein paar Dienerinnen an der Wand und beobachtete den Herrn, der trotz seines grau werdenden Haares noch immer ein muskelbepackter Hüne war. Er umklammerte Ynrycs Botschaft mit einer massiven Faust und hielt sie dem Schreiber vor die Nase, als wäre der arme Mann dafür verantwortlich.

»Diese Dreistigkeit!« fauchte Marclew. »Meinen Sohn mitten auf der Straße mit solcher Heimtücke zu überrumpeln und mich dann auch noch als Geizkragen zu verspotten!« Er warf dem Schreiber das Pergament zu, der es auffing und sich außer Reichweite duckte. »Was hat er noch gesagt, du Hurensohn?«

Der Schreiber räusperte sich und glättete das Pergament.

»Ich weiß, daß Euer Lordschaft die Münzen liebt und sich fester daran klammert als mancher Mann an eine Frau, aber zweifellos bedeutet Euch Euer Sohn genug, daß Ihr Euch von einigen Eurer Schätze trennen könnt. Wir haben seinen Preis auf zwanzig Silberstücke festgesetzt, zehn für jeden seiner Männer, fünf für den Silberdolch und für die Diener eines.«

»Diese Dreistigkeit!« schrie Marclew abermals. »Glauben sie wirklich, ich zahle für einen stinkenden Silberdolch? Sie wollen mich verspotten, und ich will verdammt sein, wenn ich das zulasse!«

Knurrend ging er wieder auf und ab. Der Kämmerer wandte sich Jill zu und nickte, sie solle den Lord anflehen, aber Jill schüttelte den Kopf und verließ die Halle. Eine der Dienerinnen folgte ihr und ergriff ihren Arm.

»Was ist denn? Warum bittest du ihn nicht?«

»Weil ich genügend Geld habe, um Rhodry selbst auszulösen. In all meinen Jahren auf dem langen Weg bin ich noch von keinem Lord so schlecht behandelt worden, und ich will verflucht sein, wenn ich das weiter ertrage. Wenn ich ein Barde wäre, würde ich eine Ballade über Marclew schreiben.«

»Das haben schon viele Barden getan, aber bisher hat es nichts genützt.«

Jill ging zum Stall, wo sie in einer leeren Box neben ihrem Pferd geschlafen hatte. Ein Knecht half ihr, es zu satteln, und sagte ihr, wie sie zu Ynrycs Dun kommen würde, das etwa anderthalb Tagesritte entfernt lag.

»Seid vorsichtig, Mädchen«, meinte er. »In diesen Hügeln gibt es so viele Kriegshaufen wie Flöhe auf einem Hund.«

»Ja, ich werde aufpassen. Könnt Ihr mir ein bißchen Hafer für mein Pferd geben, oder wird Euer geiziger Herr Euch dafür schlagen?«

»Er wird es nie erfahren. Um ein solches Pferd müßt Ihr Euch gut kümmern.«

Als wüßte er, daß man von ihm sprach, warf Goldwolke den Kopf hoch und ließ sich die silbrige Mähne über den goldfarbenen Rücken rieseln. Rhodry hatte ihr dieses Elfenpferd geschenkt, als er selbst noch ein Lord gewesen war und wertvolle Geschenke machen konnte.

Jill ritt davon, ohne Marclew die Höflichkeit eines Abschiedswortes zu erweisen. Die erste Meile legte sie im Galopp zurück, um die Festung hinter sich zu lassen. Als sie das breite, grasbewachsene Ufer des Lit erreichte, verlangsamte sie Goldwolkes Tempo zum Schritt. Plötzlich erschien der graue Gnom auf ihrem Sattelknauf und ließ sich dort nieder.

»Wir werden Rhodry abholen und kehren dann auf den langen Weg zurück«, sagte sie ihm. »Marclew ist ein Schwein.«

Grinsend nickte der Gnom.

»Ich hoffe, man hat Rhodry gut behandelt. Hast du ihn gesehen?«

Der Gnom nickte zu beiden Fragen.

»Weißt du, kleiner Bruder, es gibt etwas, das ich nicht verstehe. Rhodry hat Elfenblut, aber er kann dich nicht sehen.«

Nachdenklich stocherte sich der Gnom in den langen blauen Zähnen herum, dann zuckte er mit den Achseln und verschwand. Offenbar verstand er es auch nicht.

Die Straße schlängelte sich durch niedrige Hügel, bog manchmal vom Fluß ab, wenn dieser durch eine Schlucht zog, und kehrte im Tal zu ihm zurück. Auf beiden Seiten erstreckten sich Meilen um Meilen Weideland. Hier und da sah Jill Herden von weißen Kühen mit rostroten Ohren, die von einem Hirten und seinen großen grauweißen Hunden gehütet wurden. Gegen Ende des Tages kam sie um eine Kurve an der Straße und sah Raben aus dem hohen Gras auffliegen, die sich gleich wieder zu ihrem Mahl niederließen.

Jill nahm an, daß sie auf dem Kadaver eines toten Kalbes saßen, das zu schwach zur Welt gekommen war, oder vielleicht auch dem einer kranken Kuh, die der Hirte noch nicht gefunden hatte. Plötzlich erschien der Gnom wieder. Er packte mit knochigen Fingern nach ihrem Zügel und zeigte dann auf die Raben.

»Soll ich mir das ansehen?«

Er nickte aufgeregt.

Jill band Goldwolke an einen Busch und folgte dem Gnom. Als sie sich näherte, flatterten die Raben kreischend auf und ließen sich in einem nahe gelegenen Baum nieder, um über ihre Beute zu wachen. Im hohen Gras lag der Kadaver eines Pferdes, immer noch mit Sattel und Zügel. Jill ging darum herum, aber die Raben hatten schon so viel gefressen, daß sie nicht hätte sagen können, wie das Pferd gestorben war. Sattel und Zaumzeug allerdings beunruhigten sie. Wenn ein Pferd, das zu einem Kriegshaufen gehörte, sich ein Bein gebrochen hätte, hätten die Männer die Ausrüstung mitgenommen, nachdem sie das arme Tier von seinen Schmerzen befreit hatten.

Sie hielt den Atem an und ging ein wenig näher heran. Silber und Edelsteine glitzerten am Zügel.

»Bei allen Göttern und ihren Frauen! Wer würde denn so etwas zurücklassen?«

Der Gnom hörte allerdings nicht zu. Er suchte im Gras herum, teilte es mit den Händen, um nach etwas Ausschau zu halten, das knochige Gesicht verzerrt vor Konzentration. Als Jill ihm zusah, wurde ihr klar, daß auch jemand anderes die Gegend durchkämmt haben mußte, denn das Gras rund um das Pferd war zertrampelt. Als sie auf den Gnom zuging, bemerkte sie aus dem Augenwinkel das Aufblitzen von Gold. Sie hob einen Armreif auf, ein Schmuckstück aus purem Gold, das mit einem Muster aus Spiralen und Rosetten überzogen war. Sie hatte nie jemanden gesehen, der so etwas trug, aber sie kannte selbstverständlich die Geschichten über die großen Krieger der Dämmerung, die solchen Schmuck besessen hatten. Es mußte ein Familienerbstück sein, das jahrhundertelang weitergereicht worden war, und zweifellos war es das Zwanzigfache seines Gewichts in Gold wert. Gewicht – sie hob den Armreif abschätzend in der Hand. Er schien kaum etwas zu wiegen, obwohl er aussah, als wäre er aus massivem Gold.

»Suchst du nach diesem Ding hier?«

Der Gnom kam zu ihr und starrte sie verwirrt an. Er berührte den Armreif mit dem Finger, beschnüffelte ihn, lächelte dann plötzlich und führte einen kleinen Siegestanz auf.

»Also gut. Wir nehmen ihn mit.«

Der Gnom nickte und klatschte in die Hände.

»Aber warum ist er so leicht? Seltsam, er fühlt sich an, als wäre er aus Holz und nicht aus Gold.«

Der Gnom schaute erstaunt drein, dann zuckte er die Achseln und verschwand.

Als Jill den Armreif in ihre Ersatzsocken packte und in die Satteltasche steckte, fragte sie sich, wer wohl dieses Pferd getötet hatte und was mit dem Reiter geschehen war. Sie sollte vielleicht die Zügel abnehmen, wenn sie den Gestank ertragen könnte. Einer der Lords hier wäre vielleicht imstande, das Stück zu identifizieren, und vielleicht gab es eine Belohnung.

Ganz plötzlich verspürte sie eine Dweomerwarnung, kaltes Schaudern im Nacken, als hätte sie jemand mit eisiger Hand berührt. Hier war etwas Gefährliches am Werk, etwas, das sie nicht verstand, aber sie konnte die Gefahr so deutlich riechen wie das tote Pferd. Also entschied sie sich, den Zügel liegenzulassen, stieg wieder in den Sattel und ritt schnell davon. An diesem Nachmittag kam sie noch weit, bevor sie ihr Lager aufschlug. Doch in der Nacht konnte sie kaum schlafen.

Dieselbe Nacht verbrachte Nevyn in einem kleinen Gasthaus etwa hundert Meilen entfernt. Die vergangenen beiden Wochen hatte er damit zugebracht, Camdel zu verfolgen – seit ihm einer der Geister, die zu dem Großen Stein des Westens gehörten, von dem Diebstahl berichtet hatte. Seitdem hatte er kaum mehr als vier Stunden pro Nacht geschlafen, und auch jetzt war er wieder wach und grübelte über den Diebstahl nach, als Jills grauer Gnom vor ihm erschien.

»Guten Abend, kleiner Bruder. Ist Jill in der Nähe?«

Der Gnom schüttelte den Kopf, dann tanzte er umher und grinste von einem Ohr zum anderen.

»Was ist denn? Gute Nachrichten?«

Er nickte und vollführte dann eine kunstvolle Pantomime, bei der er beide Hände benutzte, um einen kleinen runden Gegenstand nachzuzeichnen und in diese Form zu starren wie in einen magischen Kristall.

»Ihr Götter! Meinst du etwa den Großen Stein des Westens?«

Der Gnom nickte, und dann tat er so, als suchte er nach etwas und fände es schließlich.

»Ihr habt ihn gefunden? Willst du damit sagen, daß Jill ihn jetzt hat?«

Wieder nickte der Gnom. Einen Augenblick war Nevyn ganz übel vor Angst.

»Ist dir klar, daß sie in schrecklicher Gefahr schwebt? Die Männer, die den Stein gestohlen haben, werden ihn zurückhaben wollen, und sie würden dafür zweifellos auch töten.«

Der Gnom riß weit den Mund auf und gab sogar ein leises, winselndes Geräusch von sich, was für das Wildvolk sehr schwierig ist.

»Geh zu ihr zurück. Und beim ersten Anzeichen von Gefahr sagst du mir Bescheid, ja?«

Der Gnom nickte und verschwand. So nah der Panik, wie ein disziplinierter Dweomermann nur sein konnte, wandte sich Nevyn dem Kohlebecken zu, das in einer Ecke der Kammer stand. Auf ein Winken hin brachte das Wildvolk des Feuers die Kohlen zum Glühen. Nevyn starrte hinein und dachte an Jill.

Er sah sie beinahe sofort, wie sie an einem Fluß in den Hügeln ihr Lager aufgeschlagen hatte. Obwohl sie schlief, saß sie aufrecht, mit dem Rücken an einen Baum gelehnt, und hatte das Schwert in der Hand. Zumindest schien ihr klar zu sein, daß sie in Gefahr war, aber er wußte, daß das Schwert ihr gegen diesen Feind wenig nützen würde. Und wo bei den Göttern war Rhodry? Gereizt verlagerte er seine Gedanken und sah den jungen Mann auf dem Boden einer ziemlich überfüllten Mannschaftsunterkunft liegen. Alle Männer dort sahen mürrisch und beschämt aus. Nevyn erweiterte seinen Gesichtskreis, ließ seinen Geist durch die Tür der Unterkunft nach draußen wandern und sah Bewaffnete dort stehen. Rhodry war also in irgendeinem Krieg gefangengenommen worden, und Jill war allein auf der Straße.

Nevyn fluchte so leidenschaftlich, daß er beinahe die Vision unterbrochen hätte, aber er fing sich wieder und kehrte zu Jill zurück. Jetzt war vor allem wichtig zu wissen, wo sie sich befand. Er setzte bei ihrem Lager an und erweiterte seine Vision immer mehr, bis er genug erblickt hatte, um feststellen zu können, daß sie sich im mittleren Bereich von Yr Auddglyn befand. Nun nahm er sein rastloses Wandern wieder auf und begann, Pläne zu schmieden. Er mußte schnell sein. Er würde ein weiteres Pferd kaufen, denn dann könnte er mehr Meilen am Tag zurücklegen.

»Ich muß sie rechtzeitig einholen«, sagte er laut. »Und ich schwöre bei allen Göttern, daß ich das schaffen werde, selbst wenn ich alle Pferde, die ich bekommen kann, zuschanden reiten muß.«

Aber seine Angst wurde nicht geringer, denn der dunkle Meister, der hinter alldem steckte, mußte dichter an Jill sein als er selbst. Er kehrte zum Kohlenbecken zurück und begann, über sie zu wachen.

Der Spiegel lag auf einem schwarzen Samttuch, das mit umgekehrten Pentagrammen bestickt war, dem Symbol des Bösen, unter dem sich jene versammelten, die die gesamte Ordnung der Natur umstürzen wollten. Zwei Kerzen standen an den Seiten, und ihr Licht fing sich in der gebogenen

Oberfläche. Alastyr kniete darüber, stützte sich mit den Händen ab und wünschte sich, er hätte einen richtigen Tisch. Da er den Großen Stein des Westens nie gesehen hatte, konnte er nicht auf die übliche Weise nach ihm Ausschau halten. Er holte tief Luft und rief die Namen der Herren der Hülsen und Schalen. Er spürte, wie sich Geister um ihn sammelten, aber sie blieben außerhalb seiner geistigen Reichweite.

»Zeigt mir diesen Stein«, zischte er.

Im Zentrum des Spiegels kamen und gingen Lichtblitze, aber keiner formte sich zu einem klaren Bild. Ganz gleich, wie sehr er die Geister verfluchte, sie flohen vor ihm, wie sie es schon den ganzen Tag getan hatten.

»Wir brauchen Blut«, sagte Alastyr schließlich.

Sarcyn lächelte und ging in die Küchenecke, wo Camdel sich verkrochen hatte. Als Sarcyn ihn hochriß, begann er zu winseln, aber Sarcyn schlug ihn, bis er schwieg.

»Du wirst nicht sterben«, meinte er. »Es könnte sogar sein, daß es dir gefällt. Du verstehst langsam, wie gut sich Schmerz und Vergnügen mischen können, nicht wahr, mein edler Lord?«

Camdel lehnte sich halb an Sarcyn, als dieser ihn zu dem Tuch mit dem Spiegel zog. Gan kam mit dem dünnen Ritualmesser herangeschlurft. Sarcyn stand hinter Camdel und begann, ihn zu betasten. Alastyr rezitierte weiter und beschwor jene Geister herauf, von denen er wußte, daß sie ihm dienen würden. Drei schwarze, verkrüppelte Gnome und eine Fee mit einem großen Mund voller blutroter Zähne erschienen vor ihm.

Gan schnitt in Camdels Handrücken. Camdel stöhnte, aber er sank zurück in Sarcyns Umarmung, als sein Blut zu fließen begann. Das deformierte Wildvolk drängte sich um ihn, und sie fingen die Blutstropfen mit den Zungen auf. Obwohl sie sich am Blut nicht direkt nähren konnten, saugten sie doch den Magnetismus auf, den sowohl das Blut als auch Camdels sexuelle Erregung ausströmten. Langsam trocknete die dünne Wunde. Die Gnome streckten die Hände zu Alastyr aus.

»Ihr bekommt nichts mehr, ehe ihr mir nicht den Stein zeigt.«

Die Geister verschwanden. Obwohl Camdel zitterte und kurz vor dem Höhepunkt war, zog Sarcyn die Hand weg.

»Später«, flüsterte er ihm ins Ohr. »Später werden wir das Ritual wiederholen. Am Ende wird es dir gefallen – auch gegen deinen Willen.«

Camdel sah ihn an, mit einem Blick, der zwischen Begierde und Abscheu schwankte. Alastyr ignorierte ihn und kniete sich wieder über den Spiegel.

»Zeigt mir den Stein.«

Wolken bildeten sich im Spiegel, wirbelten umher und wurden langsam dunkler. Lächelnd beugte Alastyr sich vor, als die Dunkelheit sich in eindeutige Bilder auflöste: Hügel unter dem Nachthimmel, ein Pferd, das nahe einem Baum angepflockt war. Unter dem Baum ging ein junger Mann unruhig hin und her – nein, es war kein Junge, sondern Jill, die Kriegerin, die schon einmal seine Pläne vereitelt hatte.

»Der Stein«, flüsterte er. »Wo ist der Stein?«

Die Vision zog sich zusammen und konzentrierte sich auf Jills Satteltaschen.

»Und jetzt zeigt mir genau, wo sie sich befindet.«

Die Vision flackerte und begann sich auszudehnen – und dann verschwand sie plötzlich in einem weißen Lichtblitz. Halb geblendet wäre Alastyr beinahe auf den Spiegel gefallen, als sich das Wildvolk wieder materialisierte. Aus der Art, wie sie sich vor ihm auf dem Boden wanden, konnte er erkennen, daß man sie gewaltsam gebannt hatte. Eine Person mit großer Dweomermacht mußte über diesem Mädchen wachen, und Alastyr ahnte schon, um wen es sich handelte.

»Der Meister des Aethyr«, flüsterte er.

Die Gnome nickten, dann verschwanden sie. Alastyr richtete sich auf und sah Sarcyn an, der ihn mit der üblichen undurchschaubaren Miene betrachtete.

»Der Meister des Aethyr«, sagte er schließlich. »Fliehen wir zurück nach Bardek?«

Der alte Gan gurgelte und ächzte.

»Nein«, erwiderte Alastyr. »Ich habe zu lange an dieser Sache gearbeitet.«

Er hatte Jahre gebraucht, um Informanten zu finden, seine Schlingen zu legen und eine solche Flut der Macht auf Camdel loszulassen und ihn in seinem Bann zu halten, daß er jeden Tropfen magnetischer Kraft brauchte, den er aus seinem Opfer saugen konnte. Er würde nicht wieder davonrennen, ehe er den Stein in der Hand hatte. Außerdem hatte er Jill im vergangenen Sommer persönlich gesehen, als sie und ihr berühmter Vater in einer Schenke in Eldidd gesessen hatten. Damals hatte er angenommen, dies wäre nur ein Glücksfall gewesen, aber nun war er überzeugt, daß die Herren der Hülsen und Schalen ihn geleitet hatten. Da er sie nun gesehen hatte, konnte er sie auf normale Weise aufspüren, und Nevyn würde ihn dabei nicht entdecken können. Er stand auf und reckte sich.

»Ich habe gesehen, wer den Stein hat«, sagte er. »Und es sollte uns nicht schwerfallen, sie zu töten.«

Jill erwachte am Morgen kalt und steif. Die Sonne stand schon ziemlich hoch über dem Horizont, also stand sie rasch auf, reckte sich und schimpfte darüber, daß sie so langsam war. Immerhin hatte Goldwolke schon eine Weile grasen können. Sie gab ihm noch ein wenig Hafer, dann aß sie Brot und Käse im Stehen. Es war ein schöner Sommertag, aber ihr war so kalt, als wäre sie krank. Sie packte eilig ihre geringe Habe ein, und dann machten sie sich auf den Weg.

Die Straße entfernte sich wieder vom Fluß, und die dunkle Reihe von Bergen, die Yr Auddglyn von der Provinz Cwm Pecl trennte, kam immer näher, wie Wolken am Horizont. Gegen Mittag kam sie durch ein kleines Dorf, als sie vor sich über der Straße Staub bemerkte. Als der Staub sich in sechs bewaffnete Reiter auflöste, lockerte sie ihr Schwert, aber als sie näher kamen, begrüßten die Reiter sie freundlich.

»Warte einen Augenblick, Junge«, sagte ihr Anführer. »Du hast nicht zufällig eine Botschaft von Lord Marclew?«

»Nein, aber ich bin auf dem Weg zu Lord Ynrycs Dun. Der Silberdolch, den er gefangenhält, ist mein Mann.«

Die Reiter beugten sich vor und starrten sie an.

»Was für ein schlimmes Wyrd für ein so hübsches Mädchen, einen Silberdolch zum Mann zu haben!« meinte der Anführer, aber er lächelte freundlich. »Will der alte Marclew ihn nicht für dich auslösen?«

»Wird er ein freundlicher Mensch werden und Blumen anpflanzen? Ich bin gekommen, um selbst mit eurem Lord zu feilschen. Werdet ihr mich durchlassen?«

»Wir begleiten dich zurück. Du wirst feststellen, daß unser Herr erheblich großzügiger ist als der alte Marclew, aber ich warne dich: Im Augenblick ist er knapp bei Kasse.«

Obwohl Jill erst sehr vorsichtig war, behandelten die sechs Männer sie höflich. Sie hatten das Stadium noch nicht erreicht, in dem Männer ebenso leicht vergewaltigen wie töten. Und sie mußte zugeben, daß sie über die Garde froh war, obwohl sie selbst nicht hätte sagen können, wieso sie glaubte, eine zu brauchen.

Vier Meilen weiter stand Ynrycs Festung oben auf einem Hügel. Hinter den Mauern erhob sich ein massiver Steinbroch, der beinahe so breit wie hoch war, und die übliche Ansammlung von Hütten und Schuppen. Pferde waren draußen im Hof angebunden, weil die Ställe nicht ausreichten. Am Rand der

Herde erkannte Jill Rhodrys Rotfuchs, der ganz abseits angebunden war, als teilte das Pferd eines Silberdolchs seine Schande.

Einer von Jills selbsternannten Wachen, ein untersetzter blonder Mann namens Arddyr, brachte sie in die große Halle, in der es so lebhaft zuging wie in einer Stadt am Markttag. Zwischen Tischen und Haufen von Bettrollen standen oder saßen etwa zweihundert Krieger, tranken Bier und sprachen über die zu erwartenden Kämpfe. Am Ehrentisch saßen vier Männer mit den karierten Brigga der Adligen und betrachteten eine Landkarte auf Pergament. Als Jill Arddyr dorthin folgte, wandte sich ihnen ein grauhaariger Lord zu.

»Lord Ynryc?« sagte Arddyr. »Darf dieses Mädchen Euch einen Augenblick stören? Erinnert Ihr Euch an Rhodry, den Silberdolch? Das hier ist seine Frau, und Marclew weigert sich, ihn für sie auszulösen.«

»Dieses Stück Schweinescheiße!« Ynryc wandte sich einem anderen Lord zu. »Nun, Maryl, ich habe die Wette gewonnen, und Ihr schuldet mir ein Silberstück.«

»Ja, leider. Ich glaubte, Marclew hätte noch ein wenig Ehre im Leib, und das wird mich teuer zu stehen kommen. Aber Mädchen, ich habe noch nie von einem Silberdolch mit einer Frau gehört.«

»Ich bin auch zweifellos die einzige im Königreich, die dumm genug dazu ist, Herr, aber er ist mein ein und alles. Ich habe keine fünf Silberstücke, aber ich werde Euch jede Kupfermünze geben, die ich besitze, um ihn zurückzubekommen.«

Ynryc zögerte, kaute auf seinem Schnurrbart, dann zuckte er die Achseln.

»Ich will nur eine Kupfermünze«, sagte er, »und sonst nichts.«

»Wäre ich ein Barde, Herr, würde ich Euren Namen in den besten Versen preisen!«

Eine Weile später führte Arddyr Rhodry herein, der die Satteltasche über der Schulter und die Bettrolle unter dem Arm trug. Er legte beides auf den Boden und kniete vor Ynryc nieder. Als Jill dem Lord das Kupferstück reichte, gab Ynryc Rhodry sein Schwert zurück und bat ihn, sich zu erheben.

»Ihr könnt Euch glücklich schätzen, eine solche Frau zu haben«, meinte Ynryc. »Versprecht mir, in diesem Krieg nicht wieder gegen mich zu reiten.«

»Aus ganzem Herzen«, sagte Rhodry. »Glaubt Ihr, ich wäre dumm genug, mich wieder Marclew anzuschließen?«

Alle Lords lachten.

Da Ynryc tatsächlich so großzügig war, wie es sich für einen Lord gehörte, ließ er Jill und Rhodry an diesem Abend bei seinen Dienern essen und in seiner Festung schlafen. Nach längerem Suchen in dem überfüllten Dun fand ein Diener einen Platz für sie in einer Vorratshütte. Zwischen Säcken von Zwiebeln und Bierfässern breitete Jill die Decken aus, während Rhodry sein Schwert ins Laternenlicht hielt und jeden Zoll davon genau untersuchte.

»Es hat doch keine Kerbe, oder?« fragte sie.

»Nein, den Kriegsgöttern sei Dank.« Er steckte es ein und legte es neben sich. »Oh, meine Liebste, du bist zu gut für einen entehrten Mann wie mich.«

»Das weiß ich, aber ich liebe dich trotzdem.«

Grinsend legte er ihr die Hände auf die Schultern und zog sie näher.

»Ich habe dir noch nicht angemessen für meine Befreiung gedankt«, meinte er. »Komm, leg dich zu mir.«

Sobald seine Lippen die ihren berührten, konnte Jill nur noch an ihn denken, aber später, als sie in seinen Armen lag und sie beide schon halb schliefen, spürte sie die Angst wieder. Sie war froh, daß sie in einer Festung waren, umgeben von einer kleinen Armee.

»Soweit ich es abschätzen kann«, meinte Alastyr nachdenklich, »sind sie uns etwa anderthalb Tage voraus. Jetzt, da wir ein Pferd für Camdel haben, sollten wir schneller vorankommen.«

»Ja, Meister«, erwiderte Sarcyn. »Könnt Ihr ihren Geist erreichen? Wir könnten sie durch einen Bannspruch ein wenig verwirren.«

»Das wäre möglich, aber im Augenblick tue ich das lieber nicht. Nevyn könnte es entdecken.«

Das verstand Sarcyn. Obwohl er im vergangenen Sommer in Bardek geblieben war, um sich dort um die Angelegenheiten seines Meisters zu kümmern, hatte er vom Meister des Aethyr und seiner gewaltigen Macht gehört.

»Und Rhodry ist auch wieder da«, fuhr Alastyr fort. »Ich werde dem Alten einige interessante Dinge erzählen können, wenn wir ihn wiedersehen.«

Wenn wir lange genug leben, dachte Sarcyn bei sich. Er hatte das Gefühl, daß all ihre sorgfältig ausgeheckten Pläne sich zerschlugen, aber nie hätte er es gewagt, dem Meister gegenüber seine Zweifel zu äußern. Unbehaglich sah er sich um. Camdel hatte sich wie ein Kind unter einer Decke zusammengerollt, Gan saß am Feuer und starrte hinein, die Augen weit aufgerissen.

»Sag mir eins, Sarco«, begann Alastyr nun wieder. »Hattest du je das Gefühl, daß jemand versucht, uns auf magische Weise aufzuspüren?«

»Ein- oder zweimal vielleicht. Glaubt Ihr, das sei der Meister des Aethyr gewesen?«

»Nein, denn wenn er wüßte, wo wir sind, würde er zustoßen wie eine Schlange. Aber wenn er es nicht ist, dann …«

Sarcyn schauderte und beendete den Gedanken im Geist: dann müssen es die Habichte der Brüderschaft sein. Halb bezahlte Mörder, halb Schüler des dunklen Dweomer, dienten die Habichte dem regierenden Rat des dunklen Dweomer und führten seine Befehle aus. Obwohl die Brüderschaft zu locker organisiert war, um im eigentlichen Sinn Gesetze zu haben, gab es Mittel, mit Verrätern fertig zu werden. Die Habichte stellten diese Mittel zur Verfügung.

»Warum sollten sie uns beobachten?« fragte Sarcyn.

»Ich habe im letzten Sommer versagt, nicht wahr?«

»Aber der Alte hat Euch nicht die Schuld gegeben.«

»Das stimmt.« Alastyr zögerte, ernstlich verwirrt. »Dann ist es vielleicht jemand, der in Nevyns Auftrag arbeitet?« Wieder das Zögern. »Ich gehe ins Dunkel und werde darüber nachdenken.«

Als der Meister sich entfernte, blickte Gan auf und sah ihm starr hinterher. Er war so alt, zahnlos und verrenkt von schwerer Arbeit, und er trug so viele Spuren von Alastyrs Zorn in Form von Narben, daß Sarcyn sich fragte, ob der Stumme überhaupt noch am Leben hing. Er mußte plötzlich an Evy denken, seine wunderschöne Schwester – hatte die Sklaverei sie auch zu einem Stück menschlichen Treibholzes wie Gan gemacht?

»Keine Sorge, alter Mann. Wir holen die Kastanien schon aus dem Feuer.«

Gan versuchte, seine zitternden Lippen zum Lächeln zu zwingen, dann starrte er wieder ins Feuer.

»Nun, ich habe geschworen, mich nicht mehr an diesem Krieg zu beteiligen«, meinte Rhodry gähnend. »Wohin reiten wir also?«

»Wir könnten nach Marcmwr gehen«, schlug Jill vor. »Um diese Jahreszeit gibt es immer Karawanen von dort nach Dun Hiraedd.«

»Ich habe genug davon, mich stinkenden Kaufleuten anzudienen, und ihre Maultiere kann ich erst recht nicht mehr sehen! Ich bin nicht dazu erzogen worden, Kindermädchen für Händler zu spielen.«

»Rhoddo, du hast in deinem ganzen Leben erst zwei Karawanen bewacht!«

»Und das waren zwei zuviel!«

Jill legte ihm die Hände auf die Wangen und küßte ihn.

»Wenn du auf Blutvergießen aus bist, dann gibt es da die Banditen in den Bergen. Deshalb brauchen die Karawanen Wachen.«

Also wandten sie sich nach Osten, nach Marcmwr. Die Straße kletterte steil über die Hügel, und sie ließen die Pferde im Schritt gehen. Weideland wich jenen kleinwüchsigen Fichten, die in diesem Teil von Deverry so verbreitet waren. Als sie durch den dunklen, stillen Wald ritten, erinnerte sich Jill plötzlich an den Armreif in ihrer Satteltasche.

»Rhodry? Auf dem Weg zu Ynryc ist mir etwas Seltsames passiert.«

Als sie es ihm erzählte, sah er sie besorgt an.

»Warum hast du Ynryc nichts davon erzählt?« fragte er schließlich. »Dieses Pferd gehörte vielleicht einem seiner Verbündeten.«

»Du hast recht.« Sie spürte einen Schauer auf dem Rücken. »Ich glaube – ich glaube, ich habe es einfach vergessen.«

»Seltsam, so etwas zu vergessen.«

»Ja.« Sie schauderte jetzt deutlicher. »Hier ist Dweomer im Spiel. Hältst du mich für dumm, daß ich das sage?«

»Ich wünschte, ich könnte es so einfach abtun.« Er zügelte sein Pferd. »Wir sollten zu Ynryc zurückgehen und es ihm sagen.«

Jill stimmte ihm zu, aber als sie ihr Pferd wendete, erschien der graue Gnom vor ihr auf der Straße. Das kleine Geschöpf war ganz aufgeregt, rollte die Augen und gestikulierte ihr zu, sie sollte stehenbleiben.

»Was ist denn?« fragte Jill. »Sollen wir nicht zurückkehren?«

Er schüttelte den Kopf so hektisch, daß er beinahe umgefallen wäre.

»Was ist denn?« fragte Rhodry. »Dein Gnom?«

»Ja, und er will nicht, daß wir umkehren. Er hat Angst, Rhoddo.«

Der Gnom verschwand, dann erschien er wieder auf Rhodrys Schoß. Er streckte den Arm aus und tätschelte ihm flehentlich die Wange. Und obwohl Rhodry ihn nicht sehen konnte, spürte er dennoch die Berührung.

»Nun, das Wildvolk hat mir schon einmal das Leben gerettet«, sagte er. »Wenn er meint, daß hinter uns Gefahr lauert, dann glaube ich ihm.«

Der Gnom grinste und tätschelte Rhodrys Hand.

»Außerdem«, fuhr Rhodry fort, »können wir dem Tieryn in Marcmwr den Reif übergeben.«

Der Gnom schüttelte den Kopf und zwickte ihn in den Arm.

»Du willst, daß wir ihn behalten?« fragte Jill.

Erleichtert lächelte er und nickte, dann verschwand er. Jill und Rhodry sahen sich einen Augenblick an.

»Weißt du was«, meinte Rhodry schließlich, »ich hole lieber mein Kettenhemd aus der Satteltasche. Ich wünschte, du hättest auch eins.«

»Wir sollten mir in Marcmwr eins kaufen. Da Ynryc so großzügig war, haben wir noch Geld übrig.«

»Ach ja? Und du hast mir gesagt, wir hätten kaum mehr ein Kupferstück!«

»Wenn du alles vertrunken hättest, könnten wir jetzt kein Kettenhemd kaufen.«

»Du mußt mich wirklich lieben, wenn du dich tatsächlich von ein paar Münzen trennen wolltest, um mich auszulösen.«

Sie beugte sich vor und versetzte ihm einen festen Schlag.

Nachdem Rhodry sich gerüstet hatte, ritten sie ein wenig

schneller weiter, beide mit dem Schwert in der Hand und dem Schild am Sattelknauf. Die Straße wand sich durch die Hügel und zog sich immer höher. Rhodry warf häufig einen Blick zurück. Seine halbelfische Sehkraft war ein guter Verbündeter, denn er konnte erheblich weiter sehen als ein gewöhnlicher Mensch und würde ihre Feinde bemerken, lange bevor diese sie sehen würden. Vor ihnen ragten die Berge auf, schwarz vor Fichten, und hier und da erhoben sich Sandsteinfelsen wie die Knöchel einer riesigen Faust. Jedes kleine Tal, das sie durchquerten, wäre für einen Hinterhalt geeignet gewesen, aber immer kamen sie sicher hindurch.

Endlich erkletterten sie einen letzten Hügel und konnten von dort eine schmale Ebene sehen, die im Osten von Bergen, im Westen von niedrigeren Hügeln gesäumt war. An einem Fluß stand die Stadt Marcmwr, etwa dreihundert Rundhäuser inmitten einer großen Fläche innerhalb von Steinmauern, als kauerten sie sich in Angst zusammen, aber tatsächlich diente das offene Land als Weide für die Pferde und Maultiere von Händlerkarawanen.

»In meinem ganzen Leben war ich nie so verdammt froh, eine Stadt zu sehen«, meinte Rhodry.

Aber Jill fühlte sich erst sicher, als sie durch die massiven eisenbeschlagenen Stadttore ritten, an denen die Stadtwachen standen.

»Sie hätten beinahe umgedreht, verflucht sollen sie sein!« schrie Alastyr.

»Es ist dieser Gnom, Meister«, meinte Sarcyn. »Ich habe gesehen, wie er sie gewarnt hat.«

»Ach ja? Dann werden wir etwas gegen ihn unternehmen müssen.«

Alastyr überlegte, ob dieses Gefühl, beobachtet zu werden, nicht einfach davon gekommen sein mochte, daß dieser Gnom oder anderes Wildvolk ihn ausspioniert hatten. Dann war es jetzt an der Zeit, sie zu verscheuchen.

Jill und Rhodry verbrachten zwei Tage in Marcmwr, in einem halbverfallenen Gasthaus am Nordtor, dem einzigen in dieser Handelsstadt voller Gasthäuser, das einen Silberdolch aufnehmen wollte. Da es hier keinen Waffenschmied gab, ritten sie am ersten Tag zum örtlichen Tieryn und feilschten mit ihm um ein altes Kettenhemd für Jill. Am zweiten Tag machte sich Rhodry auf, um nach Arbeit zu suchen. Endlich fand er einen Mann namens Seryl, der eine Karawane mit Waffen und Luxusgütern nach Dun Hiraedd bringen sollte.

Dun Hiraedd war eine seltsame Stadt und ziemlich neu – erst achtzig Jahre alt. Ursprünglich hatte sie Privddun Ricaid geheißen, »die königliche Hauptfestung«, aber der erste Kriegshaufen, der hier aufgebracht wurde, hatte sie Festung Heimweh genannt, und dieser Name war hängengeblieben. Durch königlichen Befehl errichtet, sollte die Festung den juristischen und militärischen Mittelpunkt von Cwm Pecl bilden, einer neuen Provinz, die langsam von der wachsenden Bevölkerung Deverrys kolonisiert wurde. In Jills und Rhodrys Tagen war das weite Tal immer noch ein ziemlich einsamer Ort, und die wenigen Bewohner hätten niemals genügend Steuern zahlen können, um einen Gwerbret zu erhalten, wenn der König nicht selbst zu dessen Unterstützung beigetragen hätte. Jeden Sommer stellten königliche Beamte Männer wie Seryl ein, die Karawanen in die Stadt des Gwerbrets führten.

Da Seryl das Geld des Königs und nicht sein eigenes ausgab, war er recht großzügig, was Rhodrys Sold anging, bot ihm ein Silberstück pro Woche an und machte keine Schwierigkeiten, weil auch Jill und ihr Pferd mitgefüttert werden sollten.

»Und ich wünsche, daß Ihr vier weitere Männer findet«,

sagte Seryl. »Jeder von ihnen soll zwanzig Kupferstücke bekommen.«

»Also gut. Das sollte in einer Stadt wie dieser nicht schwierig sein.«

Rhodry kehrte mit schwerem Herzen zum Gasthaus zurück. Er hatte gute Gründe, Dun Hiraedd nie wiedersehen zu wollen, aber da Jills Kettenhemd sie beinahe ihr letztes Geld gekostet hatte, blieb ihm nichts anderes übrig. Der Wirt, ein hagerer Bursche mit fettigem braunem Haar, wartete schon auf ihn.

»Nun?« zischte er.

Als Rhodry ihm vier Münzen reichte, wurde der Wirt plötzlich wieder sehr freundlich und holte ihm einen Krug Bier. Das rauchige Halbrund des Schankraums war voll junger Männer – ein bunter Haufen, ungewaschen, schlecht gekleidet und bewaffnet. Überall im Königreich fand man Männer wie diese, die gern in den Kriegshaufen eines Lords eingetreten wären, getrieben von ihrem Traum von Schlachtenruhm, wie ihn die meisten Männer in Deverry irgendwann träumten. In der Zwischenzeit arbeiteten sie als Wachen. Rhodry ließ sie eine Weile länger schmoren und setzte sich zu Jill, die sich einen Tisch gesucht hatte, wo sie mit dem Rücken zur Wand sitzen konnte.

»Hast du was gefunden?« fragte sie.

»Ja. Eine der königlichen Karawanen.«

Zerstreut nickte sie.

»Stimmt irgendwas nicht?« fragte er.

»Ich mache mir Sorgen um meinen Gnom.« Sie senkte die Stimme zu einem Flüstern. »Ich habe ihn nicht mehr gesehen, seit wir in dieser stinkenden Stadt sind, und während du weg warst, habe ich nach ihm gerufen. Er ist sonst immer gleich zu mir gekommen, aber diesmal ist er nicht aufgetaucht.«

»Wer weiß schon, was in ihren kleinen Köpfen vorgeht?«

»Nein, ich mache mir ernsthaft Sorgen!«

»Dann entschuldige ich mich, aber was könnte ihm geschehen sein?«

»Ich weiß nicht, aber denk doch daran, was wir gefunden haben!«

Damit meinte sie selbstverständlich, daß sie ringsum von Dweomer umgeben waren. Rhodry tätschelte tröstend ihre Hand, aber er wußte nicht, was er sagen sollte.

Überall war er von Rot umgeben, und er konnte sich nicht rühren. Er haßte es und tobte dagegen an, versuchte verzweifelt, sich zu rühren, bis ihm nur noch hoffnungsloser zumute war. Obwohl er nicht sprechen konnte, konnte er sich an Bilder und Gefühle erinnern und daran, frei in seiner wahren Heimat umhergeschweift zu sein, und daran, wie andere, Häßliche, Grausame ihn gefangen und abwärts gezogen hatten. Er erinnerte sich an Angst und die Stimme eines Mannes. Dann war nur noch dieses Rot gewesen, und er konnte sich nicht mehr rühren. Er hatte ihr Bild vor Augen. Er war überwältigt von Angst und Liebe, die sich zu Schmerz vermischten. Das einige Wort, das er aussprechen konnte, erfüllte ihn ganz: Jill, Jill, Jill.

An einem drückend heißen Morgen versammelte sich die Karawane am Osttor. Jill hielt Goldwolke an der Seite und sah zu, wie Rhodry und Seryl inmitten all der Verwirrung und des Geschreis über die Marschordnung debattierten. Sie hatten vierzig Maultiere, beladen mit Waren des Königs, und fünfzehn mit Stäben bewaffnete Maultiertreiber, außerdem vier Männer mit Schwertern und Seryls jungen Diener Namydd. Rhodry verteilte seine Männer entlang der Karawane, wies Jill an, mit dem Kaufmann an der Spitze zu reiten, und übernahm dann den gefährlichen Posten ganz hinten. Nachdem Seryl zu Nwdd, dem Gott des Handels gebetet hatte, machten sie sich unter lautem Protest der Maultiere auf den Weg. Vor ihnen erhoben sich die Berge wie ein Maul voller Reißzähne.

Bei der Hitze und der Steigung der Straße brauchte die Karawane einen vollen Tag für zehn Meilen. Die Straße wand sich durch die felsigen Hügel und zwischen Hainen von Krüppelkiefern hindurch, die tausend gute Plätze für einen Hinterhalt geboten hätten.

Nach einem friedlichen Nachtlager zog die Karawane weiter und begann den langsamen Aufstieg zum gefährlichen Cwm Pecl Paß, wo schon mehr als ein Reisender von Banditen getötet worden war. Wenn sie erst einmal diesen Paß hinter sich hätten, würde die Gefahr geringer werden, weil Blaern, Gwerbret von Cwm Pecl, seine Männer auf seiner Seite der Berge Patrouille reiten ließ.

»Normalerweise überfallen Banditen keine Karawanen des Königs«, sagte Seryl zu Jill, »weil sie wissen, daß der Gwerbret sie dann mit all seinen Leuten jagen wird. Immerhin sind es seine Waren, die sie stehlen.«

Aber diese Worte schienen nicht einmal Seryl zu beruhigen. Als sie den Paß gegen Mittag erreichten, war Jill der Ansicht, daß er seinem schlechten Ruf durchaus entsprach: Eine steile Klamm, deren Boden mit enormen Felsen übersät war, die die Männer zwangen, im Gänsemarsch voranzuziehen.

»Es wird schwer für die Maultiere sein«, meinte Rhodry. »Aber wir werden keine Pause einlegen, bis wir durch sind.«

Selbst die Maultiere schienen die Gefahr zu riechen, denn sie zogen schnell weiter, ohne daß sie angetrieben werden mußten. Rhodry ritt immer wieder die Linie entlang und sprach mit allen seinen Leuten. Nach ein paar Meilen wurde der Weg breiter, aber er wand sich immer noch durch die Felsen. Jedesmal, wenn Jill Seryl ansah, nickte er ihr nur knapp zu und hielt dann wieder nach möglichen Gefahren Ausschau. Schließlich kam Rhodry nach vorn zu ihnen.

»Fallt zurück, Kaufmann. Ich werde jetzt hier bleiben.«

»Erwartet Ihr Ärger, Silberdolch?«

Rhodry nickte und warf einen Blick zu der felsigen Klippe, die vor ihnen lag.

»Ich habe genug Erfahrung, um den Ärger im voraus zu riechen«, meinte Rhodry. »Und hier stinkt es geradezu danach.«

Stöhnend wendete Seryl sein Pferd und begab sich in eine sicherere Position. Als Rhodry seinen Schild vom Sattelknauf band, tat Jill es ihm nach.

»Habe ich die geringste Hoffnung, dich davon zu überzeugen, daß du dich ebenfalls raushalten solltest?« fragte er und zog seinen Speer.

»Nein.« Jill warf einen Blick zurück und bemerkte, daß er die Wachen hinter ihnen zusammengezogen hatte. »Nachdem ich Corbyn getötet hatte, wollte ich nie wieder in den Krieg reiten, aber bei Epona, ich kann verdammt gut um mein eigenes Leben kämpfen.«

Er lächelte ihr zu, als hätte er nichts anderes erwartet. Noch eine weitere Meile wand sich die Straße und wurde dann noch ein wenig breiter. Der Staub, den sie aufwirbelten, hing in der unbewegten Luft wie ein Banner, das ihre Ankunft ankündigte. Jill hatte das Gefühl, einen dicken Felsbrocken im Magen zu haben. Sie wußte, was es hieß, in einen Kampf zu reiten. Das Schwert in ihrer Hand, die Klinge, die ihr Vater ihr gegeben hatte, blitzte. Ach Vater, dachte sie, es war gut, daß du mir beigebracht hast, wie man es benutzt.

Ein Stück voraus machte die Straße eine scharfe Biegung, und dann konnte Jill etwa zwanzig bewaffnete Männer sehen, die ihnen in dreißig Schritten Abstand den Weg blockierten. Hinter ihr verwandelte sich die Karawane in brüllendes Chaos, als die Treiber versuchten, die Maultiere aufzuhalten und mit den Stäben nach vorn zu kommen. Rhodry stieß automatisch seinen alten Kriegsschrei »Für Aberwyn!« aus, warf den Speer und zog das Schwert. Schreiend griffen die Banditen an. Das Pferd ihres Anführers taumelte und brach in die Knie, als Rhodrys Speer es in der Brust traf. Der Bandit stürzte unter die Hufe der Pferde seiner eigenen Leute. Jill trieb Goldwolke an, als Rhodry seine kleine Truppe zum Angriff führte.

Sicher, sie waren in der Überzahl, aber der Paß war zu schmal, als daß die Banditen sie von allen Seiten bedrängen konnten. Darüber hinaus waren die Feinde schlecht gerüstet, nur mit schludrig zusammengehefteten Lederwämsern. Sie hatten noch nie einem Berserker wie Rhodry gegenübergestanden, der sich mit heulendem Gelächter auf sie stürzte. In vollkommenem Schweigen stellte sich Jill einem Banditen, duckte sich unter seinem ungeschickten Schlag und traf ihn direkt in die Brust. Blut drang durch sein Hemd, und er fiel über den Hals seines Pferdes. Das Tier neben ihm bäumte sich auf und versuchte, der Leiche auszuweichen, aber Goldwolke, an Kämpfe dieser Art gewöhnt, tänzelte weiter. Als das andere Pferd wieder auf die Vorderbeine kam, hatte Jill Gelegenheit für einen guten Schlag gegen seinen Reiter. Sie traf ihn in die Seite, direkt neben die Kante seines ledernen Brustharnischs.

Plötzlich spürte sie einen festen Schlag auf den Rücken, der ihr die Luft aus den Lungen trieb. Sie hatte sich zu weit vorgewagt. Blind wirbelte sie herum und konnte einen zweiten Schlag gerade noch mit dem Schild abfangen. Während Goldwolke versuchte, sich in dem Gedränge umzudrehen, parierte sie mehr, als daß sie selbst zum Zuschlagen kam. Als sie aus der Nähe Rhodrys Dämonenlachen hörte, strengte sie sich noch mehr an, schlug nach allen Seiten und parierte jeden Schlag, während Goldwolke auswich und wild nach den Pferden der Feinde biß und trat. Das Lachen kam näher und näher, grell über den Kriegsschreien der anderen, dann stürzte ein Mann an ihrer Flanke nieder, den Hals von Rhodrys Schwert durchtrennt. Er war da, und nun kämpften sie Seite an Seite und arbeiteten sich durch die Banditen. Plötzlich riß einer der Feinde sein Pferd herum und floh. Schreiend folgte ein weiterer. Das war das Zeichen für die anderen, es ihren Kameraden mit dem typischen Mut ihrer Art nachzutun.

»Laßt sie«, schrie Rhodry. »Zu den Maultieren!«

Wieder erklang sein Lachen, als sie sich der Karawane zuwandten, wo ein paar Banditen durchgebrochen waren. Jill sah, wie einer der jungen Wachen, verzweifelt um sich schlagend, zwischen Seryl und einem Feind stand. Gerade als Goldwolke sie nahe genug herangetragen hatte, tötete der Bandit den Jungen. Mit wütendem Aufheulen rächte ihn Jill mit einem Stoß, der den Mann von seinem Pferd warf. Als die anderen zu fliehen versuchten, rissen Rhodry und die anderen beiden Wachen die Pferde herum und mähten sie nieder. Jill packte die Zügel von Seryls Pferd. Der linke Arm des Kaufmanns blutete von einer Schnittwunde, und er war über dem Sattelknauf zusammengesackt.

»Ich hätte nie gedacht, daß mir ein Mädchen einmal das Leben retten würde«, murmelte er. »Aber ich danke Euch, Silberdolch.«

Die verängstigten Maultiere zu beruhigen erwies sich als ebenso schwierig wie der Kampf. Endlich hatten die überlebenden Treiber sie in eine Art Ordnung gebracht, eine jämmerliche kleine Herde, die sich so dicht wie möglich zusammendrängte. Jill tat für die Verwundeten, was sie konnte, während Rhodry und die Wachen nach weiteren Überlebenden suchten. Die eigenen Leute brachten sie zu Jill, aber den Banditen schnitten sie die Kehlen durch, so ruhig, wie es der Henker des Königs auch getan hätte. Jill hatte gerade den letzten verwundeten Treiber verbunden, als sie Seryls Diener zu ihr trugen. Er war vom Pferd gefallen und niedergetrampelt worden. Er war zwar noch am Leben, aber er spuckte Blut, und beide Beine waren gebrochen.

»Ihr Götter!« stöhnte Seryl. »Mein armer Namydd!«

Der Junge sah ihn an, erkannte ihn aber offenbar nicht.

»Wir können ihn nicht bewegen«, fauchte Seryl. »Das würde ihn umbringen.«

»Er wird sowieso sterben«, erklärte Jill. »Es tut mir leid, Herr, aber das ist die Wahrheit.«

Seryl stöhnte und strich dem Jungen übers Haar. Jill ließ ihn mit seiner Trauer allein und gesellte sich zu Rhodry, der neben dem letzten verwundeten Banditen kniete, den blutigen Silberdolch in der Hand. Der Bandit, der kaum älter als fünfzehn sein konnte, jammerte so erbärmlich, daß Rhodry zögerte.

»Warte«, sagte Jill. »Er wird sowieso sterben.«

Der Bandit wandte sich ab und weinte. Sie kniete sich neben ihn.

»Ich kann das Blut stillen und dich retten. Wirst du sagen, was du weißt, wenn ich das tue?«

»Ja. Ihr Götter, es tut so weh.«

Die Wunde in seinem Unterleib war so tief, daß Jill einige Zeit brauchte, um sie zu verbinden. Inzwischen war der Junge so schwach, daß er kaum sprechen konnte, aber sie fand heraus, daß er neu in der Bande war, ein Lehrling, der seinem Meister davongelaufen war, nachdem er ihn bestohlen hatte, und daß die Bande insgesamt dreiunddreißig Mann stark war. Zehn waren zurückgeblieben, um das Lager zu bewachen – schlechte Nachrichten.

»Sie werden wiederkommen«, sagte Rhodry. »Heute nacht werden sie ihre Wunden lecken, aber morgen früh …«

»Wir haben schon zwölf von einunddreißig umgebracht.«

»Ja, aber was, wenn sie die frischen Männer aus dem Lager mitbringen? Wir haben zwei Schwertkämpfer und sechs Treiber verloren. Aber zumindest wissen wir jetzt, was uns bevorsteht. Es war gut, daß du den Jungen gerettet hast.«

»Es ging nicht nur darum. Ich habe das Gefühl, daß er uns noch etwas sagen sollte. Und ich wünschte, mein Gnom würde endlich zurückkommen. Ich schwöre dir, er weiß etwas über diese Sache.«

Jill blickte auf zu den Klippen. Sie wußte, daß sie beobachtet wurden – sie war noch nie in ihrem Leben so sicher gewesen –, aber nichts bewegte sich in den Bergen.

Bei Sonnenuntergang starb Namydd; er hustete sich das Leben aus den zerdrückten Lungen. Jill versuchte, den Kaufmann zu trösten, dann wanderte sie ruhelos im Lager umher. Die Treiber hockten beisammen, schweigend, erschöpft, wie verängstigte Schafe, die darauf warteten, daß die Wölfe kommen. Es ist nicht mehr weit bis zur Grenze nach Cwm Pecl, dachte Jill, aber bei dem Tempo, mit dem wir vorankommen, könnte die Provinz ebensogut auf der anderen Seite des Meeres liegen. Dann hatte sie eine Idee, eine vollkommen waghalsige Idee, aber es war ihre einzige Chance. Als sie es Rhodry sagte, stieß er einen Fluch aus.

»Sei nicht dumm!« sagte er. »Es kann gut sein, daß der Rest dieser Bastarde sein Lager direkt am Paß aufgeschlagen hat. Ich werde dich nicht alleine losreiten lassen.«

»Einer von Blaerns Patrouillen eine Botschaft zu bringen, ist unsere einzige Hoffnung, und du vergißt, daß ich Goldwolke habe. Selbst wenn sie mich sähen – bis sie ihre Pferde gesattelt haben, könnten sie kein Elfenpferd mehr einholen. Ich wiege nicht viel, und obwohl er vom Kampf müde war, hat Goldwolke sich jetzt den Nachmittag über ausruhen können.«

Während sie sprachen, sattelte sie den Wallach bereits. Rhodry schimpfte und drohte, aber schließlich setzte sie sich durch, einfach weil sie recht hatte.

Der Vollmond ging auf, als sie losritt und es Goldwolke überließ, sich den Weg zwischen den Felsen zu suchen. Sie hatte Schild und Schwert bereit.

Einige Zeit blieb Rhodry am Rande des Lagers stehen und sah Jill nach. Schließlich weinte er einen Augenblick, weil er sich so um sie ängstigte. Dann kehrte er zu den Männern zurück. Sie hatten ein kleines Feuer errichtet, aber die meisten Treiber schliefen schon. Die beiden Wachen, Lidyc und Myn, erhoben sich, als er näher kam, in der blinden Hoffnung, daß dieser kampferfahrene Silberdolch sie schon retten würde.

»Schlaft ein wenig«, meinte Rhodry. »Ich übernehme die erste Wache.«

Sie nickten. Myn wollte etwas sagen, dann zuckte er mit den Achseln. Rhodry holte sich Schild und Helm, dann ging er etwa hundert Schritte den Paß entlang. Im Mondlicht konnte er ebenso gut sehen, als wäre es heller Tag – auch das verdankte er seinem Elfenblut. Wache zu stehen war immer lästig, und nun, wo er sich so um Jill sorgte, verging die Zeit noch schleppender. Immer wieder schien sich in den Schatten etwas zu bewegen. Vielleicht Kaninchen oder Frettchen? Wenn er genauer hinsah, regte sich nichts mehr, aber was immer es sein mochte, es war klein und stellte keine Bedrohung dar. Lange nach Mitternacht kam Lidyc zu ihm.

»Ihr hättet mich längst wecken sollen.«

»Ich werde nicht so schnell müde. Wenn du dich ablösen läßt, sag Myn, er soll mich vor Einbruch der Dämmerung wecken.«

Lidyc lächelte, als glaubte er, daß Rhodry sich nur um seiner Männer willen so lange wachhielt, aber tatsächlich brauchte er weniger Schlaf, was ebenfalls auf seine elfischen Vorfahren zurückging. Als er zurück ins Lager ging, kam er an dem verwundeten Banditen vorbei, der laut stöhnte. Es sah so aus, als wären Jills Anstrengungen, den Jungen zu retten, Zeitverschwendung gewesen. Das Gesicht des Banditen war rot und zeigte deutlich, daß die Wunde sich entzündet hatte.

»Welcher Silberdolch seid Ihr?« flüsterte er.

»Rhodry. Warum?«

»Wo ist das Mädchen?«

»Sie holt Hilfe.«

»Hat sie wirklich die Juwelen?«

»Die was?«

»Die Juwelen. Von denen der alte Mann uns erzählt hat. Wir sollten sie lebendig gefangennehmen und die Juwelen holen.«

Rhodry packte ihn bei den Schultern.

»Sag mir die Wahrheit!« fauchte er. »Welcher alte Mann?«

»Der, der uns bezahlt hat.« Er sprach nur noch schleppend. »Ich kenne seinen Namen nicht. Aber er hat uns dafür bezahlt, daß wir uns das Mädchen schnappen.«

»Wie hat er ausgesehen?«

Als der Junge nicht antwortete, schüttelte Rhodry ihn, aber er war bewußtlos. Rhodry stand auf. Es war zu spät, Jill zu folgen. Wieder kamen ihm die Tränen, dann ging er hinaus, um die Wache von Lidyc wieder zu übernehmen. Es würde Stunden dauern, bevor er schlafen könnte, nachdem nun diese neue Angst an ihm nagte. Er hatte sie allein ziehen lassen, und dabei war es die ganze Zeit nur um sie gegangen.

Gegen Mitternacht war Goldwolke sehr müde. Jill stieg ab und führte ihn, und beide gerieten immer wieder ins Stolpern. Obwohl ihr Rücken vom Gewicht des Kettenhemdes schmerzte, entschied sie sich, es anzubehalten. Sie konnte nur noch daran denken, wie es wäre, sich hinzusetzen und auszuruhen, aber sie wußte, dann würde sie unweigerlich einschlafen. Eine Meile weiter hatte sie den höchsten Punkt des Passes erreicht. An der Straße stand eine grob behauene Steinsäule, in die ein sich aufbäumender Hengst eingemeißelt war, das Wappen der Gwerbrets von Cwm Pecl.

»Dieser Anblick ist so gut wie eine Stunde Schlaf. Jetzt kann es nicht mehr weit sein.«

Goldwolke schnaubte erschöpft. Jill lehnte sich an die Säule und ließ ihn ein wenig ausruhen. Plötzlich wußte sie, daß man sie beobachtete; sie spürte es wie einen kalten Schauder auf dem Rücken. Das Schwert in der Hand, ließ sie die Zügel fallen und machte ein paar Schritte auf die Straße, dann drehte sie sich langsam um und spähte zu den Klippen hinauf. Nichts regte sich, keine Silhouetten von Feinden zeichneten sich im Mondlicht ab. Sie griff wieder nach den Zügeln und ging weiter, und die Angst gab ihr die Kraft, wieder schneller zu werden.

Die Angst wurde stärker, bis ihr der Schweiß über den Rücken lief. Sie wurde beobachtet. Jeden Augenblick konnte sie jetzt auf den Hinterhalt stoßen, der ihren Tod bedeutete. Aber eine weitere Meile verging, ohne daß etwas geschah. Die Klippen wichen weiter zurück, die Straße wurde breiter und damit für einen Angriff besser geeignet. Immer noch schienen ihr geheimnisvolle Augen zu folgen, als sie neben ihrem Pferd ging und ihm den verschwitzten Hals tätschelte.

Zuletzt stolperte Goldwolke und wäre beinahe gestürzt. Sie ließ ihn stehen und überlegte, ob sie ihn einfach zurücklassen sollte. Plötzlich spürte sie, wie der Beobachter sich abwandte. Verblüfft sah sie sich um und entdeckte keine hundert Schritte neben der Straße einen Broch hinter einer niedrigen Steinmauer. Das konnte nur eine von Gwerbret Blaerns berühmten Patrouillestationen sein, wo ein kleiner Kriegshaufen nahe der Grenze lebte und sich bereithielt. Jill warf den Kopf zurück und lachte.

»Komm schon, alter Freund. Ein paar Schritte schaffen wir noch.«

Stolpernd ließ sich Goldwolke zu den eisenbeschlagenen Toren führen, die mit dem Pferdewappen geschmückt waren. Jill betete, daß jemand ihre Rufe hören würde, aber dann sah sie etwas im Mondlicht blitzen – ein Silberhorn, das an den

Torring gekettet war. Sie griff danach und blies, einen langgezogenen, verzweifelten Ton, während Goldwolke den Kopf zurückwarf und triumphierend schnaubte.

»Wer ist da?« fragte jemand von drinnen.

»Ein Silberdolch. Im Paß lauern Banditen.«

Die Tore gingen knarrend auf, und ein Mann packte sie am Arm und zog sie in die Sicherheit der Festung.

»Wir bleiben einfach hier und warten?« fragte Seryl.

»Das ist das Beste«, meinte Rhodry. »Wir können mit dem Rücken zur Klippe kämpfen.«

Seryl nickte, aber er starrte Rhodry an, wie ein verhungerndes Kind seinen Vater ansieht – entgegen jeder Vernunft hoffend, daß er etwas zu essen finden wird. Im grauen Morgenlicht gingen sie um das Lager herum, während Rhodry gegen seine Trauer ankämpfte. Er war sicher, daß Jill tot war. Seinem eigenen Tod konnte er sich ruhig stellen, aber nicht dem ihren. Sein einziger Trost war, daß er bald die Gelegenheit haben würde, sie zu rächen, indem er einige Banditen mit in die Anderlande nahm. Das Lager war so gut befestigt wie möglich. Sie hatten die Ladung der Maultiere zu einer Art Mauer aufgestellt, dahinter hatten sich die Treiber verschanzt, mit dem Rücken zur Klippe, und die Tiere waren in der Nähe angebunden. Rhodry wiederholte die Befehle. Wenn er und die beiden Schwertkämpfer tot waren, sollten die Treiber die Tiere in Panik versetzen und auf die Banditen zutreiben, was ein paar weitere Feinde niederreißen würde.

»Und dann kämpft bis zum Tod«, schloß er. »Denn sie werden keine Gnade zeigen.«

Rhodry, Lidyc und Myn stiegen in den Sattel, dann stellten sie sich vor die improvisierte Barrikade. Die Jungen waren zwar bleich, aber sie hielten sich gut und waren bereit, wie Männer zu sterben. Langsam wurde die Sonne heller, langsam verging die Zeit. Rhodry stellte fest, daß er ungeduldig war, daß er endlich sterben und sich in den Anderlanden zu seiner Geliebten gesellen wollte. Endlich hörten sie Hufschlag und das Klirren von Zaumzeug. Rhodry zog das Schwert und führte die anderen vorwärts. Der Kriegshaufen kam in scharfem Trab um die Kurve, zwanzig Mann auf guten Pferden, auf ihren Schildern das rotgoldene Wappen von Cwm Pecl. Rhodry hörte, wie hinter ihm hysterische Schreie und Gelächter ausbrachen, aber er sagte nichts, sein Herz war übervoll von dem Gedanken, daß seine Jill in Sicherheit war. Der Hauptmann des Kriegshaufens kam auf ihn zu.

»Nun, Silberdolch«, sagte er grinsend, »es klingt so, als wärt ihr alle froh, uns zu sehen.«

»Ich habe noch nie jemanden gleich bei der ersten Begegnung so gemocht! Wann hat der andere Silberdolch Euch erreicht?«

»Etwa eine Stunde nach Mitternacht, und er ist ein zäher Junge, obwohl er ja kaum älter als vierzehn sein kann. Er ist praktisch umgefallen, wo er stand, aber er wollte unbedingt mit uns zurückreiten.«

»Ja. Er ist wirklich zäh.« Rhodry ließ sie nur zu gern in dem Glauben, daß Jill ein Junge war. »Habt Ihr einen Arzt dabei? Ein paar der Männer sind verwundet.« Er setzte den Helm ab.

»Ja.« Plötzlich starrte der Hauptmann ihn an. »Jawohl, Herr, meine ich.«

»Oh, beim Schweineschwanz! Ihr habt mich schon einmal gesehen?«

»Recht oft, Herr.«

»Nennt mich nie wieder so. Ich heiße Rhodry, das ist alles.«

Der Hauptmann nickte in stillem Mitgefühl, was Rhodry wütend machte. Er wandte sich ab und führte den Kriegshaufen zum Lager, aber als er abstieg, beeilte sich der Hauptmann, ihm den Zügel zu halten.

»Hört auf! Das habe ich ernst gemeint!«

»Also gut … Rhodry.«

»Schon besser. Wie weit ist es bis zur Eurer Unterkunft? Ich möchte dem jungen Silberdolch bald mein Lob aussprechen.«

»Nur fünf Stunden Ritt auf einem frischen Pferd, aber der Junge wird nicht mehr dort sein, wenn wir zurückkommen. Ich habe ihn nach Dun Hiraedd geschickt, mit der Bitte um Verstärkung. Er sagte, er würde im Morgengrauen losreiten.«

Rhodry stieß einen Fluch aus. Der Hauptmann betrachtete ihn zweifellos immer noch als Lord Rhodry Maelwaedd, denn er beeilte sich zu erklären: »Ich muß alle meine Männer mitbringen. Dieser Abschaum greift die Karawanen des Königs selten an, weil sie wissen, daß wir ihnen sofort mit aller Kraft nachsetzen werden, also ist hier irgendwas faul.«

Rhodry hörte kaum zu. Jill war da draußen allein, und sie wußte noch weniger als er über die Gefahr, der sie ausgesetzt war.

»Sie ist mir im letzten Augenblick entkommen«, sagte Sarcyn. »Ich war nur eine Meile hinter ihr, als sie die Station erreichte.«

»Ich weiß«, sagte Alastyr. »Ich habe euch beobachtet.«

»Wenn Ihr früher daran gedacht hättet …«

Da war es wieder, ein Aufblitzen dieser nur zu vertrauten Arroganz, aber Alastyr ließ es ihm durchgehen, weil sie zu gefährdet waren, um jetzt einen Streit riskieren zu können. Obwohl er und Sarcyn gute Schwertkämpfer waren, waren sie von neunzehn wütenden Banditen umgeben, und Alastyr wäre nie imstande gewesen, sie alle zu hypnotisieren. Der neu gewählte Banditenführer kam auf ihn zu, die Arme vor der Brust verschränkt.

»Ihr habt uns nie gesagt, daß dieses Mädchen wie ein Dämon kämpft!«

»Ich habe Euch gewarnt, daß sie kampferprobt ist.«

Der Bandit fauchte bedrohlich. Alastyr zog den Beutel hervor, den er für sie vorbereitet hatte.

»Ich habe es ernst gemeint, als ich sagte, ich würde Euch gut bezahlen.«

Als er dem Banditen den Inhalt des Beutels in die Handfläche schüttete, hellte sich dessen Miene auf, denn er zählte zwanzig Silberstücke, und dazu kam noch ein Rubin von der Größe seines Daumennagels.

»Also gut«, sagte er und drehte sich um. »Jungs, wir haben hier einen Edelstein, den wir in Marcmwr verkaufen können, und dann werden wir monatelang leben wie die Könige.«

Als die Banditen jubelten, stiegen Alastyr und Sarcyn in den Sattel und ritten davon. Gan führte Camdels Pferd. Die Banditen würden später sicher versuchen, ihnen einen Hinterhalt zu legen, aber Alastyr würde sie durch Dweomer davor bewahren können. Da er Sarcyn zutrauen konnte, den richtigen Weg zu finden, gestattete er sich, in leichte Trance zu fallen. Jemand beobachtete sie, das spürte er plötzlich wie einen Stich in den Nacken. Rasch öffnete er die Augen und verwurzelte sein Bewußtsein wieder tief in der physischen Ebene.

»Sarco!« rief er. »Unser Spion ist zurück!«

Der Schüler ließ sich von Alastyr einholen.

»Es muß der Meister des Aethyr sein«, sagte Sarcyn.

»Nein, den würde ich erkennen. Es müssen die Habichte sein, sonst gibt es keine andere Möglichkeit.«

Als sie weiterritten, hätte Alastyr am liebsten vor Zorn laut geschrien. Ihre Zeit lief ab. Wenn die Habichte ihnen folgten, mußten sie aus Deverry verschwinden. Am klügsten wäre es tatsächlich gewesen, sofort umzudrehen und so schnell wie möglich zum nächsten Hafen zu reiten. Einen Augenblick zögerte Alastyr am Rand einer Entscheidung – dann erinnerte er sich an den Alten und die Bemerkung, daß Sarcyn ihn haßte. Ein Schüler, der seinen Respekt für den dunklen Dweomer verloren hatte, war ein gefährlicher Mann. Und was, wenn der Alte die Habichte selbst ausgesandt hatte, um ein Auge auf den Schüler und nicht auf den Meister zu haben?

Außerdem waren sie dem Mädchen viel zu nahe, um jetzt aufzugeben. Wenn sie Jill lebend fangen konnten, würden sie sich von Nevyn im Austausch für sie freie Ausreise aus Deverry verschaffen können – mit dem Stein.

Jill hätte lieber auf Rhodry gewartet, aber kein Silberdolch konnte sich einem direkten Befehl des Hauptmanns eines Gwerbret widersetzen – jedenfalls nicht, ohne eine Auspeitschung zu riskieren. Da Goldwolke noch viel zu erschöpft war, gab ihr der Stallknecht einen kräftigen Rappen für die erste Etappe ihrer Reise. Der Hauptmann hatte ihr bereits ein offizielles Siegel gegeben; solange sie im Auftrag Seiner Gnaden unterwegs war, würden Blaerns Vasallen sie mit frischen Pferden, einem Schlafplatz und Essen versorgen, damit die Botschaft schneller vorwärtskam.

»Hör zu«, sagte Jill zu dem Stallknecht. »Goldwolke sollte lieber noch hier sein, wenn Rhodry eintrifft.«

»Für was hältst du uns, für Pferdediebe?«

»Es gibt so manchen Lord, der ein Pferd ›gekauft‹ hat, dessen Besitzer eigentlich nicht verkaufen wollte.«

»Das stimmt, aber dein Tier ist hier sicher. Wir hier in Cwm Pecl hassen Pferdediebe mehr als alle anderen Diebe. Hier werden einem Pferdedieb nicht nur die Hände abgeschnitten, er erhält auch fünfzehn Peitschenhiebe und wird dann gehängt.«

»Also gut. Dann werde ich ruhig reisen können.«

Jill verließ die Station im Trab und ließ das Pferd zwischen dieser Gangart und dem Schritt immer wieder abwechseln, bis sie aus den Bergen hinaus war. Auf den einfacheren Abhängen der Ausläufer konnte sie sogar hin und wieder galoppieren. Kurz vor Mittag traf sie im Dun eines Adligen ein, bekam etwas zu essen und ein frisches Pferd und galoppierte weiter. Rasch fielen die Berge hinter ihr zurück, und schon war sie mitten im Weideland von Cwm Pecl. Ein großer Teil der Provinz war zwar für die Landwirtschaft nicht geeignet, aber zur Viehhaltung konnte man sich nichts Besseres vorstellen. Auf den gut bewässerten Weiden, die von Birkenhainen unterbrochen wurden, sah sie viele Pferdeherden, die friedlich grasten, während berittene Hirten Wache hielten. Anderswo lagen weiße Rinder mit rostbraunen Ohren im Schatten und käuten wieder.

Im flachen Land konnte sie zwischen Trab und Galopp abwechseln, und sie wechselte die Pferde noch zweimal. Die Stadt befand sich etwa fünfzig Meilen von der Patrouillenstation, eine Entfernung, die nur ein schneller Kurier wie sie an einem Tag zurücklegen konnte. Als sie das Pferd zum dritten Mal wechselte, stand die Sonne schon niedrig am Himmel, und der Lord, der ihr ein frisches Reittier gab, meinte, ein Kurier des Gwerbret sei immer willkommen, über Nacht zu bleiben. Jill überlegte, aber die Dweomerwarnung durchschnitt sie wie ein Messer. Sie mußte weiterreiten, und zwar so schnell wie möglich.

Sie tat das im Galopp, und die Dweomerkälte ritt mit ihr. Jemand wußte, wo sie war, und dieser Jemand folgte ihr, um ihr etwas anzutun. Endlich erreichte sie eine niedrige Hügelkuppe, von der aus sie Dun Hiraedd sehen konnte, das sich auf beiden Seiten eines Flusses erstreckte und von hohen Mauern umgeben war. Der Fluß glitzerte so hell im späten Sonnenlicht, daß Jill mit ihren erschöpften Augen kaum hinsehen konnte. Sonnenuntergang. Die Stadttore würden für die Nacht geschlossen werden. Zum letzten Mal spornte sie ihr Pferd an und raste zum Tor.

»Eine Botschaft für den Gwerbret«, schrie sie. »Vom Cwm Pecl Paß!«

Die Tore blieben offen. Als ihr eine Wache entgegenrannte, zeigte sie das Siegel.

»Also gut, Silberdolch«, sagte die Wache, »ich werde dich selbst zum Dun bringen.«

Als sich die Tore hinter ihr schlossen, war Jill so erleichtert, daß sie wußte, dieses Gefühl mußte vom Dweomer kommen. Hier würde sie für eine kleine Weile in Sicherheit sein.

Auf der anderen Seite der Stadt stand ein niedriger, künstlich angelegter Hügel, der von Steinmauern umgeben war. Es gab mehr Tore, mehr Wachen, aber das Siegel brachte sie direkt in den Hof von Blaerns gewaltigem Dun, wo ein dreifacher Broch über Hütten und Ställe aufragte. Ein Page nahm Jills Pferd, und die Wache führte sie in die große Halle.

Der Raum erstrahlte im Licht der Feuerstelle und der Kerzen. Jill stand blinzelnd in der Tür, während ihr Begleiter zum Gwerbret ging. An der Feuerstelle teilten Diener das Abendessen für einen Kriegshaufen von hundert Mann aus. Nahe der Ehrenfeuerstelle saß der Gwerbret allein. Als sie sich die elegante Steinmetzarbeit, die schönen Wandbehänge, die silbernen Kelche und die Kerzenleuchter auf den Tischen ansah, verfluchte Jill die Patrouille. Warum hatten die Dummköpfe ihr keine Botschaft für den Hauptmann des Gwerbrets mitgegeben, statt sie in diese großartige Halle zu diesem Adligen zu schicken? Ein schmutziger Silberdolch wie sie sollte draußen im Hof bleiben können.

Blaern selbst war alles andere als dazu angetan, sie zu beruhigen. Als die Wache mit ihm sprach, stand er auf, warf arrogant den Kopf zurück und reckte die Schultern. Er war jünger, als sie erwartet hatte, etwa zweiundzwanzig, und mit seinen blauen Augen und dem schwarzen Haar erinnerte er sie verblüffend an Rhodry, obwohl er selbstverständlich nicht annähernd so gut aussah.

»Komm her, Silberdolch«, rief er. »Worum geht es bei dieser Nachricht?«

Jill eilte zu ihm und wollte niederknien, aber sie war so müde, daß sie beinahe das Gleichgewicht verloren hätte und gefallen wäre.

»Verzeiht, Euer Gnaden«, stotterte sie. »Ich bin seit zwei Tagen unterwegs und habe vorher im Kampf gestanden.«

»Bei den Ärschen der Götter! Dann steh gefälligst auf, und setz dich hin. Page! Bringt Met! Und etwas zu essen! Dieser Junge muß halb verhungert sein.«

Bevor der verblüffte Page etwas dagegen tun konnte, hatte Blaern sie bei den Schultern gepackt, ihr aufgeholfen und sie auf seinen eigenen Stuhl gesetzt. Er drückte ihr einen Kelch Met in die Hand und hockte sich dann auf die Tischkante.

»Ich wette, ich kann es erraten«, meinte er. »Es hat wieder Ärger an diesem elenden Paß gegeben.«

»Genau, Euer Gnaden.«

Als Jill ihre Geschichte erzählte, kam auch Blaerns Hauptmann herüber, um zuzuhören. Er war ein untersetzter Mann Mitte Dreißig, mit einer verblaßten Narbe an der Wange. Als sie fertig war, wandte sich der Gwerbret ihm zu.

»Comyn, nimm fünfzig Mann und Pferde zum Wechseln und reite noch heute abend los. Ich – warte einen Augenblick.« Blaern griff ein großes Stück Fleisch von einem goldenen Teller und warf es Jill zu. »Nimm dir Brot, Junge. Hör zu, Comyn. Jag' diese Hurensöhne nach Yr Auddglyn zurück. Wenn Gwerbret Ygwinyr so dreist sein sollte, sich darüber zu beschweren, sag ihm, ich erkläre ihm den Krieg, wenn er uns nicht innerhalb von zwei Wochen die Köpfe dieser Kerle auf einer Stange überreicht.«

»Jawohl, Euer Gnaden, und ich werde einen Boten schicken, sobald es etwas zu berichten gibt.«

Jill aß weiter, während sie über die Einzelheiten sprachen. Als Comyn ging, um die Männer auszuwählen, griff Blaern nach seinem Metkelch und trank einen gewaltigen Schluck, als wäre es Wasser. Ein Page trat vor und füllte nach.

»Sieht so aus, als hättest du deinen Met kaum angerührt, Junge«, meinte Blaern. »Was für ein merkwürdiger Silberdolch bist du eigentlich, wenn du nicht trinken kannst? Und wie heißt du?«

»Gilyan, Euer Gnaden, und ich bin ein Mädchen.«

Blaern starrte sie an, dann warf er lachend seinen Kopf zurück.

»Ich werde wohl alt«, meinte er lächelnd. »Tatsächlich. Wie kommt ein Mädchen auf den langen Weg?«

»Der Mann, den ich liebe, ist ein Silberdolch, und ich habe meine Familie verlassen, um ihm zu folgen.«

»Das war ziemlich dumm von dir, aber wer kann schon verstehen, was Frauen tun?« Er zuckte die Achseln. »Also gut, Gilyan. Wir können dich wohl kaum in die Mannschaftsunterkünfte stecken, also gebe ich dir eine Kammer hier im Broch.«

Früher an diesem Tag hatten die Patrouillenreiter die Reste von Seryls Karawane zur Station eskortiert, bevor sie wieder losgeritten waren, um die Banditen zu jagen. Rhodry hatte geholfen, Seryl zu einem Bett in der Unterkunft zu tragen, hatte sich darum gekümmert, daß seine Leute etwas zu essen bekamen und war dann in den Stall gegangen, um nach Goldwolke zu sehen. Der Stallknecht erzählte ihm, daß Jill tatsächlich im Morgengrauen als Kurier losgeritten war.

»Also dürfte sie Dun Hiraedd inzwischen erreicht haben.« Rhodry spähte durch die Tür in den Sonnenuntergang hinaus.

Jill erwachte am nächsten Morgen erst spät und schaute sich verwirrt um. Was machte sie hier in diesem luxuriösen Bett mit bestickten Vorhängen? Aber dann erinnerte sie sich an Blaerns Gastfreundschaft. Als sie die Vorhänge wegschob, sah sie die Sonne durchs Fenster scheinen und einen Pagen unsicher in der Tür stehen.

»Äh – Herrin?« sagte der Junge. »Der Gwerbret bittet Euch, ihm beim Mittagsmahl Gesellschaft zu leisten. Sollen wir Euch ein Bad bereiten? Es ist noch genug Zeit.«

»Ein Bad wäre wunderbar. Mittag? Ihr Götter! Wird die Lady auch bei Tisch sein? Ich weiß nicht einmal, wie sie heißt.«

»Sie heißt Canyffa, aber sie ist zu Besuch bei ihrem Bruder.«

Dafür dankte Jill den Göttern. Sie hatte keine Lust, einer Adligen gegenüberzusitzen, die ihre Tischmanieren kritisierte. Nach dem Bad holte sie ihr zweites Hemd, das einigermaßen sauber war, aus den Satteltaschen, und dann entschloß sie sich, lieber auch die Socken zu wechseln. Plötzlich fiel ihr das Armband ein, das sich in ihren Ersatzkleidern befinden sollte. Es war verschwunden.

»Bei allem Eis der Höllen! Einer dieser verfluchten Maultiertreiber muß es gestohlen haben!«

Verärgert wühlte sie in beiden Satteltaschen, aber das Armband war einfach weg. Aber tief unten in einer Tasche fand sie etwas Kleines, Hartes. Sie holte es heraus und hielt einen Ring mit einem Saphir in der Hand, einem schönen, großen Stein in einem goldenen Band mit zwei winzigen Drachen, die sich um die Fassung ringelten. Jill starrte ihn lange an.

»Wie bist du denn in meine Sachen geraten? Es muß das Wildvolk gewesen sein ... sie haben das Armband gestohlen und ...« Sie hielt inne und wog den Ring in ihrer Hand. »Das Armband hatte etwa dasselbe Gewicht, oder?«

Der Saphir glitzerte im Sonnenlicht. Jill kam sich furchtbar dumm vor, wie sie da zu einem Ring sprach, als könnte der sie verstehen. Sie fand einen Lappen und wickelte das Schmuckstück hinein, um es wieder in die Satteltasche zu stecken. Da der Gwerbret auf sie wartete, konnte sie jetzt kaum länger darüber nachdenken.

Es stellte sich heraus, daß Blaern ihr die Ehre gab, an seinem Tisch zu essen, weil er neugierig war. Er wußte, daß es Rhodry beschämen würde. Wenn jemand über sein Exil sprach, strengte sie sich an, so wenig wie möglich über ihn zu sagen, was sich als einfach erwies, nachdem sie erwähnt hatte, daß Cullyn von Cerrmor ihr Vater war.

»Nun, dann wundert es mich nicht, daß Ihr den langen Weg so gut verkraftet«, meine Blaern grinsend. »Jill, ich bin Eurem Vater einmal begegnet. Ich war nur ein kleiner Junge, sechs oder sieben Jahre alt, und er hat für meinen Vater gearbeitet. Ich erinnere mich noch daran, wie ich zu ihm aufgeblickt und gedacht habe, daß mir noch nie ein furchterregenderer Mann begegnet war.«

»Ja, Vater wirkt auf viele so.«

»Aber er war ein großartiger Krieger. Ich erinnere mich nicht mehr genau, wie die Sache ausging, aber mein Vater gab ihm eine wunderschöne Schwertscheide mit Goldverzierungen, über das vereinbarte Geld hinaus. Lebt er noch?«

Von diesem Augenblick an verbrachte Jill den Rest der Zeit mit Anekdoten über die Taten ihres Vaters. Nach dem Essen reichte Blaern ihr lässig eine Handvoll Münzen für ihren Botendienst.

»Und wann wird Eure Karawane hier sein?« fragte er.

»Es wird sicher noch drei Tage oder mehr dauern, Euer Gnaden. Einige der Männer wurden verwundet.«

»Aha. Nun, wenn sie hier sind, sagt dem Karawanenmeister, er soll zu mir kommen.«

Jill holte ihre Sachen und trug sie aus dem Dun in die

belebten Straßen der Stadt hinaus, die die einzige in dieser Provinz war, die eine solche Bezeichnung überhaupt verdiente. Der Fluß teilte sie in eine westliche Seite für die wohlhabenden Leute und den Gwerbret selbst und eine Ostseite für die gewöhnlichen Einwohner. Am Ufer entlang erstreckte sich ein grüner Anger, auf dem die Kühe in der Nachmittagssonne grasten.

Am Osttor fand Jill schließlich ein Gasthaus, den Flüchtenden Fuchs, dessen Wirt verzweifelt genug war, sie aufzunehmen. Sobald sie in ihrer schmutzigen kleinen Kammer allein war, öffnete sie die Satteltaschen und holte den Ring heraus. Diesmal bildete ein einzelner Drache die Fassung.

»Entweder ich verliere den Verstand, oder du bist Dweomer.«

Der Stein glühte kurz auf, dann verblaßte er wieder zum Glitzern eines normalen Edelsteins. Jill schauderte, wickelte ihn wieder ein und steckte ihn in den Beutel, den sie um den Hals trug und in dem sich ihre wenigen Münzen befanden. Als sie in den Schankraum ging, holte sie sich dort einen Krug des dunkelsten Biers, um sich zu beruhigen. Ihr Götter, hier saß sie in einer fremden Stadt mit einem Dweomerschmuckstück, und Rhodry war noch Meilen entfernt! Nevyn, oh Nevyn, dachte sie, ich wünschte, Ihr wäret hier!

»Er ist auf dem Weg«, erklang eine Stimme in ihrem Geist. *»Er wird uns beide retten.«*

Jill verschluckte sich dermaßen, daß sie hustete und in den Krug spuckte. Der Wirt kam herübergeeilt.

»Es war doch keine Fliege drin, oder?« Er schlug ihr auf den Rücken.

»Nein. Danke.«

Mit einem mitfühlenden Nicken huschte er wieder davon. Ich muß mehr über dieses Schmuckstück herausfinden, dachte Jill. Es mußte in einer Stadt dieser Größe zwar mehrere Juweliere geben, aber sie hatte nicht vor, offen über einen Stein zu sprechen, der die Gestalt wechseln und Menschen Gedanken schicken konnte. Aber es gab immer auch noch andere Informationsquellen, wenn man sich ein wenig auskannte.

Es war voll im Schankraum. An einem Tisch saß eine Gruppe aufgedonnerter junger Frauen bei einem ziemlich späten Frühstück, an einem anderen ein paar Karawanenwachen, an einem dritten ein paar junge Männer, die Lehrlinge von Ladenbesitzern hätten sein können. Als der Wirt Jills Krug nachfüllte, begann sie bewußt zu prahlen, pries Blaerns Großzügigkeit und erklärte, sie sei noch nie so gut für ihre Dienste bezahlt worden. Selbstverständlich bezahlte sie das Bier aus dem Lederbeutel, den sie offen an ihrem Gürtel trug, nicht aus dem, der um ihren Hals hing. Dann machte sie sich auf, um sich die Stadt anzusehen.

Die Nachmittagssonne lag auf den kopfsteingepflasterten Straßen. Wohlhabende Händler eilten geschäftig vorbei oder schlenderten langsamer umher und unterhielten sich dabei. Frauen mit Marktkörben oder Wassereimern warfen einen Blick auf Jills Silberdolch und wechselten demonstrativ die Straßenseite. Jill ging durch alle schmalen Gassen, die sie finden konnte, als wäre sie vollkommen in Gedanken versunken. Endlich war ihre Jagd erfolgreich. Als ein junger Mann an ihr vorbeiging, rempelte er sie dabei leicht an. Er entschuldigte sich freundlich und eilte weiter, aber Jill fuhr herum und packte ihn am Handgelenk. Bevor er sich losreißen konnte, hatte sie ihn gegen die Steinmauer einer Schusterwerkstatt gedrückt. Ihr Fang, ein dünner kleiner Kerl mit hellem Haar und einer warzigen Nase, blickte entsetzt zu ihr auf.

»Verzeiht mir, Silberdolch, ich wollte Euch nicht beleidigen.«

»Beleidigen? Zum Höllenfürsten mit Beleidigungen. Gib mir meinen Beutel wieder!«

Der Dieb trat um sich und wollte zur Seite ausweichen, aber

Jill hielt ihn fest und drehte ihn mit dem Gesicht zur Mauer. Während er wimmerte und weitertrat, steckte sie die Hand in sein Hemd und holte ihren Beutel heraus; außerdem fand sie einen kleinen Dolch in einer versteckten Scheide. Als sie den Dieb wieder herumriß, stöhnte er und wurde schlaff.

»Wenn ich dich zum Gwerbret bringe«, meinte Jill, »wird man dir auf dem Marktplatz die Hände abhacken.«

Der Dieb wurde kreidebleich.

»Aber wenn du mir sagst, wer dein Meister ist, lasse ich dich gehen.«

»Das kann ich nicht! Das würde mich das Leben kosten, nicht nur die Hände!«

»Du Dummkopf, was glaubst du denn, was ich vorhabe? Es dem Gwerbret erzählen?« Sie hielt ihm den Dolch hin, mit dem Knauf zuerst. »Hier, nimm ihn zurück.«

Als er darüber nachdachte, bekam er wieder ein wenig Farbe. Endlich griff er nach dem Dolch.

»Ogwern«, sagte er. »Drunten im roten Drachen, auf der Ostseite des Flusses, nahe dem Anger. Ihr könnt es nicht verfehlen. Es ist das Gasthaus direkt neben dem Kerzenmacher.«

Dann drehte er sich um und lief davon wie ein erschrockenes Reh im Wald. Jill folgte ihm gemächlich, weil sie wollte, daß er vor ihr zu Ogwern gelangte und sie ankündigte. Er hatte recht gehabt, was den Kerzenmacher anging, die Werkstatt war schwer zu verfehlen. In einem sonnigen Hof vor einer langgezogenen Hütte lagen Haufen von Talg, die vor sich hinstanken. Direkt gegenüber stand ein kleines Holzhaus mit einem abgenutzten Strohdach und ungestrichenen, verzogenen Fensterläden. Anders als bei den meisten Schänken, war hier die Tür fest geschlossen. Als Jill klopfte, öffnete jemand die Tür einen Schlitz, und sie sah nur ein dunkles, mißtrauisches Auge.

»Wer seid Ihr?« fragte eine tiefe Männerstimme.

»Der Silberdolch, der nach Ogwern gefragt hat. Er wird sich um eine Münze bringen, wenn er nicht mit mir redet.«

Lachend öffnete der Mann die Tür. Er war gewaltig fett, der Bauch sprengte beinahe das Hemd, und die feisten Kiefer gingen in einen dicken Hals über.

»Ich mag diese Dreistigkeit. Ich bin Ogwern. Kommt rein.«

In dem halbrunden Schankraum roch es nach altem Stroh und Holzrauch. Vier roh gezimmerte Tische standen auf wackligen Beinen. Jill bestand darauf, daß sie sich so setzten, daß sie mit dem Rücken zur Wand saß. Ein Wirt, so bleich und dürr wie Ogwern fett war, brachte ihnen überraschend gutes Bier, für das Jill bezahlte.

»Nun, hübsche Dame«, begann Ogwern, »denn hübsch seid Ihr, obwohl Ihr eigentlich keine Dame sein könnt, wenn Ihr den langen Weg geht. Was bringt Euch zu mir?«

»Eine einfache Sache. Ihr wißt vielleicht, daß ich dem Gwerbret eine Botschaft vom Cwm Pecl Paß gebracht habe.«

»Ach ja, ich höre so dieses und jenes.«

»Ich kam auf einem Pferd hierher, das einem der Vasallen des Gwerbret gehört, aber mein eigenes Tier kommt mit der Karawane nach, die ich schützen sollte. Es ist ein wertvolles Tier, und ich möchte nicht, daß es gestohlen wird. Ich dachte, daß eine Münze am rechten Ort dafür sorgen wird, daß es in Sicherheit ist.«

»Das ist kein Problem, und Ihr seid tatsächlich zum rechten Ort gekommen. Was ist das für ein Pferd?«

»Ein Westjäger, ein Wallach. Goldfarben.«

»Kampfgeschult?«

»Ja.«

Ogwern dachte darüber nach und fuchtelte dann mit einer fetten Hand in der Luft herum.

»Nun, wenn es ein Hengst wäre, würde er Euch zehn

Silberstücke kosten«, sagte er schließlich, »aber für einen Wallach nehme ich nur acht.«

»Wie bitte? Ihr seid ein Strauchdieb!«

»Bitte, verwendet nicht solch häßliche Worte. Sie kränken mein fettes, aber kostbares Herz. Also gut, sieben.«

»Drei und keinen Kupfer mehr.«

»Sechs. Vergeßt nicht, daß es für solch wertvolle Tiere einen beträchtlichen Markt gibt.«

»Fünf – zwei jetzt und drei, wenn wir sicher aus der Stadt sind.«

»Vier, wenn Ihr alles jetzt zahlt. Ich schwöre Euch, daß meine Männer meinen Befehlen folgen.«

»Ha!«

»Es bleibt ihnen nichts anderes übrig. Was glaubt Ihr, was das hier ist, Silberdolch? Eine Königsstadt, in der es von anständigen Leuten nur so wimmelt? Unwahrscheinlich. Ich weiß alles, was hier vorgeht, und außerdem gibt es nicht viele von uns. Eine kleine Bande, aber alle handverlesen und vertrauenswürdig. Nun ja, vielleicht auch nicht. Eigentlich geht es hauptsächlich um mich und meine Verwandten.«

»Also gut. Besiegeln wir den Handel bei einem weiteren Krug.«

Während Jill das Schutzgeld zahlte, sah Ogwern sie aus klugen braunen Augen an.

»Ich will Euch noch einen Rat geben«, meinte er und steckte das Geld ein. »Unser allerfrommster und widerwärtig ehrlicher Gwerbret hat eine Truppe von Stadtwachen aufgestellt, die immer zu sechst patrouillieren und nichts Besseres zu tun haben, als ihre Rotznasen in anderer Leute Angelegenheiten zu stecken.«

»Beim schwarzen haarigen Arsch des Höllenfürsten!« Sie gab sich angewidert. »Und sie sind auch nachts unterwegs?«

»Ja. Widerwärtig, sage ich Euch. Blaerns Vater, das war ein Mann nach meinem Herzen – lässig, immer abgelenkt durch den einen oder anderen Krieg und eher dumm, wie ein Lord eben sein sollte. Blaern jedoch schlägt seiner Mutter nach, und das Leben ist nicht besser geworden, seit er das Rhan geerbt hat.«

»Eine wahre Schande, obwohl ich ehrlich sagen muß, daß es mich freut, daß er sein Bestes tut, die Banditen auszulöschen.«

»Wahrhaftig! Ich hasse diese Banditen. Ich hoffe, Ihr habt ein paar getötet, als sie Eure Karawane angriffen.«

»Jetzt klingt Ihr wie die Männer des Gwerbret.«

»Bitte erspart mir die Unhöflichkeit!« Ogwern legte eine dicke Hand auf die Fettschicht über seinem Herzen. »Banditen sind blutrünstige Schurken, die ehrliche Leute zwingen, Wachen einzustellen. Wenn sie nicht wären, könnte sich ein ehrlicher Dieb vielleicht an eine Karawane anschleichen und ein bißchen Spaß haben. Außerdem zahlen sie mir keine Steuern.«

»Aha! Das ist es also, was Euch stört, wie?«

Ogwern schnaubte künstlich aufgebracht, dann betrachtete er sie abermals forschend. Jill wurde klar, daß er ebenso dringend etwas von ihr erfahren wollte wie sie von ihm.

»Ich fragte mich gerade«, meinte er, »ich habe selbstverständlich gehört, daß die Karawane aus Yr Auddglyn kommt. Ihr wart nicht zufällig in Marcmwr?«

»Ich habe ein paar Tage dort verbracht – warum?«

Einen Augenblick starrte er in seinen Krug.

»Nun«, meinte er schließlich, »ich denke nicht, daß ein Silberdolch sich für gestohlene Juwelen interessiert.«

Jills Herz begann schneller zu schlagen.

»Kein bißchen«, sagte sie. »Ich weiß, daß wir Vetter der Diebe sind, aber es ist nicht so, als wären wir eure Brüder.«

»Genau. Wißt Ihr, ich habe interessante Neuigkeiten aus Deverry. Ein gewisser Bursche ist angeblich mit einem verdammt großen Paket mit gestohlenem Schmuck nach Yr Auddglyn geritten. Es hört sich übrigens an, als wäre er ein vollkommener Dummkopf. Zum Beispiel hat er versucht, sich als Kaufmann auszugeben, aber sein Pferd hatte einen Sattel und Zaumzeug wie für einen Gwerbret – und noch dazu einen Kriegssattel.«

Jill tat ihr Bestes, nur mittelmäßig interessiert zu wirken.

»Wenn die Steine noch in Yr Auddglyn sind«, fuhr Ogwern nachdenklich fort, »ist das nicht meine Sache. Aber natürlich haben einige der Jungs von hier versucht, diesen angeblichen Kaufmann zu finden, um ihn um seine Beute zu erleichtern. Sie haben ihn bis zum Aver Lit verfolgt, und schwupp! Weg war er! Wie durch Zauberkraft.«

»Und jetzt fragt Ihr Euch, ob er vielleicht auf Eurem Territorium sein könnte. Er muß tatsächlich wertvolle Dinge dabeigehabt haben, wenn alle Diebe im Königreich ihn verfolgt haben.«

»Sehr wertvoll. Es heißt, die Juwelen hätten dem König selbst gehört.«

»Aber wie kann jemand den König bestehlen?«

»Eine gute Frage, Silberdolch, eine sehr gute Frage. Ich wiederhole auch nur, was ich gehört habe. Aber einer dieser Edelsteine ist ein daumennagelgroßer Rubin. Wißt Ihr, was ein Edelstein dieser Größe wert ist? Und es soll auch ein Opal dabeigewesen sein, so groß wie eine Walnuß! Normalerweise sind Opale eher weniger wert als andere Edelsteine, aber in dieser Größe würde ein solcher Stein ein Vermögen einbringen.«

»Zweifellos. Ich habe jemanden im Marcmwr von einem Saphirring reden hören. Glaubt Ihr, daß er zu demselben Hort gehört?«

»Könnte schon sein.« Ogwerns Augen glitzerten in den Speckfalten. »Was hat man Euch erzählt?«

»Angeblich ist dieser Ring verflucht.« Jill mußte schnell denken und sich eine Beschreibung des Dweomersteins überlegen, die ihr Gegenüber verstand. »Er kann einem angeblich Gedanken zuflüstern. Und irgendwas war auch mit seinem Aussehen – ach, jetzt fällt es mir wieder ein. Manchmal sieht er ganz matt aus, wie ein ganz gewöhnlicher Kiesel, und manchmal glüht er von innen.«

»Ihr solltet Euch nicht über verfluchte Edelsteine lustig machen. Ich hatte in meinem fetten, aber kostbaren Leben schon viele davon in der Hand, und Ihr wärt überrascht über die Macht, die einige davon haben. Wieso, glaubt Ihr, sind die Menschen so versessen darauf?« Er hielt inne und begann, mit den Fingerspitzen auf die Tischplatte zu trommeln. »Ein verfluchter Stein, wie? Das könnte einiges erklären. Ein paar Jungs drunten in Deverry haben versucht, diesen Kerl zu erwischen, aber sie haben beide ein schlechtes Ende genommen. Einer ist aus dem Fenster in den Tod gestürzt. Ich weiß nicht, was mit dem anderen geschah.«

»Das böse Wildvolk hat ihn in einen Fluß stürzen lassen.« Jill hätte beinahe aufgeschrien.

»Stimmt irgendwas nicht?« Ogwern blickte auf. »Ihr seid so bleich.«

»Ach, nichts. Ich bin immer noch müde von dem langen Ritt.«

Inzwischen war es in der Schenke voll geworden. Unauffällige junge Männer waren hereingekommen, hatten sich Bier geholt und standen jetzt schweigend in den Schatten. Die meisten von ihnen waren, dem Talggestank nach zu schließen, ehrliche Lehrlinge, die noch ein Bier tranken, bevor die Frau des Meisters sie zum Essen rief. Andere jedoch beobachteten ihre Umgebung sehr interessiert.

»Bleibt zum Essen«, sagte Ogwern und deutete auf die Feuerstelle, wo der Wirt Hühnchen am Spieß briet. »Das Essen hier ist erheblich besser als im Fliehenden Fuchs. Es heißt, das Küchenmädchen dort bohrt sich in der Nase, während sie den Eintopf umrührt.«

Das Essen war tatsächlich erheblich besser, als Jill angenommen hatte. Der Wirt brachte ihr eine Platte mit einem halben Huhn und frisches Brot, und auf Ogwerns Platte lag ein ganzer Vogel mit einem kompletten Brotlaib. Nach einer Weile kam auch der warzige junge Mann herein, den Jill erwischt hatte. Ogwern winkte herrisch mit dem Hähnchenschenkel.

»Jill, das hier ist mein Sohn – tatsächlich ist er sogar mein einziges Kind, leider.« Er wandte sich dem Jungen zu. »Bocc, das hier ist Jill. Ich hoffe, zwischen euch besteht kein böses Blut mehr?«

»Nicht von meiner Seite«, erklärte Jill.

»Auf meiner ebenfalls nicht.« Bocc verbeugte sich.

Jill sah ihn genauer an. Er war zwar so schlank wie sein Vater fett, aber sie konnte die Ähnlichkeit erkennen, besonders in der Form der kleinen Augen und der Aufwärtsbiegung der Nasen. Bocc pickte ein Stück Fleisch von Ogwerns Platte.

»Ach, Jill«, begann er. »Da Ihr in Yr Auddglyn gewesen seid …«

»Wir haben schon darüber gesprochen«, warf Ogwern ein. »Sie …«

Jemand klopfte laut an die Tür. Als der Wirt hineilte, bewegten sich einige der jungen Männer dichter an die Fenster. Der Wirt spähte hinaus und schüttelte den Kopf. Alle entspannten sich wieder.

»Es ist nicht die Stadtwache«, flüsterte Ogwern.

Der Wirt trat zurück und ließ einen hochgewachsenen, breitschultrigen Mann mit einfachen grauen Brigga und einem verschwitzten Hemd ein, der einen schweren Schwertgürtel mit teuer aussehenden Waffen trug. Die lässige, beherrschte Art, mit der er sich bewegte, sagte Jill, daß er auch imstande war, sein Schwert zu führen. Als er zu Ogwerns Tisch kam, ging ihm Bocc hastig aus dem Weg. Jill konnte seine Reaktion verstehen. Sie hatte noch nie Augen wie die dieses blonden Fremden gesehen: eisblau, vollkommen kalt und so entschlossen, als hätte er so viele ekelerregende Dinge gesehen, daß er die Welt nur noch mit Verachtung betrachten konnte. Ohne nachzudenken legte sie die Hand auf den Schwertgriff. Als der Fremde die Geste bemerkte, lächelte er.

»Äh, guten Abend«, sagte Ogwern. »Wollt Ihr mit mir sprechen?«

»Vielleicht. Das hängt davon ab, was dieser Silberdolch zu sagen hat.«

Seine Stimme war nicht unbedingt unangenehm, nur kalt und trocken, aber Jill schauderte, als er sich ihr zuwandte.

»Ich glaube nicht, daß wir uns schon begegnet sind, guter Herr«, sagte sie.

»Nein. Aber ich gehe davon aus, daß Ihr gestohlenen Schmuck bei Euch tragt. Ich werde Euch dafür in Gold bezahlen.«

Jill war sich bewußt, daß Ogwern sie mit amüsierter Überraschung betrachtete, als glaubte er, sie habe ihn zuvor beschwindelt.

»Ihr irrt Euch«, sagte Jill. »Ich habe keinen Schmuck zu verkaufen. Was soll ich denn angeblich bei mir haben?«

»Einen Opal. Einen ziemlich großen Opal. Ich weiß, daß ihr Diebe gern feilscht, aber ich verspreche, daß ich erheblich mehr zahle als jeder zweifelhafte Juwelier. Der Stein ist in dem Beutel an Eurem Hals. Holt ihn heraus.«

»Wenn ich diesen Opal hätte, würde ich ihn Euch verkaufen.« Jill hatte das Gefühl, eine fremde Kraft legte ihr die Worte in den Mund. »Aber der einzige Schmuck, den ich besitze, ist eine Ringbrosche.«

Der Fremde kniff verärgert die Augen zusammen. Jill holte den Beutel heraus, öffnete ihn und holte – eine Ringbrosche heraus, ein schlichtes Messingschmuckstück, mit Glassplittern statt Edelsteinen, aber seltsam leicht für ihre Größe.

»Spielt nicht mit mir, Mädchen«, sagte der Fremde.

»Ich schwöre, das ist der einzige Schmuck, den ich besitze.«

Der Fremde beugte sich über den Tisch und starrte ihr direkt in die Augen. Sein Blick durchdrang sie auf eine Weise, die sie an Nevyns Blick erinnerte – es war, als bohrte er sich direkt in ihre Seele.

Jetzt wurden seine Augen noch dunkler, und sie hatte das Gefühl, daß er versuchte, noch tiefer vorzudringen. Mit reiner Willenskraft wandte sie sich ab, warf den Kopf zurück und griff nach ihrem Bierkrug, bereit, ihn dem Fremden auf den Kopf zu schlagen, wenn er noch einmal versuchen sollte, sie auszuspähen. Der Mann stützte die Hände auf die Hüften und sah sich ehrlich verblüfft um.

»Was soll das alles?« fragte Ogwern. »Jill sagt die Wahrheit.«

»Das weiß ich, Frettchen. Hast du den Stein? Weißt du, wo er ist?«

»Welcher Stein?« Ogwern legte das Hühnerbein nieder und wischte sich die Hände am Hemd ab. Jill bemerkte ein Glitzern, das bedeutete, daß er einen Dolch gezückt hatte. »Ihr könnt nicht einfach in ein ehrliches Gasthaus platzen. Sagt bitte, was Ihr wollt, und wir sehen, ob wir Euch helfen können.«

Der Fremde zögerte und spießte Ogwern mit seinem Blick auf.

»Also gut«, sagte er schließlich. »Ich suche nach einem bestimmten Opal, so groß wie eine Walnuß, aber vollkommen geschliffen. Jetzt behauptet nicht, Ihr hättet nicht davon gehört. Solche Geschichten verbreiten sich schnell.«

»So ist es, und ich werde Euch nicht anlügen. Ich habe gehört, der Stein sei in Yr Auddglyn. Wenn er irgendwo in Cwm Pecl wäre, würde ich das wissen. Ich hätte ihn mir selbst gerne einmal angesehen.«

Wieder zögerte der Fremde und sah sich um. Er beherrschte sich gut, dennoch konnte Jill eine Spur von Angst an ihm wahrnehmen – sie spürte sie so deutlich, als bestünde eine Verbindung zwischen ihnen, seit sie einander in die Augen gesehen hatten. Sie fühlte sich so angewidert, als hätte sie in ein Spinnennest gegriffen.

»Hört zu«, sagte er schließlich zu Ogwern. »Dieser Stein muß auf dem Weg nach Dun Hiraedd sein. Wenn er hier durchkommt und Ihr ihn in Eure fetten Pratzen bekommt, dann werdet Ihr ihn mir verkaufen. Ich werde Euch gut bezahlen, aber ich werde diesen Stein bekommen, oder Ihr sterbt. Verstanden?«

»Guter Herr! Alles, was mich interessiert, ist der Profit, und da Ihr mir sicher einen guten Preis zahlt, sollt Ihr den Stein bekommen. Es ist nicht nötig, irgendwelche Drohungen auszusprechen.«

»Es könnten noch andere zu Euch kommen. Verstanden? Wenn Ihr den Stein an einen anderen verkauft, schneide ich ein wenig von diesem Fett aus Euch raus, während Ihr um Gnade winselt.«

Die Ruhe, mit der er diese Worte aussprach, machte deutlich, daß es keine leere Drohung war. Mit vor Angst zitterndem Doppelkinn nickte Ogwern zustimmend.

»Ich werde hin und wieder zurückkommen und nachsehen, ob Ihr den Stein schon habt. Hebt ihn für mich auf. Es sollte nicht lange dauern.«

Verächtlich wandte der Fremde ihnen den Rücken zu, ging hinaus und warf die Tür hinter sich zu. Bocc versuchte, etwas zu sagen, aber er konnte nur schlucken.

»Bei den Höllen«, flüsterte Ogwern. »Ist das wirklich geschehen?«

»Ich fürchte, ja«, erwiderte Jill. »Ich hoffe, er hat sich kein Zimmer im Fliehenden Fuchs genommen. Ich möchte ihn dort nicht gern im Schankraum wiedersehen.«

»Das wird sich leicht herausfinden lassen. Bocc, mach dich mit ein paar der Jungs auf den Weg. Ihr braucht ihm nicht zu folgen, fragt einfach nur herum.«

»Er ist auffällig genug«, meinte Bocc. »Die Leute werden ihn bemerkt haben.«

Bocc verließ den Schankraum mit ein paar seiner Freunde durchs Fenster. Ogwern betrachtete seufzend die Essensreste.

»Mir ist der Appetit vergangen«, sagte er. »Möchtet Ihr noch etwas, Jill?«

»Nein danke. Es ist erstaunlich, daß Ihr keinen Hunger habt.«

»Bitte seid nicht unhöflich.« Er legte die Hand auf sein gekränktes Herz und steckte mit derselben Geste den Dolch wieder ein. »All diese Beleidigungen, die ich hinnehmen muß! Fett rausschneiden, wie?«

Es dauerte mehr als eine Stunde, bis ein ungewöhnlich stiller Bocc zurückkehrte. Er war ziemlich bleich, als er Ogwern mitteilte, er und die Jungs hätten keine Spur des Fremden gefunden.

»Bist du verrückt geworden?« fauchte Ogwern. »Dun Hiraedd ist nicht gerade groß.«

»Ich weiß, aber er ist nicht hier, und niemand hat ihn kommen oder gehen sehen. Und das seltsame ist, wir haben ihn noch gesehen, wie er in Richtung der Stadtmauer ging. Dann ist er in eine Gasse abgebogen und schien sich irgendwie aufzulösen. Vater, ich schwöre es dir! Er ist einfach verschwunden.«

»Bei den rosa Ärschen der Götter«, flüsterte Ogwern. »Laßt uns beten, daß dieser Stein so bald wie möglich auftaucht, damit ich sein verfluchtes Gold nehmen kann und die Sache hinter mir habe.«

Bald danach kehrte Jill zu ihrem Gasthaus zurück. Sie ging rasch und behielt dabei ihre Umgebung im Auge. An der Tür blieb sie stehen und überzeugte sich erst, daß der Fremde nicht drinnen auf sie wartete. Als sie in ihrer Kammer war, verriegelte sie die Tür und die Fensterläden. Sie schlief mit dem Schwert neben sich, aber nichts störte ihren Schlaf außer ihre Träume, die voller abgeschlagener Köpfe, dunkler Höhlen und den kalten Augen des Fremden waren.

Rhodry verbrachte diesen Tag voll wütender Ungeduld. Jill war allein und in Gefahr, und ihn verpflichtete seine Ehre, sich um einen verwundeten Kaufmann und seine stinkenden Maultiere zu kümmern. Da er Seryl sein Wort gegeben hatte, die Karawane in die Stadt zu begleiten, sah er keine andere Möglichkeit, als bei dem Mann zu bleiben, bis er wieder reiten konnte. Gegen Mittag starb der verwundete Bandit. Endlich, eine Stunde vor Sonnenuntergang, kehrte die Patrouille zurück.

»Wir sind ihnen bis an die Grenze gefolgt«, berichtete der Hauptmann. »Ohne besonderen Befehl darf ich die Grenze nicht überschreiten, also müssen wir warten, bis Seine Gnaden uns eine Botschaft schickt.«

»Dann hoffe ich bei allen Göttern der Anderlande, daß diese Botschaft verdammt bald hier sein wird.«

Dies geschah schneller, als alle erwartet hatten. Als die Männer sich zum Abendessen niedersetzten, führte Comyn fünfzig Reiter und ebenso viele Ersatzpferde heran. In der allgemeinen Verwirrung fiel es Rhodry nicht schwer, sich davonzustehlen. Auf keinen Fall wollte er, daß Comyn ihn erkannte. Da er kein besseres Versteck finden konnte, ging er in die Küchenhütte, wo die Diener viel zu viel damit zu tun hatten, fünfzig weitere Mahlzeiten zuzubereiten, um zu bemerken, wie er in der Nähe der Feuerstelle an der Mauer stand. Das Feuer flackerte auf, als ein Diener einen Spieß mit Schweinefleisch darüberhängte, und Fett tropfte hinab.

Rhodry beobachtete die tanzenden Flammen und verfluchte sein Wyrd. Jetzt mußte er sich auch noch vor einem Mann verstecken, den er achtete und der ihn einmal geehrt hatte. Das goldene Spiel der Flammen schien ihn zu verhöhnen – sie flackerten in diese oder jene Richtung, nur um einen Augenblick später auszubrennen, genau, wie es mit der Ehre und dem Ruhm eines Mannes gehen konnte. Es war, als zeichneten sich Bilder in den glühenden Kohlen ab, als könnte er Aberwyn sehen und sein geliebtes Dun Cannobaen. Als könnte er Nevyn sehen. Rhodry spürte plötzlich, wie ihn ein Schauder überlief. Er konnte Nevyn tatsächlich sehen, oder jedenfalls ein deutliches Bild des Gesichts des alten Mannes, direkt über dem Feuer. Ein Gedanke kam ihm in den Kopf – der Klang von Nevyns Stimme.

»Nein, du wirst nicht verrückt, Junge. Ich spreche wirklich mit dir. Denk deine Antworten an mich.«

»Also gut. Aber was soll das alles?«

»Ich habe keine Zeit, es zu erklären. Unsere Feinde können vielleicht mithören. Aber du mußt jetzt nach Dun Hiraedd gehen. Jill ist in großer Gefahr. Reite morgen früh los.«

»Ich werde sofort aufbrechen.«

»Nein.« Nevyns Miene wurde grimmig. *»Es ist zu gefährlich, allein bei Nacht unterwegs zu sein. Warte auf die Morgendämmerung, aber dann reite!«*

»Das werde ich tun. Ihr Götter, sie hat nicht einmal ihren Gnom bei sich.«

»Wie? Was meinst du damit?«

»Er ist irgendwann auf dem Weg hierher verschwunden. Jill hat sich schreckliche Sorgen gemacht.«

»Da hatte sie ganz recht. Aber ich werde mich darum kümmern.«

Dann war das Bild verschwunden. Rhodry blickte auf und bemerkte, daß ein Diener ihn anstarrte.

»Braucht Ihr etwas, Silberdolch?« fauchte er.

»Nein. Ich werde Euch nicht länger stören.«

Als er nach draußen ging, rang Rhodry mit seinem Ehrgefühl. Er hatte Seryl sein Wort gegeben, aber er wußte, daß Jill der einzige Mensch auf der Welt war, für den er sein Wort auch brechen würde. Seine Stimmung wurde noch schlechter, als er auf seinem Weg über den dunklen Hof aus dem Augenwinkel eine Bewegung wahrnahm. Er fuhr herum und hatte schon die Hand am Dolchgriff – nichts zu sehen. Trübes Licht fiel aus der offenen Küchentür, und dann sah es wieder so aus, als ob sich in den Schatten etwas bewegte.

Rhodry zog den Dolch und machte einen Schritt vorwärts. Für einen kurzen Augenblick hatte er den Eindruck, eine kleine Gestalt zu sehen, ein wenig wie ein Mensch, aber auch vollkommen anders, die in den Schatten stand und ihn angrinste. Dann verschwand sie, und Rhodry fragte sich, ob er jetzt doch noch den Verstand verlieren würde.

Nevyn hatte sich in den Tagen zuvor schon gewundert, wieso der graue Gnom nicht mehr zu ihm gekommen war, aber er hatte angenommen, daß das treue kleine Geschöpf Jill nicht hatte verlassen wollen. Jetzt ging er davon aus, daß sich der dunkle Meister seiner bemächtigt hatte. In dieser Nacht hatte er sein Lager an der Straße in Yr Auddglyn aufgeschlagen und ein großes Lagerfeuer entfacht, das er auch für die Fernsicht benutzte. Im Herzen dankte er den Göttern, die dafür gesorgt hatten, daß Rhodry so weit von ihm entfernt ebenfalls ins Feuer gestarrt hatte. Rhodry hatte kein echtes Dweomertalent, aber sein Elfenblut machte ihn sehr anfällig für Dweomer, der ihm von außen auferlegt wurde. Und genau aus diesem Grund machte sich Nevyn mindestens ebensolche Sorgen um ihn wie um Jill.

Schließlich konzentrierte er sich wieder auf das, was im Augenblick getan werden mußte. Als er das Wildvolk rief, erschien es sofort: ein dicker gelber Gnom, blaue Feen, graue Gnome, Sylphen, die wie Kristalle in der Luft aussahen, und Salamander, die aus dem Feuer sprangen.

»Kennt ihr euren kleinen grauen Bruder, der Jill folgt?«

Sie nickten alle.

»Und ihr kennt auch den bösen Mann, den ich jage? Nun, ich fürchte, er hat euren Bruder gefangen.«

Ein leises, gequältes Geräusch erklang.

»Versucht herauszufinden, wo er ist, aber haltet euch unbedingt fern von dem bösen Mann. Habt ihr das verstanden? Seid vorsichtig.«

Plötzlich waren sie verschwunden, und das Feuer war wieder ein ganz normales Feuer. Nevyn wandte ihm erneut seine Aufmerksamkeit zu und dachte an Jill. Er sah sie sofort, wie sie mit einem dicken Mann in einer schmutzigen Schenke saß, aber er konnte sie irgendwie nicht erreichen, sie nicht genügend beeinflussen, um sie dazu zu bewegen, ins Feuer zu sehen. Er konnte allerdings spüren, wie verängstigt sie war, und ihre Angst war die seine. Endlich beendete er die Vision und stand auf, um ruhelos auf und ab zu gehen.

Einige Zeit später kehrte das Wildvolk zurück, grinsend und Freudentänze aufführend. Nevyn zählte sie rasch, um sich zu überzeugen, daß auch alle in Sicherheit waren.

»Ihr habt ihn also gefunden.«

Der gelbe Gnom rieb sich den Bauch und trat vor. Er nickte und hielt Daumen und Zeigefinger hoch, um etwas Kleines, Rechteckiges zu zeigen, und Nevyn konnte leicht erraten, was er meinte.

»Der böse Mann hat ihn in einen Edelstein gebunden.«

Der Gnom nickte.

»Jetzt kommt der schwierige Teil, meine kleinen Freunde. Ich muß wissen, wo sich dieser Edelstein befindet. Hat der böse Mann ihn noch?«

Der Gnom schüttelte den Kopf, und Nevyn seufzte erleichtert. Der Gnom zeigte auf das rote Gesicht eines Salamanders.

»Es ist ein roter Stein.«

Und so war es tatsächlich. Das Wildvolk führte eine komplizierte Pantomime auf, und endlich verstand Nevyn alles, was sie ihm sagen wollten. Der Elementargeist des Gnoms war in einem Rubin gebunden, den man dem König selbst gestohlen hatte; der dunkle Meister hatte ihn einem rothaarigen Banditen gegeben, und dieser Bandit wollte ihn in der Stadt verkaufen. Es fiel dem Wildvolk schwer, den Namen der Stadt darzustellen, aber schließlich ritt eine Fee auf den Schultern des Gnoms.

»Marcmwr! Ein Pferd!«

Wieder tanzten sie um ihn herum, dann verschwanden sie. Nevyn war ein wenig müde von der Raterei und setzte sich ans Feuer. Es paßte zu einem dunklen Meister, einen Geist an einen Edelstein zu binden und diesen dann jemandem zu geben, der nichts von diesen Dingen wußte – auf diese Weise hätte das arme Geschöpf in alle Ewigkeit gebunden sein können. Zum Glück würde er Marcmwr am nächsten Morgen erreichen.

»Und dann geht es weiter nach Cwm Pecl«, sagte er ins Feuer. »Wie gut, daß ich schnellere Wege über die Berge kenne als diesen elenden Paß.«

Indem er im Stall blieb, wo er auch geschlafen hatte, hatte es Rhodry geschafft, Comyn den ganzen Abend lang aus dem Weg zu gehen. Nachdem der Hauptmann und seine müden Männer erst einmal in der Unterkunft waren, kehrte Rhodry in den Broch zurück, wo man Seryl eine Kammer im ersten Stock gegeben hatte. Der Kaufmann war wach und starrte ins Kerzenlicht.

»Herr«, begann Rhodry, »ich bin gekommen, Euch um einen Gefallen zu bitten. Ich weiß, daß ich geschworen habe, bei Euch zu bleiben, aber einer der Männer des Gwerbret hat eine Botschaft von Jill gebracht. Sie hat in der Stadt irgendwelchen Ärger.«

»Dann solltet Ihr auf jeden Fall morgen hinreiten.« Seufzend stützte sich Seryl auf den Ellbogen und sah sich um. »Seht Ihr diesen Beutel, der da auf meinem Umhang liegt? Nehmt Euch das Geld, Silberdolch, und dazu meinen Dank. Ohne Euch wäre ich nicht mehr am Leben.«

Obwohl Rhodrys Ehrgefühl weiter an ihm nagte, nahm er das Geld. Als er die Kammer verließ, bemerkte er, daß er Seryl angelogen hatte – die erste Lüge seines Lebens. Er begann tatsächlich, wie ein Silberdolch zu denken, und schwarzes Hiraedd überfiel ihn, daß er beinahe geweint hätte.

An diesem Abend fiel es ihm schwer einzuschlafen. Da er entschlossen war, spätestens bei Sonnenuntergang des nächsten Tages in Dun Hiraedd zu sein, mußte er sich einen Plan ausdenken. Sein eigenes Pferd war inzwischen gut ausgeruht, und er hatte auch noch Goldwolke. Wenn er die beiden Tiere abwechselnd ritt, konnte er gut vorankommen, und wenn der Fuchswallach zu schnell ermüdete, konnte er ihn vielleicht in einem Dun gegen ein anderes Pferd eintauschen.

Am nächsten Morgen erwachte er vom Geräusch von Regen. Er ritt trotzdem los, aber er kam nicht so schnell voran, wie er gehofft hatte. Als die Pferde auf der schlammigen Straße immer wieder ins Stolpern gerieten, verfluchte er sein Pech und fragte sich, ob es wirklich nur Pech war. Wenn jemand versuchte, ihn davon abzuhalten, die Stadt bei Sonnenuntergang zu erreichen, hätte er keinen besseren Weg finden können.

»Das sollte den stinkenden Silberdolch ein wenig aufhalten«, bemerkte Alastyr und blickte vom Feuer auf. »Die Straße hat sich in eine einzige große Pfütze verwandelt.«

»Hervorragend, Meister. Dann sollte ich in der Lage sein, ihn lange vor der Stadt abzufangen«, meinte Sarcyn. »Seid Ihr sicher, daß ich ihn nicht einfach umbringen soll? Ich weiß, er ist der bessere Kämpfer, aber ich kann ihn hypnotisieren und langsamer machen.«

»Ich würde dir gerne sagen, du solltest ihn einfach aus dem Weg räumen, aber der Alte hat mir befohlen, ihn am Leben zu lassen.«

Dagegen ließ sich natürlich nichts einwenden. Sarcyn spürte, wie die Angst seinen Magen mit eisigen Händen umklammerte. Obwohl er versuchte, weiter hoffnungsvoll zu bleiben, brachte ihn jeder Tag, an dem sie den Stein nicht fanden, dem Versagen ein wenig näher. Und Versagen konnte ihren Tod bedeuten, entweder durch den Dweomer des Lichts oder die Habichte ihrer eigenen Bruderschaft, die die Schwachen und jene, die Fehler machten, nie lange tolerierten. Auch Alastyr sah bedrückt aus, als hinge er ebenfalls unangenehmen Gedanken nach.

»Es ist gut möglich, daß Rhodry das Juwel hat«, meinte der Meister. »Immerhin reisen sie zusammen und tauschen sicher immer wieder Ausrüstungsgegenstände aus. Wenn ich nur das dumme Ding selbst durch Fernsicht aufspüren könnte! Wir wissen, daß sie es einmal hatte. Das Wildvolk war sich da vollkommen sicher. Wenn Rhodry es nicht hat, muß ich sie einfach wieder rufen, aber ihr Götter, es ist verflucht gefährlich, solange der Meister des Aethyr Wache hält.«

»So ist es. Es wäre auch durchaus möglich, daß ihr beim Kampf mit den Banditen der Edelstein aus der Tasche gefallen ist.«

»Möglich. Nun, du solltest noch einmal den fetten Dieb

aufsuchen. Und dann machst du dich auf, dem Silberdolch entgegenzureiten. Wenn mir nichts anderes übrigbleibt, werde ich mich eben in die Stadt einschleichen und Jill selbst hypnotisieren. Ich hatte vergessen, daß sie über ein gewisses Dweomertalent verfügt.«

»Ein ziemlich starkes, Meister. Sie hat mich verscheucht wie eine Fliege.«

Alastyr starrte wieder ins Feuer. Sarcyn sattelte sein Pferd und ritt durch den dweomergezeugten Regen wieder zurück nach Dun Hiraedd.

Auf Nevyns Seite der Berge blieb das Wetter klar und warm, und er erreichte Marcmwr lange vor Mittag. Da er jeden Schmied im Königreich kannte, der für Silberdolche arbeitete – und diese Schmiede für gewöhnlich auch mit Dieben Handel trieben –, wußte er, daß er zu einem heruntergekommenen kleinen Laden im Osten der Stadt mußte. Unter dem schmutzigen Strohdach hing ein Schild mit dem verblaßten Bild eines Silberkelchs. Als er die Tür öffnete, erklangen silberne Glöckchen über ihm, und Gedryc kam in den Verkaufsraum. Der Silberschmied war ein dünner Mann mit gewaltigen Händen und einem kahlen Kopf.

»Na, wenn das nicht der alte Nevyn ist!« sagte er lächelnd. »Was bringt Euch zu mir, guter Mann?«

»Es geht um Diebesgut, das Ihr gekauft habt.«

Gedryc wurde bleich.

»Verschwenden wir keine Zeit«, meinte Nevyn. »Ich habe nicht vor, Euch auszuliefern, wenn Ihr mir den Rubin gebt.«

»Den rechteckigen, so groß wie ein Daumennagel?«

»Genau. Ich dachte schon, daß er in Euren Händen landen würde.«

»Genau. Wenn ich gewußt hätte, daß er Euch gehört, hätte ich ihn nicht angerührt.«

»Er gehört mir nicht, und ich bin froh, daß Ihr ihn habt. Habt Ihr ihn schon geschnitten?«

»Ich wollte heute nachmittag anfangen. Er wäre dann weniger gut zu erkennen, aber irgendwie verderbe ich ungern einen solchen Stein. Und ich habe verdammt viel dafür bezahlt.«

»Das ist Euer Pech. Wollt Ihr Eure rechte Hand dem Preis hinzufügen? Aha, also nicht. Dann gebt mir den Stein. Ich habe nicht viel Zeit.«

Als Gedryc ihm den riesigen Rubin reichte, wog Nevyn ihn in der Hand. Mit dem Zweiten Gesicht erkannte er ein Muster von Kraftlinien: den in den Stein gebundenen Geist.

»Ich danke Euch«, sagte er. »Ihr erinnert Euch jetzt wohl daran, daß Ehrlichkeit weniger kostet als solche Dinge?«

»Wahrhaftig. Ihr könnt mir wohl nicht sagen, worum es hier geht?«

»Nein, das kann ich nicht. Guten Tag.«

Sobald Nevyn draußen war, blieb er bei seinen Pferden stehen, sah sich rasch um und stellte fest, daß niemand in der Nähe war. Also öffnete er die Hand und betrachtete den Rubin. Anders als wirklich unbelebte Materie wie Erde oder Leder gibt die kristalline Struktur von Edelsteinen ihnen ein extrem geringes, extrem rudimentäres Bewußtsein, das von einem Dweomermeister beeinflußt werden kann. Dieser Einfluß ist eine sehr subtile Sache; es geht darum, den Stein zu einem gewissen Gefühl vibrieren zu lassen und dieses Gefühl dann in den menschlichen Geist zurückzuschicken, zum Beispiel, wenn ein Dweomermann einen Talisman fertigt, der Mut geben soll. Wirkliche Meister können den Stein in genauer Übereinstimmung mit einem gewissen Elementargeist vibrieren lassen, mit dem Ergebnis, daß der Stein den Geist aufsaugt und ihn in sich bindet. Diesen Geist wieder freizusetzen ist normalerweise ein schwieriger Prozeß, aber für Nevyn war es nur die

Arbeit einiger Augenblicke, den Stein zu überreden, seinen unfreiwilligen Bewohner gehen zu lassen. Er sah, wie die Kraftlinien trüber wurden und schließlich verschwanden. Und dann war der graue Gnom da, umklammerte seine Beine und starrte voller Freude und Dankbarkeit zu ihm empor.

»Da bist du ja, kleiner Bruder«, flüsterte Nevyn. »Geh nie wieder zu dem bösen Mann zurück! Jetzt geh zu Jill, du fehlst ihr sehr.«

Der Gnom umarmte ihn ein letztes Mal und verschwand. Nevyn steckte den Rubin in einen Beutel, den er um den Hals trug, stieg in den Sattel und verließ schnell die Stadt.

Sobald er Marcmwr hinter sich gelassen hatte, bog er von der Hauptstraße ab und lenkte sein Pferd nach Norden, direkt in die Ausläufer der Berge. Stundenlang zog er auf schmalen Pfaden durch die Wälder, während die Hügel immer steiler und felsiger wurden. Endlich kam er zu einem Felsen, der über ihm in einer steilen Klippe von mehreren hundert Fuß Höhe aufragte. Am Fuß dieses Felsens lagen gewaltige Steinbrocken, als wären sie von einer riesigen Hand dorthin geschleudert worden. Nevyn stieg ab und führte sein Pferd an ihnen vorbei, bis er direkt am Fuß der Klippe stand. Da es viele Jahre her war, seit er diesen Weg zum letzten Mal genommen hatte, betrachtete er die Risse und Kerben im Stein einige Zeit, bis er das richtige Muster fand, das er mit der Handwurzel fest drückte. Obwohl er nichts hören konnte, stellte er sich vor, wie drinnen die gewaltige Glocke erklang. Dann mußte er warten. Endlich hörte er ein Kratzen über sich und blickte auf, um zu sehen, wie sich eine Öffnung im Felsen auftat und ein bärtiges Gesicht herausspähte.

»Tarko!« rief Nevyn. »Ich muß Eure Straße benutzen, wenn Euer Volk es gestattet.«

»Wann hätten wir je dem Meister des Aethyr etwas verweigert? Tretet ein wenig zurück, Herr, ich öffne die Tür.«

Nevyn führte die Pferde aus dem Weg, und Tarko verschwand. Kurze Zeit später rieselten kleine Steine herab, und Steinstaub stieg auf. Mit lautem Knirschen schwang ein gewaltiges Tor in den Berg auf. Tarko, eine Laterne in der Hand, winkte Nevyn hinein. Er war hochgewachsen für einen Zwerg, beinahe fünf Fuß, und noch muskulöser als die meisten von seinem Volk. Sein grauer Bart war ordentlich und kurz geschnitten.

»Ich habe Euch seit Jahren nicht mehr gesehen, Herr«, bemerkte er, während Nevyn damit beschäftigt war, die nervösen Pferde in den Tunnel zu bringen. »Wir benutzen dieses Tor nur noch außerordentlich selten, seit Eure Leute so nahe leben. Ihr habt wirklich Glück. Ein paar von den Jungs waren zur Jagd draußen, deshalb war ich hier, um sie wieder einzulassen.«

»Ihr ahnt nicht, wie dankbar ich dafür bin. Ich muß Dun Hiraedd so schnell wie möglich erreichen.«

»Nun, die große Straße dürfte schnell genug sein.«

Tatsächlich würde diese Straße Nevyn direkt durch den Berg bringen, und dann wäre er nur noch dreißig Meilen von der Stadt entfernt.

»Die Pferde werden danach ziemlich erschöpft sein«, meinte er.

»Laßt Eure Pferde hier und nehmt ein paar von unseren mit.«

»Danke, dann werde ich die ganze Nacht weiterreiten können.«

Nevyn stieg wieder in den Sattel, winkte Tarko noch einmal zu und machte sich auf in den Tunnel, der von sorgfältig kultivierten phosphoreszierenden Pilzen und Moosen beleuchtet war. Bald würde er zu einer der großen Höhlen kommen, wo die Sonne durch Lichtschächte einfiel und wo er neue Vorräte kaufen könnte.

Weil der Regen so einschläfernd aufs Dach tropfte, schlief Jill an diesem Morgen lang. Als sie erwachte, blieb sie noch eine Weile im Bett liegen und überlegte, ob sie in den Schankraum hinuntergehen sollte. Sie wußte, daß sie einen schrecklichen Tag vor sich hatte, gleichzeitig langweilig und voller Gefahren, ähnlich wie auf dem Weg in einen Kampf. Immer noch mußte sie an die seltsamen, bedrohlichen Augen des Fremden denken. Endlich stand sie auf und zog sich an. Sie wollte gerade den Schwertgürtel umschnallen, als der graue Gnom erschien.

»Den Göttern sei Dank!«

Sie breitete die Arme aus, und er eilte zu ihr und schlang ihr die dürren Arme um den Hals. Sie wiegte ihn wie ein Kind, während ihr Tränen über die Wangen liefen.

»Du kleines Ungeheuer, ich hatte solche Angst! Ich habe schon befürchtet, dir wäre etwas passiert!«

Er nahm den Kopf zurück, sah sie an und nickte mit ernster Miene.

»Dir ist etwas geschehen?«

Zitternd vor Angst klammerte er sich wieder an sie.

»Du armer Kleiner! Den Göttern sei Dank, daß du jetzt wieder in Sicherheit bist! Wie bist du entkommen?«

Mit einer Miene gequälter Konzentration wandte er sich ab und überlegte offenbar krampfhaft, wie er ihr das erklären sollte.

»Nevyn hat ihn gerettet, du dumme Kuh. Was sonst?«

»Jetzt hör mir mal zu, du unverschämter Stein! Beleidige mich nicht! Ohne dich würde ich nicht bis zum Hals in diesem Dunghaufen stecken!«

»Ich weiß, aber ich bin es wert!«

»Bastard!«

»Nun, wenn das so weitergeht, will ich verflucht sein, wenn ich noch mit dir rede!«

Jill war zu froh, ihren Gnom wiederzuhaben, als daß es sie

interessiert hätte, ob der Dweomerstein redete oder nicht. Lange Zeit saß sie auf dem Boden, den Gnom im Schoß. Als er endlich verschwand, tat er es nur langsam, als ginge er sehr ungern: Er verblaßte nach und nach, wurde durchsichtig und war schließlich nur noch ein Fleck in der Luft, der dann auch verschwand.

Lächelnd ging Jill in den Schankraum und holte sich eine Schüssel klumpiger Gerstengrütze. Sie stocherte gerade angeekelt darin herum, als Bocc hereinkam. Er ging lässig an ihrem Tisch vorbei, warf ihr einen Blick zu, als hätte er sie nie zuvor gesehen, und flüsterte dann: »Zum Roten Drachen«. Jill holte sich ihren Umhang und eilte durch den Nieselregen zum Gasthaus, wo sie einen bleichen, schwitzenden Ogwern an seinem Tisch sitzen sah. Seine gewaltigen Pratzen zitterten so sehr, daß er den Bierkrug mit beiden Händen zum Mund heben mußte.

»Was ist denn?« fragte sie.

»Ihr erinnert Euch an diesen Burschen von gestern abend? Er ist zurückgekommen. Kommt einfach hier hereinspaziert und setzt sich neben mich, ohne auch nur zu fragen. Wenn ich den Opal nicht finde, sagte er, verarbeitet er mich zu Wurst! Diese Dreistigkeit!«

»Wahrhaftig! Er muß sehr versessen auf dieses Ding sein. Es ist ganz schön riskant, im hellen Tageslicht hierher zu kommen.«

»Ich bezweifle, daß er sich einer Gefahr aussetzt.« Ogwern trank einen großen Schluck. »Ich weiß, es klingt verrückt, aber ich schwöre es, Jill, bei meinem fetten und kostbaren Leben. Als er ging, habe ich beschlossen, ihm selbst zu folgen. Es war ziemlich einfach, weil viele Leute auf der Straße waren, und er ging einfach weiter, ohne sich ein einziges Mal umzusehen. Er ist direkt zum Anger unten am Fluß gegangen. Kennt Ihr diesen kleinen Birkenhain an der Brücke?«

»Ja.«

»Er ging zwischen die Bäume und verschwand. Und ich meine, er ist wirklich verschwunden! Er geht zwischen die Bäume, und ich bleibe stehen und warte. Und warte und warte. Ich habe ihn nicht rauskommen sehen, und Birkenhaine sind nicht so dicht wie Haselhecken oder so. Also bin ich ihm schließlich nachgegangen, aber er war nicht mehr da.«

»Ihr seid einfach unruhig. Ihr habt nur nicht gesehen, wie er fortging.«

»Hätte ich jemals werden können, was ich bin, wenn ich nicht mal imstande wäre, einen Mann bei hellem Tageslicht zu sehen? Und erzählt mir nicht, daß ich alt werde. Das wäre ausgesprochen unhöflich.«

Jill schauderte. Er muß ein Dweomermann sein, dachte sie. Sie wußte, wie gefährlich Dweomer in den Händen eines Wahnsinnigen sein konnte, und nun hatte sie es mit jemandem zu tun, der ihn eiskalt zu üblen Zwecken nutzte.

»Ich möchte Euch einen Auftrag anbieten«, fuhr Ogwern fort. »Bewacht mich. Ein Dolch würde gegen diesen Burschen nicht viel nützen, und wenn ich ein Schwert an meiner Seite habe, dann sollte dieses Schwert lieber von jemandem geführt werden, der etwas damit anzufangen weiß. Ein Silberstück pro Tag, Silberdolch.«

»Also gut. Er mag Augen wie der Höllenfürst selbst haben, aber ich wette, er blutet wie jeder andere Mensch.«

»Laßt uns hoffen, daß es nicht so weit kommt. Oh, wie ich diese widerwärtigen Drohungen hasse!«

Als die Sonne an diesem regnerischen Tag unterging, war Rhodry noch zwanzig Meilen von Dun Hiraedd entfernt. Weil Nevyn ihn davor gewarnt hatte, bei Nacht zu reisen, gab er einem Bauern ein paar Kupfermünzen, daß dieser ihn im Kuhstall schlafen ließ. Ein paar mehr Kupfermünzen brachten ihm noch eine Schale Eintopf und ein Stück Brot. Rhodry aß mit der Familie an einem langen Tisch vor der Feuerstelle. Das graue Stroh auf dem Boden roch nach Schweinen. Die Bauern aßen mit schmutzigen Händen und sprachen kein Wort miteinander oder mit Rhodry, ehe der letzte Krümel mit wäßrigem Bier heruntergespült war. Aber zu seiner eigenen Überraschung war Rhodry froh über ihre Gesellschaft. Als er mit dem Essen fertig war, blieb er noch eine Weile und lauschte den Gesprächen über die Arbeit des kommenden Tages und starrte ins Feuer, wobei er eine weitere Botschaft von Nevyn ebensosehr fürchtete wie herbeisehnte.

Dann sprangen die Hunde plötzlich auf und rannten bellend und knurrend durch die offene Tür hinaus. Der Bauer warf einen Blick auf Rhodrys Schwert.

»Ihr seid mehr willkommen, als ich gedacht hätte. Kommt Ihr mit mir hinaus, Silberdolch?«

»Gern.«

Am Tor im Erdwall bellten die Hunde wild einen Mann an, der davor stand. Er führte ein Pferd, und Rhodry bemerkte, daß er ein Schwert trug. Als der Bauer die Hunde anschrie, hörten sie auf zu bellen, knurrten aber weiter und fletschten die Zähne.

»Was ist hier los?« fragte der Bauer.

»Nichts, was Euch beträfe, guter Mann«, sagte der Fremde mit einem unangenehmen Lächeln. »Ich möchte nur ein Wort mit diesem Silberdolch sprechen.«

Rhodry spürte, wie ihm kalt im Magen wurde. Woher wußte dieser Mann, daß er hier war? Der Fremde bedachte ihn mit einem seltsam intensiven Blick.

»Ich suche nach einem gestohlenen Edelstein«, sagte der Fremde. »Jemand im Marcmwr sagte, daß Ihr ihn vielleicht bei Euch tragt.«

»Ich bin kein Dieb.«

»Selbstverständlich nicht, aber wenn Ihr diesen Opal habt, werde ich Euch einen guten Preis dafür zahlen. Mehr, als Ihr von jedem zwielichtigen Händler bekommen würdet.«

»Ich habe keine Edelsteine.«

Der Fremde beugte sich vor und starrte ihn an. Einen Augenblick fühlte sich Rhodry, als hätte er zu viel Met getrunken.

»Ihr habt keine Edelsteine?«

»Nein.«

Mit einem knappen Nicken trat der Fremde zurück.

»Also gut«, sagte er. »Danke.«

Bevor Rhodry ein weiteres Wort sagen konnte, stieg der Mann in den Sattel und ritt davon. Die Hunde knurrten, bis er nicht mehr zu sehen war. Kopfschüttelnd wand sich Rhodry vom Tor ab und sah zwei kleine Geschöpfe, ebenso deutlich, wie er die Hunde sehen konnte: Eine dieser Kreaturen war gelb und fett, die andere grau und knochig. Beide starrten ihn an. Als er zurückstarrte, grinsten sie und verschwanden.

Sarcyn hatte einen Holzschuppen gefunden, der wahrscheinlich den Kuhhirten als Unterstand diente. Obwohl es hier stank, war es doch trocken, und es gab sogar eine kleine Feuerstelle. Er band sein Pferd an und machte Feuer. Als er sich auf Alastyr konzentrierte, erschien sofort das Gesicht seines Meisters. Offenbar hatte er sich dicht an seinem eigenen Feuer aufgehalten und auf Neuigkeiten gewartet.

»Er hat ihn nicht«, dachte Sarcyn.

»Das hatte ich befürchtet.« Selbst Alastyrs Gedanken klangen erschöpft. *»Ich werde die Geister zwingen müssen, den Stein für mich zu finden. Wenn das Mädchen ihn hat, mußt du wieder in die Stadt reiten.«*

»Also gut. Heute abend werde ich allerdings nicht mehr hinkommen.«

»Natürlich nicht. Morgen ist früh genug.«

Alastyrs Bild verschwand. Sarcyn wollte gerade aufstehen, da entdeckte er für einen winzigen Augenblick ein zweites Gesicht, das aus den Flammen spähte – ein dunkles Gesicht. Fluchend sprang er auf und wich vom Feuer zurück, bevor diese dunklen Augen sehen konnten, wo er sich aufhielt.

Jill und Ogwern blieben zum Abendessen im Roten Drachen. Während Ogwern sich durch eine riesige Schüssel mit Eintopf arbeitete, stocherte Jill nur in ihrem Essen herum und überlegte, ob sie sich an die Stadtwachen wenden sollte. Aber was konnten die schon tun? Dem Gwerbret etwas von verfluchten Steinen und dunklem Dweomer erzählen? Blaern würde sie vermutlich wegen öffentlicher Trunkenheit verhaften lassen. Nach dem Essen holten Jill und Bocc ihre Sachen aus dem Fliehenden Fuchs, dann gingen sie zu Ogwerns Wohnung, ein paar kleinen Zimmern über dem Gasthaus. In einem davon befand sich ein Bett, in dem anderen eine Truhe, ein kleiner Tisch und zwei Bänke. Jill legte ihre Bettrolle auf den Boden und setzte sich darauf. Ogwern stapfte herum, entzündete Laternen, spähte aus dem Fenster und kam dann seufzend an die Feuerstelle zurück.

»Was soll das?« meinte Jill schließlich. »Glaubt Ihr, unser Freund würde plötzlich hier im Zimmer auftauchen – so geheimnisvoll, wie er verschwunden ist?«

»Es würde mich nicht wundern.« Ogwern setzte sich ächzend auf die Bank. »Ich bin sehr aufgeregt. Wenn mir solche Sachen gefielen, wäre ich selbst Silberdolch geworden.«

»Dann wärt Ihr vielleicht schlanker geblieben.«

»Bitte seid nicht unhöflich! Niemand kann so viele Beleidigungen verkraften. Wurst aus mir machen! Diese Dreistigkeit …« Er hielt inne und horchte.

Auf der Treppe waren schwere Schritte zu hören. Jill lockerte das Schwert in der Scheide. Der Besucher klopfte an die Tür, hielt inne und klopfte dann wieder.

»Ich weiß, daß Ihr da seid.« Es war eine andere Stimme als jene, die sie erwartet hatten. »Kommt schon, guter Mann. Macht auf. Es soll Euer Schaden nicht sein.«

Jill und Ogwern sahen einander erstaunt an.

»Wer seid Ihr?« fragte Ogwern. »Was wollt Ihr hier?«

»Mit Euch sprechen – über eine geschäftliche Angelegenheit.«

Schulterzuckend riegelte Ogwern die Tür auf und öffnete sie einen Spalt. Jill hörte ein Grunzen, als der Besucher die Tür einfach aufstieß und den gewaltigen Ogwern zurückschob. Er war ein hochgewachsener, aber schlanker Mann, und seine dunklen Augen schienen seltsam vergnügt. Er lächelte auch, verzog die vollen Lippen in seinem unrasierten Gesicht. Er trug ein einfaches Hemd über den Brigga, und er schien nicht bewaffnet zu sein – aber es war etwas an der Art, wie er sich hielt, wie er seine Hände auf beiden Seiten etwa bis zur Taille hob, das Jill mißtrauisch machte. Sie nahm an, daß er Waffen unter dem Hemd verborgen hatte. Sie trat zurück, halb verdeckt in den Schatten, um seine Hände besser im Auge behalten zu können.

»Ihr seid weit weg von Bardek, guter Herr«, meinte Ogwern.

»Ja. Und ich suche nach einem bestimmten Edelstein.«

Ogwern stöhnte und hob beide Hände.

»Ihr und die Hälfte aller Männer hier im Königreich, so scheint es. Ich nehme an, es geht um diesen Opal.«

»Genau. Man hat also schon mit Euch gesprochen?«

»Was geht Euch das an?«

Der Bursche lachte – eigentlich war es mehr ein Kichern – und bewegte die Hand. Plötzlich hielt er ein langes Messer mit einer dünnen Klinge, die zweimal gebogen war, so daß die

Wunde beim Herausziehen des Messers noch vergrößert würde. Ogwern schluckte und wich einen Schritt zurück.

»Es gibt keine Spur von dem Opal, keine.«

»Ich glaube Euch nicht.«

Ogwern quietschte und sah zu Jill hinüber. Der Fremde warf ihr einen kurzen Blick zu und zuckte die Achseln. Die Tatsache, daß sie bewaffnet war, schien er völlig zu ignorieren. Einen Augenblick lang war Jill vor Unglauben schier erstarrt, aber dann machte der Fremde einen Schritt auf Ogwern zu und packte ihn am Hemd. Jill zog das Schwert und duckte sich.

»Ogwern! Ruft die Stadtwache!«

Jill versuchte, dem Fremden das Messer aus der Hand zu schlagen, aber der Fremde tänzelte nach hinten, mit einem leisen Aufschrei echter Überraschung. Wie Dweomer erschien ein zweites Messer in seiner linken Hand. Ogwern rannte zum Fenster und riß die Läden auf. Bei diesem Geräusch trat der Fremde auf Jill zu, dann tänzelte er zur Seite und stach mit dem Messer zu. Als sie die Klinge abfing, keuchte er überrascht auf, aber er war stark genug, mit dem Messer zu parieren. Mit einer kräftigen Bewegung des Arms zwang er ihre Klinge nach unten und stach wieder zu.

Jill wich zurück, und dann hörte sie Ogwern schreien: »Hilfe! Mörder!« Wie ein Tier, das in der Falle saß, stürzte sich der Fremde auf sie. Er war kein ungeschickter Bandit, sondern ein Kämpfer, der ihr durchaus gleichkam. Er kämpfte auf eine Art, die sie noch nie zuvor gesehen hatte, indem er die Messer abwechselnd zum Zustechen und Parieren benutzte. Jill kämpfte um ihr Leben, der Stahl klirrte, Klinge auf Klinge, als sie in der winzigen Kammer umeinander tänzelten.

Schritte kamen die Treppe hinauf. »Im Namen des Gwerbret: Aufmachen!«

Der Fremde führte einen verzweifelten Stoß, aber einen kurzen Augenblick ließ seine Konzentration nach. Jill nutzte das und traf ihn fest an der rechten Schulter, dann zog sie das Schwert zurück und schlug ihm das Messer aus der erschlaffenden Hand. Mit einem Schrei warf sich der Fremde zurück an die Wand. Jill schlug ihm auch noch das zweite Messer aus der Hand, als sechs Stadtwachen in rotgoldener Uniform ins Zimmer drängten.

»Bei den Göttern, guter Cinvan«, sagte Ogwern. »Nie war ein redlicher Bürger erfreuter, Euch zu sehen.«

»Ach ja?« Der Anführer, ein kräftiger Mann mit ergrauendem Haar gestattete sich ein verächtliches Lächeln. »Was ist hier los? Ach, das ist dieser elende Silberdolch, der ein Mädchen ist.«

»Ja, und ich bitte Euch, uns sofort zum Gwerbret zu bringen.«

»Darum braucht Ihr Euch keine Sorgen zu machen«, meinte Cinvan.

Keuchend lehnte der Fremde an der Wand. Er drückte die Hand auf die Wunde und versuchte, das Blut zu stillen. Als er Jill ansah, glühte der Haß in seinen Augen.

»Verbindet die Wunde«, bellte Cinvan. »Und entwaffnet den Silberdolch.«

Jill reichte ihnen Schwert und Dolch, und einer der Männer sah sich nach einem Lappen um. Der Fremde ließ den Blick nicht von Jill weichen. Plötzlich lächelte er, als hätte er einen Entschluß gefaßt. Er nahm die Hand von der Wunde, zog sie übers Hemd, als wollte er sie abwischen, und hob sie dann an den Mund.

»Haltet ihn auf!« Jill sprang vor.

Zu spät – er hatte das Gift schon geschluckt. Erstarrt fiel er nach hinten, krachte mit dem Kopf gegen die Wand und zuckte, immer noch vollkommen angespannt. Er fiel zu Boden.

Einen Augenblick trommelte er noch mit den Fersen auf die Dielen, dann lag er still da, und bitter riechender, gräulicher Schaum lief ihm aus dem Mund.

»Bei den Göttern!« flüsterte Cinvan.

Schweißüberströmt stapfte Ogwern ins Schlafzimmer. Alle hörten, wie er sich übergab, und ließen ihn in Ruhe. Der jüngste der Wachen sah aus, als würde er es ihm gerne nachtun.

»Kommt, Leute«, sagte Cinvan, vielleicht ein wenig zu laut. »Zwei von Euch tragen die Leiche. Und wir werden unseren Wirt hier mitnehmen, um Seine Gnaden zu besuchen.«

»Also bitte!« Ogwern war zurückgekehrt und ganz aufrichtige Empörung. »Wird so ein redlicher Bürger behandelt, wenn er die Stadtwache ruft?«

»Haltet den Mund«, riet Jill. »Um Euer selbst willen, Ogwern, solltet Ihr beten, daß Seine Gnaden herausfinden kann, worum es hier geht.«

Ogwern sah sie an und schauderte, dann nickte er. Jill war ganz elend geworden. Wovor hatte er sich gefürchtet, daß er noch lächelte, als er sich entschloß zu sterben?

Es war eine gruselige kleine Prozession, die in den fackelbeleuchteten kleinen Raum hinter Blaerns Broch Einzug hielt. Als Cinvan sich aufmachte, den Gwerbret zu holen, ließen seine Männer die immer noch starre Leiche auf einen Tisch fallen und zwangen Jill und Ogwern, sich niederzuknien. Kurze Zeit darauf kam Blaern herein, einen Kelch Met in der Hand. Er warf einen Blick auf die Leiche, trank einen großen Schluck und hörte sich dann Cinvans Bericht an.

»Nun gut«, sagte er. »Silberdolch, was hattet Ihr mit dieser Angelegenheit zu tun?«

»Ich habe gearbeitet, sonst nichts, Euer Gnaden.« Jill zögerte; sie achtete Blaern, aber als Silberdolch lag ihre Loyalität eher bei den örtlichen Dieben als bei diesem Symbol des Gesetzes. »Ogwern sagte, daß jemand ihm nach dem Leben trachtete, und bot mir eine Silbermünze, damit ich ihn schütze.«

»Und warum hat dieser Mann Euch bedroht?« wollte Blaern wissen.

»Ach, Euer Gnaden.« Ogwern wischte sich das schwitzende Gesicht mit dem Ärmel ab. »Ursprünglich hatte mich ein anderer Mann bedroht, nicht dieser hier. Mir gehört ein Teil des Gasthauses zum Roten Drachen, und dieser Bursche behauptete, ich hätte ihn im Schankraum betrogen. Also habe ich Jill eingestellt, und da kommt doch dieser mir vollkommen fremde Mann« – er zeigte auf die Leiche – »hereingeplatzt und erklärt, er wolle sich um diese Schuld kümmern.«

Blaern reagierte auf diese seltsame Geschichte so verwirrt, wie zu erwarten war.

»Es ging immer noch um den angeblichen Betrug?« fragte er schließlich.

»Das nehme ich an, Euer Gnaden«, sagte Ogwern. »Ich kann nur annehmen, daß dieser Bursche ein Freund des Mannes war, der behauptete, ich hätte ihn betrogen.«

»Ha!« schnaubte Cinvan. »Du hast ihn wohl eher ausgeraubt!«

»Guter Herr!« Ogwern sah ihn gekränkt an. »Wenn er geglaubt hätte, daß ich ihn beraubt hätte, hätte er sich ja wohl an Euch gewandt.«

»Das stimmt«, warf Blaern ein. »Ihr meint also, derjenige, der sich ursprünglich beschwert hat, ist immer noch irgendwo in der Nähe?«

»Das glaube ich, Euer Gnaden, und ganz ehrlich, ich fürchte um mein fettes, aber kostbares Leben. Ich habe verläßliche Zeugen, die anwesend waren, als die Drohungen fielen.«

Blaern dachte nach und trank einen weiteren Schluck, während er die bläulichgraue Leiche betrachtete.

»Nun gut«, meinte er schließlich. »Zweifellos hat einer, der

Gift bereithält, nichts Gutes im Sinn. Morgen werden wir eine ordentliche Anhörung abhalten. Ihr, Ogwern, dürft fürs erste gehen. Cinvan, stellt vor seiner Tür eine Wache auf. Das Malover wird zwei Stunden nach Mittag stattfinden, also bringt Eure Zeugen mit.«

»Ja, Euer Gnaden.« Ogwern erhob sich und vollführte eine überraschend anmutige Verbeugung. »Ich danke untertänigst, daß Euer Gnaden sich so um die Sicherheit von uns ehrlichen armen Leuten in der Stadt sorgen.«

Er ging rückwärts und verbeugte sich dabei ununterbrochen. Jill nahm an, daß er den ganzen Rückweg im Laufschritt zurücklegen würde. Blaern wandte sich Cinvan zu.

»Also wirklich«, meinte er. »Ihr haltet diesen Burschen tatsächlich für einen Dieb? Es fällt mir verflucht schwer, das zu glauben.«

»Ich weiß, daß Euer Gnaden es bezweifeln, aber ich schwöre, eines Tages werde ich ihn erwischen und genug Beweise haben, um einen ganzen Raum von Beratern zu überzeugen.«

»Und dann werden wir ihm die Hände abschneiden, aber nicht vorher. Was Euch angeht, Silberdolch – ich möchte nicht, daß Ihr Euch davonschleicht, sobald die Stadttore offen stehen. Cinvan, wir verhaften sie.«

»Aber Euer Gnaden«, stotterte Jill. »Der Mann hat mich angegriffen!«

»Zweifellos, aber ich möchte, daß Ihr beim Malover anwesend seid, um das dort selbst vorzubringen. Ich klage Euch nicht des Mordes an. Immerhin hat der Mann sich selbst vergiftet. Ich weiß einfach nur, wie Silberdolche über das Gesetz denken.«

»Wie Euer Gnaden wünschen. Aber, ohne beleidigend werden zu wollen, Euer Gnaden, wenn ich bei einem Prozeß erscheinen soll, hätte ich gerne einen Verwandten an meiner Seite.«

»Morgen wird es nur eine Anhörung geben, aber Ihr habt recht. Wenn ich denke, daß die Angelegenheit ein volles Malover erfordert, werden wir warten, bis Euch jemand zur Seite stehen kann.«

»Er ist mit dieser Karawane unterwegs, Euer Gnaden – derjenigen, die angegriffen wurde. Er heißt Rhodry Mael – ich meine Rhodry von Aberwyn.«

Cinvan gab ein seltsam ersticktes Geräusch von sich, aber Blaern warf nur den Kopf zurück und lachte.

»Ihr wolltet Rhodry Maelwaedd sagen, nicht wahr? Bei den Göttern, Jill, er ist mein Vetter, der Sohn der Schwester meiner Mutter!«

»Dann ist es kein Wunder, daß Ihr ihm ähnlich seht, Euer Gnaden.«

»Genau. Bei den großen Clans wimmelt es ebenso von Inzucht wie bei den Pferden aus Bardek. Und jetzt steht endlich auf. Das ist ja eine schöne Art, die Frau meines Vetters zu behandeln! Es wird verdammt gut sein, Rhodry wiederzusehen. Als ich von seinem Exil hörte, war ich wütend, aber Rhys war immer ein arroganter kleiner Bastard, und ich weiß, er würde niemals auf mich hören. Cinvan, hol der Lady einen Stuhl.«

»In Wahrheit, Euer Gnaden«, erklärte sie, »bin ich weder eine Lady noch Rhodrys Ehefrau.«

»Er hat Euch also nicht rechtmäßig geheiratet? Darüber werde ich mit ihm reden. Wo sind Eure Sachen? Cinvan, schickt einen der Jungs danach. Gilyan wird im Broch bleiben.«

Danach machte sich Cinvan daran, die Leiche zu untersuchen. Blaern sah Jill an und lächelte beinahe väterlich. Für einen Adligen waren Vettern viel wichtiger als Brüder, die nur Rivalen um Land und Einfluß darstellten. Du hast das Glück eines Silberdolchs, sagte Jill sich, aber was wird Rhodry davon halten? Plötzlich wünschte sie sich, daß er endlich da wäre, damit sie sich in seine Arme werfen und all diesen üblen Dweomer vergessen konnte.

»Nun«, meinte Blaern, »da wir so gut wie verwandt sind, sagt mir ganz ehrlich: Ihr wißt mehr über diesen Burschen, als Ihr zugeben wollt.«

»Ich habe ihn noch nie in meinem Leben gesehen, Euer Gnaden. Aber dieser andere Mann, vor dem ich Ogwern ursprünglich schützen sollte, den habe ich gesehen. Euer Gnaden werden mich für verrückt halten, aber ich schwöre, daß er ein Dweomermann war. Er kam in den Roten Drachen, um Unruhe zu stiften. Als ich versuchte, ihn aufzuhalten, hat er mir in die Augen gesehen und hätte mich beinahe hypnotisiert. Einen Augenblick konnte ich nicht mehr denken und mich nicht bewegen.«

Hinter ihnen stieß Cinvan einen lauten Fluch aus.

»Verzeiht, Euer Gnaden«, sagte er. »Seht Euch das hier an!«

Er hielt ein Medaillon in der Hand, das an einer Kette hing. Ein dünner Kreis aus Blei, in den ein umgedrehtes Pentagramm, ein bardekianisches Wort und drei Symbole eingraviert waren.

»Das hatte der Bastard um den Hals. Ich frage mich, ob das Mädchen hier wirklich so verrückt ist, wenn sie von Hexerei redet.«

In seinem Feuer sah Alastyr den Bardekianer sterben und sah, wie die Leiche noch zuckte, als sich der blaue ätherische Körper schon von ihm trennte und sich in die Luft erhob. Er brach die Vision ab und dachte nach. Nur ein Habicht würde Gift bei sich tragen. Die Frage war nun: Wie viele Habichte waren noch übrig? Sie reisten nie allein, aber der Alte hatte vielleicht nur ein Paar auf ihn angesetzt – immerhin waren sie nicht billig.

Zur Abwechslung hatte Jill ihm einen Gefallen getan – wenn ihr das auch nichts nützen würde. Der Habicht mochte tot sein, aber er würde zweifellos dafür sorgen, daß sie zahlte, bevor er sich in die Lande von Hülsen und Schalen begab. Alastyr lachte leise und erhob sich – zu schnell, viel zu schnell.

Er schnappte nach Luft, ihm wurde schwindelig, und ein trüber goldener Nebel knisterte vor seinen Augen. Er mußte seine gesamte geübte Willenskraft einsetzen, um den Nebel wegzuschieben und nicht ohnmächtig zu werden. Gan, der auf der anderen Seite der Feuerstelle hockte, blickte auf und gab ein gurgelndes Geräusch von sich.

»Bleib, wo du bist«, murmelte Alastyr. »Ich brauche einfach nur Ruhe.«

Alastyr taumelte zu seinen Decken und sank auf die Knie, dann warf er sich stöhnend hin. Erst viel später fiel ihm ein, daß er vergessen hatte, Sarcyn zu warnen.

Da Blaern darauf bestand, Jill zu behandeln, als wäre sie die offizielle Ehefrau seines Vetters, gab sein Kämmerer ihr ein großes Zimmer mit eigener Feuerstelle, einem üppig bestickten Bett und silbernen Kerzenhaltern an der Wand. Nachdem ein Page ihr heißes Wasser gebracht hatte, wusch sie sich, stellte die Schüssel mit schmutzigem Wasser vor die Tür und verriegelte die Tür von innen. Da sie den ganzen Tag nichts weiter getan hatte, hatte der kurze Schwertkampf sie nur unruhig gemacht und nicht müde. Eine Weile ging sie auf und ab und sah zu, wie die Schatten über die Wand tanzten. Das Zimmer und der ganze Broch waren vollkommen still, aber plötzlich war sie sicher, daß sie nicht allein war.

Es gab keinen Laut, nicht einmal diesen subtilen Unterschied, der bedeutet, daß sich ein weiterer Körper im Raum befindet und Schall schluckt – aber sie spürte, daß jemand sie beobachtete. Sie kam sich dumm vor, aber sie zog ihren silbernen Dolch und machte sich auf die Suche. Aber sie fand nicht einmal eine Maus, und wenn sie plötzlich herumfuhr, sah sie nur Kerzenlicht und Schatten. Und dennoch war etwas da, sie war nie so sicher gewesen, daß etwas sie belauerte. Einen Augenblick glaubte sie, daß ein Schatten zwischen sie und die Kerzen an der Wand fiel, aber als sie sich umwandte, war nichts da.

Vorsichtig ging sie zum Fenster und öffnete die Läden. Niemand kletterte den glatten Steinturm hinauf, und unten lag nur der leere Hof. Als sie aufblickte, sah sie die Sterne – fernes Licht, kalt und gleichgültig ihr und allen anderen Menschen gegenüber. Ganz plötzlich war sie verzweifelt, schwarze Trauer senkte sich in ihr Herz, als wäre alles gleichgültig, ihre Ehre, ihr Leben, sogar ihre Liebe zu Rhodry, denn alles Menschenleben war nur ein winziges Flackern in dieser alles verschlingenden Dunkelheit. Sie lehnte sich ans Fensterbrett und spürte, wie die Verzweiflung sich in ihr ausbreitete und ihr alle Energie nahm. Warum noch kämpfen? dachte sie. Die Nacht gewinnt immer – warum sich ihr widersetzen?

Weit entfernt am Horizont, hinter der schlafenden Stadt, ging der Mond auf, eine bleiche Sichel vor dem schwarzen Himmel. Bald würde er wieder in die Dunkelheit gleiten. Aber er wird bald wieder voll sein, dachte Jill. Der Mond war wie ein Versprechen am Himmel, er kehrte immer wieder und wurde zu einem silbernen Leuchtfeuer, das auf alle schien, gute wie böse Menschen, wenn er aus dem Dunkel stieg. *»Nur um wieder zu vergehen.«* Der Gedanke erklang in einer anderen Stimme als der ihren. Erst in diesem Augenblick wurde ihr klar, daß sie kämpfte, gegen einen unsichtbaren Feind und mit Waffen, die sie noch nie benutzt hatte.

Dann zerriß die Verzweiflung wie ein Seil, das zu fest gespannt war. Jill wirbelte herum und sah sich in der Kammer um. Im rauchigen Licht der Kerzen sah sie eine menschliche Gestalt, ein bleiches, flackerndes bläuliches Ding, ein schimmernder Schatten, aber kein fester Körper. Ein Schauder überlief sie, als sie den Mann erkannte, der sich vergiftet hatte.

»Bei der Göttin«, fauchte Jill. »Am Ende immer das Licht!«

Er flackerte wie eine Kerzenflamme im Durchzug, dann verschwand er, aber sie befürchtete, daß er zurückkehren würde, um sie zu quälen, vielleicht in ihren Träumen, wenn sie hilflos sein würde. Weinend setzte sie sich aufs Bett und drückte die zitternden Hände zwischen die Knie. Ihre vielgerühmte Schwertkunst würde ihr in diesem Kampf nichts nützen. Nur Dweomer konnte Dweomer besiegen. In diesem Augenblick wurde ihr klar, daß sie sich selbst hilflos gemacht hatte, als sie ihre Dweomermacht leugnete. Daß sie, wenn sie es weiter abstritt, immer wieder in Kontakt mit seltsamen Dingen geraten würde, die sie selbst nicht beherrschen oder beeinflussen konnte, einfach, weil sie nichts darüber wußte, genau wie ein jeder zwar ein Schwert ergreifen kann, aber nur ein ausgebildeter Kämpfer imstande war, einen Gegner niederzustrecken. Sie erinnerte sich an Nevyn und daran, daß er auf dem Weg zu ihr war.

Sie hatte häufig gesehen, wie der alte Mann durch ein Feuer Kontakt zu anderen Dweomermeistern aufgenommen hatte. Es mochte sein, daß nur ein Meister dazu fähig war, aber sie stand dennoch auf und ging zu den Kerzen in den Wandhaltern. Sie kam sich dumm vor, dann verlegen, und schließlich fürchtete sie sich, aber sie zwang sich, immer länger in die Flamme zu starren und an Nevyn zu denken. Eine Zeitlang war sie sich nur einer Leere im Geist bewußt, dann eines seltsamen Drucks, der sich gegen etwas Unerklärliches aufbaute, wie wenn man kurzfristig einen Namen vergessen hat, den man doch gut kannte, und gereizt auf dieses Versagen reagiert.

Ihre Angst wurde größer – die Angst, Dweomer zu benutzen, die Angst, daß jemand sie jagte. Erst dann erinnerte sie sich an etwas, was sie irgendwie immer gewußt hatte: Diese

Angst war der Schlüssel, ein intensives Gefühl riß die Mauern im Geist nieder.

»Nevyn!« rief sie. »Hilf mir!«

Und dann sah sie sein Gesicht über den Kerzenflammen, die Brauen überrascht hochgezogen, der Blick besorgt.

»Den Göttern sei Dank, daß du mich gerufen hast«, erklang seine Stimme in ihrem Geist. *»Ich versuche seit Tagen, dich zu erreichen, Kind.«*

Er klang so sachlich, daß sie beinahe gekichert hätte.

»Bleib ruhig, oder du wirst die Verbindung verlieren«, sagte er ihr. *»Betrachte es als einen Schwertkampf. Du weißt, wie du deinen Willen konzentrieren mußt.«*

Das wurde ihr klar, sobald er sie darauf hingewiesen hatte. Es war tatsächlich ganz ähnlich wie die kalte, tödliche Konzentration, die sie nutzte, wenn sie beobachtete, wie ein Gegner sich bewegte.

»Ich habe schon gesehen, wie dieser Bursche sich vergiftet hat«, fuhr Nevyn fort. *»Kein Wunder, daß du verstört bist. Hör zu, wir haben mehr als nur einen Feind, aber das können wir auch zu unserem Vorteil nutzen. Weißt du, was sie wollen?«*

»Diesen Opal, den ich bei mir trage – jedenfalls glaube ich, daß es ein Opal ist. Das kleine Miststück verändert immer wieder die Form.«

Er lachte so vergnügt, daß die Angst von ihr wich.

»Ja, es ist ein Opal, und ich muß zugeben, daß die Geister, die ihn bewohnen, manchmal ein wenig anstrengend sein können. Der Stein ist ein Talisman der edlen Tugenden, und sie nehmen die Tugenden des Stolzes ein bißchen zu ernst. Aber warte – hat der Schatten des toten Mannes dich beunruhigt?«

»Ich weiß nicht. Etwas war hier. Ich habe nach Euch gerufen, weil ich immer wieder seltsame Gedanken hatte, und ich habe das Gefühl, daß etwas mich verfolgt.«

»Mach dir keine Sorgen, Kind, ich werde ein Siegel über dir

errichten. Jetzt schlafe und ruhe dich aus. Ich bin schon fast in Dun Hiraedd.«

Das Bild verschwand. Obwohl sich Jill tatsächlich hinlegte, ließ sie die Kerzen brennen und legte den Dolch neben das Kissen. Sie war sicher, nicht schlafen zu können, aber plötzlich erwachte sie in einem sonnenhellen Zimmer. Draußen auf dem Flur hörte sie einen Pagen vor sich hinpfeifen, und diese einfachen Töne schienen die schönste Musik zu sein, die sie je gehört hatte. Sie stand auf und schaute aus dem Fenster. Die Sonne schien auf Leute, die im Hof herumgingen, lachten und sich unterhielten. Es schien beinahe unmöglich, jetzt noch an Dweomerkämpfe zu glauben, unmöglich, daß sie ihre Willenskraft konzentriert und durch das Feuer mit Nevyn gesprochen haben sollte. Schaudernd ging sie vom Fenster weg und beeilte sich mit dem Anziehen. Sie wollte unter Menschen sein.

Sobald sie unten in der großen Halle war, verkroch sich die Erinnerung an ihre Angst an den Rand ihres Geistes. Die Männer vom Kriegshaufen saßen an ihren Tischen und frühstückten und lachten miteinander. Diener eilten von der Küche herein. Blaern selbst war bester Laune und schwatzte mit Jill, als hätte er den vergifteten Fremden ganz vergessen. Die hohen Beamten seines Hofes, der Kämmerer, der Barde, die Berater und die Schreiber, kamen und gingen, wünschten ihrem Herrn einen guten Morgen und verbeugten sich vor Jill. Blaern brach ein Stück süßen Nußbrots und reichte Jill ein Stück. Sie war erfreut zu sehen, daß Seine Gnaden zum Frühstück Bier und keinen Met trank.

»Es wird gut sein, meinen Vetter wiederzusehen«, meinte der Gwerbret. »Als Jungen hatten wir viel Spaß miteinander. Wir waren beide Pagen in Dun Cantrae, und der alte Gwerbret war von der steifnackigen Sorte, also haben wir ihm immer irgendwelche Streiche gespielt.« Er hielt inne, als ein Page auf ihn zukam. »Was ist los, Junge?«

»Draußen ist ein seltsamer, alter Mann, Euer Gnaden. Er sagt, er muß Euch sofort in einer dringenden Angelegenheit sprechen, aber er sieht aus wie ein Bettler, und er sagt, sein Name sei Niemand.«

»Nevyn, den Göttern sei Dank!« rief Jill.

»Ihr kennt diesen Burschen?« fragte Blaern überrascht.

»Ja, Euer Gnaden, und um Rhodrys Willen flehe ich Euch an, sprecht mit ihm.«

»Also gut. Bring ihn her, Junge, und denk daran, immer höflich zu einem solch alten Menschen zu sein, ganz gleich, wie ärmlich er gekleidet ist.«

Als der Page davoneilte, schauderte Jill und hatte das Gefühl, daß die sonnige, von Menschen wimmelnde Halle plötzlich ganz unwirklich geworden war. Als spürte er die Stimmung, erhob sich Blaern und schaute stirnrunzelnd zur Tür, durch die Nevyn hereinkam. Er kniete mit einer Leichtigkeit vor dem Gwerbret nieder, um die manch junger Höfling ihn beneidet hätte.

»Verzeiht mir, daß ich mich Euch so aufdränge, Euer Gnaden«, begann Nevyn. »Aber es geht um eine wahrhaft dringende Angelegenheit.«

»Jedermann ist willkommen, der nach Gerechtigkeit sucht. Was bedrückt Euer Herz, guter Mann?«

»Dieser Bursche, der sich letzte Nacht vergiftet hat.«

»Ihr Götter!« sagte Blaern verblüfft. »Hat sich die Geschichte schon so weit verbreitet?«

»Wer die richtigen Ohren hat, konnte sie vernehmen, Euer Gnaden. Ich möchte Euch die Kosten ersparen, diesen Narren zu begraben. Weiß Euer Gnaden, wo sich die Leiche befindet?«

»Ist er ein Verwandter von Euch?«

»Nun, da jeder Clan seine schwarzen Schafe hat, könnte man das wohl so ausdrücken.«

Verwirrt starrte der Gwerbret Jill an.

»Bitte, Euer Gnaden«, sagte sie. »Bitte tut, was er sagt.«

Zweifellos von Neugier getrieben, begleitete Blaern Nevyn und Jill persönlich auf den Hof hinaus und fand einen Mann von der Stadtwache. Es stellte sich heraus, daß man den Toten in eine Decke gewickelt und in einen kleinen Schuppen gelegt hatte, in dem sonst Feuerholz gelagert wurde. Nevyn und Jill zerrten sie nach draußen aufs Pflaster. Nevyn kniete sich neben die Leiche und zog die Decke zurück, um sich das Gesicht des Mannes anzusehen.

»Aus Bardek, wie?« Er setzte sich auf die Hacken. »Das ist seltsam.«

Er stützte sich mit den Händen auf die Oberschenkel und sah die Leiche lange forschend an. Jill bemerkte seinen glasigen Blick und nahm an, daß er in Trance war. Hin und wieder murmelte er etwas vor sich hin, als unterhielte er sich mit jemandem. Endlich blickte er auf, und nun stand Zorn in seinem Blick.

»Was für eine häßliche kleine Seele! Nun, wir werden ihn zur Ruhe schicken, ob er will oder nicht.«

Er wies Jill und Blaern mit einer Geste an, aus dem Weg zu gehen, dann hob er die Arme hoch, als betete er zur Sonne. Längere Zeit stand er einfach nur so da, dann senkte er die Hände langsam, in einem weiten Bogen, bis die Finger auf die Leiche zeigten. Feuer brach in der Leiche aus, ein unnatürliches, garstiges Feuer, das bläulich-silbern flackerte. Nevyn stieß drei unverständliche Worte aus, und die Flammen wurden weißglühend und sprangen höher, so hell, daß man sie kaum ansehen konnte. Blaern schützte sein Gesicht mit dem Unterarm, Jill bedeckte die Augen mit beiden Händen. Sie hörte ein gequältes Stöhnen, einen langen, furchterfüllten Seufzer, der aber einen seltsam erleichterten Beiklang hatte, wie bei einem Verwundeten, der weiß, daß sein Tod nahe ist und ihn von den Schmerzen befreien wird.

»Es ist geschehen«, sagte Nevyn. »Es ist vorbei.«

Jill blickte rechtzeitig auf, um zu sehen, wie er dreimal auf den Boden stampfte. Wo die Leiche gelegen hatte, war nur noch eine Handvoll weißer Asche übrig. Als Nevyn mit den Fingern schnippte, kam eine leichte Brise auf und wirbelte sie davon.

»Da«, sagte der alte Mann. »Seine Seele ist vom Körper befreit und auf dem Weg in die Anderlande.« Er wandte sich dem Gwerbret zu. »In Eurem Rhan geschehen seltsame Dinge, Euer Gnaden.«

»Zweifellos«, stotterte Blaern. »Beim schwarzen haarigen Arsch des Höllenfürsten, was soll das alles?«

»Es geht selbstverständlich um Dweomer. Wie hat es denn sonst ausgesehen?«

Blaern wich einen Schritt zurück. Er war bleich geworden, und sein Mund zuckte. Nevyn bedachte ihn mit einem freundlichen, geduldigen Lächeln, wie es Mütter zeigen, wenn ihre Kinder über etwas gestolpert sind, was sie noch nicht verstehen können.

»Es ist an der Zeit, daß alle im Königreich die Wahrheit über den Dweomer erfahren«, sagte Nevyn. »Seine Gnaden sollte sich dazu gratulieren, unter den ersten zu sein. Würdet Ihr mir und Jill gestatten, daß wir uns für eine Weile verabschieden? Ich muß mich in der Stadt um eine dringende Angelegenheit kümmern.«

Blaern starrte auf die Pflastersteine, die immer noch Spuren der Verbrennung zeigten, und schauderte.

»Wenn Ihr es wünscht, Herr.« Abrupt hatte der Gwerbret Nevyns Rang erhöht. »Wie Ihr wünscht.«

Nevyn packte Jill am Arm und führte sie davon.

»Ich bin so froh, Euch zu sehen«, sagte sie. »Ich hatte solche Angst.«

»Die war auch vollkommen berechtigt. Und ich muß dir

sagen, Kind, die Gefahr ist noch nicht vorüber. Das mußt du verstehen. Bleib in meiner Nähe, und tu genau, was ich sage.«

Jill hätte beinahe vor Enttäuschung geweint.

»Als ich nach dir geschaut habe, habe ich gesehen, daß du Ogwern den Dieb beschützt hast«, fuhr er fort. »Bring mich zu ihm. Wenn es dir letzte Nacht schlechtging, möchte ich wetten, daß er es nicht besser hatte. Dieser Bursche hat versucht, dir die Lebenskraft auszusaugen, damit er sein – nun, den blauen Schatten, den du gesehen hast – zusammenhalten und für eine Weile am Leben halten konnte.«

»Woher wißt Ihr das?«

»Das hat er mir selbst gerade erzählt. Da er schon einige Zeit tot ist, konnte er nicht mehr sagen, weil sein Schatten bereits schwächer wurde. Also habe ich ihn weggeschickt, so gern ich ihn auch weiter befragt hätte.«

Jill war starr vor Angst, als er so von Geistern redete.

»Schon gut«, sagte Nevyn. »Das ist eine ganz normale Sache, aber jetzt ist nicht genug Zeit, das alles zu erklären. Sehen wir, was aus Ogwern geworden ist.«

Als sie im Roten Drachen eintrafen, erfuhren sie, daß Nevyns Sorge berechtigt gewesen war. Der verschreckte Wirt sagte ihnen, Ogwern sei in der Nacht krank geworden und in seinem Zimmer. Sie eilten nach oben und fanden die Tür verschlossen, aber als sie klopften, machte Bocc auf.

»Ich habe gehört, Ogwern sei krank«, meinte Jill. »Ich habe einen Kräutermann mitgebracht, dem wir trauen können.«

»Dank sei allen Göttern der Anderlande«, sagte Bocc mit echter Frömmigkeit. »Es war einfach schrecklich. Ich hätte nie gedacht, daß ich der Stadtwache einmal dankbar sein würde, aber wenn Seine Gnaden nicht diesen großen starken Kerl vor die Tür gestellt hätte, hätte Vater sich aus dem Fenster gestürzt, das schwöre ich.«

Nevyn nickte grimmig, als hätte er genau das erwartet. Als

sie ins Zimmer kamen, fanden sie Ogwern im Bett, mit einer fadenscheinigen blauen Decke bis zum Hals. Er sah mehr verängstigt als krank aus.

»Die letzte Nacht war es hier wie in der dritten Hölle«, berichtete Bocc. »Wir tranken noch einen Schluck unten im Roten Drachen, und plötzlich begann er zu zittern und vor sich hin zu brabbeln.«

»Ich will nichts mehr davon hören.« Ogwern zog sich die Decke über den Kopf. »Laßt einen Sterbenden in Ruhe.«

»Ihr werdet nicht sterben«, fauchte Nevyn. »Ich bin ein Kräutermann, also zieht die Decke weg, und sagt mir, wie es Euch geht.«

Ogwern spähte über den Rand der Decke.

»Ich verliere den Verstand. Aber ich würde lieber sterben, als verrückt werden, also gebt mir bitte ein Gift, Kräutermann.«

»Keinesfalls. Hört auf mit dem Unsinn, und erzählt mir, was passiert ist.«

»Erzähl's ihm, Vater«, warf Bocc ein. »Erzähl ihm von den Hühnchen.«

Ogwern stöhnte und zog die Decke wieder hoch.

»Er redete davon, Blut zu trinken«, sagte Bocc. »Er wollte Hühner töten und ihr Blut saufen.«

»Es war schrecklich.« Ogwern senkte die Decke. »Ich weiß wirklich nicht, was ich sagen soll. Ganz plötzlich hatte ich schreckliche Angst und habe angefangen zu schwitzen. Ich wußte, daß mir ein schreckliches Schicksal drohte, daß ich sterben würde, ganz gleich, was ich tat.« Seine Stimme war sehr leise geworden. »Aber ich mußte Blut trinken. Aber es war so widerlich. Ich hatte nie im Leben solche Angst.«

»Und dann fing er an zu schreien, daß es besser wäre, schnell zu sterben«, sagte Bocc. »Er griff nach seinem Dolch, also haben wir uns auf ihn gestürzt, und ich und ein paar der Jungs haben ihn hier raufgeschafft, und dann tauchte der Mann von der

Stadtwache auf. Vater versuchte, aus dem Fenster zu springen, und wir haben ihn ans Bett gebunden, aber er hat weiter getobt und immer wieder geschrien, er wollte sterben.«

»Ich verstehe«, sagte Nevyn. »Und beim ersten Tageslicht wurde er plötzlich wieder ruhig.«

»Genau.« Ogwern schien Hoffnung zu schöpfen. Er setzte sich auf, und man konnte sehen, daß er unter der Decke vollständig angezogen war. »Es geschah plötzlicher, als ein Fieber weicht.«

»Genau, aber es war kein Fieber, sondern ein Gift. Ogwern, Ihr müßt einen Feind in der Stadt haben, der Euch ein bestimmtes Kraut ins Bier getan hat: *oleofurtiva tormenticula smaragedinni.*« Nevyn gab den Namen mit großer Geste zum Besten. »Zum Glück hat Euer Leibesumfang Euch davor gerettet, daß die Dosis tödlich war. Dieses Gift bringt das Gleichgewicht der Körpersäfte durcheinander und läßt das Heiße, Feuchte über das Kalte und Trockene siegen. Deshalb wolltet Ihr das Blut, um die Säfte zu beruhigen. Und dann spürt der Körper, wie das Gift arbeitet, aber der Geist versteht nicht, was geschieht, und kann keine vernünftigen Schritte dagegen unternehmen, und das erhöht die Wirkung nur noch.«

»Ihr Götter!« flüsterte Ogwern. »Das ist ja höllisch!«

»Ihr müßt von nun an gut auf Euch aufpassen. Weil noch Reste des Gifts in Eurem Körper sein könnten, solltet Ihr zwei Wochen lang nur kaltes, trockenes Essen zu Euch nehmen: trockenes Brot, Äpfel, das weiße Fleisch vom Geflügel, und zwar kalt. Das wird die Körpersäfte reinigen.«

»Das werde ich tun, guter Kräutermann! Ihr Götter, was habe ich durchgemacht!«

Da er nun doch nicht sterben würde, stand Ogwern auf und bestand darauf, Nevyn für die Beratung ein Kupferstück zu geben.

»Es ist irgendwie schade, daß ich nicht krank bin«, sagte er finster. »Jetzt werde ich heute nachmittag zum Gwerbret müssen. Hört zu, Jill, sagt so wenig wie möglich. Haltet Euch an die Geschichte, daß Ihr nur meine Leibwächterin wart, und überlaßt mir den Rest.«

»Wir haben eine Ewigkeit damit zugebracht, die Geschichte auszuspinnen«, meinte Bocc. »Sie ist wunderschön geworden.«

Nachdem sie den Roten Drachen verlassen hatten, bestand Nevyn darauf, zum Tempel des Bel unten am Fluß zu gehen, damit er Ogwerns Münze in den Opferkessel für die Armen werfen konnte. Auf dem Weg dorthin sah Jill sich immer wieder unruhig um und erwartete halb, daß ihre Feinde aus einer Gasse gesprungen kamen.

»Nevyn, wie hat der Schatten des toten Mannes Ogwern das Gift ins Bier tun können?«

»Was? Oh, wenn du wirklich all diesen Unsinn geglaubt hast, dann kann ich offenbar ebensogut lügen wie ein Silberdolch. Ich habe das Zeug nur erfunden, um Ogwern zu beruhigen. Er muß vorsichtig sein, aber ich konnte ihm ja wohl kaum die Wahrheit sagen – er hätte es nicht geglaubt.«

»Ihr meint, es gab gar kein Gift?«

»Nein. Der Name war altes Rhwmanisch, und es bedeutet ›smaragdfarbene kleine Quälerei für fette Diebe‹.«

»Und was ist dann wirklich passiert?«

Nevyn sah sich am Flußufer um. Auf dem Anger hüteten ein paar Jungen Kühe, aber ansonsten waren sie allein.

»Der Tote hat mit Ogwerns Geist dasselbe gemacht, was er mit deinem versucht hat«, erklärte Nevyn. »Ich bezweifle, daß er dich wirklich zum Selbstmord hätte treiben können, denn dann hätte der Gwerbret deine Sachen beschlagnahmt, und sie hätten keine Gelegenheit gehabt, sich den Opal zu nehmen. Aber er wollte dich quälen, dich leiden lassen. Da es so etwas wie eine Verbindung zwischen uns gibt, konnte ich auch aus der Entfernung ein Siegel über dich legen, aber für unseren armen Dieb konnte ich nichts tun, ehe ich hierher kam. Heute nacht werde ich dafür sorgen, daß er ruhig schlafen kann.«

»Aber was war mit den Hühnern? Das kommt mir so dumm vor – diese Sache mit dem Hühnerblut.«

»Nicht im geringsten. Frisches Blut gibt eine Energie ab, die der Schatten brauchte. Er hätte sich von dieser Energie nähren können, um kräftig zu bleiben.«

Jill wurde so übel, daß man es ihr ansehen mußte, denn Nevyn legte ihr tröstend die Hand auf die Schulter.

»Verstehst du jetzt, wieso ich Ogwern diese dumme Geschichte erzählt habe? Ihr Götter! Nie hätte ich gewünscht, daß dir so etwas passiert. Ich habe versucht, dich in Ruhe zu lassen, damit du dein Wyrd selbst herausfinden kannst, aber nun scheint dein Wyrd dich direkt auf die Gefahr zugetrieben zu haben.«

»So sieht es aus. War es wirklich mein Wyrd, das mich hergebracht hat?«

»Drücken wir es einmal so aus – es war ein Zufall, der dich zu diesem toten Pferd in Auddglyn geführt hat, aber es war dein Wyrd, das dir das Juwel im Gras zeigte. Würde das Wildvolk dir nicht vertrauen, dann hättest du den Stein niemals gesehen. Und jetzt gehen wir zurück zur Festung. Ich werde hier in der Öffentlichkeit kein Wort mehr sagen.«

Etwa zwei Stunden nach Mittag erreichte Rhodry endlich das Südtor von Dun Hiraedd. Er stieg ab und führte die beiden Pferde durch eine kleine Gruppe von Bauern, die Gemüse und Hühner zum Markt brachten. Im Torbogen standen zwei Stadtwachen. Als Rhodry vorbeiging, hörte er sie miteinander flüstern, dann traten sie vor und versperrten ihm den Weg. Aus dem Schatten der Mauer traten zwei weitere Wachen hervor. Einer griff nach den Zügeln der Pferde, der andere nach Rhodrys Schwertarm.

»Ein Silberdolch, wie? Mach keinen Ärger, Junge, und komm mit uns.«

»Was soll das?«

»Befehl Seiner Gnaden. ›Haltet nach einem Silberdolch Ausschau, der aussieht wie ein Mann aus Eldidd, und bringt ihn her.‹ Wir hatten in der letzten Zeit genug Ärger mit euresgleichen.«

»Was hat Jill getan?«

»Ach, du kennst sie, was?« sagte der erste mit einem unfreundlichen Grinsen. »Sie hat offenbar was mit einem Mann zu tun, der sich hat umbringen lassen. Seine Gnaden hält im Augenblick gerade ein Malover ab, also bringen wir dich dorthin.«

Rhodry war zu besorgt, um noch Einspruch zu erheben, als die Wachen ihn entwaffneten. Auf dem Weg durch die Straßen schwieg er mürrisch. Er wäre Blaern gern ausgewichen, der ihn vermutlich als ehrlosen Ausgestoßenen verachtete. Nun würde er ihm doch gegenübertreten müssen, und sei es, weil er um Jills Leben bitten mußte. Und was hat Jill getan? überlegte er. Wenn ich sie sicher hier herausbringe, werde ich sie grün und blau schlagen! Im Hof der Festung übergaben die Wachen die Pferde einem Pagen, dann schoben sie Rhodry in den Broch. Die Wachen brachten ihn in den ersten Stock, wo die schweren Eichentüren des Gerichtssaals offenstanden.

Blaern saß an einem Tisch vor den Fenstern, mit einem Schreiber zur Rechten und zwei Beratern zur Linken. Da Priester anwesend waren, wußte Rhodry, daß es sich nur um eine Anhörung handelte: Vor dem Gwerbret kniete Jill zusammen mit ein paar unauffälligen jungen Burschen und einem gewaltig fetten Mann. In einer Ecke saß Nevyn auf einem halbrunden Stuhl. Rhodry war erleichtert. Er wußte, daß der alte Mann nie zulassen würde, daß Jill etwas geschah.

»Nun gut, Ogwern«, sagte Blaern. »Ihr wurdet also bedroht und habt Jill als Leibwächterin eingestellt, und ich muß zugeben, daß Jill recht hatte, sich zu wehren und ihren Auftraggeber zu schützen.«

»Ich danke Euch, Euer Gnaden«, meinte Jill, »und ich schwöre, ich ahnte nicht, daß der Mann sich vergiften würde.«

In diesem Augenblick verlor Rhodry die Nerven und trat einen Schritt vor. Die Wachen packten ihn und zogen ihn wieder zurück. Blaern wandte sich ihnen zu.

»Bringt ihn her. Ihr habt also diesen elenden Silberdolch erwischt?«

»Er kam ganz dreist zum Südtor reingeritten, Euer Gnaden«, sagte einer der Männer. »Und er hat einen Westjäger dabei, von dem ich wette, daß er ihn gestohlen hat.«

»Zweifellos. Anderer Leute Pferde haben ihm schon immer gut gefallen.«

Obwohl Blaern sich anstrengte, sein Grinsen zu unterdrücken, durchschaute Rhodry ihn.

»Blaern, du Bastard!« fauchte er. »Das ist einer deiner verfluchten Späße!«

Alle anderen schnappten entsetzt nach Luft ob dieser Beleidigung, aber Blaern lachte nur, stand auf und ging auf seinen Vetter zu, um ihm die Hand zu schütteln.

»Stimmt. Ich dachte, wir machen uns einen Spaß und verhaften dich als Silberdolch. Ihr Götter, was bin ich froh, dich zu sehen.«

Rhodry war zum Weinen zumute.

»Ich freue mich auch«, sagte er. »Aber was machst du mit meiner Frau?«

»Nichts, das schwöre ich dir. Ich habe mehr Ehre gegenüber den Frauen meiner Verwandten als andere, die ich nennen könnte.«

Grinsend versetzte Rhodry ihm einen Schlag auf die Schulter. Alle starrten sie an, und Blaern erinnerte sich plötzlich daran, daß er einer öffentlichen Anhörung vorsaß.

»Geh rüber zu Nevyn, ja? Bringen wir diese Sache zu Ende.«

Als Rhodry sich zu ihm gesellte, bedachte Nevyn ihn mit einem dünnen Lächeln, aber in seinen Augen stand Sorge. Rhodry erfuhr, warum, als ein Mann von der Stadtwache vortrat und eine Aussage über einen Fremden machte, der Gift genommen hatte, weil er dem Gwerbret nicht gegenübertreten wollte. Und der ein Hexenmedaillon um den Hals getragen hatte. Blaern dachte einen Augenblick nach, dann verkündete er, daß er niemandem die Schuld am Tod des Mannes geben könne, und schloß die Anhörung.

»Dun Hiraedd ist ohne diesen Burschen zweifellos besser dran«, meinte er vergnügt.

Ogwern und seine Zeugen erhoben sich, verbeugten sich vor dem Gwerbret und verschwanden schleunigst. Rhodry ging zu Jill und packte sie an den Schultern.

»Liebste, was soll das alles?«

»Ich weiß es nicht! Rhoddo, du kannst nicht ahnen, wie froh ich bin, dich zu sehen.«

Als er sie in die Arme nahm, spürte er, daß sie vor Angst zitterte. Da er sie zuvor nie so ängstlich gesehen hatte, zog sich sein Magen zu einem kalten Knoten zusammen.

»Liebste«, sagte er, »wir sind zusammen schon in einige Kämpfe geritten. Wir werden auch diesen gewinnen.«

Gegen eine Birke gelehnt, saß Alastyr am Boden und bemühte sich, ruhig zu bleiben. Er hatte gerade versucht, Jill aufzuspüren, und überhaupt nichts gesehen, ganz gleich, wie sehr er sich auch anstrengte. Das konnte nur eins bedeuten: Nevyn war in der Stadt und hatte ein Siegel über sie gelegt. Als er Hufschlag hörte, sprang er auf und erwartete schon, daß der Meister des Aethyr ihn gefunden hatte, aber es war nur Sarcyn.

»So bald zurück?« fragte Alastyr.

»Ich habe mich in der Stadt nicht aufgehalten. Überall klatschen die Leute über diesen alten Kräutermann, der offenbar einigen Einfluß auf den Gwerbret gewonnen hat.«

Alastyr stieß jeden Fluch aus, der ihm nur einfiel. Sarcyn blieb einfach stehen und wartete, bis er fertig war.

»Wie müde ist dein Pferd?« fragte Alastyr schließlich. »Wenn wir unsere Pläne retten wollen, müssen wir uns einige Zeit irgendwo verstecken. Wir können nicht weiter einfach an der Straße lagern. Heute früh habe ich mich auf die ätherische Ebene begeben und mich umgesehen. Ich glaube, ich habe einen perfekten Unterschlupf gefunden.«

»Ich werde eines der frischen Pferde reiten und Camdel auf meines setzen. Er ist leichter als ich.«

»Dann beeil dich, wir haben keine Zeit zu verlieren.«

Kein Barde oder Gerthddyn hatte je aufmerksamere Zuhörer als Nevyn an diesem Nachmittag, und der ließ sich gerne dazu verleiten, dieser Rolle gerecht zu werden. In Blaerns spärlich möbliertem Zimmer saßen Rhodry, Jill und der Gwerbret selbst und sahen ihn gespannt an, wie er an der Feuerstelle stand. Nachdem der unvermeidliche Met aufgetragen und der Page wieder weggeschickt worden war, hob Blaern ihm den Kelch entgegen.

»Guter Zauberer«, sagte er mit fester Stimme, »Ihr schuldet mir eine Erklärung.«

»Das weiß ich, Euer Gnaden. Jill, zeig mir das Schmuckstück, das du in deinem Beutel hast.«

Als sie ihm eine billige Ringbrosche gab, hielt er sie so auf der Handfläche, daß alle sie sehen konnten, und sandte den damit verbundenen Geistern in Gedanken eine Anweisung.

»Dies, Euer Gnaden, nennt man den Großen Stein des Westens.«

»Dieses häßliche Ding?« stotterte Blaern.

Und in diesem Augenblick veränderte das Schmuckstück seine Gestalt, glühte und schien sich aufzulösen. Plötzlich war es ein schimmernder Opal von der Größe einer Walnuß. Er war so wunderbar geschliffen, daß seine Oberfläche das Licht vom Fenster einfing und es in seinen tiefliegenden Adern zu Feuer werden ließ, während Regenbogenfarben über die Oberfläche spielten. Als seine Zuhörer erstaunt keuchten, konnte Nevyn spüren, wie selbstzufrieden die Geister waren. Sie waren von einer höheren Art als das Wildvolk und allgemein als planetare Geister bekannt, obwohl sie nicht dem Planeten als solchem verbunden waren, sondern den Kräften, für die er stand.

»Das habe ich die ganze Zeit mit mir herumgeschleppt?« fragte Jill.

»Dies ist seine wahre Gestalt. Er wird von Geistern beschützt. Sie können ihn mit Illusionen überziehen, wenn es nötig ist, und ihn auch bewegen, nicht weit, aber weit genug, um ihn zu verstecken. Das war unseren Feinden nicht klar, und nur deshalb ist es uns gelungen, sie bisher hinters Licht zu führen.«

Nevyn ließ den Stein in den Beutel um seinen Hals gleiten. Die Geister seufzten erleichtert, ein hörbares Geräusch in seinen Gedanken. Blaern setzte abermals dazu an, etwas zu sagen, tat es dann aber doch nicht. Endlich nickte ihm der Dweomermeister höflich zu, als gebe er ihm die Erlaubnis.

»Und wer, guter Zauberer, sind diese Feinde?«

»Jene, die dem dunklen Dweomer folgen. Ihr habt bemerkt, Euer Gnaden, daß ich von ›unseren‹ Feinden sprach. Dieser Stein gehört dem Hochkönig, und der dunkle Dweomer will ihm und dem Königreich Schaden zufügen.«

Blaern und Rhodry sahen einander entsetzt an. Obwohl der eine ein Lord und der andere ein ehrloser Mann im Exil war, hatten sie doch beide ihrem Lehnherrn persönlich den Treueeid geleistet.

»Der König bewohnt die beste Festung in ganz Deverry«, meinte Blaern. »Wie war es möglich, daß man ihm den Stein gestohlen hat?«

»Ich nehme an, unsere Feinde haben dies schon lange geplant. Der Opal ist einer der wichtigsten Dweomersteine der Welt. Vor etwa hundert Jahren hat ein Dweomermann ihn geschaffen und die Geister gebeten, ihn zu bewohnen; dann hat er ihn dem Königshaus geschenkt.« Nevyn seufzte, als er sich daran erinnerte, wie lange er gebraucht hatte, den Stein zu einer vollendeten Kugel zu schleifen. »Es ist mir nicht gestattet, Euch all seine Kräfte zu nennen. Mehrere Zauberer wurden zu Hütern des Steins ernannt. Wenn einer von uns stirbt, übernimmt ein anderer seinen Platz. Und nun bin ich an der Reihe.« Beinahe hätte er sich verraten und »wieder an der Reihe« gesagt. »Das Geheimnis des Steins wird vom König an den Erbprinzen weitergegeben, und daher weiß der König, daß er ihn gut bewachen muß. Er wird in den Gemächern des Königs aufbewahrt, nicht im königlichen Schatzhaus. Kein Dieb könnte die treuen Männer und Frauen, die Zugang zu den königlichen Gemächern haben, einfach bestechen. Aber es gibt noch andere Möglichkeiten, sich der Dienste eines Menschen zu bemächtigen. Euer Gnaden, oder du, Rhodry – seid ihr je bei Hofe einem Mann namens Camdel begegnet?«

»Ja«, erwiderte Blaern. »Der Meister des Königlichen Bades, nicht wahr? Ein stolzer Mann, aber die Königin schien ihn zu mögen, weil er sich gut ausdrücken konnte.«

»Er war ein arroganter Bastard«, fiel Rhodry ein. »Ich habe ihn einmal im Schaukampf besiegt, und er hat den ganzen Tag geschmollt.«

»Er ist der jüngere Sohn des Gwerbret von Blaeddbyr«, erklärte Nevyn. »Und ich fürchte, seine Arroganz war nur einer seiner Fehler, aber dennoch bin ich nicht der Ansicht, daß er verdient hat, was mit ihm geschehen ist. Die dunklen Dweomermänner haben ihn übernommen, seinen Geist und seine Seele, und sie benutzen ihn, wie ein Bauer einen Grabstock benutzt – um nach einem Stein zu wühlen.«

»Wie bitte?« sagte Blaern. »Ich kann mir nicht vorstellen, daß Camdel seinen Lehnsherrn bestiehlt.«

»Aus eigenem Willen hätte er das auch nie getan, Euer Gnaden. Ich weiß noch nicht, wie sich die Feinde seiner bemächtigt haben. Ich habe einen Freund in Dun Deverry, der gerade versucht, das herauszufinden. Aber sobald die dunklen Dweomerleute ihn in ihren Krallen hatten, hatte Camdel keinen Einfluß mehr auf das, was er tat. Ich wette, die letzten Monate kommen ihm wie ein Traum vor, ein langer, wirrer Wachtraum, der zu einem Alptraum wurde.«

»Guter Zauberer«, sagte Blaern mit einem Knurren in der Stimme, »mein Schwert und mein Kriegshaufen stehen Euch zu Diensten. Wißt Ihr, wer unsere Feinde sind?«

»Nein, Euer Gnaden, und damit seht Ihr, daß der Dweomer seine Grenzen hat. Ich kann diese üblen Burschen davon abhalten, mich mit dem Zweiten Gesicht aufzuspüren, aber dasselbe können sie auch mit mir tun.«

Blaerns schauderte bei dem Gedanken an Zweites Gesicht und Dweomer. Nevyn verriet ungern so viele Geheimnisse, aber er hatte keine andere Wahl. Es war durchaus möglich, daß er Blaerns Angebot bezüglich des Kriegshaufens einmal annehmen mußte.

»Bis heute früh«, fuhr er fort, »können sie keinen Tagesritt von Dun Hiraedd entfernt gewesen sein, aber wahrscheinlich sind sie jetzt auf der Flucht. Wenn ich sie erwischen kann, werde ich sie von dieser Erde tilgen.«

Blaern schaute nachdenklich drein. »Wenn wir den Kriegshaufen in kleinere Trupps aufteilen, könnten wir die Umgebung durchkämmen. Irgendeinem Bauern müssen doch seltsame Fremde aufgefallen sein.«

»Das wäre möglich, Euer Gnaden, aber ich würde lieber noch ein Weilchen warten, um Camdels willen. Wenn dieser dunkle Meister Eure Leute kommen sähe – und selbstverständlich wird er mit all seinen Kräften danach Ausschau halten –, würde er Camdel vermutlich einfach die Kehle durchschneiden. Ich möchte den jungen Lord, wenn irgend möglich, lebendig befreien. Und mir stehen noch ein paar Kunststücke zur Verfügung, um das zu tun.«

Nevyn war besorgter, als er zugeben wollte. Er konnte das Wildvolk bitten, den dunklen Meister zu finden, aber das würde die kleinen Geschöpfe großer Gefahr aussetzen. Ebenso konnte er sich selbst in seinem Lichtkörper auf die ätherische Ebene begeben, aber das bedeutete den offenen Kampf. Nach dem, was Jill ihm gesagt hatte, war zu vermuten, daß dieser dunkle Meister nicht allein war, und er wußte nicht, wie viele Schüler ihm zur Verfügung standen. Würde Nevyn in einem astralen Kampf umkommen, dann wären Jill und Rhodry schutzlos gegen die Dunklen, die schreckliche Rache nehmen würden.

Und obwohl er andere Dweomermeister um Hilfe gebeten hatte, konnte es noch Tage dauern, bis sie ihn erreichten. Inzwischen konnte Camdel längst tot sein.

»Nun gut«, sagte er schließlich. »Dieses Durcheinander ist wie ein Gwiddbwcl-Spiel, Euer Gnaden. Sie haben Camdel als Spielfigur und bewegen ihn über das Brett, während wir unsere Männer ebenfalls plazieren und versuchen, sie aufzuhalten. Leider bin ich nicht sicher, wer jetzt am Zug ist. Jill, ich möchte allein mit dir sprechen. Ich will jede Einzelheit der letzten Tage wissen, und es ist nicht notwendig, Seine Gnaden und Rhodry damit zu langweilen.«

Gehorsam stand sie auf. In ihrem Blick stand die verzweifelte Hoffnung, daß er sie beschützen würde. Tief im Herzen betete er, daß er dieser Aufgabe gewachsen war.

Nachdem sich die Tür hinter Jill und Nevyn geschlossen hatte, trank Blaern seinen Met aus, und auch Rhodry nahm einen großen Schluck. Einen Augenblick sahen sie einander an. Sie brauchten keine Worte – Rhodry wußte genau, wie verängstigt sie beide waren. Schließlich seufzte Blaern.

»Du bist dreckig, Silberdolch. Laß dir von den Pagen ein Bad bereiten. Und ich könnte mehr Met brauchen.«

»Du hast für einen Nachmittag genug getrunken.«

Blaern schien wütend werden zu wollen, dann zuckte er die Achseln.

»Stimmt. Kümmern wir uns um dein Bad.«

Während Rhodry also in der eleganten Kammer, die er mit Jill teilen würde, sein Bad nahm, hockte Blaern auf der Bettkante und reichte ihm wie ein Page die Seife. Rhodry wünschte sich nur, er könnte dieses Dweomergerede ebenso leicht wegwaschen wie den Straßenschmutz.

»Und, findest du jetzt, daß ich einen verflucht seltsamen Geschmack habe, was Frauen angeht?« fragte er schließlich.

»Hattest du schon immer. Aber ehrlich gesagt paßt Gilyan gut zu dir und dem Leben, das du führst. Es schmerzt mich, diesen Silberdolch in deinem Gürtel zu sehen.«

»Es ist besser, als zu verhungern.«

»Da hast du recht. Als ich das letzte Mal bei Hofe war, habe ich mit deiner verehrten Mutter gesprochen. Sie bat mich, Rhys zu drängen, er solle dich zurückrufen, aber er hat einfach nicht zugehört.«

»Spar dir den Atem. Er wollte mich immer loswerden, und jetzt war ich dumm genug, ihm die Gelegenheit zu geben.«

Rhodry stieg aus der Wanne und griff nach dem Handtuch, das Blaern ihm reichte.

»Ich bin kein direkter Verbündeter von Aberwyn«, sagte

Blaern. »Ich kann dir hier einen Platz anbieten. Du könntest deine Jill heiraten und mein Stallmeister oder so etwas werden. Was interessiert's mich, wenn sich Rhys daran stört? Er ist zu weit weg, um deshalb einen Krieg anzufangen.«

»Ich danke dir, aber als ich diesen Dolch nahm, habe ich geschworen, ihn mit Stolz zu tragen. Ich mag im Exil sein, aber ich würde eher sterben, als einen Schwur zu brechen.«

Blaern zog die Brauen fragend hoch.

»Ach, beim Schweineschwanz«, seufzte Rhodry. »Ehrlich gesagt, ich glaube, es wäre schlimmer, von deiner Wohltätigkeit zu leben und zu erleben, wie die hohen Gäste auf Aberwyns ehrlosen Bruder herabschauen. Da ziehe ich den langen Weg vor.«

Blaern reichte ihm seine Brigga.

»Mir ginge es wohl ähnlich«, gab er zu. »Aber du wirst hier immer willkommen sein.«

Rhodry sagte nichts, aus Furcht, daß ihm die Tränen kommen würden. Während er sich anzog, nahm Blaern den silbernen Dolch und spielte damit herum.

»Dieses Ding ist scharf«, stellte er fest.

»Ehrlos oder nicht, er ist der beste Dolch, den ich je hatte. Ich will verflucht sein, wenn ich weiß, wie die Schmiede die Metalle dafür mischen, aber er wird nie stumpf.«

Blaern warf den Dolch auf den Feuerholzstapel, und die Klinge schoß pfeilgerade ins Ziel.

»Wahrhaftig, eine gute Waffe. Nun, jeder weiß, daß der Silberdolch Schande mit sich bringt, aber ich wußte nicht, daß er auch Dweomer nach sich zieht.«

Rhodry wußte, daß sein Vetter nur scherzte, aber der Gedanke berührte etwas in ihm. Es war schon seltsam, dachte er, daß der Dweomer ihm zunächst den Silberdolch gebracht hatte, und dann hatte ihn sein erster Sommer auf der Straße zum Dweomer zurückgeführt.

»Stimmt etwas nicht?« fragte Blaern.

»Nein.«

Und dennoch spürte er, wie sein Wyrd ihn rief.

Salamander war zwar schon öfter durch Dun Deverry gekommen, aber er blieb hier selten lange, denn die Stadt bot zu viel Konkurrenz für einen Gerthddyn. Dun Deverry war ein Irrgarten von Straßen und Gassen, die sich im Halbkreis um Loc Gwerconedd wanden, und als größte Stadt des Königreichs beherbergte es beinahe zweihunderttausend Menschen, die sämtlich bessere Unterhaltung forderten als ein paar Zaubertricks mit Tüchern. In den Parks und auf den Marktplätzen, die es in allen Stadtvierteln gab, fanden sich Gerthddynion und Akrobaten, Bänkelsänger aus Bardek, Artisten mit Tanzbären und dressierten Schweinen, Jongleure und umherziehende Barden ein, die alle angestrengt versuchten, die Passanten um ein paar Münzen zu erleichtern. In dieser Menge fiel ein weiterer Gerthddyn kaum auf, selbst wenn er sich hin und wieder über den Opiumhandel erkundigte.

Da er versuchte, unauffällig zu bleiben, hatte Salamander seine Ansprüche zurückgestellt und wohnte in einem mittelmäßigen Gasthaus in der Altstadt am Aver Lugh, wo überwiegend kleine Handwerker und Ladenbesitzer lebten. In der Weizengarbe konnte er allen Klatsch der Stadt hören. Nicht, daß es schwierig gewesen wäre, etwas über Lord Camdels Verschwinden zu erfahren – noch Wochen danach redeten alle davon.

»Sie sagen, der König hätte Boten zu jedem Gwerbret geschickt«, sagte Elic, der Wirt, an diesem Nachmittag. »Aber ich möchte gern wissen, wie der Mann all diesen Kriegshaufen und Wachen entkommen konnte.«

»Vielleicht ist er längst tot«, meinte Salamander. »Sämtliche Diebe des Königreichs müssen hinter ihm hergewesen sein.«

»Das stimmt«, meinte Elic und knabberte an seinem langen Schnurrbart.

Einer der Gäste der Weizengarbe scheute die Gesellschaft der anderen, aus dem einfachen Grund, weil er aus Bardek stammte und wenig Deverrianisch sprach. Enopo war etwa fünfundzwanzig, hatte recht dunkle Haut und trug keine Gesichtsfarben, was bedeutete, daß seine Familie ihn aus irgendeinem Grund verstoßen hatte. Er zog durch die Straßen von Deverry und spielte ein Wela-Wela, ein kompliziertes bardekianisches Instrument, das man auf den Schoß nahm und dessen etwa dreißig Saiten mit einem Federkiel gezupft wurden. Da Salamander recht gut Bardekianisch sprach, hatte er sich öfter mit dem Mann unterhalten, der sich darüber sehr gefreut hatte. Abends trafen sie sich im Schankraum und beschwerten sich über den Geiz der Bewohner der reichsten Stadt in Deverry.

An diesem Tag allerdings hatte Salamander recht gut abgeschnitten, und er spendierte eine Flasche Wein aus Bardek. Enopo genoß jeden einzelnen Schluck.

»Ein guter Jahrgang«, verkündete er. »Aber er bringt bittere Erinnerungen an die Heimat zurück.«

»Das kann ich mir denken. Nun, Ihr müßt es mir nicht sagen, wenn Ihr nicht wollt, aber …«

»Ich weiß.« Er grinste. »Euer Geschichtenerzählerherz brennt vor Neugier über mein Exil. Nun, ich werde keine Einzelheiten verraten, aber es hatte mit einer verheirateten Frau aus sehr gutem Haus zu tun, die viel zu schön war für den alten und häßlichen Mann, den sie geheiratet hatte.«

»Keine ungewöhnliche Geschichte.«

»O nein.« Er seufzte tief.

Einen Augenblick tranken sie schweigend weiter, während Enopo ins Leere starrte, als erinnerte er sich an die Schönheit seiner gefährlichen Liebsten. Salamander nahm an, daß Enopo ihm nun genug traute, und er stellte seine nächste Frage.

»Wein ist nicht das einzig Gute, das Bardek produziert«, meinte er lässig. »Als ich in Eurem reizenden und kultivierten Heimatland weilte, habe ich auch eine oder zwei Pfeifen Opium geraucht.«

»Oh.« Der Bänkelsänger beugte sich vor. »Seid lieber vorsichtig mit dem weißen Rauch. Ich habe gesehen, wie Menschen sich damit so ruiniert haben, daß sie sich selbst in die Sklaverei verkauften, um sich mehr leisten zu können.«

»Wirklich? Ihr Götter, das wußte ich nicht. Kann eine Pfeife hier und da einen Menschen so weit treiben?«

»Nein, aber wie ich sagte, man muß vorsichtig sein. Es ist wie mit dem Trinken. Einige können es tun oder sein lassen, andere werden zu Säufern. Aber der weiße Rauch hat eine stärkere Kraft als der Alkohol.«

Salamander tat so, als dächte er darüber nach, während Enopo ihn lächelnd ansah.

»Ich weiß, was Ihr mich fragen wollt, Gerthddyn«, sagte er. »Und ich kenne niemanden, der dieses Zeug verkauft.«

»Nun, wenn es so gefährlich ist, wie Ihr sagt, dann ist das zweifellos besser so.«

»Soviel ich weiß, wird es in dieser Stadt nur von Adligen benutzt.«

»Tatsächlich?« Salamander setzte sich kerzengerade hin. »Wo habt Ihr das gehört?«

»Von einem Mann meines Volkes, einem Kaufmann, der hier vor … etwa vor einem Monat durchkam. Er hat mich im Auftrag meines Vaters aufgesucht, der wissen wollte, ob es mir gutgeht, und hat mir Geld mitgebracht, das meine Brüder für mich zusammengelegt hatten. Wir haben zusammen gesessen und viel Wein getrunken.« Er schaute sehnsüchtig drein. »Jedenfalls, der alte Lalano und ich unterhielten uns, und er erwähnte den Weißen Rauch. Hin und wieder, meinte er, verkauften Händler daheim das Zeug nach Deverry. Und das beunruhigte ihn, weil der Handel damit daheim eine unehrenhafte Sache ist, und hier ist er vollkommen verboten. Und wir fragten uns, wer wohl genug Geld haben mochte, um Schmuggelware zu erstehen.«

»Wer, wenn nicht die Adligen – Ihr habt recht!«

»Oder hin und wieder ein reicher Kaufmann, aber Eure sogenannten Lords verhindern im allgemeinen gern, daß ein Kaufmann allzu reich wird.«

Das ist interessant, dachte Salamander. Wenn Camdel Opium geraucht hat, könnte das erklären, wie die dunklen Dweomermeister ihre Klauen in ihn schlagen konnten. Er beschloß, in den nächsten Tagen ein paar diskrete Erkundigungen einzuziehen, als wollte er selbst etwas von dem Zeug kaufen. In diesem Augenblick spürte er das leichte Ziehen im Geist, das bedeutete, daß ein anderer Dweomermeister mit ihm Kontakt aufnehmen wollte.

»Entschuldigt mich einen Augenblick, Enopo – ich muß kurz raus.«

Salamander ging in den Stallhof, wo eine Pferdetränke stand, in der sich die Nachmittagssonne spiegelte. Er starrte in das trübe Wasser und öffnete den Geist in der Erwartung, Nevyn zu sehen. Statt dessen sah ihm zu seinem Erstaunen Valandarios ernstes, schönes Gesicht entgegen.

»Da bist du ja«, sagte sie. »Dein Vater hat mich gebeten, mich mit dir in Verbindung zu setzen. Er möchte, daß du sofort nach Hause kommst.«

»Das geht nicht. Ich erledige gerade etwas für den Meister des Aethyr.«

In ihren sturmgrauen Augen spiegelte sich ihre Verblüffung.

»Ich darf nicht darüber sprechen«, fuhr er fort. »Aber finstere und gefährliche Kräfte sind am Werk und …«

»Schwatz nicht, Elster. Ich sage deinem Vater, daß du aufgehalten wirst, aber komm so bald wie möglich nach Hause. Dein Vater wird nahe Cannobaen warten, an der Grenze zu Eldidd. Bitte, gehorche ihm diesmal.«

Ihr Bild verschwand. Wie immer, wenn er mit seiner alten Lehrerin der Dweomerkunst gesprochen hatte, schämte sich Salamander, selbst wenn er diesmal nichts Falsches getan hatte.

Blaern bestand darauf, seinen Vetter beim Abendessen als Ehrengast zu behandeln. Jedesmal, wenn ein Page ihn »Herr« nannte, zuckte Rhodry zusammen. All diese gutgemeinte Höflichkeit erinnerte ihn nur an sein geliebtes Eldidd, die steilen Küsten, die gewaltigen Eichenwälder, die seit undenklichen Zeiten unberührt waren. Er war froh, als er und Jill sich endlich in ihre Kammer zurückziehen konnten.

Inzwischen war es spät, und Rhodry war ziemlich betrunken und müder, als er zugeben wollte. Während er noch mit seinen Stiefeln rang, öffnete Jill die Fensterläden und schaute hinauf zu den Sternen. Das Kerzenlicht ließ Schatten um sie tanzen und ihr Haar wie gesponnenes Gold aussehen.

»Bei den Göttern«, sagte Rhodry, »ich wünschte, du hättest diesen verfluchten Stein im Gras liegenlassen.«

»Und wenn der dunkle Meister ihn gefunden hätte?«

»Nun gut, du hast recht.«

»Ach, ich weiß, Liebster.« Sie wandte sich vom Fenster ab. »All dieses Gerede über Dweomer quält mich ebenso wie dich.«

»Wirklich?«

»Aber sicher. Was glaubst du, werde ich tun? Dich verlassen, um den Dweomer zu studieren?«

»Hm.« Plötzlich wurde ihm klar, daß er genau das befürchtet hatte. »Ach, es klingt verdammt dumm, jetzt, wo du es laut sagst.«

Sie sah ihn an, als überlegte sie, was sie als nächstes sagen sollte, dann lächelte sie plötzlich. Sie beugte sich vor und streckte die Hände aus, dann schien sie etwas aufzuheben – er nahm an, daß es der graue Gnom war – und wiegte es in den Armen.

»Stimmt irgendwas nicht?« fragte sie. »Nein? Gut. Bist du nur hergekommen, um uns zu sehen?«

Zu sehen, wie sie mit einem Wesen sprach, das er nicht sehen konnte, beunruhigte ihn noch mehr. Als er sie beobachtete, erinnerte er sich daran, wie er ein kleiner Junge gewesen war und geglaubt hatte, daß es das Wildvolk wirklich gab und er es vielleicht sehen konnte. Manchmal, wenn er im Jagdrevier seines Vaters unterwegs war, war es ihm so vorgekommen, als sähe ihn ein seltsames Geschöpf aus einem Busch heraus an. Aber schon als Kind hatte Rhodry gelernt, das Wildvolk als etwas abzutun, von dem das Kindermädchen sprach, um ihn zu unterhalten. Und sein Vater hatte ihm solche Ideen erst recht ausgetrieben.

»Hier ist Rhoddo«, sagte sie. »Sag ihm guten Abend.«

Rhodry spürte, wie eine kleine Hand seinen Finger umklammerte.

»Guten Abend«, sagte er grinsend. »Wie geht es unserem guten Gnom?«

Und plötzlich konnte er ihn sehen, ein staubig graues Gesicht mit langen, dünnen Gliedern und warziger Nase. Der Gnom grinste ihn an, während er seine Fingerspitze weiter in der knochigen Hand hielt. Rhodry keuchte verblüfft.

»Du kannst ihn sehen, nicht wahr?« flüsterte Jill.

»Ja. Ihr Götter!«

Jill und der Gnom lächelten triumphierend, dann verschwand das kleine Wesen. Rhodry staunte immer noch mit offenem Mund.

»Ich habe Nevyn heute nachmittag gefragt, wieso du das

Wildvolk nicht sehen kannst«, meinte sie so ruhig, als sprächen sie über das Abendessen. »Und er meinte, du könntest es wahrscheinlich, mit deinem Elfenblut. Vom Dweomer umgeben zu sein wird ihm die Augen öffnen, sagte er.«

»Und er hatte recht.« Er blieb sitzen und dachte nach. »In den vergangenen Wochen ... ich hab sie gesehen – nein, nicht genau, aber andere Dinge.«

»Wir sind schon seit Wochen vom Dweomer umgeben.«

»Das stimmt. Aber wieso ist es dir so wichtig, daß ich das Wildvolk sehen kann?«

»Sie können nützlich sein.« Sie senkte den Blick und schien plötzlich beunruhigt zu sein. »Sie können Botschaften überbringen, falls wir wieder getrennt werden sollten.«

Da war sie wieder, die Wahrheit, der er sich nicht stellen wollte: Der dunkle Dweomer machte Jagd auf sie. Er zog Jill in die Arme und küßte sie leidenschaftlich, nur um diese Angst zu betäuben.

Rhodry schlief den größten Teil der Nacht wie ein Toter, aber gegen Morgengrauen hatte er einen so merkwürdigen Traum, daß er plötzlich aufwachte und sich im Bett aufsetzte. Es war schon ein wenig hell im Zimmer, und Jill schlief immer noch. Er stand auf, zog die Brigga an und ging zum Fenster, um das Gefühl des Traums zu verscheuchen. Als jemand an die Tür klopfte, hätte er beinahe vor Schreck aufgeschrien, aber es war nur Nevyn, der leise hereinschlüpfte.

»Junge, ich habe mich gefragt, ob du letzte Nacht seltsame Träume hattest.«

»Beim großen Tarn! Die hatte ich tatsächlich.«

Gähnend erwachte Jill und starrte sie müde an.

»Erzähl mir davon«, verlangte Nevyn.

»Nun, es war Nacht, und ich hielt Wache am Tor einer kleinen Festung. Jill war drinnen, und ich mußte sie beschützen. Dann kam ein Schwertkämpfer ans Tor, und als ich ihn nach der Parole fragte, wollte er nicht antworten. Er verhöhnte und beleidigte mich wegen meines Exils. In meinem ganzen Leben war ich noch nicht so wütend! Also zog ich das Schwert und wollte mich auf den Bastard stürzen, aber dann dachte ich daran, daß ich auf Wache war, also blieb ich auf meinem Posten am Tor. Endlich fiel mir ein, nach dem Hauptmann zu rufen. Und jetzt kommt der seltsame Teil: Als der Hauptmann kam, wart Ihr es, Nevyn, mit einem Schwert in der Hand.«

»Ja, das paßt.«

»Augenblick!« warf Jill ein. »Hatte Rhodry einen Wahrtraum?«

»Das kann schon sein«, meinte Nevyn. »Weißt du, Rhodry, du hast wirklich viel Ehre im Herzen, wenn du selbst im Traum daran festhältst. Der Traum hat dir etwas Wahres gezeigt, indem er ein Bild benutzte, wie in einem Bardenlied. Die Festung war dein Körper, und der Mann, als der du dich fühltest, war deine Seele. Dieser Schwertkämpfer war einer unserer Feinde. Er versuchte, deine Seele von deinem Körper wegzulocken, denn wenn ein Mensch schläft, kann seine Seele die Inneren Lande betreten. Aber wenn du ihn wirklich verfolgt hättest, hättest du auf seinem Territorium kämpfen müssen, und das ist ein sehr merkwürdiger Ort. Er hätte gewonnen.«

»Und was dann? Wäre ich dann tot gewesen?«

»Das bezweifle ich.« Nevyn dachte nach. »Wahrscheinlich hätte er deine Seele in eine Falle gelockt und deinen Körper selbst übernommen. Du wärest dir die ganze Zeit vorgekommen, als ob du träumtest. Hm, ich frage mich, wen er wirklich töten wollte: mich oder Jill? Vielleicht beide. Jedenfalls wärest du irgendwann mit einem blutigen Schwert in der Hand aufgewacht, und einer von uns hätte tot zu deinen Füßen gelegen.«

Rhodry war so übel, als hätte er verdorbenes Fleisch gegessen.

»Zum Glück habe ich Wache gehalten«, fuhr der Dweomermann fort. »Aber von nun an solltest du es mir sofort sagen, wenn du einen Traum oder eine seltsame Idee hast, die dich beunruhigt. Du brauchst dich für nichts zu schämen.«

»Abgemacht.«

»Gut.« Der alte Mann ging auf und ab. »Und ich habe etwas Wichtiges gelernt. Unsere Feinde haben sich nicht zurückgezogen. Dieser Traum war eine Herausforderung, Rhodry.«

Nach seinem erfolglosen Versuch, Rhodrys Körper zu übernehmen, verwirrte die Erschöpfung Alastyrs Geist wie Met. Nie hätte er erwartet, daß der Silberdolch über solche Willenskraft verfügte. Aber das seltsamste war, wie sich Rhodrys Geist angefühlt hatte. Bei dieser Willenskraft, ganz gleich wie ungeübt, hätte Rhodrys Traumprojektion ungewöhnlich deutlich sein müssen, aber sie hatte ununterbrochen geflackert und mitunter mehr wie eine Flamme als wie ein Menschenkörper ausgesehen. Die Erklärung dafür lag zum Greifen nahe, aber sie wollte Alastyr nicht einfallen. Er blieb also sitzen und ließ seinen Geist wandern, von einer fragwürdigen Idee zur anderen.

»Bei den dunklen Mächten!« rief er schließlich.

Verblüfft blickte Sarcyn auf.

»Mir ist gerade etwas klar geworden«, fuhr Alastyr fort. »ich wette, daß Tingyr Maelwaedd ebensowenig Rhodrys Vater war wie ich. Ich schwöre, der Junge ist ein halber Elf.«

»Dann ist es ja kein Wunder, daß die Hälfte der Prophezeiungen des Alten und das Horoskop sich als falsch erwiesen haben.«

»Genau. Es wird ihn interessieren, das zu erfahren.«

»Falls wir lange genug leben, um es ihm sagen zu können.«

Alastyr setzte zu einer Erwiderung an, dann zuckte er nur mit den Achseln. Aber wieder fragte er sich, ob sie Camdel nicht einfach umbringen und fliehen sollten. Wenn er doch nur endlich den Stein hätte, dann könnte er sich dessen Geister untertan machen und die unglaublichen Kräfte für seine Zwecke und die der dunklen Macht nutzen. Aus Jahren des Studiums wußte er, daß der Große Stein in direkter Verbindung zum Geist des Hochkönigs stand – das würden sie nutzen können, um den König langsam um den Verstand zu bringen und das Königreich ins Chaos zu stürzen. Dann konnten die dunklen Meister in Deverry tun und lassen, was sie wollten.

»Kümmere dich um die Pferde und um dein Spielzeug«, wies er seinen Schüler an. »Ich muß in Ruhe arbeiten.«

Sarcyn ging in den Stall des einsam gelegenen Bauernhauses, das sie sich einfach dadurch angeeignet hatten, daß sie den alten Besitzer umgebracht hatten. Im Stroh einer leeren Box hockte der Knecht, den sie nur am Leben gelassen hatten, weil er nützlich ausgesehen hatte. Er war ein kräftiger Mann in mittleren Jahren und so hypnotisiert, daß er gehorsam auf die Beine kam, als Sarcyn mit den Fingern schnippte.

»Füttere und tränke die Pferde«, wies Sarcyn ihn an. »Dann komm in die Küche.«

Die Küche nahm ein Viertel des Hauses ein, das im alten Stil gebaut war, mit der Feuerstelle in der Mitte unter einem Rauchabzug im strohgedeckten Dach. Im Stroh am Boden lag Camdel, zusammengerollt wie ein Kind. Sarcyn hatte im Stall eine Eisenkette mit einer Manschette gefunden, die sicher einmal für einen Ochsen benutzt worden war. Jetzt war Camdel damit an den Eisenring gebunden, der eigentlich dazu gedacht war, einen Topf über dem Feuer aufzuhängen.

»Wie wäre es mit einem Frühstück, edler Herr?« fragte Sarcyn. »Es gibt Gerstengrütze.« Er löste Camdels Kette.

Der unrasierte und schmutzige Adlige nickte und richtete

sich stöhnend auf. Später, beschloß Sarcyn, würde er ihm ein Bad gönnen.

»Wir haben das Schlimmste beinahe hinter uns«, erklärte er mit künstlicher Forschheit. »Sobald wir wieder in Bardek sind, werden wir ein gutes Haus und anständige Kleidung haben.«

Camdel zwang sich zu einem zittrigen Lächeln. Es war seltsam, dachte Sarcyn, wie Menschen sich unterschieden. Einige kämpften bis zum Ende gegen ihn an, andere fanden durchaus Geschmack an den seltsamen Vergnügungen, denen er sie aussetzte. Camdel gehörte auf sehr zufriedenstellende Weise zu den letzteren. Sarcyn bemerkte erstaunt, daß ihn das freute. Er spürte, wie ein ungewohntes Gefühl an ihm nagte, so wenig vertraut, daß er einige Zeit brauchte, um es identifizieren zu können: Schuld. Plötzlich mußte er daran denken, wie er selbst als Kind über die Vergewaltigung durch Alastyr geweint hatte. Das war eben der Preis, den ich dafür zahlen mußte, daß er mich auf den Pfad des Kriegers gebracht hat, dachte er. Aber selbst ihm kam dieser Trost hohl vor.

Er ging zur Tür und fand dort den wartenden Knecht vor. Sarcyn schickte ein Lichtband aus und wirbelte damit die Aura des Mannes herum.

»Du wirst uns jetzt mehr Essen holen. Du wirst nichts anderes erzählen als das, was wir dir gesagt haben. Sieh mich an, Mann.«

»Ich hole die Kaninchen«, flüsterte der Knecht. »Ich erzähle nur das, was Ihr mir erzählt habt.«

Er schlurfte zum Stall. Sarcyn ging zurück ins Nebenzimmer, wo er erstaunt stehenblieb: Alastyr stand am Fenster, und neben ihm stand die Leiche des toten Bauern, bleich, aber sie bewegte sich schwankend auf ungelenken Beinen. Alastyr bedachte seinen Schüler mit einem säuerlich-triumphierenden Lächeln.

»Ich habe Wildvolk darin gebannt. Sie werden ihn einige

Zeit am Leben halten, und er wird tun, was wir wollen. Nun sag mir, Hündchen, kannst du mir das nachmachen?«

»Nein, Meister, das ist unmöglich.«

»Dann paß auf, was du sagst oder denkst, oder du wirst eines Tages ebenso enden.«

Sarcyn war so angewidert, daß er sich am liebsten umgedreht hätte und weggerannt wäre, aber er zwang sich, das Ding ruhig anzusehen. Er wußte nun, daß er viel zu tief in diesem Dreck steckte, um noch entkommen zu können.

Nevyn bestand darauf, daß Jill und Rhodry mit ihm in seinem Zimmer frühstückten. Er bezweifelte zwar, daß Alastyr imstande war, eine Verbindung zu irgendeinem Reiter in Blaerns Kriegshaufen herzustellen – oder einer anderen Person in der Festung –, aber er wollte lieber kein Risiko eingehen. Schon ein verrücktes Küchenmädchen mit einem Beil und der unnatürlichen Kraft der Hypnotisierten konnte seinen Plänen ein abruptes Ende bereiten. Die Tatsache, daß dieser dunkle Meister fähig gewesen war, sich in Rhodrys Geist zu drängen, verwies außerdem darauf, daß sie es hier mit demselben Mann zu tun hatten, der schon im Sommer den Krieg in Eldidd verursacht hatte – jemand, der Rhodry schon einmal gesehen und Gelegenheit gehabt hatte, ihn zu studieren.

Später an diesem Tag sollte er weitere Beweise dafür erhalten. Er hockte auf der Fensterbank und sah zu, wie Jill und Rhodry um ein paar Kupfermünzen würfelten. Um sich zu beschäftigen, benutzte Nevyn sein Zweites Gesicht, weil er herausfinden wollte, wer von beiden welches Spiel gewinnen würde. Er hatte sich selbst gerade prophezeit, daß Rhodrys Glück umschlagen würde, als Blaern die Kammer betrat.

»Comyn ist vom Cwm Pecl Paß zurück«, verkündete er. »Sie haben diese Banditen erledigt, und er hat einen Gefangenen mitgebracht. Er könnte etwas wissen.«

»Schon möglich«, meinte Nevyn. »Ich denke, wir sollten an dem Verhör teilnehmen. Kommt mit, Silberdolche, ich möchte Euch nicht aus den Augen lassen.«

Neben dem Wachzimmer stand ein kleiner Turm, der als Kerker für die Verbrecher diente, die auf ihre Strafe warteten, und in diesem Turm fanden sie nun einen gefesselten Mann mit nacktem Oberkörper. Eine Reihe von Eisen und Zangen lagen auf dem Tisch, und ein kräftiger Mann mit Armen wie ein Schmied fachte die Flammen in einem Kohlebecken an.

»In einer Minute sollte es hier schön warm werden, Euer Gnaden«, sagte er.

»Gut. Das ist also die Ratte, die meine Hunde angeschleppt haben? Rhodry, kommt er dir bekannt vor?«

»Ja. Er gehörte zu denen, die uns angegriffen haben.«

Der Bandit lehnte den Kopf an die Säule zurück, an die er gefesselt war, und starrte verzweifelt an die Decke, als wünsche er sich, er wäre tot wie der Rest der Bande. Obwohl Nevyn gegen Folter war, würde er den Gwerbret kaum davon abhalten können. Blaern ging zu dem Gefangenen und schlug ihm ins Gesicht.

»Sieh mich an, Schwein. Du hast die Wahl: Du kannst schnell und gnädig sterben – oder ganz langsam.«

Der Bandit kniff die Lippen zusammen. Als der Scharfrichter eines der Eisen ins Kohlebecken steckte, um es aufzuheizen, zischten die Kohlen, und es begann, nach verbranntem Fleisch zu stinken. Mit einem Aufschrei begann der Bandit sich zu winden, bis Blaern ihn abermals schlug.

»Wir wissen, daß jemand Euch dafür bezahlt hat, die Karawane zu überfallen. Wer?«

Der Scharfrichter holte das Eisen aus dem Becken und spuckte darauf. Es zischte.

»Ich weiß nicht viel«, stotterte der Bandit. »Ich sage Euch alles, was ich weiß.«

»Gut.« Blaern lächelte freundlich. »Dann fang an.«

»Unser Anführer nannte sich der Wolf, und er war unten in Marcmwr, um etwas über geplante Karawanen zu erfahren. Als er zurückkam, sagte er, er hätte Arbeit für uns. Ein alter Kaufmann wollte dieses Mädchen, das mit der Karawane reitet. ›Klingt ziemlich einfach‹, sagte der Wolf, ›also nehmen wir das Geld des alten Knackers.‹ Wir wollten die Karawane überfallen, der Wolf und ein paar andere sollten sich das Mädchen schnappen, und dann sollten wir uns zurückziehen, bevor wir Leute verloren. Wir ahnten ja nicht, daß sie kämpfen konnte wie ein Dämon! ›Tut ihr nicht weh‹ – ha! Als ob wir das gekonnt hätten!« Er hielt inne und warf Jill einen giftigen Blick zu.

»Weiter.« Blaern schlug ihn noch einmal.

»Und wir sollten dem Silberdolch auch nichts tun, jedenfalls, wenn das möglich war.« Er sah Rhodry an. »Er kannte Euren Namen. ›Tut Rhodry nichts‹, sagte er, ›es sei denn, ihr müßt euch verteidigen. Er ist nicht so wichtig, aber ich möchte ihn ungern töten lassen.‹«

Rhodry lächelte nur. Ach ja? dachte Nevyn – es mußte tatsächlich derselbe dunkle Meister sein. Aber warum wollte er, daß Rhodry am Leben blieb? Er wollte Jill, wahrscheinlich, um Nevyn zu erpressen, ihn gehen zu lassen, aber warum Rhodry?

»Jedenfalls, Euer Gnaden«, fuhr der Bandit fort, »hat es nicht geklappt. Also haben wir einen neuen Hauptmann gewählt und uns mit dem alten Mann getroffen. Eigentlich wollten wir ihn umbringen, aus Rache, aber er hat uns so viel Geld gegeben, daß wir ihn gehen ließen.«

»Wie hat er ausgesehen?« Nevyn trat hervor. »Kam er aus Bardek?«

»Nein, aus Deverry. Er war wie ein Kaufmann gekleidet und sah aus wie die Leute aus der Gegend von Cerrmor. Er hatte so eine ölige Stimme, daß einem ganz schlecht wurde. Einer seiner Leute nannte ihn Alastyr. Er hatte einen Diener und noch so einen Burschen, einen Schwertkämpfer – der sah aus, als würde er uns am liebsten die Kehle durchschneiden, nur um zu sehen, wie wir sterben.«

»Wahrscheinlich hätte ihm das wirklich gefallen. Hatten sie einen Gefangenen dabei?«

»Ja, so einen braunhaarigen Burschen, den sie ans Pferd gebunden hatten. Er hatte ziemlich üble blaue Flecken im Gesicht und hat keinen von uns angesehen. Ein schlanker Junge, einer von denen, die ein bißchen wie ein Mädchen aussehen.«

»Camdel«, warf Blaern ein.

»Ich fürchte, ja«, sagte Nevyn. »Gut, Euer Gnaden. Ich glaube nicht, daß wir mehr aus diesem Dummkopf herausholen können.«

»Hängt ihn morgen mittag.« Blaern wandte sich dem Scharfrichter zu. »Aber sorge dafür, daß er einen leichten Tod hat.«

Der Bandit wurde ohnmächtig, und plötzlich stank es in der Zelle nach Urin.

Als Nevyn den Turm verließ, dachte er darüber nach, was er gehört hatte. Er erinnerte sich an den Kapitän in Cerrmor, der erzählt hatte, daß der Passagier, den er nach Bardek gebracht hatte, eine ölige Stimme gehabt und ausgesehen hätte wie jemand aus Cerrmor. Es schien unwahrscheinlich, daß es zwei dunkle Meister gab, die einander so ähnlich waren. Und dieser Alastyr hatte nur einen Schüler. Die Chancen bei einem Kampf waren also durchaus günstig.

Gleichzeitig wurde ihm klar, daß er zuvor geglaubt hatte, seinen Gegner zu kennen, und das war offenbar ein Fehler gewesen. Er hatte einen alten Feind, einen dunklen Meister, mit dem er in den letzten hundert Jahren mehrere Male die Schwerter gekreuzt hatte, einen Bardekianer, der besonders geschickt war, wenn es darum ging, die Vorzeichen zukünftiger Ereignisse zu lesen. Dieser Krieg im vergangenen Jahr, der Versuch, den Opal zu stehlen, selbst die Tatsache, daß sie Rhodry am Leben lassen wollten – all das hätte hervorragend zu Tondalo gepaßt. Es mochte natürlich auch sein, daß Tondalo aus der Entfernung die Fäden zog. Inzwischen würde der Bardekianer um die hundertfünfzig Jahre alt sein und wahrscheinlich zu schwach, um noch reisen zu können. Obwohl dunkle Meister sich durch unnatürliche Mittel lange am Leben erhalten konnten, blieben sie dabei nicht gesund, besonders nicht, wenn es aufs Ende zuging. Die Natur selbst wehrte sich dagegen, daß sie versuchten, ihre Prinzipien umzukehren.

Das braunweiße Kaninchen wand sich in Alastyrs starkem Griff. Es versuchte, die Hinterbeine freizubekommen, um ihn zu kratzen, aber er schlug den Kopf des Tieres gegen den Küchentisch, bis das Kaninchen erschlaffte. Dann schlitzte er ihm die Kehle auf und beugte sich vor, um das warme Blut aus der Wunde zu saugen. Obwohl er so etwas schon seit Jahren tat, ekelte es ihn immer noch an, aber das war leider die einzige Möglichkeit, die ganze magnetische Wirkung des Blutes zu vereinnahmen. Er verstand nicht, wieso andere Meister das Töten den Dienstboten überließen. Er spürte schon beim Trinken, wie die magnetische Kraft sich in ihm ausbreitete, wie eine Verjüngung. Er wischte sich sorgfältig den Mund ab, dann machte er sich daran, das Tier zu häuten und zu zerlegen.

Dabei spürte er seine Angst wie ein Pochen in den Adern. Er wäre gern geflohen, aber er hatte Angst, nach einem weiteren Versagen zur Bruderschaft zurückzukehren. Der Alte würde ihm vielleicht verzeihen, vor allem, da er nun wußte, daß Rhodrys Elfenblut schuld an den fehlerhaften Berechnungen gewesen war, aber die anderen Meister des dunklen Pfades würden ihn für schwach halten. Und wenn ein Meister erst einmal schwächer wurde, wurde er angegriffen, zerrissen und seiner Macht beraubt. Sogar Selbstmord wäre besser als das. Der Gedanke ans Sterben ließ ihn am ganzen Körper zittern. Immerhin war es die Angst vor dem Tod gewesen, die ihn vor so vielen Jahren zur dunklen Magie getrieben hatte.

Er blickte auf und entdeckte, daß Sarcyn ihn beobachtete.

»Was willst du?« fauchte Alastyr.

»Ich wollte nur das Kaninchen für Euch zerlegen, Meister. Es ist meine Aufgabe, Euch zu dienen.«

Alastyr reichte ihm das Messer, dann wusch er sich die blutigen Hände.

»Wenn wir fliehen müssen«, sagte Alastyr, »dann muß Camdel sterben. Er hält uns sonst nur auf.«

Winselnd wich der junge Adlige tiefer in den Schatten zurück. Sarcyn blickte auf, das Messer in der Hand, und in seinem Blick stand mörderischer Zorn.

»Das werde ich nicht zulassen.«

»Ach ja? Für wen hältst du dich?«

Alastyr schickte eine Welle des Hasses über die Verbindung zwischen seiner Aura und der seines Schülers, gefolgt von einem Wirbel der Wut. Keuchend ließ Sarcyn das Messer fallen, als die Gefühle zu körperlichem Schmerz wurden. Er sank bebend auf die Knie.

»Nun wirst du wohl den Mund halten, wenn man dich nicht gefragt hat«, erklärte Alastyr. »Ich muß nachdenken.«

Er ging zum Fenster hinüber und starrte hinaus, und dabei spürte er, daß die Angst ihn immer noch im Griff hatte. Einmal wandte er sich um und sah, daß Sarcyn und Camdel einander im Arm hielten. Narren! dachte er. Vielleicht werde ich sie beide töten.

Auch das Abendessen nahmen Jill und Rhodry mit Nevyn in dessen Kammer ein. Jill hatte keinen Appetit, aber Rhodry stürzte sich auf Rinderbraten und Zwiebeln wie ein echter Krieger, der vor der Schlacht zulangt, weil er nicht weiß, ob er jemals wieder etwas zu essen bekommt. Und was bin ich, fragte Jill sich. Ein Feigling, soviel ist sicher. Und so sehr sie diese Einsicht haßte, sie mußte doch zugeben, daß es sie schrecklich ängstigte zu wissen, daß der dunkle Dweomer sie gefangennehmen wollte. Am Ende konnte sie es nicht mehr ertragen, den beiden anderen beim Essen zuzusehen, und ging zum Fenster.

Der goldene Sonnenschein des Sommerabends erinnerte sie daran, daß die wirkliche Welt immer noch da war, unberührt vom Dweomer – aber sie wußte, daß sie diese Welt nie wieder ganz unschuldig betrachten konnte. Eine Frage quälte sie, beinahe so sehr wie der Gedanke an den dunklen Dweomer selbst: Woher weiß ich so viel darüber? Gut, sie war in Ereignisse verwickelt gewesen, die die meisten Menschen verblüfft hätten, aber vieles wußte sie auch einfach instinktiv: daß der Stein die Gestalt wechseln konnte, daß der Schüler des dunklen Meisters seine Macht benutzt hatte, um festzustellen, ob sie die Wahrheit sagte, daß sie durch das Feuer mit Nevyn sprechen konnte. Zögernd und widerwillig begriff sie, daß sie über eine starke Begabung zum Dweomer verfügte.

Als sie so am Fenster stand, erspähte sie plötzlich Bocc, der am Tor der Festung herumstand und sich umsah. Wahrscheinlich will er mit mir sprechen, dachte sie. Und wieso war sie gerade in diesem Augenblick ans Fenster gegangen, wo sie ihn sehen konnte?

»Was ist denn, Kind?« fragte Nevyn. »Du bist blaß geworden.«

»Nichts, aber Bocc ist unten am Tor, und ich glaube, wir sollten mit ihm sprechen.«

Nevyn schickte einen Diener, um Bocc zu holen. Der arme junge Mann war so verstört darüber, mitten im Broch des

Gwerbret zu sein, daß er sich nicht einmal setzen wollte. Ruhelos ging er auf und ab und umklammerte den Krug mit Bier, den Jill ihm gegeben hatte.

»Guter Kräutermann«, sagte er, »seid Ihr wirklich sicher, daß uns niemand hören kann?«

»Ich schwöre es. Ich würde auch dem Gwerbret ins Gesicht lügen, um Euch zu schützen.«

Bocc trank einen Schluck. »Ich glaube, wir haben die Männer gefunden, die meinen Vater vergiften wollten.«

Jill brauchte einen Augenblick, um sich an die Lüge zu erinnern, die Nevyn Ogwern erzählt hatte.

»Ach ja? Erzählt uns alles!«

»Nachdem Ihr uns gewarnt hattet, haben wir lange nachgedacht. Es muß ein Fremder gewesen sein, der dieses Zeug in Vaters Bier getan hat. Vater war immer gerecht beim Verteilen der Beute, und keiner der Jungs würde ihn umbringen. Also nahmen wir an, daß eine andere Bande uns verdrängen will. Wir sind ausgeschwärmt und haben alle Fremden, die wir sahen, überwacht. Und kurz vor Mittag hatte ich das Glück, diesen Burschen zu sehen, der in die Stadt kam, um etwas auf dem Markt zu kaufen. Jemand sagte mir, er sei der Knecht eines Bauern, aber er hat einen ganzen Käfig voller Karnickel gekauft. Wieso sollte jemand Karnickel kaufen, dessen Felder voll damit sind?«

»Diese Frage ist sogar noch besser, als Ihr ahnt, mein Freund.«

»Ich holte also mein Pferd und folgte dem Kerl. Anfangs war ich ziemlich vorsichtig, aber er hat sich nicht mal umgesehen, er sackte einfach auf seinem Pferd zusammen, als wäre er krank, also konnte ich ziemlich dicht aufschließen. Tatsächlich ritt er zu einem Bauernhof, also hab ich in dem Dorf in der Nähe ein paar Kupferstücke ausgegeben und eine seltsame Geschichte gehört. Der Hof gehört einem Witwer, der im Lauf der Jahre ein bißchen seltsam geworden ist. Alle dachten, er sei vollkommen allein, aber jetzt hat er plötzlich Gäste. Einer der Dorfjungen hat eine Kuh gesucht, die sich verlaufen hatte, und dabei gesehen, wie ein Mann auf dem Hof ein teures Pferd sattelte. Zum Glück mußte der Bursche sich um seine Kuh kümmern, deshalb ist er nicht hingegangen, um Fragen zu stellen.«

»Das war wirklich Glück für ihn«, warf Nevyn leise ein.

»Das dachte ich auch«, meinte Bocc. »Ich wette, diese sogenannten Gäste gehören zu einer anderen Bande, und der arme alte Bauer hat sich längst zu seiner Frau in die Anderlande begeben.«

»Ich habe das unangenehme Gefühl, Ihr könntet recht haben.« Nevyn stand auf und begann ebenfalls, auf und ab zu gehen. »Sagt mir genau, wo sich dieser Hof befindet, und alles andere über die Umgebung, woran Ihr Euch erinnern könnt.«

»Alles andere« erwies sich als eine ganze Menge, denn Bocc gehörte zu jenen Menschen, die sich einen Ort ansehen und danach ein klares Bild davon im Kopf haben. Während er sprach, starrte er ins Leere, als schaute er sich genau dieses Bild an.

»Ein guter Platz, um sich zu verstecken, wenn man einen Mord plant«, sagte Nevyn, nachdem Bocc seine Beschreibung beendet hatte. »Hört zu: Sagt Eurem Vater, er soll die Angelegenheit mir überlassen. Ich kann nicht erklären warum, aber diese Männer sind viel gefährlicher, als Ihr denkt.«

»Also gut. Ach übrigens, Ogwern schwört, Ihr wäret ein Dweomermann.«

»Ach ja? Ist Dweomer nicht nur eine Ausschmückung von Bardengesängen?«

»Oh, man sieht in unserem Beruf viele seltsame Dinge. Ich weiß, daß Lords und Kaufleute sich über unsereinen erhaben dünken, aber die sind nicht den ganzen Tag auf der Straße, wo sich das Leben wirklich abspielt.«

»Nun, Ogwern scheint ein kluger Mann zu sein, und ich werde es Euch beweisen. Ihr wollt die Festung sicher gern verlassen, ohne gesehen zu werden?«

Bocc stöhnte, als ihm wieder einfiel, wo er war.

»Wenn Ihr mir schwört, daß Ihr nichts stehlen werdet, solange der Bann anhält, werde ich dafür sorgen, daß Ihr in den nächsten Augenblicken nicht sichtbar seid.«

Jill war entsetzt. Nevyn hätte nie so offen über seine Kräfte gesprochen, wenn sie nicht wirklich benötigt wurden. Als der alte Mann Bocc in den dunklen Flur führte, schien die Gestalt des jungen Mannes seltsam zu verschwimmen. Er war kaum ein paar Schritte gegangen, als er ganz verschwand. Nevyn kehrte bereits grinsend zurück.

»Die Jagd hat begonnen«, verkündete er. »Die Meister des dunklen Dweomer sind dafür bekannt, daß sie rohes Fleisch essen und Schlingen für Kaninchen auslegen. Ich wette, dieser Bauernknecht wurde hypnotisiert.«

»Sie sind ganz in der Nähe!« fauchte Jill. »Welche Dreistigkeit.«

Rhodry starrte auf die geschlossene Tür und zog ein Gesicht, als hätte er etwas Bitteres gegessen.

»Was ist denn, Liebster?« fragte Jill.

»Dieser Mann ist ein Dieb und Ogwern ebenfalls. Er hat uns die Hilfe gegeben, die wir brauchten, und dafür bin ich ihm dankbar, aber meine Ehre schreibt mir vor, ihn an Blaern zu übergeben.«

»Das darfst du nicht!«

»Junge«, meinte Nevyn, »ich verachte Diebe ebenfalls. Ich kenne Ogwern schon seit Jahren und habe nie gegen ihn ausgesagt. Und weißt du, warum? Weil er für einen Dieb ein ziemlich kleiner Fisch ist. Er bringt niemanden um und tut sein

Bestes, Gewalt zu vermeiden. Wenn er weg ist, wer weiß, wer sein Nachfolger würde?«

»Schön und gut«, erwiderte Rhodry. »Aber ich wohne hier als Gast meines Vetters, der mich eigentlich hätte rauswerfen müssen. Ich kann nicht schweigen und das Gesetz verhöhnen.«

»Dummkopf!« Jill packte ihn am Arm und schüttelte ihn. »Wieso regst du dich deshalb so auf? Wir sind vom dunklen Dweomer umgeben!«

»Das hat nichts damit zu tun. Es geht um meine Ehre.«

»Schon gut«, meinte Nevyn und legte Rhodry väterlich die Hand auf die Schulter. »Ich weiß, es ist ein schwerer Weg für dich. Sieh mich an, bitte. Ich danke dir. Du wirst Blaern kein Wort über die Diebe sagen. Du hast es eigentlich schon vergessen, nicht wahr? Der junge Bocc ist kein Dieb und Ogwern ebensowenig. Sie sind mir nur ein paar Gefallen schuldig, und deshalb haben sie uns geholfen. Nur daran wirst du dich erinnern.«

Als Nevyn die Hand wegnahm, blinzelte Rhodry wie jemand, der aus einem dunklen Zimmer ins helle Sonnenlicht tritt.

»Wer war dieser Bursche überhaupt? Ein Küchenhelfer aus Ogwerns Gasthaus?«

»Sein Sohn«, erklärte Nevyn. »Du weißt, ich heile die Armen immer umsonst.«

»Ja, aber es war nett von ihm, sich dieser Gefahr auszusetzen. Ich werde dafür sorgen, daß Blaern ihm eine Belohnung gibt.«

Jill brauchte ihre gesamte Willenskraft, um einen neutralen Gesichtsausdruck zu wahren.

»Rhodry, würdest du Blaern herholen?« bat Nevyn. »Ich glaube, wir sollten jetzt sein Angebot bezüglich des Kriegshaufens annehmen.«

Sobald sich die Tür hinter ihm geschlossen hatte, rief Jill:

»Ihr habt mir doch gesagt, es sei falsch, jemanden zu hypnotisieren!«

»Ja, aber nicht, wenn das die einzige Möglichkeit ist, das Leben von Menschen zu retten. Wenn man in der Stadt erführe, daß Rhodry Ogwern dem Gwerbret ausgeliefert hat, wie lange würde der Junge dann noch leben?«

»Das wollte ich als nächstes sagen. Die Diebe würden ihn nicht für einen ehrenhaften Mann halten.«

»Genau. Für sie wäre er nur ein verräterischer Silberdolch. Weißt du, Kind, ich bin froh, daß ich nie den Schwur abgelegt habe, niemals zu lügen. Viele Dweomerleute tun das und erwerben damit die Gunst der Herren des Wyrd, aber ich ziehe es vor, ein wenig flexibler zu sein.«

Er schaute so heimtückisch drein, daß sie lachen mußte.

»Schon besser«, stellte er fest. »Würdest du bitte die Tür bewachen? Ich muß mich in Trance versetzen.«

Der Plan war nicht ungefährlich, das wußte Nevyn, aber er mußte schnell handeln. Bei seinem Versuch, den Bauernhof von der Astralebene aus zu finden, hatte er nichts gesehen, keine Mauern, keine Menschen, nicht einmal eine grasende Kuh – was hätte ein besserer Beweis dafür sein können, daß Alastyr ein Siegel über das Gelände gelegt hatte? Aber als sie sich im fackelbeleuchteten Hof auf die Pferde schwangen, schauderte der alte Kräutermann. Ein harter Kampf stand ihnen bevor: gegen zwei Gegner, wenn Alastyrs Schüler imstande war, neben seinem Meister zu fechten. Um sie herum sattelten fünfundzwanzig der besten Männer des Gwerbret die Pferde, und Blaern trat zu dem einen oder anderen von ihnen, um ein paar Worte zu sprechen. Es war riskant, den Gwerbret und seine Leute mitzunehmen, aber Nevyn brauchte sie als Ablenkung.

»Vergeßt nicht, was ich euch gesagt habe«, flüsterte er den

beiden Silberdolchen zu. »An einem bestimmten Punkt trennen wir uns vom Kriegshaufen.«

Er winkte Jill und Rhodry zu, ihm zu folgen, und ritt zum Gwerbret.

»Sind Euer Gnaden sicher, daß Ihr den Bauernhof finden könnt?«

»Nach Euren Anweisungen könnte ihn selbst ein Blinder finden. Macht Euch keine Sorgen, wir werden diese Ratten schon aufscheuchen.«

Als sie losritten, hielt sich Nevyn mit Jill und Rhodry bei der Nachhut. Er warf dem Jungen die Zügel zu und ließ sein Pferd führen, denn er mußte sich in leichte Trance versetzen. Für einen Beobachter wirkte er wie jemand, der halb eingenickt war. Erst rief er die Großen an und stellte sich einen Lichtstrahl vor, auf dem er so lange meditierte, bis das Licht unabhängig von seinem Willen existierte, ein langgezogener Strahl in Form eines Schwertes. Im Geist packte er es am Griff und zeichnete mit der Spitze der Klinge eine gewaltige Lichtkuppel über den Kriegshaufen. Wegen der Bewegungen des Pferdes und des Lärms um ihn herum fiel es ihm schwer, sich zu konzentrieren, aber endlich hatte er die Kuppel fest errichtet und die Siegel – die fünfzackigen Sterne der Könige der Elemente – an den richtigen Stellen befestigt. Sobald die Kuppel hell leuchtete, rief er das große Licht an, das hinter allen Göttern steht, und bat um die Erlaubnis, sich mit dem Dunklen einzulassen. Langsam zog er das Licht aus der Kuppel zurück, ohne die Struktur zu beschädigen, bis nur noch eine Kuppel der Dunkelheit zurückblieb, die für normale Augen nicht zu sehen war, aber gegen den Blick des Zweiten Gesichts schützte.

Nun konnte er sich wieder der wirklichen Welt zuwenden. In der nächsten Stunde ruhte er sich einfach aus, bis sie etwa drei Meilen vom Hof entfernt waren. Dann begab er sich schnell zurück in Trance und ließ das Licht wieder in die

Kuppel dringen, warf aber einen Mantel aus Dunkelheit über sich, Jill und Rhodry. Jetzt konnte er nur noch hoffen, daß Alastyr so vernünftig war, Wache zu halten, denn dann würde er die Kuppel sehen. Hell erleuchtet und mit den Zeichen des Lichts kam sie direkt auf sein Versteck zu. Nevyn wollte, daß sein Gegner vollkommen in Panik geriet.

»Jill, Rhodry«, flüsterte er. »Jetzt!«

Sie blieben eine Weile hinter dem Kriegshaufen zurück, dann bogen sie im Trab von der Straße ab, auf einer Abkürzung, die direkt zum Hof führte. Bis Blaern ihr Verschwinden bemerkte, würden sie schon weit vor dem Kriegshaufen sein.

Als sie zu einem kleinen Bach kamen, ließ Nevyn seine Freunde anhalten.

»Also gut, Silberdolche. Der Hof liegt auf der anderen Seite dieses Hügels. Hier sind eure Befehle: Ich werde mich hinlegen und in tiefe Trance fallen. Ihr beide bindet die Pferde an und steht Wache über meinem Körper. Es kann sein, daß Alastyr seinen Schüler schickt, um mich umzubringen.«

»Er wird nicht an meinem Schwert vorbeikommen«, sagte Rhodry.

»Zweifellos. Sollte ich den Kampf verlieren, sehen wir uns in den Anderlanden wieder.« Er wandte sich Jill zu. »Wenn ich sterbe, Kind, dann bete mit deinem ganzen Herzen und deiner Seele zu dem Licht, das hinter dem Mond liegt, und erzähl mir nicht, daß du nicht weißt, wovon ich rede.«

Jill sah ihn verblüfft an, aber Nevyn hatte keine Zeit für weitere Worte. Er breitete seinen Umhang auf dem Boden aus, legte sich darauf und verschränkte die Arme über der Brust. Zuerst beschwor er die Herren des Lichts, dann lag er still und sammelte Kraft. Jill und Rhodry standen mit gezogenen Schwertern neben ihm. Als Nevyn die Augen schloß, fragte er sich, ob er die beiden je wiedersehen würde.

Langsam beschwor er nun seinen Lichtkörper herauf, ein

blaßblaues Abbild seiner eigenen Gestalt, das durch eine silberne Schnur mit ihm verbunden war. Als er sein Bewußtsein in diesen Körper übertrug, hatte er das Gefühl, als würde sein physischer Körper wegsacken, und einen Augenblick wurde ihm übel. Dann hörte er ein Geräusch, wie wenn ein Schwert an einen Schild schlägt, und er sah aus den Augen des Abbilds. Sein physischer Körper lag unter ihm in einer Welt, die vom blauen Licht der ätherischen Ebene erfüllt war. Jill und Rhodry sah er als zwei eiförmige Flammenbündel, Bäume und Gras glühten matt mit der Lebenskraft der Pflanzen.

Nevyn erhob sich etwa zehn Fuß über seinen Körper und schleppte die Silberschnur hinter sich her wie eine Angelschnur. Der Bach, der durch das Tal floß, konnte sich vielleicht als nützlich erweisen, denn es war sehr gefährlich, fließendes Wasser in einem Lichtkörper zu überqueren. Im blauen Licht erschien das Wasser silbern, und darüber trieb der elementare Strom als bewegte Mauer von rauchiger Konsistenz – eine Schlinge, wenn es ihm gelingen würde, die Beute hineinzulocken. Er stieg höher auf und trieb auf den Hügelkamm zu. Es war Zeit, den Gegner herauszufordern.

Auf der anderen Seite des Hügels lag der Bauernhof, ein verfallendes Rundhaus hinter einem Erdwall. Nevyn lächelte: Die Siegel waren verschwunden. Alastyr hatte den Kriegshaufen bemerkt und die Siegel voller Panik fallen lassen. Plötzlich sah er einen Mann aus dem Haus und auf den Schuppen zu rennen, beladen mit Satteltaschen. Am besten gab er seinen Gegnern etwas zu tun, damit ihnen nicht einfiel, Camdel umzubringen.

Aus glühendem blauen Licht bildete er einen Speer und warf ihn auf die Aura des rennenden Mannes. Als er traf, ließ der Mann die Satteltasche fallen und schrie auf. Obwohl sein physischer Körper keinen Schmerz spüren konnte, mußte sein geübter Geist den Speer wie ein glühendes Eisen empfunden haben. Wie ein zustoßender Falke stürzte sich Nevyn auf das Bauernhaus, als der Mann wieder hineinrannte.

»Alastyr!« rief er in Gedanken. *»Alastyr, jetzt hole ich dich!«*

Er hörte ein Aufheulen. Wie eine Schlange, die vom Boden her zustößt, kam Alastyr ihm entgegen. Sein Abbild war eine riesige Gestalt in schwarzem Gewand, bestickt mit Edelsteinen und geheimnisvollen Zeichen. Er hatte die Silberschnur dreimal um die Taille gewickelt und mit angeschnittenen Köpfen geschmückt. Unter der Kapuze starrte ein bleiches Gesicht hervor, die Augen ein dunkles Glitzern. Nevyn rief das Licht an und spürte, wie sein Lichtkörper zu glühen begann. Zur Antwort schwoll Alastyr an und wurde noch finsterer, als würde er alles Licht im Universum aufsaugen und löschen. Der Kampf hatte begonnen, und es ging darum, wer den Lichtkörper des anderen zerbrechen und die Seele darin nackt und hilflos in die Macht der größeren Kräfte treiben konnte, die hinter jedem der Krieger standen.

Nevyn schickte eine erste Lichtwelle aus, die Alastyr schwanken ließ wie ein Stück Treibholz auf hoher See. Dann schlug er wieder zu und wirbelte seinen Feind herum, aber als er nachsetzte, spürte er Alastyrs Macht an sich – ein Gefühl, als zerrten tausend Krallen an ihm und versuchten ihn zu zerreißen. Er brauchte viel von seiner Kraft, um sein Abbild zusammenzuhalten und es schnell wieder aufzubauen, während Alastyrs Krallen an ihm rissen. Den Rest seiner Macht konzentrierte er auf einen weiteren Angriff, einen Regen goldener Pfeile und langer Speere, die Alastyr hierhin und dorthin trieben, während Nevyn ihn umkreiste und immer wieder mit dem Licht auf die Dunkelheit einschlug.

Seine ganze Strategie bestand darin, den Gegner aus dem blauen Licht und in die erste Sphäre der eigentlichen Inneren Lande zu treiben, wo ihm mächtige Kräfte zur Verfügung standen. Aber noch war Alastyr zu stark. Die dunklen Augen unter der Kapuze glühten vor Zorn. Nevyn schlug weiter auf ihn ein, während Alastyr Welle um Welle von Dunkelheit aussandte. Als Nevyn fest genug traf, um einige der angeberischen Zeichen von der Robe zu reißen, heulte Alastyr auf und wich zurück. Nevyn wagte es, hinter ihm ein Tor in die Inneren Lande zu öffnen, weil er den Feind hindurchzwingen wollte – aber Alastyr entkam und sandte eine Flut von Dunkelheit aus.

Einen Augenblick verlor Nevyn an Höhe. Er spürte, wie sein Abbild ihm davonglitt wie ein zu weites Gewand, und beschwor verzweifelt das Licht. Er konnte nur dafür sorgen, daß er selbst wieder heilte, und die schlimmsten von Alastyrs Angriffen abwehren, der jetzt immer näher kam. Wie Blöcke von spürbarer Dunkelheit trafen ihn die Schläge seines Gegners. Und plötzlich sah Nevyn den Wasserschleier über dem Bach näher und näher kommen! Er fuhr herum und schwang sich rasch nach oben, schoß an Alastyr vorbei, ehe sein verblüffter Gegner reagieren konnte. Aber er hatte seinen Lichtkörper kaum geheilt, als sich die Dunkelheit wieder wie ein Gift über ihn ergoß.

Nevyn warf seinem Feind einen Lichtwall entgegen, der die angeschnittenen Köpfe an seinem Gürtel wegriß, aber er spürte, wie er selbst schwächer wurde. Plötzlich schrie Alastyr auf und schwang unkontrolliert hin und her. Unter ihm schleifte seine Silberschnur – abgerissen! Jemand hatte seinen physischen Körper getötet, und Nevyn konnte nur annehmen, daß das Jill oder Rhodry gewesen waren.

Aber er hatte keine Zeit, sich über diese unerwartete Hilfe zu freuen. Alastyrs Abbild zerbrach und enthüllte den eigentlichen blaßblauen Lichtkörper darunter. Während der dunkle Meister gegen die unaufhaltsame Auflösung ankämpfte, baute Nevyn wieder ein Tor zu den Inneren Landen, zwei Säulen, eine schwarz, die andere weiß, mit einer blauen Leere dazwischen. Sobald das Tor aufrecht stand, schob er Alastyr mit einem Lichtschlag hindurch und eilte hinterher. Obwohl er die erste Schlacht verloren hatte, war der Feind noch lange nicht vernichtet, und das wußte Nevyn.

Beide rasten, rutschten, stürzten einen Weg entlang, umhergewirbelt wie Pergamentfetzen im Wind, während um sie herum Stimmen erklangen, Lachen und Geschrei. Wortfetzen wurden vorbeigeweht, und Bilder – Gesichter, Tiere, Sterne – kamen auf sie zu wie ein wild gewordener Vogelschwarm. Nevyn schleuderte Wellen von Licht, schlug wieder und wieder auf Alastyr ein, bis der letzte Rest des schwarzen Gewands abgerissen war und an ihm vorbeiwirbelte. Der Wind blies beide Gegner weiter hinein in ein Aufglühen violetten Lichts, wo ein Fluß unter ihnen strömte, mit Wirbeln und Stromschnellen, wie sie kein irdischer Fluß je kannte. Ansonsten war es ruhig hier, der Wind verging, und um sie herum erstreckten sich Blütenfelder oder die Abbilder von Blüten, mondbleiche Dinger, weiß und tödlich.

Erschüttert sackte Alastyrs ätherisches Abbild nieder und flatterte, versuchte nur noch verzweifelt zu fliehen. Das Mondland, in dem sie kämpften, war nur ein Tor zu vielen anderen, zu Nevyns eigenem Grünen Land, dem orangefarbenen Land der Formen, dem schimmernden Heim der Großen, und hier befand sich auch die eigentliche Sphäre des dunklen Dweomer, das Dunkel der Dunkel, das Land der Hülsen und Schalen. Wenn es Alastyr gelang, in dieses Dunkel zu fliehen, würde seine Seele weiterleben und noch äonenlang Schaden anrichten können. Nevyn konnte sehen, daß er versuchte, ein Tor zu öffnen, die Beschwörung mit zitternden Lippen zu sprechen. Er sandte einen Lichtspeer, der den Gegner gerade in dem Augenblick traf, als sich die erste Säule bildete, worauf das halb errichtete Bild zerbrach.

Heulend versuchte Alastyr zu flüchten, aber Nevyn überzog ihn mit einem feurigen Lichtregen. Mit einer Hand warf er Speer um Speer und errichtete einen Lichtkäfig um Alastyr. Danach baute er ein anderes Tor, diesmal mit den goldenen Säulen der Sonne, und die Öffnung dazwischen war von dem reinen Blau eines Sommerhimmels.

»Nicht mir steht das Urteil zu«, rief Nevyn, »sondern euch.«

Zwischen den Säulen drang ein gewaltiger Lichtpfeil hervor und traf Alastyr so fest, daß sein Abbild in tausend jämmerliche Stücke zerbrach. Ein Aufschrei ertönte, dann ein Wimmern wie von einem kleinen Kind. Einen Augenblick sah Nevyn dieses Kind auch, ein Baby mit Alastyrs wütenden Augen. Dann wurde das Licht noch heller, umgab die winzige Gestalt und zog sie durch das Tor in die Halle des Lichts, wo das Urteil über sie gefällt werden würde.

»Es ist vorbei!« rief Nevyn.

Drei laute Donnerschläge dröhnten durch das violette Licht, während unten die totenbleichen Blüten nickten. Nevyn kniete nieder und senkte den Kopf, nicht in Anbetung, sondern als Zeichen der Treue, dann ließ er die Tore verblassen. Erschöpft spürte er, wie die Silberschnur an ihm zog und ihn zu seinem physischen Körper zurückführen wollte, der in weiter Entfernung und doch so nah auf ihn wartete.

Sarcyn zog den Dolch aus Alastyrs Herz und wischte ihn am Gesicht seines toten Meisters ab.

»Rache! Süß wie Honig!«

Er kam gerade rechtzeitig in die Küche, um zu sehen, wie der Bauernknecht davonlief. Sarcyn ließ ihn gehen – wieso sollte er jemanden verfolgen, der kaum etwas über ihn wußte? Camdel lag leise jammernd im Stroh. Als Sarcyn sich neben ihn kniete, wich er vor dem Messer zurück.

»Ich werde dich nicht töten, Kleiner«, sagte Sarcyn und

steckte die Waffe ein. »Ich werde dich freilassen. Wir müssen schnell weiterreiten.«

Als Camdel laut aufstöhnte, zögerte Sarcyn, überwältigt von einem Gefühl, das er nicht verstand. Sein adliges Spielzeug würde ein elendes Leben vor sich haben, ganz gleich, welche Freuden er aus den Foltern durch seinen Herrn bezog.

»Ach, Dreck«, sagte Sarcyn. »Ich denke, du wirst deinen verfluchten Vater wiedersehen.«

Er verspottete sich selbst, weil er dem ersten Mitleid, das er seit Jahren empfunden hatte, so einfach nachgab, aber er stand auf.

»Leb wohl, edler Herr«, sagte er.

Camdel liefen Tränen über die Wangen – Schmerz oder Erleichterung? Sarcyn drehte sich um, ergriff die Tasche mit den kostbaren Büchern seines Meisters und ging auf den Hof hinaus, wo sein Pferd gesattelt bereitstand.

»Gan! Verflucht sollst du sein! Wo steckst du?«

Er erhielt nur Schweigen zur Antwort und sah sich um. Niemand da. Offenbar hatte auch der alte Mann die Gelegenheit genutzt zu entkommen. Das Pferd stampfte ungeduldig.

»Ruhig, ruhig! Wir sind schon auf dem Weg!«

Rasch lenkte er das Tier von der Hauptstraße weg in die Hügel. Seit sie den Bauernhof bezogen hatten, hatte er über Fluchtwege nachgedacht. Er war etwa eine Viertelmeile weit gekommen, als er die Hufschläge und das Zaumzeugklirren hörte. Das bedeutete, daß der Gwerbret und seine Männer auf dem Weg waren. Rasch stieg er ab und hielt dem Pferd das Maul zu, während die Hufschläge lauter wurden und schließlich wieder verklangen.

Aber als er wieder in den Sattel stieg, wußte er, daß die Gefahr noch lange nicht vorüber war. Sobald die Bruderschaft von Alastyrs Schicksal erfahren würde, würden sie Attentäter nach ihm ausschicken – und einige davon befanden sich bereits in Deverry. Er würde auf der Flucht bleiben müssen, während er die Bücher des Meisters studierte und die Wege der Macht lernte. Vielleicht würde er sich den Habichten lange genug entziehen können, bis er so viel Magie beherrschte, um sein Leben zu retten. Vielleicht. Das war seine einzige Hoffnung.

In der dweomerberührten Stille war sich Jill schmerzlich ihres eigenen Atems bewußt. Nevyn lag so reglos, daß sie sich am liebsten neben ihn gekniet hätte, um nachzusehen, ob er überhaupt noch lebte. Plötzlich hörte sie hinter sich ein Geräusch und fuhr herum.

»Nur ein Kaninchen«, sagte Rhodry.

Sie wußte, daß er im Dunkeln sehen konnte, also drehte sie sich wieder um und heftete den Blick abermals auf den Hügelkamm, wo sie nach möglichen Feinden Ausschau hielt. Plötzlich stöhnte Nevyn. Jill trat einen Schritt vor, und im selben Augenblick drehte er sich zur Seite. Ihr erster Gedanke war, er sei vergiftet worden, und sie warf sich neben ihm nieder. Er setzte sich halb auf, dann fiel er wieder zur Seite, aber die ganze Zeit hatte er die Augen fest geschlossen, und sein Atem war langsam und ruhig. Er trat um sich und verfehlte Rhodry nur knapp, dann warf er sich auf den Bauch. Als er dabei beinahe an einen Stein gestoßen wäre, packte Jill ihn an den Schultern und versuchte ihn festzuhalten, aber er war zu stark. Mühelos riß er sich los. Fluchend machte sich Rhodry daran, ihr zu helfen.

Dieser groteske Ringkampf mit Nevyns sich windendem Körper schien eine Ewigkeit zu dauern. Einmal schlug er Rhodry fest ans Kinn, aber obwohl Rhodry noch lauter zu schimpfen begann, ließ er Nevyn nicht los. Jill konnte nur beten, daß die Göttin ihnen die Feinde fernhielt. Endlich wurde Nevyn schlaff, und sie konnte im Mondlicht sehen, wie er lächelte. Sein Mund bewegte sich, als würde er sprechen, dann regte er sich nicht mehr.

»Ihr Götter«, sagte sie. »Wird er jetzt sterben?«

In diesem Augenblick öffnete Nevyn die Augen und grinste sie an.

»Was habe ich getan?« fragte er. »Um mich geschlagen?«

»Ihr habt gezappelt wie ein Fisch.« Rhodry ließ ihn los.

»Manchmal passiert das in Trance.« Der alte Mann setzte sich auf und sah sich um. »Hat einer von euch Alastyrs Körper getötet?«

»Nein«, erwiderte Jill. »Wir sind bei Euch geblieben.«

»Dann müssen Blaern und seine Männer bereits dort eingetroffen sein. Wir müssen uns beeilen.«

Aber sie erreichten den Hof erst zur selben Zeit wie der Gwerbret mit seinem Kriegshaufen. Blaern kam mit verärgerter Miene auf sie zugeritten.

»Den Göttern sei Dank, daß ihr in Sicherheit seid«, fauchte er. »Wir haben schon die Hügel nach euch durchkämmt.«

»Ich schulde Euch eine Erklärung, Euer Gnaden«, sagte Nevyn. »Aber der Kampf ist bereits vorbei.«

Camdel hörte, wie sie herangeritten kamen. Er erstarrte, und jeder Muskel seines Körpers zuckte vor Angst, als ihm klar wurde, daß er hier nicht verhungern, sondern gerettet werden würde. Die Kette war gerade lang genug, daß er aufstehen und ein paar Schritte gehen konnte. Auf dem Küchentisch lag ein langes Messer, mit dem er sich die Kehle oder die Pulsadern aufschlitzen wollte. Er wollte sterben, er sehnte sich nach dem Tod, der allein seine Schande wegwischen und ihn die entsetzlichen Wahrheiten vergessen lassen könnte, die er durch Sarcyn über sich selbst erfahren hatte.

Aber das Messer lag außerhalb seiner Reichweite, und während er sich noch mühte, erkannte er zwei Stimmen von draußen: Gwerbret Blaern und Lord Rhodry Maelwaedd von Aberwyn, die gekommen waren, um zu sehen, was aus dem ehemaligen Meister des Königlichen Bades geworden war. Mit einer verzweifelten Bemühung, die ihm beinahe den Arm aus dem Gelenk riß, konnte er das Messer berühren, aber dann verkrampfte sich seine schmerzende Hand so, daß er es auf den Boden stieß.

Schluchzend und nach Luft schnappend ließ er sich wieder ins Stroh fallen. Warum hatte Sarcyn ihn nicht umgebracht? Vielleicht hatte er gewußt, daß er sterben wollte, und ihn als letzte Folter am Leben gelassen. Blaern wird dich hängen, sagte er sich, weil du den Hochkönig bestohlen hast. An diesen Trost klammerte er sich – daß er bald an einem Seil auf dem Marktplatz von Dun Hiraedd baumeln würde. Die Stimmen von draußen kamen näher.

»Ich hoffe, daß Camdel noch lebt.« Das war Blaern, der zweifellos schon an die Hinrichtung dachte.

»Ich ebenfalls«, sagte eine unbekannte Stimme. »Aber ich warne Euch, Euer Gnaden, es könnte sein, daß er den Verstand verloren hat.«

»Der arme Junge.« Blaerns Stimme war voller Mitleid. »Nun, dafür wird ihn niemand zur Verantwortung ziehen können, nach allem, was Ihr mir erzählt habt.«

Camdel riß den Kopf hoch. Blaern würde ihn nicht töten. Ihm wurde verziehen, und er würde mit dem, was er über sich wußte, leben müssen. Er begann laut zu schreien und warf sich von einer Seite zur anderen. Er hörte rasche Schritte näher kommen, und jemand kniete sich vor ihn und packte ihn bei den Schultern. Er blickte in Blaerns Gesicht, auf dem sich Entsetzen und Mitleid widerspiegelten.

»Tötet mich«, stotterte Camdel. »Um der Liebe aller Götter willen, ich flehe Euch an, tötet mich!«

Blaern bewegte die Lippen, aber er konnte nicht sprechen.

Dann kniete sich ein alter Mann mit dichtem weißem Haar und durchdringenden blauen Augen neben den Gwerbret.

»Camdel, sieh mich an«, sagte er. »Ich bin Heiler, und ich werde Euch helfen. Seht mich einfach nur an, Junge.«

Seine Stimme war so freundlich, daß Camdel tat, was der Mann wollte. Die blauen Augen wurden größer und schienen die ganze Welt zu erfüllen, als schaute er in einen See klaren Wassers. Als der alte Mann ihm die Hand auf den Arm legte, spürte er, wie sein Blut wärmer wurde, eine tröstliche, beruhigende Wärme, die seine verkrampften Muskeln entspannte.

»Später werden wir über das sprechen müssen, was man Euch angetan hat, aber im Augenblick ist es nicht notwendig, daß Ihr Euch an alles erinnert.«

Camdel fühlte sich wie betrunken, eine angenehme Trunkenheit. Er klammerte sich an die Hand des alten Mannes und weinte vor Dankbarkeit über seine Rettung.

Rhodry hatte die Küche des Bauernhauses beim Anblick des leidenden Camdel eilig wieder verlassen. Dem Tod in der Schlacht konnte er sich stellen, aber solchem Elend? Ihm war übel, und er ging zur Haupttür des Hauses, wo ein paar von Blaerns Männern Wache hielten.

»Habt Ihr ihn gefunden, Herr?« fragte Comyn.

»Nennt mich nie wieder so.«

»Verzeiht, Silberdolch.«

»Ja, sie haben ihn gefunden, und er ist in keinem guten Zustand.«

Comyn schauderte.

»Ich habe ein paar der Männer das Gelände durchsuchen lassen«, meinte der Hauptmann. »Falls sich hier noch jemand verborgen hält.«

»Eine gute Idee. War schon jemand im Haus?«

»Niemand wagt sich hinein, und ich kann keinem Mann befehlen, etwas zu tun, wovor ich mich selbst fürchte.«

»Nun, Ihr habt einen Silberdolch, der Euch zu Diensten steht. Ich melde mich freiwillig. Besser, als wenn Blaern es versucht und sich einer Gefahr durch Dweomer aussetzt.«

Comyn zögerte, dann reichte er Rhodry seinen Schild.

Rhodry bedankte sich, zog das Schwert, und dann trat Comyn die Tür auf. Das Haupthaus war groß mit seinem Durchmesser von etwa sechzig Fuß. Wie die meisten Häuser dieser Art war es mittels geflochtener Trennwände wie ein Kuchen in kleine keilförmige Räume unterteilt. Rhodry trat in eine Art Wohnraum mit zwei Holzstühlen, einer Truhe unter dem Fenster und einem Holzregal an der Wand, auf dem stolz drei bemalte Tonteller zur Schau gestellt waren. Der Staub auf dem Boden war so dick, daß er Fußspuren darin hinterließ.

In beiden Seitenwänden gab es Öffnungen, die mit Decken verhängt waren. Diejenige zur Rechten würde zur Küche und damit zu Camdel führen, also wandte sich Rhodry nach links. Vorsichtig zog er die Decke mit dem Schwert herunter. Dahinter fand er ein Schlafzimmer mit Stroh auf dem Boden und ein paar heugefüllten Matratzen. Er ging hinein, bemerkte mehrere Bettrollen und Satteltaschen, die überall verstreut waren, als hätte sie jemand in aller Eile durchsucht. Obwohl sie vollkommen normal aussahen, berührte Rhodry sie nicht.

Die Decke vor der nächsten Türöffnung war zur Seite gezogen. Er spähte in eine Kammer, die viel größer war als die beiden vorigen. Hier lagen Pflugscharen, altes Zaumzeug und ein paar zerbrochene Möbel herum. Neben der Tür in der abgelegenen Wand saß ein Leichnam, ein aufgeschwemmtes graues Ding in Bauernkleidern, das eine Holzfälleraxt in beiden Händen hielt. Rhodry nahm an, der Bauer hatte versucht, sich zu verteidigen, als ihn der dunkle Dweomer überwältigte.

»Nun, alter Mann«, sagte er, als er eintrat, »wir werden dich ordentlich begraben.«

Die Leiche hob den Kopf und sah ihn an. Rhodry stieß einen leisen Schrei aus und erstarrte einen Augenblick, während der tote Bauer langsam auf die Beine kam. Obwohl seine Augenhöhlen leer waren, erhob er die Axt und schlurfte auf Rhodry zu, als ob er ihn sehen könnte. Rhodry hätte sich am liebsten übergeben, aber statt dessen riß er den Schild hoch und trat zur Seite, als ihn ein ungeschickter Schlag verfehlte. Als die Leiche sich ihm abermals zuwandte, hob er das Schwert, parierte und versetzte seinem Gegner einen Schlag auf den Hals. Dunkle, stinkende Flüssigkeit ergoß sich aus der Wunde, aber die Leiche hob die Axt wieder und machte einen Schritt vorwärts.

Rhodry stieß sein Berserkerlachen aus. Schluchzend und grölend duckte er sich und stach dann wieder zu. Mehr stinkende Flüssigkeit ergoß sich aus der Achselhöhle des toten Bauern, aber das Ding kam immer noch auf Rhodry zu. Als er den Schlag mit dem Schild abfing, hörte er das Holz krachen – dieser widernatürliche Krieger war stark! Sein Lachen wurde zu einem Heulen, als er fest zuschlug und der Leiche den rechten Arm halb abtrennte. Ausweichend fuhr er herum und stach ihr das Schwert in den Rücken.

Rhodry konnte entfernte Stimmen näher kommen hören, aber er konzentrierte sich auf die Axt, die der tote Bauer von einer Seite zur anderen schwang, als wollte er Rhodry wie einen Baum fällen. Rhodry duckte sich, fing einen weiteren Schlag mit dem Schild ab und brachte seinem Gegner eine tiefe Wunde am Arm bei, aber noch immer griff der Tote an. Rhodrys Bewegungen wurden durch all das Zeug behindert, das im Zimmer herumlag. Plötzlich stolperte er, und die Axt verfehlte ihn nur um einen Zoll. Er sprang auf, kreischend vor Lachen, und legte all seine Berserkerkraft in den nächsten

Schlag. Das Schwert drang tief in den Nacken des Geschöpfs ein und brach dort den Knochen.

Der Kopf des toten Bauern baumelte nur noch an einem Streifen Muskeln und Haut, aber immer noch schwang er die Axt gegen Rhodry. Holz und Leder des Schilds rissen auf bis zum Beschlag in der Mitte, und die Hälfte des Schilds brach ab. Rhodry wich aus und schlug nach dem rechten Arm des Gegners. Endlich ließ die Leiche die Axt fallen, kam aber dennoch wieder auf ihn zu. Rhodry wich zurück. Er hatte das Gefühl, von diesen Fingern berührt zu werden müsse schlimmer sein als der Schlag einer Klinge. Verzweifelt schlitzte er der Kreatur den Bauch auf. Es fielen keine Eingeweide heraus, und noch immer kam die Leiche auf ihn zu.

»Halt, im Namen des Meister des Aethyr!«

Die zerfetzte, von Wunden bedeckte Leiche blieb starr stehen. Rhodry warf Nevyn einen Blick zu, dann warf er Schwert und Schild auf den Boden, fiel auf die Knie und übergab sich, und es war ihm gleich, wer ihn vielleicht sehen würde. Comyn hockte sich neben ihn, als er den Mund am Ärmel abwischte.

»Alles in Ordnung, Silberdolch? Beim Arschloch des Höllenfürsten, was war das für ein Ding?«

»Keine Ahnung, aber ich war noch nie so dankbar für einen geliehenen Schild.«

Als er aufstand, hörte er, wie Nevyn etwas in einer seltsamen Sprache rezitierte. Als der alte Mann fertig war, sackte die Leiche zusammen. Nevyn stampfte dreimal auf den Boden, und Rhodry konnte einen Augenblick häßliches, deformiertes Wildvolk auf dem toten Bauern tanzen sehen, bevor es verschwand.

»Nun, junger Rhodry«, meinte Nevyn, »demnächst wirst du mich wohl vorher fragen, bevor du deine Nase in seltsame Angelegenheiten steckst.«

»Das schwöre ich Euch.«

Und dennoch lag das Schlimmste noch vor ihm. Nevyn ging zur Öffnung zur letzten Kammer und zog die Decke weg. Dahinter befand sich ein winziger, fensterloser Raum, an dessen Wand ein Stück schwarzen, bestickten Samts hing. Das Hauptmotiv war ein umgekehrter fünfzackiger Stern, die anderen Zeichen kannte Rhodry nicht. Es stank nach Räucherwerk, aber es hing auch noch ein weiterer unangenehmer Geruch in der Luft.

Mitten auf dem Boden lag die Leiche eines untersetzten, grauhaarigen Mannes. Jemand mußte ihn sehr gehaßt haben, denn er war wieder und wieder in die Brust gestochen worden, so oft, daß er lange vor dem letzten Stich tot gewesen sein mußte. Die Leiche selbst machte Rhodry nicht viel aus, aber schon in dieses Zimmer zu spähen entsetzte ihn dermaßen, daß er Nevyn am liebsten angeschrien hätte, er solle sofort wieder herauskommen. Er zwang sich, dem alten Mann zu folgen, aber nur, weil er überzeugt war, daß Nevyn Schutz brauchte. Im trüben Licht schien es, als bewegten sich hier Dinge. Nevyn stieß die Leiche mit der Stiefelspitze an.

»Nun, Alastyr«, sagte er, »du mußt wirklich klug gewesen sein – ich kann mich nicht erinnern, dich je zuvor gesehen zu haben.« Er warf Rhodry einen Blick zu. »Das hier ist der Mann, der im letzten Krieg hinter Loddlaens Machenschaften stand.«

Eher verdutzt als wütend, starrte Rhodry seinen alten Feind an. Da er sich einen dunklen Meister immer als einen Dämon in Menschengestalt vorgestellt hatte, war er ziemlich enttäuscht über Alastyrs gewöhnliches Aussehen. Aber das Zimmer war dämonisch genug. Seine Angst wuchs weiter, bis Nevyn ihm beruhigend die Hand auf die Schulter legte.

»Die Gefahr ist vorüber«, sagte der Dweomermann. »Es ist nur die Spur Elfenblut in dir, die dich so empfindlich dagegen macht. In diesem Raum hat Alastyr seine Perversionen des Dweomer vollzogen. Ihr Götter, armer Camdel!«

»Was haben sie getan – ihn zusehen lassen?«

»Zusehen? Ha! Sie haben ihn für ihre Rituale benutzt. Er ist hier mehrmals vergewaltigt worden.«

»Ihr Götter! Wie kann man einen Mann vergewaltigen?«

»Spiel mir keine Naivität vor, die ein Mann, der bei Hof aufgewachsen ist, nicht haben kann. Du weißt verdammt genau, wovon ich spreche. Und sie haben ihm auch Wunden zugefügt, während sie es taten, um ihre widerwärtigen kleinen Helfer mit seinem Blut zu nähren.«

Wenn Rhodry noch etwas im Magen gehabt hätte, hätte er sich jetzt abermals übergeben. Nevyn sah ihn an.

»Blaern und ich würden dem König am liebsten sagen, daß Camdel tot ist«, sagte der alte Mann. »Wird deine Ehre gestatten, dieses Geheimnis zu wahren?«

Rhodry sah sich in der Kammer um und fragte sich, wie sie für einen Mann aussehen würde, den man zu Boden gezwungen hatte.

»Camdel mag ein Dieb sein«, sagte er schließlich, »aber ansonsten habe ich dazu nichts mehr zu sagen.«

Nevyn und Blaern mußten beide helfen, um Camdel auf ein Pferd zu schieben, das sie im Stall gefunden hatten, denn der junge Lord war nicht ganz bei Bewußtsein. Selbst mit ihrer Hilfe schwankte er so gefährlich im Sattel, daß Nevyn ihn schließlich festband. Später, viel später, wenn er einen anderen Dweomermeister gefunden hatte, der sich um den langwierigen Heilungsprozeß kümmern konnte, würde Nevyn die Hypnose lösen.

»Glaubt Ihr wirklich, guter Zauberer«, fragte Blaern, »daß Ihr hier draußen allein jetzt sicher seid?«

»Ganz sicher. Die Arbeit, die ich tun muß, dauert nicht

lange. Ich werde rechtzeitig zum Mittagessen wieder im Dun sein.«

Als der Kriegshaufen in den Sattel stieg, hatte Nevyn die Gelegenheit für ein paar vertrauliche Worte zu Jill.

»Camdel wird noch einige Stunden schlafen, wenn ihr zurückkommt. Würdest du bei ihm wachen?«

»Ja, gern. Er sollte nicht allein sein, falls er aufwacht und sich daran erinnert, was er durchgemacht hat.«

Nevyn stöhnte innerlich. Wenn sie doch nur erkennen würde, was für eine großartige Heilerin sie abgäbe! Aber er konnte ihr ihr Wyrd nicht aufzwingen, und das wußte er. Er wartete, bis der Kriegshaufen außer Sicht war, und gähnte ausführlich in der Morgensonne. Selbst seine unnatürliche Lebenskraft hatte ihre Grenzen. Die kommende Nacht würde vermutlich die erste seit mehr als fünfzig Jahren sein, in der er länger zum Schlafen kam.

Blaerns Männer hatten Alastyr und die Überreste des Bauern bereits in den Hügeln begraben. Nevyn ging zur Ritualkammer, riß den Samt von der Wand, zerriß den Stoff und warf ihn ins Feuer. Während es rauchte und knisterte, suchte und fand er die Salzvorräte des Bauern und außerdem ein paar Holzspäne, wie man sie benutzt, um eine Kerze anzuzünden. Da er kein Räucherwerk hatte, würde einfacher Rauch genügen müssen.

Als er zur Kammer zurückkehrte, schien die Atmosphäre schon ein wenig heller, schon weil das blasphemische Symbol verschwunden war. Nevyn hätte den Bann gern sofort vollzogen, aber es gab Geheimnisse in dieser Kammer, die danach verloren wären. Also setzte er sich vor einen der Flecken, die Alastyrs Blut hinterlassen hatten, legte das Salz und die Späne bereit und verlangsamte seinen Atem, bis er vollkommen konzentriert war. Er baute das Bild eines sechszackigen Sterns auf, bis er als zwei verbundene Dreiecke – eines rot, eines blau – deutlich vor ihm glühte. Langsam schob er das Bild aus seinem Kopf, bis es vor ihm zu stehen schien.

In dem Sechseck in der Mitte des Sterns stellte er sich Alastyrs Leiche vor, wie er sie zuerst gesehen hatte, dann ließ er seinen Geist in der Zeit rückwärts wandern und stellte sich die Ritualkammer bei Kerzenlicht vor. Da der Mord erst kurze Zeit zurücklag, kamen die Bilder schnell: Er sah den blonden Schüler Alastyrs, wie er neben dem Kopf des Meisters kniete, der sich in Trance befand. Der junge Mann verzog den Mund zu einem kleinen, erschreckenden Lächeln, als Alastyr sich in seiner Trance wand und zuckte, und griff nach seinem Dolch. Eine Weile hielt er inne, wie um den Augenblick zu genießen, dann stach er dem hilflosen Mann den Dolch ins Herz, wieder und immer wieder. Nevyn brach die Vision ab und zog den Stern in sich zurück.

»Das war also mein unerwarteter Helfer! Und er muß es auch gewesen sein, der Alastyrs Bücher und Ritualgegenstände mitgenommen hat – falls er welche dabeihatte.«

Das Wildvolk, das in den Ecken hockte, nickte, um zu zeigen, daß Alastyr tatsächlich mit allem Beiwerk eines dunklen Meisters gereist war. Sie waren ein jämmerlicher Haufen von Geistern, alle verrenkt und deformiert durch Alastyrs Machenschaften.

»Aber er hat das Tuch zurückgelassen. War er in Eile, weil wir schon in der Nähe waren?«

Wieder nickten sie.

»Hat er Camdel deshalb nicht umgebracht?«

Sie schüttelten die Köpfe. Ein schwarzer Gnom mit vorstehenden Reißzähnen legte sich auf den Boden und tat so, als duckte er sich voller Angst, und ein anderer stand über ihm und hob die Klauenhand, als hätte er ein Messer. Dann kniete er nieder, steckte das nicht vorhandene Messer ein und tätschelte dem anderen Gnom sanft die Schulter.

»Bei den Höllen! Ihr meint also, Camdel habe ihm leidgetan?«

Sie nickten.

»Das hätte ich nie gedacht! Hm. Gut, meine Freunde, das soll nicht eure Sache sein. Ihr werdet bald schon frei von diesen häßlichen Gestalten sein. Helft mir, den Bann zu vollziehen, und dann könnt Ihr zu euren Königen zurückkehren.«

Als sie aufsprangen, spürte er ihre Freude so deutlich wie Wasser über ihn hinwegbranden.

»Ist er wach?« fragte Rhodry.

»Schwer zu sagen«, meinte Jill.

Rhodry kam herein und zwang sich, Camdel anzusehen, der mit nacktem Oberkörper auf dem Bett lag. Er war schmutzig und hatte blaue Flecken und kaum verheilte Schnittwunden. Schließlich schlug er die Augen auf und warf Rhodry einen ängstlichen Blick zu.

»Möchtet Ihr etwas essen?« fragte Jill.

»Nein«, erwiderte Camdel. »Wasser?«

Während Jill ihm einen Becher eingoß, starrte er weiterhin Rhodry voll wilder Angst an.

»Erinnert Ihr Euch nicht an mich, vom Hof her? Rhodry Maelwaedd, Aberwyns jüngerer Sohn.«

Bei diesem Satz umspielte ein schwaches Lächeln Camdels Lippen, und er setzte sich auf und griff nach dem Becher. Er hielt ihn mit beiden Händen und trank, während er sich im Zimmer umsah. Die Nachmittagssonne fiel herein, und Staubkörner tanzten im goldenen Licht. Camdel lächelte wie ein Kind über diesen Anblick. Rhodry spürte, wie sein Widerwille aufstieg, und wandte sich ab. Was, wenn die dunklen Meister Jill gefangengenommen hätten? Hätten sie ihr etwas Ähnliches angetan? Er schwor tief im Herzen, daß er alles auf sich nehmen würde, die Welt von diesen dunklen Dweomermännern zu befreien, wenn er die Gelegenheit dazu haben sollte.

»Rhoddo, würdest du einen Pagen rufen?« bat Jill. »Sie sollen Wasser herbringen, damit er ein Bad nehmen kann.«

»Ein Bad?« Camdel klang wie betrunken. »Das würde mir gefallen.«

Dankbar verließ Rhodry das Zimmer wieder. Obwohl er Camdel an nichts die Schuld gab, konnte er einfach seinen Anblick nicht ertragen.

Nachdem er den Pagen ihren Auftrag gegeben hatte, setzte er sich zu Blaern an den Ehrentisch. Blaern trank selbstverständlich Met, und zum ersten Mal in seinem Leben beschloß Rhodry, es ihm gleichzutun. Während sein Vetter lächelnd zusah, trank er, soviel er konnte.

»Das tut gut«, meinte Blaern. »Wischt die Dinge weg.«

»Ja. Hast du gehört, was …«

»… mit Camdel passiert ist? Ja.«

Wieder trank Rhodry einen Schluck. Für Stunden sagten sie kein Wort mehr.

In den westlichen Ausläufern des Cwm Pecl führte Sarcyn sein müdes Pferd einen schmalen Pfad zwischen den Bäumen entlang. Er war blind nach Westen geflohen, auf der Suche nach einem abgelegenen Fleck, wo er sich für einen Tag oder zwei verstecken konnte, aber nun war er der Ansicht, er sollte lieber in Bewegung bleiben. Sowohl die Männer des Gwerbret und – noch schlimmer – der Meister des Aethyr würden ihn jagen. Aber in seiner Erschöpfung fragte er sich auch, ob es nicht besser wäre, sich vom Gwerbret hängen zu lassen, als in die Hände der Dunklen Bruderschaft zu fallen. Sie würden dafür sorgen, daß sein Tod Wochen dauerte.

»Aber ich habe die Bücher«, flüsterte er laut. »Eines Tages werde ich die Macht haben, mich gegen sie zu wehren.«

Gegen Sonnenuntergang fand er ein Tal mit einem Bach und genug Gras für sein Pferd. Er schlug sein Lager auf, holte Feuerholz und entzündete ein kleines Feuer. Eine Weile starrte er ins Feuer und brütete über seinen Plänen. Überall im Königreich gab es Leute, die ihm eine Weile Zuflucht gewähren würden. Aber er konnte es sich nicht leisten, länger als ein paar Tage an einem Ort zu bleiben, ganz gleich, wie lange er brauchen würde, um Alastyrs Bücher zu studieren. Plötzlich war er zu müde, um auch nur nachzudenken – bemerkenswert müde und wirr, wie ihm später auffallen würde.

Wie ein Kind rollte er sich in den Decken zusammen und schlief am Feuer ein. Als er erwachte, war es ganz plötzlich – und weil ihn Hände berührten. Er schrie auf, dann versuchte er, sich zu befreien, aber jemand schlug ihm eine Lederschnur um die Handgelenke und zog zu. Ein anderer warf sich über seine Beine und hielt ihn so am Boden. Im Licht des ersterbenden Feuers konnte er seine Angreifer sehen, zwei Bardekianer mit heller Haut und deverrianischer Kleidung. Schließlich hatten sie ihn gefesselt, und er lag keuchend am Boden.

»Nun, Kleiner«, meinte der größere von beiden, »du hast also deinen Meister umgebracht.«

Sarcyn wurde starr vor Angst, eine Kälte, die ganz unten an der Wirbelsäule begann und sich nach oben ausbreitete.

»Du weißt, wer wir sind«, fuhr der Angreifer fort. »Die Habichte der Bruderschaft haben dich erwischt. Der Alte hat uns geschickt, damit wir Alastyr im Auge behalten. Wir haben euch immer wieder ausspioniert, Kleiner, aber nie hätten wir geglaubt, daß wir dabei einen Mord zu sehen bekämen.«

»Ich wette, der Alte hatte so etwas befürchtet«, meinte der zweite. »Er gibt seine Gedanken nie vollständig preis.«

»Kann schon sein.« Er trat Sarcyn fest gegen den Kopf. »Aber du wirst zahlen, Kleiner, und langsam, nachdem du den Meistern alles gesagt hast, was du weißt. Wir haben wegen dieses Opals schon einen unserer Männer verloren. Das wird dich teuer zu stehen kommen.«

Nevyn kehrte gegen Mittag zurück, aber Jill hatte erst kurz vor Sonnenuntergang Gelegenheit, mit ihm zu sprechen, weil der Dweomermann den ganzen Nachmittag bei Camdel war, seine Wunden wusch und behandelte und seinen Geist beruhigte. Nach dem Abendessen schickte er einen Pagen, der sie zu seiner Kammer brachte, wo das letzte Tageslicht hereinfiel. Jill setzte sich auf eine Truhe, während er ruhelos auf und ab ging.

»Wie geht es Camdel?« fragte sie.

»Er schläft fest – den Göttern sei gedankt. Ich habe mir von ihm einiges von dem erzählen lassen, was passiert ist, aber ich habe dafür gesorgt, daß er sich an nichts erinnern wird. Er ist im Augenblick zu schwach, um sich seinen Erinnerungen zu stellen.«

»Zweifellos. Aber warum haben sie … ihn so benutzt?«

Er legte den Kopf schief und bedachte sie mit einem seltsam heimtückischen Blick.

»Eigentlich darf ich dir das nicht sagen«, meinte er. »Und außerdem dachte ich, daß es dich stört, wenn man vom Dweomer redet.«

»Nevyn, neck mich nicht!«

»Also gut. Nun, wenn zwei Menschen miteinander schlafen, entsteht dabei eine gewisse magnetische Energie. Ich weiß nicht, ob du dir das vorstellen kannst, und es ist sinnlos, das jemandem ohne Dweomerkenntnisse genauer zu erläutern, also mußt du es mir einfach glauben. Diese magnetische Strömung hat manche Eigenschaft, aber sie ist vor allem eine lebende Substanz. Im Blut ist sie ebenfalls vorhanden. Die dunklen Meister sind darin geübt, diese Lebensenergie aufzusaugen und sie zu benutzen, um ihre eigene Lebenskraft zu stärken. Während sein Schüler Camdel benutzte, hat sich Alastyr sozusagen von ihrer Lust ernährt.«

Jill wurde schlecht.

»Widerwärtig, nicht wahr?« meinte Nevyn. »Aber das erinnert mich an etwas. Dieser Schüler Alastyrs – Camdel sagte, er hieße Sarcyn – ist geflohen. Du und Rhodry, ihr müßt sehr vorsichtig sein, wenn ihr draußen seid.«

»Daran habe ich schon den ganzen Tag gedacht.«

»Ich habe vor, ihn zu verfolgen, ansonsten würde ich darauf bestehen, daß ihr beide bei Blaern bleibt, ganz gleich, wie sehr das Rhodry beschämen wird. Im Moment müßte dieser Sarcyn allerdings noch relativ schwach sein, und er hat schlimmere Feinde als uns.«

»Wer soll das sein?«

»Erinnerst du dich an den Mann, der sich in Ogwerns Wohnung vergiftet hat?«

»Wollt Ihr damit sagen, es gibt noch mehr von seiner Art?«

»Ja, und den Göttern sei Dank, daß sie zu sehr damit beschäftigt sein werden, diesen Sarcyn zu finden, als an dir Rache zu nehmen. Aber du solltest dennoch vorsichtig sein. Sarcyn hat einen gewissen Vorsprung, und ich kann ihn mit dem Zweiten Gesicht nicht finden, da ich ihn nie wirklich gesehen habe.«

Sobald Jill die Idee gekommen war, schien ihr alles ganz offensichtlich, obwohl sie keine Ahnung hatte, woher sie wußte, was sie tat. Sie saß sehr still, dachte nach, spürte, wie ihre Angst wuchs – nicht nur die Angst vor Sarcyn, sondern davor, den Dweomer kalt und entschlossen zu benutzen. Sie wußte, wenn sie über diese Idee sprach, wäre das der erste Schritt auf einem sehr seltsamen Weg.

»Ich habe ihn gesehen«, erklärte sie schließlich. »Ihr könnt ihn doch durch mich finden, oder? Ich weiß nicht, woher ich das weiß, aber könnt Ihr mich nicht als zusätzliches Augenpaar benutzen?«

»Bei den Höllen! Du hast recht, aber bist du sicher, daß du das wirklich willst? Das würde bedeuten, daß ich dir kurzfristig deinen Willen nehmen muß.«

»Ihr solltet doch wissen, daß ich Euch mein Leben jederzeit anvertrauen würde.«

Nevyn hätte beinahe geweint. Hastig wandte er sich ab und wischte sich die Augen, während sie sich fragte, wieso ihre gute Meinung einem solch mächtigen Mann so viel bedeutete.

Als das Feuer hoch genug brannte, war das Zwielicht draußen zu samtiger Dunkelheit geworden. Nevyn bat Jill, sich vor das Feuer auf einen Stuhl zu setzen, und er stellte sich hinter sie. Obwohl sie Angst hatte, kam mit diesem Gefühl auch jene seltsame Begeisterung wieder, wie sie sie kurz vor einem Kampf spürte. Als Nevyn ihr die Hände auf den Nacken legte, schienen seine Finger zunächst normal warm, dann wurde die Wärme stärker und breitete sich überall in ihrem Kopf und ihrem Geist aus, bis sie sich schließlich als seltsam kribbelndes Gefühl zwischen ihren Augen konzentrierte.

»Schau ins Feuer, Kind, und denke an Sarcyn.«

Sobald sie das tat, konnte sie ihn sehen, wie er irgendwo in hügeligem Land an einem Lagerfeuer lag und schlief. Zunächst war das Bild nur klein, dann breitete es sich aus, bis es die Feuerstelle erfüllte und schließlich auch ihren gesamten Geist, bis sie das Gefühl hatte, über der Szene zu schweben wie in ihren Wahrträumen. Als sie über dem Tal hing, sah sie, wie zwei Männer unter den Bäumen hervorkamen und den nichtsahnenden Schläfer überfielen. Obwohl sie Sarcyn noch einen Augenblick zuvor gehaßt hatte, fürchtete sie nun doch um ihn.

Sie versuchte zu schreien und ihn zu warnen, konnte aber keinen Laut hervorbringen. Sie mußte mit ansehen, wie die Habichte ihren Gefangenen fesselten und dann zurückließen.

Plötzlich hörte sie Nevyns Stimme, die durch ihren Geist sprach.

»Bekenne dich zum Licht, und schwöre der Dunkelheit ab.«

Sarcyn hatte das offenbar gehört. Er sah sich erschrocken um.

»Bekenne dich zum Licht, und schwöre der Dunkelheit ab.«

Sarcyn sah Jill direkt an. Sie konnte sehen, wie er die Augen ein wenig zusammenkniff, aber sie wußte natürlich nicht, was er sah. Da ihr Geist so mit dem Nevyns verbunden war, kam es ihr so vor, als ob sie wirklich um den Gefangenen weinte, der dort zitternd vor ihr lag, aber der Kummer, das wußte sie, war der des alten Mannes.

»Bekenne dich zum Licht.«

Sarcyn starrte sie unverwandt an, dann weinte er, seine Lippen bewegten sich, aber sie hörte nicht, was er sagte. Sie sah sich um und entdeckte, daß die Habichte zurückkehrten und beladene Pferde mitgebracht hatten. Nevyn hatte sie offensichtlich auch entdeckt.

»Komm zurück!« Seine Stimme erklang laut in ihrem Geist. »Sie haben die Macht, dich zu sehen, wenn sie mit dem Zweiten Gesicht in diese Richtung schauen. Denk an mich, Kind. Komm zurück in dieses Zimmer.«

Sie stellte sich Nevyn vor und das Zimmer, und plötzlich waren ihre Augen offen, und sie schaute ins Feuer. Sie stand auf und reckte sich.

»Ich hätte nie gedacht, daß sie Alastyr derart dicht auf den Fersen waren«, meinte Nevyn. »Ich werde schnell sein müssen, wenn ich unseren Schüler aus dieser Falle retten will.«

»Wieso wollt Ihr ihn retten, nach allem, was er getan hat?«

»Er wird für seine Verbrechen zahlen, aber dem Gesetz entsprechend.«

»Aber er ist das widerlichste Schwein, das ich je …«

Nevyn hob die Hand.

»Warum gehst du nicht in die große Halle zu deinem Rhodry? Ich muß nachdenken.«

Nevyn begann, wieder unruhig auf und ab zu gehen, während er überlegte, was zu tun war. Er war entschlossen, Sarcyn vor den Habichten zu retten, und sei es um des Königreichs willen. Wenn der Schüler fluchend und schreiend unter der Folter starb, würden dieser Haß und diese Qual sein nächstes Leben erfüllen und allen, die in seine Nähe kamen, schaden. Außerdem hatte er Mitleid mit Camdel gehabt, und das bedeutete, daß irgendwo in seiner Seele auch noch ein Funke Anständigkeit vorhanden war, den man zu einem reinigenden Feuer anfachen konnte.

»Immer vorausgesetzt, wir können ihn da rausholen«, sagte Nevyn zu dem dicken gelben Gnom, der an der Feuerstelle hockte. Der Gnom kratzte sich nachdenklich den Bauch. Nevyn überlegte, ob er Blaern bitten sollte, einen Kriegshaufen auszuschicken, aber die Habichte hatten einen ziemlich großen Vorsprung. Außerdem waren sie ebenfalls im Dweomer geübt und würden die Verfolger schon bald bemerken und sich gut verstecken können. Wenn ich mitritte, dachte Nevyn, könnten wir sie einholen. Immerhin würden die Habichte in den Bergen nur langsam vorankommen.

Die Berge. Nevyn lachte leise, als er sich vor die Feuerstelle kniete und Kontakt zu dem einzigen Dweomermeister im Königreich aufnahm, der ihm jetzt helfen konnte.

Nachdem die Habichte ihre Pferde angepflockt hatten, kehrten sie zum Lagerfeuer zurück. Sarcyn lag reglos und belauschte sie, bis er schließlich ihre Namen kannte. Der größere hieß Dekanny, der mit den gelblichbraunen Augen, die auf eine Spur Anmurdio-Blut in seinen Adern hinwiesen, schien der Höherrangige zu sein und hieß Karlupo. Nachdem sie gegessen hatten, kniete sich Dekanny neben Sarcyn, packte ihn an den Handgelenken und zog ihm das Hemd über das Gesicht, damit er nichts mehr sehen konnte. Sarcyn lag still und lauschte, wie der Habicht etwas am Feuer machte. Schließlich kam er zurück.

»Ich habe hier einen Dolch, der richtig glüht.«

Sarcyn wappnete sich mit seiner ganzen Willenskraft. Dekanny kicherte wie ein Mädchen, dann legte er den heißen Stahl auf Sarcyns rechte Brustwarze. Obwohl der Schmerz ihm bis ins Herz schnitt, gab er keinen Laut von sich.

»Und jetzt die andere Seite, Kleiner.«

Der Schmerz biß ihn in die linke Brustwarze. Er kämpfte gegen den Drang zu schreien an, und plötzlich spürte er, wie sich seine Gedärme entleerten.

»Was für ein Gestank! Dafür werde ich dir die Arschbacken verbrennen!«

»Das wirst du nicht!« sagte Karlupo. »Für heute hast du genug getan. Er muß in vernünftiger Verfassung sein, wenn wir nach Hause kommen, denn die Meister werden wollen, daß er so lange wie möglich durchhält.«

Dann drehte sich die ganze Welt, und Sarcyn wurde ohnmächtig. Als er mitten in der Nacht wach wurde, lag er immer noch in seinen Exkrementen. Sie hatten ihm das Hemd wieder heruntergezogen, und das grobe Leinen war auf den nässenden Brandwunden kaum auszuhalten. Er lag lange wach und versuchte, nicht zu stöhnen, bevor er wieder ohnmächtig wurde.

Am Morgen weckten sie ihn mit Tritten und packten ihn auf ein Pferd. Wieder rieb das Hemd auf den Wunden, und als er in der Sonne zu schwitzen begann, verstärkte das Salz den Schmerz nur noch, bis er an nichts anderes als ans Sterben denken konnte. Am späten Vormittag begannen seine gefesselten Handgelenke zu schwellen, und die Lederschnur schnitt ins Fleisch. Als sie zum Mittagessen eine Pause einlegten, schmerzte auch seine Unterlippe, und er bemerkte, daß er sie aufgebissen hatte, als er gegen den Drang zu schreien und zu stöhnen ankämpfte.

»Wirst du etwas essen, Kleiner«, meinte Karlupo, »oder sollen wir dich füttern?«

»Ich esse.«

Karlupo band ihm die Hände los und stand mit gezogenem Schwert neben ihm, während er Brot und Trockenfleisch aß. Dann hieß es wieder zurück aufs Pferd, zurück zu weiteren Schmerzen.

Inzwischen waren sie tief in den Bergen und folgten einem schmalen Pfad, der sich zwischen gewaltigen Felsen hindurchwand. Hin und wieder überquerten sie einen Bach oder kamen an einem abbröckelnden Felsüberhang vorbei. Daß er nun schon fast einen Tag in feuchten, schmutzigen Brigga ritt, führte auch noch dazu, daß Sarcyns Hinterteil wund wurde. Gegen Abend fiel Dekanny zurück, um neben ihm zu reiten.

»Wir werden bald unser Lager aufschlagen, dann habe ich wieder ein paar Minuten, um mit dir zu spielen. Du kannst wählen: Ich kann die heiße Klinge entweder in deine Achselhöhlen stecken oder über die Nieren halten. Nachher wirst du mir sagen, was du willst.«

Mit diesen Worten fiel er weiter zurück und überließ es Karlupo, an der Spitze zu reiten. Sarcyn konnte sein Zittern nicht mehr beherrschen. Er wußte genau, was Dekanny tat. Wenn er seine Wahl nicht traf, würde er selbstverständlich beide Foltern zu spüren bekommen, aber wenn er wählte, tat er damit den ersten Schritt zu einer Zusammenarbeit mit seinem Peiniger. Sie wollten, daß er sich ihnen auslieferte, daß er zum Partner in seinem eigenen Schmerz wurde, bis schließlich eine schreckliche, beinahe sexuelle Verbindung zwischen dem bestand, der den Schmerz verursachte, und jenem, der ihn hinnehmen mußte.

»Dekanny!« rief er laut. »Ich wähle nicht!«

Hinter ihm erklang nur ein heiseres, erregtes Lachen. Sie ritten in einen felsigen Hohlweg, an dessen steilen Wänden Büsche wuchsen. Einmal, als Sarcyn aufblickte, schien sich einer der Büsche in ein Gesicht zu verwandeln. Hastig wandte er den Blick ab. Wenn er jetzt Halluzinationen bekam, würde er den Willen zum Widerstand vollkommen verlieren. Er konzentrierte sich auf seinen Atem und versuchte, den Geist weit weg von seinem schmerzenden Körper wandern zu lassen, während die Schatten länger wurden und der Abend unausweichlich näher kam.

Zwei Stunden vor Sonnenuntergang schlugen sie ihr Lager in einem Tal auf, das so eng war, daß es eher wie eine Kerbe zwischen zwei Hügeln wirkte. Sarcyn saß auf dem Boden und beobachtete jede Bewegung Dekannys, als die beiden Habichte das Lager aufschlugen und den Pferden besonders große Haferrationen gaben, weil hier kein Gras mehr wuchs. Bald, sehr bald, würde er viermal die glühende Klinge spüren.

»Laß ihn erst essen«, sagte Karlupo. »Wenn du mit ihm fertig bist, wird er nichts mehr runterkriegen.«

Sarcyn biß sich auf die Lippe und starrte auf den Boden, als könnte er die ganze Welt auf diesen kleinen felsigen Fleck reduzieren. Plötzlich hörte er Dekanny aufschreien. Er blickte auf und sah, daß der Habicht taumelte. Ein Pfeil steckte in seiner rechten Schulter, und ein Schwarm von Männern drang ins Tal ein. Sie waren klein, höchstens fünf Fuß groß, aber massiv gebaut und schwer bewaffnet. Sie schwangen ihre Äxt geschickt, und schon lag Karlupo tot am Boden, den Kopf beide Unterschenkel abgeschlagen. Dekanny versuc fliehen, aber eine große Axt wurde von unten ho und grub sich zwischen seine Beine. Als er schreie schnitten sie ihm die Kehle durch. Dann läch einander zufrieden an, und erst in diesem

vo

Sarcyn klar, daß keiner während des Kampfes auch nur einen Laut von sich gegeben hatte.

Einer von ihnen nahm seinen Topfhelm ab und ging auf Sarcyn zu. Er hatte ein faltiges, gebräuntes Gesicht, einen dicken grauen Bart und buschige schwarze Brauen.

»Du sprechen Deverry-Sprache?«

»Ja.«

»Gut. Ich sprechen Deverry-Sprache. Nicht gut, aber sprechen. Andere besser, drinnen. Dann sprechen. Ich Jorl. Du aufstehen?«

»Ich weiß nicht, ob ich das kann. Guter Jorl, ich verstehe das nicht. Wer seid ihr?«

»Bergleute. Kein Sorge, Mann. Wir retten. Du sicher.«

Sarcyn weinte, die Tränen liefen ihm über die Wangen, während Jorl ihm die Fesseln durchschnitt.

Es brauchte mehrere Zwerge, um Sarcyn in den Sattel zu heben. Sie holten auch die anderen Pferde und machten sich dann zu Fuß auf den Weg. Sarcyn, dessen Pferd sie ebenfalls führten, versuchte zwar darüber nachzudenken, wieso sie ihn retten wollten, aber er brauchte den größten Teil seiner Willenskraft und Aufmerksamkeit, um auf dem Pferd zu bleiben. Als das Zwielicht grauer wurde, kamen sie durch ein enges Tal und direkt auf eine Felswand zu. Als sie näher kamen, hörte Sarcyn ein lautes Knirschen.

»Bei den Göttern!«

In der Felswand öffnete sich ein riesiges Tor. Als Jorl die Gruppe in einen hohen, aus dem Berg gehauenen Tunnel führte, kamen weitere Männer auf sie zu, die Laternen trugen und in einer Sprache redeten, die Sarcyn noch nie gehört hatte. Er warf einen Blick zurück und sah, wie das Tor sich langsam wieder schloß. Der Anblick bewirkte, daß ihm schwindlig wurde. Plötzlich griffen Hände nach oben und holten ihn sanft vom Pferd. Jorl beugte sich über ihn.

»Wir holen Liege. Tragen dich.«

Sarcyn wollte ihm danken, aber er verlor das Bewußtsein.

Als er wieder erwachte, lag er auf einem Strohsack in einer stockfinsteren Kammer. Zuerst hatte er Angst, weil es nicht den geringsten Lichtschimmer gab, nicht einmal die Variationen von Dunkel, die üblicherweise bei Nacht in einem Zimmer herrschten. Langsam wurde ihm bewußt, daß er sauber und nackt unter einer weichen Decke lag und daß seine Brandwunden kaum mehr pochten. Auf seine aufgebissene Lippe hatte jemand Balsam geschmiert. Kurz darauf öffnete sich eine Tür, und ein etwa vier Fuß großer Mann mit einer Laterne in der Hand kam herein.

»Das Wildvolk sagt, du wärst wach«, meinte er. »Kannst du essen?«

»Ich glaube schon.«

»Dann bringe ich dir etwas.«

Er stellte die Laterne auf einen kleinen Tisch an der Tür und ging. Sarcyn hörte, wie ein schwerer Riegel vor die Tür geschoben wurde. Er war also gefangen, wenn man ihn auch gut behandelte. Und obwohl das Zimmer nur zehn mal zehn Fuß maß und aus dem Felsen gehauen war, war es alles andere als eine Zelle. Auf dem Boden lag ein roter Teppich, und neben dem Strohsack und dem Tisch stand noch ein Stuhl mit hoher Rückenlehne und einem Kissen, der so aussah, als wäre er sehr bequem – für jemanden mit sehr kurzen Beinen. Nahe der Tür, diskret mit einem Tuch bedeckt, stand ein Nachttopf, und daneben lagen seine Kleider, gewaschen, getrocknet und sorgfältig zusammengelegt.

Langsam, weil ihm immer noch schwindlig war, stand Sarcyn auf und zog sich an. Er war nicht überrascht, daß er sein Schwert nirgendwo finden konnte. Er war gerade fertig angezogen, als der Mann zurückkam und ein Holztablett mit zwei Schüsseln darauf mitbrachte.

»Magst du Pilze?«

»Ja.«

»Gut.« Er stellte das Tablett auf den Tisch. »Die Möbel sind ein bißchen klein für dich, wie? Nun, du wirst hier nicht lange bleiben.«

»Könnt Ihr mir sagen, wohin man mich bringen wird?«

Der Mann hielt inne und legte nachdenklich den Kopf schief, dann zuckte er mit den Achseln und ging zur Tür. Er hielt sie ein wenig auf, damit Sarcyn zwei schwerbewaffnete Soldaten sehen konnte, die dort Wache hielten.

»Der Meister des Aethyr wird dich holen kommen.«

Er ging hinaus und warf die Tür zu, bevor Sarcyn, mehr von Angst bewegt als in einem rationalen Versuch zu entkommen, darauf zusprang. Sarcyn stieß gegen die Tür und fiel nach hinten, und als er hörte, wie der Riegel vorgeschoben wurde, brach er in beinahe lautloses Schluchzen aus. Endlich erhob er sich wieder und begann, im Zimmer auf und ab zu gehen. Nahe der Decke gab es einen Luftschlitz, aber er war viel zu klein, um hindurchzukriechen. Vielleicht würde er sich krank stellen und den kleinen Mann überwältigen können – aber da waren immer noch die Wachen. Vielleicht konnte er seine Aura zusammenziehen und nach draußen schlüpfen – immer vorausgesetzt, daß sie die Tür wieder öffneten, bevor Nevyn eintraf. Oder er konnte das Wildvolk dazu bringen, sie abzulenken. Vielleicht würden sie sogar den Riegel für ihn zurückschieben.

Ganz plötzlich blieb er stehen, als ihn ein Gedanke wie ein Pfeil durchzuckte: Er wollte gar nicht fliehen. Sehr langsam ließ er sich auf dem Boden nieder und dachte wieder und wieder darüber nach: Er hatte nicht den Wunsch, frei zu sein. Er war müde, erschöpft bis in die Seele hinein, viel zu müde, um zu fliehen, und wenn er entkam, würde er immer weiterfliehen müssen. Vor Nevyn, vor dem Gesetz, vor den Habichten, vor dem Schrecken seiner eigenen Erinnerungen, immer fliehen, immer lügen, immer wachsam sein.

»Das Wild im königlichen Jagdrevier hat mehr Ruhe.«

Er lächelte bitter über seine eigenen Worte. Also würde er sterben. Nevyn würde ihn zweifellos dem Gwerbret übergeben, und dann würde man ihn töten. Das war besser, als in den Händen der Habichte zu sein. Schlimmstenfalls würde man ihn aufs Rad flechten, aber er hatte genug über Blaern gehört, um anzunehmen, daß man ihn vermutlich gnädig hängen würde. Und er verspürte ein gewisses perverses Vergnügen bei dem Gedanken, daß so viel Wissen mit ihm sterben würde. Der Alte würde nie von Rhodrys Elfenblut erfahren. Als er darüber lächelte, fiel ihm auf, daß er den Alten schon lange gehaßt hatte, sie alle, jeden dunklen Meister und Schüler und Habicht, dem er je begegnet war – er haßte sie, so wie auch sie ihn hassen mußten. Nun, er würde sie bald los sein.

Als er die Hände hochhielt, erwartete er halb, sie zittern zu sehen, aber sie waren vollkommen ruhig. Er wollte sterben. Plötzlich wurde ihm klar, daß dieser Tod keine Hinrichtung, sondern nur Selbstmord mit Beihilfe sein würde. Jahrelang hatte er sich schon wie die leere, hohle Hülse eines Menschen gefühlt, nun würde die falsche Fassade, die er der Welt präsentiert hatte, zusammenbrechen und von der inneren Leere verschlungen werden. Diese lange Müdigkeit wäre vorüber. Wieder lächelte er, und er spürte, wie eine warme Ruhe ihn umfing, als triebe er in warmem, parfümiertem Wasser, so leicht und ruhig und sicher fühlte er sich jetzt, da er wußte, daß er sterben wollte. Niemand würde ihn jemals mehr zwingen, etwas gegen seinen Willen zu tun, und niemand würde ihm mehr weh tun. Immer noch lächelnd, zog er sich das Tablett mit dem Essen herüber. Er war vollkommen ruhig und sehr hungrig.

Als er fertig gegessen hatte, war die Ruhe einer so tiefen

Müdigkeit gewichen, daß er den Kopf nicht länger aufrecht halten konnte. Er legte sich auf den Bauch, legte den Kopf auf die verschränkten Arme und sah, wie die Schatten an der Wand im Laternenlicht zuckten. Manchmal trieb er aus seinem Körper heraus und glitt wieder zurück, hin und her zwischen der ätherischen und der physischen Ebene. Tatsächlich hatte er gerade seinen Körper verlassen, als die Tür aufging und Nevyn hereinkam, begleitet von dem Zwerg, der ihm das Essen gebracht hatte. Obwohl Sarcyn den alten Mann nie zuvor gesehen hatte, wußte er, daß er den Meister des Aethyr vor sich hatte, als er die beinahe blendend helle Aura von hellgoldenem Licht sah.

»Würmer und Schleim!« rief der Zwerg. »Ist er etwa tot?«

»Das glaube ich nicht.« Nevyn kniete sich neben Sarcyn und legte ihm die Hand in den Nacken. »Er ist nur in Trance.«

Plötzlich spürte Sarcyn, wie das blaue Licht um ihn zu wirbeln begann. Er hatte das Gefühl, als saugte sein Körper ihn auf, ganz gleich, wie sehr er dagegen ankämpfte. Er zog ihn die Silberschnur entlang, bis er schließlich ein Zischen und Klicken hörte. Er öffnete die Augen und sah Nevyn, der sich über ihn beugte.

»Gut«, sagte der Zwerg. »Ich bin draußen, wenn Ihr mich braucht.«

Sarcyn starrte zu Boden, bis er hörte, wie die Tür zufiel. Dann drehte er sich sehr langsam um und sah seinen Widersacher an. Es kam ihm so vor, als sollte er etwas sagen, sich verteidigen, oder vielleicht sollte er auch nur erklären, daß er bereit sei zu sterben, aber wieder war er nur müde und brachte kein Wort heraus. Nevyn sah ihn lange Zeit nur an.

»Ich habe dafür gesorgt, daß du gerettet wirst«, sagte Nevyn schließlich. »Haben sie dir das gesagt?«

»Ja. Aber war das Rettung oder eine weitere Falle?«

»Du Dummkopf! Was glaubst du wohl, was ich mit dir machen werde – dich foltern?«

»Ich bin sicher, Ihr braucht solche Mittel nicht.«

»Ihr Götter, hast du noch eine Spur von Hirn zwischen den Ohren? Ich habe durch das Feuer zu dir gesprochen und dir geraten, dich zum Licht zu bekennen. Das hast du getan, und hier bin ich.«

Er lächelte. Sarcyn konnte nicht verstehen, wieso er lächelte.

»Sag mir«, fuhr Nevyn fort, »bist du bereit, Wiedergutmachung zu leisten?«

»Ich will nur noch sterben.«

»Oh, ich fürchte, dieser Wunsch wird erfüllt werden«, meinte Nevyn traurig. »Aber dann wirst du Gelegenheit bekommen, dich für immer von der Dunkelheit zu befreien.«

»Was? Wo? In den elenden Anderlanden?«

»Ach, Junge, glaubst du wirklich, wenn ein Mensch stirbt, wäre das sein Ende? Hat man dich so schlampig ausgebildet?«

Sarcyn starrte ihn verdutzt an, dann erinnerte er sich plötzlich an die eine oder andere Bemerkung, die er gehört hatte, an Reisen über die ätherische Ebene als reines Bewußtsein, an Alastyrs Prahlerei, er werde im Land von Hülsen und Schalen ewig leben. Sein Haß flackerte wieder auf, als ihm klar wurde, um was Alastyr ihn betrogen hatte.

»Das große Geheimnis! Nicht in den Anderlanden, sondern in meinem nächsten Leben!«

»Genau. Es wird eine Herausforderung sein, Junge. Ein Kampf. Etwas so Großartiges, wie ich es dir biete, bekommt man nicht umsonst. Wirst du der Dunkelheit abschwören und dich dem Licht zuwenden?«

Sarcyn zögerte einen einzigen Herzschlag lang.

»Ja, Meister des Aethyr, ja!«

Und dann rollte er sich wie ein Kind auf dem Boden

zusammen und weinte, weil er weder sprechen noch denken konnte.

Obwohl Nevyn darauf bestanden hatte, den gefährlichen Gefangenen allein zurückzubringen, hatten weder Rhodry noch Jill das zulassen wollen. Nun jedoch verstanden sie, wieso Nevyn sich geweigert hatte, sich von Blaerns Leuten begleiten zu lassen. In schweigender Ehrfurcht saßen sie auf einer Steinbank an der Wand der gewaltigen Höhle und betrachteten den Zwergenmarkt. Die Höhle hatte mindestens hundert Schritt Durchmesser und war gut doppelt so hoch, beleuchtet von Sonnenlicht, das durch Schächte in der Decke fiel. Direkt gegenüber rieselte Wasser über den Felsen und sammelte sich in künstlichen Becken. Hin und wieder füllte dort ein Zwerg einen Eimer, den er vermutlich nach Hause trug. Inmitten der Höhle waren rund einhundert der Bergleute mit Feilschen beschäftigt. Meist ging es um Lebensmittel, die auf grobem Tuch auf dem Boden ausgebreitet waren: Pilze, Fledermäuse, Wurzeln, die man heimlich an der Erdoberfläche geerntet hatte, oder Wild, das nicht weniger im verborgenen gejagt worden war.

»Diese Leute haben ein schweres Leben«, meinte Jill.

»Hm. Sie haben es nicht besser verdient.«

»Schon gut, Liebster. Versuch, es mit Würde zu tragen.«

Rhodry schaute nur mürrisch drein. Als sie durch das Tor der Zwergenfestung geritten waren, hatte eine der Wachen einen kleinen Dolch hochgehalten. In Rhodrys Nähe hatte das Metall sofort angefangen zu blinken und zu leuchten, und das hatte eine ganze Flut von Flüchen und Geschrei nach sich gezogen. Nur um Nevyns Willen hatten die Zwerge Rhodry schließlich doch ins Innere des Berges gelassen. Obwohl der eine oder andere von ihnen nun herüberkam und ein paar freundliche Worte an Jill richtete, ignorierten sie Rhodry, als wäre er ein Wolf oder ein anderes gefährliches Tier.

Nun näherte sich ihnen eine winzige Frau, die kaum größer als drei Fuß war. In einem Tuch an der Hüfte trug sie ein Kind. Jill hatte keine Ahnung, wie lange diese Menschen lebten und wie schnell sie wuchsen, deshalb konnte sie das Alter des Kindes nicht schätzen, aber es saß aufrecht und sah sich aufmerksam um, wie es ein Menschenkind von etwa einem Jahr tun würde.

»Ah«, sagte die Frau. »Du mußt das Mädchen sein, das mit dem Meister des Aethyr gekommen ist.«

»Ja«, sagte sie. »Ist das Kind ein Junge oder ein Mädchen?«

»Ein Mädchen.«

»Sie ist wirklich reizend.«

Bei diesem Kompliment lächelte das Kind. Obwohl die Stirn der Kleinen unter dem lockigen schwarzen Haar niedrig war und ihre Nase breit, war sie so lebendig, daß Jill sie gern in den Arm genommen hätte.

»Darf ich Euch etwas fragen?« fuhr Jill fort. »Warum sprechen so viele von euch Deverrianisch?«

»Oh, wir treiben mit den Bauern in den Hügeln Handel. Das sind friedliche Leute, und sie geben unser Geheimnis nicht preis, wenn wir ihnen hin und wieder ein wenig Silber zukommen lassen. Es gibt nichts Besseres als Edelmetalle, wenn man sich Freunde machen will – oder Feinde.«

Bei dem letzten Wort warf sie Rhodry einen anzüglichen Blick zu.

»Bitte«, sagte Jill, »was ist so falsch an meinem Mann?«

»Er hat den Talisman der Wachen zum Glühen gebracht, oder?«

»Ja, aber was bedeutet das?«

»Nun …« Die Frau dachte einen Augenblick nach. »Eigentlich weiß ich das nicht. Es gibt nicht viele, die das wissen. Aber es gibt hier einen alten Spruch.« Sie sagte etwas in ihrer Sprache. »Das bedeutet: Wenn die Klinge der Wachen glüht, ist der Feind nicht weit.«

»Aha, ich verstehe. Das nehme ich jedenfalls an.«

Die Frau nickte und ging weiter.

»Ich hoffe, daß Nevyn bald wiederkommt«, zischte Rhodry.

Sein Wunsch wurde kurz darauf erfüllt, als der Dweomermeister aus einem Tunnel am anderen Ende der großen Höhle trat. Bei ihm war der Zwerg, den sie als Larn kennengelernt hatten, und hinter ihnen kamen zwei Krieger mit Äxten, die Sarcyn führten, der gebeugt und steif ging wie ein alter Mann. Jill und Rhodry eilten zu ihnen. Sarcyn sah Jill an. In seinen Augen stand eine so tiefe Müdigkeit, daß sie zurückwich. Er lächelte; nur ein Zucken der Mundwinkel.

»Ich werde keinen Ärger machen.«

Sarcyn hielt sein Versprechen. Auf dem ganzen langen Weg zurück nach Dun Hiraedd sagte er kein weiteres Wort mehr.

Das Abbild Salamanders über dem Feuer grinste. Nevyn wünschte sich, daß dieser elende Gerthddyn nur ein einziges Mal in seinem Leben etwas ernst nehmen würde.

»Gut«, meinte Salamander zufrieden. *»Camdels Aussage beweist also, daß ich recht hatte, was das Opium angeht.«*

»Genau. Jetzt möchte ich, daß du sofort zu einem gewissen Lord Gwaldyn gehst. Er steht mit dem Profos des Königs in Verbindung, und wir kennen uns gut. Sorge dafür, daß Gwaldyn diese Anghariad sofort verhaftet, und er soll sie gut bewachen. Ich wette, es gibt etliche Leute bei Hofe, die sie nur zu gern vergiften würden, damit sie den Mund hält.«

»Ich gehe gleich morgen früh zu ihm. Wie lange soll ich in Dun Deverry bleiben?«

»Bis ich komme. Liddyn der Apotheker – du bist ihm schon begegnet – ist auf dem Weg von Dun Cantrae hierher. Ich werde

Camdel seiner Obhut übergeben und dann dem König den Großen Stein zurückgeben. Macht es dir etwas aus, wenn du warten mußt?«

»Nicht im geringsten. Um ehrlich zu sein, ich bin ganz froh darüber, weil mein geliebter und geschätzter Vater wünscht, daß ich nach Hause komme.«

»Nun, wenn er dich braucht, kann ich auch jemand anderen in die Hauptstadt schicken.«

»Keine Sorge, o Meister des Aethyr«, verkündete Salamander dramatisch. *»Ich weiß genau, worum es ihm geht: Er will mich wieder einmal tadeln, weil ich in der Welt herumziehe. Ich habe angekündigt, daß ich im Herbst zurückkomme. Das wird früh genug sein, um mir eine weitere sorgfältig zusammengestellte und exakt zugeschnittene Predigt über all meine Fehler anzuhören, selbstverständlich dargeboten mit allem Wohlklang, dessen eine geschulte Bardenstimme fähig ist.«*

Nachdem sie das Gespräch beendet hatten, löschte Nevyn das Feuer, denn die Nacht war warm. Auf dem Sims neben der Feuerstelle lagen Alastyrs drei Bücher, die die Zwerge ihm übergeben hatten. Eines war eine Kopie des *Geheimbuchs Cadwallons des Druiden*, die beiden anderen, die in Bardekianisch geschrieben waren, hießen *Der Weg der Macht* und *Das Schwert des Kriegers*, halb aufgeblasener Unsinn, halb ausgesprochen gefährliche Rituale und Zeremonien. Nevyn klappte *Das Schwert des Kriegers* auf.

»Alle Dinge sollen dem Willen des wahren Kriegers unterworfen sein, bis hin zu den geheimen Ebenen der Dunkelheit, denn es ist von bewunderungswürdiger und nicht zu widerlegender Wahrheit, daß jene, die unter dem Zeichen des …«

Schnaubend klappte Nevyn das Buch zu und legte es beiseite.

»Ich frage mich, wieso diese Leute nie anständig schreiben

können«, sagte er zu dem gelben Gnom. »Nicht zu widerlegende Wahrheiten, pah!«

Der Gnom kratzte sich am Bauch, dann holte er eine Handvoll Holzkohle aus der Feuerstelle und verstreute sie auf dem Teppich. Bevor Nevyn ihn packen konnte, war er verschwunden. Er hob gerade die letzten Kohlestückchen auf, als es an der Tür klopfte.

»Ich bin's, Jill.«

»Komm herein, Kind.«

Sie kam herein, schloß die Tür und lehnte sich müde dagegen.

»Ich bin gekommen, um mich zu verabschieden. Rhodry und ich reiten morgen früh weiter.«

»So bald schon?«

»Ja. Es liegt daran, wie Blaern Rhodry behandelt. All diese Großzügigkeit beschämt Rhoddo nur noch mehr. Manchmal verstehe ich diese ehrenwerten Krieger nicht.«

»Sie haben eine schwere Aufgabe. Aber ich hatte gehofft, daß ihr wenigstens noch so lange bleibt, bis ich meine Arbeit hier abgeschlossen habe.«

»Ich auch. Ihr werdet mir fehlen.«

»Ach ja?« Er hatte einen Kloß im Hals. »Du wirst mir auch fehlen, aber ihr könnt mich immer durch das Feuer erreichen.«

»Ja.« Sie schwieg so lange, daß er auf sie zutrat, um sie näher anzusehen. »Ich habe nachgedacht. Manchmal wünschte ich mir, ich hätte zugestimmt, als Ihr wolltet, daß ich die Kräuterkunde lerne, aber jetzt ist es zu spät.«

»Wegen Rhodry?«

Sie nickte nachdenklich.

»Nun ja«, meinte sie schließlich, »irgendwann werde ich schwanger werden, und dann werde ich nicht mehr mit ihm reiten können. Und wenn ich zurück nach Dun Gwerbyn gehen würde, zu Vater, könnte Rhoddo mich dort nicht einmal besuchen. Aber ich will verflucht sein, wenn ich in einer Schenke ende wie meine Mutter. Also frage ich mich, ob …«

»Aber sicher, Kind!« Nevyn hätte vor Freude hüpfen können. »Du und ich und das Kind können uns irgendwo niederlassen, wo die Leute einen Kräutermann und seine Schülerin brauchen.«

Sie lächelte so erleichtert, daß sie mehr wie ein Kind als wie eine Frau aussah.

»Wenn Rhodrys störrische Ehre nicht wäre«, fuhr er fort, »könnten wir das sofort tun, aber ich kann mir nicht vorstellen, wie er Unkraut in einem Kräuterbeet jätet.«

»Vielleicht doch … irgendwann, wenn der Mond lila wird und vom Himmel fällt.«

»Genau. Aber wir haben immerhin einen Plan. Und oben im Norden gibt es ein paar Städte, die einen Kräutermann dringend genug brauchen, um darüber hinwegzusehen, daß ein Silberdolch bei ihm überwintert.«

Nachdem Jill gegangen war, blieb Nevyn noch lange am Fenster stehen und lächelte in sich hinein. Endlich! dachte er. Bald würde sich sein Wyrd entwirren, bald würde er sie zum Dweomer führen können. Bald. Aber selbst in seiner Freude spürte er eine kalte Warnung, daß nichts in seinem dweomerreichen Leben je wieder einfach sein würde.

EPILOG, 1063

Wyrd treibt Menschen wie ein Sturmwind umher,
Ungezähmt, unbekannt,
Fürchte alle, die glauben, das ihre zu kennen.
Im Schatten wartet auch ihr Wyrd schon auf sie.

Aus den Gnomischen Versen von Gweran,
Bardd Blaedd

Warum hast du Valandario nicht gebeten, Ebañy einfach zu befehlen, daß er heimkommen soll?« fragte Calonderiel. »Der Meister des Aethyr braucht ihn schon seit Monaten nicht mehr.«

»Weil ich hoffte, daß er ein einziges Mal etwas nur deshalb tut, weil ich ihn darum bitte«, meinte Devaberiel. »Nur ein einziges Mal.«

Calonderiel dachte lange darüber nach. Sie saßen in Devaberiels Zelt, und unter dem Rauchloch brannte ein Feuer. Hin und wieder fiel durch das Loch ein Regentropfen herein und verging zischend in den Flammen.

»Weißt du«, meinte der Krieger schließlich, »du tadelst den Jungen zu oft. Ich schwöre, Barde, wenn du jemanden mit dieser Stimme anmeckerst, bekommt er bloß Kopfschmerzen.«

»Hatte ich dich um deinen Rat gebeten?«

»Nein, aber ich gebe ihn dir freiwillig.«

»Ausgerechnet du hast es nötig …«

»Ach, ich kenne uns beide sehr gut. Bist du deshalb jetzt wütend auf mich?«

Devaberiel schluckte eine erboste Antwort herunter.

»Nun ja«, sagte der Barde schließlich. »Wahrscheinlich.«

Calonderiel lächelte und reichte ihm den Metschlauch.

Inzwischen war der Herbst beinahe zu Ende. Die müde

Sonne kam erst spät über den Horizont und blieb für kaum sechs Stunden, bevor sie sich hinter Regenwolken verkroch. Die meisten vom Volk waren schon nach Süden in die Winterlager geritten, aber Devaberiel und ein paar Freunde warteten noch an der Grenze zu Eldidd. Sie trieben ihre Pferde auf der Suche nach frischem Gras von Weide zu Weide, jagten die grauen Hirsche und die wilden Katzen, die aus jenen Tagen übriggeblieben waren, als die Menschen aus Eldidd versucht hatten, dieses Grenzland zu kolonisieren. Bei all seinem Ärger machte Devaberiel sich auch einfach Sorgen um seinen Sohn. Was, wenn Ebañy in diesen schmutzigen Menschenstädten krank geworden war oder wenn ihn Banditen umgebracht hatten?

Endlich kam er, zwei Tage vor dem dunkelsten Tag, im strömenden Regen, triefend naß und zitternd vor Kälte, so daß Devaberiel es nicht übers Herz brachte, ihn sofort auszuschimpfen. Er half seinem Sohn, sein Pferd anzupflocken, dann brachte er ihn ins warme Zelt und gab ihm frische Kleidung. Ebañy kauerte sich ans Feuer und nahm dankbar den Metschlauch entgegen.

»Und, bist du diesen Sommer genug herumgezogen?« fragte der Barde.

»Ja, und ich hatte merkwürdige Aufträge.« Ebañy wischte sich den Mund mit dem Handrücken und reichte seinem Vater den Schlauch. »Gut. Ich bin gewappnet, geschätzter Vater. Ihr dürft mich belehren, beschimpfen, tadeln und mahnen, wie es Euer Herz begehrt.«

»Ich habe mir nur Sorgen gemacht, das ist alles.«

Ebañy blickte überrascht auf und griff rasch wieder nach dem Met.

»Nun«, fuhr Devaberiel so freundlich er konnte fort, »immerhin ist Deverry ein gefährlicher Ort.«

»Das ist wahr. Es tut mir leid. Ich habe oben in Pyrdon, als ich schon auf dem Heimweg war, dieses Mädchen kennengelernt, das meine Wenigkeit sehr reizvoll fand.«

»Oh. Nun, das ist ein vernünftiger Grund.«

Wieder starrte Ebañy ihn verblüfft an. Devaberiel lächelte und genoß das Staunen seines Sohns.

»Willst du nicht wissen, wieso ich dich zurückgerufen habe?«

»Nun, ich habe angenommen, du wolltest mir wieder einmal sagen, was für ein Tunichtgut und Faulpelz ich bin.«

»Nichts dergleichen. Ich habe wichtige Neuigkeiten. In diesem Frühjahr habe ich herausgefunden, daß du einen Halbbruder hast, von dem ich zuvor nichts wußte. Seine Mutter ist Deverrianerin wie die deine, und er ist im Augenblick Silberdolch.«

»Rhodry.«

»Ja, so heißt er. Woher weißt du das?«

»Bei der dunklen Sonne, ich bin ihm begegnet, erst im letzten Frühjahr. Ich habe ihn angestarrt und mich gefragt, wieso ich mir einbilde, ihn zu kennen. Vater, er sieht dir verflucht ähnlich.«

»So sagte man mir. Erinnerst du dich an diesen Silberring mit den Rosen? Er ist für Rhodry bestimmt. Ich kann nicht einfach im Königreich umherreiten – würdest du im Frühjahr den Ring zu Rhodry bringen?«

»Aber gern. Immerhin bin ich ihm schon begegnet und kann ihn daher durch das Zweite Gesicht leicht wiederfinden.« Plötzlich schauderte er.

»Sieht aus, als hättest du dich erkältet. Ich lege mehr Holz auf.«

»Das ist es nicht. Es ist die Dweomerkälte.«

Devaberiel schauderte ebenfalls. Zu wissen, daß sein Sohn zu jenen gehörte, die die Elfen »Geisterfreunde« nannten, hatte ihn schon immer beunruhigt. Er konzentrierte sich darauf, den kleinen Lederbeutel zu suchen, und warf ihn schließlich Ebañy zu, der den Ring herausholte.

»Ein seltsames Ding.« Ebañy fiel ins Deverrianische, als er wieder sprach. »Ich erinnere mich noch daran, wie du ihn mir damals gezeigt hast. Aus irgendeinem Grund wollte ich ihn unbedingt haben, und dennoch wußte ich, daß er nicht mir gehört.«

»Willst du ihn immer noch?«

»Nein.« Er schloß die Finger um den Ring und starrte ins Feuer. »Ich sehe Rhodry. Er muß irgendwo oben im Norden sein, denn er reitet durch Schneeverwehungen. Der Ring zittert in meiner Hand, also ist er wahrhaftig für ihn bestimmt. Oh ja, dieser Ring sehnt sich nach ihm, aber ich fürchte, daß er Rhodry am Ende den Tod bringen könnte.«

»Was? Bei den Göttern der Barbaren, vielleicht sollte ich das Ding einfach in einen Fluß werfen.«

»Er würde nur einen Mann finden, der ihn wieder rausfischt.« Ebañys Stimme war sanft, denn er war jetzt halb betrunken. »Und unser Rhodry wird nicht sterben, bis sein Wyrd es ihm bestimmt, und wer könnte das Wyrd eines Mannes abwenden? Nicht einmal sein eigener Vater, und das weißt du genau.«

Es dauerte lange, bis der Alte sich zusammengereimt hatte, was im vergangenen Sommer in Deverry geschehen war. Nachdem sowohl Alastyr als auch die Habichte nicht zurückgekehrt waren, hatte er Spione ausgeschickt. Bevor sie zurückkehren konnten, erhielt er allerdings aus anderen Quellen alarmierende Nachrichten. Die Leute des Gwerbret von Cerrmor und die Wachen des Königs hatten mehrere seiner wichtigsten Agenten im Opiumhandel verhaftet. Zum Glück war Angahriad vergiftet worden, bevor sie etwas verraten konnte, und Gwenca wußte wenig vom dunklen Dweomer, was über abergläubisches Geschwätz hinausging. Dennoch, die Verhaftungen hatten dem Opiumhandel und damit dem Einkommen der Dunklen Bruderschaft einen schweren Schlag versetzt.

Aber die schlimmsten Nachrichten trafen mit den erschütterten Spionen ein. Wie der Alte schon lange angenommen hatte, waren Alastyr und seine Schüler tot und die Bücher der Macht in Nevyns Hände gefallen. Der Alte hätte gerne gewußt, was Sarcyn Nevyn vor seiner Hinrichtung noch erzählt hatte; er konnte sich einfach nicht vorstellen, daß Nevyn sich die Gelegenheit entgehen ließ, durch Folter auch noch die kleinste Einzelheit zu erfahren, die der Schüler wußte. Was ihn allerdings stundenlang toben ließ, war die Tatsache, daß Nevyn ihm wieder einen Streich gespielt hatte. Der König hatte ihm in seiner Dankbarkeit über die Rückgabe des Großen Steins eine Gunst angeboten, und Nevyn hatte darum gebeten, daß sein »Neffe« Madoc, der Meister des Feuers und ein sehr mächtiger Mann, an den Hof berufen wurde. Nachdem dieser Mann dort wachte, würde der dunkle Dweomer nie wieder direkten Einfluß auf den Hof nehmen können.

Mehrere Tage schloß sich der Alte in seinem Zimmer ein und grübelte über astrologischen Daten und seinen alten Aufzeichnungen. Irgendwo dort mußte es doch Anzeichen geben, die ihm vorher entgangen waren. Aber er fand nichts, was auf die Rolle hinwies, die Rhodry offenbar bei der Störung von Alastyrs Plänen gespielt hatte. Und über Jill konnte er noch weniger in Erfahrung bringen, weil er weder ihre Geburtszeit noch die ihrer Eltern wußte, deren niedriger Rang es unwahrscheinlich machte, daß irgend jemand diese wichtigen Daten aufgeschrieben hatte. Am Ende ging er davon aus, daß er keinen Fehler gemacht hatte, daß etwas anderes am Werk war, all seine sorgsam vorbereiteten Pläne zu durchkreuzen, etwas, das sich seiner Kenntnis entzog.

Mit einem Seufzen erhob er sich und schlurfte zum Fenster. Draußen rechten zwei Sklaven im kalten Winterwind das Laub zusammen. Er sah sie kaum, denn er dachte an Deverry. Wenn er doch nur dorthin reisen könnte! Aber das war unmöglich, nicht nur wegen seiner schlechten Gesundheit, sondern auch, weil er dem Meister des Aethyr zu gut bekannt war. Einen Augenblick war er der Panik nahe. Seine Stellung in der Bruderschaft erforderte, daß er erfolgreiche Vorhersagen traf und keine Ratschläge gab, die zu Katastrophen führten. Was, wenn die anderen Mitglieder des Rats zu der Ansicht kamen, daß er zu nichts mehr nütze war? Dann beruhigte er sich wieder ein wenig, weil er sich daran erinnerte, daß er immer noch mehr Macht hatte als viele andere und weit entfernt von einer Niederlage war.

Er ging zur Tür, läutete und sagte dem Diener, er wolle auf keinen Fall gestört werden. Dann setzte er sich wieder hin und bereitete sich auf die Arbeit vor. Der Alte hatte eine sehr seltsame Form der Meditation entdeckt und verfeinert, die die Quelle der meisten seiner genauen Voraussagen war. Zu jener Zeit hatten Gelehrte in Bardek, wo Pergament und Schreibmaterial ausgesprochen teuer waren, eine Technik entwickelt, ihr Gedächtnis zu üben. Zunächst lernte man, deutliche geistige Bilder von ganz gewöhnlichen Gegenständen wie etwa einer Weinkaraffe zu visualisieren. War man erst einmal in der Lage, dieses Bild im Geist aufrechtzuerhalten, vollführte man dasselbe mit immer komplizierteren Bildern, bis man schließlich einen gesamten Raum auf diese Weise aufnehmen und dieses Bild jederzeit wieder hinaufbeschwören konnte.

An diesem Punkt begann man, sich ein Haus der Erinnerung zu bauen, indem man sich ein Zimmer nach dem anderen vorstellte. In jedes Zimmer plazierte man Gegenstände, die für bestimmte Dinge standen, an die man sich erinnern wollte, und diese Bilder waren im allgemeinen witzig oder grotesk gehalten, um die Erinnerung zu stimulieren. Ein Gewürzhändler zum Beispiel würde ein Zimmer in seinem Gedächtnis haben, in dem er Informationen über bestimmte Kunden speicherte. Ging es also um eine reiche Kundin, die schwarzen Pfeffer nicht ausstehen konnte, baute er dort eine Statue dieser Frau ein, die heftig nieste. Und wenn er sich irgendwann erinnerte, daß sie eine bestimmte Abneigung hatte, mußte er nur in seinem Geist das Zimmer betreten und sich umsehen und wurde daran erinnert, daß er ihr lieber ein anderes Gewürz schenken sollte.

Diese Methode der Gedächtnisübung hatte viel gemeinsam mit den ersten Stufen der Dweomerausbildung, und das war dem Alten schon früh aufgefallen. Als junger Mann war er Schreiber bei einer Behörde gewesen, und das hatte erfordert, daß er diese Gedächtnismethode so weit wie möglich entwickelte, weil man in diesen Tagen einfach noch nicht dazu übergegangen war, Papiere und Informationen in alphabetischer Reihenfolge abzulegen. Also hatte der junge Eunuch und Sklave Tondalo sich ein gewaltiges Archiv im Geist gebaut, das es ihm ermöglichte, jedes Dokument wiederzufinden, das ihm übergeben worden war. Nachdem er sich freigekauft hatte, war es ihm ein besonderes Vergnügen gewesen, dieses imaginäre Archiv im Geist zu verbrennen.

Die Technik als solche hatte sich allerdings immer wieder als wertvoll erwiesen, besonders, nachdem er zufällig einen Weg gefunden hatte, sie weiter auszudehnen. Vor etwa hundert Jahren hatte er für die dunkle Gilde an einem besonders schwierigen Problem gearbeitet: der Frage, ob ein bestimmter Archon nun umgebracht werden sollte oder nicht. Spione brachten ihm immer mehr Informationen über den Archon und die politische Situation in seinem Stadtstaat, und Tondalo hatte alles in einem Gedächtniszimmer untergebracht, weil es viel zu skandalös war, um es schriftlich festzuhalten. Und eines Tages hatte er bei der Rückkehr in diesen Raum festgestellt, daß sich einiges verändert hatte. Die Statue eines nackten Jungen (die für die wahre Leidenschaft des Archons stand) hielt eine Schale, die der Alte dort nicht plaziert hatte, und neben dem Jungen stand eine weinende Frau. Angespornt von dieser Veränderung wußte Tondalo nun auch, was zu tun war: Der Junge hielt Gift in der Schale, und die Frau war seine Mutter. Ein Mitglied der Gilde hatte sich der Mutter angenommen und sie so lange gedrängt, bis sie zornig genug gewesen war, den Archon öffentlich anzuklagen. Nachdem der Pöbel mit ihm fertig war, war es nicht mehr nötig, daß die Gilde einen Attentäter schickte.

Der Alte wußte, daß sich diese Symbole nur durch Intuition verändert hatten, wie man manchmal im Traum ein Problem löst, weil das Bewußtsein anderweitig beschäftigt ist. Aber es hatte ihn auf eine Idee gebracht: Was, wenn er einen besonderen Raum baute – vielleicht sogar einen Tempel – und ihn mit Dweomersymbolen füllte? Würden diese sich vielleicht verändern, wenn sie von den Gezeiten der Zukunft berührt wurden, und ihm die Geheimnisse kommender Tage verraten? Er hatte Jahre gebraucht, aber schließlich hatte der Alte diese Idee erfolgreich umsetzen können.

An diesem Nachmittag setzte er sich hin und begab sich im Geist in den Tempel der Zeit. Das erste Gebäude war ein hoher, rechteckiger Turm aus weißem Stein, der auf einem Hügel stand; die eine Seite des Hügels lag im Sonnenlicht, die andere im Licht des Vollmonds. Er ging hinüber zur mondbeschienenen Seite und betrat den Turm durch eine der vier Türen, die zu den ersten zwölf Stockwerken führten. Jede Wand hatte sieben Fenster, und in der Mitte befand sich eine Wendeltreppe mit zweiundfünfzig Stufen. Dort ging der Alte in Gedanken hinauf, aber er warf kaum einen Blick auf die Sammlung der

Gegenstände in jedem Zimmer, bis er das zwölfte Stockwerk erreicht hatte.

Dort befanden sich die Statuen von vier Elfen, zwei Männern und zwei Frauen, alle mit dem Rücken zur Treppe, als schauten sie aus den Fenstern. Hinter ihnen stand eine Statue von Rhodry, angefertigt nach Beschreibungen, bis auf die Tatsache, daß die Statue in Rot gekleidet war. Zu Rhodrys Füßen lag der silbern-blaue Drache von Aberwyn. In der Nähe befand sich die stilisierte Statue einer blonden Frau mit einem Schwert, die für Jill stand. Und hinter ihr war – nichts. Der Alte spürte, wie ihm ein Schauder über den Rücken lief, als er feststellte, daß Alastyrs Statue einfach verschwunden war. Er hätte damit rechnen müssen, mahnte er sich – es zeigte nur, daß der Tempel tatsächlich in enger Verbindung zu den höheren Mächten stand. Es gab auch noch andere Statuen und Gegenstände: ein Abbild Nevyns, einen zerbrochenen elfischen Langbogen, Statuen von Wildvolk, die Gegenstände hielten, die im Geist des Alten bestimmte Erinnerungen beschwören sollten, aber er ignorierte sie alle und ging zu einem der Fenster.

Draußen hingen Nebelschwaden, und der Alte mußte sich wappnen, um den Blick dorthin zu wagen. Manchmal tauchten dort seltsame Geschöpfe auf, denn obwohl der Tempel als rein geistige Konstruktion begonnen worden war, hatte er inzwischen eine gewisse astrale Wirklichkeit gewonnen, wie es mit jedem geistigen Bild geschieht, das mit genügend Kraft beseelt wird. Aber an diesem Tag sah der Alte nur das Mondlicht auf dem Nebel und keine kryptischen Vorboten künftiger Ereignisse. Er trat an alle Fenster auf der Mondseite, aber er wurde immer wieder enttäuscht. Als er sich wieder der Treppe zuwandte, fiel ihm etwas auf, und er blieb stehen, um sich Rhodrys Statue näher anzusehen. Etwas hatte sich verändert, eine Kleinigkeit – er mußte sehr genau hinsehen, bis er es endlich fand. Um den Zeigefinger von Rhodrys linker Hand wuchsen winzige Rosen, totenbleiche Rosen, so vollkommen, daß einer ihrer Dornen am Finger der Statue eine kleine Wunde verursacht hatte. Verblüfft wandte der Alte sich ab, nur um innezuhalten und noch einmal hinzusehen: Die Statuen der Elfen lachten über ihn.

Plötzlich hatte er Angst. Er hörte leise Geräusche, ein Rascheln an den Fenstern, als ob etwas einzudringen versuchte. Als er die Treppen hinabging, hörte er Lachen in der Ferne und Musik wie ein Flüstern im Wind, der plötzlich den Turm umwehte. Voller Panik rannte er nun die Treppe hinunter, sprang von Stufe zu Stufe, bis er endlich unten angekommen war, wo ihn die Statuen längst gestorbener Archonten anstarrten, als tadelten sie diese unangemessene Eile.

Er beruhigte sich wieder ein wenig. Der Turm war nur ein geistiges Bild, seine eigene Konstruktion, vollkommen unwirklich, und er war ein Dummkopf, wenn er dieser unerklärlichen Angst nachgab. Er mußte nur die Augen öffnen, und der Tempel würde wieder in seiner Erinnerung verschwinden. Aber er fragte sich dennoch, wie wirklich der Tempel geworden war, ob er vielleicht auf der Astralebene auf ihn wartete, wenn er dorthin reiste, um nachzusehen. Einen Augenblick hatte er Angst, die Augen zu öffnen, weil er befürchtete, sich in der Vision gefangen zu finden. Dann zwang er sich, das Gebäude zu verlassen, noch einmal einen Blick auf den Turm zu werfen – und die Augen zu öffnen.

Sein vertrautes Arbeitszimmer lag vor ihm, sein Schreibtisch, Schriftrollen, der gekachelte Boden, das offene Fenster. Mit einem Seufzen, das einem erleichterten Keuchen sehr nahe kam, stand er auf und ging mit zitternden Beinen zur Tür, um nach dem Diener zu klingeln.

»Bring mir gekühlten Wein – weißen, aber einen der besseren Jahrgänge.«

Der Sklave nickte, dann verschwand er. Der Alte schlurfte zurück zu seinem Stuhl und ließ sich schwerfällig hineinsinken. Im Geist verfluchte er Rhodry Maelwaedd und seinen gesamten Clan. Dann erinnerte er sich, daß Rhodry im Vergleich mit dem Meister des Aethyr nur ein geringfügiges Ärgernis war. Es war Nevyn, der Alastyr vernichtet hatte. Nevyn hatte Sarcyn gefangen, und Nevyn stand wie eine Festungsmauer zwischen dem Alten und seinem wichtigsten Ziel: solchen Haß zwischen den Bewohnern von Deverry und dem Westvolk zu säen, daß offener Krieg zwischen ihnen ausbrechen würde. Am Ende würden die Deverrianer siegen. Die Elfen waren in der Unterzahl, sie bekamen auch weniger Kinder, während die Menschen sich vermehrten wie die Karnickel. Wenn der Krieg lange dauern würde, würde dadurch die Welt endlich von den Elfen befreit.

Nicht, daß der Alte die Elfen wirklich leidenschaftlich gehaßt hätte. Sie waren ihm ganz einfach im Weg, mit ihrem instinktiven Ehrgefühl und ihrer Neigung zum Dweomer des Lichts. Er brauchte keine Voraussagen und keine Astrologie, um zu wissen, daß seine dunkle Bruderschaft zum Untergang verurteilt war, sollten sich ihre Dweomerleute je mit denen aus Deverry zusammenschließen. Er hatte nicht vor, so etwas zuzulassen. Der Maelwaedd-Clan und ganz besonders Rhodry waren durch Vorzeichen dazu bestimmt, diesen Zusammenschluß zwischen Elfen und Menschen herbeizuführen, auf eine Art, die der Alte nicht einmal ahnen konnte, und daher würden auch sie sterben müssen. Aber als er an diesem Nachmittag über seinem Wein weitergrübelte, wurde der einfache Ärger darüber, daß Rhodry seine Pläne gestört hatte, zu so etwas wie Haß, und dieser Zorn wuchs und wuchs, bis er sich auf Rhodrys gesamten Clan und vor allem auch auf Rhodrys Beschützer Nevyn ausdehnte.

Er dachte lange nach, bis der Keim eines Plans entstand.

Jeder in der dunklen Bruderschaft mußte sich von den Ereignissen dieses Sommers bedroht fühlen. Ohne Zweifel konnte er eine Ratssitzung einberufen und sie überzeugen, sich zusammenzuschließen, um mit dieser Bedrohung fertig zu werden. Sie würden alles sorgfältig planen, sorgsam vorgehen und ihren eigentlichen Dweomer bis zu Ende verbergen müssen, aber wenn alles gutging, würden sie siegen.

»O ja«, sagte er laut. »Der Meister des Aethyr muß sterben.«

DIE PERSONEN UND IHRE INKARNATIONEN

ca. 1052	ca. 773	ca. 696	ca. 643
Nevyn	Nevyn	Nevyn	Galrion
Jill	Gweniver	Lyssa	Brangwen
Rhodry	Ricyn	Gweran	Blaern
Lovyan	Dolyan	Cabrylla	Rhodda
Cullyn	Dannyn	Tanyc	Gerraent
Seryan	Macla	Cadda	Ysolla

Die Episoden aus den Jahren um 643 und 697 finden sich in *DAGGERSPELL.*

GLOSSAR

Aber (deverrianisch) – Flußmündung, Delta.

Ätherische Ebene – Die Existenzebene direkt »oberhalb« der physischen. Mit ihren magnetischen Strömungen hält die Ätherische Ebene die Materie in einem unsichtbaren Muster und ist die wahre Quelle dessen, was wir »Leben« nennen.

Ätherischer Doppelgänger – Das wahre Wesen einer Person, die elektromagnetische Struktur, die den Körper zusammenhält, der eigentliche Sitz des Bewußtseins.

Alar (elfisch) – Eine Gruppe von Elfen, blutsverwandt oder nicht, die sich entschieden haben, einige Zeit zusammen zu reisen.

Alardan (elf.) – Treffen mehrerer Alarli; im allgemeinen Anlaß für eine Feier mit viel Alkohol.

Annwn (walisisch, wörtlich nirgends) – Der Name der Welt, in welche die Deverrianer auswanderten.

Astralebene – Die Existenzebene direkt »oberhalb« oder »innerhalb« der *Ätherischen Ebene*. In anderen magischen Systemen wird die Astralebene oft der Akashische Bereich oder das Schatzhaus der Bilder genannt.

Aura – Das Feld elektromagnetischer Energie, das von jedem lebenden Wesen ausgeht und es durchdringt.

Aver (dev.) – Fluß.

Bara (elf.) – Ein Enklitikon, in einem elfischen Kompositum, das anzeigt, daß das voranstehende Bestimmungswort der Name des Stammwortes ist, daß dem Enklitikon folgt, wie bei Can+bara+melim: Rauher Fluß (Rauh+Enklitikon+Fluß).

Bel (dev.) – Der wichtigste Gott des deverrianischen Pantheon.

Bel (elf.) – Ein Eklitikon, dessen Funktion ähnlich ist wie die des Enklitikons *Bara*. Es zeigt an, daß das voranstehende

Verb der Name des folgenden Stammwortes ist, wie in Darabeldal: Fließender See.

Blaues Licht – Ein weiterer Name für die *Ätherische Ebene*.

Brigga (dev.) – Weite Wollhose, die von Jungen und Männern getragen wird.

Broch (dev.) – Ein niedriger Turm, der als Wohnhaus dient. Früher hatten diese Türme eine einzige große Feuerstelle mitten im Erdgeschoß und eine Anzahl kleiner Räume oder Nischen an den Seiten, aber zur Zeit unserer Erzählung hat dieser alte Stil bereits mehreren Stockwerken mit Feuerstellen und Kaminen an zwei Seiten des Gebäudes Platz gemacht.

Cavridoc (dev.) – Heerführer. Der Cadvridoc ist kein General im modernen Sinn, und es wird erwartet, daß er sich mit den Adligen, die mit ihm reiten, berät, aber er hat das Recht, die endgültigen Entscheidungen zu treffen.

Conaber (elf.) – Ein Musikinstrument, ähnlich der Panflöte, aber von geringerem Umfang.

Cwm (dev.) – Tal.

Dal (elf.) – See.

Dun (dev.) – Festung.

Dweomer (Übersetzung des deverrianischen *Dwunddaevad)* – Streng genommen ein magisches System, das der persönlichen Erbauung durch Harmonie mit dem Universum in all seinen Ebenen und Manifestationen dient; im allgemeinen Sinn Magie, Zauberei.

Elcyion Goed (dev.) – Das Wildvolk.

Elcyion Lacar (dev.) – Die Elfen; wörtlich: »strahlende Geister«.

Fola (elf.) – Ein Eklitikon in einem elfischen Kompositum, das anzeigt, daß das voranstehende Nomen der Name des folgenden Stammvolkes ist, wie in Corafolamelim: Eulenfluß.

Gedankenform – Das Bild einer dreidimensionalen Gestalt, die entweder aus ätherischer oder astraler Substanz besteht und von einem geübten Denker geschaffen werden kann. Wenn genügend fähige Leute gemeinsam an derselben Gedankenform arbeiten, kann diese – abhängig von dem Ausmaß der verwendeten Energie – einige Zeit unabhängig bestehen (dieser Prozeß der Zuführung von Energie ist als Beseelen bekannt). Manifestationen von Göttern und Heiligen sind für gewöhnlich solche Gedankenformen, die sehr intuitive Wesen wie Kinder oder solche, die mit dem Zweiten Gesicht begabt sind, wahrnehmen können. Es ist auch möglich, daß eine große Anzahl ungeübter Denker unklare Formen hervorbringt, die dann vielleicht als UFOs oder Erscheinungen des Teufels wahrgenommen werden.

Geis – Tabu, für gewöhnlich ein Verbot, etwas zu tun. Ein Geis zu brechen, führt zu Unreinheit und setzt den Schuldigen der Mißbilligung, wenn nicht gar der Feindschaft der Götter aus. In Gesellschaften, die wirklich an Geis glauben, stirbt eine Person, die es bricht, meistens sehr schnell, entweder an Depressionen oder einem selbstverursachten »Unfall«, es sei denn, er oder sie leistet rituelle Genugtuung.

Geister – Lebende, aber körperlose Wesen, die zu den diversen nichtphysischen Ebenen des Universums gehören. Nur die Elementargeister wie das Wildvolk (Übersetzung des dev. *Elcyion Goecl*) können sich direkt auf der physischen Ebene manifestieren. Alle anderen benötigen ein Werkzeug wie einen Edelstein, den Rauch von Räucherwerk oder den Magnetismus von frisch geschnittenen Pflanzen oder vergossenem Blut.

Gerthddyn (dev.) – Wörtlich ein Musiker, ein wandernder Sänger und Unterhalter von erheblich niedrigerem Rang als ein echter Barde.

Große – Geister, einstmals Menschen, die aber nicht reinkarniert sind und sich nun auf einer unglaublich hohen Existenzebene befinden. Sie haben sich der Erleuchtung aller fühlenden Wesen verschrieben. Den Buddhisten sind sie als Boddhisattvas bekannt.

Gwerbret (dev.) – Der höchste Adelsrang unterhalb der Königlichen Familie. Gwerbrets (dev. *Gwerbretion*) sind die obersten Gerichtsherren ihrer Bereiche, und selbst Könige stoßen nur ungern ihre Entscheidungen um, weil sie über viele, aus alter Zeit hergebrachte Vorrechte verfügen.

Hauptmann (Übersetzung des deverrianischen *pendaely*) – Der Mann, der – unter dem Befehl des Lords – einen Kriegshaufen anführt. Es ist interessant, daß das Wort *taley* (die Wurzel oder unveränderte Form von *-daley*) je nach Kontext entweder einen Kriegshaufen oder eine Familie bezeichnen kann.

Hiraedd (dev.) – Eine besondere keltische Form der Depression; eine tiefe, quälende Sehnsucht nach etwas, was man nicht haben kann (daher auch im besonderen: ausgeprägtes Heimweh).

Lichtkörper – Eine künstliche Gedankengestalt, die ein Dweomermeister schafft und die ihm oder ihr erlaubt, die inneren Existenzebenen zu durchwandern.

Lwdd (dev.) – Blutpreis; anders als das Wergeld ist Lwdd nicht gesetzlich festgelegt, man kann also darüber verhandeln.

Malover (dev.) – Förmliches Gerichtsverfahren, bei dem sowohl Belpriester als auch ein Gwerbret oder ein Tieryn anwesend sind.

Melin (elf.) – Fluß.

Mor (dev.) – Meer.

Pan (elf.) – Ein Enklitikon wie *Fola*. Es zeigt an, daß das voranstehende Nomen im Plural steht, ebenso wie das folgende Stammwort, wie in Corapanmelim: Flüsse der vielen Eulen. Man darf dabei nicht vergessen, daß das Elfische den Plural immer durch Hinzufügen eines halb unabhängigen Morphems anzeigt und daß sich diese Halbunabhängigkeit in den diversen syntaxtragenden Enklitika niederschlägt.

Pecl (dev.) – Weit entfernt.

Rhan (dev.) – Politische Region, daher Gwerbrethryn, Tierynrhyn: das Land, das von einem bestimmten Gwerbret oder Tieryn beherrscht wird.

Speer (Übersetzung des dev. *Picecl*) – Da die fragliche Waffe nur drei Fuß lang ist, könnte man sie auch als »Kriegs-Wurfpfeil« bezeichnen. Man darf sich diese Speere nicht wie die langen Waffen vorstellen, wie sie heutzutage bei den Olympischen Spielen verwendet werden.

Taer (dev.) – Land.

Tieryn (dev.) – Mittlerer Adel, unterhalb der Gwerbrets, aber ranghöher als ein einfacher Lord (dev. *Arcloedd*).

Wyrd (Übersetzung des dev. *Tingedd*) – Schicksal; die unausweichlichen Probleme, die auch Inkarnationen überdauern können.

Ynis (dev.) – Insel.